본삼국지

《삼국지》를 사랑하며 제대로 된 진짜 원본을 기다리는 수많은 독자께 이 책을 바칩니다.

나관중 상

중국 12판본 아우른 세계 최고 원본 | 최종 원색 완성본

본삼국지

1
일어서는 영웅들의 꿈

나관중 지음 | **모종강** 엮음 | **리동혁** 옮김 | **예슝** 그림

금토

【 1권 차례 】

삼국정립도 (서기 262년)

부여
옥저

선비대막

고구려

동부선비
창려
유성
현토
요동

상곡
어양

낙랑
대방

진한
변한
마한
한

강호

중산국

청

서하
기
북해국

평양
상당
입
태산

하동
관도
낭야국

낙양
초
서

장안
가정
안정
광릉

농서
위수 옹
허청
영천
예
양

기산
남양
화
합비
건업

음평
한중
강하

문산
재동
파서
파동
형
무창
여강
회계

성도
이릉
적벽
신도
임해

한가
파
동점

강양
장사
임천
건안

월준
형양
영릉

촉
오
계양

영창
건녕
임하
교

운남
창오

합포

교지

강(羌)

강(羌)

《삼국지》본래의 참모습 되찾아

  세상에서 지금까지 가장 많이 읽힌 문학작품은 무엇일까? 누구도 쉽게 단언할 수 없지만《삼국지》가 당당히 그 앞자리를 차지한다는 것은 아무도 부인하지 못한다.《삼국지》는 재미는 물론 교훈과 감동 또한 엄청나다. 어지러운 세상을 살아간 여러 영웅들의 모습에는 어려움을 극복하는 용기와 슬기가 생생히 살아 있어서, 그들의 활약상을 흥미진진하게 따라가다 보면 인생을 헤쳐 나가는 도리와 지혜를 자연스럽게 깨닫게 된다.

  한국에는 조선 시대 중기에 이미《삼국지》가 들어와서 성웅 이순신 장군이 탐독하며 왜군을 물리치고 나라를 구하는 교본으로 삼았다는 기록까지 있다. 현대에 와서는 학교 공부와 대학 입시에까지 도움이 된다고 하니 '삼국지는 인생의 지침서'라는 말은 이제 지나친 표현이 절대 아니다.

  동양은 물론 서양에서도 중국어를 배우면 제일 먼저《삼국지》를 읽으면서 이 책을 통해 중국과 중국인을 이해하려고 한다. 중국을 알고자 하는 사람들에게는 《삼국지》가 제1의 필독서로 자리를 잡은 것이다.

《삼국지》는 14세기 원나라 때 나관중(羅貫中)이 엮은 중국의 첫 장편 역사소설이다. 처음에는 필사본으로 유행하다 16세기 명나라 때 인쇄본이 출간되고부터 수십 년 사이에 수십 종이 경쟁을 벌일 정도로 슈퍼 베스트셀러가 되었다. 그 후 17세기 후반 청나라 때 모륜(毛倫)·모종강(毛宗崗) 부자가 과감하게 정리한 판본이 나와 300년 넘게 시장을 독점했다.

한국에서는 18세기에 이미 훌륭한 한문판 《삼국지》가 발간되었다. 그 책은 1950년대에 중국에서 국가적 사업으로, 《삼국지》 최고 전문가들이 모여 현대의 으뜸 판본인 인민문학출판사의 《삼국연의》(이하 '인민본'이라 칭함)를 정리할 때 중요한 참고자료로 이용될 만큼 높은 가치를 인정받았다.

지금까지 한글판은 무려 50여 가지가 나와 주인공들이 한국인에게 친숙해지도록 큰 기여를 했다. 하지만 그 내용과 해석은 중국어 원전과는 상당한 거리가 있었다. 고명한 선비 허소(許劭)가 한낱 관상쟁이로 둔갑해 후배인 조조(曹操)에게 굽실거린다는 식의 왜곡이 하나둘이 아니었다. 여기에 더해 조조가 화용도에서 관우(關羽) 앞에 무릎을 꿇고 살려달라고 빌었다는 오역에 근거해 조조의 인생 철학을 논하는 글까지 등장해 탄식을 자아내게 했다.

명사만 보고 동사는 무시해 줄거리가 부자연스러워지고, 글자와 문장에서 여러 대목을 잘라내 이야기가 심하게 비뚤어진 것들이 너무 많았다. 주어가 뒤바뀌어 내용이 정반대가 되거나, 인명이 지명으로 둔갑한 경우까지 있었다.

원문을 충실하게 옮겼다는 완역본이나 짧게 줄인 축약본, 옮긴 이의 상상력을 동원해 풀어쓴 평역본 등 어느 것 하나 숱한 오류를 범하지 않은 작품이 없었다. 게다가 일본인 구미에 맞추어 완전 변형시킨 일본판을 그대로 옮겼거나 일본식 해석을 따른 흔적들이 많아 불쾌하고 분하기까지 했다.

그래서 한국에서 가장 많이 팔렸다는 평역본의 심각한 오류를 지적하면서 중국 고대 문화도 소개하는 책 《삼국지가 울고 있네》(금토 발행)를 펴냈다. 그러자 신문과 잡지에 널리 소식과 서평이 실리고 TV 퀴즈쇼에까지 등장하면서, 《삼국지》를 바르게 옮겨달라는 독자 메일이 쏟아지는 등 반응이 뜨거웠다.

실은 그 책을 펴내기 훨씬 전부터 《삼국지》의 본래 모습을 소개해달라는 제의를 여러 번 받았다. 그러나 《삼국지》는 블랙홀과도 같아서 한 번 빠져들면 되돌아 나오기 어렵다는 것을 잘 아는 필자로서는 이 책을 옮기려면 개인의 창작 활동을 비롯해 모든 것을 다 바쳐야 할 것이므로 애써 피해왔다.

그렇다면 《삼국지》를 제대로 이해하고 옮기기에 어려운 점은 무엇일까?

첫째, 《삼국지》에는 옛날 일들이 계속 나온다. 그러므로 중국 역사에 밝지 못하면 뜻을 제대로 옮길 수 없다.

둘째, 고대에 유행하던 속어가 많다. 현대까지도 쓰이는 것이라면 그래도 괜찮은데 원나라, 명나라 때 쓰이다 사라진 속어들은 뜻풀이가 쉽지 않다.

셋째, 원본에는 끼워 넣은 시와 옛날 글이 많다.

넷째, 원본에도 틀린 곳들이 적지 않다.

다섯째, 글자나 낱말 중에도 춘추전국시대와 삼국시대, 원나라와 명나라 시대에 갖는 뜻이 다르고, 현대 중국어와는 전혀 다른 경우가 많다.

여섯째, 조금 특이한 경우인데 한자어에 대한 해석이 한글과 중국어에서 다른 것도 문제가 된다. 예를 들어 '국구(國舅)'는 한글 사전에는 '황제의 장인'으로 나오는데 중국어 사전에는 '황제의 처남이나 외숙부'로 정의되어 있다.

《삼국지》라는 그릇에 담긴 내용이 워낙 풍부해서 중국 역사와 문화, 정치와 전쟁, 생활과 관습 등 수많은 것을 훤히 꿰뚫고 있지 않으면 책을 바로 이해하기조차 어려우니 어찌 제대로 옮길 수 있으랴!

필자는 중국 고전을 연구하면서 중국 고대 철학과 종교, 민간신앙, 군사 등 다방면으로 공부를 꽤 많이 해왔다고 자부하나 아직도 아는 것보다는 모르는 것이 훨씬 많다. 그런데도 한국에 제대로 된 《삼국지》를 한 편 내놓자는 출판사의 뜨거운 열의와 격려에 피가 끓어올라 드디어 비장한 결심을 하고 말았다.

12가지 판본 아울러 최고 고전의 진수 되살려

좋은 번역서를 얻으려면 무엇보다 원본을 잘 골라야 한다.

이번에 필자는 한 가지 판본을 들고 책을 옮기는 일반적인 예를 깨뜨리고 '인민본'을 바탕으로 삼아 그 책의 오류를 바로잡으면서, 현재 남아있는 고대 판본들 가운데 가장 대표적인 명나라 때의 가정본(이하 '나관중 본'으로 칭함)을 비롯해 엽봉춘 본, 여상두 본, 교산당 본, 주정신 본, 탕빈윤 본, 주왈교 본, 이탁오 본, 황정보 본, 종백경 본 등 10종과 청나라 때의 모종강 본, 이어 본 등 2종을 합쳐 고대 판본 12종을 아울렀다. 모종강 본에서 부당하게 잘린 것으로 보이는 대목들은 나관중 본에 의해 되살렸는데, 모두 1100여 곳이나 된다.

소설로서는 모종강 본이 명나라 판본들보다 훨씬 뛰어나다. 그러나 명나라 판본들에서는 비교적 희미하던 유교 관념이 뚜렷해지면서 인물들의 말과 행동이 부자연스러워지고, 말과 글을 마구 줄이고 고쳐 오해를 일으킬 소지가 많아졌다. 판을 거듭하면서 생겨난 사소한 오류들도 많다. 그러므로 실상을 모르고 억지로 옮기면 무리한 해석이 나오기 마련이다. 반드시 그 이전에 나온 판본들과 대조하고 연구해 의문을 명쾌하게 풀어야 한다.

지금까지 이 책 《본삼국지》처럼 여러 판본을 종합해 원본의 통일을 기한 작품은 어디에도 없었다. 《삼국지》 역사상 처음으로 모종강 본에서 잘린 나관중 본의 주요 대목을 되살리고 정사와 함께 다른 판본들을 연구해 오류를 바로잡으면서, 여러 판본들이 지닌 특성을 집대성하여 중국 최고 소설의 정통을 완성하려고 노력했다.

이같이 철저하게 원본에 충실을 기하려고 힘쓰면서 역사적 사실을 바탕으로 오류를 바로잡았으므로, 그동안 한글판 《삼국지》들이 만들어낸 일본 냄새가 짙은 인물이나 이야기는 이 책에서는 찾아볼 수 없다.

이 책은 철저하게 21세기 한글세대를 위해 만들었다. 20세기에 들어 《삼국지》 한글판 수가 대폭 늘었는데도 대부분이 한자어가 많아 읽기가 어려웠다. 한자 세대에게는 그런 글이 친근할지도 모르지만, 실제로 중국어 원본에도 구어체와 문어체가 많이 섞여 있어서 딱딱한 한자어가 많으면 도리어 원작의 맛을 잃게 된다.

이에 필자는 한자어가 낯설고 부담스러운 한글세대들이 이 책을 읽으면서 중국 삼국시대를 살아간 영웅들의 생각과 행동을 생생하게 느낄 수 있도록, 그 상황을 최대한 정확히 파악해 실감 나는 우리말로 옮기는 데에 주력했다.

이와 함께 오늘의 한글세대들이 《삼국지》를 읽으면서 의문을 가지기 쉬운 대목들에 명쾌한 답을 주기 위해 애를 썼다. 그러므로 한 번쯤 《삼국지》를 읽은 독자들에게도 이 책은 새로운 재미를 안겨줄 것이다.

같은 문화 배경을 가진 사람끼리는 말 한마디, 낱말 하나로도 많은 의미를 전할 수 있다. 그런데 이것을 무시하고 글자들만 옮겨서는 이야기의 원인과 결과가 불투명해지고 의미가 뒤틀리기 쉽다. 그래서 말 속에 숨겨진 뜻을 속속들이 풀이했다.

그리고 《삼국지》에 들어있는 지리(地理)의 숱한 비밀을 밝혀낸 저우원예[周文業주문업] 교수가 완성한 '삼국연의지도'의 한글판 독점사용권을 얻어, 《삼국지》역사상 전례 없이 상세한 지도가 실리게 되었다.

여기에 더해 수많은 고전 삽화로 유명한 중국 국가화가 예슝[葉雄엽웅] 화백 또한 화실 문을 닫아걸고 이 일에만 매달려, 독특한 감각의 예술성 높은 삽화를 그려주었다.

이처럼 여러 분야에 일가를 이룬 이들의 투철한 장인정신이 녹아들어 혼연일체를 이룬 것이 바로 이 책이다. 유심히 읽어보는 이들이 책갈피마다 독자를 위한 정성을 느끼게 된다면 이 책을 만든 사람들에게는 더없는 기쁨이 될 것이다.

중국 베이징에서
리동혁 올림

1. 현대 중국에서 가장 훌륭한 판본으로 알려진 인민문학출판사의 《삼국연의》를 저본으로 삼아, 그동안 필자가 모은 명·청 시대 《삼국지》 12종의 정수를 취합해 최대한 원본에 충실하게 옮겼다. 짜임새도 원본의 120회 구조를 바꾸지 않았다. 저본에서 틀린 정사의 인용문이나 지명, 인명 등은 중화서국 간행 정사 《이십사사(2000년 1월 발행 초판 1쇄, 전 63권)》의 〈삼국지〉와 〈후한서〉에 의해 바로잡았다.

2. 소설의 흐름과 인물의 성격 이해에는 도움이 되지만 순전히 유교 관념 때문에 모종강 본에서 삭제된 대목들은 현존 《삼국지》 판본 가운데 제일 역사가 오랜 명나라 가정 원년에 쓴 서문이 붙은 나관중 엮음 《삼국지통속연의》에 의해 되살렸다. 사용한 판본은 고서와 상태가 거의 비슷한 인민문학출판사 간행 영인본과 상하이고적출판사 간행 간체자 본이다.

3. 지은이 이름이 나오지 않는 경우가 많은 명나라 《삼국지전》 계열 책들은 문학적 가치가 좀 떨어지지만 《삼국지》의 원시적인 형태가 많이 남아 있으므로, 모종강 본과 나관중 본만 보고는 틀리기 쉬운 부분들의 참뜻을 밝힐 수 있어서 다섯 가지를 사용했다. 여상두 본, 교산당 본, 주정신 본, 탕빈윤 본은 영인본 《삼국지연의고판총간》을 이용했고, 황정보 본은 중국인민대학출판사 간행 《삼국연의》를 참고했다.

4. 명·청 문인들이 어떻게 평했는지 알면 《삼국지》가 문인들 손을 거쳐 변화한 과정을 알 수 있고 내용을 이해하는 데에도 큰 도움이 되기에, 이탁오, 모종강, 이어, 종백경 등의 이름으로 된 평어들을 모은 베이징대학출판사 간행 《삼국연의회평본》에서 알맞은 말들을 골라 끼워 넣었다.

5. 한글세대를 위해 되도록 생소한 한자어를 피하고, 한글로 풀어쓰는 것을

원칙으로 했다.

6. 꼭 한자어로 표기해야 하는 명사나 개념 따위는 처음 나올 때 그 뜻을 충분히 살려 설명하고, 벼슬과 지명을 포함한 많은 이름도 철저히 정사와 학자들의 연구 결과에 근거해 필요한 해석을 보탰다. 필자의 설명은【   】로 표시했다.

7. 원본에는 인물들 호칭이 아주 복잡해 이름과 자(字)가 뒤섞여 나온다. 중국인들이 특별히 좋아하는 관우 같은 인물은 '관공', '운장' 등으로 존대를 받았으나 지은이가 싫어하는 인물들은 모두 이름을 그대로 적어 낮추었다. 그런 만큼 대화 속의 호칭은 그대로 유지하되 지문에서는 인물 호칭을 전부 이름으로 통일했다.

8. 본문에 나오는 연도는 서기이며 달은 음력이다.

9. 본문에 나오는 '성인(聖人)'은 모두 공자(孔子)를 뜻한다.

10. 책을 번역하면서 참고한 서적은 어림잡아 500종이 넘는다. 그중에서 말 그대로 주요한 참고 서적만 128종을 《본삼국지》 소장본에 밝혀두었다.

1

복사꽃 아래 의리 맺은 세 형제
[桃園結義 도원결의]

복숭아 뜰 잔치에서 세 호걸 결의하고
황건적 베어 영웅들 처음 공로 세우다

여기서 이야기하건대, 천하는 나누어진 지 오래면 반드시 합쳐지고, 합쳐서 오래 지나면 반드시 나누어진다 [天下천하 分久必合분구필합 合久必分합구필분].

주(周)가 망하면서 일곱 나라로 나뉘어 싸우다 진(秦)으로 통일되더니 진이 망하자 초(楚)와 한(漢)이 다투다 다시 한으로 합쳐졌다.

한은 고조 유방(劉邦)이 흰 뱀을 벤 후 군사를 일으켜 천하를 통일하고, 뒷날 광무제(光武帝)가 쇠약해진 황실을 다시 일으켜 헌제까지 자리를 전했으나 혼란을 거듭하다 세 나라로 나뉘었다.

혼란의 뿌리는 환제와 영제 때 시작되었다. 환제는 선량한 선비들을 숱하게 잡아 가두었다 풀어주기는 했으나 평생 벼슬을 못 하게 막고 환관들만 총애하고 믿었다.

환제가 죽고 영제가 즉위하니 나이 열두 살이었다. 힘을 합쳐 영제를 보좌하는 두 대신은 대장군 두무(竇武)와 황제를 가르치는 태부 진번(陳蕃)이었다.

그즈음 환관들이 황제를 가까이 모시면서 권력을 농단해, 두무와 진번이 그들을 죽이려 했으나 비밀이 새어 도리어 해를 입고 말았다. 환제의 장인인 두무는 군사를 이끌고 환관들과 맞섰으나 환관을 두려워하던 군사들이 모두 상대 쪽으로 넘어가는 바람에 힘을 잃고 도망치다 스스로 목숨을 끊었다.

대쪽 같은 절개로 30년간 높은 이름을 날린 진번은 일이 잘못되었다고 하자 70세가 넘은 몸으로 검을 빼 들고 궁궐로 쳐들어갔으나, 환관들이 거느린 군사가 그를 따르는 80여 명 선비를 수십 겹으로 에워싸자 결국 잡혀서 옥에 갇혀 그날로 죽임을 당했다. 외척과 사대부 세력은 하루아침에 사라지고 환관들의 횡포는 갈수록 심해졌다.

169년 4월 보름, 황제가 된 지 2년이 된 영제가 궁전에 오르자 모퉁이에서 느닷없이 세찬 바람이 일어나면서 커다랗고 푸른 뱀 한 마리가 대들보에서 스르르 떨어져 황제의 의자에 서리고 앉았다. 영제가 기절해 쓰러지니 사람들이 급히 안으로 모셔가고, 대신들은 몸을 피해 도망갔다.

잠시 후 뱀은 어디론가 사라졌는데, 갑자기 우레가 꽈르릉거리고 소나기가 퍼부으며 우박까지 쏟아져 한밤중이 되어서야 그쳤다. 동쪽 수도 낙양에서 무너진 집들이 수를 헤아릴 수 없었다.

171년 4월에는 낙양에 지진이 일어나고, 바닷물이 넘쳐 바닷가에 사는 사람들이 큰 파도에 휩쓸렸다. 175년에는 암탉이 수탉으로 변하고 6월 초하루에는 두꺼운 검은 기운이 궁전으로 날아들었다. 7월에는 궁궐에 무지개가 드리우고 도성 북쪽 다섯 개 산기슭이 모두 무너졌다. 상서롭지 못한 징조는 하나둘이 아니었다.

영제는 조서를 내려 신하들에게 재앙과 이변이 일어난 까닭을 물었다. 황제가 묻는 말에 답하는 의랑 채옹(蔡邕)이 글을 올려, 무지개가 내리고 암탉이 수탉으로 변한 것은 여자와 환관들이 나랏일에 관여했기 때문이라고 아뢰니 그 뜻이 아주 간절하고 솔직했다.

【그해에 47세이던 채옹은 천하에 이름을 날린 대학자로서 하늘과 땅의 이상한 징조는 인간 세상 정치와 관계가 깊다는 '천인감응설'을 믿었다.】

영제가 글을 읽고 느끼는 바가 있어 한숨을 쉬며 일어나 옷을 갈아입는데, 환관 조절이 뒤에서 글을 몰래 엿보고 동료들에게 일러주었다. 환관들은 다른 일로 트집을 잡아 채옹에게 죄를 뒤집어씌워 시골로 내려보냈다.

그런 뒤 장양(張讓)과 봉서(封諝)를 비롯한 환관 열 사람이 동아리를 지어 나쁜 짓을 일삼으니 이를 '십상시(十常侍)'라 일컬었다. 그들이 모두 궁궐에서 황제를 모시는 중상시 벼슬을 받아 생긴 이름이었다.

영제가 장양을 얼마나 존중하고 믿었던지 '아버지[阿父아부]'라 부를 정도였다. 조정 정사가 날이 갈수록 비뚤어져 천하 사람들은 마음속으로 은근히 세상이 어지러워지기를 바랐고, 도둑들이 벌떼처럼 일어났다.

이때 기주 거록군에 세 형제가 있어서 그 이름이 장각(張角), 장보(張寶), 장량(張梁)이었다. 장각은 과거에 급제하지 못하고 산에 들어가 약초를 캐다 한 노인을 만났다. 눈알이 푸르고 얼굴은 어린아이 같은데 명아주 지팡이를 짚은 노인은 장각을 어떤 굴로 불러 책 세 권을 주었다.

"이 책 이름은 《태평요술》이니라. 네가 이 책을 얻었으니 하늘을 대신해 백성을 가르치고 세상 사람을 두루 구해야 하느니라. 만약 다른 마음이 싹트면 반드시 화를 당하리라."

장각이 절하며 성명을 묻자 노인이 대답했다.

"나는 남화노선이니라."

말을 마치고 노인은 한 줄기 맑은 바람으로 변해 사라졌다.

세상을 태평하게 만드는 중요한 술법이 들어 있다는 그 책을 아침저녁 열심히 공부해, 바람을 부르고 비를 청하는 재주를 얻게 된 장각은 호를 태평도인이라 불렀다.

184년 정월, 돌림병이 퍼지자 장각은 '부수(符水)'라는 물을 널리 나누어 백성의 병을 고쳐주면서, 스스로 대단히 어질고 훌륭한 스승이라 하여 대현량사라 일컬었다.

【부적을 그린 종이를 태워 재를 물에 풀면 부수가 되고, 직접 물에 부적을 그리면서 주문을 외워도 그 물을 부수라 했다. 부수를 마시면 병이 낫는다고 했으니 약이 부족한 시대에는 참으로 편한 치료법이었다. 나관중 본에는 장각이 병을 고치는 방법까지 나와 있다.

'부적을 얻어 병을 고치려는 사람이 있으면 물리치는 법이 없었다. 환자가 장각 앞에 와서 잘못을 뉘우치게 하고, 장각이 그를 위해 참회하여 복을 얻게 해주었다.'】

장각에게 제자 500여 명이 있어 사방을 뜬구름처럼 떠돌아다니는데 모두 부적을 그리고 주문을 외울 줄 알았다. 날이 가면서 제자가 늘어나 장각은 36방을 세웠다. 큰 방은 1만여 명, 작은 방은 7000여 명으로 각기 두령을 두고 장군이라 불렀다. 그때 전국이 13주로 이루어져 있었는데 그중 8주 사람들이 집에 '대현량사 장각' 이름을 받들어서 모셨으니 그 엄청난 세력을 알고도 남는다.

장각은 심복 마원의에게 몰래 금과 비단을 지니고 낙양으로 가서 환관 봉서와 사귀어 궁궐 안에서 호응하도록 하고 두 아우와 상의했다.

"백성의 마음을 얻기란 지극히 어려운 일인데, 지금 사람들 마음이 우리에게 쏠렸으니 이 기세를 타고 천하를 차지하지 않는다면 실로 아쉬운 일이다."

장각은 군사들이 쓰는 누런 깃발을 만들며 날짜를 정해 3월 5일 일제히 일을 벌이기로 약속하고, 제자 당주를 보내 환관 봉서에게 글을 전하게 했다.

그러자 당주는 곧장 궁궐로 달려가 조정에 변란을 일러바쳤다. 영제는 대장군 하진(何進)을 불러 마원의를 잡아서 목을 치게 하고, 봉서를 비롯한 연루자들을 붙잡아 감옥에 집어넣었다. 일이 드러났다는 소식을 들은 장각은 그날 밤으로 군사를 일으켰다.

"이제 한나라는 운이 끝나고 하늘에서 새 인물이 나왔다. 너희는 모두 하늘의 뜻에 따라 옳은 길에 들어서서 태평세월을 즐기도록 하라."

누런 수건[黃巾황건]을 이마에 두르고 장각을 따라 반란에 가담하는 백성이 사방에서 일어나, 그 수가 50여 만에 이르렀다. 군과 현에 불을 지르고 사람을 죽이는데 그 기세가 엄청나 관군은 그들이 온다는 소문만 듣고도 뿔뿔이 흩어졌다.

대장군 하진은 영제에게 아뢴 후 급히 여러 곳에 조서를 보내 각기 단단히 지키면서 도적을 토벌해 공을 세우라는 명령을 내리고, 황제의 호위군을 거느리는 중랑장 노식(盧植), 황보숭(皇甫嵩), 주준(朱儁)에게 군사를 주어 세 길로 달려가 도적을 토벌하게 했다.

이즈음 장각 군사 한 무리가 나라 동북쪽 끝 유주를 침범했다. 그곳 태수 유언은 강하군 경릉 사람으로 전한(前漢)의 노공왕 후예였다. 머지않아 황건적이 몰려온다는 말을 듣고 유언이 부하들과 상의하니 군관 추정이 권했다.

"도적은 많고 우리 군사는 적은데, 천자께서 도적을 토벌하라는 조서를 내리셨으니 군사를 더 많이 모집해 막으셔야 합니다."

유언이 여러 곳에 방문을 내걸어 의병을 모집하니 탁군 탁현에 이르러 영웅 한 사람을 끌어내게 되었다. 그는 책 읽기를 별로 즐기지 않고 사냥개와 말, 음악과 화려한 옷을 좋아했다. 성품은 너그럽고 말수가 적었으며, 남을 깍듯이 대하고 기쁘나 분하나 얼굴에 감정을 드러내지 않았다.

　【영웅이 책 읽기를 즐기지 않았다면 이상하게 들릴지 모르지만, 저자 모종강은 바로 이 점이 '과거에 급제하지 못한 수재와 다르다'고 했다. 죽은 글에 얽매인 샌님이 아니고, 이상한 책을 읽은 장각과는 다르다는 뜻이다.】

　일찍이 큰 뜻을 품어 천하 호걸들과 사귀기를 좋아하는 이 사람은 키가 일곱 자 다섯 치에 두 귀는 어깨까지 처지며, 팔이 어찌나 긴지 두 손을 드리우면 무릎을 지나고, 눈으로 자기 귀를 볼 수 있었다.

　얼굴은 머리의 관에 다는 옥같이 말쑥하고 입술은 연지를 바른 듯 붉었다. 전한 중산정왕 유승의 후대요 전한 네 번째 황제 경제의 후손이었으니, 성은 유(劉)씨에 이름은 비(備), 자는 현덕(玄德)이었다. 전한 다섯 번째 황제 무제가 나라를 다스릴 때 유승의 아들 유정이 탁현 육성정후로 봉해졌는데, 황제가 종묘에서 지내는 제사 비용을 제대로 분담하지 않아 작위를 잃고, 후대 한 갈래가 탁현에 살게 되었다.

　유비의 아버지 유홍은 효자와 청렴한 사람을 뽑는 효렴제도로 추천되어 자그마한 벼슬도 했으나 일찍 세상을 떠났다. 유비는 어린 나이에 아버지를 여의고 어머니를 지극히 효성스럽게 모셨다. 집이 가난해 삼으로 신을 엮고 갈대로 삿자리를 짜서 팔아 생계를 꾸렸다.

　탁현 누상촌에 있는 유비 집 옆에는 높이가 50여 자나 되는 큰 뽕나무가 있었다. 가지와 잎이 무성해 멀리서 바라보면 고관의 수레에 쓰는 해 가리개와 비슷했다. 오가는 사람들이 모두 나무가 예사롭지 않다고 이야기하는데 예언을 잘하는 이정이라는 사람이 말했다.

"이 집에서는 반드시 귀한 사람이 나올 것이오."

유비는 어릴 때 동네 아이들과 나무 밑에서 놀며 다짐했다.

"내가 천자가 되면 이 해 가리개를 쓰겠다."

유비의 숙부 유원기가 이 말을 듣고 기이하게 여겼다.

'이 아이는 보통 사람이 아니구나!'

그 뒤로 숙부는 유비의 가난한 살림을 도와주곤 했다. 유비가 15세가 되자 어머니는 그를 타향으로 보내 공부하게 했다. 이른바 유학(遊學)이었다. 대학자 정현(鄭玄)과 노식을 스승으로 모신 적이 있고, 요서군 영지현 사람 공손찬(公孫瓚)을 비롯해 여러 사람과 사귀었다. 유언이 방문을 붙여 군사를 모집할 때 나이 28세였다.

유비가 방문을 읽고 탄식하며 길게 한숨을 쉬는데 등 뒤에서 걸걸한 목소리가 거침없이 물었다.

"대장부가 나라를 위해 힘을 내려고 하지 않고 어찌하여 한숨만 쉬시오?"

유비가 돌아보니 그 사람은 키가 여덟 자인데 표범 머리에 고리눈이 붙었으며 턱은 제비 턱처럼 힘 있게 생겼고 수염은 호랑이처럼 빳빳했다. 목소리는 우레같이 우렁차고 기세는 거침없이 달려가는 말과 비슷하니, 생김새가 남다른 것을 보고 유비가 이름을 묻자 시원스레 대답했다.

"이 몸은 성이 장(張)이고 이름은 비(飛)에 자는 익덕(翼德)이라 하오. 대대로 탁군에 사는데 장원과 밭이 좀 있고, 돼지를 잡고 술을 팔아 생활하면서 천하 호걸들과 사귀기를 좋아하오. 방금 공이 방문을 보고 한숨짓기에 한마디 물어보았소."

유비도 자기 이야기를 했다.

"나는 한의 황실 종친으로 성은 유에 이름은 비요. 황건이 난을 일으켰다는 소식을 듣고 도적을 깨뜨려 백성을 편안히 할 뜻을 품었지만 한스럽게도 힘이 없어 한숨을 쉰 것이오.”

장비가 선뜻 나섰다.

“내가 재산이 꽤 있으니 고을 용사들을 모아 공과 함께 큰일을 벌이고 싶은데, 어떠하오?”

유비는 매우 기뻐 장비와 함께 고을 술집에 들어가 술을 마셨다. 이때 몸집이 웅장한 사나이가 손수레를 밀고 와서 술집 문 앞에 세우더니 안으로 들어와 일꾼을 불렀다.

“어서 술을 가져오게. 나는 지금 길을 다그쳐 성안에 들어가 군사가 되려하네.”

유비가 보니 키는 아홉 자에 기다란 수염은 두 자나 되었다. 얼굴은 무르익은 대춧빛이요 입술은 연지를 바른 듯 붉으며 봉황의 눈 같은 두 눈 위에는 누운 누에 같은 눈썹이 있어서, 그야말로 생김새가 당당하고 위풍이 늠름했다. 유비가 청해 자리에 앉히고 성명을 물었다.

“내 성은 관(關)이고 이름은 우(羽)요, 자는 원래 장생(長生)이었는데 후에 운장(雲長)으로 고쳤소. 하동군 해량현 사람이오. 고향 토호가 세력을 믿고 사람을 업신여기기에 베어버리고 강호에 피신한 지 5년이 넘었소. 도적을 물리칠 군사를 모집한다는 소식을 듣고 입대하러 가는 길이오.”

유비가 두 사람 뜻을 말해주자 관우는 대단히 기뻐했다. 셋은 함께 장비의 장원으로 가서 앞일을 의논했다. 관우와 장비는 나이가 어려 유비를 형님으로 모셨다. 장비가 제안했다.

“내 장원 뒤에 복숭아나무가 우거진 뜰이 있는데 마침 꽃이 활짝 피었소. 내일 그 뜰에서 흰말을 잡아 하늘에 제사 지내고 검정 소를 죽여 땅에 제사를 지내 하늘과 땅에 고하고, 세 사람이 형제를 맺어 힘을 합치고 마음을 함께하면 큰일을 이룰 수 있소."

유비와 관우가 똑같이 반겼다.

"그것참 좋소!"

이튿날 복숭아 뜰에서 흰말과 검정 소를 잡아 제물을 차린 세 사람은 향을 피우고 정중히 두 번 절한 후 맹세했다.

"유비, 관우, 장비는 비록 성이 다르나 형제로 맺어졌으니, 힘을 합치고 마음을 함께해 어려운 자를 구하고 위급한 이를 도우며, 위로는 나라에 보답하고 아래로는 만민을 편안히 하겠습니다. 같은 해, 같은 달, 같은 날에 태어난 것은 바라지 않으나 같은 해, 같은 달, 같은 날에 죽기를 바랄 뿐입니다. 황천(皇天, 하늘의 신)과 후토(后土, 땅의 신)께서는 실로 이 마음을 살펴보시고, 의리를 등지고 은혜를 잊으면 하늘과 사람이 함께 죽여주십시오!"

맹세를 마치고 관우와 장비는 유비에게 절해 맏형으로 모시고 관우는 둘째, 장비는 막내가 되었다. 하늘과 땅에 제사를 지낸 뒤 또 소를 잡고 술상을 차려 고을 용사들을 모았다. 300여 명을 얻어 복숭아꽃이 흐드러지게 핀 숲 속에서 흠뻑 취하도록 먹고 마셨다.

이튿날 병기를 마련하는데 싸움터에 타고 나갈 말이 없어 안타까웠다. 이때 마침 큰 상인 두 사람이 일꾼들을 데리고 말 떼를 몰아 장원으로 온다고 했다.

"하늘이 우리를 도우시는 걸세!"

유비는 아우들과 함께 나가 상인들을 맞이했다. 그들은 기주 중산국의 큰 상인 장세평과 소쌍이었다. 해마다 북방으로 가서 말을 사고파는데, 도중에 황건적이 일어나 장사를 하지 못하고 돌아오는 길이었다.

유비는 두 사람을 장원으로 청해 술상을 차려 대접하고, 도적을 토벌해 백성을 편안히 하겠다는 뜻을 털어놓았다. 두 사람은 대단히 기뻐하며 좋

유비, 관우, 장비의 도원결의

은 말 50필을 내주고, 금은 500냥과 정제한 철 1000근을 내놓아 병장기를 만들게 했다.

유비가 정중히 인사하고 상인들을 배웅한 뒤, 솜씨 좋은 대장장이에게 검 두 자루를 만들게 하여 이름을 쌍고검이라 했다. 관우는 푸른 용무늬를 새기고 날이 반달처럼 휘어 청룡언월도라 부르는, 자루가 긴 칼을 만드니 무게가 82근이나 되었다. 장비는 담금질을 많이 해서 점강이라 부르는 강철로 길이가 18자나 되는 장팔점강창을 만들어, 장팔사모라 불렀다.

세 사람이 갑옷을 갖추고 고을 용사 500여 명을 모아 군관 추정을 찾아가니 태수 유언에게 데려갔다. 세 사람이 이름을 말하자 유언은 유비가 한의 황실 종친이라는 말을 듣고 대단히 기뻐하며 조카로 삼았다.

"황실 종친이니 공훈을 세우면 반드시 무겁게 쓰겠네."

며칠 지나지 않아 황건적 장수 정원지가 5만 군사를 거느리고 탁군을 치러 오자 유언이 추정에게 유비와 관우, 장비와 함께 나가 적을 깨뜨리게 했다.

유비가 기꺼이 군사를 이끌고 나아가 대흥산 아래에서 맞이했다. 도적들은 모두 머리를 풀어헤치고 누런 수건으로 이마를 동여맸는데, 유비가 말을 타고 나가 말채찍을 치켜들고 크게 꾸짖었다.

"나라를 배반한 역적들아! 어찌하여 빨리 항복하지 않느냐?"

정원지가 크게 노해 부하 장수 등무를 내보내자, 장비가 장팔사모를 꼬나들고 달려가 언뜻 손을 드는가 싶었는데 바로 창날이 등무 가슴에 꽂혀 몸을 젖히며 말에서 떨어졌다.

정원지가 말을 다그쳐 칼을 휘두르며 달려 나왔으나 이번에는 관우가 큰 칼을 춤추며 달려가니 기세에 놀라 손을 놀리지도 못하고 칼에 맞아 말 아래로 고꾸라졌다. 도적 무리가 병장기를 버리고 달아나 유비가 군사를 휘몰아 쫓아가자 항복하는 자가 수를 헤아릴 수 없었다.

유비가 크게 이기고 돌아오자 유언은 장졸들에게 상을 내리고 수고를 위로했다. 이튿날 청주 태수 공경이 글을 보내, 황건적에 에워싸여 성이 함락되려 한다고 구원을 청했다.

"이 비가 가서 구하겠습니다."

유비가 나서자 유언은 추정에게 5000명 군사를 주어 세 형제와 함께 청주로 가게 했다. 청주에 가까이 이르러 바라보니 도적들은 머리를 풀어헤치고 누런 비단으로 이마를 감쌌는데 팔괘를 그려 기호로 삼았다.

구원병이 이른 것을 보고 도적들이 군사를 나누어 어지러이 달려들자 군사가 적은 유비는 이길 수 없어 30리를 물러서서 영채를 세웠다.

"적군은 많고 아군은 적으니 기이한 방법을 써야 하네."

유비는 관우와 장비에게 각기 1000명씩 군사를 이끌고 양쪽에 매복해 징 소리를 신호로 일제히 달려 나오게 했다.

【징 소리는 원래 군사를 거두는 신호인데 거꾸로 군사가 나오는 신호로 삼았다. 전국시대 병서 《위료자(尉繚子)》에 따르면 군사는 북을 쳐 나아가게 하고 징을 울려 물린다고 했다. 그러나 기이한 군사는 신호를 바꾸어도 좋다고 했으니 유비의 계책은 병법에 맞는 것이었다.】

이튿날 유비와 추정은 군사를 이끌고 북 치고 고함지르며 나아가다 도적 무리가 달려오자 바로 물러섰다. 적군이 기세를 타고 쫓아오니 물러서던 유비 쪽에서 일제히 징을 울리며 관우와 장비가 양쪽에서 달려 나오고 유비도 군사를 되돌려 세 길로 협공했다.

도적들은 못 견디고 어지러이 흩어졌다. 유비 군사가 단숨에 청주성 아래까지 쫓아가자 태수 공경도 민병을 거느리고 나와, 도적 무리는 크게 패하고 죽은 자가 극히 많았다.

청주의 포위가 풀려 추정이 돌아가려 하자 유비가 청했다.

"노식 중랑장이 광종에서 괴수 장각과 싸우는데, 이 비가 스승으로 모신 적이 있으니 가서 도와드릴까 합니다."

"식량은 내줄 수 있으나 군사는 함부로 움직이지 못하오!"

추정은 유주 군사를 거느리고 돌아가고 유비는 관우, 장비와 함께 처음에 데려온 군사 500명을 이끌고 기주로 움직여 광종현으로 갔다. 진영에 이르러 인사하니 노식이 대단히 기뻐하며 장막 앞에서 명령을 듣게 했다. 이때 장각 무리 15만과 노식 군사 5만이 광종에서 대치해 승부가 나지 않았다.

"내가 도적들을 여기 붙잡고 있는데 괴수 아우 장량과 장보가 예주 영천에서 황보숭, 주준과 싸우고 있네. 자네가 데려온 군사와 내가 내주는 1000명 관군을 이끌고 가서 그들을 도와 도적을 무찌르게."

유비는 명령을 받들고 밤낮으로 움직여 영천으로 갔다. 영천에서는 도적들이 장사현으로 물러가 우거진 수풀 옆에 영채를 세우고 있어서 황보숭과 주준이 상의했다.

"도적들이 수풀 옆에 영채를 세웠으니 불로 공격하면 되오."

"바람이 일어나기를 기다려 그렇게 합시다. 군사들에게 각자 풀을 한 단씩 묶게 하지요."

군사들이 마른풀을 한 단씩 들고 기다리다 그날 밤 큰바람이 일자 일제히 수풀에 불을 지르며 영채를 들이쳤다. 도적들은 놀라서 말에는 안장을 얹지 못하고 사람은 갑옷을 입지 못한 채 사방으로 흩어져 달아났다.

장량과 장보가 달아나는데 앞에서 군사 한 떼가 달려와 길을 가로막았다. 붉은 깃발을 든 군사들 앞에서 훌륭한 영웅 장수가 썩 나서며 모습을 드러내

조조, 황건군 무찌르다. ▶

는데, 키는 일곱 자에 눈은 가느스름하고 수염은 길었다.

기도위 벼슬을 하는 이 사람은 패국 초군 사람으로 성은 조(曹)씨에 이름은 조(操), 자는 맹덕(孟德)이었다. 그 아버지 조숭(曹嵩)은 원래 성이 하후(夏候)씨였는데 환관 조등의 양자가 되었다. 조조는 전한 상국 조참(曹參)의 24대 후손으로, 증조부 조절(십상시 조절과는 다름)은 인자하고 너그러웠다.

언젠가 이웃 사람이 돼지를 잃어버렸는데, 조절네 돼지와 비슷해 그 집에 가서 자기 돼지라고 우겼다. 조절은 다투지 않고 돼지를 몰고 가게 했는데, 이틀이 지나 잃었던 돼지가 제 발로 집을 찾아 돌아오니 주인은 크게 부끄러워 조절네 돼지를 돌려주면서 두 번이나 절을 하며 사죄했다. 조절은 그저 웃으며 돼지를 받았으니 너그럽기가 이러했다.

조절이 아들 넷을 두었는데 넷째아들 등이 환제 때 중상시가 되어 후에 비정후 작위를 받았다. 조등의 양자가 된 조숭은 사람됨이 충실하고 무던하며 점잖은데, 한때 경성 벼슬아치들의 잘잘못을 살피는 사예교위로 있었다. 후에 영제가 큰돈을 받고 나라 살림을 맡은 대사농에 앉혔다가 귀순한 다른 민족들과 제후들을 관리하는 대홍려로 옮겼다.

조숭의 아들 조조는 어릴 때 이름이 아만(阿瞞)이고, 길리(吉利)라고도 불렀다. 조조는 어릴 적부터 제멋대로 돌아다니며 사냥을 좋아하고 노래와 춤을 즐겼는데, 어린 나이에 벌써 권모술수를 알고 임기응변에 능했다.

조조에게 숙부가 있어서 조카가 노는 것을 못마땅하게 여겨 조숭에게 일러바치곤 했다. 그러면 조숭은 조조를 채찍질하며 꾸짖었다. 조조는 문득 꾀를 하나 떠올리고 숙부가 오는 것을 보자 짐짓 땅에 쓰러져 얼굴을 찡그리고 입을 비뚤게 하여 풍 맞은 시늉을 했다. 깜짝 놀란 숙부가 알려 조숭이 급히 가보니 조조는 멀쩡했다.

"숙부는 네가 풍을 앓는다던데 벌써 나았느냐?"

조조는 천연스럽게 대답했다.

"이 아들에게는 원래 그런 병이 없습니다. 숙부의 사랑을 잃어, 억울하게 있지도 않은 소리를 듣는 것입니다."

조숭이 그 말을 곧이듣고 이후에는 아우가 아무리 조조의 잘못을 이야기해도 듣지 않아 제멋대로 놀 수 있었다.

후에 교현이라는 사람이 조조를 칭찬했다.

"앞으로 천하가 어지러울 텐데 당대에 이름을 떨친 인재가 아니면 구할 수 없네. 천하를 편안히 할 자는 그대가 아니겠는가?"

남양군 사람 하옹도 조조를 좋게 보았다.

"한의 황실이 곧 망할 것이니 천하를 편안히 할 자는 반드시 이 사람이리라."

그때 여남군 출신 허소라는 선비는 사람을 잘 본다는 명성을 누렸다.

【조조보다 다섯 살 위인 허소는 후한 말 명사로 사촌 형 허정(許靖)과 함께 이름이 높았다. 그들은 인물을 평가하기 좋아해 매달 초하루마다 사람들을 평하며 '월단평'이라 했는데 무명인도 허소의 좋은 평을 얻으면 단번에 유명인사로 발돋움했다. 그래서 높은 벼슬을 역임한 늙은 교현이 젊은 조조에게 권한 것이다.

"그대는 아직 이름이 알려지지 않았으니 허소와 사귀어보게."】

조조는 허소를 찾아가 물었다.

"나는 어떤 사람입니까?"

허소는 조조의 사람됨을 얕잡아보아 대답하지 않다가 거듭 묻자 마지못해 대답했다.

"그대는 태평한 시대에는 유능한 신하요, 어지러운 세상에는 간사한 영웅일세 [治世之能臣치세지능신 亂世之奸雄난세지간웅]."

조조는 그 말을 듣고 몹시 기뻐했다.

20세에 효렴으로 추천되어 황제의 시종으로 있다가 경성 북쪽 치안을 맡은 낙양북부위로 임명되자 성문에 오색 몽둥이 10여 개를 설치하고 금지령을 어긴 자는 아무리 지위가 높아도 어김없이 벌을 주었다.

밤에는 통행을 금하는데도 환관 건석(蹇碩)의 숙부가 밤에 칼을 들고 길을 가다 야간순찰을 나온 조조에게 잡혀 몽둥이를 맞았다. 그 뒤로는 궁궐 안팎의 누구도 감히 금지령을 어기지 못해 매서운 이름을 떨쳤다.

그 뒤 연주 동군 돈구 현령이 되었다가 황건 난이 일어나자 황제의 호위군을 거느리는 기도위로 임명되어 군사 5000명을 이끌고 싸우러 오는 길이었다.

때마침 싸움에 패하고 도망가는 장량, 장보와 마주치자 한바탕 무찔러 머리 1만여 개를 베고 징과 북, 깃발과 말을 수없이 빼앗았다. 장량과 장보가 죽기로써 간신히 몸을 빼 달아나니 조조는 황보숭, 주준과 작별하고 뒤를 쫓아갔다.

영천으로 가던 유비가 멀리서 싸움하는 고함 소리가 들려오고 불빛이 하늘을 밝혀, 급히 군사를 이끌고 달려갔으나 도적들은 이미 도망친 뒤였다. 유비가 황보숭, 주준에게 노식의 뜻을 전하자 황보숭이 권했다.

"장량과 장보는 세력이 기울고 힘이 빠져 광종으로 가서 장각에게 의지할 걸세. 밤낮으로 서둘러 되돌아가 노 중랑장을 돕게. 지체해서는 아니 되네."

유비가 곧바로 명을 받들고 돌아가다 한 무리 군사를 만났다. 그들은 죄수를 압송하는 수레를 호송하고 있었는데, 수레 위의 죄수는 다름 아닌 노식이었다. 유비가 깜짝 놀라 굴러떨어지듯 말에서 내려 사연을 묻자 노식이 대답했다.

"내가 장각을 에워싸고 바로 깨뜨리려 하는데 그놈이 요사스러운 술법을 부려 일시 패하고 말았네. 그때 조정에서 싸움을 알아보려고 환관 좌풍을 보내니 그가 돈을 달라고 내게 손을 내밀었네. 군량도 모자라는데 어디에 돈이 있어 천자의 사자께 드리겠느냐고 했더니 좌풍이 악을 품고 돌아가 조정에 거짓으로 아뢰었다네. 광종의 도적들은 쉽게 깨뜨릴 수 있는데도 내가 보루를 쌓고 지키기만 하면서 싸우지 않아 군사의 사기를 꺾는다고 말일세. 천자께서 진노하시어 중랑장 동탁(董卓)을 보내 군사를 거느리게 하고 나를 압송해 죄를 물으려 하시네."

장비가 머리끝까지 화가 치밀어 군사들을 찍고 노식을 구하려 하자 유비가 말렸다.

"조정에서 마땅히 의논이 있을 텐데 자네가 가볍게 굴어서 되겠는가?"

군사들이 노식을 둘러싸고 가버리자 관우가 청했다.

"노 중랑장께서 이미 잡히셨고, 다른 사람이 군사를 거느리니 우리가 광종에 가더라도 의지할 데가 없습니다. 잠시 탁군으로 돌아가는 편이 좋겠습니다."

그 말을 옳게 여기고 유비가 탁군으로 향하는데, 이틀을 가지 못해 산 너머에서 고함이 크게 울렸다. 유비가 관우, 장비와 함께 말을 달려 높은 언덕에 올라 바라보니 관군이 참패해 달아나고 뒤에서 산과 들을 뒤덮으며 황건 무리가 쫓아갔다.

"저건 장각이다! 빨리 달려가 싸우자!"

세 사람은 나는 듯이 말을 달려 군사를 휘몰고 나아갔다. 장각이 동탁의 관군을 이기고 기세를 몰아 쫓아가는데 느닷없이 세 사람이 군사를 이끌고 들이닥치니 군사들이 크게 어지러워져 50여 리를 달아났다. 세 사람이 동탁을 구해 영채로 돌아가자 그가 물었다.

"지금 무슨 벼슬에 있는가?"

"백신(白身)입니다."

【백신은 벼슬과 공명이 없는 평민을 가리키는 말이었다.】

유비 대답에 동탁은 세 사람을 몹시 깔보면서 예절도 차리지 않았다. 유비가 장막에서 나오자 장비가 불끈 성을 냈다.

"우리가 피 흘리는 싸움에 뛰어들어 이 자식을 구해주었는데 도리어 이처럼 무례하게 굴다니! 죽여 버리지 않고는 내 화가 풀리지 않겠소!"

장비는 곧바로 칼을 들고 장막으로 뛰어 들어가 동탁을 죽이려 했다.

이야말로

이해만 밝히는 것은 예나 지금 다름없어
그 누가 평민 영웅 알아보나?
어찌하면 익덕 같은 시원한 이 얻어
은혜 모르는 자들 모두 없앨까?

동탁은 목숨이 어찌 될까?

삼국시대에는 의자가 없었다

수많은 중국 고전 소설들이 처음에 '화설(話說)'이라는 말로 시작되는데 《삼국지》도 마찬가지다. 오늘날엔 좀 낯선 말이 되었으나 그 뜻은 '여기서 이야기하는 것'이다. 소설이나 극이 옛날 이야기꾼들의 이야기에 뿌리를 두었던 만큼 이 말은 이야기꾼이 처음 말을 시작하는 상용어로, 13세기경에 나왔다고 추정된다.

《수호전(水滸傳)》의 영웅들이 처음 등장하는 《대송선화유사》는 '오늘 말하는 것은[今日話說的금일화설적]'이라는 말로 이야기를 시작하고, 원나라 동해원의 이름난 극작 《서상기》에서는 '이 책에서 이야기하는 것은[此本話說차본화설]'이라는 말로 줄거리를 끌어낸다.

'화설'로 시작되는 이야기는 항상 아슬아슬한 대목에서 '뒷일이 어찌 되는지는 하회(下回, 다음 회)를 들으시라' 따위의 말로 한 단락이 끝난다. 듣는 이들이 궁금증을 풀지 않고는 견디지 못하게 만들어 청중을 붙잡는 이야기꾼 특유의 밥벌이 비결이었다. 물론 《삼국지》에도 그 흔적이 많이 남아 있다.

'푸른 뱀이 나타나 황제의 의자에 서리고 앉았다!'
푸른 뱀이 황궁에 모습을 드러낸 사건은 《후한서》를 비롯해 여러 역사책에 계속 등장해, 정치가 바르지 않으면 이상한 현상이 생긴다는 뚜렷한 징조가 되었다.

그래서 소설 《삼국지》를 지은이도 이 일을 책에 적었는데, 그만 자그마한 오류를 만들어버렸다. 정사에는 푸른 뱀이 임금이 앉는 자리인 '어좌'나 궁전 앞에 나타났다고 적었는데, 소설에서는 황제의 의자에 서렸다고 썼다. 후세 형편에 비추어 옛일을 묘사하는 역사소설의 흔한 실수를 범한 것이다.

의자는 후한이 망하고 삼국시대가 끝나고도 몇백 년이 지난 10세기경에 처음 등장하니 《삼국지》의 인물들이 활약하던 시대에는 아직 의자가 없었다. 사람들은 방바닥에 무릎을 꿇고 엉덩이를 발뒤꿈치에 올려놓고 단정히 앉아야 예절에 맞았다. 바닥에 삿자리를 펴고 앉는 경우가 가장 많아, 보통 네 사람이 삿자리 한 장에 앉고, 지위가 높으면 한 장을 독차지하기도 했다.

윗사람이 방에 들어오면 아랫사람은 자리에서 일어나 삿자리 밖으로 나가야 했고, 윗사람과 말을 할 때도 삿자리 밖으로 나가 서서 말해야 했다. 이를 가리켜 '피석(避席, 자리를 피하다)'이라고 했다. 윗사람이 삿자리를 내주어 아랫사람을 앉게 하면 상당히 높이 대하는 것이니 이를 가리켜 자리를 내려준다고 했다.

신분이 높은 사람은 큰 삿자리 위에 작은 삿자리를 더 펴고 앉았으니 이를 '중석(重席)'이라 불렀다. 지위가 높을수록 삿자리를 더 많이 겹쳤다. 이처럼 삿자리가 생활에 필수품이었으므로 유비는 삿자리를 만들어 팔아 밥을 먹을 수 있었다.

2

장비, 거침없이 썩은 관리 매질

장익덕은 분노해 독우 매질하고
하 국구는 꾀로 환관 죽이려 하다

하동 태수 동탁은 자가 중영(仲穎)으로 서량 농서군 임조현 사람인데 잘난 체하고 뽐내기를 좋아했다. 그런 그가 유비를 푸대접하자 장비는 그만 화가 나 그 자리에서 베려 했다. 유비와 관우가 말렸다.

"조정에서 임명한 장수를 어찌 자네 마음대로 벨 수 있나?"

"이놈을 죽이지 않고 아래에서 명령을 듣는다면 나는 따를 수 없소! 형님들은 여기 계시고 싶으면 그렇게 하시오, 나는 다른 데로 가겠소!"

장비가 성을 내자 유비가 달랬다.

"우리 세 사람이 살고 죽기를 같이 하기로 다짐했는데 어찌 여기서 헤어지나? 함께 다른 곳으로 가면 그만이지."

"그러면 내가 분이 조금은 풀리겠소."

세 사람은 그날 밤 군사를 이끌고 주준을 찾아갔다. 주준은 그들을 후하게 대접하고 군사를 합쳐 장보를 토벌했다. 이때 조조는 황보숭을 따라 장량을 토벌하면서 곡양 땅에서 크게 싸우는 중이었다.

장보는 8만여 명을 이끌고 산 뒤에 주둔해 있었다. 주준이 유비를 선봉으로 내세워 적과 싸우게 하니 장보가 부장 고승을 내보냈으나 장비가 창을 꼬나 들고 달려가 몇 번도 어울리지 않아 말 아래로 떨어뜨렸다.

이긴 기세를 타고 유비가 군사를 휘몰아 쳐들어가자 장보가 말 위에서 머리를 풀어헤치고 검을 들어 요사스러운 술법을 부렸다. 순식간에 바람이 윙윙 불고 우레가 꽈르릉꽈르릉 울리면서 하늘에서 한 줄기 검은 기운이 쏟아지며 헤아릴 수 없이 많은 사람과 말이 달려 나왔다.

군사가 크게 어지러워져 유비는 패하고 말았다. 유비가 영채로 돌아가자 주준이 대책을 내놓았다.

"도적이 요사스러운 술법을 쓰니, 내일은 돼지와 양과 개를 잡아서 피를 받아 군사를 매복시키세. 도적들이 쫓아오기를 기다려 언덕에서 피를 쏟아부으면 요술을 깨뜨릴 수 있네."

유비는 관우와 장비에게 각기 1000명씩 군사를 이끌고 높은 언덕에 매복하고, 짐승들 피를 준비하라고 일렀다.

이튿날 장보가 깃발을 휘두르고 북을 치며 군사를 이끌고 와서 유비가 맞받아나가니 장보가 또 술법을 부렸다. 세찬 바람이 일고 요란한 천둥이 치면서 모래가 흩날리고 돌이 굴렀다. 검은 기운이 하늘을 가리더니 사람과 말이 꼬리를 물고 내려왔다.

유비가 말을 돌려 달아나자 장보가 군사를 휘몰아 쫓아왔다. 이때 관우와 장비의 매복 군사가 일제히 일어나 더러운 피를 쏟아붓자 공중에서 종이로 오린 사람과 풀로 엮은 말들이 우수수 떨어지며 바람과 우레가 단번에 잦아들고 모래와 돌이 날리지 않았다.

요술이 깨지자 장보가 급히 군사를 돌리는데 관우와 장비가 달려 나오고 유비와 주준이 따라잡아 도적들은 크게 패했다. 유비가 나는 듯이 쫓아가니 장보가 큰길을 버리고 허둥지둥 달아나, 유비가 화살을 날려 그의 왼팔에 꽂혔다. 화살이 꽂힌 채 몸을 뺀 장보는 영천 양성으로 도망쳐 들어가 성문을 닫아걸고 굳게 지키며 나오지 않았다.

주준은 양성을 에워싸고 공격하면서 황보숭의 소식을 알아보았다.

"황보숭은 큰 승리를 거두었습니다. 동탁이 거듭 패하자 조정에서 그에게 대신하게 했는데, 장각은 이미 죽고 장량이 무리를 이끌고 맞섰습니다. 황보숭은 연이어 일곱 번이나 싸워 승리하고 곡양에서 장량의 목을 쳤습니다. 그리고 장각의 관을 열어 주검을 꺼내 사람들에게 보이고 머리를 베어 경성으로 보냈습니다. 조정에서는 벼슬을 올려 거기장군으로 삼고 기주 자사를 겸하게 했습니다. 또 황보숭이 표문을 올려 노식은 공로만 있을 뿐 죄가 없다고 아뢰어 조정에서 벼슬을 회복시켰습니다. 조조도 공을 세우고 제남국 상(相)에 임명되어, 곧 군사를 이끌고 낙양으로 돌아가 부임하러 간다고 합니다."

소식을 듣고 주준은 군사를 더욱 재촉해 양성을 드세게 공격했다. 도적들은 형세가 위급해지자 부하 장수 엄정이 장보를 죽이고 머리를 바치며 항복했다. 주준은 몇 개 군을 평정하고 조정에 전과를 보고했다.

이때 황건 잔당 조홍과 한충, 손중이 형주에서 몇만 무리를 모아 불을 지르고 약탈하면서 장각을 위해 원수를 갚는다고 떠드니 조정에서 주준에게 명해 승리한 군사를 이끌고 가서 토벌하게 했다.

주준이 남양 완성으로 달려가자 도적들은 한충을 내보냈다. 주준이 유비에게 성의 서남쪽을 들이치게 하니 한충은 정예 군사를 모두 이끌고 그쪽을 막았다. 그러자 주준은 철갑기병을 이끌고 성의 동북쪽을 들이쳤다. 도적들이 성을 잃을까 두려워 서남쪽을 버리고 급히 돌아서자 유비가 뒤에서 몰아쳐 크게 패하고 성으로 물러 들어갔다. 주준은 네 방향으로 단단히 에워쌌다.

성안에 식량이 떨어지자 한충이 사람을 내보내 항복을 청했으나 주준은 허락하지 않았다. 유비가 물었다.

"옛날 한 고조께서 천하를 얻으신 것은 사람들에게 항복을 권하고 귀순하는 자들을 받아들이셨기 때문입니다. 그런데 명공께서는 어찌하여 항복을 거절하십니까?"

"그때는 그때고 지금은 지금일세 [彼一時此一時피일시차일시]. 옛날 항우가 힘을 쓸 때는 천하가 크게 어지러워 백성에게 정해진 주인이 없었네. 그래서 고조께서는 항복을 권장하고, 수하에 들어오는 자에게는 상을 내려 모두 오라고 하신 걸세. 지금은 천하가 하나로 통일되고 오로지 황건적만 반란을 일으키는데, 그들의 항복을 쉽게 허용하면 백성에게 착하게 살도록 권할 수가 없네. 도적이 유리하면 마음껏 약탈하다 불리하면 바로 항복하는 것을 받아들이면 그 기세만 돋우어줄 뿐일세."

유비가 의견을 내놓았다.

"도적의 항복을 쉽게 받아들이지 않는 것은 옳습니다. 그런데 사방을 철통같이 에워쌌으니 그들이 항복을 구걸하다 안 되면 반드시 죽기로써 싸울 것입니다. 백 사람이 한마음을 먹어도 당할 수 없거늘 하물며 성안에 목숨을 건 사람이 몇만이나 되지 않습니까? 동쪽과 남쪽은 군사를 물리고 서쪽과 북쪽만 치는 것이 좋습니다. 도적들은 성을 버리고 달아나면서 싸울 마음이 사라질 터이니 곧 사로잡을 수 있습니다."

주준이 옳게 여겨 동쪽과 남쪽은 군사를 물리고 서쪽과 북쪽을 들이치니, 한충은 과연 성을 버리고 달아나 주준과 유비는 군사를 휘몰아 무찔렀다. 주준이 활을 쏘아 한충을 죽이자 남은 무리는 산산이 흩어졌다. 이때 조홍과 손중이 군사를 이끌고 달려오는데 그 세력이 너무 커 주준이 잠시 물러서자 도적들은 다시 완성을 빼앗았다.

주준은 성에서 10리 떨어진 곳에 영채를 세우고 성을 공격하러 갔다. 이때 별안간 동쪽에서 군사 한 떼가 달려왔다. 앞장선 장수는 이마가 훤하고 얼굴이 번듯하며 호랑이 같은 몸집에 곰 같은 허리를 가졌으니, 나라 동남쪽에 있는 오군 부춘현 사람으로 성은 손(孫)이요, 이름은 견(堅)에 자는 문대(文臺)였다. 《손자병법》을 쓴 병법 대가 손자(孫子)의 후예였다.

손견은 17세 때 아버지를 따라 전당강 어귀에 갔다가 해적 10여 명이 상인들 재물을 빼앗아 나누는 것을 보았다. 행인들이 모두 멈추어 서고 배들도 감히 앞으로 나아가지 못하는데 손견이 나섰다.

"제가 도적을 사로잡을 수 있습니다."

"네가 나설 바가 아니다."

아버지가 말렸으나 손견은 힘을 떨쳐 칼을 들고 기슭으로 뛰어 올라가 소리치면서 사람들을 부르는 듯 이쪽저쪽으로 손짓을 했다. 관군이 온 것으로 안 해적들은 재물을 버리고 뺑소니쳤다. 손견이 뒤를 쫓아가 한 놈을 죽이니 이름이 널리 알려져 군관인 교위로 추천되었다.

그 뒤 오군과 이웃한 회계군에서 요사한 도적 허창이 반역해 양명황제라 칭하며 무리 몇만을 모았다. 손견은 오군의 경비대장으로서 용사 1000여 명을 모아 양주 자사와 힘을 합쳐 반역자들을 깨뜨리고 허창과 그 아들 허소의 목을 베었다.

양주 자사 장민이 표문을 올려 공로를 아뢰니 조정에서 서주 광릉군으로 보내 염독 현령을 보좌하는 현승으로 임명했다. 그 뒤 서주 하비국 우이와 하비로 자리를 옮기며 현승 벼슬을 계속하다 황건 무리가 일어나자 그를 따라 하비에 와 있던 고향 젊은이들과 장사꾼, 주위의 정예 군사 1500명을 모아 주준을 도와 싸우러 온 것이었다.

주준은 대단히 기뻐 손견에게 남문을 치라 명하고, 유비에게는 북문을 치게 하며, 자신은 서문을 치면서 동문을 남겨 도적들이 달아날 길을 열어두었다. 맨 먼저 성벽 위로 올라간 사람은 손견이었다. 그가 칼을 휘둘러 도적 20여 명을 찍어 죽이자 무리가 흩어져 달아나는데, 조홍이 나는 듯이 말을 달려오며 자루가 긴 창을 꼬나 들고 손견을 덮쳤다. 손견은 성벽 위에서 몸을 날려 창을 빼앗아 조홍을 찔러 말 아래로 떨어뜨리고, 그의 말에 뛰어올라 도적들을 무찔렀다.

도적 괴수 손중은 군사를 이끌고 북문으로 달려가다 유비와 마주치자 싸울 마음이 없어 달아났으나 유비가 화살을 날리니 몸을 뒤집으며 말에서 떨어졌다. 주준의 대군이 뒤이어 몰아쳐 도적 머리 1만여 개를 베고, 항복한 자는 수를 헤아릴 수 없었다. 남양 일대 10여 개 고을이 모두 평정되었다.

주준이 낙양으로 돌아오자 영제는 조서를 내려 거기장군으로 높이고 낙양 일대 현들을 다스리는 하남윤으로 봉했다. 주준이 표문을 올려 손견과 유비를 비롯한 사람들의 공로를 아뢰자 손견은 뇌물을 먹이고 대장군 직속인 별부사마가 되었다.

뇌물을 주지 않은 유비만 오랫동안 소식을 기다려도 벼슬을 얻지 못했다. 유비와 관우, 장비가 울적해 거리로 나와서 발 가는 대로 거니는데 앞에서 낭중 장균의 수레가 왔다. 낭중은 낮은 벼슬이지만 궁궐에 드나들며 황제를 자주 뵈어, 유비가 붙들고 자신의 공적을 이야기하니 장균이 조정에 들어가 영제에게 아뢰었다.

"이전에 황건적이 반란을 일으킨 까닭은 모두 십상시에게 있습니다. 그들이 벼슬과 작위를 팔면서 친한 사이가 아니면 재주가 있어도 써주지 않고, 원수가 아니면 죄를 지어도 죽이지 않아 천하가 크게 어지러워진 탓입니다. 십상시의 머리를 베어 남쪽 교외에 매달고, 천하에 널리 알려 공이 있는 자들에

손견은 성 위에서 몸을 날려 창을 빼앗고 ▶

게 후한 상을 내리시면 세상이 자연히 태평해집니다."

십상시도 질세라 영제에게 아뢰었다.

"장균이 폐하를 속입니다."

영제가 장균을 궁궐 밖으로 쫓아내자 십상시가 상의했다.

"이는 틀림없이 황선석을 깨뜨려 공을 세운 자가 벼슬을 얻지 못해 원망하는 말을 퍼뜨린 것이오. 잠시 조정에 일러 그 재주를 가늠하여 시시한 벼슬이나 맡기도록 하고, 다시 손을 써도 늦지 않을 것이오."

이렇게 해서 유비는 정주군 중산부 안희 현위에 임명되어, 데리고 있던 군사를 고향으로 돌려보내고, 심복 20여 명만 데리고 두 아우와 함께 부임하러 갔다.

한 달 동안 현에서 일을 보면서 백성을 털끝 하나 건드리지 않으니 사람들이 감화를 받아 마음이 착해지고 도둑이 모두 선량한 백성으로 변했다. 유비는 관우, 장비와 같은 밥상에서 밥을 먹고 같은 침상에서 잠을 잤다. 유비가 사람이 많은 곳에 가서 앉으면 관우와 장비가 뒤에서 모시고 서는데, 온종일이라도 지친 기색이 없었다.

유비가 현에 이르러 넉 달도 지나지 않아 조정에서 조서를 내려 무릇 싸움에서 세운 공적으로 현승, 현위가 된 자들을 가려내야 한다고 지시했다. 유비도 거기에 해당하지 않나 의심하는데, 태수를 대신해 명령을 전하고 관리들을 감독하는 독우가 현들을 돌아보며 안희현에 이르렀다.

유비는 성 밖으로 나가 독우를 맞이하고 급히 말에서 내려 예절을 갖추어 인사했다. 그러나 독우는 말 위에 앉아 말채찍을 까딱 움직여 유비를 가리키는 것으로 답례를 대신할 뿐이었다. 그 거만한 꼴을 보고 관우와 장비는 못내 분했다.

역관 대청에 이르러 독우는 남쪽을 향해 높직이 앉고 유비는 섬돌 아래에서 모시고 섰는데, 한참이 지나서야 독우가 물었다.

"유 현위는 출신이 어떠한고?"

유비가 아뢰었다.

"저는 중산정왕의 후예로 탁군에서 황건적 토벌을 시작해, 크고 작은 싸움 30여 차례를 치르며 공을 세워 이 자리를 받았습니다."

독우가 버럭 호통쳤다.

"너는 황실 종친이라 사칭하고 거짓으로 공적을 보고했구나! 지금 조정에서 조서를 내리신 것은 바로 이런 엉터리 관리와 더러운 벼슬아치들을 걸러내려는 것이다!"

유비는 대꾸하지 못하고 물러났다. 공무를 보는 아문으로 돌아와 현리들과 상의하니 그중 하나가 귀띔해 주었다.

"독우가 위풍을 부리는 것은 뇌물을 먹자는 수작입니다."

"나는 백성을 털끝 하나 건드리지 않았는데 재물이 어디 있겠나?"

이튿날 독우는 현리를 불러 현위가 백성을 괴롭힌다고 고발하라고 을러댔다. 현리를 풀어달라고 유비가 몇 번이나 독우를 찾아갔으나 문지기들이 막고 들여보내지 않아, 기분이 울적해 아문으로 돌아왔다.

이때 속이 답답해 술을 몇 잔 마신 장비가 말을 타고 역관 앞을 지나는데 문 앞에서 노인들 여러 명이 울고 있었다.

"독우가 현리를 핍박해 현위를 해치려 합니다. 우리 모두 말리러 왔다가 문지기들에게 매만 맞고 쫓겨났습니다."

장비는 크게 노해 고리눈을 둥그렇게 부릅뜨고 어금니를 꽉 깨물었다. 말에서 훌쩍 뛰어내려 곧장 역관으로 달려 들어가니 문지기들이 어찌 장비를 막을 수 있으랴! 장비가 한달음에 뒤채로 들어가 보니 독우는 대청에 앉아 있고 현리는 묶여 마당에 쓰러져 있어서 버럭 호통쳤다.

"백성을 못살게 구는 도둑놈아! 내가 누군지 아느냐?"

독우가 뭐라고 말도 하기 전에 장비 손에 머리끄덩이를 잡혔다. 장비는 독우를 질질 끌고 역관에서 나와 곧장 아문 앞으로 갔다. 아문 앞의 말을 매는 말뚝에 묶어놓고 버들가지를 꺾어 두 다리를 철썩철썩 갈기니 버들가지 10여 대가 연이어 부러졌다.

유비가 답답해 앉아 있는데 아문 앞에서 떠들썩한 소리가 들려왔다.

"장 장군이 아문 앞에 사람을 묶어놓고 호되게 매질합니다."

유비가 급히 밖으로 나가보니 뜻밖에도 묶인 자는 독우가 아닌가. 흠칫 놀라 까닭을 묻자 장비가 대답했다.

"백성을 못살게 구는 도둑놈을 때려죽이지 않고 무엇을 기다리겠소?"

독우가 애원했다.

"현덕 공, 목숨을 살려주시오!"

유비는 아무래도 인자한 사람이라 급히 장비를 호령해 손을 떼게 하니 관우가 사람들을 돌아 나왔다.

"형님은 큰 공을 많이 세우시고도 겨우 현위 자리를 얻었는데, 오히려 독우에게 욕까지 보셨습니다. 제가 생각하니, 탱자와 멧대추나무 덤불은 가시가 많아 난새와 봉황이 깃들일 곳이 못 됩니다[枳棘叢中지극총중 非棲鸞鳳之所비서난봉지소]. 독우를 죽인 뒤 벼슬을 버리고 고향으로 돌아가 달리 원대한 계획을 세우시는 것이 좋겠습니다."

유비는 현위 도장과 끈을 풀어 독우 목에 걸어주고 꾸짖었다.

"네가 백성을 못살게 구는 것을 보아서는 죽여야 마땅하나 잠시 목숨을 살려주겠다. 나는 도장을 받들어 돌려주고 이 길로 떠난다."

【당시의 벼슬은 도장과 끈에 의해 증명되어, 관리들은 항상 몸에 지녀야 했다. 도장과 끈을 내놓으면 벼슬을 그만두겠다는 뜻이었다.】

유비와 관우, 장비는 밤낮없이 길을 달려 탁군으로 돌아갔다.

백성들이 풀어주어 독우가 돌아가 태수에게 알리자 태수는 조정에 보고하고 사람을 풀어 유비를 잡게 했다. 유비와 두 아우는 대주로 달려가 유회에게 의지했다. 유회는 유비가 같은 황실 종친인 것을 알고 집에 숨겨주면서 말을 꺼내지 않았다.

이때 권력을 잡은 십상시가 상의했다.

"우리를 따르지 않는 자가 있으면 없애버려야 하오."

환관 조충(趙忠)과 장양이 사람을 보내 황건적을 깨뜨린 공을 세운 장수들에게 금과 비단을 달라고 해서 말을 듣지 않으면 영제에게 아뢰어 벼슬을 떼었다. 황보숭과 주준도 재물을 주지 않자 공적을 꾸몄다고 환관들이 아뢰어 벼슬을 잃었다. 영제는 조충을 비롯한 자들을 거기장군으로 임명하고, 장양을 비롯한 환관 13명을 모두 열후(列侯)에 봉했다.

【열후는 후한의 작위 가운데 가장 높은 것으로, 문관이 평생 벼슬을 하고 무관이 일생을 싸워도 얻을까 말까 한 작위였다. 그런데 한낱 환관들이 무더기로 열후가 되었으니 사람들이 한숨을 쉬지 않을 수 없었다.】

조정 정사가 날로 비뚤어져 온 백성이 한탄하며 원망했다. 형주 장사군에서는 구성이 난을 일으키고, 유주 어양군에서는 장거와 장순이 반란을 꾀했다. 장거는 천자로 칭하고 장순은 대장군으로 일컬었다. 표문이 눈송이처럼 대궐로 날아들어 위급을 알렸건만 십상시는 모두 감추고 아뢰지 않았다.

어느 날 영제가 후원에서 십상시와 술을 마시는데, 조정 정사의 잘잘못을 간하는 간의대부 유도(劉陶)가 앞에 가서 슬피 울었다.

"천하가 위험해 오늘내일을 다투는데 폐하께서는 거세한 환관들과 술을 드십니까?"

영제는 잠꼬대 같은 소리를 했다.

"나라가 태평한데 무엇이 위급하단 말이냐?"

"사방에서 도적들이 일어나 주와 군을 침략하고 약탈하는데, 모두 십상시가 관직을 팔고 백성을 해치면서 폐하를 속이기 때문입니다. 마음이 올바른 사람은 모두 조정을 떠났으니 화가 바로 눈앞에 닥쳤습니다!"

십상시는 모두 관을 벗고 영제 앞에 꿇어앉았다.

"대신들이 용납하지 않으니 신들은 살 수가 없습니다. 저희 목숨을 붙여주시어 고향으로 돌아가게 허락해주십시오. 집안 재산을 남김없이 털어 군사비용으로 내놓겠습니다."

십상시가 엉엉 울자 영제는 화를 낸 유도를 나무랐다.

"너희 집에도 가까이 부리는 사람이 있을 텐데 어찌 짐이 사람을 가까이 두는 것을 허용하지 않느냐?"

궁궐 밖으로 끌어내 목을 치라고 호령하자 유도가 외쳤다.

"신은 죽어도 아깝지 않으나 한의 황실이 400여 년을 전해오다 하루아침에 끝나게 되었으니 가여울 뿐입니다!"

무사들이 유도를 데리고 나가 형을 집행하려 하는데 별안간 한 대신이 꾸짖어 말렸다.

"손을 쓰지 마라. 내가 가서 간하겠다!"

사도 진탐(陳耽)이었다. 그가 들어가 영제에게 여쭈었다.

"유 간의는 무슨 죄를 지어 죽임을 당하는 것입니까?"

【민사를 맡은 사도는 군사를 책임진 태위, 공사(工事)를 담당한 사공과 함께 최고위 벼슬로 삼공(三公)이라 불렸다. 후한 때는 실제 정사는 보지 않았지만 나라에 큰일이 생기면 셋이 상의해 결정하는 막중한 대신이었다.】

"황제를 가까이 모시는 신하를 헐뜯고 짐을 모독했소."

진탐이 말씀을 올렸다.

"천하 만민은 십상시의 생고기를 씹으려 하는데, 폐하께서는 부모처럼 존경하시며 한 치 공도 없는 자들을 모두 열후에 봉하셨습니다. 하물며 봉서를 비롯한 자들은 황건적과 결탁해 난까지 일으키려 했습니다. 폐하께서 스스로 돌이켜보지 않으시면 사직이 무너집니다."

"봉서가 난을 일으켰다는 것은 증거가 분명치 않소. 십상시 가운데 어찌 충신이 하나둘 없겠소?"

황제가 말을 받아들이지 않아 진탐이 머리를 섬돌에 부딪치며 충고를 계속하니 영제는 짜증이 나서 밖으로 끌어내 유도와 함께 감옥에 집어넣게 했다.

십상시는 그날 밤으로 손을 써서 옥중에서 유도와 진탐을 죽여 버렸다. 그리고 영제의 조서를 꾸며 손견을 장사 태수로 임명해 구성을 토벌하게 하니, 50일도 지나지 않아 승전 보고가 올라와 손견을 오정후(烏程侯)에 봉했다.

조정에서 종정경 유우를 유주 자사로 임명해 어양의 장거와 장순을 토벌하게 했다. 대주의 유회가 소식을 듣고 유비를 추천해 보내니 유우는 대단히 기뻐하며 군관인 도위로 삼아 도적 소굴을 치게 했다. 유비가 며칠 크게 싸워 기세를 꺾어버리자 도적들은 마음이 변해 장순을 암살하고 머리를 바치면서 항복했다. 장거 또한 형세가 틀린 것을 보고 스스로 목을 매어 어양은 모두 평정되었다.

유우가 표문을 올려 유비의 공로를 아뢰니 조정에서는 독우를 매질한 죄를 사면하고 청주 북해국 하밀 현승으로 임명했다가 평원국 고당 현위로 옮겨주었다. 공손찬이 또 표문을 올려 유비가 이전에 세운 공로를 밝히고 별부사마로 추천해, 평원 현령 자리를 시험하도록 했다.

【새로 부임한 관리는 1년 동안 녹봉을 제대로 다 받지 못하고 시험기간을 거쳐야 했다.】

유비는 평원에서 물자와 식량, 군사와 말을 꽤 얻어 다시 옛날 기상을 회복하고, 유우는 도적을 평정한 공로로 최고 군사 장관인 태위 벼슬을 받았다.

189년 4월, 병이 깊어진 영제는 대장군 하진을 궁중으로 불러 뒷일을 상의했다. 하진은 원래 백정 출신인데, 누이동생이 황궁에 들어가 귀인이 되어 황자 변(辯)을 낳고 황후로 세워지자 권력을 잡아 큰 자리를 맡게 되었다.

영제가 또 미인 왕씨를 총애해 황자 협(協)을 낳았으나 하 황후가 질투해 독이 든 술로 왕 미인을 죽여 버렸다. 어머니를 잃은 유협은 동 태후 궁중에서 자랐다. 동 태후는 영제의 어머니로 제후인 해독정후 유장의 아내인데, 환제가 아들을 두지 못하고 죽어 유장의 아들을 황제로 세운 것이다.

영제는 어머니를 궁궐 안으로 맞아들이고 태후로 높여 받들었다. 동 태후가 영제에게 유협을 태자로 세우라고 권하자 영제도 사랑이 기울어 태자로 삼고 싶었는데, 병이 깊어지니 환관 건석이 아뢰었다.

"협을 태자로 세우시려면 먼저 하진을 죽여 후환을 없애야 합니다."

영제가 하진을 불러 궁궐 문에 이르자 건석의 부하 사마 반은이 가만히 일러주었다.

"궁궐에 들어가시면 안 됩니다. 건석이 대장군을 죽이려 합니다."

【반은은 건석의 부하였으나 뒤로 가만히 하진과 통해 위험한 고비마다 도와주었다.】

깜짝 놀란 하진이 급히 장군부로 돌아와 사람들을 모아 환관을 모두 죽이려고 상의하니 한 사람이 벌떡 일어나 앞으로 나섰다.

"환관은 세력이 오래되어 조정에 깊이 뿌리박혔는데 어찌 모두 죽일 수 있습니까? 비밀을 지키지 못하면 멸족의 화가 생길 것이니 자세히 살피시기 바랍니다."

하진이 보니 전군교위 조조라 대뜸 꾸짖었다.

"그대같이 어린 사람이 조정의 큰일을 어찌 알 수 있겠나?"

적당한 방도가 없어 머뭇거리는데 반은이 와서 전했다.

"천자께서 붕어하셨습니다."

가덕전에서 세상을 떠난 영제는 그때 나이 34세였다. 반은이 궁중 움직임을 알려주었다.

"건석과 십상시가 몰래 상의하는데 비밀을 지켜서 부고를 내지 않고, 거짓 조서를 꾸며 대장군을 궁궐로 불러 후환을 없앤 뒤 협을 황제로 세우려 합니다."

그 말이 끝나기도 전에 사자가 이르러 빨리 궁궐에 들어와 다음 황제를 세우라고 하진을 부르니 조조가 충고했다.

"일을 따져보면 먼저 천자의 자리를 바로잡은 뒤에야 역적을 제거할 수 있습니다."

하진이 물었다.

"누가 감히 나를 도와 천자의 자리를 바로잡고 역적을 토벌하겠는가?"

"저에게 정예 군사 5000명을 빌려주시면 자물쇠를 깨고 궁궐로 들어가 새 황제를 세우고, 거세한 녀석들을 없애 조정을 깨끗이 하고 천하를 편안히 하겠습니다!"

한 사람이 나서니 사도 벼슬을 한 원봉의 아들이요, 조정 대신으로 있는 원외(袁隗)의 조카로 이름은 소(紹), 자는 본초(本初)이며 사예교위로 있는 사람이었다.

하진이 대단히 기뻐 어림군 5000명을 내주자 원소는 투구 쓰고 갑옷 입어 온몸을 단단히 감쌌다. 하진은 하옹(何顒), 순유(筍攸), 정태(鄭泰)를 비롯한 대신 30여 명을 이끌고 궁전으로 들어가 영제의 관 앞에서 태자 변을 받들어 황제에 앉히니 바로 소제(少帝)였다.

문무백관이 새 황제에게 만세를 외치며 절한 뒤 원소는 건석을 잡으러 들어갔다. 건석이 친히 군사를 이끌고 나와 맞섰으나 원소가 검을 들고 달려가자 겁이 나서 황제의 정원으로 달아나다 꽃그늘 아래에서 환관 곽승 손에 죽고 말았다. 건석이 거느린 황제 호위군은 모두 항복했다. 원소가 하진에게 권했다.

"환관들이 무리를 지었으니 이때 모조리 죽여 버리시지요."

사태가 위급해지자 장양 무리는 황급히 하 태후의 궁전으로 들어가 애원했다.

"대장군을 해치려고 모의한 자는 건석 하나뿐이고 신들은 아무 상관이 없습니다. 대장군이 원소 말만 듣고 신들을 죄다 죽이려 하니 마마께서 저희를 가엾게 여겨주시기 바랍니다!"

"너희는 걱정하지 마라. 내가 보호해주겠다."

태후는 가만히 하진을 불렀다.

"나와 오라버니는 보잘것없는 집안에서 태어나서 장양 같은 사람들이 아니었으면 어찌 이런 부귀를 누리게 될 수 있었겠어요? 건석이 어질지 못해 이미 죽임을 당했는데, 어찌 남의 말만 믿고 환관을 모두 죽이려 하나요?"

하진은 태후 말을 듣고 나와 대신들에게 선포했다.

"건석이 음모를 꾸며 나를 해치려 했으니 그 집안은 멸족시키겠네. 다른 사람들은 함부로 해칠 것 없네."

원소가 걱정했다.

"풀을 베면서 뿌리를 뽑지 않으면 뒷날 반드시 목숨을 잃는 근원이 됩니다."

"내 뜻은 이미 정해졌으니 더 말하지 말라."

대신들은 모두 물러갔다.

이튿날 하 태후가 하진에게 조정 정사를 움직이는 상서대를 도맡게 하니 하진은 군권과 정권을 한 손에 거머쥐게 되었다. 하진의 기반을 다져준 하 태후는 다른 여러 사람에게도 벼슬을 주었다.

동 태후가 장양 무리를 불러 상의했다.

"하진의 누이는 내가 황후로 세워주어 지위가 높아졌다. 그 아들이 황제에 오르고 안팎의 신하들이 모두 그의 심복이라 위세와 권력이 너무 크니 내가 어찌해야 하느냐?"

"마마께서는 조정에 나가시어 발을 드리우고 정사를 듣는 수렴청정을 하시지요. 황자 협을 왕으로 봉하고, 국구 동중(董重)에게 큰 벼슬을 내려 군권을 장악하게 하시며, 신들을 중용하시면 대사를 이룰 수 있습니다."

동 태후는 대단히 기뻐 이튿날 조회를 열어 태후의 명으로 황자 유협을 진류왕(陳留王)으로 올리고, 자기 친동생 동중을 대장군과 품계가 같은 표기장군에 봉하며, 장양을 비롯한 자들을 조정 정사에 참여하게 했다.

한 달 남짓 지나자 동 태후가 권력을 틀어쥐고 조정 일을 모두 결정하게 되었다. 하 태후가 그것을 보고 잔치를 베풀어 동 태후를 초대했다. 차츰 술기운이 돌자 하 태후가 자리에서 일어나 술잔을 두 손으로 받쳐 들고 동 태후에게 두 번 절했다.

"여인들이 조정 일에 관여하는 것은 옳지 않습니다. 옛날 고조의 여(呂) 태후가 대권을 잡았다가 종족 1000여 명이 죽임을 당했습니다. 우리는 구중궁궐 깊숙이 들어앉는 것이 좋습니다. 조정 대사는 대신과 원로들이 상의하게 하는 것이 나라를 위하는 길이니 들어주시기 바랍니다."

동 태후는 벌컥 화를 냈다.

"너는 왕 미인을 질투해 독주로 죽이고도, 네 아들이 황제가 된 것과 네 오라비 하진이 세력이 큰 것을 믿고 걸핏하면 감히 허튼소리를 지껄이는구나! 내가 표기장군에게 칙명을 내려 네 오라비 머리를 베는 것은 손바닥을 뒤집기보다 쉬운 일이다."

"내가 좋은 말로 권하는데 어찌 성을 내세요?"

동 태후가 빈정거렸다.

"네 친정 사람들은 짐승 잡고 술이나 팔던 너절한 것들이니 무슨 식견이 있겠느냐?"

두 태후가 다투자 장양 무리가 떼어놓아 각기 궁전으로 돌아갔다. 그날 밤에 하 태후가 하진을 불러 동 태후와 다툰 일을 이야기하니 하진은 궁궐에서 나와 곧바로 삼공을 모아 상의했다.

【동 태후가 환관을 풀어 재물을 긁어모으며 인심을 많이 잃어, 하진은 어렵지 않게 삼공과 뜻을 같이할 수 있었다.】

이튿날 조회가 열리자 하진의 뜻을 받든 신하가 아뢰었다.

"동 태후는 제후의 비이니 궁중에 오래 머물 수 없습니다. 전에 살던 하간으로 돌려보내 안치하되 오늘로 경성 문을 나가야 합니다."

하진이 동 태후를 하간으로 떠나게 하고 황제 호위군을 보내 동중의 장군부와 집을 에워싸고 도장과 끈을 찾아오게 하니, 동중은 사태가 기울었음을 알고 후당에서 검으로 목을 베어 죽었다.

동 태후 쪽이 망한 것을 보고 장양과 단규(段珪)는 얼른 금과 구슬, 정교한 노리개를 들고 하진의 아우 하묘와 그 어머니 무양군에게 줄을 대어 하 태후에게 말을 잘해주도록 부탁했다. 십상시는 다시 천자 가까이에서 총애를 받게 되었다.

【무양군은 처음에 주씨에게 시집가 아들을 낳고, 후에 하진의 아버지에게 재가해 낳은 딸이 황궁에 들어가 귀인이 되어 그 호칭을 받았다. 그래서 재가한 남편의 전처 아들인 하진보다는 금은보화에 더 마음이 끌렸을 것이다. 또 주씨 핏줄을 타고난 아들은 어머니를 따라 하씨네 집에 와서 성을 바꾸어 하묘가 되었으니 하진과는 아버지와 어머니가 모두 달랐다.】

이해 6월, 하진은 남몰래 사람을 보내 동 태후를 하간의 역관 뜰에서 독주를 먹여 죽이고, 관을 경성으로 실어와 영제 무덤에 묻었다. 하진이 병을 핑계로 장례에 참석하지 않고 외출을 삼가는데 원소가 찾아왔다.

"장양, 단규 무리가 명공께서 동 태후를 독살하고 대사를 꾀하려 한다고 헛소문을 퍼뜨리니 그 거세한 놈들을 잡아 죽이지 않으면 뒷날 반드시 큰 화가 미칩니다. 옛적에 두무가 환관들을 죽이려다 비밀이 새 도리어 화를 입었는데, 명공 형제분들이 거느린 장수와 신하는 모두 영특하고 빼어난 인재들이니 그들이 힘을 합치면 일은 곧 이루어집니다. 하늘이 명공을 돕는 때이니 놓쳐서는 아니 됩니다."

"천천히 상의해보겠네."

하진이 머뭇거리자 가까이 있는 자들이 가만히 장양에게 원소의 말을 전했다. 장양이 다시 찾아가 애원하며 뇌물을 듬뿍 안기자 하묘는 궁궐로 들어가 하 태후에게 아뢰었다.

"대장군이 새 천자를 보좌하면서 인자한 노릇은 하지 않고 사람들을 죽이기만 합니다. 또 까닭 없이 십상시를 죽이려 하니 이는 난을 불러오는 일입니다."

하 태후가 옳게 여기는데, 잠시 후 하진이 들어와 환관들을 죽이겠다고 하자 말렸다.

"환관이 궁궐을 돌보는 것은 나라의 오랜 제도예요. 황제께서 천하를 버리신 지 오래지 아니한데 오라버니가 옛 신하들을 죽이려 하면 이는 종묘를 무겁게 여기는 처사가 아니에요."

하진은 결단성이 없는 사람이라 태후 말을 듣고 그냥 물러 나오니 원소가 물었다.

"대사가 어떠합니까?"

"태후께서 허락하지 않으시니 어찌하겠나?"

"사방 영웅들을 불러 군사를 이끌고 경성으로 와서 거세한 놈들을 모조리 죽이게 하십시오. 그때는 일이 급해지니 태후께서도 따르지 않을 수 없습니다."

원소의 말에 하진은 감탄했다.

"그것참 묘한 계책이군! 내가 태후의 뜻을 거스르지 않아도 되니 말일세."

그가 곧바로 강한 군사들이 주둔한 여러 곳 진(鎭)에 격문을 돌려 모두 불러들이려 하자 대장군부에서 문서를 담당하는 주부 진림(陳琳)이 말렸다.

"아니 됩니다, 아니 됩니다! 속담에 '눈을 가리고 참새를 잡는다[掩目捕雀엄목포작]'는 말이 있으니, 이는 자신을 속이는 짓입니다. 하찮은 짐승을 잡을 때도 속임수를 써서는 뜻을 이루지 못하거늘 하물며 나라 대사이겠습니까? 장군께서는 황제의 위엄에 의지하고 군권을 거머쥐시어, 용이 머리를 쳐들고 호랑이가 뛰는 듯이 하십니다. 무슨 일이든 마음대로 하실 수 있으니 환관을 죽이려면 화로에 부채질해 털을 태우는 것처럼 간단합니다. 우레 같은 위엄을 떨치고 권력을 행사해 즉시 결단만 하시면 하늘과 사람이 모두 따릅니다. 그런데 바깥의 대군을 경성으로 불러 궁궐을 범하게 하시다니요? 영웅들이 모이면 각기 다른 마음을 품으니, 이는 이른바 칼을 거꾸로 잡고 자루를 내주는 [倒持干戈도지간과] 격이라 반드시 일이 이루어지지 못하고 오히려 세상이 어지러워집니다."

하진은 웃었다.

"그건 겁쟁이들 소리야!"

이때 곁에서 누군가 손뼉을 치며 껄껄 웃었다.

"이것은 손바닥을 뒤집듯 쉬운 일인데 굳이 길게 의논할 게 무엇입니까?"

하진이 보니 조조였다.

이야말로

황제 곁 소인배 제거하려면
조정 똑똑한 꾀를 들어야지

조조는 무슨 말을 할까?

3

환관들 무리 지어 대장군 베다

온명전에서 의논하며 동탁은 정원 꾸짖고
금과 구슬 주어 이숙은 여포를 부추기다

조조가 하진에게 권했다.

"환관의 화는 예전부터 있었습니다. 세상 주인이신 황제께서 권력을 잘못 내려주시어 총애하다 이처럼 되었으니 죄를 다스리려면 우두머리 하나만 없애면 됩니다. 그런 일은 옥졸 한 사람에게 맡겨도 충분한데 구태여 바깥 군사를 불러들일 필요가 어디 있습니까? 환관을 모두 죽이려 하시면 반드시 꾀하는 바가 드러날 터이니 일이 틀어질지도 모릅니다."

하진은 화를 냈다.

"맹덕도 사사로운 뜻을 품는가?"

【조조 할아버지는 이름난 환관이었고 조조도 할아버지 덕을 크게 입었는데, 하진이 그에 빗대어 의심하니 더 할 말이 없었다.】

조조는 대장군부에서 물러 나와 중얼거렸다.

"천하를 어지럽힐 자는 반드시 하진이다!"

하진의 비밀조서를 지닌 사자들이 밤낮없이 달려가 먼저 네 길의 군사를 부르니 동군 태수 교모(橋瑁), 하내 태수 왕광(王匡), 병주 자사 정원(丁原), 그리고 동탁이었다.

이때 동탁은 대신에 버금가는 전장군이자 향에서 나오는 세금을 받는 오향후에, 서량 자사가 되어 넓은 땅을 다스렸다. 동탁은 황건적 진압에 공을 세우지 못해 조정에서 죄를 물려 했으나 십상시에게 뇌물을 먹여 죄를 면하고, 다시 힘 있는 대신들에게 붙어 큰 벼슬을 차지해 서량 대군 20만을 거느리면서 늘 신하의 본분을 지키지 않을 마음을 품었다.

조서를 받자 동탁은 크게 기뻐 군사를 이끌고 떠났다. 사위인 중랑장 우보(牛輔)에게 근거지 섬서를 지키게 하고 이각(李催)과 곽사(郭汜), 장제(張濟), 번조(樊稠)를 비롯한 부하 장수들을 데리고 낙양으로 향했다. 역시 사위로 모사 노릇을 하는 이유(李儒)가 속삭였다.

"조서를 받들기는 했으나 명확하지 못한 점들이 많으니 어찌 정식으로 천자께 표문을 올리지 않으십니까? 명분이 바르면 말하기도 편해지니 [名正言順명정언순] 대사를 꾀할 수 있습니다."

【하진이 비밀조서를 보냈는데, 정식으로 표문을 올리자는 것은 내란이 일어나도록 자극하자는 뜻이었다. 동탁도 그런 계책을 모를 리 없었다.】

동탁은 이유에게 글을 짓게 하여 표문을 올렸다.

'가만히 듣자오니 천하가 혼란하고 반역이 그치지 않는 것은 장양 무리가 하늘의 도리를 모독했기 때문이라 하옵니다. 신은 외람되이 종을 울리고 북을 치며 낙양에 들어가 환관들을 제거할 것을 청하오니, 일이 이루어지면 사직이 매우 행운이고 천하가 참으로 다행일 것입니다.'

하진이 표문을 받아 보여주자 시어사 정태가 충고했다.

"동탁은 이리이니 경성에 끌어들이면 사람을 잡아먹습니다."

하진은 아직도 꿈속이었다.

"그대는 의심이 많아 큰일을 꾀할 바가 못 되는군."

노식도 충고했다.

"식은 이전부터 동탁이 얼굴은 선해 보이나 심보는 악독함을 잘 압니다. 그가 궁중에 들어오면 반드시 화가 생길 것이니 나라에는 이익이 없고 백성에게는 해가 됩니다. 오지 못하게 막아야 합니다."

하진은 또 꾸짖었다.

"그대들은 모두 큰 뜻이 없으니 나라의 녹(祿)을 거저먹었군!"

하진이 말을 듣지 않자 정태와 노식은 벼슬을 버리고, 순유도 벼슬을 내놓고 한가하게 살았다. 조정 대신들은 태반이 떠났다.

하진이 사람을 보내 낙양 서쪽 민지에서 맞이하자 동탁은 군사를 멈추고 움직이지 않았다. 장양 무리는 외지 군사가 왔다는 소식을 듣고 상의했다.

"하진이 꾸민 모략일세. 우리가 먼저 손을 쓰지 않으면 모두 멸족의 화를 입을 걸세."

그들은 사람 목을 벨 무사 50명을 장락궁 가덕문 안에 매복시키고 하 태후에게 아뢰었다.

"대장군이 거짓 조서를 돌려, 외지 군사를 경성으로 불러 신들을 죽이려 합니다. 태후마마께서 저희를 가엾게 여겨 구해주시옵소서."

"너희가 대장군부에 가서 사죄하려무나."

태후가 대수롭지 않게 여기자 장양이 애원했다.

"저희가 대장군부에 가면 뼈와 살이 가루가 되고 맙니다. 마마께서 대장군을 궁궐로 불러 저희를 죽이지 말도록 막아주시기 빕니다. 대장군이 마마 말씀을 따르지 않으면 신들은 마마 앞에서 죽음을 청할 뿐입니다."

간청에 못 이긴 하 태후가 조서로 불러서 하진이 떠나려 하자 주부 진림이 말렸다.

"태후의 조서는 십상시의 음모이니 가시면 아니 됩니다. 반드시 화를 입으십니다."

하진은 대단치 않게 여겼다.

"태후께서 조서로 부르시는데 무슨 화가 있겠느냐?"

원소도 말렸다.

"계획이 새고 일이 드러났는데도 궁궐로 들어가려 하십니까?"

조조가 방법을 내놓았다.

"먼저 십상시를 불러낸 뒤 들어가셔야 합니다."

하진은 픽 웃었다.

"모두 어린아이 소견이야. 내가 천하의 권력을 잡았는데 십상시가 감히 나를 어찌한단 말인가?"

원소가 청했다.

"장군께서 기어이 가시겠다면 우리가 군사들로 호위해 뜻밖의 일에 대비하겠습니다."

원소와 조조는 정예 군사 500명을 점검해 황궁을 지키는 호분중랑장으로 있는 원소의 아우 원술(袁術)에게 거느리게 했다. 원술은 투구 쓰고 갑옷 입어 몸을 단단히 감싼 후 군사를 이끌고 남궁 청쇄문밖에 늘어섰다. 원소와 조조가 검을 차고 수레에 탄 하진을 호위해 장락궁 앞에 이르자 환관이 태후의 명을 전했다.

"특별히 대장군을 부르시니 다른 사람은 함부로 들어오지 못한다."

원소와 조조를 비롯한 수행원들은 궁전 문 바깥에 막히고 하진 혼자 고개를 번쩍 들고 버젓이 걸어 가덕전 앞에 이르니 장양과 단규가 나와 양쪽으로 에워쌌다. 하진이 깜짝 놀라자 장양이 새된 목소리로 꾸짖었다.

"동 태후께서 무슨 죄를 지으셨다고 함부로 독살했느냐? 게다가 국모 장례에 병을 핑계로 빠지다니! 너는 원래 짐승이나 잡던 천한 백정인데 우리가 천자께 추천해 부귀영화를 누리게 해주었다. 그런데도 보답할 생각은 않고 도리어 해치려 드느냐? 너는 우리가 더럽다고 했다는데, 그럼 깨끗한 자는 누구냐?"

하진이 황급히 나갈 길을 찾았으나 궁전 문은 모두 닫히고, 매복한 무사들이 일제히 달려 나와 그를 베어 버렸다.

원소는 오래 기다려도 하진이 나오지 않자 궁전 문 바깥에서 높이 외쳤다.

"장군께서는 어서 나오시어 수레에 오르십시오!"

장양 무리가 하진의 머리를 담 너머로 던지며 선포했다.

"하진은 반역을 꾸며 죽임을 당했다! 그를 따르던 무리는 모두 용서한다!"

원소가 날카롭게 소리쳤다.

"거세한 환관들이 대신을 모살했다! 악한 무리를 죽일 자들은 모두 나와 싸움을 도우라!"

하진의 부하 장수 오광(吳匡)이 재빨리 청쇄문 밖에 불을 지르자 원술은 군사를 이끌고 궁궐로 쳐들어가 환관이 보이기만 하면 나이가 많든 적든 모두 죽였다. 원소와 조조가 궁전 문의 자물쇠를 깨고 안으로 들어가니 이미 불길이 하늘을 찔렀다.

장양과 단규를 비롯한 환관들은 태후와 태자, 소제와 진류왕을 납치해 궁궐 안쪽으로 깊숙이 들어가 복도를 통해 북궁으로 달아났다.

【복도는 누각 사이를 잇는 아래위 층으로 된 통로를 말한다.】

이때 노식은 벼슬을 버리고 아직 경성을 떠나지 않았는데, 궁전에서 변이 일어났다는 말을 듣고 갑옷 입고 기역 자 모양의 날이 붙은 기다란 과(戈)를 들고 복도 창문 아래에 서 있다가, 먼발치에서 단규가 하 태후를 협박해 다가오는 것을 보고 외쳤다.

"역적 단규는 어찌 감히 태후를 납치하느냐?"

단규가 달아나자 창문으로 뛰어나온 하 태후는 노식이 구해 위험에서 벗어날 수 있었다.

오광이 궁궐 안으로 쳐들어가는데 하묘가 검을 들고나오니 높이 외쳤다.

"하묘가 환관들과 공모해 형님을 해쳤으니 우리가 함께 죽여야 하오!"

하묘가 도망치려 했으나 사람들이 에워싸고 칼질해 고깃덩이로 만들어버렸다. 원소가 군사를 몇 갈래로 나누어 십상시와 환관들을 죽이는데, 어른과 어린아이 가리지 않고 아예 씨를 말려버렸다. 그 바람에 수염 없는 자들이 무수히 억울하게 죽었다.

조조는 궁전 불을 끄고 하 태후에게 잠시 대권을 맡게 한 뒤, 군사를 풀어 장양 무리를 쫓아가 소제를 찾게 했다.

장양과 단규는 소제와 진류왕을 협박해 불을 뚫고 밤새 달아나 낙양 북쪽 북망산에 이르렀다. 날이 어두워 서로 볼 수 없게 되자 따라오던 수종들은 하나둘 도망쳐 낙양으로 돌아갔다. 밤이 깊어지니 뒤에서 고함이 높이 울리면서 사람과 말들이 쫓아왔다. 앞장선 사람은 하남중부연 민공(閔貢)이었다.

"역적은 달아나지 마라!"

단규를 비롯한 자들은 말을 타고 허겁지겁 달아났다. 장양은 일이 급해지자 소제에게 머리를 조아려 작별 인사를 드렸다.

"신에게는 앞길이 없으니 폐하께서는 스스로 돌보시옵소서!"

장양은 강에 뛰어들어 죽었다. 소제와 진류왕은 형편을 알지 못해 감히 소리를 높이 내지 못하고 강가 어지러운 풀 속에 엎드려 있어, 군사들이 사방으로 흩어져 찾았지만 만날 수 없었다. 이날은 189년 8월 24일이었다.

소제와 진류왕이 밤중까지 숨어 있자 선뜩선뜩한 이슬이 내렸다. 배가 고파 두 소년이 끌어안고 우는데 사람들이 알까 봐 겁이 나 풀 속에서 소리를 삼켰다. 진류왕이 권했다.

"여기서 오래 머물면 아니 되니 따로 살길을 찾아야 합니다."

"길이 어두워 걷기 어려운데 어찌해야 하느냐?"

두 소년은 서로 옷자락을 잡아매고 강기슭으로 기어올랐다. 땅에는 온통 가시덤불이 가득하고 어둠 속에서 길이 보이지 않아 망설이는데, 갑자기 반딧불이가 무수히 무리를 지어 소제 앞으로 날아와 빙빙 돌며 빛을 뿌리니 진류왕이 기뻐했다.

"하늘이 우리 형제를 돕는 것입니다!"

두 소년은 반딧불이를 따라 걸었다. 새벽이 가까울 때까지 걷자 발이 아파 더는 걸을 수 없어서 언덕 곁 풀 무더기 위에 누웠다.

풀 무더기 앞에 장원이 하나 있었다. 장원 주인은 그날 밤 붉은 해 두 개가 장원 뒤에 떨어지는 꿈을 꾸고 놀라 깨어나 집에서 나와 사방을 둘러보았다. 장원 뒤 풀 무더기에서 붉은빛이 하늘로 솟구쳐 황급히 가보니 소년 둘이 누워 있는 것이 아닌가.

"두 소년은 어느 집 아들들인가?"

소제가 감히 대답하지 못하자 진류왕이 소제를 가리켰다.

"이분은 황제이시오. 십상시 난을 만나 여기까지 피하셨고, 나는 아우 진류왕이오."

장원 주인은 깜짝 놀라 두 번 절했다.

"신은 돌아가신 황제께서 나라를 다스리실 때 사도로 있던 최열의 아우 최의라고 합니다. 십상시가 관직을 팔고 현명한 이를 시샘하여 여기 숨어 살고 있습니다."

최의는 소제를 부축해 장원에 들어가 꿇어앉아 먹을 것을 올렸다.

이때 민공이 단규를 추격해 붙잡고 물었다.

"천자께서는 어디 계시느냐?"

"중도에서 흩어져 어디로 가셨는지 모릅니다."

민공은 단규를 베어 머리를 말의 목에 달고, 군사를 풀어 사방으로 흩어져 찾게 한 후 홀로 말을 타고 찾아다니다 최의의 장원에 이르렀다. 최의가 말의 목에 달린 머리를 보고 사연을 물어 민공이 이야기하니 그를 안내해 황제를 뵙게 했다. 황제와 신하가 슬피 울자 민공이 권했다.

"나라에는 하루도 주인이 계시지 않으면 아니 되니 어서 경성으로 돌아가십시오."

최의가 장원에 한 필밖에 없는 여윈 말에 안장과 고삐를 갖추어 소제가 오르게 하고, 민공과 진류왕은 함께 말을 타고 장원을 떠났다. 얼마 가지 않아 사도 왕윤(王允)과 태위 양표(楊彪), 중군교위 원소 등이 수백 명 무리를 거느리고 황제를 맞이해 모두 울음을 터뜨렸다. 신하들은 먼저 단규의 머리를 경성으로 가져가 높이 걸어 사람들에게 보이게 하고, 좋은 말을 골라 소제와 진류왕을 태우고 경성으로 돌아가는 길에 올랐다.

이보다 앞서 낙양 아이들이 묘한 노래를 불렀다.

황제는 황제가 아니요
왕은 왕이 아닌데
천 대 수레, 만 명 기병

북망산으로 달려가더라

과연 그 예언이 맞아떨어진 것이다.

황제가 몇 리도 가지 못해 깃발이 해를 가리고 먼지가 하늘을 덮으며 한 무리 군사가 달려왔다. 백관은 낯빛이 변하고 황제도 소스라쳐 놀라니 원소가 말을 몰고 나가 물었다.

"거기 누구냐?"

수놓은 깃발들 속에서 장수가 달려 나와 날카롭게 물었다.

"천자께서는 어디 계시느냐?"

소제는 떨며 대답을 못 하는데 진류왕이 고삐를 잡아당겨 앞으로 나가 호령했다.

"오는 자는 누군가?"

장수가 대답했다.

"서량 자사 동탁이다."

진류왕이 또 물었다.

"황제를 호위하러 왔는가, 아니면 납치하러 왔는가?"

"특별히 황제의 행차를 호위하러 왔느니라."

"그렇다면 어찌하여 천자께서 계시는데 말에서 내리지 않는가?"

동탁은 깜짝 놀라 황급히 말에서 내려 길 왼쪽에 엎드려 절을 올렸다.

【문관은 길 오른쪽, 무관은 왼쪽에 엎드리는 것이 예절이었다.】

진류왕이 말로 동탁을 어루만져 위로하는데 처음부터 끝까지 한마디도 그릇됨이 없었다. 은근히 기이하게 여긴 동탁은 이때 이미 황제를 폐하고 새 황

진류왕 말에 동탁은 황급히 길에 엎드려 ▶

제를 세울 마음을 품었다.

궁궐에 돌아와 하 태후를 만난 사람들은 모두 슬프게 울었다. 그런데 궁궐 안을 점검해보니 황제가 쓰는 전국새(傳國璽)가 보이지 않았다.

동탁이 성 밖에 군사를 주둔하고 날마다 철갑기병을 거느리고 성안에 들어와 거리를 누비자 백성은 허둥지둥 불안했다. 교모와 왕광은 하진이 죽었음을 알고 각기 군사를 이끌고 본거지로 돌아가니, 동탁은 궁궐을 드나드는데 거리낌이 없었다.

후군교위 포신(鮑信)이 원소를 찾아갔다.

"동탁은 다른 마음이 있으니 빨리 제거해야 하오."

원소는 생각이 달랐다.

"조정이 겨우 안정되었는데 다시 창칼을 움직여서는 아니 되오."

왕윤에게도 이야기했으나 역시 대답이 시원치 않자 그는 군사를 이끌고 태산으로 돌아가 버렸다.

하진 형제의 군사까지 모두 손에 넣어 한층 세력이 늘어난 동탁은 가만히 이유를 불렀다.

"내가 황제를 폐하고 진류왕을 세울까 하는데 어떠하냐?"

"조정에 주인이 없으니 지금 일을 벌이지 않으면 변이 생깁니다. 내일 온명원에서 백관을 불러 황제를 폐하고 새로 세우는 일을 말씀하셔서 따르지 않는 자는 목을 치십시오. 위세와 권력을 얻는 것은 이 일 한 번에 달렸습니다."

이튿날 동탁은 잔치를 크게 베풀고 대신을 모두 불렀다. 모두가 동탁을 두려워하는 터에 누가 감히 오지 않으랴. 문무백관이 다 오기를 기다려 동탁은 천천히 온명원 문까지 와서 말에서 내려 허리에 검을 찬 채 자리에 들어갔다.

술이 몇 차례 돈 다음, 동탁은 술을 멈추고 음악을 그치게 하더니 날카로운 소리로 말을 꺼냈다.

"내가 한마디 말이 있으니 여러 대신은 조용히 들으시오."

사람들이 모두 귀를 기울였다.

"천자는 만민의 주인으로 위엄 있는 모습과 장중한 몸가짐이 없으면 종묘와 사직을 받들 수 없소. 지금 황제는 나약하여, 총명하고 배우기를 좋아해 거룩한 자리를 이을 수 있는 진류왕보다 못하오. 내가 황제를 폐하고 진류왕을 세우려 하니 여러분은 어찌 생각하시오?"

백관은 말을 듣고 감히 소리를 내지 못했다. 저마다 고개를 숙이고 아래만 내려다보는데, 한 사람이 벌떡 일어나 앞에 놓인 상을 확 밀고 성큼성큼 걸어 나와 높이 외쳤다.

"아니 된다, 아니 된다! 네가 누군데 감히 큰소리를 치느냐? 천자께서는 돌아가신 황제의 적자로 아무 허물이 없으신데 어찌 함부로 폐하고 새로 세우기를 논할 수 있느냐? 네가 황제 자리를 찬탈하려 하느냐?"

병주 자사 정원이었다. 그도 하진이 내린 조서를 받고 군사를 이끌어 낙양에 온 것이다. 그가 군사를 믿고 감히 나서서 항거하니 동탁이 꾸짖었다.

"나를 따르는 자는 살고, 나를 거스르는 자는 죽는다!"

동탁은 검을 뽑아 정원을 베려 했다. 이때 이유가 보니 정원의 등 뒤에 한 사람이 있는데 풍채가 의젓하고 위풍이 늠름했다. 그가 자루에 그림을 그린 방천화극을 손에 들고 성난 눈길로 동탁을 쏘아보자 이유가 급히 나섰다.

"오늘 술 마시는 자리에서는 나라의 정사를 이야기할 수 없습니다. 내일 정사를 상의하는 곳에서 의논해도 늦지 않습니다."

사람들이 모두 권해 정원은 말에 올라 떠났다. 동탁이 다시 백관에게 물었다.

"내 말이 도리에 맞지 않소?"

노식이 자리에서 일어나 대답했다.

"명공은 틀렸소이다. 옛날 상(商)의 태갑이 밝지 못해 재상 이윤(伊尹)이 동궁으로 추방하고, 창읍왕은 황제 자리에 오른 지 겨우 27일 만에 나쁜 짓을 3000여 가지나 저질러 곽광(藿光)이 태묘에 고하고 폐했소. 지금 황제께서는 비록 어리시나 총명하고 어질고 슬기로우시니 털끝만 한 잘못도 없소. 공은 외지 자사로서 일찍이 나라 정사에 참여하지 않았고, 또 이윤과 곽광 같은 큰 재주도 없는데 어찌 억지로 황제를 폐하고 새 황제를 세울 수 있단 말이오? 성인께서 말씀하시기를 '이윤 같은 뜻이 있으면 가능하지만 그런 뜻이 없으면 찬탈이니라' 하셨소."

【이윤은 성탕(成湯)을 도와 상을 세우고 재상으로 있던 사람이다. 뒷날 성탕의 손자 태갑이 임금 자리를 이었는데 법도를 어겨 이윤이 동궁으로 추방했다.

창읍왕은 한 무제의 손자로 무제를 이은 소제가 아들 없이 죽어 황제가 되었는데, 궁전에 배우들을 데려다 놓고 소제의 궁녀들과 음탕한 짓을 해 27일 만에 대신 곽광이 태후의 명을 받들어 끌어냈다. 태묘는 황실 조상을 모신 사당을 말한다. 태갑이나 창읍왕은 확실히 임금 자격이 없다고 알려진 사람들이었다.

이윤은 태갑을 추방했으나 그가 잘못을 뉘우치자 3년 후 다시 모셔 왕으로 세우면서 자신이 임금이 될 궁리는 하지 않았고, 곽광 역시 창읍왕을 영지로 돌려보낸 뒤 무제의 다른 손자를 모셔 황제로 세우면서 자신이 대권을 잡으려고는 하지 않았다. 노식은 그런 뜻에서 《맹자》 '진심상'에 나오는 말을 빌려 동탁에게 따끔히 침을 놓은 것이다.】

동탁이 크게 노해 검을 뽑아 노식을 죽이려 하니 시중 채옹과 의랑 팽백이 충고했다.

"노 상서는 천하 사람들이 우러러 존경하는 분이니 해치면 온 백성이 놀라고 무서워할까 두렵습니다."

동탁이 죽이지 않고 벼슬만 떼어, 노식은 유주 상곡군으로 가서 숨어 살았다.

사도 왕윤이 나섰다.

"황제를 폐하고 세우는 일은 술을 마시고 상의할 일이 아니니 다른 날 다시 의논합시다."

백관은 모두 흩어졌다. 동탁이 허리에 찬 검을 틀어쥐고 온명원을 나가는데, 문 바깥에서 한 장수가 화극을 들고 바람같이 말을 달려 오고 갔다. 동탁이 이유에게 물었다.

"저게 누구냐?"

"정원의 양자인데 성은 여(呂)에 이름은 포(布), 자는 봉선(奉先)이라 합니다. 주공께서는 잠시 피하시는 것이 좋겠습니다."

동탁은 온명원 안으로 들어가 여포를 피했다.

이튿날 성 밖에서 정원이 군사를 이끌고 싸움을 걸어, 동탁은 크게 노해 이유와 함께 마주 나갔다. 양쪽 군사가 진을 치고 여포가 화극을 꼬나 들고 말을 달려 정원을 따라 진 앞으로 나오자 정원이 동탁을 가리키며 욕했다.

"나라가 불행하여 거세한 환관들이 권력을 농간해 만민이 흙탕에 빠지고 불에 타는 격이 되었는데, 너는 자그마한 공로도 없으면서 어찌 감히 황제를 폐하고 다시 세우겠다는 허튼소리를 지껄여 조정을 어지럽히려 드느냐!"

동탁이 무엇이라고 대답도 하기 전에 여포가 나는 듯이 덮쳐 동탁은 황급히 달아났다. 정원이 군사를 이끌고 뒤쫓아 동탁은 크게 패하고 30여 리를 물러났다. 동탁이 무리를 모아 상의했다.

"여포는 보통 사람이 아니다. 내가 만약 이 사람을 얻는다면 어찌 천하 사람들을 이기지 못할까 근심하겠느냐!"

한 사람이 나섰다.

"주공께서는 걱정하지 마십시오. 저는 여포와 고향이 같은데 그가 용맹하나 꾀가 없고, 이익을 보면 의리를 잊는 것을 잘 압니다. 제가 썩을 줄 모르는 세 치 혀[三寸不爛之舌삼촌불란지설]를 믿고 여포를 찾아가 설득해, 그가 손을 모아 잡고 주공께 와서 항복하게 하면 어떻겠습니까?"

동탁이 대단히 기뻐 바라보니 호분중랑장 이숙(李肅)이었다.

"이 숙이 들으니 주공께 명마 한 필이 있다고 합니다. 이름은 적토(赤兎)라 하고 하루에 천 리를 달린다고 하니 그 말을 그에게 선물하고, 금과 진주로 마음을 끌어당기면 됩니다. 그 후 잘 구슬리면 여포는 반드시 정원을 배반하고 주공 아래로 들어옵니다."

동탁이 기꺼이 말을 내주고 황금 1000냥과 번쩍이는 구슬 수십 알에 옥으로 만든 허리띠 하나를 얹어주니 이숙은 여포의 영채로 갔다.

"아우님은 헤어진 후 무고하신가?"

여포는 두 손을 맞잡고 읍하며 물었다.

"오랫동안 뵙지 못했는데 지금 어디 계시오?"

"호분중랑장을 맡고 있네. 아우님이 기울어진 사직을 바로잡는다니 기쁘기 한이 없구먼. 나에게 좋은 말이 한 필 있어 하루에 천 리를 달리는데, 물을 건너고 산에 오르기를 평지 밟듯 하니 그 이름을 적토마라 부른다네. 특별히 아우님께 드려 호랑이 같은 위엄을 돋우고자 하네."

여포가 말을 살펴보니 과연 온몸이 온통 빨갛게 달아오른 숯덩이 같은데 잡색 털이라고는 한 오라기도 없어, 그 모습이 붉은 토끼라는 '적토' 이름에 잘 어울렸다. 머리부터 꼬리까지 열 자나 되고 발굽부터 목덜미까지 여덟 자로, '호호홍!' 우렁차게 울부짖는 품이 당장 하늘에 날아오르고 바다에 뛰어들 기상이었다.

여포는 말을 보고 너무 기뻐 이숙에게 고마워했다.

"형이 용 같은 말을 내리시니 내가 어찌 보답해야 하오?"

"의리 때문에 찾아온 사람이 무슨 보답을 바라겠나?"

이숙이 그럴듯하게 대답하니 여포는 술상을 차려 대접했다. 술기운이 거나해지자 이숙이 생각해둔 말을 꺼냈다.

"이 숙이 아우님과는 만난 지 오래이나 춘부장님과는 자주 만났네."

"형은 취하셨구려! 아버님이 세상을 떠나신 지 오랜데 어찌 형과 만나실 수 있겠소?"

여포의 대답에 이숙은 껄껄 웃었다.

"그 아버님이 아니고 정 자사 말일세."

"정 자사 아래에 있는 것은 어쩔 수 없어 그러는 거요."

그 말을 듣고 이숙이 슬슬 구슬리기 시작했다.

"아우님은 하늘을 떠받치는 기둥이나 바다 속 용궁의 대들보와 비길 재주[擎天架海之才경천가해지재]를 지녔으니, 천하 사람들이 누구인들 흠모하고 존경하지 않겠는가? 아우님이 공명과 부귀를 얻는 것은 주머니에 든 물건 꺼내기[探囊取物탐낭취물]보다 쉬운 일인데 어쩔 수 없어 남의 아래에 있다고 말하는가?"

"주인다운 주인을 만나지 못해 한스러울 뿐이오."

여포가 안타까운 듯 대답하자 이숙이 설득했다.

"좋은 새는 나무를 가려 깃들이고, 현명한 신하는 주인을 골라 섬긴다[良禽擇木而棲양금택목이서 賢臣擇主而事현신택주이사]고 하네. 일찌감치 기회를 찾지 못하면 후회해도 늦을 걸세."

"형이 조정에서 본 바로는 어떤 사람이 세상의 영웅이오?"

"대신들을 두루 살펴보아도 모두 동탁보다 못하더군. 동탁은 현명한 이를 존경하고 선비를 예절 바르게 대하며 상과 벌이 분명하니 마침내 대업을 이룰 걸세."

"그를 따르고 싶지만 길이 없어 한스럽구려."

이때 이숙이 금과 구슬, 옥띠를 꺼내 늘어놓으니 여포는 흠칫 놀랐다. 이숙이 사람들을 물리치게 했다.

"동 공께서 아우님의 큰 이름을 우러르신지 오래라 특별히 나를 보내 이것들을 바치게 하셨네. 적토마 역시 동 공께서 선물하신 걸세."

"이처럼 과분하게 사랑해주시니 내가 어찌 보답해야 하겠습니까?"

"재주 없는 이 몸도 호분중랑장이 되었으니 아우님이야 거기 가면 그 귀함이 이루 말할 수 없을 걸세."

"한스럽게도 실개천이나 티끌만 한 공도 없어, 만나 뵈옵는 예물로 삼을 것이 없구려."

이숙이 암시했다.

"그 공은 손을 뒤집기만 하면 이루어지는 것인데, 아우님이 세우려 하지 않을 뿐이지."

여포는 말없이 궁리하다 입을 열었다.

"내가 정 자사를 죽이고 군사를 이끌어 동 공에게 가면 되겠소?"

"아우님이 그렇게 하면 그야말로 더 없이 큰 공일세! 일은 늦추어서는 아니 되니 얼른 결정해야 하네."

여포가 다음날 가서 동탁을 뵙기로 약속해 이숙은 떠났다. 저녁 늦게 여포가 칼을 들고 정원의 장막으로 들어가니 촛불을 켜고 책을 보던 정원이 물었다.

"내 아들은 무슨 일로 왔느냐?"

"내가 당당한 장부로서 어찌 남의 아들이 될 수 있소?"

뜻밖의 말에 정원은 놀랐다.

여포, 단칼에 정원의 목을 베다. ▶

"봉선은 어찌하여 마음이 변했느냐?"

여포는 앞으로 나아가 단칼에 정원의 머리를 베고 외쳤다.

"정원이 어질지 못해 내가 이미 베었다. 나를 따르려는 자는 남고, 따르지 않을 자는 가고 싶은 곳으로 가거라!"

상졸들은 반 이상이 흩어졌다.

이튿날 여포가 정원의 머리를 들고 가자 동탁은 크게 기뻐 술상을 차리고 먼저 절을 했다.

"동탁이 장군을 얻으니 마른 싹이 단비를 얻은 것 같소."

여포는 동탁을 부축해 자리에 앉히고 절을 올렸다.

"공께서 버리지 않으신다면 이 포가 아버지로 모시겠습니다."

동탁은 여포에게 금 갑옷과 비단 전포를 내리고 함께 술을 흠씬 마셨다.

동탁은 여포를 얻고 그가 데려온 군사까지 받아들이자 위세가 날이 갈수록 커졌다. 스스로 전장군이 되어 아우 동민에게 좌장군 벼슬을 주고 현후로 봉했다. 여포는 기도위로 임명하고 중랑장 벼슬을 내리며 도정후로 봉했다.

황제를 새로 세우는 일을 빨리 정하라고 이유가 권하자 동탁은 궁궐 안에서 연회를 베풀고 백관을 부르는데, 여포에게 갑옷 무사 1000여 명을 거느리고 좌우에서 호위하게 했다. 태부 자리에 오른 지 오래지 않은 원외를 비롯한 대신들이 모두 모여, 술이 몇 순 돈 다음 동탁이 허리에 찬 검에 손을 얹고 일어섰다.

"천자가 어둡고 나약해 종묘를 받들 수 없으니 내가 이윤과 곽광의 옛일에 따라 황제를 홍농왕으로 내리고 진류왕을 황제로 세울까 하오. 따르지 않는 자가 있으면 목을 치겠소!"

대신들은 질겁해 대답하지 못하는데 중군교위 원소가 벌떡 일어서서 앞으로 나갔다.

"천자께서는 황제 자리에 오르신 지 오래지 않았고 덕을 잃지 않으셨다. 네가 돌아가신 황제의 적자를 끌어내리고 서자를 세우려 하니 반역이 아니고 무엇이냐?"

동탁은 벌컥 화를 냈다.

"천하의 모든 일이 나에게 달렸으니 내가 하는 일을 누가 감히 따르지 않겠느냐! 네 눈에는 내 검이 날카롭지 않아 보이느냐?"

원소도 질세라 검을 쑥 뽑아 들었다.

"네 검만 날카롭고, 내 검은 날카롭지 않은 줄 아느냐?"

두 사람은 연회 자리에서 팽팽하게 맞섰다.

이야말로

정원이 의로움 받들다 먼저 죽으니
원소가 다투는데 형세가 위태롭네

원소 목숨은 어찌 될까?

4

조조, 암살 실패하고 보검 바쳐

황제 폐하여 진류왕이 황위 잇고
동탁 죽이려다 맹덕 칼을 바치다

동탁이 원소를 베려 하자 이유가 말렸다.

"일이 아직 성사되지 않았는데 함부로 사람을 죽여서는 아니 됩니다."

원소는 보검을 높이 들어 백관에게 작별을 고하고, 벼슬 증표인 절(節)을 동문에 걸어 직책을 버리겠다는 뜻을 밝힌 후 기주로 달려갔다. 동탁이 태부 원외를 돌아보았다.

"태부의 조카가 저토록 무례하지만 태부의 체면을 보아 잠시 참겠소. 천자를 폐하고 새로 세우는 일을 어찌 생각하시오?"

품계가 높아도 힘이 없는 원외는 찬성할 수밖에 없었다.

"공의 소견이 옳소이다."

동탁은 으름장을 놓았다.

"감히 나라의 중요한 의논을 막는 자가 있으면 군법으로 처리하겠노라!"

연회가 끝나고 동탁은 황제를 모시는 시중 주비와 낙양 성문을 맡은 성문교위 오경에게 물었다.

"원소가 갔으니 앞으로 어찌 될 것 같은가?"

주비가 대답했다.

"황제를 폐하고 세우는 일은 보통 사람이 할 수 있는 일이 아닙니다. 원소는 그 큰 이치를 몰라 두려워 도망간 것이지 다른 뜻은 있을 리 없습니다. 그가 화를 내고 갔으니 급히 잡으려고 하면 변을 일으킵니다. 원씨는 4대나 은혜를 퍼뜨려 문하에 부하와 인재들이 두루 널렸습니다. 그가 호걸들을 거두어 무리를 모으면 숱한 영웅들이 일어날 터이니 산동(山東, 화산 동쪽)은 장군 것이 아니 됩니다. 일단 용서하시는 것이 좋습니다. 태수 따위를 만들어주면 원소는 죄를 면해 기뻐할 것이니 걱정이 사라집니다."

오경도 찬성했다.

"원소는 일을 꾸미기는 좋아하나 결단성이 없어 걱정하실 나위가 없습니다. 한낱 작은 군의 태수를 내려주어 마음을 얻는 편이 좋습니다."

동탁은 원소를 기주 발해군 태수로 임명했다.

이해 9월 초하루, 동탁은 문무백관을 가덕전에 모으고 소제를 오르게 하여 검을 뽑아 들고 선언했다.

"천자가 나약하고 사리에 어두워 천하의 주인이 되기 부족하오. 천자를 폐하여 홍농왕으로 내리고, 진류왕을 받들어 대통을 이으시게 하겠소."

이유가 책문을 읽었다.

"효령황제(영제)께서 일찍이 신하와 백성을 버리시어 지금 황제께서 자리를 이으시니 세상 사람들이 우러르면서 바라는 바가 아주 컸다. 그러나 황제는 타고난 성품이 가볍고 경박하여 위엄스러운 몸가짐이 없고 공손하지 못해, 상복을 입는 동안에도 행동이 태만했다. 비루한 덕성이 뚜렷이 드러났으니 높은 자리에 있기가 부끄럽다. 황태후는 아들 교육에 어머니다운 예의와 본

보기를 보여주지 못했고 나라를 통치함이 거칠고 어지러웠다. 영락태후(동 태후)께서 급작스레 붕어하시어 뭇사람은 이상스럽게 여겼노라. 삼강(三綱)의 도는 하늘과 땅의 기강이니 어찌 부족함이 있도록 하겠는가? 진류왕 협은 성덕이 성대하고 규율을 숙연히 지키며 상중에는 슬퍼하고 나쁜 말을 하시지 않았으니 아름다운 명성을 천하 사람들이 모두 들은 바이다. 그러하므로 대업을 이어 만세의 대통을 이어야 할 것이니 황제를 폐하여 홍농왕으로 내리고, 황태후는 정사를 황제께 되돌려야 한다. 진류왕을 모셔서 황제로 올려, 하늘의 뜻에 좇고 사람의 마음에 따라 백성의 바람을 위로해야 마땅하다."

【'삼강의 도'란 임금과 신하, 아버지와 아들, 남편과 아내의 관계를 말한다.】

이유가 책문을 읽자 동탁은 좌우를 호령해 소제를 부축해 궁전에서 내려가게 했다. 옥새와 끈을 풀어내고 신하의 본분으로 얼굴을 북쪽으로 향하게 해서 꿇어 앉히니 소제는 몸을 꼿꼿이 세워 단정하게 명을 들어야 했다. 하 태후에게도 태후 옷을 벗고 새 황제의 명을 기다리게 하니 모자는 소리 내어 울고, 신하들은 슬퍼하지 않는 사람이 없었다.

섬돌 아래에서 한 대신이 분노해 높이 외쳤다.

"도적 신하 동탁이 감히 하늘의 뜻을 속이고 현명한 황제를 폐하니, 내가 마땅히 내 목의 피를 너한테 뿌려야겠다!"

그는 손에 든 상아 간을 휘둘러 동탁을 쳤다. 동탁이 크게 노해 무사들에게 붙잡게 하니 상서 정관(丁管)이었다. 동탁이 끌어내 목을 치게 하자 정관은 욕설을 그치지 않고 죽을 때까지 얼굴빛이 변하지 않았다.

동탁은 진류왕을 청해 황제 자리에 앉혔다. 신하들이 늘어서서 축하를 올린 후 동탁은 하 태후와 홍농왕, 황비 당씨를 영안궁으로 보내 문을 닫아걸고 사람들이 마음대로 드나들지 못하게 했다. 4월에 황제에 오른 소제는 가엾게도 겨우 다섯 달 지나 9월에 폐위되었다. 동탁이 세운 진류왕 유협은 영제의 둘째 아들로 바로 헌제(獻帝)였으니 나이 아홉 살이었다.

동탁은 상국(승상)이 되어 몇 가지 특별한 영광을 누렸다. 신하가 황제를 뵐 때는 고하는 사람이 큰 소리로 이름을 불러 알려야 하지만 동탁은 이름을 부르지 않고 관직만 아뢰어 존중하는 뜻을 나타냈다. 신하가 황제를 뵐 때는 잰걸음으로 공경을 나타내야 하지만 동탁은 빨리 걷지 않고 느릿느릿 움직여도 되었다. 황제가 궁전 위로 불러올리면 신하는 검을 풀고 신도 벗어 맨발로 섬돌을 밟고 올라가야 하지만 동탁은 검을 차고 신을 신은 채 올라도 되었으니 그 위세를 비할 데가 없었다.

이유가 동탁에게 명사들을 뽑아 써서 백성의 마음을 얻으라면서 채옹을 추천해, 동탁이 불러오라고 명했으나 오지 않았다. 화가 난 동탁은 사람을 보내 전했다.

"오지 않으면 일가를 몰살하겠다!"

겁이 난 채옹이 마지못해 오니 동탁은 크게 기뻐하며 한 달 사이에 벼슬을 세 번이나 높여 시중으로 올리고 아주 두텁게 대했다.

홍농왕으로 떨어져 영안궁에 갇힌 소제와 하 태후, 당비는 옷과 음식이 점점 줄고 씀씀이가 부족해졌다. 눈물 마를 날이 없던 소제는 어느 날 정원에서 제비 두 마리가 날아다니는 것을 보고 시 한 수를 읊었다.

연한 풀은 파란 연기 엉킨 듯
쌍 제비 그 위를 훨훨 노니네
한 줄기 낙수는 푸르디푸르러
길 위의 사람들 부러워하네

저 멀리 푸른 구름 깊은 곳

곧바로 옛날 내 궁전 있다네

그 누가 충성과 의리 받들어

내 마음속 원한 풀어 주려나

동탁은 늘 사람을 보내 소제의 움직임을 살피다 이날 소제가 읊은 시를 바치자 화를 냈다.

"불만을 품어 원망하는 시를 지었으니 죽여도 명분이 있게 되었구나."

이유에게 무사들을 데리고 가 소제를 시해하게 했다. 소제가 하 태후, 당비와 함께 누각에 있는데 이유가 왔다고 해서 화들짝 놀라자 곧바로 들어와 독주를 올렸다.

"날이 따뜻해 상국께서 특별히 장수를 비는 술을 올립니다."

하 태후가 미심쩍어했다.

"장수를 비는 술이라면 네가 먼저 마셔라."

이유는 대뜸 화를 냈다.

"네가 마시지 않을 테냐?"

무사들을 불러 짧은 칼과 흰 비단을 소제 앞에 내놓게 했다.

"술을 마시지 않으려면 이 두 가지 물건을 받아라!"

당비가 무릎을 꿇고 간청했다.

"첩이 대신 술을 마실 테니 모자의 목숨을 살려주시기 바랍니다."

당비는 폐위된 소제를 끝까지 황제로 모셨으나 이유 눈에는 소제가 황제로 보이지 않는지 사납게 꾸짖었다.

"네가 무엇인데 왕을 대신해 죽을 수 있단 말이냐?"

이유는 술을 하 태후에게 주었다.

"네가 먼저 마셔라!"

태후는 가슴을 치며 죽은 하진을 크게 욕했다.

"하진이 도적을 경성에 끌어들여 오늘의 화를 불렀구나!"

이유가 다그치자 어쩔 수 없게 된 소제가 부탁했다.

"내가 태후와 작별하게 해주오."

소제는 슬피 울며 노래를 지었다.

  하늘땅이 변하여 해와 달이 뒤집히니
  천자 자리 버리고 물러서서 왕 되었네
  신하 핍박 심하여 목숨 오래지 않으리
  대세가 기울었으니 눈물만 흐르누나

당비도 노래를 지어 화답했다.

  장차 하늘 무너지려니 땅도 꺼지려나
  몸은 황비이지만 운이 따르지 않네
  삶과 죽음의 길 달라 이제 곧 끝장나리
  빨리도 외로워지니 이 마음 슬프구나

노래를 마치고 두 사람이 끌어안고 울자 이유가 꾸짖었다.

"상국께서는 일어서신 채로 내가 돌아와 보고하기만 기다리시는데 너희는 시간만 질질 끄는구나. 그래, 누가 구해주기라도 바라느냐?"

하 태후가 매섭게 욕했다.

"동탁 도적놈은 우리 모자를 이토록 핍박하니 하늘이 도우시지 않을 것이다! 너희는 악한 놈을 도우니 반드시 멸족되고 말 것이다!"

이유는 크게 노해 두 손으로 태후를 잡아 누각 아래로 내동댕이치고, 무사들을 호령해 당비를 목 졸라 죽이며, 소제 입에 독주를 부어 죽였다. 이유가 돌아가 보고하자 동탁은 모두 성 밖에 내다 묻게 했다. 이때부터 동탁은 밤마다 황궁에 들어가 궁녀들을 품고 황제가 자는 용상에서 잠을 잤다.

하루는 군사를 이끌고 성 밖으로 나가 영천군 양성에 이르렀는데, 때는 마침 따뜻한 봄 2월이라 마을 사람들이 지신 굿을 벌이느라 남녀가 많이 모여 있었다. 동탁은 군사를 풀어 그들을 에워싸더니 남자는 모조리 죽이고 여자와 재물은 빼앗아 수레에 실었다. 수레 밑에 사람 머리 1000여 개를 매달고 꼬리에 꼬리를 물고 낙양으로 돌아왔다. 도적을 죽여 이기고 돌아왔다고 떠들더니 머리는 성문밖에서 태워버리고 여자와 재물은 군사들에게 나누어주었다.

황궁 호위부대를 거느리는 월기교위 오부(伍孚)가 동탁의 포악한 짓에 분통이 터져, 조회에 나갈 때 입는 옷 속에 작은 갑옷을 걸치고 짧은 칼을 감추어 그를 죽이려고 기회를 노렸다. 어느 날 동탁이 조정에 들어오자 오부가 궁전 문까지 모시고 오다가 칼을 뽑아 냅다 찔렀다. 그러나 힘센 동탁이 두 손을 내밀어 꽉 틀어잡자 더 다가가지 못하고, 여포가 달려와 와락 잡아채 넘어뜨렸다. 동탁이 추궁했다.

"누가 너에게 반역하라고 가르쳤느냐?"

오부는 눈을 부릅뜨고 크게 호통쳤다.

"너는 내 임금이 아니고, 나는 네 신하가 아닌데 반역이라니 무슨 말이냐? 네 죄악이 하늘에 사무쳐 사람마다 너를 잡아 죽이려 하거늘 내가 수레로 찢어 천하 사람들 한을 풀어주지 못한 것이 한스러울 뿐이다!"

동탁이 크게 노해 칼로 살을 한 점 한 점 도려내 죽이게 하니 오부는 숨이 끊어질 때까지 욕설을 그치지 않았다.

【수레로 찢어 죽이는 것은 사람의 머리와 팔다리를 수레 다섯 대에 묶고 각기 다른 방향으로 끌게 하여 몸이 산산이 흩어지게 하는 형벌로 '차렬' 또는 '오마분시'라 했다. 오부는 소원을 이루지 못하고 더 끔찍한 '능지처참'을 당한 것이다.】

이후 동탁은 드나들 때 늘 갑옷 입은 무사들을 거느리고 호위를 받았다.

발해에서 원소는 동탁이 권력을 제멋대로 주무른다는 소식을 듣고 가만히 사도 왕윤에게 밀서를 보냈다.

'동탁이 하늘을 속이고 천자를 폐하는데도 사람들은 말하지 못합니다. 공께서는 그가 함부로 날뛰게 놓아두고 듣지도 못한 듯이 하시니, 어찌 나라에 보답하고 충성을 바치는 신하라 할 수 있겠습니까? 원소는 군사를 모으고 훈련해 황실을 쓸어 깨끗이 만들까 하오나 감히 경솔하게 움직이지 못하니, 공께서 마음이 있으면 틈을 타 움직이셔야 할 것입니다. 저를 부릴 일이 있으시면 바로 명을 받들겠습니다.'

글을 받고 왕윤은 이리저리 깊이 궁리했으나 뾰족한 수가 떠오르지 않는데 어느 날, 신하들이 당번을 서는 궁궐 안의 작은 방에 옛 신하들이 모여 있는 것을 보고 청했다.

"오늘이 이 늙은것의 천한 생일이니 저녁에 모두 오셔서 한잔하시기를 바라오."

그날 저녁 왕윤이 후당에서 잔치를 베푸는데 대신들이 이르러 살펴보니 모두 옛 신하들이라 은근히 기뻤다. 술이 몇 순 돌자 왕윤이 갑자기 얼굴을 싸쥐고 울음을 터뜨렸다.

"오늘은 사실 천한 몸의 생일이 아니오. 여러분과 함께 이야기하고 싶었으나 동탁이 의심할까 두려워 핑계를 댔을 뿐이오. 동탁이 황제를 속이고 권력을 주무르니 사직을 보존하기 어려워 아침에 무너질까, 저녁에 쓰러질까 근심스러운 형편이오. 생각해보면 고황제(한 고조)께서 진나라를 없애고 초나라를 멸해 천하를 차지하셨는데, 오늘까지 전해져 동탁 손에 망할 줄이야 누가 알았겠소."

대신들도 모두 소리 내어 우는데, 한 사람이 손뼉을 치며 껄껄 웃었다.

"온 조정 대신들이 밤에는 날이 밝을 때까지 울고 낮에는 날이 저물 때까지 울면, 울음으로 동탁을 죽일 수 있단 말입니까?"

황궁 경호 군사를 거느리는 효기교위 조조였다.

"그대 조상도 한의 녹을 먹었거늘 나라를 위해 보답할 궁리는 하지 않고 도리어 비웃는단 말인가?"

"저는 다른 일을 웃은 게 아니라, 여러 대신들이 동탁 하나 죽일 계책이 없는 것을 웃었습니다. 이 조는 비록 재주는 없으나 동탁의 머리를 베어 경성 문에 걸어 천하 사람들 한을 풀어줄까 합니다."

왕윤은 놀라 자리에서 일어나 삿자리 밖으로 나갔다.

"맹덕은 어떤 고명한 생각이 있으시오?"

【당시는 윗사람과 말할 때 삿자리에서 일어서서 나가 공경을 나타냈다. 조조가 하도 엄청난 말을 하자 왕윤은 대선배이지만 정중하고 공손한 태도를 보였다.】

"이 조가 몸을 굽혀 동탁을 섬기는 것은 기회를 보아 그를 없애기 위해서입니다. 지금 동탁이 이 조를 크게 믿어주어 그에게 가까이 갈 기회가 있습니다. 사도께 칠보도가 있다고 들었는데, 잠시 빌려주시면 승상부로 들어가 동탁을 암살하겠습니다. 그러면 죽더라도 한이 없겠습니다!"

"맹덕이 그런 마음을 먹었다면 천하가 참으로 다행이오!"

왕윤은 친히 술을 따라 조조에게 바쳤다. 조조가 술을 땅에 뿌려 신에게 맹세하자 왕윤은 보도를 가져오게 하여 그에게 전했다. 조조는 칼을 감추고 일어나 작별하고 돌아갔다.

이튿날 조조가 조금 늦게 보도를 차고 승상부에 가니 동탁이 물었다.

"맹덕은 어찌하여 늦었는가?"

"말이 여위고 약해 걸음이 늦습니다."

조조의 대답에 동탁은 여포를 돌아보며 분부했다.

"나에게 서량에서 바친 좋은 말들이 있으니 봉선은 직접 가서 한 마리 골라 맹덕에게 내려라."

여포가 명을 받들고 방에서 나가자 조조가 생각했다.

'도적놈이 금방 죽게 되었구나!'

곧바로 칼을 뽑아 찌르려 했으나 동탁이 힘이 센 것을 잘 알아 슬그머니 겁이 났다. 감히 가볍게 움직이지 못하는데 몸이 뚱뚱해 오래 앉아 있지 못하는 동탁이 침상에 눕더니 마침 얼굴을 안쪽으로 돌렸다.

'도적놈이 바로 끝장나게 되었구나!'

조조가 급히 보도를 뽑아 찌르려는 순간, 뜻밖에도 동탁이 얼굴을 들다 옷 입는 거울에 비친 모습을 보았다. 등 뒤에서 조조가 칼집에서 칼을 뽑는 것을 보고 급히 몸을 돌렸다.

"맹덕은 무얼 하는가?"

이때 마침 여포가 말을 끌고 밖에 이르렀다. 이미 칼을 뽑아 든 조조는 당황해 얼른 자루를 돌려 칼을 받들고 꿇어앉았다.

"이 조에게 보도 한 자루가 있어 은혜로운 상국께 드립니다."

동탁이 받아보니 칼은 길이가 한 자 남짓한데 일곱 가지 보물을 박아 장식하고 날이 날카롭기 그지없어 과연 보도였다. 칼을 여포에게 주어 간직하게 하니 조조가 칼집을 끌러 주었다. 동탁이 데리고 나가 말을 보여주자 조조는 절하며 고마움을 나타냈다.

"한번 빌려 타보고 싶습니다."

동탁이 사람을 시켜 안장과 고삐를 갖추어주자 조조는 말을 끌고 승상부에서 나가 곧바로 채찍질해 동남쪽으로 달려갔다. 여포가 의심했다.

"조조는 방금 아버님을 암살하려다 들통이 나자 칼을 바치는 척 둘러댄 게 아닐까요?"

동탁도 같은 생각이었다.

"나도 그런 것 같다."

마침 이유가 와서 동탁이 이야기하니 그가 단정했다.

"조조는 경성에서 식솔 없이 홀로 처소에 들었습니다. 당장 사람을 보내 불러오십시오. 그가 별 의심 없이 오면 칼을 바친 것이고, 핑계를 대면서 오지 않으면 암살하려 한 것이니 잡아서 캐어물으면 됩니다."

동탁이 옥졸들을 보내 조조를 불러오게 하자 돌아와 보고했다.

"조조는 처소로 돌아가지 않고 말을 타고 나는 듯이 동문을 나갔답니다. 동문을 지키는 군사가 물으니 승상께서 급한 공무를 명하셨다고 하고는 달려갔답니다."

이유가 딱 잘라 짚었다.

"조조가 뺑소니쳤으니 암살하려 한 것이 틀림없습니다."

동탁은 크게 노했다.

"내가 무겁게 써주었는데 오히려 나를 해치려 하다니!"

"반드시 함께 일을 꾸민 자가 있을 것이니, 조조를 잡으면 알 수 있습니다."

동탁은 조조의 모습을 그려 사방에 두루 돌려 잡으라 했다. 조조를 잡아 바치는 자에게는 금 1000냥을 주고 1만 가구의 세금을 받는 만호후에 봉하며, 조조를 감추는 자는 조조와 같은 죄로 다스리겠노라고 선포했다.

성을 빠져나간 조조는 고향 초군을 향해 달려가다 낙양에서 400리쯤 떨어진 중모현에서 관을 지키는 군사들에게 잡혔다.

"조정에서 조조를 잡는데 이 자가 틀림없다."

군사들이 말하더니 가로막고 물었다.

"네 성이 뭐냐? 어디서 오느냐?"

조조가 솔직하게 말할 리 있으랴.

"내 성은 두 글자로 황보이고 사주에서 오는 길입니다."

"네 모습과 옷차림이 조조와 딱 들어맞는구나."

군사들이 현령 앞으로 끌고 가자 조조는 계속 우겼으나 요모조모 꼼꼼히 뜯어보던 현령은 한참 생각하다 입을 열었다.

"내가 전에 낙양에서 벼슬을 구할 때 본 적이 있어 네가 조조라는 것을 아는데 어찌 속이느냐! 여봐라, 먼저 잡아 가두어라. 내일 경성으로 압송해 상을 청하겠다. 만호후는 내가 하고 천금 상은 너희에게 나누어주마."

현령은 조조를 잡은 군사들에게 술과 음식을 내려 돌려보내고 한밤중이 되자 가만히 조조를 뒤뜰로 불러 물었다.

"승상께서 나쁘게 대하지 않는다던데, 어찌 스스로 화를 만들었느냐?"

조조는 상대하기도 귀찮다는 듯 대꾸했다.

"제비와 참새가 어찌 기러기와 고니의 뜻을 알겠느냐[燕雀安知鴻鵠志哉연작안지홍혹지재]? 나를 잡았으니 압송해 상이나 청하면 그만이지 따질 게 무어냐?"

현령은 사람들을 물리치고 가까이 앉았다.

"그대는 나를 얕잡아보지 말게. 나는 속된 벼슬아치가 아닐세, 다만 주인을 만나지 못했을 뿐이지."

현령의 말투가 변하자 눈치 빠른 조조도 태도를 바꾸었다.

"내 조상들께서 대대로 한의 녹을 받으셨으니 나라에 보답할 생각을 하지 않는다면 새나 짐승과 무엇이 다르겠소? 내가 몸을 굽혀 동탁을 섬긴 것은 틈을 보아 나라의 해를 제거하기 위해서였소. 일이 이루어지지 않은 것은 하늘의 뜻일 뿐이오!"

현령이 정중하게 물었다.

"맹덕은 이번 걸음에 어디로 가려 하시오?"

현령이 자(字)를 부르며 높여주자 조조는 솔직히 털어놓았다.

"고향으로 돌아가 거짓 조서를 두루 돌려 천하 제후들을 모으고, 군사를 일으켜 동탁을 칠까 하오."

현령은 바로 밧줄을 풀어주고 부축해 자리에 앉히더니 정중히 두 번 절을 했다.

"공은 참으로 천하의 충의지사요."

조조도 절하면서 성명을 물어 현령이 대답했다.

"성은 진(陳)이고 이름은 궁(宮)인데 자는 공대(公臺)요. 늙은 어머님과 식솔은 동군에 있는데 공의 충성과 의로움에 감동해 벼슬을 버리고 따라갈까 하오."

조조는 대단히 기뻤다. 그날 밤 노잣돈을 갖춘 진궁은 조조의 옷을 갈아입혔다. 두 사람은 각기 검 한 자루씩 등에 메고 말에 올라 조조의 고향을 향해 달려갔다. 사흘을 가다 성고현에 이르니 날이 저물어, 조조가 말채찍으로 숲 속 깊은 곳을 가리켰다.

"저기 성이 여씨에 이름은 백사라는 이가 사는데 아버님과 의형제를 맺었소. 가서 집 소식을 알아보고 하룻밤 묵어가는 게 어떻겠소?"

진궁이 찬성해 두 사람은 장원 앞에 이르러 말에서 내려서 안으로 들어갔다. 여백사를 만나자 그가 먼저 물었다.

"조정에서 사방에 문서를 돌려 자네를 잡으라고 다그친다 하여 자네 아버지는 이미 진류 땅으로 피해 가셨네. 자네는 어찌 무사히 여기까지 왔는가?"

조조는 그동안의 일을 이야기했다.

"진 현령이 아니었으면 뼈가 가루가 되고 몸이 산산이 조각났을 것입니다."

여백사는 진궁에게 절을 했다.

"사군께서 어린 조카를 돕지 않으셨으면 조씨 가문이 몰살당할 뻔했소이다. 사군께서는 마음 푹 놓으시고 편안히 앉아 계십시오. 오늘밤은 누추하지만 여기서 주무십시오."

【사군이란 주나 군의 장관을 높여 부르는 말인데, 한낱 현령인 진궁을 사군이라고 불러 각별한 존경을 보였다.】

여백사는 일어나 안으로 들어가더니 한참 후에 나와 진궁에게 설명했다.

"이 늙은 몸의 집에 좋은 술이 없으니 서쪽 마을에 가서 좀 사다 대접하겠소이다."

그는 나귀에 올라 바삐 떠났다. 조조와 진궁이 지루할 정도로 앉아 있는데 별안간 장원 뒤쪽에서 썩썩 칼을 가는 소리가 들려오니 조조가 의심했다.

"여백사는 진짜 친척이 아니니 밖에 나간 것이 이상하오. 가만히 엿들어 보아야 하겠소."

두 사람이 살며시 초당 뒤로 가서 귀를 기울이자 사람들이 수군거리는 소리가 들려왔다.

"먼저 묶어놓고 죽이세."

"이것 보시오! 우리가 먼저 손을 쓰지 않으면 반드시 잡히고 말 것이오."

조조가 말해 두 사람이 검을 뽑아 들고 초당으로 달려가 남녀 가리지 않고 닥치는 대로 휘두르자 단숨에 여덟 사람이 찍히고 베어져 쓰러졌다. 이리저리 뒤지면서 부엌 아래까지 가니 돼지 한 마리가 묶여 있는 것이 막 잡으려고 한 모양이었다. 진궁이 원망했다.

"맹덕이 의심이 많아 좋은 사람들을 잘못 죽였구려!"

두 사람이 급히 장원에서 나와 말에 올라 떠나는데 여백사가 마주 왔다. 나귀 안장에 술 두 병을 걸고 과일과 채소를 들고 오면서 여백사가 소리쳤다.

"조카님과 사군께서는 어찌하여 떠나시는가?"

"쫓기는 사람이라 감히 오래 머무르지 못하겠습니다."

조조가 둘러대자 여백사가 붙잡았다.

"내가 집안사람들에게 돼지를 잡아 대접하라고 일렀네. 조카님과 사군께서는 어찌 하룻밤도 묵지 못하시는가? 어서 말을 돌려세우게."

조조는 응대하지 않고 말을 채찍질해 달려가더니 몇 걸음 가지 않아 갑자기 검을 뽑아 들고 되돌아가 여백사를 불렀다.

"저기 뒤에 오는 사람은 누굽니까?"

여백사가 뒤를 돌아보자 조조가 검을 휘둘러 나귀 아래로 떨어뜨렸다. 진궁은 깜짝 놀랐다.

"아까는 모르고 잘못 죽였다고 하지만 지금은 어찌 이러오?"

"이 사람이 집에 가서 숱한 식구가 죽은 걸 보면 가만있겠소? 무리를 끌고 쫓아오면 반드시 화를 입을 것이오."

"알면서도 일부러 죽이다니 너무 의롭지 못한 일이오!"

"차라리 내가 천하 사람들을 저버릴지언정, 천하 사람들이 나를 저버리지는 못하게 하겠소[寧敎我負天下人영교아부천하인 休敎天下人負我휴교천하인부아]."

조조 말에 진궁은 아무 대꾸도 하지 않았다.

그날 밤 두 사람은 몇 리를 가다 환한 달빛 아래 객주 문을 두드려 열고 들

여백사가 뒤를 돌아보는 순간 조조 검 휘둘러 ▶

曹操殺死呂伯奢

乙酉年初春景雄畫

어갔다. 말을 먹이고 조조가 먼저 잠이 들자 진궁은 생각이 많아졌다.

　'내가 조조를 좋은 사람으로 생각하고 벼슬을 버리고 따라왔는데, 알고 보니 이리 심보를 가진 자로구나! 이대로 살려두면 반드시 뒷날 우환이 될 것이다.'

　진궁은 검을 뽑아 들고 조조에게 다가가 죽이려 했다.

이야말로

심보가 악독하면 좋은 사람 아니니
조조와 동탁, 알고 보면 같은 사람

조조 목숨은 어찌 될까?

5

술이 아직 따뜻할 때 화웅 베다
[酒尚溫時斬華雄주상온시참화웅]

거짓 조서 띄워 제후들 조조에게 호응하고

관의 군사 깨뜨리며 세 영웅 여포와 싸우다

바로 검을 들어 조조를 죽이려던 진궁은 갑자기 생각이 달라졌다.

'내가 나라를 위해 이 자를 따라왔는데 여기서 죽이면 결코 의롭다고 할 수 없다. 버리고 다른 데로 가는 게 좋겠다.'

진궁은 검을 집에 꽂고 말에 올라 날이 밝기를 기다리지 않고 동군으로 떠났다. 조조가 잠에서 깨어보니 진궁은 사라진 뒤였다.

'이 사람은 내 말을 듣고 나를 어질지 못하다 여겨 버리고 갔구나. 급히 떠나야 한다. 오래 머무르면 아니 된다.'

조조는 밤낮으로 말을 달려 진류의 아버지를 찾아갔다. 아버지에게 그동안 일을 이야기하고, 집안 재산을 쏟아 의병을 모으려는 계획을 털어놓자 조숭이 제의했다.

"재물이 적으면 일을 이루지 못할까 걱정이다. 이 고장에 효렴으로 추천된 위홍(衛弘)이라는 이가 있는데 재물을 가볍게 알고 의로움을 귀중히 여기는 사람이다. 재산이 아주 많으니 도움을 받으면 일을 행하기 쉬우리라.”

조조는 술상을 차리고 위홍을 모셔와 마음먹은 바를 펼쳐 보였다.

“지금 한의 황실에는 주인이 없고, 권력을 강탈한 동탁이 황제를 속이고 백성을 해쳐 천하 사람들이 이를 갑니다. 이 조는 힘을 다해 사직을 바로잡으려 하나 힘이 모자랍니다. 공은 충성스럽고 의로운 분이시라는 것을 알고 외람되이 도움을 구합니다!”

위홍이 선뜻 대답했다.

“내가 그런 마음을 먹은 지 오래지만 안타깝게도 영웅을 만나지 못했소. 맹덕이 큰 뜻을 품었으니 집안 재산을 털어 돕겠소.”

조조는 매우 기뻐 거짓 조서를 여러 곳으로 보내고 의병을 모았다. 군사를 모집하는 흰 깃발에 ‘충의(忠義)’ 두 글자를 써서 세우자 며칠 사이에 호응하는 사람들이 땅에 빗발 떨어지듯 모여들었다.

성은 악(樂)씨에 이름은 진(進), 자는 문겸(文謙)이라 하는 양평군 위국 사람이 찾아오고, 산양군 거야현 출신으로 성은 이(李)씨에 이름은 전(典), 자는 만성(曼成)인 사람이 달려왔다. 조조는 두 사람을 장막 앞 보좌관으로 삼았다.

또 패국 초군 사람 하후돈(夏候惇)이 오니 자가 원양(元讓)으로 전한 개국공신 하후영의 후예였다. 어릴 적부터 창과 몽둥이 쓰는 법을 익히고 열네 살 때부터 스승에게 무예를 배웠는데, 스승을 욕하는 사람을 죽이고 달아났다가 소식을 듣고 집안 동생 하후연(夏候淵)과 함께 장사 1000명씩을 이끌고 온 것이다. 두 사람은 실은 조조와 일가였다. 조조의 아버지는 원래 하후씨로 조씨 가문에 양자로 들어갔으니 조조와 하후돈은 같은 가문이었다.

집안 형제인 조인(曹仁)과 조홍(曹洪)도 각기 1000여 명씩 군사를 이끌고 도우러 왔다. 조인은 자가 자효(子孝)이고 조홍은 자렴(子廉)으로 둘 다 활 잘 쏘고 말 잘 타며 무예에 정통했다.

조조는 크게 기뻐 마을에서 군사를 조련했다. 위홍이 재산을 털어 갑옷과 갖가지 깃발을 갖추어주고, 사방에서 식량을 보내오는 자들이 수를 헤아릴 수 없었다. 5000명 장사로 이루어진 조조 군사는 진류에 주둔했다.

이때 조조의 거짓 조서를 받은 원소는 문관과 무장들을 모아 3만 군사를 이끌고 조조에게 가려고 발해를 떠났다.

조조는 여러 주와 군에 격문을 돌렸다.

'조조를 비롯한 사람들은 삼가 큰 도리를 받들어 천하에 널리 알리노라. 동탁은 하늘을 속이고 땅을 기만하며 나라를 망치고 천자를 시해했다. 궁궐을 더럽히고 백성을 해치니 사납고 어질지 못해 죄악이 가득하다! 우리는 천자의 비밀조서를 받들어 의병을 크게 모아 중원을 쓸어 깨끗이 하고, 흉악한 무리를 죽이려 맹세하노라. 모두 우리와 함께 의로운 군사를 일으켜 만민의 분노를 풀며, 황실을 돕고 백성을 구하자! 격문이 이르는 날, 속히 받들어 움직여라!'

여러 곳 제후들이 군사를 일으켜 격문에 응했다. 남양 태수 원술, 기주 자사 한복(韓馥), 예주 자사 공주(孔伷), 연주 자사 유대(劉岱), 하내 태수 왕광, 진류 태수 장막(張邈), 동군 태수 교모, 산양 태수 원유(袁遺), 제북국 상 포신, 북해 태수 공융(孔融), 광릉 태수 장초(張超), 서주 자사 도겸(陶謙), 서량 태수 마등(馬騰), 북평 태수 공손찬, 상당 태수 장양(張楊), 장사 태수 손견, 발해 태수 원소였다.

【한 주를 다스리는 자사들과 주 아래 군을 거느리는 태수들이 있어 세력이 각기 달랐다.】

제후들은 군사 숫자가 같지 않아 3만을 거느린 자도 있고, 1만 여에 그친 자도 있었다. 그들은 각기 문관과 무장들을 거느리고 낙양을 향해 왔다.

북평 태수 공손찬이 군사 1만 5000명을 거느리고 청주 평원현을 지나는데, 멀리 뽕나무 숲에서 누런 깃발이 나타나며 말을 탄 사람 몇이 다가와 눈여겨보니 유비였다.

"아우님이 어찌 여기 계시는가?"

"형님께서 이 비를 보증해 평원 현령으로 추천해주셔서 이곳에 있다가 형님 대군이 지난다는 말을 듣고 특별히 모시러 왔습니다. 성안으로 들어가 말을 쉬게 하시지요."

공손찬은 관우와 장비를 가리켰다.

"두 사람은 누구인가?"

"이 비의 결의 형제 관우와 장비입니다."

"아우님과 함께 황건적을 깨뜨린 사람들이 아닌가?"

"모두 두 사람 힘이었습니다."

"지금 무슨 벼슬을 맡았는가?"

"관우는 마궁수, 장비는 보궁수입니다."

【궁수라면 벼슬이라 할 수도 없었다. 한 현의 치안을 맡은 현위 아래 군사로, 말을 타면 마궁수, 걸어 다니면 보궁수였다.】

공손찬은 기가 막힌다는 듯 탄식했다.

"그야말로 영웅들을 썩힌다고 해야겠네! 동탁이 난을 일으켜 천하 제후들이 뭉쳐 없애러 가는 길이니 아우님도 보잘것없는 벼슬을 버리고 함께 가서 역적을 토벌하고 황실을 받드는 게 어떻겠는가?"

"가고 싶습니다."

현덕이 선뜻 대답하는데 장비가 툴툴거렸다.

"그때 내가 그놈을 죽이게 두었으면 오늘 이런 일이 없었을 것 아니오?"

유비와 관우, 장비는 기병 몇을 데리고 공손찬을 따라갔다. 조조가 그들을 맞이하고 여러 제후가 이르러 각기 영채를 세우는데, 이어진 길이가 200여 리나 되었다. 조조는 소를 잡고 말을 죽여 잔치를 베풀고 제후들과 함께 앉아 진군할 계책을 상의했다. 하내 태수 왕광이 제의했다.

"우리가 큰 도리를 받들었으니 반드시 맹주를 세우고, 모두 그의 지휘를 받아 진군해야 할 것이오."

조조가 제의했다.

"원본초(원소)는 조상이 4대에 걸쳐 삼공 벼슬을 하셨고 문하에 옛 부하가 많소. 한의 명재상 후예이니 맹주가 될 만하오."

원소는 두 번 세 번 사양했으나 사람들이 모두 권했다.

"본초가 아니면 아니 되오."

원소는 마침내 맹주가 되기로 승낙했다. 이튿날 3층 단을 쌓고 동서남북과 중앙의 다섯 방위를 밝히는 오색 깃발을 늘어뜨렸다. 단 위에는 흰 털소 꼬리를 달아 전군을 지휘하는 깃발로 쓰는 백모, 금을 칠해 의장으로 쓰면서 권위를 상징하는 도끼인 황월을 세우고, 군사를 움직이는 증표인 병부와 장군 도장을 올려놓았다.

준비를 마치고 원소에게 단에 오르기를 청하니, 옷매무시를 바로잡은 원소는 의기가 북받쳐 단에 올라 향을 피우고, 두 번 절한 후 맹세했다.

"한의 황실이 불행하여 기강이 흐트러지고, 도적 신하 동탁이 제멋대로 악한 짓을 일삼으며 지엄한 황제를 해치고 백성을 괴롭힙니다. 원소를 비롯한 사람들은 사직을 잃을까 두려워 의병을 모아 나라의 위태로움을 구하러 떠나니, 무릇 동맹에 참여한 사람들은 마음과 힘을 합쳐 신하의 지조를 다하려 하며 결코 다른 뜻이 없습니다. 이 맹세를 어기는 자가 있으면 그 목숨을 빼앗고 후대를 잇지 못하게 해주십시오. 하늘과 땅, 조상의 영명한 넋은 부디 모두 살펴보시옵소서!"

맹세의 글을 읽고 제물로 잡은 짐승 피를 입가에 발라 약속을 다짐하는데, 비분강개한 맹세에 감동되어 사람들은 모두 눈물을 뿌렸다. 맹세를 마치고 원소가 단에서 내려오자 장막 윗자리에 올려 앉히고, 각기 벼슬과 나이에 따라 두 줄로 나뉘어 자리에 앉았다. 조조가 술을 몇 순 돌리고 제의했다.

"오늘 맹주를 세웠으니 여러분은 그의 지휘를 받아 다 함께 나라를 바로잡아야 하오. 누가 강하고 약한지는 따지지 말아야 할 것이오."

원소가 선포했다.

"이 소는 비록 재주 없으나 여러분의 추대를 받아 맹주가 되었으니 공을 세우면 반드시 상을 주고 죄를 지으면 꼭 벌을 내리겠소. 나라에는 정해진 법이 있고 군대에는 기율이 있으니 모두 준수하면서 범하지 말기를 바라오."

사람들이 하나같이 대답하자 원소가 명령을 내렸다.

"내 아우 원술은 식량과 말먹이 풀을 맡아 여러 군영에 내주되 모자라지 않게 해야 한다. 한 분을 선봉으로 세워 곧바로 사수관으로 나아가 싸움을 걸게 할 것이니 다른 분들은 각기 험한 곳을 차지해 지원해주시오."

장사 태수 손견이 선봉을 자원해 원소가 허락하자 군사를 이끌고 사수관으로 달려갔다. 관을 지키는 장수는 '유성마'라 부르는 통신병을 낙양의 승상부로 보내 위급을 알렸다.

대권을 거머쥔 동탁은 날마다 잔치를 베풀고 술을 마시다 급보를 받고 깜짝 놀라 장수들과 상의했다. 하내군 온현을 식읍으로 하는 온후 여포가 앞으로 나섰다.

"아버님께서는 걱정하지 마십시오. 그까짓 시골 제후들은 이 포가 보기에는 한낱 지푸라기나 다름없습니다. 호랑이와 늑대 같은 군사를 이끌고 모두 머리를 베어 경성 문에 걸겠습니다."

동탁은 기뻐 야단이었다.

"나에게 봉선이 있으니 베개를 높이 하고 마음 편히 잠을 잘 수 있겠구나."

그 말이 끝나기도 전에 여포 등 뒤에서 한 사람이 높이 소리쳤다.

"소 잡는 칼을 어찌 닭을 잡는 데 쓰려 하십니까[牛刀割鷄우도할계]! 온후께서 수고스럽게 몸소 가실 것 없습니다. 제가 주머니에 든 물건 꺼내듯 제후들 머리를 베어오겠습니다!"

동탁이 보니 그 사람은 키가 아홉 자나 되고, 몸집은 호랑이 같고 허리는 늑대 같은데 머리는 표범과 비슷하고 팔은 원숭이처럼 길었다. 함곡관 서쪽을 뜻하는 관서 사람으로 성은 화(華)씨에 이름은 웅(雄)이라 했다. 동탁은 크게 기뻐 벼슬을 효기교위로 높이고 기병과 보병 5만을 주어 이숙과 함께 사수관으로 달려가 적과 맞서게 했다.

이때 제후들 가운데 제북상 포신이 혼자 궁리했다.

'손견이 선봉이 되었으니 첫 공로를 빼앗길까 걱정이구나.'

가만히 아우 포충에게 기병과 보병 3000명을 이끌고 오솔길로 먼저 달려가게 했다. 포충이 곧장 사수관 아래에 이르러 싸움을 걸자 화웅이 철갑기병 500명을 이끌고 나는 듯이 관을 내려오며 호통쳤다.

"적장은 달아나지 마라!"

그 기세에 눌려 포충이 급히 물러서는데 어느덧 화웅의 손이 휙 올라갔다가 칼이 번쩍 내려오니 그만 말 아래 주검이 되고 말았다. 화웅은 싸움에 이기고 숱한 군사를 사로잡았다. 포충의 머리를 보내 승리를 알리자 동탁은 화웅의 벼슬을 대군을 거느리는 도독으로 높여주었다.

이때 손견은 네 장수를 거느리고 나아가 관 앞에 이르렀다. 장수 하나는 유주 토은현 사람으로 성은 정(程)씨요 이름은 보(普), 자는 덕모(德謀)로 좋은 쇠로 날을 만든 기다란 창을 쓰니 이름이 철척사모였다. 또 하나는 형주 영릉군 사람으로 성은 황(黃)씨요 이름은 개(蓋), 자는 공복(公覆)으로 한 자루 철편을 썼다. 다른 하나는 유주 영지현 사람으로 성은 한(韓)씨요 이름은 당(當), 자는 의공(義公)으로 자루가 기다란 큰칼을 다루었다. 그리고 하나는 오군 부춘현 사람으로 성은 조(祖)씨요 이름은 무(茂), 자는 대영(大榮)으로 쌍칼을 썼다.

번쩍이는 은 갑옷을 입고 붉은 두건을 두른 손견은 칼의 고장으로 소문난 하북 고정진에서 만든 날카로운 고정도를 가로 들고, 갈기가 얼룩덜룩한 화종마에 올라 관 위를 가리키며 욕했다.

"악한 자를 돕는 이 하찮은 놈아, 어서 항복하지 않고 무얼 꾸물거리느냐?"

화웅의 부장 호진이 5000명 군사를 이끌고 관에서 내려오자 정보가 긴 창을 꼬나 들고 나는 듯이 달려가더니 몇 번 어울리지 않아 숨통을 찔러 말 아래로 떨어뜨렸다. 손견이 군사를 휘몰아 쳐들어갔으나 관 위에서 화살과 돌이 비 오듯 쏟아져 영채로 돌아왔다.

손견이 사람을 보내 원소에게 승리의 소식을 전하고 원술에게 군량을 독촉하게 하자 어떤 자가 원술을 꼬드겼다.

"손견은 장강 동쪽의 사나운 호랑이입니다. 그가 만약 낙양을 깨뜨리고 동탁을 죽이면 그야말로 이리를 내쫓고 호랑이를 들이는 격인데, 식량을 주지 않으면 군사가 흩어지고 맙니다."

그 말이 귀에 쏙 들어와 원술이 식량과 말먹이 풀을 보내주지 않자 손견은 군사가 어지러워졌다.

염탐꾼이 관 위에 상황을 보고하자 이숙이 꾀를 냈다.

"오늘밤 내가 군사를 이끌고 내려가 손견의 영채 뒤를 습격할 때 장군이 앞을 들이치면 그를 사로잡을 수 있소."

화웅은 군사를 배불리 먹이고 날이 저물기를 기다려 어둠을 타고 관에서 내려갔다. 그날 밤 달이 휘영청 밝고 시원한 바람이 솔솔 불었다. 화웅의 군사가 손견의 영채에 이르자 이미 한밤중이라 북 치고 고함지르며 신나게 쳐들어갔다.

깜짝 놀란 손견이 부랴부랴 두건만 쓰고 갑옷 입고 말에 오르자 화웅과 마주쳤다. 두 말이 몇 번 어울리지 않아 뒤에서 이숙의 군사가 쳐들어와 불을 지르니 손견의 군사는 어쩔 줄 몰라 허둥지둥 도망쳤다. 여러 장수가 어지러이 싸우는 중에 조무만 손견을 바짝 따라붙어 포위를 뚫고 달아나는데 화웅이 급히 쫓아오니 손견이 화살 두 대를 쏘았으나 화웅은 슬쩍슬쩍 피해버렸다.

손견이 다시 활을 쏘려고 홱 잡아당기다 그만 힘이 너무 들어가 활대에 까치가 곱게 그려진 작화궁이 뚝 부러졌다. 손견이 활을 내동댕이치고 말을 놓아 달아나니 뒤따르던 조무가 소리쳤다.

"주공의 붉은 두건 때문에 적이 바로 알아봅니다. 두건을 벗어 저를 주시지요."

손견은 두건을 벗어 넘겨주고, 조무의 투구를 받아쓰고 서로 다른 쪽으로 달아났다. 화웅의 군사가 붉은 두건을 쓴 사람만 쫓아가니 손견은 오솔길로 몸을 뺄 수 있었다.

쫓기던 조무는 급한 김에 붉은 두건을 어느 집 마당의 타다 남은 기둥에 걸어놓고 숲속에 숨었다. 달빛 아래 먼발치에서 붉은 두건을 본 화웅의 군사가 기둥을 단단히 에워쌌으나 감히 가까이 다가가지는 못하고 화살만 쏘아댔다. 그러다 사람이 없는 것을 알고 나아가 두건을 잡아챘다.

이때 숲 뒤에서 조무가 말을 달려 나와 쌍칼을 휘두르며 덤벼드니 화웅이 버럭 호통치며 단칼에 말 아래로 베어 넘겼다. 날이 훤히 밝을 때까지 싸운 화웅은 군사를 이끌고 관으로 올라갔다.

손견은 장수들이 모두 찾아와 다시 군사를 정돈했다. 조무를 잃어 슬퍼하던 손견이 소식을 알리자 원소는 소스라쳐 놀랐다.

"손문대가 화웅에게 패할 줄이야!"

원소가 제후들을 모아 상의하는데 공손찬이 가장 늦게 이르러, 모두 자리를 잡아 앉게 했다.

"전날 포 장군의 아우가 지휘를 따르지 않고 나아가다 목숨을 잃고 숱한 군사를 손해 보았는데, 또 손문대가 화웅에게 패해 날카로운 기세가 꺾였으니 어찌해야 하오?"

제후들은 모두 말을 하지 않았다. 원소가 눈을 들어 두루 돌아보니 공손찬 등 뒤에 세 사람이 서 있었다. 셋 다 생김새가 보통이 아닌데 모두 쌀쌀한 웃음을 머금고 있어서 원소가 물었다.

"공손 태수 등 뒤에 있는 이들은 어떤 사람들이오?"

공손찬이 유비를 불러내 소개했다.

"이 사람은 어릴 적부터 이 몸과 함께 공부한 평원 현령 유비요."

조조가 물었다.

"혹시 황건을 깨뜨린 유현덕이 아니시오?"

"그렇소."

공손찬이 유비를 제후들에게 인사시키며 공로와 내력을 상세히 이야기하자 원소가 분부했다.

"황실 종친이라니 자리를 가져다드려라!"

시종이 삿자리를 가져와 원소가 앉으라고 권하자 유비는 겸손하게 사양했다.

"자그마한 현령이 어찌 자리에 앉겠습니까?"

원소가 대답했다.

"그대의 벼슬을 존경해서가 아니라 황실 후예라 하여 대접하는 것일세."

유비는 끝자리에 앉았다. 관우와 장비가 윗사람을 모실 때의 공손한 태도로, 왼손으로 오른손 엄지손가락을 감싸 쥐고 오른손의 나머지 네 손가락을 펴서 두 손을 가슴 앞에 모으는 차수(叉手) 자세를 취하고 유비 뒤에 가서 서는데 별안간 보고가 들어왔다.

"화웅이 철갑기병을 이끌고 내려와, 장대에 손 태수의 붉은 두건을 꿰어 들고 영채 앞에서 욕을 퍼부으며 싸움을 겁니다."

원소가 장수들을 둘러보았다.

"누가 감히 가서 싸우겠나?"

원술 뒤에서 용맹한 장수로 알려진 유섭이 돌아 나왔다.

"소장이 가겠습니다."

원소가 기뻐하며 즉시 나가 싸우게 하니 곧 보고가 들어왔다.

"유섭은 세 합도 싸우지 못하고 화웅의 칼에 맞아 죽었습니다."

모두 깜짝 놀라는데 기주 자사 한복이 나섰다.

"나에게 상장 반봉이 있으니 화웅을 벨 수 있소."

원소가 급히 나가게 하여 반봉이 도끼를 들고 말에 올랐으나 이내 보고가 들어왔다.

"반봉도 화웅 칼에 찍혀 죽었습니다."

사람들은 모두 낯빛이 변하고 원소는 한숨을 쉬었다.

"아쉽게도 내 뛰어난 장수 안량(顔良)과 문추(文醜)가 군사를 데리러 가서 아직 오지 않았구려! 그중 한 사람만 있어도 화웅이 무엇이 두렵겠소."

그 말이 끝나기 전에 누군가 높이 소리치며 나섰다.

"소장이 화웅의 머리를 베어 장막 아래 바치겠소이다!"

사람들이 보니 그 사람은 키가 아홉 자에 수염이 두 자였다. 두 눈은 봉황의 눈 같고 눈썹은 누운 누에 비슷한데 얼굴은 무르익은 대추처럼 붉었다. 그가 커다란 종이 울리듯 우렁찬 소리로 외치며 장막 앞으로 나섰다.

"어떤 사람인가?"

원소의 물음에 공손찬이 대답했다.

"유현덕의 아우 관우요."

"지금 무슨 벼슬을 하오?"

"유현덕을 따르며 마궁수 노릇을 하고 있소."

장막 윗자리에 앉은 원술이 큰소리로 꾸짖었다.

"네가 우리 제후들에게 대장이 없는 줄 알고 함부로 깔보느냐? 한낱 궁수 따위가 감히 허튼소리를 지껄이다니! 여봐라, 저놈을 매우 두들겨 쫓아 내라!"

조조가 급히 말렸다.

"공로(公路, 원술의 자)는 화를 삭이시오. 이 사람이 큰소리를 치는 것을 보면 반드시 용기와 모략이 있을 것이오. 시험 삼아 내보내 이기지 못하면 그때 책망해도 늦지 않소."

원소는 시큰둥했다.

"한낱 궁수를 내보내 맞서게 하면 화웅의 웃음거리가 될 것이오."

"이 사람은 모습이 속되지 않으니 화웅이 어찌 궁수라는 것을 알겠소?"

관우가 한마디 했다.

"이기지 못하면 제 머리를 베십시오."

조조가 따끈하게 데운 술을 한 잔 따르게 하여 마시고 말에 오르라고 권하 니 관우는 사양했다.

"술은 잠시 놓아두십시오. 잠깐 갔다 얼른 돌아오겠습니다."

관우는 장막을 나가 칼을 들고 몸을 날려 말에 올랐다. 제후들이 들어보니 관 밖에서 북소리가 요란스레 울리고 고함이 '우와!' 터지는 품이 마치 하늘이 무너지고 땅이 꺼지며, 산이 흔들리고 봉우리가 부서지는 듯했다.

모두 놀라 사람을 내보내 알아보려 하는데, 듣기 좋은 말방울 소리가 딸랑딸랑 울리면서 말이 이르더니 어느덧 관우가 화웅의 머리를 들고 들어와 땅에 던졌다. 이때까지도 먼저 부어놓은 술은 아직 따뜻했다.

후세 사람이 시를 지어 관우를 칭찬했다.

　　천지를 안정시킨 첫 공로 세우도다
　　원문에서 북소리 둥둥 울리는데
　　운장은 잔 멈추고 용맹을 떨치더니
　　술이 아직 따뜻할 때 화웅을 베었더라

조조는 무척 기뻐했다. 유비 등 뒤에서 다시 장비가 돌아 나와 목청껏 외쳤다.

"우리 형님이 화웅을 베었으니 이대로 관으로 쳐들어가 동탁을 사로잡지 않고 또 어느 때를 기다립니까?"

공연히 밸이 뒤틀린 원술이 또 호통쳤다.

"우리 제후들도 겸손하게 양보하는데 한낱 현령의 졸개 나부랭이가 어찌 감히 여기서 우쭐거리느냐! 여봐라, 저놈의 무리를 모조리 장막에서 쫓아내라!"

조조가 말렸다.

"공을 세운 사람은 상을 주어야 하거늘 귀하고 천함을 따질 게 무엇이오?"

원술이 짜증을 냈다.

"공들이 한낱 현령을 무겁게 여기니 나는 물러가겠소."

조조가 또 말렸다.

"어찌 말 한마디 때문에 큰일을 그르치려 하오?"

그가 공손찬에게 잠시 유비와 관우, 장비를 데리고 영채로 돌아가게 하니 제후들은 흩어졌다. 조조가 남몰래 사람을 보내 소 한 마리를 끌고 술을 들고 찾아가 세 사람을 위로하게 했다.

화웅이 죽고 동탁이 부하들과 상의하니 이유가 권했다.

"상장 화웅을 베어 적의 기세가 매우 높습니다. 원소가 맹주가 되었는데 그의 숙부 원외가 태부로 있으니 안팎에서 호응하면 다루기 힘듭니다. 원외를 없앤 뒤 승상께서 친히 대군을 거느리고 토벌하십시오."

동탁은 이각과 곽사에게 500명 군사로 원외의 집을 에워싸게 하여 늙은이와 어린아이를 가리지 않고 모두 죽이고, 원외의 머리를 사수관 앞에 높이 매달아 사람들에게 보이게 했다. 그리고 20만 군사를 일으켜 두 길로 나아가, 이각과 곽사에게 5만 군사를 주어 사수관을 지키며 함부로 나아가 싸우지 말게 하고, 15만 군사를 거느리고 호뢰관을 지키러 갔다.

【호뢰관은 춘추시대 진(秦) 목공이 호랑이를 기른 곳으로 험한 길목에 자리 잡았다.】

호뢰관은 낙양에서 50리였다. 군사가 관에 이르자 동탁은 여포에게 3만 군사를 이끌고 관 앞에 영채를 세우게 하고 관 위에 주둔했다.

소식이 전해지자 조조가 원소에게 제의했다.

"전체 군사의 반을 이끌고 가서 호뢰관을 깨뜨립시다."

원소는 왕광과 공손찬을 비롯한 여덟 제후를 보내 싸우게 했다. 조조는 군사를 이끌고 오고 가면서 여러 쪽을 구원하는 일을 맡았다. 하내 태수 왕광이 제일 먼저 호뢰관에 이르니 여포가 철갑기병 3000명을 거느리고 달려왔다. 왕광이 진을 치고 진문 앞으로 나서자 맞은편 진에서 여포가 마주 나왔다.

그 모습을 보면, 좋은 금으로 만든 세 가닥 뿔이 있는 관으로 머리를 묶고, 갖가지 꽃무늬가 수 놓인 붉은 서천 비단 전포를 걸쳤으며, 고리를 이어 짐승 얼굴을 만든 갑옷을 입었는데, 허리띠에는 사자와 만왕의 모습이 정교하게 그려져 있었다. 화살과 활을 지니고 자루에 그림을 그린 화극을 들고 바람을 맞받아 울부짖는 적토마에 올랐으니, 과연 '사람 속의 여포요, 말 가운데 적토마[人中呂布인중여포 馬中赤兎마중적토]'였다.

【당시 여포와 적토마가 얼마나 소문이 났던지 '인물 중에는 여포가 있고, 말 가운데는 적토마가 있다'는 속담까지 있었다.】

왕광의 진에서 한 장수가 창을 꼬나 들고 말을 내달리니 하내 명장 방열이었다. 다섯 합도 되지 않아 여포가 쿡 찔러 말 아래로 떨어뜨리고 화극을 꼬나 들고 짓쳐 드니 왕광의 군사는 뿔뿔이 달아났다. 여포가 동에 번쩍 서에 번쩍 내달리며 무찌르는데 사람 하나 없는 곳을 노니는 듯했다. 다행히 교모와 원유의 군사들이 구하러 오자 물러갔다.

세 제후는 30리를 물러서서 영채를 세웠다. 뒤이어 다섯 제후도 이르러서 함께 상의하는데, 여포가 빼어나게 용맹해 당할 사람이 없다고 걱정했다.

여포가 다시 싸움을 걸어 여덟 제후는 일제히 말에 올랐다. 군사들이 여덟 대로 나뉘어 높은 언덕에 올라 바라보니 여포의 군사가 깃발을 휘날리며 달려왔다. 상당 태수 장양의 장수 목순이 말을 몰아 창을 꼬나 들고 달려갔으나 여포의 손이 언뜻 올라가자 맥없이 말 아래로 떨어졌다.

북해 태수 공융의 장수 무안국이 묵직한 철퇴를 휘두르며 말을 달려나갔으나 10여 합도 어울리지 못해 여포가 화극으로 내려쳐 손목이 잘려 달아났다. 여덟 제후의 군사들이 무안국을 구하려고 일제히 달려가니 여포는 유유히 물러갔다. 제후들이 영채로 돌아오자 조조가 나섰다.

"여포는 뛰어나게 용맹해 제후들이 모두 모여 계책을 상의해야 하오. 여포를 잡으면 동탁을 죽이기는 쉬운 일이오."

이때 여포가 또 군사를 이끌고 와서 싸움을 걸었다. 여덟 제후가 일제히 싸움터로 나가 공손찬이 긴 창을 휘두르며 맞섰으나 몇 번 부딪쳐보지도 못하고 달아났다. 여포가 적토마를 몰아 쫓아가는데 하루에 천 리를 달린다는 말이니 발굽을 안고 달리면 바람같이 빨라 금방 따라잡았다. 여포가 화극을 들어 공손찬의 등을 향해 찔렀다.

바로 이때 옆에서 한 장수가 달려 나와 고리눈을 부릅뜨고 호랑이 수염을 거스르며 기다란 장팔사모를 꼬나 들고 우렁차게 외쳤다.

"성이 셋인 종놈은 게 섰어라! 연인 장비가 여기 있다!"

【여포가 정원을 양아버지로 모시다 죽이고, 다시 동탁을 양아버지로 받드니 성이 셋이라는 말을 들을 만도 했다. 게다가 또 종놈이라고 욕을 하니 화가 나지 않을 수 없었다.】

여포가 공손찬을 버리고 그와 맞붙어, 불꽃을 튀기며 50여 합을 치열하게 싸웠으나 승부가 나지 않았다. 그러자 관우가 말을 툭 치더니 82근 청룡언월도를 춤추듯 휘두르며 달려가 여포를 협공했다. 말 세 필이 고무래 정(丁)자 모양으로 싸우는데, 30합이 되도록 두 사람이 여포를 꺾지 못하자 유비가 쌍고검을 뽑아 들고 갈기가 누런 황종마를 달려나갔다. 세 사람이 여포를 에워싸고 주마등이 돌듯 빙빙 돌며 싸우니 여덟 제후의 군사들은 모두 넋을 잃고 바라보았다.

세 영웅의 검과 칼과 창이 베고, 찍고, 찌르는 바람에 여포가 잽싸게 화극을 놀리며 올려 막고, 비스듬히 치고, 왼쪽으로 밀고, 오른쪽으로 당겼으나 정신없이 들어오는 병장기를 막아낼 방법이 없었다.

더 견디기 어렵게 되자 여포는 유비의 얼굴을 향해 화극을 냅다 찔렀다. 유비가 급히 피하자 세 사람이 에워싼 작은 진에 잠깐 구멍이 뚫렸다. 그 틈을 타 여포는 화극을 들기도 힘든 듯 거꾸로 잡고 땅에 끌며 돌아갔다.

그러나 세 사람이 곱게 놓아줄 리 있으랴. 말을 탁탁 치며 쫓아가니 여덟 길 군사들이 요란스레 고함치며 일제히 뒤를 따랐다. 세 사람이 곧바로 관 아래까지 달려가 쳐다보니 관 위에서 푸른 비단 해 가리개가 서풍에 흔들려, 장비가 높이 외쳤다.

"저건 틀림없이 동탁이다! 여포를 쫓아보았자 무엇이 그리 대단하겠느냐? 먼저 동탁을 잡아버리면 풀을 자르고 뿌리를 뽑기다!"

장비는 달려 올라가 동탁을 사로잡으려고 말을 탁탁 쳐서 내몰았다.

이야말로

도적 잡으려면 괴수 잡아야 하느니
기이한 공로 기이한 사람 기다리네

승부는 어찌 될까?

6

옥새 얻었으나 칼부림만 일어

궁궐 불태워 동탁 악한 짓하고
옥새 숨겨 손견은 약속 어기다

장비는 단숨에 관 위로 올라갈 기세로 말을 다그쳤으나 관 위에서 화살과 돌이 비 오듯 쏟아져 되돌아서야 했다. 여덟 제후는 유비와 관우, 장비의 공로를 치하하고, 원소에게 승리의 소식을 알렸다.

원소가 소식을 듣고 손견에게 문서를 보내 공격을 명하자 손견은 정보와 황개를 데리고 원술을 찾아가 막대기로 땅에 금을 그어가면서 이치를 따져 나무랐다.

"원래 동탁은 나와는 원수진 일이 없소. 지금 내가 여기서 몸을 돌보지 않고 화살과 돌을 무릅쓰며 싸우는 것은 위로는 나라를 위해 역적을 토벌하려는 것이지만, 아래로는 장군 집안의 원한을 풀어주기 위해서요. 그런데도 장군은 옆에서 헐뜯는 소리나 듣고 식량과 말먹이 풀을 보내주지 않아 내가 싸움에서 패하게 했으니 어찌 마음이 편안하겠소?"

【동탁에게 죽은 원외는 원술의 숙부이니 집안 원한이 아닐 수 없었다.】

할 말을 찾지 못한 원술은 손견을 헐뜯은 자의 목을 쳐 사과하고 잔치를 베풀었다. 이때 갑자기 관 위에서 장수가 찾아왔다고 하여 손견은 영채로 돌아갔다. 관에서 온 사람은 동탁이 아끼는 장수 이각이었다.

"승상께서 존경하시는 분은 장군뿐입니다. 전날은 화웅이 잘못 알고 장군을 공격해 승상께서 몹시 불안해하셨지요. 장군과 혼인을 맺으시려고 이 각을 보내셨습니다. 승상께 따님이 계시어 장군 아드님과 짝지으려 하십니다. 무릇 장군 가문 자제들은 이름을 적어 추천하시기만 하면 모두 태수와 자사로 만들어주겠다 하시니 기회를 잃지 마시기 바랍니다."

손견은 불같이 화를 냈다.

"동탁은 하늘을 거스르고 무도한 짓을 하여 황실을 뒤엎었다. 내가 그 구족을 멸해 천하 사람들의 한을 풀어주려 하는데 어찌 역적과 사돈을 맺겠느냐? 네 목은 치지 않을 테니 어서 돌아가 관을 바쳐라! 그러면 목숨을 살려주겠다! 늑장을 부리면 뼈가 가루가 되고 몸이 부서지리라!"

이각은 머리를 싸쥐고 놀란 쥐새끼 도망치듯 [抱頭鼠竄포두서찬] 돌아가 동탁에게 보고했다. 화가 치민 동탁이 대책을 묻자 이유가 대답했다.

"온후가 방금 패하여 장졸들이 싸울 마음이 없습니다. 군사를 이끌고 낙양으로 돌아가 황제를 장안으로 옮겨 아이들 노래에 따르는 것이 좋겠습니다. 요즈음 거리에서 아이들이 노래를 부르기를 '서쪽에 한이 하나요, 동쪽에 한이 하나라, 사슴이 장안에 달려 들어가야 이 재난이 없을 거야'라고 합니다. 이 노래를 가만히 생각해보니 '서쪽에 한이 하나'라는 말은 한 고조가 서쪽 수도 장안에서 일어나 열두 황제가 전해 내려온 일에 들어맞고, '동쪽에 한이 하나'라는 말은 광무제가 동쪽 수도 낙양에서 부흥해 지금까지 열두 황제가 자리를 이었음에 어울리는 것입니다. 하늘이 주는 운은 돌기 마련이니 [天運合回천운합회] 승상께서는 장안으로 돌아가셔야 걱정이 사라집니다."

동탁은 대단히 기뻐했다.

"네 말이 아니었으면 내가 깨닫지 못했을 것이다!"

동탁은 그날 밤으로 여포를 데리고 낙양으로 돌아가 문무백관을 모아 명했다.

"한은 동쪽 수도 낙양에 자리 잡고 200년이 지나 이미 기운이 쇠약해졌소. 내가 살펴보니 왕성한 기운은 서쪽 수도 장안에 있으니 천자를 모시고 그리로 가야 하오. 백관은 어서 짐을 꾸리도록 하시오."

사도 양표가 다른 소리를 했다.

"장안은 심하게 파괴되었는데, 까닭 없이 종묘를 내놓고 황릉을 버리면 백성이 놀랄까 두렵소. 천하가 흔들리기는 지극히 쉬워도 안정되기는 너무나 어려우니 승상께서는 굽어 살피시기 바라오."

동탁은 대번에 화를 냈다.

"네가 나라의 대계를 막으려 하느냐?"

태위 황완(黃琬)도 양표와 같은 생각이었다.

"양 사도 말씀이 옳소이다. 옛날 왕망이 황제 자리를 빼앗은 뒤, 적미군이 장안으로 쳐들어가 불을 질러 장안성에는 깨진 기와 조각만 가득 널려 있소. 백성도 다 떠나 백에 하나둘도 남지 않았으니 궁궐을 버리고 황무지로 가는 것은 바람직하지 않소."

【서기 9년에 왕망이 전한을 뒤엎고 '신(新)'이라는 왕조를 세웠으나 전국에서 봉기가 일어나 23년에 망하고, 전한 황실 후예 유현이 황제에 올라 옛 수도 장안으로 들어갔다. 유현은 술과 여자를 좋아하고 부하들을 의심해 적지 않은 공신을 죽였는데, 3년 후 장안으로 쳐들어온 농민봉기군에게 사로잡혀 죽었다. 당시 장안이 너무 심하게 파괴되어 천하를 통일한 광무제는 장안 동쪽 낙양에 수도를 정해, 후한 혹은 동한이라 했다. 200년 가까운 세월이 흘렀으나 장안은 아직 옛 기상을 되찾지 못했는데,

동탁은 그곳으로 황제를 옮기면 자기 근거지인 서량과 가까워 유리한 점이 많았다.】

동탁은 주장을 굽히지 않았다.

"관동의 도적들이 일어나 천하가 어지러워졌소. 장안은 험한 효산과 함곡관이 막아주고 풍요로운 농서와 가까워 나무와 돌, 벽돌, 기와 같은 것들을 쉽게 마련할 수 있으니 궁궐은 한 달도 걸리지 않아 세울 것이오. 더는 허튼소리 하지 마시오."

사공 순상(筍爽)이 충고했다.

"승상께서 수도를 옮기려 하면 백성이 불안해할 것이오."

"내가 천하를 살피거늘 어찌 하찮은 백성을 아끼겠느냐?"

"백성은 나라의 근본이니 근본이 튼튼해야 나라가 안정되오. 수도를 옮겨 백성이 안심하고 살 수 없으면 그때부터 천하가 위태로워지오."

나라의 큰일을 상의해 결정하는 삼공(사도, 태위, 사공)이 하나같이 말렸으나 동탁은 코웃음을 치고 그날로 세 대신의 벼슬을 떼어버렸다.

동탁이 조정에서 나와 수레에 오르려 하는데 두 사람이 두 손을 맞잡고 읍을 했다. 동탁이 보니 지금은 상서로 있는 주비와 여전히 성문교위로 있는 오경이었다.

"무슨 일이 있는가?"

주비가 대답했다.

"승상께서 수도를 옮기려 하신다기에 충고드리려 합니다."

동탁은 벌컥 화를 냈다.

"너희 말을 듣고 원소를 천자께 추천했는데, 그가 반역했으니 너희도 한 무리다!"

무사들에게 호령해 두 사람을 성문밖으로 끌어내 목을 쳤다. 동탁이 수도를 옮기는 명령을 내리며 바로 다음 날 떠난다고 하자 이유가 꼬드겼다.

"돈과 식량이 모자라는데 낙양에는 부자들이 많으니 재산을 몰수하시지요. 원소의 집안 제자나 문객은 모조리 죽이고 재산을 압수하면 거금을 얻을 수 있습니다."

동탁이 철갑기병 5000명을 보내 낙양의 부자들을 남김없이 잡게 하니 수천 호나 되었다. 그들 머리에 깃대를 꽂고 반역한 역적 무리라는 뜻으로 '반신역당' 네 글자를 큼직하게 써서 모두 성 밖에서 목을 치고 재산을 빼앗았다.

이각과 곽사는 낙양의 백성 수백만을 몰아 장안으로 떠났다. 백성 한 대에 군사 한 대가 끼어 끌고 가는데 냇물과 산골짜기, 들판에서 죽은 자가 얼마인지 알 수 없었다. 동탁이 군사를 풀어 백성의 아내와 딸을 괴롭히고 식량을 빼앗으니 우는 소리가 하늘땅을 흔들었다. 늦게 걷는 자가 있으면 뒤에서 창칼을 든 3000명 군사가 윽박지르고 서슴없이 죽여 버렸다.

떠나기에 앞서 동탁은 낙양 성문마다 불을 지르고 주민들 집을 불태웠다. 종묘와 궁전, 관청에도 불을 붙여 남궁과 북궁, 두 궁전에서 일어난 불길에 장락궁은 완전히 잿더미로 변했다. 여포를 보내 선대 황제와 황후, 황비의 무덤을 파헤쳐 금은보화를 꺼내니 그 틈에 군사들은 벼슬아치와 백성의 무덤도 남김없이 파헤쳤다. 금은, 구슬, 비단과 보물을 수천 대 수레에 실은 동탁은 천자와 황실 사람들을 협박해 장안으로 떠났다.

사수관을 지키던 장수 조잠은 동탁이 낙양을 버리고 간 것을 알고는 제후들에게 사수관을 바쳤다. 손견이 군사를 휘몰아 먼저 관으로 들어가고, 다른 쪽에서 유비와 관우, 장비가 호뢰관으로 쳐들어갔다. 제후들도 각기 군사를 이끌고 뒤를 따랐다.

손견이 사수관을 지나 낙양으로 달려가며 멀리 바라보니 시뻘건 불길이 하늘에 솟구치고 검은 연기가 땅을 뒤덮는데, 200여 리 길에 닭과 개 같은 가축이 보이지 않고 밥 짓는 연기도 나지 않았다. 손견은 군사를 보내 궁궐의 불을 끄고 제후들에게 황무지에 군사를 주둔시키라고 전했다.

조조가 원소를 찾아가 물었다.

"동탁이 서쪽으로 갔으니 기세를 타고 추격해야 하는데, 본초는 군사를 멈추고 움직이지 않으니 어찌 그러시오?"

"군사가 피곤하니 나아가면 이익이 없을까 두렵소."

조조가 제후들에게 물었다.

"동탁이 궁궐을 불사르고 천자를 협박해 움직여서 천하 사람들이 놀라 어디로 가야 할지 모르오. 하늘이 동탁을 망하게 하는 때이니 한 번 싸움으로 천하가 안정될 것이오. 여러분은 어찌하여 의심하면서 나아가지 않으시오?"

제후들도 모두 주저해 조조는 분통을 터뜨렸다.

'이런 못난 사람들과는 함께 일을 꾸밀 수 없다!'

조조는 1만여 군사를 이끌고 동탁을 쫓아갔다.

이때 동탁이 형양에 이르러 태수 서영이 맞이하자 이유가 귀띔했다.

"승상께서 방금 낙양을 버리셨으니 추격하는 군사를 방비해야 합니다. 서영을 형양성 바깥 산속 길에 매복시켜, 쫓아오는 군사가 있으면 지나가도록 두었다가 중간에 길을 끊고 무찔러 뒤에 오는 자들이 감히 쫓지 못하게 해야 합니다."

동탁은 서영에게 군사를 매복하게 하고 여포에게 정예 군사를 이끌고 뒤를 막게 했다. 여포가 뒤에서 군사를 거느리고 가는데 조조 군사가 따라잡았다.

"이유의 헤아림에서 벗어나지 않는구나!"

여포가 껄껄 웃더니 군사를 늘여 세우자 조조가 말을 타고 나가 목청을 돋우어 소리쳤다.

"이 역적 놈아! 천자를 협박하고 백성을 끌어내 어디로 가느냐?"

여포도 맞받아 욕했다.

"주인을 배반한 겁쟁이 녀석이 무슨 허튼소리를 지껄이느냐?"

하후돈이 창을 꼬나 들고 여포에게 달려갔으나 몇 번도 어울리지 못해 이각의 군사가 쳐들어왔다. 조조가 급히 하후연에게 맞이하게 하니 또 고함이 일어나며 곽사의 군사가 달려왔다. 조조가 조인에게 막게 했으나 세 길 군사가 너무 세력이 커 감당할 수 없었다.

하후돈이 당하지 못하고 물러서자 여포가 몰아쳐 조조는 크게 패하고 형양을 향해 달아났다. 어느 황량한 산기슭에 이르니 밤이 깊었는데 달빛이 대낮처럼 밝았다. 조조가 군사를 모아 솥을 걸고 밥을 지으려 하는데 사방에서 고함이 일어나며 서영이 매복 군사를 이끌고 달려 나왔다. 조조가 급히 말에 채찍질해 달아나다 공교롭게도 서영과 마주쳐 얼른 뒤돌아 도망치는데 서영이 재빨리 화살을 날려 어깻죽지에 꽂혔다.

조조가 화살을 꽂은 채 달아나 산비탈을 돌아가자 풀밭에 엎드려 있던 보졸 둘이 불시에 창으로 조조의 말을 찔렀다. 말이 비틀거리며 쓰러지자 조조도 굴러떨어져 사로잡히고 말았다. 바로 이때 나는 듯이 말을 달려온 장수가 달빛에 조조를 알아보고 칼을 휘둘러 보졸들을 죽이고 말에서 내려 부축해 일으켰다. 화살에 맞은 상처가 아파 까무러쳤던 조조가 정신을 차려 보니 조홍이었다.

"내가 여기서 죽게 되었으니 아우는 어서 가게!"

"공은 빨리 말에 오르십시오! 이 홍은 걷겠습니다."

"적이 따라잡으면 아우는 어찌하는가?"

"천하에 이 홍은 없어도 되지만 공이 계시지 않으면 아니 됩니다."

"내가 다시 살아나면 자네 덕일세."

조조가 말에 오르자 조홍은 무거운 갑옷을 벗고 칼을 땅에 끌며 말 옆에서 따라 걸었다. 새벽 무렵까지 걷자 큰 강물이 앞을 막는데 뒤에서 고함이 가까워졌다.

"운명이 여기에 이르렀으니 더는 살지 못하겠구나!"

조조가 탄식하니 조홍이 급히 부축해 말에서 내리게 하여 전포와 갑옷을 벗겨, 등에 업고 강물에 들어섰다. 두 사람이 간신히 강을 건너 맞은편에 닿자 추격군사가 쫓아와 강 건너에서 화살을 날렸다. 조조는 물이 줄줄 흐르는 옷을 짜지도 못한 채 달아났다.

동녘 하늘이 훤히 밝아왔다. 강을 건너 또 30여 리를 걸은 두 사람이 언덕 아래에 멈추어 잠깐 숨을 돌리는데 또 고함이 일어나며 군사 한 무리가 달려왔다. 서영이 상류로 올라가 강을 건너 쫓아온 것이다. 조조는 당황했으나 다행히 하후돈과 하후연이 수십 명 기병을 데리고 나는 듯이 달려왔다.

"우리 주공을 해치지 마라!"

서영이 달려들었으나 하후돈이 한 창에 찔러 말 아래로 떨어뜨리고 군사를 쫓아버렸다. 뒤이어 조인, 이전, 악진이 군사를 이끌고 찾아오니 조조는 패잔병 500여 명을 모아 하내로 돌아갔다.

동탁은 계속 장안을 향해 나아가고, 제후들은 군사를 나누어 낙양에 주둔했다. 손견은 궁궐 불을 대충 끄고 건장전 터에 영채를 세웠다. 궁전의 깨진 기왓장과 벽돌을 말끔히 치우고 동탁이 파헤친 무덤들도 모두 흙으로 덮었다. 태묘의 토대 위에 엉성하게나마 집 세 채를 짓고, 제후들을 청해 역대 황제들 신위를 모시고 소와 양, 돼지를 고루 갖추어 제사를 지냈다.

제후들이 흩어지고 손견이 영채로 돌아오니 그날 밤 따라 별과 달이 어울려 영롱한 빛을 뿌렸다. 허리에 찬 검을 틀어쥐고 처량한 마음으로 장막 밖에 앉아 하늘을 쳐다보는데 북쪽 하늘에 흰 기운이 퍼져 한숨을 쉬었다.

"임금별이 밝지 못해 역적이 나라를 어지럽히니 만민이 진흙에 빠지고 불에 떨어진 듯 경성이 텅 비었구나!"

저도 모르게 눈물이 흐르는데 곁에서 군졸 하나가 남쪽을 가리켰다.

"궁전 남쪽 우물에서 오색 빛이 뻗어 나옵니다."

군사들을 불러 횃불을 밝히고 우물에 내려가 빛을 뿜는 물건을 건지게 하니 여인의 주검이 나왔다. 죽은 지 오래되었으나 썩지는 않는데, 궁중 여인 옷차림에 가슴에는 비단 주머니를 달고 있었다. 주머니를 여니 금 자물쇠를 채운 붉은색 자그마한 함이 보였다.

자물쇠를 비틀어 열자 옥새가 나왔다. 둘레는 네 치요, 위에는 용 다섯 마리가 어울려 뒤엉킨 꼭지가 조각되어 있는데, 한쪽 귀퉁이가 떨어져 나가 금으로 때웠다. 옥새에는 옛날 진시황이 전국을 통일하고 표준 글씨로 정한 전자(篆字) 여덟 글자가 쓰여 있었다.

'수명어천(受命於天) 기수영창(旣壽永昌).'

하늘에서 명을 받았으니 오래오래 번성하라는 뜻이었다. 손견이 옥새의 내력을 묻자 정보가 대답했다.

"이것은 전국새입니다. 옛날 춘추시대에 초의 변화(卞和)가 형산 아래에서 봉황새가 돌 위에 앉아 있는 것을 보고 돌을 수레에 실어 초 문왕께 바쳤습니다. 문왕이 돌을 깨게 하니 그 안에서 과연 옥돌을 얻었지요. 뒤에 이 옥돌을 얻은 진시황이 뛰어난 옥장인을 시켜 옥새를 만들고, 재상 이사에게 이 여덟 글자를 쓰게 했습니다. 2년 후 진시황이 천하를 돌아보다 동정호에 이르렀는데, 바람이 세차고 파도가 높아 배가 당장 뒤집히게 되어 옥새를 호수에 던지자 파도가 가라앉았다고 합니다. 진시황 36년에 또 시황제가 천하를 돌아보다 화음 땅에 이르렀는데, 웬 사람이 옥새를 들고 길을 막더니 '이것을 조룡(祖龍)께 돌려드려라' 하는 말을 남기고 흔적 없이 사라져 옥새가 진시황께 되돌아왔지요. 다음 해에 시황제가 붕어하고 후에 진의 마지막 황제 자영이 옥새를 한 고조께 바쳤습니다. 그 후 왕망이 나라를 찬탈할 때 효원 황태후께서 옥새로 왕망의 부하인 왕심과 소헌을 때렸는데, 그때 모서리가 깨져 금으로 때웠습니다. 광무제께서 의양에서 이 보물을 얻으신 후 황제들이 이어받아 지금까지 전해오다 근래에 십상시가 난을 일으켜 소제께서 북망산까지 갔다가 궁궐에 돌아와 보니 사라졌다고 합니다. 하늘이 옥새를 내리시니, 주공께서는 반드시 구오(九五)에 오르실 복이 있습니다. 여기서 오래 머무를 수 없으니 어서 강동으로 돌아가 큰일을 준비하시는 것이 바람직합니다."

【조룡은 진시황을 가리키며 구오는 임금 자리를 뜻한다. 나라를 전하는 옥새라는 뜻인 전국새를 만든 옥돌 '화씨벽'은 춘추시대에 초를 다스리며 국력을 크게 키운 문왕 때부터 보기 드문 보물로 세상에 알려졌다. 천하를 통일한 진시황이 글자를 새기게 하여 정통 황권의 상징이 되었다. 이 옥새를 지녀야 진짜 황제로 인정받았다.】

"내일 병을 핑계로 제후들과 작별하고 돌아가야겠네."
손견은 정보와 상의하고 군사들에게 비밀이 새지 않도록 조심하게 했다. 그런데 뜻밖에도 그 자리에 있던 군졸 하나가 원소와 같은 고향 사람일 줄이야! 군졸은 이 일을 출세의 발판으로 삼아보려고 밤에 영채를 빠져나가 원소에게 일러바쳤다. 원소는 상을 내리고 그를 가만히 영채에 잡아두었다.
이튿날 손견이 원소를 찾아가 작별인사를 했다.
"견은 하찮은 병에 걸려 장사로 돌아가려 합니다."
원소가 빙긋 웃었다.
"내가 그 병을 아오. 전국새 때문이 아니오?"
손견은 낯빛이 확 변했다.
"그게 무슨 말씀이오?"

"지금 우리는 나라의 해를 제거하려고 군사를 일으켜 역적을 치는데, 옥새는 조정 보물이니 공이 얻었으면 마땅히 사람들이 보는 앞에서 맹주에게 맡겼다가 동탁을 죽인 다음 조정에 돌려주어야 할 것이오. 슬쩍 감추고 가져가려 하니 무슨 일을 하려는 것이오?"

"어찌하여 옥새가 나한테 있다 하시오?"

손견이 뻗대보았으나 원소가 딱 찍었다.

"건장전 우물에서 나온 물건은 무엇이오?"

"나에게 옥새가 없는데 왜 억지로 핍박하시오?"

"어서 내놓으시오. 스스로 화를 부르지 않도록 말이오."

원소가 바짝 몰아대자 손견은 하늘을 가리켜 맹세했다.

"내가 감추었다면 뒷날 편히 죽지 못하고 칼과 화살 아래에서 죽임을 당할 것이오!"

제후들이 보다못해 나섰다.

"문대가 맹세하는 것을 보니 옥새가 없는 것 같소."

원소는 옥새 일을 고발한 군졸을 불렀다.

"옥새를 건질 때 이 사람이 있었소?"

손견이 노해 검을 뽑아 군졸을 죽이려 하자 원소도 검을 뽑았다.

"네가 군졸을 죽이려는 것은 바로 나를 우습게 보는 짓이다."

원소 뒤에서 안량과 문추가 검을 뽑아 들자 손견 뒤에서 정보, 황개, 한당도 칼을 틀어쥐어 제후들이 말렸다.

"함께 단에 올라 대의를 받들기로 맹세했거늘, 어찌 서로 삼키려 하시오?"

손견이 영채를 뜯고 말에 올라 낙양을 떠나자 원소는 크게 노했다.

"보물을 얻고 가버리니 네가 패자(覇者)가 되겠다는 것이냐?"

【패자는 무력이나 권세로 천하에 군림하는 사람을 말한다.】

원소는 손견의 길을 막아 옥새를 빼앗으라고 형주 자사 유표(劉表)에게 글을 보냈다.

이튿날 동탁을 쫓아가던 조조가 크게 패하고 돌아오니 마음을 풀어주려고 원소가 제후들을 모아 술상을 차리자 조조가 한탄했다.

"나는 대의를 일으켜 나라의 역적을 없애려 했소. 그 의로움을 받들어 여러분이 오시니 이 조의 처음 뜻은 이러했소. 본초께 폐를 끼쳐 하내의 무리를 이끌고 맹진에 이르도록 하고, 산조의 여러 장수는 성고현을 단단히 지키면서 오창을 차지하고 환원관과 태곡관을 틀어막아 험한 요충지들을 통제하게 하며, 공로(원술)는 남양 군사를 거느리고 단수현과 석현에 주둔했다가 무관으로 들어가 삼보를 놀라게 하는 것이었소. 그런데 여러분이 머뭇거리며 나아가지 않아 천하의 기대를 완전히 저버렸으니 이 조는 은근히 수치스럽게 여기는 바요!"

【산조의 여러 장수는 유대, 장막, 장초, 원유, 포신, 교모를 말하고, 삼보는 장안 부근 경조, 풍익, 부풍, 세 지역을 가리킨다.】

원소를 비롯한 제후들은 할 말이 없었다. 술상이 끝나자 조조는 원소와 제후들이 각기 다른 마음을 품어 일을 이루지 못하리라 짐작하고 용맹한 군사가 많은 양주로 가버렸다.

공손찬이 유비와 관우, 장비를 불렀다.

"원소는 큰일을 하지 못하겠네. 오래 지나면 반드시 변고가 생길 것이니 우리는 먼저 돌아가세."

공손찬은 영채를 뽑아 북쪽으로 갔다. 평원에 이르러 유비를 평원국 상에 임명하고, 본거지로 돌아가 군사를 길렀다.

이때 연주 자사 유대가 동군 태수 교모에게 식량을 빌려달라고 청하다 거절당하자 영채로 쳐들어가 그를 죽이고 무리의 항복을 받았다. 원소는 사람들이 제각기 흩어지니 영채를 헐고 낙양을 떠나 관동으로 갔다.

이때 형주 자사 유표는 자가 경승(景升)인데, 산양군 고평국 사람으로 한의 황실 종친이었다. 젊은 시절 사람들과 사귀기를 좋아해 명사 일곱 사람과 벗이 되었으니 그들을 '강하팔준'이라 일컬었다.

형주에서 유표를 보좌하는 사람은 남군 중려현 사람 괴량(蒯良), 괴월(蒯越) 형제와 남군 양양현 사람 채모(蔡瑁)였다. 원소와 친한 유표는 글을 받고 괴월과 채모에게 1만 군사를 이끌고 나가 손견을 가로막게 했다. 손견이 형주에 이르자 괴월이 앞을 막으니 물었다.

"괴이도는 어찌하여 군사를 거느리고 길을 막으시오?"

손견은 상대의 자를 불러 점잖게 묻는데 괴월은 댓바람에 거칠게 나왔다.

"너는 한의 신하이면서 어찌 전국새를 감추느냐? 어서 내놓아라. 그러면 강동으로 돌아가게 해주겠다."

화가 치민 손견이 황개를 내보내 싸우게 하자 채모가 칼을 춤추며 맞이했다. 몇 번 어울리던 황개가 철편을 내리쳐 가슴을 보호하는 호심경을 때리자 채모는 말을 돌려 달아났다. 손견이 이긴 기세를 몰아 형주 경계로 들어서니 산 뒤에서 징과 북이 일제히 울리며 유표가 군사를 이끌고 나왔다. 손견은 말 위에서 예절을 차려 인사하고 깍듯하게 물었다.

"경승은 어찌 남의 글을 믿고 이웃 군을 핍박하시오?"

유표도 괴월처럼 다짜고짜 꾸짖기부터 했다.

"네가 전국새를 감추었으니 장차 반역하려는 것이냐?"

손견은 그래도 싸움을 피해 보려고 무서운 다짐을 했다.

"내가 그것을 가졌으면 칼과 화살을 받고 죽을 것이오!"

"네 짐을 풀어 내가 마음대로 뒤져보게 해야 네 말을 믿겠다."

손견은 발끈했다.

"네가 무슨 힘이 있다고 감히 나를 얕잡아보느냐?"

곧바로 달려드니 유표는 얼른 물러섰다. 손견이 쫓아가자 양쪽 산 뒤에 매복한 군사들이 일제히 일어나고 뒤에서 채모와 괴월이 쫓아왔다.

이야말로

옥새를 얻었으나 아무 쓸모 없어
오히려 그 때문에 칼부림만 일어

손견은 어떻게 몸을 뺄까?

7

얻어먹던 손님이 주인 몰아내

원소는 반하에서 공손찬과 싸우고
손견은 장강을 건너 유표를 치다

유표에게 에워싸인 손견은 정보와 황개, 한당 세 장수가 죽기로써 싸워 간신히 몸을 뺐다. 군사를 반 이상 잃고 길을 뚫고 달아나 강동으로 돌아간 손견은 이때부터 유표와 원수가 되었다.

하내에 주둔한 원소에게 군량과 말먹이 풀이 모자라 기주 자사 한복이 식량을 보내주니 모사 봉기(逢紀)가 원소를 꼬드겼다.

"천하를 가로세로 누비는 대장부가 어찌 다른 사람이 보내주는 식량만 기다립니까? 기주는 돈과 곡식이 많은 고장인데 어찌 손에 넣지 않으십니까?"

"좋은 계책이 없네그려."

"가만히 공손찬에게 글을 보내시지요. 나아가 기주를 차지하라 하시고, 장군께서 다른 방향으로 협공하시겠다고 하면 그는 반드시 군사를 일으킵니다. 한복은 꾀가 없는 자라 틀림없이 장군을 청해 기주 일을 맡아 달라고 할 것이니 틈을 노려 손을 쓰시면 기주를 얻는 것은 식은 죽 먹기입니다."

원소는 기뻐하며 공손찬에게 글을 보냈다. 함께 기주를 빼앗아 땅을 똑같이 나누자고 하니 공손찬은 몹시 기뻐 그날로 군사를 일으켰다. 원소는 한복에게도 글을 보내 공손찬이 기주를 치려 한다고 알려주었다. 한복이 급히 모사들을 불러 상의하자 순심(荀諶)이 권했다.

"공손찬이 옛 연(燕)과 대(代) 땅의 무리를 이끌고 거침없이 쳐들어오면 날카로운 기세를 막을 수 없습니다. 유비와 관우, 장비까지 돕고 있어서 무력을 이기기 어렵습니다. 원본초는 지혜와 용맹이 뛰어나고 수하에 명장이 지극히 많으니, 그를 청해 함께 기주를 다스리시면 반드시 장군을 후하게 대접할 것입니다. 그러면 공손찬은 걱정할 나위가 없습니다."

한복은 곧 별가(別駕) 관순을 보내 원소를 청하게 했다.

【별가는 주의 자사나 군의 태수가 관할 지역을 돌아볼 때 '다른 수레(별가)'에 앉아 따른다고 생긴 이름이다. 자사나 태수 아래에서 가장 높고 중요한 보좌관이었다.】

서기장인 장사 경무가 충고했다.

"원소는 외로운 손님이요, 궁지에 빠진 군사입니다. 우리를 쳐다보며 눈칫밥을 먹고 사는 신세라 아기가 손바닥 위에 있는 듯해 젖줄을 끊으면 당장 굶어 죽습니다. 어찌하여 그를 불러 우리 주의 일을 맡기려 하십니까? 양 무리에 호랑이를 끌어들이는 노릇입니다."

한복은 이미 순심의 말에 넘어간 뒤였다.

"나는 원래 원씨 가문 어르신들 밑에서 벼슬을 했고, 재능 또한 본초보다 못하네. 옛사람들은 현명한 이를 골라 자리를 양보했거늘 그대들은 어찌하여 질투하는가?"

경무는 한숨을 쉬었다.

"기주가 끝장났구나!"

이렇게 되자 벼슬을 버리고 떠나는 자가 30명을 웃돌았다. 경무와 관순은 성 밖에 숨어 기다리다 며칠 후 원소가 군사를 이끌고 오자 칼을 빼 들고 뛰어나가 죽이려고 달려들었으나 원소의 장수 안량이 경무를 베고, 문추가 관순을 찍어 넘겼다.

기주에 들어간 원소는 한복을 분위장군으로 임명했다. 위엄을 떨치는 장군이라 하여 이름은 그럴듯하나 실권은 없고, 원소가 자기 부하 전풍(田豊)과 저수(沮授), 허유(許攸), 봉기에게 주의 일을 나누어 맡기니 한복은 권력을 빼앗기고 말았다. 한복은 뉘우쳐 마지않았으나 어찌할 방법이 없어 식솔을 버리고 홀로 말을 달려 진류 태수 장막에게 몸을 의지했다.

【뒷날 원소가 장막에게 사자를 보내 무언가 속삭이는 것을 보고 한복은 자신을 해치려는 줄 알고 뒷간에 들어가 목숨을 끊었다. 태평세월에는 쟁쟁한 명사로서 한 주를 다스리던 사람치고는 너무도 허무한 최후였다.】

원소가 기주를 차지했다는 소식을 듣고 공손찬은 아우 공손월을 보내 땅을 나누어달라고 했다. 그러나 원소가 선뜻 땅을 나누어줄 리 있으랴!

"형을 모시고 오게. 내가 상의할 일이 있네."

공손월이 돌아가는데 50리도 가지 못해 갑자기 군사 한 무리가 나타나 소리쳤다.

"나는 동 승상 집안 장수다!"

군사들이 어지러이 화살을 날려 공손월은 죽고 말았다. 따르던 사람이 도망쳐 돌아가 알리자 공손찬은 불같이 화가 치밀었다.

"원소가 나를 꾀어 한복을 공격하게 하고 그 틈을 타 기주를 얻었는데, 그것도 모자라 동탁 군사로 위장하고 아우를 쏘아 죽였으니 어찌 이 원수를 갚지 않겠느냐!"

군사를 전부 일으켜 기주로 달려가자 소식을 듣고 원소도 군사를 거느리고 나왔다. 양쪽 군사가 반하 강에서 만나 계교 다리를 사이에 두고 마주하니 공손찬이 다리 위에 말을 세우고 높이 외쳤다.

"의로움을 저버린 놈아! 어찌 감히 나를 팔아먹느냐?"

원소도 말을 채찍질해 계교 앞으로 다가가 공손찬을 가리켰다.

"한복이 자청해 기주를 양보했는데, 네가 무슨 상관이냐?"

"전날은 네가 충성스럽고 의로운 줄 알고 맹주로 추대했는데, 참으로 늑대 심보를 품고 개 같은 짓을 하는구나. 무슨 낯짝으로 이 세상에 서 있느냐?"

공손찬의 말에 켕기는 것이 있어 원소는 발끈했다.

"누가 저놈을 사로잡겠느냐?"

문추가 창을 꼬나 들고 다리 위로 달려가자 공손찬이 맞섰으나 열 합도 견디지 못하고 진으로 도망치니 뒤를 쫓으며 사정없이 무찔렀다. 공손찬의 맹장 넷이 맞섰으나 하나를 찔러 말 아래로 떨어뜨리자 모두 도망쳤다. 공손찬이 진을 뚫고 산골짜기로 뺑소니치자 문추가 말을 다그치며 매섭게 호령했다.

"어서 말에서 내려 항복하라!"

허둥지둥 달아나는 공손찬은 허리에 찬 활과 화살이 떨어지고 투구도 땅에 뒹굴었다. 머리가 풀어져 꼴불견이 되어 말을 달려 산비탈을 돌아가는데 그만 말이 앞발굽을 접질리고 쓰러져 비탈 아래로 곤두박질쳤다. 문추가 창을 틀어쥐고 급히 달려와 내찔렀다.

바로 이때 숲이 무성한 산비탈에서 한 소년 장수가 벼락같이 말을 달려 나와 창을 꼬나 들고 문추를 덮쳤다. 그 틈에 공손찬은 비탈 위로 벌벌 기어 올라갔다. 소년을 보니 키는 여덟 자에 눈썹은 진하고 눈이 부리부리한데 얼굴이 번듯하고 위풍이 아주 늠름했다. 그는 문추와 50여 합을 크게 싸웠으나 승부가 나지 않았다. 공손찬의 군사가 달려와 문추가 돌아가자 소년 장수는 구태여 쫓지 않았다. 공손찬은 비탈에서 내려와 장수의 이름을 물었다.

"저는 상산국 진정현 사람으로 성은 조(趙)에 이름은 운(雲), 자는 자룡(子龍)입니다. 원소에게 있었으나 그가 천자께 충성하고 백성을 구하려는 마음이 없어 장군을 찾아오는 길인데 여기서 뵐 줄은 몰랐습니다."

공손찬은 대단히 기뻐 조운과 함께 영채로 돌아와 갑옷과 무기를 가다듬었다.

이튿날 원소는 안량과 문추에게 활잡이와 쇠뇌잡이를 1000명씩 거느려 선봉을 서게 하고, 장수 국의에게 활잡이 800명과 보병 1만 5000명을 이끌고 진 안에 늘어서게 한 후, 기병과 보병 수만을 거느리고 뒤를 지켰다.

공손찬 역시 기병 두 대를 보병 곁에 늘여 세워 날개 모양을 이루었다. 조운을 얻은 지 얼마 되지 않아 아직 속마음을 몰라 군사 한 무리를 주어 뒤에 세우고, 앞에는 대장 엄강을 선봉으로 삼으며 자신은 중군을 거느리고 계교 위에 말을 세웠다. 말 앞에는 원수 수(帥)자를 수놓고 둘레에 금실을 두른 커다란 붉은 깃발이 세워졌다.

선봉 엄강의 군사가 아침 일찍부터 북을 두드리기 시작했으나 한낮이 되도록 원소 군사는 나오지 않았다. 국의가 활잡이들에게 방패 밑에 엎드려 있다가 신호가 울리면 화살을 쏘게 했던 것이다.

기다리다 지친 엄강이 고함지르며 진에 바짝 다가가자 '탕' 포 소리가 울리더니 800명 활잡이가 일제히 화살을 날렸다. 엄강이 급히 돌아섰으나 칼을 춤추며 말을 달려온 국의가 한칼 먹이자 말 아래로 떨어져 공손찬은 참패했다. 원소 군사가 일제히 나아가 계교에 이르니 국의가 깃발을 잡은 장수를 쳐죽이고 '수'자 깃발을 찍어 넘겼다.

소년 장수가 벼락같이 달려 나와 문추를 덮쳐 ▶

【깃발은 군사를 지휘하는 가장 중요한 신호였다. 특별히 '수자기'로 불리는 통수 깃발은 전체 군사가 그 신호에 따라 움직이니, 그 깃발을 빼앗는 것은 장수를 죽이는 것 못지않게 중요한 일이었다.】

깃발이 넘어지는 것을 보고 공손찬이 말을 돌려 달아나자 국의가 군사를 이끌고 단숨에 후군까지 달려가다 조운과 맞닥뜨렸다. 조운이 한 창에 국의를 찔러 죽이고 나는 듯이 원소 군사 속으로 쳐들어갔다. 왼쪽으로 쳐나가다가는 오른쪽을 무찌르는데 [左衝右突좌충우돌] 사람 하나 없는 곳을 넘나드는 듯했다. 그 기세를 타고 공손찬이 군사를 되돌리자 이번에는 원소 쪽이 대패했다.

원소는 국의가 장수를 베고 깃발을 찍으며 패한 적군을 쫓아간다는 말을 듣고 전풍과 함께 싸움 구경을 하며 허허 웃어댔다.

"공손찬은 무능한 녀석이구먼!"

이때 별안간 조운이 코앞으로 달려왔다. 활잡이들이 급히 활을 쏘려 했으나 조운이 몇을 푹푹 찔러 눕히자 뿔뿔이 달아나버렸다. 뒤에서 공손찬 군사가 몰려와 겹겹이 에워싸니 당황한 전풍이 원소에게 권했다.

"화살이 비 오듯 하니 잠시 빈 담 안에 숨으십시오!"

원소는 투구를 벗어 땅에 내동댕이치며 높이 외쳤다.

"대장부는 싸움터에서 죽기가 소원이거늘 어찌 담 안에 들어가 살기를 바라느냐!"

이 말을 듣고 장수와 군졸들이 용기백배하여 싸우니 조운이 여러 번 들이쳤으나 뚫지 못했다. 뒤이어 원소의 대군이 몰려오자 공손찬은 조운과 함께 물러섰다. 안량과 문추가 양쪽에서 쳐들어와 공손찬 군사는 죽은 자를 헤아릴 수 없었다.

원소가 이긴 기세를 타고 쫓아가는데 5리도 가지 못해 산 뒤에서 고함이 터지며 군사 한 떼가 바람같이 나타났다. 앞장선 세 장수는 다름 아닌 유비와 관우, 장비였다. 공손찬이 원소와 싸운다는 말을 듣고 평원에서 특별히 도우러 오는 길이었다.

세 필 말에 올라탄 세 사람이 세 가지 병기를 휘두르며 나는 듯이 덮쳐들자 질겁한 원소는 넋이 하늘 밖으로 달아나 손에 든 보도가 말 아래로 떨어졌다. 부랴부랴 말을 돌려 달아나자 부하들이 죽기로써 구해 다리를 건넜다. 공손찬도 군사를 거두어 영채로 돌아갔다.

세 사람이 인사를 마치자 공손찬이 고마워했다.

"현덕이 먼 길을 와서 구해주지 않았으면 내가 큰 변을 당할 뻔했네."

공손찬은 유비를 조운과 만나게 했다. 조운을 본 유비는 곧바로 아끼는 마음이 들어, 이때부터 벌써 헤어지기 아쉬워했다.

톡톡히 패한 원소는 단단히 지키면서 나와서 싸우지 않았다. 양쪽 군사가 한 달 남짓 대치하자 동탁에게 소식이 전해졌다. 동탁은 장안에 이른 뒤 스스로 태부보다 높은 태사로 부르며 제후들 윗자리에 앉았는데 이유가 고했다.

"원소와 공손찬도 당대의 호걸인데 싸움을 벌이니 천자의 사자를 보내 화해시키는 것이 바람직합니다. 두 사람은 은덕에 감동해 태사님께 순종할 것입니다."

동탁이 새로 임명된 태부 마일제(馬日磾)와 황제의 수레를 맡은 태복 조기(趙岐)에게 조서를 지니고 가게 하여 두 사람이 하북에 이르자, 원소는 100리 밖까지 나와 두 번 절하고 조서를 받았다. 이튿날 두 사람이 공손찬의 영채에 이르러 천자의 명령을 선포하니, 공손찬은 원소에게 글을 보내 화해를 청하고 그날로 군사를 물리면서 조정에 표문을 올려 유비를 평원상으로 추천했다.

【전에는 자신이 개인적으로 임명한 벼슬이라 지위를 확실하게 해주기 위해서였다.】

유비는 조운과 작별하며 손을 잡고 눈물을 뿌렸다. 유비가 차마 떨어지기 아쉬워하는 모습을 보고 조운이 탄식했다.

"저는 공손찬을 영웅으로 알았는데 행동을 보니 역시 원소와 같은 무리입니다!"

"공은 잠시 몸을 굽혀 섬기시오. 다시 만날 날이 있을 거요!"

두 사람은 눈물을 흘리며 헤어졌다.

원소가 새로 기주를 얻었다는 소식을 듣고 남양의 원술이 말 1000필을 달라고 했으나 보내주지 않아 형제 사이가 벌어졌다. 원술이 또 형주의 유표에게 식량 20만 섬을 꾸어달라고 했으나 역시 주지 않자 앙심을 품고 가만히 손견에게 글을 보내 유표를 공격하라고 충동했다. 원술의 글을 받고 손견이 상의하자 정보가 의심했다.

"원술은 거짓이 많아 믿을 수 없습니다."

"내가 처음부터 스스로 복수하려 했거늘 어찌 원술의 도움을 바라겠는가?"

손견은 황개를 강변으로 보내 싸움배를 갖추고 무기와 군량, 말먹이 풀을 가득 싣게 했다. 큰 배에 군마를 싣고 날짜를 정해 군사를 일으키니, 유표가 소식을 듣고 깜짝 놀라 급히 문관, 무장들과 상의했다.

"근심할 것 없습니다. 황조(黃祖)에게 강하 군사를 이끌고 앞장서게 하고, 주공께서 형주와 양양 무리를 거느리고 도와주시면 됩니다. 손견이 강을 건너고 호수를 넘어오는데 어찌 무력을 써볼 나위나 있겠습니까?"

괴량이 침착하게 건의해, 유표는 황조에게 손견을 막도록 하고 대군을 일으켰다.

손견에게는 아들 넷이 있어 모두 오(吳) 부인이 낳은 자식들이었다. 맏이는 책(策)이고 자는 백부(伯符), 둘째는 권(權)이고 자는 중모(仲謀), 셋째는 익(翊)이고 자는 숙필(叔弼), 넷째는 광이고 자는 계좌였다. 오 부인의 여동생은 바로 손견의 둘째아내로 아들 하나 딸 하나를 낳아, 아들은 낭(朗)이고 딸은 인(仁)이었다. 손견이 유(俞)씨 집안 아들을 하나 얻어 양자로 삼으니 소(韶)였다. 또 손견은 아우가 하나 있어 정(靜)이고 자는 유대(幼臺)였다.

손견이 떠나려 하자 손정은 조카들을 데리고 말 앞에 엎드려 절하며 말렸다.

"동탁이 권력을 거머쥐고 천자가 나약하시니 천하가 크게 어지러워져 영웅들이 한 곳씩 차지하고 패권을 잡았습니다. 강동이 겨우 조금 안정되었는데 자그마한 원한 때문에 큰 군사를 일으키면 바람직하지 않습니다. 형님께서는 깊이 생각해보시기 바랍니다."

"아우는 더 말하지 말게. 내가 천하를 가로세로 누비려 하는데 어찌 원수를 갚지 않겠나!"

손견이 아우 말을 듣지 않자 맏아들 손책이 나섰다.

"아버님께서 꼭 가시겠다면 이 아들이 따라가겠습니다."

손견은 허락하고 손책과 함께 배에 올라 형주 번성으로 달려갔다.

황조는 활잡이와 쇠뇌잡이를 강변에 매복시키고 배가 기슭에 다가오면 어지러이 화살을 날렸다. 손견이 장졸들에게 가볍게 움직이지 말고 배 안에 숨어 적을 유인하라고 명해, 사흘 동안 배들이 수십 번 기슭에 가까이 다가갔다 돌아왔다. 황조 군사는 한사코 화살만 쏘다 보니 마침내 화살이 떨어지고 말았다. 손견이 배에 꽂힌 화살을 뽑으니 10만 대가 훨씬 넘었다.

그날은 마침 순풍이라 손견 군사가 일제히 화살을 쏘니 황조는 물러갈 수밖에 없었다. 손견 군사가 기슭으로 올라가 정보와 황개, 한당이 세 갈래로 협공하자 황조는 크게 패하여 번성을 버리고 남양 등성으로 달아났다. 손견은 황개에게 배를 지키게 하고 뒤를 쫓았다.

황조는 성에서 나와 들판에 진을 쳤다. 손견도 진을 치고 나가니, 투구 쓰고 갑옷 입어 온몸을 감싼 손책도 창을 꼬나 들고 아버지 곁에 말을 세웠다. 황조가 장호와 진생, 두 장수를 데리고 진 앞으로 나왔다. 두 사람은 강하에서 반란을 일으켰는데, 후에 유표에게 항복해 상장으로 쓰이는 터였다. 황조가 말채찍을 쳐들고 욕설을 퍼부었다.

"강동의 쥐새끼 같은 도적놈아, 어찌 감히 황실 종친의 경계를 침범하느냐!"

장호가 구리 작살을 꼬나 들고 말을 다그쳐 나가자 손견의 진에서 한당이 나갔다. 두 장수가 맞붙어 30합을 넘기자 장호가 힘이 부쳐 작살을 마음대로 놀리지 못했다. 진생이 말을 달려 도우러 나가는데, 손책이 먼발치에서 보고 화살을 날려 진생의 얼굴에 꽂혔다. 진생이 말에서 떨어지자 장호가 깜짝 놀라며 손을 제대로 놀리지 못해 한당의 칼에 머리가 반이 날아갔다.

정보가 달려가자 황조는 투구와 말을 버리고 보졸 무리에 끼어 유표에게로 뺑소니쳤다. 그가 손견의 기세를 당할 수 없노라고 구구히 변명하자 괴량이 제의했다.

"금방 패해 군사들이 싸울 마음이 없으니 도랑을 깊이 파고 보루를 높이 쌓아 적의 날카로운 기세를 피해야 합니다. 원소에게 도움을 청하면 포위를 풀 수 있습니다."

채모가 반대했다.

"졸렬한 계책입니다. 군사가 성 밑에 이르고 장수가 해자에 다가왔는데 어찌 손을 모아 쥐고 죽기를 기다리겠습니까? 저는 재주 없으나 군사를 거느리고 나가 한번 결전을 벌이고 싶습니다."

【해자는 성 둘레를 파고 물을 끌어들여 적을 막는 도랑이다.】

유표가 허락해 채모가 1만 군사를 이끌고 성 밖으로 나가 현산에 진을 치자 손견이 군사를 거느리고 기세 좋게 달려왔다.

"이 자는 유표 후처의 오라비다. 누가 나가 사로잡겠나?"

정보가 철척사모를 꼬나 들고 달려가자 채모는 몇 번 부딪쳐보지도 못하고 달아났다. 손견이 대군을 휘몰아 들이치니 형주 군사의 주검이 들판에 어지럽게 널렸다. 채모가 성안으로 도망쳐 들어가자 괴량이 주장했다.

"채모가 계책을 듣지 않고 크게 패했으니 군법에 따라 목을 쳐야 합니다."

그러나 그의 누이동생을 아내로 삼은 지 얼마 되지 않은 유표는 벌을 주려 하지 않았다.

손견이 사방으로 양양성을 에워싸는데 느닷없이 세찬 바람이 일며 '수'자 깃발이 뚝 부러졌다. 한당이 걱정했다.

"좋은 징조가 아닙니다. 잠시 회군하시지요."

"내가 거듭 이겨 아침저녁으로 양양을 손에 넣게 되었는데, 바람에 깃대 하나 부러졌다고 어찌 급히 군사를 물리겠나!"

손견이 더욱 다그쳐 성을 공격하자 괴량이 유표에게 간했다.

"이 량이 밤에 천상(天象, 해와 달과 별의 움직임)을 살피자 장수별이 하나 떨어지려 합니다. 분야가 손견에게 해당하니 어서 원소에게 글을 띄워 도움을 청하십시오."

【그때 사람들은 한의 13주를 하늘의 28수(宿)와 상응하게 나누어, 어느 별의 변화는 어느 고장 사람들과 관계된다고 믿었다. 이것이 '분야'라는 개념이었다.】

유표가 글을 쓰고 장수 여공이 가져가기로 하니 괴량이 계책을 일렀다.

"군사 500명을 줄 테니 활 잘 쏘는 자들을 골라 성을 나가 현산으로 달려가게. 손견이 쫓아갈 걸세. 100명은 산 위로 보내 돌을 찾아 들고, 100명은 활과 쇠뇌를 들고 숲속에 숨게. 손견이 따라오면 구불구불 돌아 매복한 곳으로 유인해 화살과 돌을 날리고, 이기면 신호 포를 터뜨리게. 성안에서 군사가 달려나가 지원할 걸세. 추격하는 군사가 없으면 그냥 길이나 다그치는데, 오늘 밤달이 별로 밝지 않을 테니 황혼에 성을 나가게.”

여공은 저녁 무렵 가만히 동문을 열고서 나갔다. 장막 안에 있던 손견은 순찰 군사의 고함을 듣고 급히 말에 올라 30여 명 기병을 데리고 영채 밖으로 나갔다.

“군사 한 무리가 성을 나와 현산으로 달려갑니다.”

손견이 장수들을 모으지도 않고 30여 명 기병만 데리고 쫓아가자 여공은 나무가 우거진 숲속 아래위로 군사를 매복시켰다. 손견의 말이 빨라 먼저 쫓아가는데 앞쪽 멀지 않은 곳에서 군사 한 무리가 달려갔다.

“적들은 달아나지 마라!”

여공은 말을 돌려 손견과 싸웠으나 단 한 번 붙어보고는 달아나 산길로 들어섰다. 손견이 뒤를 쫓아 산으로 올라가자 징 소리가 ‘꽝!’ 울리더니 느닷없이 산 위에서 돌멩이가 씽씽 쏟아지고, 숲속에서 화살이 윙윙 날아와 순식간에 뇌수가 터져 죽고 말았다. 나이 겨우 37세였다.

여공이 손견의 부하 30여 명을 모두 죽이고 신호 포를 터뜨리니 성안에서 황조와 괴월, 채모가 군사를 이끌고 달려 나왔다. 하늘을 울리는 고함을 듣고 황개가 수군을 거느리고 달려오다 황조와 마주쳐 두 합째에 냉큼 사로잡아버렸다. 정보는 손책을 호위해 길을 찾아 나가다 마침 여공을 만나 몇 합 만에 말 아래로 떨어뜨렸다.

양쪽이 날이 밝을 때까지 크게 싸우고 군사를 거두어, 유표는 성으로 들어가고 손책은 한수로 돌아왔다. 그제야 손책이 아버지가 어지러운 화살에 맞

손견은 37세에 산속에서 뇌수가 터져 죽고 ▶

아 죽고, 유표 군사가 주검을 성안으로 메고 들어간 것을 알고는 엉엉 울음을 터뜨리니 군사들도 모두 눈물을 흘렸다.

"아버님 시신이 그쪽에 계신데 어찌 고향에 돌아가리오!"

손책의 말에 황개가 건의했다.

"황조를 사로잡았으니 사람을 보내 화해하고 주공 유해와 바꿉시다."

군관 환계(桓階)가 나섰다.

"이 계가 옛적에 유표와 사권 바 있어 사자가 될까 합니다."

손책이 찬성해 환계가 성에 들어가 이야기하자 유표는 선선히 응했다.

"문대의 시신은 관에 안치해 두었으니 어서 황조를 돌려보내게. 양쪽이 군사를 거두고 다시는 침범하지 말기로 하세."

환계가 절해 감사하고 돌아가려 하는데 섬돌 아래에서 괴량이 나섰다.

"아니 됩니다, 아니 됩니다! 이 량이 드릴 말씀이 있으니 강동 군사는 갑옷 조각 하나도 돌아가지 못하게 하겠습니다. 먼저 환계를 벤 다음 제 계책을 쓰십시오!"

이야말로

적을 쫓던 손견 목숨을 잃자마자
화해 구하는 환계 재앙 당하누나

환계는 목숨을 잃지나 않을까?

8

초선, 향기로운 혀로 역적 이간

왕 사도는 교묘하게 연환계 쓰고
동 태사는 봉의정 크게 소란 시켜

"손견은 죽고 아들들은 어립니다. 그들이 허약한 틈을 타 급히 쳐들어
가면 강동은 북 한번 울려 나아가는 것으로 단숨에 얻을 수 있습니다. 주검을
돌려주고 군사를 물려 그 아들이 힘을 기르게 하면 반드시 형주의 걱정거리
가 됩니다."

괴량의 말을 유표는 받아들이지 않았다.

"황조가 그쪽 군영에 있는데 어찌 차마 버릴 수 있나?"

"꾀 없는 황조를 버리고 강동을 얻으셔서 아니 될 게 무엇입니까?"

"나는 황조와 마음을 터놓은 사이라 그를 버리면 의롭지 못하네."

손책은 황조를 놓아주고 손견의 영구를 맞이해 강동으로 돌아갔다. 아버지
를 오군 곡아현 들에 장사지낸 후, 군사를 거느리고 다시 장강을 건너 광릉군
강도현에 주둔하면서 현명하고 유능한 인재들을 받아들이고 자신을 낮추어
사람을 대하자 사방의 호걸들이 모여들었다.

손책의 움직임은 잠시 여기서 줄인다.

손견이 죽었다는 소식이 귀에 들어가자 동탁은 한시름 놓았다.

"내 가슴과 배의 우환이 하나 사라졌구나! 그 아들은 나이가 얼마냐?"

"열일곱 살입니다."

동탁은 손책을 마음에 두지 않았다. 이때부터 점점 더 교만하고 횡포하게 구는데, 자신을 '상부(尙父)'라 일컬으니 스스로 강태공에 비유한 것이었다.

【영제는 아들 여럿을 어릴 때 잃자 겁이 나서 후에 낳은 아들들은 남에게 맡겨 기르게 했다. 성이 다른 사람인 것처럼 꾸며 귀신이 잡아가지 못하게 하려는 것이었다. 소제 유변은 도사 사자묘 집에서 자라 '사후'라 불렸고, 헌제 유협은 할머니인 동 태후 궁전에서 자라 '동후'라 불렸다. 동탁은 동 태후와 전혀 관계가 없는데도 성이 같은 동씨라 하여 호감을 보였다. 황제를 바꾼 찬탈 뒤에는 이런 개인적인 감정도 깔려있었는데 헌제가 동후이니 동씨의 어른인 자신을 아버지처럼 대해야 한다고 주장했다. 옛날 주(周) 무왕이 아버지 문왕 때 공신 강태공을 아버지처럼 존중한다는 뜻에서 '상부'라 부른 것을 본뜬 것이다.】

동탁은 백성 25만 명을 움직여 장안에서 250리 떨어진 곳에 미오라는 성을 쌓았다. 성곽 높이와 두께는 장안성과 똑같이 해서 그 안에 궁궐을 짓고, 곡창에는 20년 먹을 식량을 쌓았다. 또 백성의 미녀 800명을 골라 궁안에 들게 하고 금과 옥, 채색 비단, 진주를 무진장 쌓으니 그 숫자를 알 수 없었다.

동탁 식구들은 모두 미오에서 살았다. 동탁이 가끔 장안을 오고 가면 대신들은 모두 장안 북쪽 성벽 횡문밖에 나가 맞이하고 배웅했다.

어느 날 동탁이 횡문을 나가게 되어 대신들이 모두 나와 배웅해 함께 술을 마시는데, 양주 북지군의 반란군 수백 명이 잡혀 와 동탁의 명으로 손발을 자르거나 눈알을 뽑고, 혀를 베지 않으면 큰 솥에 처넣고 삶았다. 울부짖는 소리가 하늘을 울려 백관이 부들부들 떨며 젓가락을 떨어뜨렸으나 동탁은 술을 마시며 태연하게 웃고 떠들었다. 대신들이 참을 수 없어 일어나자 동탁이 막았다.

"내가 심보 나쁜 자들을 죽이는데 어찌 무서워하는가?"

또 하루는 동탁이 궁궐 안의 대청에서 대신들을 모아 잔치를 벌이는데, 백관이 두 줄로 늘어앉아 술이 몇 순 돈 후 여포가 성큼성큼 들어와 귀에 몇 마디 소곤거리자 동탁이 빙그레 웃었다.

"아, 그런 것이었구나."

여포에게 명해 삼공 가운데 하나인 사공 장온을 붙잡아 섬돌 아래로 끌어내리니 대신들은 그만 얼굴빛이 확 변했다. 곧 시종이 붉은 쟁반에 장온의 머리를 받쳐 올리자 동탁은 여포를 시켜 대신들에게 술을 권하면서 하나하나 돌려 보였다. 백관은 넋이 달아났으나 동탁은 웃었다.

"여러분은 놀라지 마시오. 장온이 원술과 손잡고 나를 해치려고 일을 꾸며 원술이 장온에게 보낸다는 문서가 잘못되어 내 아들 봉선에게 들어왔소. 그래서 목을 친 것이니 공들은 놀라거나 두려워하지 마시오. 나는 하늘이 돕는 사람이라 나를 해치려는 자는 반드시 실패하고 마오."

사도 왕윤이 집에 돌아와 그 일을 생각하니 자리에 앉아 있을 수가 없었다.

【백관이 삼공을 만나면 큰절을 올리고 지엄한 천자도 삼공을 보면 자리에서 일어난다. 그렇게 당당한 삼공의 하나인 사공이 동탁의 말 한마디에 목이 날아갔으니 사도라 해서 그렇게 되지 않는다는 법이 없었다.】

밤이 깊어 달이 휘영청 밝았다. 왕윤은 지팡이를 짚고 후원에 들어가 두건 딸기 옆에 서서 하늘을 우러러 눈물을 주르르 흘렸다. 별안간 모란정 앞에서 누군가 '후유' 길게 한숨을 내쉬다 짧게 풀풀 탄식하는 소리가 들려와 발소리를 죽여 다가가니 집에서 노래 부르고 춤추는 가기(歌妓) 초선(貂蟬)이었다.

【그 시절 대갓집에서는 얼굴 예쁜 여자아이들을 사다가 재주를 가르쳐 집에서 손님을 대접할 때 기분을 돋구게 했다. 이런 가기는 주인의 수청을 들기도 하고 잠자리에서 손님을 모시기도 했다.】

초선은 어릴 적에 왕윤 집에 들어와 노래와 춤을 배웠다. 이때 나이 16세로 용모가 빼어나고 재주 또한 남달라 왕윤이 친딸처럼 대하는데, 그날 밤 탄식을 엿듣고 호통쳤다.

"천한 년에게 사사로운 정이 생겨나려 하느냐?"

깜짝 놀란 초선은 얼른 꿇어앉아 빌었다.

"천한 계집에게 어찌 감히 사사로운 정이 있겠나이까?"

"그렇다면 어찌하여 깊은 밤에 여기서 탄식하느냐?"

"제 가슴속 말을 하도록 허락해주소서. 대감님께서 큰 은혜를 베풀어 천한 년을 길러주시고 노래와 춤을 배우게 하면서 참으로 잘 대해주시는데 저는 몸이 가루가 되고 뼈가 부서지더라도 만에 하나도 보답할 길이 없사옵니다. 요즈음 대감님께서 근심에 잠겨 눈썹을 찌푸리시니 반드시 나라에 큰일이 있으리라 여기면서도 감히 묻지 못했나이다. 오늘 밤 또 안절부절못하시는 것을 보고 걱정스러워 한숨을 길게 쉬었는데, 대감님께서 들으실 줄은 몰랐사옵니다. 만약 나라를 위해 이 천한 년을 쓰실 데가 있으시면 만 번 죽더라도 마다하지 않겠사옵니다!"

왕윤은 너무 기뻐 지팡이로 땅을 탁탁 쳤다.

"한의 천하가 네 손에 달리게 될 줄을 누가 알았으랴? 나를 따라 화각으로 오너라."

초선은 왕윤을 따라 그림을 그려 호화롭게 장식한 누각으로 들어갔다. 왕윤이 처와 첩들을 호령해 내보내고 초선을 자리에 앉히며 대뜸 머리를 조아려 절을 하니 초선은 질겁해 땅에 납작 엎드렸다.

"대감님께서는 어찌 이러시옵니까?"

"네가 한의 백성을 가엾게 여겨다오!"

왕윤의 눈에서 눈물이 비 오듯 흐르니 초선은 얼른 다짐했다.

"방금 천한 계집이 말씀드렸나이다. 저를 쓰실 데가 있으시면 만 번 죽더라도 마다하지 않겠다고요."

왕윤은 무릎을 꿇었다.

"백성은 거꾸로 매달린 듯 위태롭고, 임금과 신하는 쌓아놓은 달걀처럼 위급하니 [百姓有倒懸之危백성유도현지위 君臣有累卵之急군신유누란지급] 네가 아니면 구할 수 없구나. 역적 동탁이 황제 자리를 빼앗으려 하는데 조정 대신들은 어찌 해볼 계책이 없다. 동탁에게 수양아들이 하나 있으니 성은 여고 이름은 포라 날쌔고 용맹함이 유달리 뛰어난데, 살펴보니 둘 다 여자를 좋아하는 자들이라 내가 고리에 고리를 이은 듯이 연환계를 쓰려 한다. 너를 여포에게 시집보내기로 약속하고 동탁에게 바치는 것이다. 너는 마땅한 틈을 타고 두 사람 사이를 이간시켜 여포에게 동탁을 죽이게 하여 큰 악의 뿌리를 없애도록 해라. 기울어진 사직을 새로 붙들어 세우고 흔들리는 강산을 다시 정리하게 되면 모든 게 너의 공로인데, 네 뜻은 어떠한지 모르겠구나."

"천한 년은 만 번 죽더라도 마다하지 않겠다고 맹세했사오니 바로 저를 그들에게 바치시옵소서. 성의와 노력을 다하겠나이다."

"일이 만약 새나가면 우리 집안은 남김없이 망한다."

"대감님께서는 근심하지 마시옵소서. 천한 년이 큰 뜻에 보답하지 못하면 수많은 칼에 죽겠나이다."

다음날 왕윤은 집에 감추어둔 아름다운 구슬 몇 알을 꺼내 솜씨 좋은 장인에게 부탁해 금관에 박게 하여 가만히 여포에게 보냈다. 여포가 너무 좋아 인사를 하러 집에 찾아오니, 미리 음식을 갖추고 기다리던 왕윤은 문밖까지 나가 맞이해 후당으로 모셔 상석에 앉혔다. 여포는 사양했다.

"여포는 승상부의 한낱 장수에 불과하고 사도께서는 조정 대신이신데, 어찌 이처럼 그릇되게 존대하십니까?"

"천하에 다른 사람은 없고, 유독 장군만이 영웅이오. 이 윤은 장군의 벼슬을 존경하는 게 아니라 장군 재주를 높이 보는 것이오."

왕윤 말에 여포는 매우 기뻐했다. 왕윤이 정성스럽게 술을 권하면서 동 태사와 여포의 덕성을 쉬지 않고 칭송하니 여포는 껄껄 웃어대며 마음껏 술을 마셨다. 왕윤은 사람들을 물리치고 첩 몇 명만 두어 술을 권하다가 술기운이 오르자 분부했다.

"딸아이를 불러오너라."

잠시 후 푸른 옷을 입은 시녀 둘이 화려하고 예쁘게 단장한 초선을 데려오니 여포가 흠칫 놀라 물었다.

"누구입니까?"

"딸아이 초선이오."

왕윤이 분부해 초선이 여포에게 술잔을 받들어 올리는데, 어느새 두 사람이 눈길을 마주치니 왕윤은 짐짓 취한 척했다.

"애야, 장군께서 실컷 드시도록 계속 권해 올려라. 우리 집안은 모두 장군께 의지하는 바이니라."

여포가 앉기를 청하자 초선은 일부러 안방으로 돌아가려 했으나 왕윤이 말렸다.

"장군은 내 가장 친한 벗이니 네가 앉아도 괜찮으니라."

마지못한 척 초선은 왕윤 곁에 앉았다. 여포가 초선을 뚫어지게 바라보는데 눈 한 번 깜빡이지 않았다. 또 몇 잔 마신 후 왕윤이 여포에게 물었다.

"내가 이 아이를 장군께 첩으로 드리려 하는데 받아주시겠소?"

여포는 얼른 일어서서 삿자리 바깥으로 나가 감사드렸다.

"그러신다면 이 포는 개와 말의 수고를 마다하지 않고 보답하겠습니다."

【옛사람들은 윗사람 앞에서 자신을 낮추어 개나 말에 비유했으니, 윗사람을 위해 힘써 일하는 것을 '견마지로(犬馬之勞)'라고 했다.】

"조만간 좋은 시간을 골라 장군 댁에 보내겠소."

여포가 한없이 즐거워 자꾸만 초선을 바라보니 초선도 추파를 던져 정을 주었다. 잠시 후 술상이 끝나자 왕윤이 일어섰다.

"장군을 붙잡아 주무시게 하고 싶어도 태사께서 의심하실까 두렵구려."

여포는 두 번 세 번 절하며 감사드리고 돌아갔다.

며칠 지나 조정에서 동탁을 만난 왕윤은 여포가 없는 틈을 타 엎드려 절하며 청했다.

"윤은 태사님 행차를 변변찮은 저의 집으로 모시고 싶은데 높으신 뜻은 어떠하신지요?"

동탁은 선선히 대답했다.

"사도께서 불러주시니 빠른 걸음으로 가겠소."

왕윤은 절하며 감사드리고 집으로 돌아와 물에서 나는 좋은 음식과 뭍에서 나는 희한한 요리들을 두루 갖추어 앞채 대청 중앙에 푸짐하게 상을 차렸다. 아름다운 무늬에 빛깔이 산뜻한 비단을 바닥에 펴고 대청 안팎에 휘장을 쳐 분위기를 한껏 돋우었다.

이튿날 점심때 동탁이 이르자 왕윤은 관복을 차려입고 정중하게 마중 나가 두 번 절해 인사를 드렸다. 동탁이 수레에서 내려, 갑옷 입고 극을 든 무사 100여 명이 에워싸고 대청에 들어와 앉자 왕윤은 섬돌 아래에서 또 두 번 절했다. 동탁이 무사들에게 부축해 대청으로 올라오게 하여 곁에 앉히자 왕윤은 미리 준비한 말을 했다.

"태사님 성덕은 높고 높아 이윤과 주공이라도 미치지 못할 바입니다."

【옛날 상(商)의 명군 성탕을 보좌한 이윤과 주나라 성왕을 보좌한 주공은 그 시절 가장 현명한 재상으로 숭상받은 공신들이었다.】

동탁은 흐뭇해했다. 뒤이어 왕윤의 분부로 동탁에게 술을 권하고 풍악을 울리는데, 왕윤은 지극히 공손하게 경의를 나타냈다. 날이 차츰 저물고 술기운도 거나해지자 동탁을 후당으로 모시고 들어갔다. 동탁이 무사들을 물리치자 왕윤은 술잔을 받쳐 들고 또 칭송했다.

"이 윤은 어릴 적부터 천문을 제법 배웠는데, 밤에 하늘의 별들을 살펴보니 한의 운은 이미 바닥이 났습니다. 태사님은 성덕을 천하에 펼치셨으니 순임금께서 요임금 자리를 물려받으시고, 우임금께서 순임금 자리를 이으신 것처럼 하시면 하늘의 뜻과 사람의 마음에 어울릴 것입니다."

"내가 어찌 감히 그것을 바라겠소!"

"천하란 한 사람 천하가 아니라 천하 사람들의 천하라고 합니다. 예로부터 '도가 있는 이가 도가 없는 자를 정벌하고, 덕이 없는 자가 덕이 있는 이에게 양보한다[有道伐無道유도벌무도 無德讓有德무덕양유덕]'고 했으니 어찌 분에 넘치시겠습니까?"

동탁은 웃음을 터뜨렸다.

"만약 하늘이 정해준 운명이 과연 나에게 돌아온다면 사도는 큰 공신이 되실 것이오."

왕윤은 절하여 감사를 표하고, 그림을 그린 고운 화촉을 밝히고 하녀만 남겨 술을 권하면서 다른 말을 꺼냈다.

"관청의 음악은 태사님을 모실 바가 못 됩니다. 우연히 집에 노래를 부르는 아이가 하나 있으니 감히 모시게 할까 합니다."

"그것 참 좋소."

동탁이 허락하자 왕윤은 창이 있는 발을 내리게 했다. 생황 소리가 은은히 울리고 하녀들이 받들어 모시는 가운데 초선이 발 밖에서 춤을 추었다.

어떤 사람이 사(詞)로 그 정경을 묘사했다.

원래 소양궁의 조비연이었느냐

놀란 기러기인 듯 손바닥 위에서 몸 놀리네

봄날 동정호를 날아 지났나

'양주' 곡에 맞추어 사뿐사뿐 걷는데

바람 따라 흔들리는 고운 꽃 새롭다

따스한 향기 그림 방에 가득하니 봄날 취하누나

【초선을 출신이 비슷한 옛날 미인 조비연에 비유해 아름다움을 한껏 칭찬한 것이다. 조비연은 몸놀림이 하도 가벼워 '나는 제비[飛燕비연]'로 불리며, 손바닥 위에서 춤을 추었다는 전설까지 남겼다. 원래 양아공주 집에서 춤추고 노래하는 가기였는데, 한의 성제가 공주 집에 놀러 갔다가 반해 황궁으로 불러 뒤에 황후가 되었다.】

초선이 춤을 마치자 동탁이 가까이 오라고 분부했다. 초선은 발 안으로 들어가 머리를 깊이 숙이며 얌전하게 두 번 절했다. 동탁이 살펴보니 얼굴이 매우 예뻐 왕윤에게 물었다.

"이 아이는 누구요?"

"제 집안 가기 초선이올시다."

"그럼 노래도 할 수 있소?"

동탁의 물음에 왕윤이 분부하여, 초선이 장단을 맞추는 박자판을 쥐고 나지막이 노래 한 곡을 뽑으니 그야말로 황홀한 모습이었다.

앵두 같은 빨간 입술 살짝 벌리고
옥 같은 흰 이빨 '양춘' 노래 부르누나
향기로운 혀 내미니 순강 검이라
나라 어지럽히는 간신 베리라

동탁은 칭찬을 아끼지 않았다. 왕윤이 초선에게 술을 따르게 하자 동탁이 잔을 들고 물었다.

"청춘이 얼마더냐?"

"천한 계집은 이제 겨우 이팔이옵니다."

【이팔은 2 곱하기 8로 16세를 말한다.】

초선의 대답에 동탁은 허허 웃었다.

"정말 신선 세상 선녀로구나."

왕윤이 자리에서 일어났다.

"윤은 이 아이를 태사님께 바치려 하는데 받아주실지 모르겠습니다."

"그처럼 큰 은혜를 베풀면 내가 어떻게 보답해야 하오?"

"이 아이가 태사님을 모시게 되면 크나큰 복을 누리는 것입니다."

동탁은 두 번 세 번 고맙다고 인사했다. 왕윤은 모포를 둘러 친 호화로운 수레에 초선을 태워 승상부로 보냈다. 뒤이어 동탁도 떠나자 왕윤은 직접 승상부까지 배웅하고 돌아갔다.

왕윤이 말을 타고 돌아가는데 붉은 등 두 줄이 길을 비추며 화극을 든 여포가 말을 타고 왔다. 길에서 왕윤을 만난 여포는 고삐를 잡아당겨 말을 세우더니 댓바람에 왕윤의 옷깃을 덥석 틀어쥐고 날카롭게 물었다.

"사도는 초선을 나에게 허락하고 다시 태사에게 보내니, 어찌 이렇게 사람을 놀리시오?"

왕윤이 급히 말렸다.

"여기는 말할 곳이 아니니 우리 집으로 갑시다."

왕윤은 여포를 후당으로 안내하고 능청스레 물었다.

"장군은 어찌하여 이 늙은이를 원망하시오?"

"당신이 초선을 수레에 태워 승상부로 보내지 않았소?"

여포가 퉁명스레 물었으나 왕윤은 고상하게 대답했다.

"아, 장군은 아직 모르셨구려! 어제 조정에서 태사를 뵈었더니 오늘 볼일이 있어 우리 집에 오시겠다고 하더이다. 그래서 작은 잔치를 차리고 기다렸는데 태사께서 술을 드시다 말씀하셨지요. '이 집에 초선이라는 딸이 있어 내 아들 봉선에게 허락했다던데, 별일 없을까 걱정되어 내가 아들을 위해 청혼하면서 한번 만나보려 하오.' 늙은것이 감히 어기지 못해 초선을 불러 절을 드리게 했더니 태사께서 말씀하셨소. '오늘이 좋은 날이니 내가 데리고 돌아가 봉선에게 짝지어 주겠소.' 그러니 생각해보시오. 태사께서 친히 오셨는데 늙은것이 어찌 감히 밀어낼 수 있겠소?"

여포는 그럴듯한 말에 속아 급히 사과했다.

"사도께서는 저를 너무 나무라지 마십시오. 오늘 깜빡 잘못 알고 죄를 지었으니 내일 매를 지고 와서 벌을 청하겠습니다."

"어린 딸에게 혼수가 꽤 있으니 아이가 장군 댁으로 넘어가기를 기다려 보내드리겠소."

여포는 고맙다고 인사하고 떠났다.

이튿날 여포가 아침 일찍 승상부에 가서 어찌 되어가나 알아보았지만 아무 소식이 없어서 후당으로 들어가 동탁의 첩들에게 물었더니 대답이 기막혔다.

"어젯밤 태사께서는 새로 온 사람과 함께 주무셨는데, 지금껏 일어나시지 않았어요."

화가 머리끝까지 치밀어 가만히 동탁의 침실 뒤로 돌아가 훔쳐보니 마침 초선이 일어나 창문 아래에서 머리를 빗고 있었다.

이때 초선이 가만히 훔쳐보니 문득 창문밖 연못에 사람 그림자가 비치는데, 키가 매우 크고 머리털을 묶는 관을 쓰고 있으니 바로 여포였다. 초선은 일부러 눈썹을 찌푸리고 수심에 잠긴 모습을 지어 보이며 비단 수건으로 자꾸만 눈가를 훔쳤다. 여포가 한참이나 엿보고 밖으로 나왔다가 잠시 후 다시 들어가니 동탁이 이미 중앙 대청에 나와 앉아 물었다.

"밖에 무슨 일이 없느냐?"

"별일 없습니다."

여포가 대답하고 동탁 곁에 모시고 섰는데, 동탁이 식사를 시작하자 가만히 안쪽을 훔쳐보았다. 수놓은 발 안에서 한 여자가 오고 가면서 바깥을 내다보는데 얼굴을 반쯤 살짝 내밀고 눈으로 정을 보내기도 했다. 그녀가 초선임을 아는 여포는 넋이 공중에 떴는데, 여포의 그런 모습을 본 동탁은 덜컥 의심이 들었다.

"일이 없으면 봉선은 물러가거라."

여포는 우울한 심정으로 승상부를 나왔다. 집에 이르자 그의 기분이 좋지 않은 것을 알고 아내가 물었다.

"오늘 동 태사께 꾸중 들었어요?"

여포는 짜증을 냈다.

"태사가 어찌 감히 나에게 꾸중을 한단 말이야?"

아내는 더 묻지 못했다. 이때부터 여포는 초선 생각만 가득해 날마다 승상부를 드나들었으나 한 번도 만나지 못했다.

초선을 얻은 동탁은 단단히 홀려 한 달 남짓 바깥에 나와 일을 보지 않았다. 그러다 우연히 하찮은 병에 걸리자 초선은 옷 띠도 풀지 않고 비위를 잘도 맞추어가면서 정성껏 간호해, 더욱 마음에 쏙 들었다.

어느 날, 여포가 문안을 드리려고 안방에 들어가니 동탁은 마침 잠이 들었는데 초선이 침상 뒤에서 몸을 반쯤 내밀고 손가락으로 자기 가슴을 가리키고 다시 동탁을 가리키며 하염없이 눈물을 흘리는 것이었다. 여포는 가슴이 찢어지는 듯했다.

이때 동탁이 어렴풋이 잠이 깨어 눈을 뜨니 여포가 보이는데, 눈 한 번 깜빡이지 않고 침상 너머를 바라보는 것이 아닌가. 몸을 돌려보니 초선이 침상 뒤에 서 있어서 동탁은 발끈해 여포를 꾸짖었다.

"네가 감히 내 사랑하는 첩을 희롱하느냐?"

좌우 심복들을 불러 여포를 쫓아냈다.

"이후로 다시는 후당에 들어오지 못한다!"

화가 치민 여포가 씩씩거리며 집으로 돌아가다 이유를 만나 이야기를 하니 이유는 급히 동탁을 찾아갔다.

"태사님께서는 천하를 손에 넣으려 하시면서 무슨 까닭으로 자그마한 잘못 때문에 온후를 나무라십니까? 만약 그 마음이 변하면 큰일이 틀어집니다."

"그러면 어찌해야 하느냐?"

"내일 온후를 불러 금과 비단을 내리고 좋은 말로 달래시면 무사할 것입니다."

이튿날 동탁은 여포를 앞채로 불러 위로했다.

"내가 어제 몸이 아파 속이 뒤숭숭하던 차에 마음에 없는 말을 하여 네 마음을 상하게 했으니 깊이 새겨두지 마라."

금 열 근과 비단 스무 필을 내려주니 여포는 다시 거리낌 없이 승상부 앞뒤 채를 드나들었다. 하지만 몸은 동탁 곁에 있어도 마음은 항상 초선에게 가 있었다.

몸이 나은 동탁은 조정에 들어가 나랏일을 보았다. 화극을 들고 동탁 곁에 모시고 섰던 여포는 동탁이 헌제와 길게 이야기를 나누자 궁궐을 나와 곧바로 승상부로 달려갔다. 승상부 앞에 말을 매고 화극을 든 채 후당으로 들어가니 초선이 속삭였다.

"뒤뜰 봉의정에서 기다려주세요."

여포는 곧장 봉의정으로 가서 정자 아래 구불구불한 난간 곁에 서 있었다. 이윽고 초선이 꽃을 헤치고 버들가지를 쳐들며 다가오는데 과연 달나라 선녀 같았다. 초선은 눈물을 흘리며 하소연했다.

"저는 비록 왕 사도의 친딸은 아니나 저를 친자식처럼 대해주셨어요. 장군님을 처음 뵙고 곁에서 모시면서 빗자루와 쓰레받기를 들고 청소라도 할 수 있는 첩으로 허락받자 천한 계집은 평생소원을 이루었다고 생각했지요. 그런데 태사가 못된 마음을 품고 이 몸을 더럽힐 줄이야 누가 알았겠어요? 저는 당장 죽지 못하는 게 한스럽지만 다만 장군님과 헤어지는 인사를 하지 못해 모욕을 참으며 구차하게 살아왔어요. 이제 다행히 장군님을 뵈었으니 제 소원은 이루어진 셈이에요. 더러운 몸으로 다시 영웅을 모실 수는 없으니, 그리던 님 앞에서 죽어 천한 년의 뜻을 밝히겠어요!"

초선이 난간을 잡고 연꽃이 피어난 못으로 뛰어들려 하자 여포는 다급히 초선을 부둥켜안고 눈물을 줄줄 흘렸다.

"내가 네 마음을 안 지 오래다! 그저 이야기를 나누지 못하는 것이 한스러웠을 뿐이다!"

초선은 여포를 잡아당겼다.

"천한 년은 이생에서 장군님 사람이 되지 못했으니 내생에서나 약속해주시기 바랍니다."

"내가 이생에 너를 내 사람으로 만들지 못하면 영웅이 아니다!"

"첩은 하루가 한 해 같아요. 장군님께서 구해주시기만 기다릴 뿐입니다."

"내가 잠깐 틈을 타서 왔는데, 늙은 도적이 의심할까 두려우니 빨리 가야 한다."

초선은 여포의 옷자락을 잡아당겼다.

"장군님께서 이처럼 늙은 도적을 겁내시니 첩은 밝은 해를 볼 날이 없을 거예요!"

"내가 천천히 좋은 계책을 찾도록 시간을 다오."

말을 마치고 여포가 화극을 들고 돌아서는데 초선이 또 한마디 꼬집었다.

"첩은 깊은 규방에서도 우레 같은 장군님 성함을 들어왔어요. 당대에 하나밖에 없는 영웅으로 알았는데, 이렇게 남의 손아귀에 잡혀 계실 줄이야 어찌 알았겠어요?"

말을 마치고 초선은 눈물을 비 오듯 흘렸다. 온 얼굴에 부끄러운 기색이 가득한 여포는 화극을 다시 난간에 기대놓고 돌아서서 초선을 끌어안고 좋은 말로 달랬다. 두 사람은 부둥켜안고 떨어지기 아쉬워했다.

이때 궁전에서 헌제와 이야기를 나누던 동탁이 돌아보니 여포가 어디론가 가고 보이지 않았다. 더럭 의심이 들어 급히 승상부로 돌아오니 문 앞에 여포의 말이 매어져 있었다.

"온후는 후당으로 들어갔습니다."

문지기 말을 듣고 동탁이 곧장 후당으로 들어가 찾아보았으나 보이지 않았다. 초선을 부르니 역시 나타나지 않아 급히 첩에게 물었다.

"초선은 뒤뜰에서 꽃 구경을 하고 있어요."

뒤뜰로 달려간 동탁은 마침 여포와 초선이 봉의정 아래서 속살거리는 모습을 보았다. 울컥 화가 치민 동탁이 꽥 소리를 지르자 여포가 깜짝 놀라 휙 달아나니 동탁은 난간에 기대어있던 화극을 꼬나 들고 쫓아갔다.

몸이 빠른 여포가 잽싸게 뛰어가자 뚱뚱한 동탁은 도저히 잡을 수 없어 그를 겨누어 화극을 던졌으나 여포가 쳐서 떨어뜨렸다. 동탁이 달려가 화극을 집어 들고 다시 쫓으려 했으나 여포는 멀리 도망친 뒤였다. 동탁이 씨근덕거리며 문으로 뛰어나가는데 한 사람이 나는 듯이 달려오다 가슴에 부딪히니 그만 땅에 벌렁 나자빠졌다.

이야말로

하늘에 솟구치는 노한 불길 천 길 높이요
땅에 넘어진 뚱뚱한 몸 한 덩어리 되었네

그 사람은 누구였을까?

화가 치민 동탁, 여포 겨누어 화극 던지고 ▶

董卓大鬧鳳儀亭

三國演義挿圖之二十二　乙酉春日　素雄畫於滬上

9

동탁 죽자 부하들이 난 일으켜

폭도 제거하며 여포는 사도 돕고
장안 범해 이각은 가후의 말 듣다

동탁과 부딪혀 넘어뜨린 사람은 바로 이유였다. 이유가 재빨리 부축해 서원으로 들어가자 동탁이 물었다.

"네가 어찌 여기 왔느냐?"

"이 유가 승상부 앞에 이르러 태사님께서 노하시어 여포를 찾아 뒤뜰로 들어가셨다는 말을 듣고 급히 오는데, 여포가 달아나면서 소리쳤습니다. '태사께서 나를 죽이려 하시오!' 그래서 황급히 달려 들어오다 그만 은혜로운 태사님과 부딪쳤습니다. 죽을죄를 지었습니다, 죽을죄를 지었습니다!"

"여포는 괘씸한 역적 놈이다! 내가 귀여워하는 첩을 희롱하니 반드시 죽여 버리겠다!"

동탁이 악에 받쳐 씨근덕거리자 이유가 말렸다.

"은혜로운 태사님께서는 들어보십시오. 옛날 초장왕이 갓끈을 끊은 '절영지회(絕纓之會)'에서 애첩을 희롱한 신하 장웅의 잘못을 따지지 않았더니, 후에 진(秦)의 군사에 포위되어 곤경에 빠졌을 때 장웅이 죽기로써 싸워 구출되었습니다. 따져보면 초선은 한낱 여자에 지나지 않으나 여포는 태사님의 심복 맹장입니다. 태사님께서 이 기회에 초선을 여포에게 내려주시면 여포는 크나큰 은혜에 감격해 반드시 죽기로써 보답할 것이니 태사님께서는 세 번 생각해보시기 바랍니다."

【춘추시대 다섯 패자 중 한 사람인 초의 장왕이 밤에 신하들을 모아 잔치를 베푸는데 불이 꺼졌다. 그 틈에 누가 장왕이 사랑하는 첩을 끌어안자 첩은 잽싸게 그 사람의 갓끈을 끊고 왕에게 일렀다. 웬만한 임금이라면 그 신하를 찾아내 목을 쳤으련만 장왕은 생각이 역시 패자다웠다.

'아랫사람들에게 술을 내려 취하게 만들고 내 여자의 절개를 찾으려 한다면 그것은 내가 할 일이 아니다.'

그는 잠시 불을 켜지 말라 이르고 어둠 속에서 신하들에게 선포했다.

"과인과 함께 술을 마시면서 갓끈이 끊어지지 않으면, 마음껏 즐기지 못한 것이니 모두 갓끈을 끊어라!"

신하가 모두 갓끈을 끊은 뒤에야 불이 환하게 밝혀지니 누가 왕의 애첩을 건드렸는지 알 수 없게 되었다.】

동탁은 한참이나 말없이 궁리하다 대답했다.

"네 말도 맞다. 내가 다시 생각해보겠다."

동탁은 후당으로 들어가 초선을 불러 물었다.

"너는 어찌하여 여포와 사통했느냐?"

초선은 눈물을 흘리며 대답했다.

"첩이 뒤뜰에서 꽃을 보는데 갑자기 여포가 들어왔어요. 첩이 놀라 피하자 '내가 태사의 아들인데 피할 게 무어냐?'고 하면서 화극을 들고 봉의정까지 쫓아왔지요. 첩은 그가 흉측한 마음을 품은 것을 알고 핍박당할까 두려워 연못에 뛰어들어 자결하려 했으나 몸놀림이 늦어 그에게 끌어안겼어요. 한참 사느냐 죽느냐 할 때 태사님께서 오셔서 제 목숨을 구해주셨사옵니다."

"내가 너를 여포에게 주려고 하는데 어떠하냐?"

초선은 소스라쳐 놀라 소리 내어 울었다.

"첩은 이미 귀인을 섬기는 몸인데 별안간 집안 종놈에게 내려주려 하신다 니요, 천한 첩은 죽을지언정 그런 욕은 보지 않겠사옵니다!"

초선이 벽에 걸린 보검을 쑥 뽑아 목을 베려 하자 동탁은 황급히 검을 빼앗고 초선을 덥석 껴안았다.

"내가 농담한 것이다!"

동탁 품에 힘없이 몸을 맡긴 초선은 얼굴을 감싸고 엉엉 울었다.

"이는 틀림없이 이유의 계책이에요! 이유는 여포와 사이가 좋아 이런 더러운 계책을 짜냈으니 태사님 체면과 첩의 목숨은 아랑곳하지 않는군요. 첩은 그놈의 생살을 씹어야겠어요!"

"내가 어찌 차마 너를 놓아주겠느냐?"

"지금은 태사님 사랑을 받습니다만 여기는 오래 있을 곳이 아닌 것 같사옵니다. 오래 있으면 반드시 여포에게 해를 당할 것이옵니다."

"내가 내일 너와 함께 미오로 돌아가 즐거움을 누리겠다. 걱정하거나 의심하지 마라."

그제야 초선은 눈물을 거두고 절을 하며 감사했다.

이튿날 이유가 승상부에 들어왔다.

"오늘이 좋은 날이니 초선을 여포에게 보내시지요."

하지만 동탁은 마음이 변한 지 옛날이었다.

"여포는 나하고 부자의 명분이 있으니 초선을 내려주기가 불편하다. 다만 내가 그 죄를 따지지 않을 테니 너는 내 뜻을 전하고 좋은 말로 위로하면 된다."

"태사님께서 여자에게 홀리셔서는 아니 됩니다."

이유의 말에 비위가 상한 동탁은 낯빛이 변했다.

"네 아내는 여포에게 내어주겠느냐? 초선은 더 말하지 마라. 목이 달아날 것이다."

밖으로 나온 이유는 하늘을 우러러 한숨을 쉬었다.

"우리가 모두 여자의 손에 죽게 되었구나!"

동탁이 그날로 미오로 돌아간다고 영을 내려 백관이 모두 나와 절을 하며 배웅했다. 수레에 앉은 초선이 바라보니 여포가 멀리 사람들 속에 서서 수레를 멀거니 바라보고 있어서, 일부러 얼굴을 가리고 통곡하는 시늉을 했다.

수레는 멀리 갔으나 여포는 여전히 고삐를 늦추고 말이 흙 언덕 위를 느릿느릿 걷게 놓아두었다. 수레 뒤에서 일어나는 먼지를 멍하니 바라보던 여포가 풀풀 한숨을 쉬는데 별안간 뒤에서 누가 물었다.

"온후는 어찌하여 태사를 따라가지 않고 멀리 바라보며 탄식만 하시오?"

돌아보니 사도 왕윤이었다.

"이 늙은것이 대수롭지 않은 병으로 문을 닫고 바깥에 나오지 못해 오랫동안 장군을 만나지 못했소. 태사께서 미오로 돌아가신다고 하여 오늘 병을 무릅쓰고 배웅하러 나왔는데 반갑게도 장군과 만났구려. 장군은 어찌하여 여기서 길게 한숨만 쉬시오?"

"바로 따님 때문입니다."

왕윤은 짐짓 놀라는 척했다.

"이렇게 오래되었는데도 아직 장군께 보내주지 않았단 말이오?"

"늙다리 도적이 제가 차지하고 총애한 지 오랩니다!"

왕윤은 다시 깜짝 놀라는 척했다.

"그런 일이 있다니, 믿을 수가 없구려!"

여포가 그동안의 일을 말하니 왕윤은 하늘을 우러러 얼굴을 쳐들고 발을 구르며 한참이나 말이 없다가 겨우 말이 나왔다.

"태사가 그런 새나 짐승 같은 짓을 할 줄이야!"

그가 여포의 손을 잡았다.

"먼저 변변찮은 내 집에 가서 상의합시다."

여포가 집으로 따라가자 왕윤은 밀실로 안내하고 술상을 차려 대접했다. 여포가 봉의정에서 초선과 만난 일을 상세히 이야기하니 왕윤은 한탄했다.

"태사가 내 딸을 더럽히고 장군 아내를 빼앗았으니 실로 천하 사람들의 비웃음을 받을 일이오. 태사를 비웃는 게 아니라 이 윤과 장군을 비웃는 것이오. 이 윤이야 나이 먹고 재주 없는 몸이니 아쉬울 것 없지만, 장군은 세상에 으뜸가는 영웅인데 이런 모욕을 당하다니요!"

여포가 울화가 솟구쳐 상을 치며 소리 지르자 왕윤이 말렸다.

"늙은이가 말을 잘못했으니 장군은 화를 삭이시오."

"맹세코 늙은 도적을 죽여 저의 수치를 씻겠습니다."

왕윤은 급히 손으로 여포 입을 막았다.

"장군은 함부로 그런 말을 하지 마시오. 늙은이에게 누가 미칠까 두렵소."

"대장부가 하늘땅 사이에 살면서 어찌 남의 아래에만 처박혀 있겠습니까?"

"장군 재주로 보면 실로 태사가 눌러서 다룰 바가 아니오."

"이 포가 늙은 도적을 죽이고 싶으나 부자의 정이 있으니 후세 사람들이 이러쿵저러쿵 이야기하지 않을까 두렵습니다."

왕윤은 빙그레 웃었다.

"장군은 여씨고 태사는 동씨인데, 화극을 던질 적에야 어디 부자의 정이 있기나 하였소?"

"사도 말씀이 아니었으면 여포는 자신을 망칠 뻔했습니다."

왕윤은 여포의 뜻이 굳어진 것을 보고 한마디 더 보탰다.

"장군이 한의 황실을 받들면 나라의 충신이니 청사(靑史, 역사책)에 이름이 전해지고 만대에 향기를 풍길 것이요[靑史傳名청사전명 流芳百世유방백세], 장군이 만약 동탁을 돕는다면 반역한 신하이니 사관 붓끝에 적혀 천만 년 구린내만 남길 것이오."

여포는 일어나 삿자리에서 나가 왕윤에게 절을 올렸다.

"포의 뜻이 정해졌으니 사도께서는 의심하지 마십시오."

"만에 하나라도 일을 이루지 못하면 큰 화를 부를까 두렵소."

왕윤이 미심쩍어하자 여포는 검을 뽑아 팔을 찌르고 피를 흘리며 맹세했다. 왕윤은 꿇어앉아 고마워했다.

"한의 제사가 끊이지 않는 것은 모두 장군 덕이오. 절대 비밀을 흘리지 마시오! 때가 되어 계책이 정해지면 알려주겠소."

여포가 떠나고 왕윤은 두 사람을 청해 상의했다. 상서대 부장관인 상서복야로 있는 사손서(士孫瑞)와 다시 벼슬길에 올라 사예교위로 있는 황완이었다. 사손서가 계책을 냈다.

"천자께서 병이 나으셨으니 말 잘하는 사람을 미오로 보내 큰일을 의논하자고 동탁을 청하시지요. 여포에게 천자의 비밀조서를 주어 무사를 조정문 안에 매복시키고 동탁을 불러들여 죽이면, 이것이 상책입니다."

황완이 물었다.

"누가 감히 가겠소?"

사손서가 대답했다.

"여포와 고향이 같은 기도위 이숙은 동탁이 벼슬을 올려주지 않아 몹시 원망합니다. 그 사람을 보내면 동탁은 틀림없이 의심하지 않을 것입니다."

왕윤이 옳게 여기고 여포를 청하니 그가 덧붙였다.

"옛날 나에게 권해 정건양을 죽이게 한 사람도 이숙입니다. 그가 가지 않는다면 내가 먼저 목을 치겠습니다."

왕윤이 가만히 이숙을 청하자 여포가 물었다.

"형은 옛날 이 포를 꾀어 정건양을 죽이고 동탁에게 오게 했소. 동탁이 천자를 속이고 백성을 짓밟아 죄악이 넘쳐흐르니 사람과 하늘이 모두 분하게 여기는 바요. 형은 미오로 가서 천자의 조서를 전하고 동탁을 조정으로 불러 오시오. 무사를 매복해 그를 죽여 한의 황실을 구하고 우리가 함께 충신이 되기를 바라는데, 형의 존귀한 뜻은 어떠하오?"

이숙은 대뜸 찬성했다.

"나도 그 도적놈을 없애려 한 지 오래인데 마음이 같은 사람이 없어 한스러웠네. 장군이 그러겠다고 하니 하늘이 내려주는 기회인데 내가 어찌 다른 마음을 품겠나!"

이숙이 화살을 꺾어 맹세하니 왕윤이 장담했다.

"공이 이 일을 해내면 어찌 높은 벼슬을 얻지 못할까 걱정이겠소?"

이튿날 이숙이 10여 명 기병을 데리고 미오로 가자 천자의 조서가 왔다는 말을 듣고 동탁이 맞이했다.

"조서는 어떤 내용이냐?"

"병이 나으신 천자께서 문무백관과 더불어 태사께 자리를 선양할 일을 상의하시려고 조서를 내리셨습니다."

"사도 왕윤은 뜻이 어떠하냐?"

"왕 사도는 황제 자리를 넘겨받는 수선대를 짓게 하고 주공께서 오시기만 기다립니다."

동탁은 대단히 기뻐했다.

"지난밤에 용이 내 몸을 덮는 꿈을 꾸었는데 오늘 이런 좋은 소식을 듣는구나. 시기를 놓쳐서는 아니 되지!"

이각과 곽사를 비롯한 심복 장수들에게 날개 돋친 곰처럼 날쌔고 사납다고 비웅군(飛熊軍)이라 부르는 3000명 군사를 주어 미오를 지키게 하고, 그날로 길에 오르려고 행차를 갖추었다. 동탁은 이숙을 돌아보며 인심을 베풀었다.

"내가 황제가 되면 너는 집금오가 될 것이다."

【오늘날 수도경비사령관 격인 집금오는 후한을 세운 광무제가 '내가 만약 벼슬을 한다면 집금오를 하겠다'는 말을 남길 정도로 위풍이 대단했다.】

이숙이 절하며 감사 인사를 하는데 어느새 자신을 '신(臣)'이라 칭했다.

동탁이 어머니에게 인사하러 들어가자 나이 90이 넘은 노인이 물었다.

"내 아들은 어디로 가려 하느냐?"

"아들은 한의 황제 자리를 넘겨받으러 갑니다. 어머님은 태후가 되십니다!"

"내가 요즈음 살이 떨리고 마음이 놀라니 불길한 징조가 아닐까 걱정이구나!"

"국모가 되실 터이니 어찌 놀랄만한 징조가 없겠습니까?"

동탁은 어머니와 작별하고 길에 오르며 초선에게 다짐했다.

"내가 천자가 되면 너를 귀비로 세우겠다!"

속내를 빤히 아는 초선은 일부러 기뻐하는 체하며 감사 인사를 했다.

미오를 나온 동탁은 수레에 올라 부하들을 늘여 세우고 장안을 향해 떠났다. 30리도 가지 못해 갑자기 수레바퀴가 부러져 말로 옮겨 탔는데, 10리도 못 가서 또 말이 울부짖으며 고삐를 끊어버려 이숙에게 물었다.

"수레는 바퀴가 부러지고 말은 고삐를 끊으니 이게 무슨 징조냐?"

이숙이 재치 있게 둘러댔다.

"태사께서 한의 천자 자리를 넘겨받는 것을 말해줍니다. 낡은 것을 버리고 새것으로 바꾸어, 장차 옥으로 만든 연(輦. 황제 수레)을 타시고 금 안장을 얹은 말에 오르실 징조입니다."

동탁은 흐뭇해 그 말을 믿었다. 이튿날 다시 길을 가는데 세찬 바람이 불며 뿌연 안개가 하늘을 가려, 동탁이 또 묻자 이숙이 대답했다.

"주공께서 용의 자리에 오르시니 붉은빛과 안개가 나타나 황제의 하늘 같은 위엄을 만드는 것입니다."

동탁은 기분이 좋아 전혀 의심하지 않았다. 장안성 밖에 이르자 백관이 나와 맞이하는데 유독 이유만 병에 걸려 집에서 나오지 못했다. 동탁은 백관을 돌려보내면서 다음날 새벽에 조정 앞뜰에서 맞이하라고 분부했다.

여포가 장막에 들어와 축하하자 동탁이 좋아했다.

"내가 황제에 오르면 네가 천하 군사를 모두 거느려야 하겠다."

여포는 절하며 감사드리고 장막 앞에 머물렀다. 그날 밤 10여 명 아이들이 교외에서 부르는 노랫소리가 바람에 실려 장막까지 들려왔다.

천 리 뻗은 풀 얼마나 푸르더냐
열흘 내다보면은 살지 못할 걸

동탁은 노랫소리가 너무 구슬퍼 또 이숙에게 물었다.

"역시 유씨가 망하고 동씨가 흥한다는 뜻입니다."

【천 리 뻗은 풀밭이라는 천리초(千里草) 세 글자를 합치면 동(董)자가 되고, 열흘 앞을 내다본다는 십일복(十日卜) 세 글자를 합치면 탁(卓)자가 된다. 동탁이 오래 살지 못한다는 것을 예언하는 노래였다.】

이튿날 새벽 동탁이 의장을 벌려 세우고 조정으로 향하는데 난데없이 푸른 두루마기를 입고 흰 수건을 쓴 도사가 손에 긴 장대를 들고 나타났다. 장대에는 10자 길이의 천을 매달고, 양쪽 끝에 입 구(口) 자가 하나씩 쓰여 있었다.

【입 구 자가 둘이면 여포의 성인 여(呂)자가 된다. 천은 한자로 포(布)이니 여포를 조심하라는 암시였다.】

동탁은 여전히 멋모르고 이숙에게 물었다.

"미친 자입니다."

이숙은 군사를 불러 도사를 쫓아버렸다.

동탁이 조정 앞뜰에 들어서니 대신들이 정중히 관복을 차려입고 맞이했다. 이숙은 한 손에 보검을 들고 다른 손으로 수레를 잡고 나아갔다. 일행이 궁전 문에 이르자 의장을 든 자들은 문밖에서 막히고, 수레를 호위하는 20여 명만 안으로 들어갔다.

동탁이 멀리 바라보니 왕윤을 비롯한 대신들이 모두 보검을 들고 서 있어서 흠칫 놀라 다시 물었으나 이숙은 대꾸하지 않고 곧장 수레를 밀고 안으로 들어갔다. 왕윤이 높이 외쳤다.

"여기 역적이 왔다! 무사들은 어디 있느냐?"

양쪽에서 100여 명 무사들이 돌아 나와 화극과 긴 창을 꼬나 들고 동탁을 겨누어 찔렀다. 그러나 동탁이 겉에는 관복을 떨쳐입었지만 안에는 갑옷을 받쳐 입어, 창과 극이 뚫지 못했다. 갑옷이 가리지 못하는 팔을 찔린 동탁이 수레에서 굴러 떨어지며 소리쳤다.

"내 아들 봉선은 어디 있느냐?"

여포가 수레 뒤에서 나와 목청을 가다듬고 외쳤다.

"황제의 조서를 받들고 역적을 친다!"

외침과 더불어 화극을 콱 찌르니 뾰족한 날이 바로 동탁의 숨통을 꿰었다. 이숙이 어느덧 동탁의 머리를 쳐서 손에 들자 여포는 왼손으로 화극을 잡고 오른손으로 품에서 조서를 꺼내 소리쳤다.

"조서를 받들고 역적 신하 동탁을 토벌했다. 나머지 자들은 잘못을 묻지 않는다!"

무사들은 만세를 높이 외쳤다. 때는 한 헌제 3년(192년), 4월 22일이었다.

동탁이 죽자 여포가 외쳤다.

"동탁을 도와 나쁜 짓을 한 자는 이유다! 누가 그를 잡겠느냐?"

조정 문밖에서 고함이 일어났다.

"집안 종들이 이유를 묶어 끌고 왔습니다."

왕윤의 분부로 이유를 단단히 결박해 저잣거리에서 목을 치고, 동탁의 주검을 네거리에 내놓아 뭇사람이 보게 했다. 동탁이 하도 살이 쪄서 시신을 지키는 군사가 배꼽에 심지를 박아 불을 켰더니 비계가 땅에 흥건하게 흘렀다. 지나가는 백성은 저마다 손으로 동탁의 머리를 때리고 발로 몸뚱이를 짓밟았다.

왕윤은 여포에게 황보숭, 이숙과 함께 5만 군사를 거느리고 미오로 가서 동탁의 재산을 점검해 몰수하고 사람들을 붙잡게 했다. 동탁의 심복인 이각과 곽사, 장제, 번조는 동탁이 죽고 여포가 온다는 소식을 듣고 비웅군을 거느리고 밤낮없이 서량으로 달아났다.

미오에 이른 여포는 우선 초선부터 차지했다. 황보숭은 성안에 갇힌 양가의 자녀들을 풀어주고, 동탁 집안은 늙은이고 어린아이고 가리지 않고 모두 목을 쳤다. 동탁의 어머니도 죽임을 당하고 아우와 조카도 머리가 베어져 사람들 구경거리가 되었다. 미오성에 쌓인 재물을 확인하니 황금 수십만 냥에

양쪽에서 무사들이 뛰어나와 동탁 찔러 ▶

백금과 은이 수백만 냥이고, 좋은 비단과 진주, 보석, 기물, 식량은 수를 헤아릴 수 없었다.

여포 일행이 장안으로 돌아오자 왕윤은 군사들에게 재물과 술, 음식을 내려 수고를 위로하고, 조정 도당에서 잔치를 베풀어 대신들을 모아 경축했다. 사람들이 술을 마시는데 보고가 들어왔다.

"거리에서 한 사람이 동탁의 주검에 엎드려 통곡합니다."

왕윤이 화를 냈다.

"동탁이 죽어 선비와 백성이 경축하지 않는 사람이 없는데, 어떤 자가 감히 홀로 운단 말이냐? 가서 잡아오너라!"

잠시 후 그 사람이 잡혀 오니 대신들이 모두 놀랐다. 다른 사람이 아니라 시중 채옹이었던 것이다. 왕윤이 꾸짖었다.

"역적 동탁이 죽임을 당해 나라가 모두 기뻐하는데, 그대는 한의 신하로서 나라를 위해 경축하지 않고 오히려 역적을 위해 우니 어찌 그러는가?"

채옹은 순순히 죄를 시인했다.

"이 옹은 비록 재주 없지만 역시 큰 도리를 아니, 어찌 나라를 등지고 동탁을 감싸겠습니까? 잠깐 그가 이 옹을 알아주고 써준 은혜를 떠올려 저도 모르게 울음이 나왔습니다. 그 죄가 무거움을 스스로 압니다만 용서를 빕니다. 만약 얼굴에 글자를 새기고 발목을 자르는 데에 그쳐 목숨을 붙여주시고, 한의 역사를 이어 써서 완성하도록 하여 죄를 씻게 해주시면 이 옹의 행운이겠습니다."

대신들은 채옹의 재주를 아껴 그를 구하려고 힘썼다. 태부 마일제도 가만히 왕윤에게 권했다.

"백개(伯喈, 채옹의 자)는 당대에 견줄 사람이 없는 뛰어난 인재이니 한의 역사를 이어 쓰게 하면 참으로 성대한 일이라 하겠소. 그의 효성은 이전부터 잘 알려진 바인데 갑자기 죽이면 사람들 신망을 잃을까 두렵소.”

품계가 더 높은 마일제의 권고에도 왕윤은 고집을 꺾지 않았다.

“옛날 무제께서 사마천을 죽이지 않고 역사를 쓰게 하시어, 황제를 비방하는 책이 후세에 퍼지게 되었소. 나라 운이 쇠약하고 조정 정사가 어지러운데, 간사한 신하가 어린 황제 옆에서 붓을 들게 하여 후일 우리가 비난을 듣게 해서는 아니 되오.”

【사마천의 《사기》는 3000년 역사를 담은 불후의 명작이지만 사마천이 무제의 신하로서 황제가 저지른 황당한 일들을 지적했다 하여 주인을 모독한 책이라고 비난하는 견해도 있었다.】

마일제는 말없이 물러나 사석에서 사람들에게 가만히 토로했다.

“왕윤은 후대가 없겠소! 착한 사람은 나라의 보배요, 역사책을 쓰면 나라의 본보기가 되는데, 보배를 버리고 본보기를 없애니 어찌 오래갈 수 있겠소?”

왕윤이 마일제의 말을 듣지 않고 채옹을 감옥에 가두어 목매어 죽이게 하니 선비들은 소식을 듣고 모두 눈물을 흘렸다. 후세 사람들은 채옹이 동탁을 위해 운 것은 잘못이지만 왕윤이 그를 죽인 것은 너무하다고 평했다.

이때 서량으로 달아난 이각 무리가 표문을 올려 사면을 청했으나 왕윤은 거절했다.

“동탁이 힘을 쓴 것은 이 사람들 때문이다. 천하에 대사령을 내리지만 특별히 그들은 용서하지 않는다.”

소식을 듣고 이각이 탄식했다.

“사면을 구했으나 받지 못했으니 목숨을 건지려면 모두 흩어져 달아나야 하오.”

모사 가후(賈詡)가 대책을 내놓았다.

"군사를 버리고 홀로 가면 한낱 정장이라도 여러분을 잡을 수 있습니다. 서량 사람을 모으고 거느리던 군사를 아울러 장안으로 쳐들어가 동 태사를 위해 복수하는 것이 좋습니다. 일을 이루면 조정을 받들어 천하를 바로잡고, 이루지 못하면 그때 달아나도 늦지 않습니다."

이각 무리는 서량에 소문을 퍼뜨렸다.

"왕윤이 서량 사람을 모두 죽이려 한다."

서량 사람들은 놀라 당황했다. 무리는 또 말을 퍼뜨렸다.

"그냥 죽으면 억울하니 힘을 모아 복수하지 않겠느냐?"

사람들이 모두 따라와 10여만 명을 모은 이각과 장수들은 네 길로 나뉘어 장안으로 쳐들어갔다. 5000명 군사를 거느리고 장인 원수를 갚으러 가는 동탁의 사위 우보를 만나 군사를 합치고 그를 선두로 삼았다.

서량 군사가 온다고 하여 왕윤이 상의하니 여포는 이각 무리가 눈에 찰 리 없었다.

"사도께서는 마음 놓으십시오. 그따위 쥐새끼 같은 무리는 입에 담을 나위나 있습니까?"

여포가 이숙을 데리고 맞서 싸우러 가는데, 앞서 나아가던 이숙이 우보와 마주쳐 한바탕 몰아치자 우보는 패하고 달아났다. 그런데 뜻밖에도 그날 밤 우보가 영채를 습격하니 아무 대비도 없던 이숙의 군사는 모두 달아나버렸다. 이숙이 군사를 반 이상 잃고 돌아오자 여포는 벌컥 화를 냈다.

"어찌 내 날카로운 기세를 꺾느냐?"

이숙의 목을 쳐 머리를 영채 문에 매다니 군사들은 여포가 무서워 마음이 변했다. 여포가 용맹만 믿고 장졸들을 채찍질하는 바람에 더욱 마음이 흩어졌다.

이튿날 여포가 나아가 싸우자 우보 따위가 그를 당할 수는 없어서 크게 패하고 달아났다. 그날 밤 우보는 심복 호적아를 불러 상의했다.

"여포는 도저히 맞설 수 없다. 이각을 비롯한 장수들을 속이고 가만히 금과 구슬을 감추어 군사를 버리고 떠나는 편이 좋겠다."

호적아가 응해 우보가 영채를 버리고 떠나는데, 어느 강을 건너자 금과 구슬을 탐낸 호적아가 우보를 죽여 머리를 들고 여포를 찾아갔다. 여포가 전후 사정을 묻자 따르던 자가 고발했다.

"호적아가 우보를 몰래 죽이고 보물을 빼앗았습니다."

여포는 노해 당장 호적아를 죽여 버렸다.

군사를 거느리고 나아가던 여포가 이각 군사와 마주쳐 진을 칠 틈도 주지 않고 쳐들어가니 이각은 막아내지 못하고 50여 리를 물러나 장수들과 상의했다.

"여포는 용맹하나 꾀가 없어 걱정할 것 없소. 내가 군사를 이끌고 골짜기 입구를 지키면서 날마다 그를 불러내 싸우겠소. 곽 장군은 그의 뒤로 돌아가 옛날 팽월이 초군(楚軍)을 방해하던 병법을 본받되, 징을 울리면 진격하고 북을 치면 군사를 거두시오."

【옛날 유방과 항우가 천하를 다툴 때, 팽월은 항우가 거느린 초군의 후방을 습격해 항우 전방에 있는 유방을 도왔다. 이른바 발목잡기 전술이었다. 게다가 이각은 유비가 황건적을 칠 때 쓴 병법처럼 북을 치면 나아가고 징을 두드리면 물러서는 규칙을 뒤집어 특별 신호를 정했다.】

이각은 장제와 번조에게 지시했다.

"두 사람은 군사를 나누어 곧장 장안으로 쳐들어가시오. 여포가 머리와 꼬리를 돌볼 수 없게 되면 반드시 크게 패할 것이오."

장수들은 그 계책에 따랐다.

멋모르는 여포가 군사를 이끌고 산 밑에 이르니 이각의 군사가 나와 싸움을 걸었다. 여포가 분노해 쳐들어가자 이각은 얼른 물러서서 산 위로 올라가고 화살과 돌이 비 오듯 쏟아졌다. 여포가 군사를 멈추자 별안간 뒤에서 곽사의 군사가 쳐들어와 급히 돌아섰으나 요란스러운 북소리가 들리더니 바로 물러가 버렸다.

여포가 군사를 거두려 하자 다시 징 소리가 울리며 뒤에서 다시 이각이 다가와 급히 군사를 돌리는데, 또 뒤에서 곽사가 닥쳐왔다. 여포가 그쪽으로 달려가자 곽사는 곧 북을 두드려 군사를 거두었다. 여포는 부아가 치밀어 가슴이 터지는 듯했다.

이렇게 며칠이 지났다. 여포는 싸우려고 보면 싸울 수가 없고, 그만두려고 보면 그만둘 수도 없어 분통이 터지는데 부리나케 보고가 들어왔다.

"장제와 번조가 두 길로 침범해 장안이 위급합니다!"

여포가 급히 군사를 돌려 달려가니 이각과 곽사가 쫓아왔다. 싸울 마음이 없어 달아나기만 하던 여포는 군사를 많이 잃었다. 장안성 아래에 이르자 적군이 구름처럼 몰려 성을 에워싸고 있어서 여포가 쳐들어갔으나 물리치기 어려웠다. 난폭한 여포가 두려워 적에게 항복하는 장졸들이 많아 힘을 쓸 수 없었던 것이다.

며칠 후 동탁의 부하 이몽과 왕방이 성안에서 가만히 성문을 열어, 네 길 도적 군사들이 모두 몰려 들어갔다. 여포가 힘을 다해 무찔렀으나 도저히 막아낼 수 없었다. 어쩔 수 없게 된 여포는 수백 명 기병을 데리고 남궁 청쇄문 밖에 가서 왕윤을 불렀다.

"형세가 급해졌으니 사도께서는 함께 관 밖으로 나가서 좋은 계책을 세우시지요!"

동쪽으로 함곡관을 벗어나면 동탁을 반대하는 제후들의 세력권이므로 살길이 생겼다. 그러나 왕윤은 사절했다.

"사직의 영검함에 힘입어 나라를 안정시키면 그것이 내 소원이오. 그렇게 되지 못하면 이 윤은 몸을 바쳐 죽을 뿐이오. 위험에 부닥쳐 구차하게 몸을 피하는 것은 내가 할 일이 아니니 나를 대신해 관동의 여러분께 감사드리고 나라를 위해 힘을 다하기 바라오!"

여포가 두 번 세 번 권했으나 왕윤은 한사코 움직이지 않았다. 곧 장안 여러 성문에서 불길이 치솟자 여포는 식솔을 버려둔 채 100여 명 기병을 이끌고 관을 나가 원술에게 의지하러 갔다.

이각과 곽사는 군사를 풀어 제멋대로 약탈했다. 태상경 충불, 태복 노규, 성문교위 최열, 월기교위 왕기가 모두 이 난리에 죽고 말았다.

【장관급 대신인 9경(九卿) 가운데 셋이나 죽었다. 노규는 처음부터 왕윤이 동탁을 제거하는 일에 참여해 죽음을 피하기 어려웠지만, 충불은 가만히 있으면 살 수도 있었는데 항쟁을 택했다.

"나라 대신이 싸움을 금하고 모욕을 막지 못해 흉악한 도적들 병기가 황궁으로 향하게 했으니 잠시 피한들 어찌 마음이 편하겠는가!"

외치면서 검을 휘둘러 싸우다 죽었다.

성문교위 최열은 구경의 하나인 정위 벼슬을 하다 500만 전을 내고 삼공의 하나인 사도 벼슬을 샀다. 기주 명사가 돈으로 벼슬을 샀다는 비난을 들으며 2년 후 태위가 되었으나 1억 전을 낸 조조의 아버지 조숭에게 벼슬을 빼앗겼다. 수도를 장안으로 옮긴 뒤 성문들을 맡고 있다 죽었다.

월기교위 왕기는 경성을 지키는 직책이니 맡은 일에 충실했다고 해야겠다. 장안이 깨지면서 관리와 백성 1만여 명이 죽었다.】

도적들이 궁궐을 에워싸고 사납게 공격하자 내시들이 헌제에게 선평문에
올라 난을 그치게 해달라고 빌었다. 장안성 동쪽 성벽 선평문에 황제의 수레
에만 쓰는 누런 비단 해 가리개가 나타나자 이각과 장수들은 군사를 이끌고
만세를 불렀다. 헌제가 문루에 기대어 물었다.

　"경들은 상주도 올리지 않고 제멋대로 장안에 들어오니 무엇을 하려는 것
인가?"

　이각과 곽사가 얼굴을 쳐들고 아뢰었다.

　"동 태사는 폐하의 사직을 지키는 신하인데 까닭 없이 왕윤에게 죽었습니
다. 신들은 특별히 동 태사 원수를 갚으러 왔을 뿐, 감히 반역하는 것이 아닙
니다. 왕윤만 보면 곧 군사를 물리겠습니다."

　헌제 곁에 있던 왕윤이 아뢰었다.

　"신은 한나라의 사직을 위해 일을 꾸미다가 이렇게 되었으니, 폐하께서는
신을 아끼려다 일을 그르치셔서는 아니 됩니다. 신은 내려가 도적을 만나겠
습니다."

　헌제가 이리저리 오가면서 차마 왕윤을 놓아주지 못하자 왕윤이 스스로 땅
에 뛰어내려 높이 외쳤다.

　"왕윤이 여기 있다!"

　이각과 곽사가 검을 뽑아 꾸짖었다.

　"동 태사는 무슨 죄로 죽었느냐?"

　왕윤은 당당하게 대꾸했다.

　"역적 동탁의 죄악은 하늘에 닿고 땅에 넘쳐 이루 다 말할 수 없노라! 그
가 죽임을 당한 날 장안 선비와 백성이 모두 경축했는데 너희만 듣지 못했
느냐?"

　"태사께 죄가 있다면 우리는 무슨 죄가 있다고 사면하지 않았느냐?"

왕윤은 욕설을 퍼부었다.

"역적은 무슨 말을 더 할 게 있느냐? 왕윤은 오늘 죽음이 있을 뿐이다!"

두 도적은 손을 들어 문루 아래에서 왕윤을 죽였다. 사람을 보내 왕윤의 핏줄은 늙은이와 어린아이를 가리지 않고 모조리 죽이니 장안의 선비와 백성은 눈물을 흘리지 않는 이가 없었다.

이각과 곽사가 모의했다.

"여기까지 왔는데 황제를 죽여 큰일을 꾀하지 않고 또 어느 때를 기다린단 말이냐!"

그들은 검을 들고 소리 지르며 궁궐 안으로 쳐들어갔다.

이야말로

괴수가 죽어 재앙이 가라앉자
졸개가 날뛰며 화를 일으키네

헌제는 목숨이 잘못되지 않을까?

서량 군벌과 병주 군벌의 대결

《삼국지》를 읽으면서 인간의 운명은 개인의 실력이 아니라 그 뒤에 숨은 집단의 힘에 달린 것을 깨달았다면 소설의 진수를 제대로 알았다고 할 수 있다. 동탁은 그럴 만한 군사적 실력을 갖추어, 많은 이의 반대 속에서도 3년 가까이 정권을 잡을 수 있었다. 189년 낙양에 들어온 동탁은 두 집단을 끌어들여 세력을 키웠는데, 대장군 하진 형제가 거느리던 군사는 뒷날 특별한 기록을 남기지 못했다. 그러나 정원이 거느리던 병주 군사는 끝내 서량 집단에 용해되지 못하고 새로운 군사 집단을 이루었으니 그 대표 인물이 여포였다.

여포는 동탁의 신변경호를 맡을 만큼 총애를 받으면서도 양주 출신 장수들과 사이가 좋지 못해, 화가 나면 뒷생각 없이 움직이는 동탁이 화극을 던지기까지 했다. 그래서 같은 병주 사람인 왕윤이 끌어당기자 기꺼이 동탁 제거에 나섰다. 이숙도 물론 병주 사람이었다.

동탁 제거의 주역인 왕윤은 젊어서부터 강직한 성격과 악을 미워하는 절개로 이름을 날렸는데, 동탁이 워낙 강해 여러 해 몸을 굽히고 비위를 맞출 수밖에 없었다. 그후 동탁을 죽이자 걱정거리가 사라졌다고 생각하고, 이른바 '올바른 도리'만 찾다가 유연성을 잃었다. 그래서 조정 신하들도 그를 따르지 않았다.

총수를 잃은 서량 군사를 처리하는 데에도 왕윤은 명확한 주장이 없었다. 처음에는 사면하려 하다가 생각을 바꾸며 시일을 끌자 서량 장수들은 살기 위해 장안 공격을 감행했다. 왕윤이 이각과 곽사를 막으라고 군사를 보냈으나 서량 출신 장졸들은 도리어 이각 무리에 붙어버렸고, 서량 출신이 아닌 군사는 싸우다 죽었다.

장안 방어의 중요 장수는 여포였는데, 그가 거느린 군사는 당연히 병주 출신이었다. 장안 싸움에서 밀려난 여포는 병주 출신들을 모아 독자적인 군벌로 새롭게 발돋움하게 된다. 그 아래 들어간 장료가 바로 병주 출신으로 원래 정원의 부하였다. 제후들이 동탁을 반대하는 장면에 잠깐 나온 상당 태수 장양 역시 병주 사람으로 여포와 친한 사이였다. 여포와 장양이 죽고 장료가 조조에게 항복하면서 병주 군사 집단은 완전히 사라지고 만다.

여포는 4월 23일 동탁을 죽이고 6월 1일 장안을 떠나 달아났다. 동탁의 죽음으로 '이제는 삿자리에 몸을 붙이고 편한 잠을 자게 되었다'고 안심하던 장안 백성은 겨우 한 달 남짓 허리를 펴보고는 다시 무서운 난리에 말려들었으니, 왕윤의 잘못은 보통이 아니었다.

왕윤의 그릇된 판단은 나라의 큰 난을 불러왔을 뿐 아니라 자신의 가족도 망쳤다. 시중 벼슬을 하던 맏아들 왕개와 둘째 왕경, 셋째 왕정, 그리고 집안 사람 10여 명이 모두 죽었다. 형의 아들인 조카 왕신과 왕릉이 성벽을 넘어 간신히 고향으로 달아났을 뿐이다.

뒷날 조조에게 붙어 벼슬길에 돌아온 왕릉은 비서인 주부로 시작해 여러 벼슬을 거치고 최고 군사 장관인 태위에 올랐다. 그때 위나라를 다스리는 조방이 임금감이 아니라고 보고 생질인 연주 자사 영호우와 상의해 조조의 아들 조표를 황제로 세우려고 일을 꾸몄으나 실패로 끝나, 사마의에게 항복한 뒤 자결하고 만다. '왕윤은 후대가 없을 것'이라는 마일제의 예언을 상기할 만한 일이다.

10

조조, 아버지 잃고 복수에 불타

황실 도우려고 마등은 대의 받들고
아버지 원수 갚으려 조조 칼을 뽑아

이각과 곽사가 헌제를 시해하려 날뛰자 장제와 번조가 말렸다.

"아니 되오. 오늘 여기서 죽이면 사람들이 반항할 것이오. 계속 황제로 모시면서 제후들을 관 안으로 불러 날개를 자른 다음에 없애면 천하를 꾀할 수 있소."

이각과 곽사는 검을 집에 꽂았다. 헌제가 문루 위에서 물었다.

"왕윤이 이미 죽었는데 어찌 군사를 물리지 않는가?"

두 사람이 대답했다.

"신들은 황실을 위해 공을 세웠는데 벼슬을 받지 못해 군사를 물리지 못합니다."

"어떤 벼슬을 바라는가?"

이각과 곽사, 장제, 번조가 각기 바라는 벼슬 이름을 적어 바치고 떼를 쓰니 헌제는 어쩔 수 없이 그들 요구에 따라주었다. 이각은 삼공에 맞먹는 거기

장군에 올라 장안 부근 현을 식읍으로 갖는 지양후 작위를 받고, 사예교위를 겸하며 절(節)과 월(鉞)을 얻어 쓰게 되었다. 곽사는 경과 맞먹는 후장군에 올라 미양후 작위를 받고, 마찬가지로 절과 월을 얻어 쓰면서 이각과 함께 조정 정사를 맡게 되었다. 번조는 후장군과 비슷한 우장군에 만년후가 되고, 장제는 삼공과 같은 표기장군에 평양후가 되어 군사를 거느리고 홍농현에 주둔하게 되었다.

【군관에 불과하던 이각 무리가 단번에 장군으로 뛰어오르고 현후가 되어 평민으로서는 최고 작위를 얻었다. 특히 이각과 곽사는 황제의 특권인 절과 월을 얻어 쓰게 되었으니 엄청난 권력을 차지했다. 절이 있으면 군령을 어긴 자를 죽일 수 있고, 월이 있으면 조정 안팎 여러 군대를 지휘할 수 있었다. 이각은 경성 관리들을 감독하는 사예교위까지 맡았다.】

나머지 이몽과 왕방을 비롯한 자들은 교위가 되었다. 무리는 그제야 은혜에 감사드리고, 군사를 거느리고 성 밖으로 나갔다.

그들은 동탁의 주검을 찾았는데 겨우 가죽과 뼈 부스러기만 얻을 수 있었다. 향나무로 몸뚱이를 깎아 사람 모양을 만들어 제사를 지내고, 나무 몸뚱이에 왕의 옷을 입히고 왕의 관을 씌워, 왕을 담는 관에 넣어 길일을 택해 미오에 옮겨 묻었다.

묻는 날 하늘에서 소나기가 쏟아져 땅에 물이 몇 자 고이고, 우레에 관이 쪼개져 주검이 밖으로 나왔다. 날이 개기를 기다려 관을 다시 묻었으나 그날 밤 또 비가 내리고 우레가 쳐 관이 망가졌다. 세 번이나 다시 묻었으나 마침내 묻지 못하고 얼마 안 되는 가죽과 뼈 부스러기는 벼락에 타버렸다. 하늘이 동탁을 미워해 드러낸 분노가 참으로 심했다.

이각과 곽사가 대권을 잡고 백성을 가혹하게 다루면서, 심복을 황제 곁에 박아 움직임을 감시하니 헌제는 가시덤불 속에 있는 듯 손발을 놀리기 어려웠다. 조정 신하의 벼슬이 올라가고 낮아지는 것은 모두 두 도적 마음대로였다. 그들은 백성의 신임을 받는 사람을 고른답시고 특별히 주준을 황제 수레를 맡아보는 태복으로 봉해 함께 정사를 보게 했다.

어느 날 보고가 들어왔다.

"서량 태수 마등과 병주 자사 한수(韓遂)가 10만 군사를 이끌고 장안으로 달려오면서 역적을 토벌한다고 떠듭니다."

그 전에 마등과 한수는 장안으로 사람을 보내 시중 마우와 죽은 충불의 아들인 간의대부 충소, 좌중랑장 유범과 연락해 안팎에서 호응해 도적을 무찌르기로 약속했다. 세 사람이 몰래 헌제에게 아뢰어 마등을 정서장군, 한수를 진서장군에 봉하고 비밀조서를 내려 역적을 토벌하게 한 것이다.

두 갈래 군사가 온다는 소식을 듣고 이각 무리가 상의하니 모사 가후가 대책을 내놓았다.

"그들이 먼 길을 오니 도랑을 깊이 파고 보루를 높이 쌓아 굳게 지키는 것이 상책입니다. 100일도 지나지 않아 군량이 바닥나면 제풀에 물러갑니다. 그때 군사를 이끌고 쫓아가면 두 장수를 사로잡을 수 있지요."

이몽과 왕방이 반대했다.

"좋은 계책이 아닙니다. 정예 군사 1만을 빌려주시면 마등과 한수의 머리를 베어 휘하에 바치겠습니다."

가후가 말렸다.

"지금 싸우면 반드시 패하오."

이몽과 왕방이 장담했다.

"우리가 패하면 머리를 내놓겠소. 우리가 이기면 공도 머리를 내주시오."

가후가 이각과 곽사에게 제의했다.

"장안 서쪽 200리에 있는 주질산은 산길이 험하니 장 장군과 번 장군에게 단단히 지키게 하고, 이몽과 왕방에게 적을 맞게 하면 됩니다."

이각과 곽사는 군사 1만 5000명을 이몽과 왕방에게 내주었다. 두 사람은 장안에서 280리 되는 곳에 영채를 세웠다. 서량 군사가 이르자 두 사람이 길을 막고 진을 치니 마등이 한수와 말고삐를 나란히 하고 나와 호통쳤다.

"나라를 배반한 역적들을 누가 잡아오겠느냐?"

곧바로 소년 장수 하나가 나섰다. 얼굴은 머리의 관에 다는 옥같이 희고 눈은 별똥별처럼 반짝이는데, 호랑이 같은 몸집에 팔은 원숭이처럼 길고, 표범의 배에 허리는 이리인 듯 튼튼했다. 손에 강철 창을 들고 준마를 몰아 나는 듯이 진에서 달려 나오니 바로 마등의 아들 마초(馬超)로 자는 맹기(孟起)였다. 겨우 17세인데 놀라운 용맹을 당할 자가 없었다.

왕방이 보니 아직 어린아이라 만만한 상대라고 넘보고 말을 달려나갔으나 몇 번 어울리지도 못하고 마초의 창에 찔려 말 아래로 떨어졌다. 마초가 말 머리를 돌려 돌아가자 그것을 본 이몽이 분노해 말을 몰아 쫓아가니 마등이 진문 앞에서 외쳤다.

"뒤에 쫓는 자가 있다!"

그 소리가 떨어지기도 전에 마초가 이몽을 말 위에서 사로잡았다. 그가 쫓아오는 것을 뻔히 알면서 일부러 꾸물거리다 그가 바짝 따라와 창을 내찌르자 슬쩍 몸을 피하며 원숭이같이 긴 팔을 놀려 사로잡은 것이다. 장수를 잃은 이몽의 군사는 질겁해 줄행랑쳤다. 마등과 한수는 기세를 타고 쫓아가 크게 이기고 이몽의 머리를 베어 사람들에게 보였다.

이각과 곽사는 소식을 듣고 가후가 멀리 내다보는 눈이 밝음을 알고 그의 계책대로 관을 굳게 지키면서 마등의 군사가 아무리 싸움을 걸어도 나오지 않았다. 과연 서량 군사는 두 달도 지나지 않아 군량과 말먹이 풀이 부족해 돌아가려고 상의했다.

이때 장안성 안에서 마우네 집의 종이 자기 주인과 유범, 충소가 마등, 한수와 호응해 반역을 꾀한다고 고발했다. 이각과 곽사는 세 집의 늙은이와 어린아이까지 모두 잡아 들이고 존귀한 이부터 비천한 종까지 전부 저잣거리에 끌어내 목을 치고, 세 사람 머리를 서량 군사 영채 앞에 돌려 보였다.

마등과 한수는 영채를 뽑고 회군할 수밖에 없었다. 이각과 곽사가 장제에게 마등을 쫓아가게 하고, 번조에게 한수를 뒤쫓게 하여 서량 군사는 크게 패했다. 마초가 뒤에서 죽기로써 싸워 장제를 물리쳤는데, 한수는 진창현 부근에서 번제에게 따라잡히자 말을 멈추고 물었다.

"공은 같은 고향 사람인데 어찌 이렇게 매정하게 구시오?"

번조도 고삐를 잡아당겨 말을 세우고 대꾸했다.

"위에서 내린 명령이라 거역할 수 없소!"

"내 이번 걸음도 나라를 위해서인데 어찌 이토록 심하게 몰아대시오?"

그 말을 듣고 번조는 한수가 달아나게 하고 영채로 돌아갔다. 그런데 이각의 조카 이별이 그것을 보고 돌아가 숙부에게 일러바칠 줄이야! 이각이 크게 노해 군사를 일으켜 번조를 치려 하니 가후가 말렸다.

"민심이 안정되지 못해 자꾸 창칼을 놀리면 불안합니다. 잔치를 베풀고 장제와 번조를 청해 공로를 축하하는 것이 좋습니다. 술상에서 번조를 잡아서 목을 베면 조금도 힘이 들지 않지요."

이각은 잔치에 두 사람을 청하고, 술기운이 오를 때쯤 무사들을 호령해 번조의 목을 베었다. 장제가 질겁해 땅에 납작 엎드리자 이각이 부축해 일으켰다.

"번조가 반란을 꾀해 죽였소. 공은 내 심복이니 무서워할 게 무어요?"

마초, 긴 팔을 뻗어 이몽 가볍게 잡아채 ▶

馬超少年逞英雄
乙酉春蒸雄畫

이각이 번조의 군사를 넘겨주어 장제는 홍농으로 돌아갔다.

이각과 곽사가 서량 군사를 물리치자 제후들은 누구도 그들을 건드리지 못했다. 가후가 이각과 곽사에게 백성을 어루만지고 현명한 이와 호걸들을 사귀라고 거듭 권한 뒤에야 조정에 조금씩 생기가 돌기 시작했다.

이때 뜻밖에도 칭주에서 다시 황건적이 일어나 수십만이 무리를 지었다. 무리마다 두목이 다른데 똑같이 백성을 해치고 재물을 빼앗으니 태복 주준이 도적 떼를 토벌할 사람을 추천했다.

"도적 무리를 깨뜨리려면 조맹덕이 아니면 안 됩니다."

"맹덕이 지금 어디 있소?"

이각이 물어 주준이 조조의 형편을 알려주었다.

"양주에서 군사를 모아 복양에서 도적을 깨뜨리고, 무양에서 반란군 우독을 무찌르며 내황에서 이민족 흉노를 쳤는데, 모두 완전한 승리를 거두었습니다. 동군 태수로 있는데 군사가 많아 도적을 토벌하면 날짜를 정해 깨뜨릴 수 있습니다."

이각은 그날 밤 천자의 조서를 보내, 조조와 연주 제북국 상 포신에게 힘을 합쳐 도적을 깨뜨리게 했다. 조조가 조서를 받고 도적을 치려고 연주 동평국 수장현에 가니 포신이 먼저 와서 적진 깊숙이 들어가다 죽고 말았다.

조조가 도적들을 쫓아 제북국까지 달려가자 항복한 자가 수만에 이르러, 그들을 앞세워 나아가니 이르는 곳마다 도적들이 모두 항복했다. 겨우 100여일 만에 조조는 항복한 군사 30여 만을 받아들이고 남녀 백성 100여 만을 거두었다. 군사 중에 정예는 가려 뽑아 청주병이라 일컫고, 나머지는 모두 농사를 짓게 하니 이때부터 조조의 위엄 있는 이름은 날이 갈수록 무거워졌다.

때는 192년 12월, 승전 보고가 장안에 이르러, 조정에서는 조조의 벼슬을 높여 동쪽을 지키는 진동장군으로 임명했다. 연주를 차지한 조조는 다시 현명한 인재와 유능한 호걸을 많이 불러 모았다.

어느 날 숙부와 조카가 찾아오니 영천군 영음현 사람이었다. 숙부는 29세로 성이 순(荀)씨에 이름은 욱(彧), 자는 문약(文若)이며 명사 순곤의 아들이었다. 천자를 도울 재주를 지녔으나 원소를 섬기다 그가 큰일을 할 사람이 아닌 것을 알고 조조에게 왔다. 조조는 그와 이야기해보고 매우 기뻐했다.

"이는 나의 자방(子房)이다."

【자방은 한 고조 유방이 천하를 통일할 때 큰 공을 세운 장량(張良)의 자로, 슬기로운 모사의 대명사였다.】

조조는 순욱에게 군사를 다루는 벼슬을 내려 행군사마 이름을 주었다. 순욱의 조카 순유는 자가 공달(公達)로 황제를 가까이 모시는 황문시랑으로 있다 벼슬을 버리고 고향으로 돌아갔는데 숙부와 함께 온 것이다. 조조는 그를 참모인 행군교수로 썼다.

순욱이 물었다.

"연주에 현명한 분이 있다던데, 지금 어디 계시는지 모르겠습니다."

"누구를 말하는 것이오?"

"동군 동아현 사람으로 성은 정(程)이고 이름은 욱(昱), 자는 중덕(仲德)이라 합니다."

"나도 그 이름을 들은 지 오래이오."

조조가 사람을 보내 정욱을 찾으니 산속에서 글을 읽고 있어서 예절을 갖추어 청했다. 그가 와서 순욱을 보았다.

"저는 아는 것이 부족하고 들은 것이 적어 공의 추천을 감당할 수 없습니다. 공의 고향 사람으로 성은 곽(郭)씨요 이름은 가(嘉), 자는 봉효(奉孝)라는 이는 당대의 현명한 선비인데 어찌 부르지 않습니까?"

"내가 하마터면 잊을 뻔했소!"

순욱은 조조에게 말하고 곽가를 청해 천하의 일을 함께 의논했다.

"나를 도와 큰일을 이룰 이는 반드시 이 사람이오."

조조가 함께 이야기해보고 감탄하자 곽가 역시 사람들에게 고백했다.

"이분은 참으로 내 주인이십니다."

곽가가 또 광부제의 직계 자손인 회남군 성덕현 사람 유엽(劉曄)을 추천하니, 자가 자양(子陽)이었다. 조조가 유엽을 청해오자 그가 또 두 사람을 추천했다. 하나는 산양군 창읍 사람 만총(滿寵)으로 자는 백녕(伯寧)이고, 하나는 임성국 사람 여건(呂虔)으로 자는 자각(子恪)이었다. 조조도 두 사람 명성을 들었던 터라 얼른 불러 군중에서 참모 노릇을 하는 군중종사로 삼았다.

만총과 여건이 또 한 사람을 추천하니 진류군 평구현 사람 모개(毛玠)였다. 자가 효선(孝先)으로 역시 군중 종사가 되었다. 이전에 유표에게 의지하다 그가 현명하지 못한 것을 알고 형주 남양군 노양현에 숨어 살았다.

이 밖에 장수 하나가 수백 명 군사를 이끌고 찾아오니 태산군 사람 우금(于禁)으로 자는 문칙(文則)이었다. 조조는 우금이 활 잘 쏘고 말 잘 타며 무예가 뛰어난 것을 알고 군사를 점검하는 무관이라는 뜻으로 점군사마로 임명했다.

어느 날 하후돈이 덩치 큰 사나이를 하나 데려왔다.

"진류 사람으로 성은 전(典)이고 이름은 위(韋)로 용기와 힘이 남달리 뛰어납니다. 전에 진류 태수 장막을 따르다 부하들과 사이가 틀어져 수십 명을 죽이고 산속으로 달아났는데, 돈이 사냥하러 갔다가 이 사람이 호랑이를 쫓아 시냇물을 건너는 것을 보고 무리에 거두어 특별히 주공께 추천합니다."

"체격이 웅장하니 반드시 용맹하고 힘이 세겠네."

조조의 말에 하후돈이 소개를 더 했다.

"전에 이 사람이 친구를 위해 복수하느라 사람을 죽여 머리를 들고 번화한

거리에 나갔더니 수백 명이 감히 다가들지 못했습니다. 지금 쓰는 강철극 두 자루만 해도 무게가 80근이나 됩니다. 그 무거운 철극을 끼고 말에 올라 나는 듯이 휘두르지요."

조조가 재주를 보여 달라고 청하자 전위가 철극을 끼고 말에 올라 쏜살같이 달리는데, 별안간 장막 아래 큰 깃발이 바람에 쏠려 넘어지려 했다. 군졸들이 여럿 달려들어 애써 붙들었으나 걷잡을 수 없이 흔들리자 전위가 말에서 뛰어내려 소리쳤다.

"모두 비켜라!"

한 손으로 깃대를 틀어쥐고 바람 속에 우뚝 서니 까딱도 하지 않았다. 조조가 감탄했다.

"이는 옛날 악래(惡來)로다!"

【악래는 상(商) 임금 주의 신하로 힘이 세기로 소문난 장사였다.】

조조는 전위를 장전도위로 임명하고, 입고 있던 비단옷을 벗어주었다. 또 준마에다 멋지게 조각한 안장까지 얹어 내렸다.

이때부터 조조 아래에는 글에 밝은 모사들과 무예 좋은 맹장들이 많아 위엄이 산동 일대를 눌렀다.

조조는 태산군 태수 응소를 보내 아버지 조숭을 모셔오도록 했다. 진류를 떠나 서주 낭야에 숨어 살던 조숭이 조조의 글을 받고 아우 조덕과 일가식솔 40여 명, 집안 일꾼 100여 명을 데리고 연주를 향해 떠나니 짐 실은 수레가 100여 대에 이르렀다.

조숭 일행이 서주 성을 지나게 되었다. 서주 자사 도겸은 자가 공조(恭祖)로 사람됨이 부드럽고 순박하며 성실했다. 이전부터 조조와 사귀고 싶었으나 마땅한 기회가 없었는데, 그 아버지가 지나간다는 소식을 듣고 서주 경계 밖까지 나가 맞이해 큰 잔치를 베풀고 이틀 동안 극진히 대접했다. 조숭이 떠나려 하자 도겸은 친히 성 밖까지 배웅하고 특별히 부하 도위 장개에게 500명 군사를 거느리고 호송하게 했다.

조숭 일행이 태산군 비현 땅에 이르자 갑작스레 소나기가 쏟아져 일행은 오래된 설간으로 들어갔다. 스님들이 맞이하니 조숭은 먼저 식솔들이 잠잘 자리를 마련하게 하고 장개에게 명했다.

"군사들은 양쪽 복도에 주둔시켜라."

비에 푹 젖은 군졸들이 원망이 심하자 장개는 두목들을 불러 조용한 곳에서 수군거렸다.

"우리는 황건 도당이었는데 마지못해 도겸에게 귀순했으나 짭짤한 맛이라고는 보지 못했다. 조씨 집안 짐수레가 헤아릴 수 없이 많으니 너희가 부귀를 얻으려면 어렵지 않다. 오늘 밤 조숭 일가를 죽이고 재물을 차지해 산으로 들어가면 그만인데, 이 계책이 어떠하냐?"

무리가 모두 찬성했다. 그날 밤 비바람이 그치지 않는데 조숭이 방에 앉아 있으려니 사방에서 고함이 일어났다. 아우 조덕이 검을 들고 나가 보다 단번에 창에 찔려 죽자 조숭은 첩을 데리고 주지 방 뒤로 달려가 담을 넘어 달아나려 했다. 그러나 첩이 뚱뚱하여 담을 넘지 못해 뒷간에 숨었다가 군졸들에게 들켜 죽고 말았다. 응소는 죽기로써 싸워 몸을 빼 원소에게 갔다.

조숭 일가를 죽이고 재물을 빼앗은 장개는 절을 불사르고 500명 군사를 이끌고 회남으로 달아났다. 후세 사람이 시를 지어 평했다.

조조 간웅이라 세상 사람 칭찬하더니
언젠가 여씨 일가 몰살했지
이제 와 집안 식구 모두 죽으니

하늘의 앙갚음 틀림없구나

겨우 목숨을 건진 응소의 군졸들이 연주로 돌아가 보고하니 조조는 까무러쳐 땅에 쓰러졌다. 사람들이 구해 일으키자 이를 부득부득 갈았다.

"도겸이 군사를 풀어 아버지를 죽였으니 이 원수와는 같은 하늘을 이고 살수 없다! 내가 대군을 전부 일으켜 서주를 피로 씻어내야 한이 풀리리라!"

순욱과 정욱에게 3만 군사를 주어 견성, 범현, 동아, 세 현을 지키게 하고, 군사를 모두 일으켜 서주로 달려가며 무자비한 명령을 내렸다.

"무릇 성을 함락하면 사람들을 남김없이 죽여 씨를 말려라!"

도겸과 사이가 좋은 구강 태수 변양이 서주가 위태롭다는 소식을 듣고 5000명 군사를 이끌고 구하러 갔으나 조조가 하후돈을 보내 길을 막고 죽여 버렸다.

이때 진궁은 동군 종사로 있었는데 역시 도겸과 사이가 두터웠다. 조조가 복수를 위해 군사를 일으켜 백성을 남김없이 죽이려 한다는 말을 듣고 밤낮 없이 말을 달려 조조를 찾아갔다. 그가 도겸을 위해 설득하러 온 것을 뻔히 아는 조조는 만나고 싶지 않았으나 옛날 은혜를 모른 체할 수 없어 장막 안으로 청하니 진궁이 말을 꺼냈다.

"명공께서 대군을 이끌고 서주에 이르러, 존귀하신 아버님 원수를 갚으려고 이르는 곳마다 백성을 모두 죽이려 하신다는 말을 듣고 특별히 찾아와 말씀드립니다. 도겸은 어진 군자로, 이득을 탐내 의로움을 잊는 자가 아닙니다. 명공 아버님께서 해를 당하신 것은 장개의 죄이지 도겸 잘못이 아닙니다. 게다가 주와 현의 백성이야 명공과 무슨 원수가 있습니까? 그들을 죽이면 의롭지 못하니 세 번 다시 생각하고 움직이시기 바랍니다!"

조조는 벌컥 화를 냈다.

"나를 버리고 간 공이 무슨 낯으로 다시 온 거요? 도겸이 내 집안을 몰살했

으니 맹세코 쓸개를 떼어내고 염통을 도려내 한을 씻어야 하오! 공이 도겸을
위해 설득하러 왔지만 내가 듣지 않으면 무슨 소용이 있겠소!"

진궁은 장막 밖으로 나가 탄식했다.

"도겸을 만날 면목이 없구나!"

진궁이 말을 달려 진류 태수 상막을 찾아가니 큰 손님으로 대해주었다.

조조 군사가 이르는 곳마다 백성을 죽이고 무덤을 파헤치니 도겸은 하늘을
우러러 통곡했다.

"내가 하늘에 죄를 지어 서주 백성이 이런 재앙을 입는구나!"

장수 조표(曹豹)가 아뢰었다.

"조조 군사가 이르렀으니 어찌 손을 모아 잡고 죽기만 기다리겠습니까? 제
가 사군을 도와 적을 깨뜨리겠습니다."

도겸은 어쩔 수 없이 군사를 이끌고 조조를 맞받아 나갔다. 멀리 바라보니
조조 군사는 모두 흰옷을 입어 땅에 서리가 내리고 공중에 눈이 흩날리는 듯
했다. 중군에 흰 깃발 두 개가 세워졌는데 그 위에는 원수를 갚아 한을 씻는
다는 '보구설한(報仇雪恨)' 네 글자가 큼직하게 쓰여 있었다.

흰 상복을 입은 조조가 진 앞으로 나와 눈물을 머금고 욕설을 퍼부었다.

"이 도둑놈아! 감히 내 아버님을 시해하다니!"

도겸도 진 앞에 나가 몸을 굽혀 인사했다.

"이 겸은 명공과 좋은 사이를 맺으려고 장개에게 명공 식솔을 호송하게 했
소이다. 장개가 도적 심보를 고치지 못해 이런 일이 벌어질 줄이야 누가 알았
겠소이까? 그 일은 정말 이 겸과 상관없으니 살펴보시기 바랍니다."

조조가 크게 욕했다.

"이 늙다리 녀석아! 내 아버님을 죽이고도 감히 허튼소리를 지껄이느냐! 누
가 저 늙은 도둑을 사로잡겠는가?"

그 말에 맞추어 하후돈이 달려나가니 도겸은 황급히 진으로 들어가고 조표가 창을 꼬나 들고 맞서 싸웠다. 두 말이 어울리는데 느닷없이 세찬 바람이 몰아치며 모래가 흩날리고 돌이 굴러, 양쪽 군사는 혼란해져 돌아갔다. 도겸은 성으로 들어가 상의했다.

"조조 군사는 기세가 대단해 맞서기 어려우니 내가 스스로 몸을 묶고 조조 군영으로 가겠소. 그가 내 몸을 마음대로 가르고 베게 하여 서주 백성의 목숨을 살려야 하겠소."

그 말이 끝나기도 전에 한 사람이 앞으로 나섰다.

"부군께서는 오랫동안 서주를 지키시어 백성이 은혜에 감격합니다. 조조 군사가 많다고는 하지만 당장 우리 성을 깨뜨리지는 못합니다. 부군께서는 백성을 거느리고 성을 굳게 지키며 나가지 마십시오. 저는 비록 재주 없으나 자그마한 계책을 써서 조조가 죽어도 묻힐 땅이 없도록 만들겠습니다!"

사람들이 깜짝 놀라 물었다.

"어떤 계책이오?"

이야말로

사귀려다 오히려 원수 되었더니
궁지에서 살길이 트일 줄이야

이 사람은 누구였던가?

11

유비는 주겠다는 성 끝내 사양

유 황숙은 북해에서 공융 구하고
여온후는 복양에서 조조 깨뜨리다

계책을 올린 사람은 동해군 구현 사람으로 성은 미(糜)씨에 이름은 축(竺), 자는 자중(子仲)이었다. 대대로 부유한 가문에 태어나 언젠가 낙양에 장사하러 갔다가 수레를 타고 돌아오는 길에 아름다운 여인을 만났다. 여인이 태워달라고 청하자 수레를 내주고 내려서 걸었는데, 여인이 굳이 함께 타자고 권해 겨우 수레에 올랐으나 단정히 앉아 곁눈질 한 번 하지 않았다. 이렇게 몇 리를 가자 여인이 수레에서 내려 헤어지면서 가르쳐주었다.

"나는 남방에 있는 불의 신이오. 상제의 명을 받들고 그대 집을 태우러 가는 길인데, 그대가 이처럼 예절을 차려 대하니 감동해 분명히 알려주오. 어서 돌아가 재물을 꺼내시오. 내가 밤에 가겠소."

말을 마치고 여인은 흔적 없이 사라졌다. 미축은 깜짝 놀라 집으로 달려가 부랴부랴 재물을 전부 밖으로 꺼냈는데, 그날 밤 과연 부엌에서 불이 일어나 집이 잿더미가 되었다. 놀라운 일을 겪은 뒤 재물을 널리 흩어 가난한 사람을 구하고 고생하는 자들을 도왔는데, 뒤에 도겸이 청해 주의 별가로 삼았다.

"이 축이 북해로 가서 태수 공융에게 군사를 일으켜 구원해달라고 청하겠습니다. 또 한 사람을 청주로 보내 전해에게 구원을 청하시지요. 두 곳 군사가 오면 조조는 반드시 물러갑니다."

도겸이 글을 쓰고 한 사람을 더 보내니 광릉 사람 진등(陳登)으로 자는 원룡(元龍)이었다. 도겸은 두 사람을 보내고 단단히 성을 지키며 공격에 대비했다. 조조도 섣불리 성 밑으로 다가가지 못하고 네 방향에 성을 쌓아 서주의 형세를 외롭게 만들었다.

북해 태수 공융은 노국 곡부 사람으로 자가 문거(文擧)인데 공자의 20대 후손이자 태산군 도위였던 공주의 아들이었다. 어릴 적부터 똑똑했던 그는 열살 나던 해에 하남윤 이응(李膺)을 찾아갔다. 이응은 후한의 명사로 웬만한 사람은 만날 수도 없고, 당대의 큰 현인이나 그와 친한 가문 자손만이 대청에 올라갈 수 있었다.

문지기가 집 안으로 들여보내지 않자 어린 공융은 천연스럽게 자기를 소개했다.

"나는 이 집 대감과 조상 때부터 교분이 있는 집의 자손이오."

그렇게 해서 대문을 들어서니 이응이 물었다.

"네 선조와 내 조상이 어찌해서 친했단 말이냐?"

"옛날 공자께서 노자(老子)께 예(禮)를 물으셨으니 융과 대감은 대대로 친한 사이가 아니겠습니까?"

【도가의 시조인 노자는 성이 이(李)씨에 이름은 이(耳)로 알려졌고, 공자가 노자에게 예를 물은 일은 여러 책에 기록되어 있다. 그러나 이응이 노자의 후예라는 근거도 없는데 공융은 노자를 그의 선조로 슬쩍 올려준 것이다. 이때 이응은 나이가 50이 넘었는데, 공융은 조금도 주눅 들지 않고 또박또박 대답했다.】

이응은 아이의 기지를 신기하게 여겨, 잠시 후 황제의 물음에 답하는 태중대부 진위가 오자 공융을 가리켰다.

"이 아이는 참으로 기이한 인재요."

진위는 시답지 않게 여겼다.

"어릴 때 똑똑하다고 자라서도 반드시 똑똑할지는 아무도 모릅니다."

진위의 말이 떨어지자 공융이 얼른 대꾸했다.

"말씀대로라면 어르신께서는 어릴 적에 반드시 똑똑하셨겠습니다."

진위를 비롯해 사람들은 모두 웃음을 터뜨렸다.

"이 아이가 자라면 큰일을 맡아 당대의 거물이 되겠소."

이때부터 공융은 이름을 날렸고, 후에 중랑장이 되어 공로를 인정받아 북해군 태수가 되었다. 그는 손님을 대단히 좋아해 늘 이렇게 말하곤 했다.

"자리에 손님이 가득 차고 술독에 술이 비지 않는 것이 내 소원이로다."

북해에서 여섯 해를 다스리며 인심을 많이 얻었는데, 서주에서 미축이 찾아와 도겸의 글을 올리고 애원했다.

"조조가 성을 에워싸고 다급히 공격하니 명공께서 도와주시기 바랍니다."

"내가 도공조와 사이가 두텁고 특별히 자중께서 친히 오셨는데 어찌 가지 않겠소? 조맹덕은 나와 원수를 지지 않았으니 먼저 글을 보내 화해를 붙여보고 듣지 않으면 그 뒤에 군사를 일으키겠소."

공융은 군사를 점검하게 하고 조조에게 글을 보냈다. 이때 별안간 보고가 들어왔다.

"황건 잔당 관해가 수만 명을 거느리고 쳐들어옵니다!"

공융이 군사를 이끌고 나가 도적들과 맞서자 관해가 말을 타고 나왔다.

"너희 북해에 식량이 많으니 1만 섬만 꾸어주면 군사를 물리겠다. 그렇지 않으면 성을 깨뜨려 늙은이와 어린아이까지 모조리 죽여 버리겠다!"

공융이 카랑카랑하게 꾸짖었다.

"나는 한의 신하로서 한의 땅을 지키거늘 어찌 도적에게 내어줄 식량이 있겠느냐?"

관해가 크게 노해 칼을 춤추며 덮쳐들자 공융의 장수 종보가 창을 꼬나 들고 달려나갔으나 곧 관해의 칼에 찍혀 말 아래로 떨어졌다. 공융의 군사는 성 안으로 도망쳐 들어가고 관해가 성을 단단히 에워쌌다.

이튿날 공융이 성벽에 올라 바라보니 도적들의 형세가 엄청나 걱정하는데, 멀리서 한 사람이 창을 들고 말을 달려 도적들 진에 뛰어들더니 왼쪽, 오른쪽을 무찌르며 사람 하나 없는 벌판을 지나듯 곧바로 성 밑까지 달려왔다.

"문을 열어주시오!"

그 사람을 모르는 공융은 문을 열 엄두를 내지 못했다. 도적 무리가 해자까지 쫓아오자 그는 몸을 돌려 연거푸 10여 명을 찔러 땅에 떨어뜨렸다. 그 기세를 당하지 못해 도적이 물러서자 공융이 급히 문을 열게 했다. 그 사람은 성벽 위로 올라와 공융에게 절을 했다.

"저는 동래군 황현 사람입니다. 성은 두 자로 태사(太史)이고 이름은 자(慈)이며, 자는 자의(子義)입니다. 태수님께서 제 늙으신 어머님께 거듭 은혜를 베풀어 도와주셨지요. 어제 유주 요동에서 어머님을 뵈러 돌아와 도적들이 쳐들어왔다는 소식을 들었습니다. 어머님께서 부군의 두터운 은혜를 입었으니 반드시 가서 구해드려야 한다고 말씀하셔서 말 한 필을 달려왔습니다."

공융은 대단히 기뻤다. 아직 만난 적은 없으나 그가 영웅이라는 것은 잘 알고 있었다. 그가 먼 곳으로 떠나고 늙은 어머니가 성 밖 20리 되는 곳에 살아 공융이 늘 식량과 옷감을 보내주었는데, 이에 감격해 특별히 아들을 보내 구하게 한 것이다. 공융이 후하게 대접하면서 갑옷과 안장 얹은 말을 선물하자 태사자가 자청했다.

"저에게 정예 군사 1000명만 빌려주시면 도적들을 무찌르겠습니다."

"그대가 빼어나게 용맹한 것은 잘 아는데 도적들 기세가 사뭇 강성하니 섣불리 나가서는 아니 되오."

"늙으신 어머님께서 태수님의 두터운 은혜에 감격해 특별히 저를 여기로 보내셨으니 포위를 뚫지 못하면 어머님을 뵐 면목이 없습니다. 죽기로써 한 번 싸워볼까 합니다!"

"여기서 멀지 않은 곳에 유현덕이라는 당대의 영웅이 있다 하오. 그를 청해 성을 구하러 오게 되면 이 포위가 자연히 풀릴 터인데 보낼 사람이 없구려."

"부군께서 글을 쓰시지요. 이 자가 얼른 달려가겠습니다."

공융이 기뻐하며 글을 써주니, 갑옷 입고 말에 오른 태사자는 허리에 활과 화살을 차고 손에 철창을 들고 홀로 말을 달려 성문을 나갔다. 해자 옆에 이르자 도적 장수가 무리를 이끌고 싸우러 왔으나 푹푹 몇을 찔러 눕히고 포위를 뚫어 달아났다.

성을 나온 사람이 있다는 말을 듣고 관해가 짐작했다.

'틀림없이 구원병을 청하러 가는구나.'

그가 수백 명 기병을 이끌고 쫓아가 여덟 방향으로 단단히 에워싸자 태사자는 창을 안장에 걸고 활을 들어 여덟 방향으로 쏘았다. 시위소리가 울릴 때마다 말 탄 군사가 하나씩 말에서 떨어지니 무리는 감히 더 쫓지 못했다. 태사자는 밤낮으로 달려가 공 북해가 황건적에 에워싸여 구원을 바라는 글을 유비에게 올렸다.

【예로부터 벼슬하는 사람의 성 밑에 관직이나 다스리는 고장의 이름을 대는 것이 자를 부르는 것보다 더 높은 경칭이어서 북해 태수 공융을 '공 북해'라 불렀다.

시위 소리 날 때마다 도적이 말에서 떨어져 ▶

太史慈快馬
突圍乙酉春
葉雄畫

이때 성을 빼기도 하니 '북해'라 하면 공융을 가리키는 말이 되었다.】

유비가 글을 읽고 물었다.

"그대는 누구시오?"

"저는 태사자라 하는데 동해 시골 사람입니다. 공 북해와는 혈육도 아니고 같은 고향 사람도 아니지만, 의기와 마음이 통해 걱정을 나누고 어려움을 같이할 뜻이 있습니다. 관해가 폭력을 써서 난을 일으켜 북해께서 에워싸여 외롭고 고단하신데도 하소연할 데가 없습니다. 공의 어질고 의로운 명성은 예전부터 널리 알려졌고 남의 위급을 구할 힘이 있으니, 북해께서 특별히 저를 보내 칼날을 무릅쓰고 포위를 뚫고 달려와 구원을 청하게 하셨습니다."

유비는 낯빛을 바꾸어 정중하게 물었다.

"공 북해께서 이 세상에 유비가 있는 줄을 아시오?"

유비는 관우, 장비와 함께 정예 군사 3000명을 점검해 북해로 떠났다. 구원병이 온 것을 보고 관해가 직접 군사를 이끌고 나왔으나 유비의 군사가 적어 별로 마음에 두지 않았다.

유비가 소리 높여 꾸짖었다.

"무지한 역적아, 사악한 짓을 버리고 바른길로 돌아설 궁리는 하지 않고 언제까지나 어리석게만 구느냐?"

관해가 크게 노해 달려 나오자 태사자가 맞으려 하는데, 벌써 관우가 달려 나가 그를 덮쳤다. 두 말이 어울려 군사들이 소리를 높였으나 관해 따위가 어찌 관우를 당하랴! 청룡도가 번쩍 올라가자 관해는 곧 바로 말 아래로 떨어졌다. 태사자와 장비가 도적들 진으로 쳐들어가고, 유비가 뒤를 휘몰아쳤다.

공융이 성 위에서 바라보니 태사자와 관우, 장비가 도적 무리를 쫓는 품이 마치 호랑이가 양 무리에 뛰어든 듯 가로세로 누비는데, 아무도 당할 자가 없었다. 그도 군사를 휘몰고 성을 나와 안팎으로 협공하자 도적은 크게 패하여 항복한 자가 얼마인지 몰랐다. 나머지는 산산이 흩어져 달아났다.

공융은 유비를 성안으로 맞아들여 큰 잔치를 베풀고 치하하며, 미축을 데려와 인사시키고 장개가 조숭을 죽인 일부터 자세히 이야기했다.

"도공조는 어진 군자이신데 이런 억울한 일을 당하실 줄은 몰랐습니다."

유비의 말에 공융이 권했다.

"공은 한의 황실 종친이시오. 조조가 백성을 잔혹하게 해치고 약한 사람을 업신여기는데, 어찌 이 융과 함께 가서 구해드리지 않으시오?"

"비는 감히 사절하는 게 아니라 군사가 적고 장수가 모자라 가볍게 움직이기가 어렵지 않을까 생각합니다."

"이 융이 도공조를 구하려 함은 옛정도 있지만 역시 대의를 위해서요. 공이 어찌 홀로 의로움을 받드는 마음이 없으시겠소?"

"공께서 먼저 가십시오. 이 비는 공손찬에게 가서 3000명 군사를 빌려 곧 따라가겠습니다."

"공은 절대 약속을 어기지 마시오."

공융이 믿지 못하는 듯이 하자 유비는 정색했다.

"공은 유비를 어떤 사람으로 보십니까? 성인께서는 '예로부터 사람이란 모두 죽기 마련인데, 신용이 없이는 살 수 없다[自古皆有死자고개유사 人無信不立인무신불립]'고 하셨습니다. 유비는 군사를 빌리든지 빌리지 못하든지 반드시 갑니다."

공융이 흔연히 응낙하고 먼저 미축을 보내 서주에 소식을 전하고 길에 오르니 태사자가 절하여 인사했다.

"이 자는 어머님 명을 받들고 왔는데 다행히 걱정거리가 사라졌습니다. 양주 자사 유요(劉繇)는 같은 고향 사람으로, 글을 보내 저를 부르니 감히 가지 않을 수 없습니다. 뒷날 다시 뵙겠습니다."

공융이 금과 비단으로 사례했으나 태사자는 받지 않고 돌아가 어머니를 뵙고 양주로 떠났다.

유비가 찾아가 서주를 구할 일을 의논하자 공손찬은 시큰둥했다.

"소소는 사네와 원수를 지지 않았는데, 어찌 다른 사람을 위해 힘을 내려 하는가?"

"이 비가 이미 약속했으니 신용을 잃을 수 없습니다."

"정 그렇다면 기병과 보병 2000명을 빌려주겠네."

공손찬이 적으나마 군사를 빌려주자 현덕은 다시 부탁했다.

"조자룡도 함께 가도록 해주십시오."

공손찬이 허락해 유비는 관우, 장비와 함께 자기 군사 3000명을 이끌고 선두가 되고, 조운은 공손찬의 군사 2000명을 이끌고 뒤를 따라 서주로 떠났다.

이보다 앞서 미축이 서주로 돌아가 도겸에게 보고했다.

"공 북해가 유현덕도 청해 함께 와서 돕기로 했습니다."

진등도 돌아와 청주의 전해가 기꺼이 군사를 거느리고 구하러 온다고 보고하니 도겸은 마음이 좀 놓였다.

공융과 전해, 두 길 군사는 조조 군사의 사나운 기세에 눌려 멀찌감치 산에 의지해 영채를 세우고 감히 가볍게 나아가지 못했다. 조조 역시 두 길 군사가 오자 군사를 나누어 방비하면서 함부로 성을 공격하지 못했다. 여러 곳 군사들이 대치하는 터에 유비가 도착하니 공융이 생각을 내놓았다.

"조조 군사가 세력이 크고 조조가 군사를 잘 부리니 섣불리 싸워서는 아니 되오. 잠시 움직임을 살펴보다 나아가는 것이 좋겠소."

유비가 자청했다.

"성안에 식량이 없어 오래 버티지 못할까 두렵습니다. 운장과 자룡에게 4000명 군사를 주어 공을 도와드리게 하고, 비와 익덕은 조조의 영채를 지나 서주로 가서 도 사군을 만나 상의하겠습니다."

공융은 대단히 기뻐 전해와 함께 기각지세를 이루었다.

【'기(掎)'란 사슴을 사냥할 때 발을 잡는 것을 가리키고 '각(角)'이란 뿔을 잡는 것을 말한다. 사냥꾼들이 앞뒤로 손을 써서 사슴의 발과 뿔을 잡아 꼼짝 못 하게 만들듯이, 군사를 앞뒤로 나누어 적을 견제한다는 뜻이다.】

유비와 장비가 군사 1000명을 이끌고 조조의 영채 옆으로 달려가자 영채에서 북소리가 '둥!' 울리더니 기병과 보병이 밀물처럼 몰려나와, 우금이 앞에 말을 세우고 높이 외쳤다.

"어디서 온 미친놈들이 어디로 가려고 얼쩡거리느냐?"

장비가 대꾸도 하지 않고 덮쳐들어 두 말이 어울리자 유비가 쌍고검을 빼들고 군사를 휘몰아 기세 좋게 나아가니 우금은 견디지 못하고 달아났다. 장비가 앞장서서 쫓아가 단숨에 서주 성 아래에 이르렀다.

성 위에서 사람들이 바라보니 붉은 깃발에 흰 글자로 큼직하게 '평원 유현덕'이라고 쓰여 있어서 도겸이 급히 명해 성문을 활짝 열었다. 유비가 성안으로 들어가 인사를 나누자 도겸은 잔치를 베풀었다. 도겸이 자세히 보니 유비의 풍채가 늠름하고 말도 시원시원해, 속으로 매우 기뻐하며 미축에게 서주의 패인(牌印)을 가져오게 하여 유비에게 양보했다.

【패인은 명령을 내리는 데에 쓰이는 영패와 벼슬을 증명하는 도장을 합친 것으로 주를 다스리는 증표였다.】

유비는 깜짝 놀랐다.

"공은 이게 무슨 뜻입니까?"

"천하가 소란스럽고 황제의 기강이 바로 서지 못하니 공은 황실 종친으로서 힘을 다해 기울어진 사직을 바로 세워야 하오. 이 늙은이는 나이 많고 재주가 없어 서주를 양보하려 하니 공은 사양하지 마시오. 겸이 바로 표문을 써서 조정에 아뢰겠소."

유비는 자리에서 일어서서 나와 두 번 절했다.

"유비는 비록 황실 후예지만 공로가 보잘것없고 덕이 모자라 평원 상으로 있는 것마저 감당하지 못할까 두렵습니다. 오늘 대의를 위해 공을 도우러 온 것뿐인데 이런 말씀을 하시니, 혹시 유비가 서주를 삼킬 마음이 있다고 의심하시는 것 아닙니까? 유비가 만약 그런 궁리를 한다면 하늘이 그냥 두지 않을 것입니다!"

"이는 늙은이의 마음속 말이오."

도겸이 두 번 세 번 패인을 양보했으나 유비는 절대 받으려 하지 않았다. 미축이 나섰다.

"적군이 성벽 아래에 이르렀으니 먼저 적을 물리칠 계책을 상의해야 합니다. 형세가 평온해진 다음 다시 양보하시면 됩니다."

"먼저 비가 조조에게 글을 보내 화해를 권하겠습니다. 조조가 듣지 않으면 그 후에 싸워도 늦지 않습니다."

도겸이 군사를 잠시 멈추자 유비는 조조에게 글을 보냈다.

'이 비는 관 밖에서 공을 뵌 뒤 하늘 한끝에 헤어져 있어 잰걸음 치며 모시지 못했습니다. 공의 부친 조후(조숭의 존칭)께서는 장개가 어질지 못해 화를 당하셨을 뿐, 도공조의 죄가 아닙니다. 지금 황건 잔당이 밖에서 설치고 동탁 무리가 조정에 웅크리고 있으니, 공은 먼저 조정의 위급을 앞에 놓고 개인의 원수를 뒤로 돌려 서주에서 군사를 물려 나라의 난을 구하시기 바랍니다. 그

러면 서주가 진실로 행운이고, 천하가 참으로 다행이겠습니다.'

조조는 글을 보고 욕을 퍼부었다.

"유비가 어떤 놈인데 감히 이런 글을 보내느냐? 글 속에 비꼬는 뜻까지 담겨 있구나!"

글을 가져온 사자의 목을 치고 힘을 다해 성을 공격하라고 하자 곽가가 충고했다.

"먼 길을 달려 도겸을 구하러 온 유비가 먼저 예절을 차리고 후에 군사를 쓰려 하니, 주공께서는 좋은 말로 달래 그 마음을 늦추셔야 합니다. 그 후 나아가 공격하면 성을 깨뜨릴 수 있습니다."

조조가 사자를 살려두어 답장을 기다리게 하고 글을 쓸 일을 상의하는데, 별안간 유성마가 달려왔다.

"여포가 연주를 깨뜨리고 복양을 차지했습니다."

여포는 이각과 곽사에게 패하고 관을 빠져나가 원술에게 몸을 의지하려 했으나 원술은 그가 간에 붙었다가 쓸개에 붙었다가 한다고 꺼려 한마디로 거절하고 받아주지 않았다. 그래서 원소에게 가서 기주 상산국에서 함께 황건 잔당 장연을 깨뜨렸는데, 뜻을 이루었다고 여기고 오만하게 굴며 사람들을 무시해 원소가 죽이려 하니 고향 친구인 하내 태수 장양을 찾아갔다.

이때 여포와 친한 방서가 장안성 안에 숨겨둔 여포의 식솔을 가만히 보내주었는데 그만 이각과 곽사에게 들켰다. 두 사람은 방서의 목을 치고 장양에게 글을 보내 여포를 죽이라고 했다. 여포는 다시 진류 태수 장막에게 가서 의지하는데 전에 광릉 태수로 있던, 장막의 아우 장초가 진궁을 데리고 찾아왔다. 진궁이 장막을 설득했다.

"천하가 갈라져 영웅들이 너도나도 일어서는데, 공은 천 리 땅을 차지하고 많은 무리를 거느리고도 오히려 남의 통제를 받으니 이 역시 우스운 노릇

아닙니까! 지금 조조가 동쪽으로 정벌을 나가 연주가 비었습니다. 여포는 당대의 용사이니 그와 함께 연주를 차지하면 패업을 도모할 수 있습니다."

장막은 대단히 기뻐 여포를 보내 연주를 깨뜨리고 복양을 차지했다. 견성, 동아, 범현, 세 곳은 순욱과 정욱이 계책을 세워 죽기로써 지켰으나 다른 군과 현은 모두 함락되었다. 조인이 거듭 싸웠으나 이기지 못하고 위급을 알리자 조조는 깜짝 놀랐다.

"연주를 잃으면 내가 돌아갈 집이 없다! 급히 대처하지 않을 수 없구나!"

곽가가 제의했다.

"유비에게 인정을 베푸시어 군사를 물리고 연주를 되찾으러 가시면 됩니다."

조조는 즉시 유비에게 답장을 썼다.

'이 조는 대대로 이름난 집안에서 태어나 아버님께서 해를 당하셨으니 어찌 원수를 갚지 않겠소? 도겸의 죄를 물어 그 가문을 쓸어버리고 큰 원한을 씻으려 했소. 현덕은 황실 후예로 재주와 덕성을 두루 갖추었는데 특별히 글을 보내 천하를 무겁게 알라고 권하니, 이 조는 바로 회군해 연주로 돌아가 지키려 하오. 대략 이렇게 줄이니 뒷날 다시 만나기를 바라오.'

글을 보내고 조조는 영채를 뽑아 군사를 물렸다. 사자가 돌아가 글을 올리자 도겸은 크게 기뻐 공융과 전해, 관우와 장비, 조운을 모두 청해 큰 잔치를 베풀었다. 술상이 끝나자 도겸은 유비를 상석에 앉히고 손을 모았다.

"이 늙은이는 나이가 많고, 두 아들은 재주가 없어 나라의 무거운 소임을 맡을 재목이 못 되오. 유공은 황실 후예로서 덕이 깊고 재주가 높아 서주를 맡기에 합당하니, 늙은이는 벼슬을 물려주고 한가한 몸으로 나앉아 병을 조리하기를 청하오."

유비가 또 사양했다.

"공문거께서 이 비를 보내 서주를 구하게 하신 것은 의리를 위해서인데 까닭 없이 서주를 차지하면 천하 사람들이 유비를 의리 없는 사람으로 압니다."

미축이 권했다.

"한의 황실이 쇠약해 세상이 뒤집혔으니 바로 뜻있는 이들이 공을 세우고 업적을 쌓을 때입니다. 서주는 부유하고 호구가 100만이나 되니 유 사군께서는 이곳을 맡으셔야지 사양해서는 아니 됩니다."

"이 일은 절대로 명에 따르지 못하겠습니다."

유비가 계속 사절하자 진등이 또 권했다.

"도 부군께서 병이 심해 일을 보실 수 없으니 사양하지 마십시오."

유비는 도리어 다른 제의를 했다.

"원공로(원술)는 4대에 걸쳐 삼공 벼슬을 한 분이 다섯이나 나온 가문에서 태어나 천하 사람들이 따르는 영웅인데, 가까운 수춘에 계시니 어찌 서주를 그에게 양보하지 않으십니까?"

공융은 한마디로 막았다.

"원공로는 무덤 속의 말라빠진 뼈다귀[塚中枯骨총중고골]요, 어찌 입에 담을 나위나 있겠소! 오늘 일을 살펴보면 하늘이 서주를 현덕에게 주는 것이니 받지 않으면 후에 뉘우쳐도 늦을 것이오."

유비가 기어이 말을 듣지 않자 도겸은 눈물을 흘렸다.

"그대가 나를 버리고 간다면 나는 죽어도 눈을 감지 못하겠구려!"

"도 사군께서 이토록 양보하시니 형님은 잠시 주의 일을 맡아보시지요."

관우가 한마디 하자 장비도 끼어들었다.

"우리가 억지로 달라는 것도 아니고, 그쪽에서 좋은 뜻으로 양보하는데 한사코 사양할 건 뭐요?"

장비가 도겸에게 말했다.

"거, 패인을 이리 주오, 내가 받을 테니! 그러면 우리 형님이 듣지 않을 수 없소."

유비가 아우들을 나무랐다.

"자네들은 나를 의리 없는 자로 만들 텐가?"

도겸이 두 번 세 번 간청했으나 유비는 기어이 받지 않았다. 승강이 끝에 도겸이 안을 내놓았다.

"현덕이 끝까지 내 뜻을 따르지 않겠다면 내 말 좀 들어보시오. 가까운 곳에 소패라는 읍이 있는데 군사를 주둔할 만하오. 현덕은 잠시 거기 주둔하면서 서주를 지켜주면 어떠하오?"

사람들이 모두 권해 유비는 그 말에 따랐다. 도겸이 군사를 위로한 뒤 조운이 떠나자 유비는 손을 잡고 눈물을 흘리며 작별했다. 공융과 전해도 각기 군사를 이끌어 돌아가자 유비와 관우, 장비는 데려온 군사를 거느리고 소패로 가서 성을 보수하고 백성을 어루만졌다.

조조가 회군해 등현을 지났다는 소식을 듣고 여포는 부하 장수 설란과 이봉을 불렀다.

"내가 너희 두 사람을 쓰려고 한 지 오래이니 군사 1만을 거느리고 연주를 굳게 지켜라. 내가 친히 군사를 거느리고 나아가 조조를 깨뜨리겠다."

진궁이 물었다.

"장군은 연주를 버리고 어디로 가시려 하십니까?"

"내가 복양에 군사를 주둔해 솥발 같은 형세를 이루겠소."

【당시의 솥은 발이 세 개 있어서 균형을 이루고 그 밑에 불을 지폈다.】

진궁이 대뜸 잘못을 지적했다.

"틀렸습니다. 설란은 연주를 지켜내지 못합니다. 남쪽으로 180리 떨어진 태산이 길이 험하니 정예 군사 1만을 매복시키십시오. 조조는 연주를 잃었다는 소식을 들으면 평소보다 배는 빠른 속도로 달려올 것입니다. 그들이 절반 쯤 지나기를 기다려 그곳에서 무찌르면 단번에 조조를 잡을 수 있습니다."

"내가 복양에 주둔하는 것은 따로 좋은 계책이 있어서이니 자네가 어찌 알겠나?"

진궁을 물리친 여포는 설란에게 연주를 지키게 하고 길에 올랐다. 조조가 태산의 험한 길에 이르자 곽가가 걱정했다.

"잠시 나아가지 말아야 합니다. 매복한 군사가 있을까 두렵습니다."

조조는 웃었다.

"여포는 꾀가 모자라 설란에게 연주를 지키게 하고 복양으로 갔거늘 어찌 이곳에 군사를 두었겠나?"

그는 조인에게 연주를 에워싸게 했다.

"내가 복양으로 진군해 여포를 치겠네."

조조 군사가 가까이 왔다는 소식을 듣고 진궁은 또 계책을 내놓았다.

"조조 군사가 먼 길을 와서 지쳤으니 빨리 싸우는 게 이롭습니다. 그들이 힘을 갖추게 놓아두어서는 아니 됩니다."

이번에도 여포는 시답지 않아 했다.

"내가 말 한 필로 천하를 가로세로 누비거늘 어찌 조조를 걱정하겠나? 그가 영채를 세우기를 기다려 가볍게 사로잡겠네."

조조가 복양성 가까이에 영채를 세우고 이튿날 진 앞에 나가니 여포가 앞으로 나오는데 양쪽에 여덟 장수가 늘어섰다. 첫 번째 장수는 안문군 마읍 사람으로 성은 장(張)이고 이름은 료(遼), 자는 문원(文遠)이며, 두 번째 장수는 태산군 화음 사람으로 성은 장(臧)이고 이름은 패(覇), 자는 의고(宜高)였다. 두 장수가 부하 장수를 셋씩 거느렸으니 위속(魏續), 송헌(宋憲), 후성(侯成), 학맹, 조성, 성렴이었다. 여포 군사는 5만으로 진에서 북소리가 요란했다.

조조가 여포를 가리키며 입을 열었다.

"내가 너와 원수를 진 적이 없는데 어찌 내 주와 군을 빼앗느냐?"

"한의 성은 누구라도 가질 수 있는데 너 혼사만 가져야 한단 말이냐?"

여포가 배짱 좋게 되받고 장패를 내보내 싸움을 거니 조조 쪽에서 악진이 나가 30합을 싸웠으나 승부가 나지 않았다. 하후돈이 말을 다그쳐 악진을 돕자 여포 진에서 장료가 나와, 네 장수가 두 쌍으로 갈라져 싸우는데 역시 승부가 나지 않았다. 여포가 갑갑해 화극을 꼬나 들고 달려 나오니, 하후돈과 악진은 달아나고 조조 군사는 크게 패하여 30여 리를 물러섰다. 보기 좋게 이긴 여포는 군사를 거두어 돌아갔다.

조조가 영채로 돌아오자 우금이 제안했다.

"이 금이 산에 올라 살펴보니 복양 서쪽에 여포의 영채가 하나 있는데 군사가 별로 많지 않습니다. 우리 군사가 패하여 오늘 밤 그들은 반드시 방비하지 않을 것이니 그곳을 습격하시지요. 그 영채를 얻으면 여포 군사가 두려워합니다."

조조는 그날 밤에 조홍을 비롯한 여섯 장수를 데리고 기병과 보병 2만을 이끌어 오솔길을 찾아 나아갔다. 이때 여포가 영채 안에서 군사를 위로하는데 진궁이 물었다.

"서쪽 영채는 요긴한 곳인데 조조가 습격하면 어찌하시겠습니까?"

여포는 대수롭지 않게 여겼다.

"오늘 패한 조조가 어찌 감히 다시 오겠나?"

"조조는 군사를 지극히 잘 부리니 우리가 방비하지 않는 곳을 치는 것에 대비해야 합니다."

진궁의 주장에 여포는 고순(高順)과 위속, 후성에게 군사를 나누어 서쪽 영채를 지키러 보냈다.

저녁 무렵 조조가 군사를 이끌고 서쪽 영채에 이르자 과연 군사가 많지 않아 급히 들이치니 사방으로 달아났다. 조조가 영채를 빼앗아 지키자 밤늦게 고순이 쳐들어오고 달아났던 여포 군사들도 되돌아와 어지러이 싸우는데 서쪽에서 북소리도 요란하게 여포가 대군을 이끌고 달려왔다.

고순과 여포를 앞뒤로 맞아 우금과 악진이 힘을 다해 싸웠으나 당할 수 없었다. 조조가 북쪽을 향해 달아나자 산 뒤에서 두 무리 군사가 달려 나오니 장료와 장패였다. 조조가 여건과 조홍을 내보냈으나 역시 당할 수 없어 방향을 바꾸어 달아나자 또 고함이 울리며 학맹을 비롯한 네 장수가 길을 막았다. 조조가 앞장서서 들이쳤으나 딱따기 소리가 울리며 화살이 소나기처럼 쏟아지니 조조는 몸을 뺄 수가 없어 목청껏 소리쳤다.

"누가 나를 구하겠느냐?"

기병 대오에서 한 장수가 뛰어나오니 전위였다. 그가 두 자루 철극을 들고 외쳤다.

"주공께서는 걱정하지 마십시오!"

몸을 날려 말에서 내린 전위는 쌍철극을 땅에 꽂고 짧은 극 10여 개를 손에 쥐더니 따르는 군사를 돌아보며 명했다.

"적이 열 걸음 안에 들어오면 나를 불러라!"

그가 머리를 숙이고 화살을 무릅쓰며 성큼성큼 나아가는데 활 잘 쏘는 여포의 기병 수십 명이 바짝 다가오니 군사들이 외쳤다.

"열 걸음이오!"

전위가 대꾸했다.

"다섯 걸음이 되면 불러라!"

군사들이 또 소리쳤다.

"다섯 걸음이오!"

전위는 손에 쥔 짧은 극을 날렸다. 극이 한 번 언뜻하면 빗나가는 법이 없어 기병이 하나씩 말에서 떨어졌다. 단숨에 10여 명을 떨어뜨리니 기병들은 달아났다. 전위가 몸을 날려 말에 올라서 한 쌍 철극을 뽑아 들고 적진으로 쳐들어가니 학맹을 비롯한 네 장수가 전위 하나를 막지 못해 도망쳤다.

전위가 적을 쫓고 조조를 구하자 다른 장수들도 도착해 영채로 돌아가려고 길을 찾았다. 이때 또 등 뒤에서 고함이 일어나며 여포가 화극을 들고 나는 듯이 달려왔다.

"조조는 달아나지 마라!"

조조 군사는 지칠 대로 지치고 말들 또한 허덕였다. 입에서 연기가 날 지경이 되어 서로 얼굴만 바라보며 제각기 목숨을 건져 달아날 궁리만 했다.

이야말로

겹겹의 포위 잠시 빠져나왔지만
강한 적 쫓아오니 당하기 어려워

조조는 과연 목숨을 부지할 수 있을까?

12

꾀 많은 조조도 여포에게 속아

도공조는 서주 세 번 양보하고
조맹덕은 여포와 크게 싸우다

조조가 허둥지둥 달아나는데 남쪽에서 군사 한 떼가 달려오니 하후돈이었다. 그가 여포를 가로막고 저녁 무렵까지 크게 싸우다 비가 퍼부어 양쪽에서 군사를 거두었다. 영채로 돌아온 조조는 전위에게 후한 상을 내리고 벼슬을 높여 영군도위로 삼았다.

여포가 영채로 돌아가자 진궁이 꾀를 내놓았다.

"복양성 안에 전씨라는 부자가 있는데 종이 1000명이나 될 만큼 첫손에 꼽는 거부입니다. 그에게 말해 조조 영채로 가만히 사람을 보내 이런 글을 전하게 합니다. '여온후가 여양으로 군사를 옮기고 고순 혼자 성에 남아 있으니 밤을 이용해 진군하십시오. 제가 안에서 호응하겠습니다.' 조조를 성안으로 유인해 네 문에 불을 지르고 성 밖에 군사를 매복시키면, 조조가 하늘땅을 주름잡을 재주 [經天緯地경천위지]가 있다 해도 어찌 몸을 빼겠습니까?"

여포는 가만히 전씨에게 일러 조조 영채로 사람을 보냈다. 조조가 두 번이나 패하고 머뭇거리는데 불현듯 전씨의 밀서가 왔다.

'성이 비었으니 때를 맞춰 오시면 제가 안에서 호응하겠습니다. 성 위에 큼직하게 의(義)자를 쓴 흰 깃발이 있으면 그게 바로 암호입니다.'

조조는 대단히 기뻐했다.

"하늘이 내게 복양을 얻게 해주는구나!"

사자에게 상을 내리고 군사를 일으키니 유엽이 충고했다.

"여포는 꾀가 없지만 진궁이 계책이 많으니 속임수가 있을까 걱정입니다. 군사를 세 대로 나누어 두 대는 성 밖에 매복해 지원하고 한 대만 성안으로 들어가야 합니다."

조조는 군사를 나누어 복양성 아래에 이르렀다. 성벽 위에 깃발이 두루 꽂혀 있는데 서문 귀퉁이에 '의'자를 쓴 흰 깃발이 하나 있어 은근히 기뻤다.

정오가 되자 성문이 열리며 장수 둘이 군사를 이끌고 나왔다. 후성과 고순이었다. 전위가 말을 달려 후성에게 덮쳐들자 두 사람은 견디지 못해 성안으로 달아나고, 군졸 하나가 혼란한 틈을 타고 조조에게 달려와 전씨의 밀서를 바쳤다.

'오늘 밤 일찍 성 위에서 징을 울리는 것을 신호로 쳐들어오시면 문을 열겠습니다.'

조조는 하후돈과 조홍을 성 밖에 매복시키고, 하후연, 이전, 악진, 전위와 함께 군사를 휘몰아 성안으로 들어가기로 했다. 황혼 무렵 장졸들이 배불리 먹고 차림을 단단히 해 말에 오르니 이전이 청했다.

"주공께서는 잠시 성 밖에 계십시오. 저희가 먼저 들어가겠습니다."

"내가 몸소 가지 않으면 누가 나아가려 하겠나?"

조조는 한마디 호통치고 앞장서 나아갔다. 날이 어두워지고 아직 달이 떠오르지 않았는데 서문에서 소라 부는 소리가 들리더니 갑자기 고함이 일어났다. 문 위에서 횃불이 어른거리며 성문이 활짝 열리고 조교가 내려왔다.

조조가 말을 다그쳐 성안으로 들어가 단숨에 관청 앞까지 달려갔으나 길에 사람 하나 얼씬거리지 않았다. 계책에 걸렸음을 깨닫고 급히 말을 돌리며 높이 외쳤다.

"퇴군하라!"

바로 이때 포 소리가 울리더니 네 문에서 세찬 불길이 솟구쳤다. 징과 북이 함께 울리고 고함이 강물이 뒤집히고 바다가 들끓는 듯했다. 한쪽에서 장료가 돌아 나오고 다른 쪽에서 장패가 달려와 몰아쳤다.

조조가 북문으로 달아나자 다시 학맹과 조성이 나타나 한바탕 족쳐 급히 남문으로 달려갔다. 이번에는 고순과 후성이 가로막았으나 전위가 눈을 딱 부릅뜨고 이를 악물며 달려가자 후성이 오히려 뒷걸음쳐 성 밖으로 물러갔다. 조교까지 나간 전위가 돌아보니 조조가 보이지 않아 몸을 돌려 성안으로 들어오다 성문 아래에서 이전과 맞닥뜨렸다.

"주공께서는 어디 계시오?"

"나도 찾고 있는데 보이지 않소."

"장군은 성 밖의 구원병을 부르시오. 내가 들어가 주공을 찾아보겠소."

전위가 성안으로 들어가 찾았으나 조조가 보이지 않아 다시 밖으로 달려 나오는데 해자 곁에서 악진과 마주쳤다.

"주공께서는 어디 계시는가?"

"내가 두 번이나 오가며 찾았는데 보이지 않으시오."

"함께 쳐들어가 주공을 구하세."

두 사람이 성문 앞에 이르자 성 위에서 불붙은 나무둥치들이 굴러 내려왔다. 악진의 말은 불에 막혀 들어가지 못하고 전위만 연기와 불을 무릅쓰고 다시 성안으로 짓쳐 들어가 조조를 찾았다.

전위가 처음 쳐나갈 때 조조는 사방에서 군사가 몰려와 남문으로 나가지 못하고 북문으로 돌아가는데, 공교롭게도 불빛 속에서 여포가 나타나 화극을 꼬나 들고 말을 달려오는 것이 아닌가. 조조는 얼른 손으로 얼굴을 가리고 말을 채찍질해 지나가는데 갑자기 여포가 화극으로 조조의 투구를 치며 물었다.

"조조는 어디 있느냐?"

조조는 얼른 손 가는 대로 가리켰다.

"앞에서 누런 말을 타고 가는 자입니다!"

여포가 그 말을 곧이들어 그를 버리고 앞으로 달려가자 조조는 말을 돌려 동문으로 달려가다 자기를 찾아다니던 전위와 만났다. 전위가 조조를 호위해 피로 물든 길을 뚫고 성문 앞에 이르니 불길이 매우 세찼다. 성 위에서 불붙은 장작과 풀을 내리던져 땅이 온통 불바다였다. 전위가 철극으로 장작을 밀어버리고, 연기를 무릅쓰고 불길을 헤치며 말을 몰아 성 밖으로 나가자 조조가 뒤를 따랐다.

성문을 지나는데 문 위에서 대들보가 탁 튀어 떨어지면서 조조의 말 엉덩이를 내리쳐 말이 푹 고꾸라졌다. 조조가 급한 김에 불타는 대들보를 손으로 들어 땅에 내려놓으니 손과 팔이 온통 불에 데고 수염과 머리털이 죄다 그슬렸다.

전위가 말을 돌려 구하러 오고 마침 하후연도 이르러 함께 조조를 구해 불길을 뚫고 나갔다. 조조는 하후연의 말에 오르고 전위가 앞장서서 넓은 길로 달려갔다. 양쪽 군사들이 날이 밝을 때까지 어지러이 싸운 뒤에야 조조는 영채로 돌아갈 수 있었다.

장수들이 엎드려 문안드리자 조조는 얼굴을 쳐들고 웃었다.

"아차 실수로 하찮은 녀석의 계책에 걸렸으니 내가 반드시 갚아주겠네."

"빨리 계책을 쓰시지요."

곽가의 말에 조조는 침착하게 대꾸했다.

"그들 계책을 거꾸로 이용하면 되네. 내가 불에 데어 죽었다고 소문을 퍼뜨리면 여포는 반드시 군사를 이끌고 올 걸세. 군사를 마릉산 안에 매복시키고 그들이 강을 반쯤 건너기를 기다려 들이치면 여포를 사로잡을 수 있네."

조조 군사는 상복을 입고 장사를 치르며 조조가 죽었다고 헛소문을 퍼뜨렸다. 소식을 듣고 여포가 군사를 점검해 마릉산으로 달려가 조조의 영채에 이르자 '둥!' 하고 북소리가 울리더니 네 방향에서 매복한 군사가 일어났다. 여포는 죽기로써 싸워 몸을 뺐으나 군사를 숱하게 잃고 복양으로 돌아가 굳게 지키며 나오지 않았다.

이 해에 별안간 메뚜기 떼가 몰려와 벼를 남김없이 갉아 먹어 관동 일대에는 쌀 한 섬에 5만 전이 넘고, 굶주린 사람들이 서로 잡아먹는 형편이었다. 조조는 식량이 바닥나 군사를 이끌고 잠시 견성으로 돌아갔다. 여포도 군사에게 밥을 먹이려고 복양을 나와 연주 산양군으로 옮겨, 양쪽에서는 잠시 군사를 물렸다.

이 해에 서주의 도겸은 이미 63세가 되었다. 병에 걸린 몸이 점점 쇠약해져 미축과 진등을 청해 뒷일을 상의하니 미축이 깨우쳐 주었다.

"조조가 물러간 것은 여포가 연주를 습격했기 때문입니다. 이번에는 흉년이 들어 군사를 물렸으나 내년 봄에 반드시 다시 옵니다. 부군께서 전에 자리를 양보하실 때는 건강하셔서 유현덕이 받으려 하지 않았으나 병이 심해지셨으니 이제 넘겨주시면 사양하지 못할 것입니다."

도겸이 청해 유비가 관우, 장비와 함께 오자 침실로 모셨다.

"현덕 공을 모셔온 것은 이 늙은것의 병이 위급해 언제 죽을지 모르기 때문이오. 공은 제발 한의 황실 후예임을 무겁게 여겨 서주의 패인을 받으시기 바라오. 그러면 이 늙은것이 마음 놓고 눈을 감을 수 있겠소!"

유비는 여전히 받아들이려 하지 않았다.

"공께는 아드님이 두 분 계시는데 어찌 그들에게 전하지 않으십니까?"

"둘 다 소임을 맡을 감이 아니오. 이 늙은것이 죽으면 공이 그들을 가르쳐 주시기 바라오. 하지만 절대 수를 다스리는 일은 맡기지 마시오."

"유비가 한 몸으로 어찌 큰 소임을 맡을 수 있겠습니까?"

"내가 공을 보좌할 사람 하나를 추천하겠소. 북해 사람으로 성은 손(孫)이고 이름은 건(乾), 자는 공우(公祐)라 하는데 이 사람을 종사로 삼을 만하오."

도겸은 미축에게도 부탁했다.

"유공은 당대의 인걸이시니 자네는 잘 섬기게."

유비가 그래도 사양하는데 도겸은 손가락으로 자기 가슴을 가리키며 숨을 거두었다. 군사들이 슬피 운 뒤 사람들이 패인을 받들어 올렸으나 유비는 한사코 사양했다.

이튿날 서주 백성들이 관청에 몰려와 울면서 절했다.

"유 사군께서 서주를 맡지 않으시면 우리는 모두 편안히 살 수 없습니다!"

관우와 장비도 거듭거듭 권해 유비는 잠시만 서주의 일을 맡기로 했다. 손건과 미축을 보좌관으로, 진등을 막료로 삼고 소패에 주둔하던 군사를 서주성으로 옮겨 왔다. 크게 장례를 치러 도겸을 황하 옆 벌판에 장사지낸 후, 유비는 도겸이 남긴 표문을 조정에 올렸다.

견성에서 조조는 도겸이 죽고 유비가 서주를 맡았다는 소식을 듣자 크게 노했다.

"내가 아직 원수를 갚지 못했는데 너는 화살 한 대 쏘지 않고 편히 앉아 서주를 차지했구나! 내가 반드시 너를 죽이고, 도겸의 주검을 파내 돌아가신 아버님 원수를 갚겠다!"

그가 날짜를 정해 군사를 일으켜 서주를 치려고 하니 순욱이 충고했다.

"옛날 한 고조께서는 관중 땅을 보존하시고 광무제께서는 하내 땅을 차지하시면서, 두 분 다 천하를 통제하기 위해 뿌리를 깊이 박으시고 근거지를 튼튼히 다지셨습니다. 그렇게 하신 다음에야 나아가서는 적을 이기기에 넉넉했고 물러서서는 굳게 지킬 여유가 있었으니, 몇 번 곤경을 당하기도 했으나 드디어 대업을 이루셨습니다. 명공께서는 처음에 연주에서 일을 벌이셨는데 황하와 제수 일대는 천하의 요충이라 옛날 관중과 하내에 해당합니다. 서주를 차지하려 하시면서 여기에 군사를 많이 남기면 서주에서 쓸 군사가 모자라고, 여기에 군사를 적게 남기면 여포가 빈틈을 타고 쳐들어와 잃게 됩니다. 그런데 만약 서주도 얻지 못하면 명공께서는 어디로 가시겠습니까? 도겸은 죽었으나 유비가 서주를 지키고, 백성이 벌써 순종하니 유비를 도와 죽기로써 싸울 것입니다. 명공께서 연주를 버리고 서주를 치신다면 큰 것을 내던지고 작은 것을 찾는 격이며, 몸뚱이를 버리고 끄트머리를 구하는 노릇이라 편안함과 위험을 바꾸게 됩니다. 깊이 생각해보시기 바랍니다."

조조가 걱정했다.

"올해 흉년이 들어 식량이 모자라는데 군사가 모두 여기 앉아 지키기만 한다면 아무래도 좋은 계책이 아니오."

"동쪽으로 움직여 진국 땅을 차지하시는 것이 좋습니다. 군사에게 여남과 영천 땅에 가서 밥을 먹게 하는 것입니다. 황건 잔당인 하의와 황소 같은 자들이 주와 군을 약탈해 빼앗은 금과 비단, 식량이 꽤 많은데 이런 도적들은 깨뜨리기도 쉽습니다. 그들을 쳐부수고 식량을 손에 넣어 삼군을 기르면 위로는 조정에서 기뻐하고 아래로는 백성이 즐거워할 것이니 하늘의 뜻에 따르는 일입니다."

조조는 기꺼이 순욱의 말에 따라 하후돈과 조인에게 견성과 다른 곳들을 지키게 하고, 군사를 이끌고 먼저 진국 땅부터 치기 시작해 차츰 여남, 영천으로 나갔다.

소식을 듣고 하의와 황소가 황건적 무리를 이끌고 나와 양산에서 만났다. 도적 군사는 비록 머릿수는 많으나 여우가 모이고 개가 무리를 지은 격이라 대오를 제대로 이루지 못하고 줄마저 바로 서지 않았다.

조조가 강한 활과 쇠뇌로 멀찌감치 적을 막고 전위에게 말을 몰아 나가게 하니 하의가 부원수를 내보냈는데, 부원수라는 자가 세 합도 어울리지 못하고 전위의 극에 맞아 말 아래로 떨어졌다. 조조는 이긴 기세를 타고 도적 무리를 쫓아 양산을 넘어 영채를 세웠다.

이튿날 황소가 몸소 군사를 이끌고 오니 장수 하나가 말을 타지 않고 걸어서 싸우러 나왔다. 머리에 누런 수건을 싸매고 몸에 풀빛 두루마기를 걸친 장수는 손에 쇠몽둥이를 들고 고래고래 소리쳤다.

"나는 절천야차 하만이다! 누가 감히 나하고 싸우겠느냐?"

【'절천야차'는 불교에 나오는 악한 야차 가운데 하늘을 끊는 재주가 있는 야차라는 말이다.】

조홍이 버럭 호통치더니 말에서 내려 칼을 들고 걸어 나가 진 앞에서 50여 합을 싸웠으나 승부가 나지 않았다. 조홍이 짐짓 못 이기는 척 달아나자 하만이 쫓아오니 조홍은 칼을 끌고 가다 등 뒤로 찍는 '타도배감계'를 썼다.

【타도배감계란 귀로 적의 움직임을 들으면서 바짝 다가오기를 기다려 적이 무기를 움직이는 찰나 한순간에 칼을 휘둘러 찍는 것이니 매우 위험한 수법이다.】

후닥닥 몸을 돌리면서 단칼에 하만을 찍은 조홍은 다시 한칼을 먹여 죽여버렸다. 조홍이 이긴 기세를 타고 이전이 나는 듯이 말을 달려 단숨에 도적들

진으로 쳐들어가니 황소는 손발도 놀려보지 못하고 사로잡혔다. 조조 군사는 도적 무리를 몰아쳐 금과 비단, 식량을 수없이 빼앗았다.

세력이 약해진 하의가 말 탄 군사 수백 명을 이끌고 갈파 땅으로 달아나는데 산 뒤에서 군사 한 무리가 쏟아져 나왔다. 앞장선 장사는 키가 여덟 자에 허리는 스무 뼘이나 되었다. 하의가 창을 꼬나 들고 달려갔으나 첫 합에 그의 겨드랑이에 잡히고 말았다. 나머지 무리는 당황해 모두 말에서 내려 고분고분 밧줄을 받으니 장사는 그들을 갈파의 작은 성에 몰아넣었다.

전위가 하의를 쫓아 갈파에 이르자 그 장사가 다시 나오니 전위가 물었다.

"너희도 황건적이냐?"

"황건 수백 명은 모조리 나한테 잡혀 성안에 갇혔다!"

"어찌하여 끌어내 바치지 않느냐?"

"네가 만약 내 손의 보도를 이기면 다 넘겨주겠다!"

전위가 크게 노해 쌍철극을 꼬나 들고 달려가니 두 사람은 아침 일찍부터 한낮이 되도록 싸웠으나 어느 쪽도 이기지 못하고 진으로 돌아가 잠깐 숨을 돌렸다. 조금 후 장사가 또 나와 싸움을 거니 전위도 마다하지 않고 나가 땅거미가 질 때까지 꼬박 싸우고 말이 지쳐 잠시 멈추었다. 조조가 듣고 놀라 장수들을 이끌고 구경하러 갔다.

이튿날 장사가 또 나와 싸움을 거는데, 조조가 보니 위풍이 늠름해 속으로 은근히 기뻐 전위에게 일렀다.

"오늘은 짐짓 져주게."

명을 받들고 전위가 30합까지 싸우다 돌아오니 장사가 진문까지 쫓아왔으나 활과 쇠뇌에 막혀 돌아갔다. 조조는 급히 5리를 물러가 가만히 구덩이를 파고 갈고리를 든 군사를 매복시켰다.

이튿날 전위가 100여 명 기병을 이끌고 나가자 장사는 씩 웃었다.

"싸움에 패한 장수가 어찌 감히 다시 나왔느냐?"

말을 달려 맞붙어 전위가 몇 합 대해주다 달아나니 장사는 앞만 보고 쫓아오다 사람과 말이 함께 구덩이에 빠져버렸다. 갈고리를 든 군사들이 장사를 걸어 올려 꽁꽁 묶어 데려가니 조조는 급히 윗자리에서 내려와 군사들을 호령해 물리지고, 손수 밧줄을 풀어주며 고향과 성명을 물었다.

"나는 초국 초현 사람으로 성은 허(許)에 이름은 저(褚), 자는 중강(仲康)이라고 합니다. 전에 도적의 난에 부딪혀 종족 수백 명을 모아 성을 튼튼히 쌓고 지키는데 도적들이 쳐들어와, 모아둔 돌을 날렸더니 빗나가는 법이 없어 이내 물리쳤습니다. 뒤에 도적들이 다시 오자 성안에 식량이 없어 그들과 화해하고 밭갈이하는 소와 쌀을 바꾸었습니다. 도적들이 쌀을 갖다 놓고 소를 몰아 성 밖으로 나가는데 소들이 달아나 성으로 되돌아왔습니다. 내가 한 손에 하나씩 소 두 마리의 꼬리를 틀어쥐고 거꾸로 100여 발짝을 걸어가자 도적들은 깜짝 놀라 감히 소를 받지 못하고 달아났습니다. 그래서 이곳을 무사히 지켰습니다."

"내가 큰 이름을 들은 지 오래이오. 이제 나에게 들어오겠소?"

조조가 추어주자 허저는 선뜻 대답했다.

"바로 제 소원입니다."

그는 종족 수백 명을 불러 함께 항복했다. 조조는 허저를 도위에 임명하고 후한 상을 내렸다. 뒤이어 하의와 황소의 목을 베어 여남과 영천은 모두 평정되었다.

조조가 회군하니 195년 4월이었다. 조인과 하후돈이 마중 나가 고했다.

"요사이 연주의 설란과 이봉이 약탈을 나가 성이 비었으니 이긴 군사를 이끌고 들이치면 북 한번 울려 진격하는 것으로 빼앗을 수 있습니다."

조조는 연주로 달려갔다. 뜻밖의 습격에 설란과 이봉이 부랴부랴 성으로 돌아와 맞서니 허저가 청했다.

"이 저가 두 사람을 잡아 처음 뵙는 선물로 삼겠습니다."

조조가 기뻐 내보내니 이봉이 화극을 휘두르며 달려 나오는데 말이 두 번 어울리기도 전에 허저가 베어 땅에 떨어뜨렸다. 설란이 급히 성으로 물러가자 이전이 조교 부근에서 가로막아 성으로 돌아가지 못하고 거야로 달아났으나 여건이 나는 듯이 달려가 화살을 날려 말 아래로 떨어뜨렸다.

조조가 연주를 되찾자 정욱이 바로 진군해 복양을 손에 넣기를 청했다. 조조가 허저와 전위를 선봉으로 삼고 하후돈을 비롯한 장수들과 대군을 거느리고 복양에 이르니, 여포가 친히 군사를 이끌고 나가려 하여 진궁이 말렸다.

"안 됩니다. 장수들이 다 모이기를 기다려 싸워야 합니다."

"내가 언제 누구를 무서워했던가?"

여포는 진궁 말을 듣지 않고 군사를 이끌고 나가 화극을 가로 들고 욕을 퍼부었다.

"조조 도둑놈아, 내가 사랑하는 장수들을 죽이다니!"

허저가 달려나가 20합을 싸웠으나 승부가 나지 않았다.

"여포는 혼자서 이길 상대가 아니다."

조조가 전위를 내보내 협공하는데, 하후돈과 하후연, 이전과 악진이 일제히 이르러 여섯 장수가 함께 공격하자 여포는 많은 병기를 도저히 막지 못해 말을 돌려 성으로 돌아갔다. 부자 전씨가 성 위에서 여포가 패하고 돌아오는 것을 보고 급히 조교를 끌어올렸다.

"내가 조 장군께 항복했느니라."

여포가 욕을 퍼붓고 군사를 이끌어 제음군 정도현으로 달려가니 진궁이 재빨리 동문을 열고 여포의 식솔을 호위해 성을 빠져나갔다. 복양을 얻은 조조는 전씨의 옛날 죄를 용서했다. 유엽이 권했다.

"여포는 사나운 호랑이입니다. 오늘 고단해졌으니 잠시라도 숨을 돌리게 해서는 아니 됩니다."

유엽에게 복양을 지키게 하고 조조는 군사를 이끌고 정도로 쫓아갔다. 이때 여포와 장막, 장초는 정도 성안에 있고, 장료와 장패, 고순, 후성은 바다 쪽을 돌면서 식량을 얻으러 나가 돌아오지 않았다. 정도에 이르러 조조는 며칠간 싸우지 않고 40리 물러서서 영채를 세우고, 마침 제음군의 밀이 익어 군사들에게 베어 먹게 했다.

여포가 소식을 듣고 조조 영채로 쳐들어가다 왼쪽에 무성한 숲이 보이자 매복이 있지 않나 의심해 그냥 돌아가니 조조가 장수들에게 가르쳤다.

"여포가 매복을 의심해 돌아갔으니 숲에 깃발을 많이 꽂아서 더욱 의심하게 해야 하네. 영채 서쪽 긴 둑 안에는 물이 없어 군사를 얼마든지 숨길 수 있는데, 내일 여포가 다시 오면 숲에 불을 지를 것이니 둑 안에 군사를 매복해 뒷길을 끊으면 사로잡을 수 있네."

영채에는 북재비 50명만 남겨 북을 두드리게 하고, 마을에서 백성들을 데려와 영채 안에서 소리를 지르게 했다. 정예 군사는 모두 둑 안에 매복시켰다.

여포가 성으로 돌아가 조조 영채까지 갔다 돌아온 일을 이야기하니 진궁이 걱정했다.

"조조는 간사한 계책이 많아 섣불리 맞서서는 아니 됩니다."

"내가 불로 공격하면 매복한 군사를 깨뜨릴 수 있지."

이튿날 여포가 진궁과 고순에게 성을 지키게 하고 대군을 이끌고 나아가 멀리 숲을 바라보니 깃발이 많이 꽂혀 있어서 기세 좋게 달려가 불을 질렀다. 그런데 숲에 사람 그림자 하나 보이지 않았다. 영채를 치려고 보니 또 그 안에서 북소리와 고함이 요란하게 울려, 의심이 들어 어찌할지 갈피를 잡지 못하는데 별안간 영채 뒤에서 군사가 불쑥 나타났다.

여포가 말을 달려 쫓아가려고 하자 포 소리가 울리면서 둑 안에 매복한 군사가 모두 모습을 드러냈다. 하후돈을 비롯한 장수들이 달려드니 여포는 많은 장수를 당하지 못할 것을 알고 허둥지둥 황량한 들판으로 달아났다. 여포의 장수 성렴은 악진의 화살에 맞아 죽고, 군사가 세 몫에서 두 몫이 사라지고 말았다. 패잔병들이 정도로 달아나 보고하니 진궁이 서둘렀다.

"빈 성은 지키기 어려우니 급히 나가는 것이 좋다."

진궁은 고순과 함께 여포의 식솔을 보호해 정도를 버리고 도망쳤다. 조조 군사가 성안으로 쳐들어가는데 칼로 대나무를 쪼개듯 거침이 없었다. 장초는 검으로 목을 베어 죽고, 장막은 원술에게로 달아났다. 산동 일대는 모두 조조 차지가 되었다. 그가 백성을 안정시키고 성을 수리한 것은 더 말할 것도 없다.

달아나던 여포는 바다 쪽으로 나갔다 돌아오는 장수들을 만나고 진궁도 찾아오자 다시 기운이 났다.

"내 군사가 적기는 하지만 아직 조조를 깨뜨릴 수 있다!"

다시 군사를 이끌고 싸우러 갔다.

이야말로

싸움꾼은 승패가 보통 일이라
다시 겨루면 어찌 될지 몰라

여포는 이길까 질까?

13

방랑하는 황제, 조밥에 목이 메어

이각과 곽사는 요란한 싸움 벌이고
양봉과 동승은 쌍쌍이 황제 구하네

여포가 다시 조조와 결전을 벌이려 들자 진궁이 말렸다.

"조조는 세력이 커서 다툴 수 없습니다. 몸을 붙일 곳을 찾은 뒤에 싸워도 늦지 않습니다."

"다시 원소에게 가려고 하는데 어떤가?"

단순한 여포와 달리 진궁은 신중했다.

"사람을 보내 소식을 알아보고 형편이 괜찮으면 가서야 합니다."

여포는 기주로 사람을 보냈다. 이때 원소가 연주에서 조조와 여포가 싸운다는 말을 듣고 모사들과 상의하니 심배(審配)가 의견을 내놓았다.

"여포는 늑대요 호랑이입니다. 연주를 얻으면 기주를 넘볼 것이니 조조를 도와 여포를 치면 걱정이 사라집니다."

원소는 안량에게 5만 군사를 주어 연주로 가서 조조를 돕게 했다. 소식이 바람같이 전해지자 여포가 놀라는데 진궁이 제의했다.

"유현덕이 서주를 맡았으니 거기 가서 의지하시지요."

여포가 그 말에 따라 서주로 향하자 소식을 듣고 유비가 말했다.

"여포는 당대에 따를 자가 없는 용맹한 인물이니 나가서 맞이해야 하겠소."

미축이 말렸다.

"여포는 호랑이나 이리 같은 자라 거두어주셔서는 아니 됩니다. 받아주면 사람을 해칩니다."

"전에 여포가 연주를 습격하지 않았으면 어찌 서주의 화가 풀렸겠소? 그가 궁하게 되어 나를 찾아오는데 어찌 다른 마음을 품겠소?"

그 말을 듣고 장비가 툴툴거렸다.

"형님은 마음이 너무 좋소. 이치는 비록 그러하나 대비는 해야 하오."

유비가 사람들을 거느리고 성 밖으로 30리를 나가 맞이해 말 머리를 나란히 하여 성으로 돌아오자 여포가 물었다.

"전에 조조 도둑놈이 어질지 못해 서주를 침범할 때 사군께서 도겸을 구해주셨는데, 그때 이 포는 연주를 습격해 그놈의 세력을 갈라놓았소. 뜻밖에도 간사한 계책에 걸려 군사를 잃고 장수가 죽었으니, 사군께 찾아와 함께 큰일을 꾀할까 하는데 존귀한 뜻은 어떠시오?"

"도 사군께서 돌아가시고 서주를 맡을 사람이 없어 이 비에게 잠시 주의 일을 맡겼는데 장군께서 오셨으니 비가 양보하겠습니다."

유비는 패인을 가져오게 하여 여포에게 건넸다. 여포가 덥석 받으려 하다 보니 유비 등 뒤에서 관우와 장비가 노한 기색을 띠어, 짐짓 웃으며 사양했다.

"이 포를 가늠해보면 한낱 용맹한 사내일 뿐이니 어찌 한 주를 다스릴 수 있겠소?"

그래도 유비가 양보하자 진궁이 나섰다.

"강한 손님이라도 주인을 누르지는 않는 법이니[强賓不壓主강빈불압주] 사군께서는 의심하지 마십시오."

유비는 더 양보하지 않고 잔치를 베풀어 여포를 대접하고 집을 마련해 식솔을 들게 했다.

이튿날 여포가 답례 술상을 차려 유비를 청하니 관우와 장비는 전날 여포가 서주를 빼앗을 마음이 있었다고 유비에게 충고했다. 여포가 차린 술상에 가지 않기를 바라는 말이었으나 유비는 나름대로 생각이 있었다.

"내가 좋은 마음으로 그를 대하면 그도 나를 저버리지 않을 걸세."

유비는 관우, 장비와 함께 가서 술을 마셨다. 술기운이 오르자 여포가 유비를 뒤채로 안내해 관우와 장비도 따라갔다. 여포는 아내와 딸을 불러내 유비에게 절하게 했다. 유비가 두 번 세 번 겸손하게 사양하자 여포가 말렸다.

"아우님은 사양할 것 없소."

【남녀 구별이 엄격하던 그 시절에는 아주 친한 사이가 아니면 남의 아내와 딸을 보지 않는 것이 예의였는데, 여포와 유비는 그처럼 친한 사이는 아니었다. 또 전날까지는 유비를 '사군'으로 깍듯이 받들던 여포가 '아우님'으로 낮추어 불렀다.】

여포 말을 듣고 장비가 눈을 딱 부릅뜨고 꾸짖었다.

"우리 형님은 금지옥엽 황실 자손이신데 너는 어떤 놈이기에 감히 아우라 부르느냐? 너 이리 나오너라. 내가 너와 300합을 겨루겠다!"

유비가 다급히 호통쳐 장비를 막고, 관우도 장비를 권해 밖으로 데리고 나갔다. 유비가 여포에게 사과했다.

"못난 아우가 술김에 미친 소리를 지껄였으니 너무 나무라지 마십시오."

여포는 입을 꾹 다물고 말하지 않았다. 잠시 후 술자리가 끝나 여포가 유비를 배웅해 문밖으로 나가는데 장비가 창을 가로 들고 말을 달려와 높이 외쳤다.

"여포야, 내가 너와 300합을 싸우겠다!"

유비는 급히 관우에게 장비를 말리게 했다.

이튿날 여포가 와서 유비에게 작별인사를 했다.

"사군께서는 저를 버리지 않으시나 아우 분들이 받아들이지 못할까 두려우니 포는 다른 곳으로 가겠소이다."

유비가 말렸다.

"장군께서 만약 떠나시면 저의 죄가 큽니다. 못난 아우가 실례한 일은 다른 날 그를 보내 사과하게 하겠습니다. 여기서 가까운 소패는 이 비가 전에 군사를 주둔하던 곳인데, 장군께서 좁다고 꺼리지 않으시면 거기서 잠시 말을 쉬게 하는 것이 어떻겠습니까? 식량과 일용품은 삼가 비가 보내 드리겠습니다."

여포는 고맙다고 인사하고 군사를 이끌고 소패로 갔다.

이때 조조가 산동을 평정하고 표문을 올려 아뢰니, 조정에서는 건덕장군으로 벼슬을 높이고 비정후에 봉했다.

【비정후는 조조 할아버지 조등의 작위였으니 자신의 공으로 할아버지 작위를 이은 것이다.】

이즈음 이각은 스스로 최고 군사 장관 태위의 옛 이름인 대사마로 자칭하고, 곽사는 스스로 대장군이라 나서면서 거리낌 없이 날뛰는데 조정에서 누구도 말을 하지 못했다. 태위 양표와 대사농으로 벼슬을 옮긴 주준이 헌제에게 가만히 아뢰었다.

"조조가 20만 군사를 거느리고 모사와 무장 수십 명을 두었습니다. 이 사람을 얻어 사직을 안정시키고 간사한 무리를 제거하면 천하가 참으로 다행이겠습니다."

헌제는 눈물을 흘렸다.

"짐은 두 도적에게 업신여김을 당한 지 오래이오! 그들 행위를 보면 동탁보다 더 심하니 없앨 수 있다면 실로 다행이겠소!"

양표가 아뢰었다.

"신에게 계책이 있으니 먼저 두 놈이 서로 물어뜯게 하고, 조조에게 쓸어 없애게 하여 조정을 안정시키는 것입니다."

"어떤 계책이오?"

"신이 듣자니 곽사의 아내는 누구보다 시기가 심하다고 합니다. 그 아내에게 사람을 보내 두 도적 사이를 벌어지게 하면 반드시 서로 해칠 것입니다."

헌제는 조조에게 보내는 비밀조서를 양표에게 주었다.

다음날 양표가 아내를 슬그머니 곽사의 장군부에 들어가게 하니, 부인은 남편이 시킨 대로 곽사의 아내에게 비밀을 알려주었다.

"듣자니 곽 장군은 이 사마의 부인과 적절치 못한 관계에 있는데, 그 정이 아주 진하다고 하네요. 사마가 알면 해를 당할 것이니 부인은 일찍 그들을 막는 것이 좋을 거예요."

곽사의 아내는 깜짝 놀랐다.

"아, 그래서 남편이 바깥에서 잠을 자고 집에 돌아오지 않았군요! 이런 염치없는 짓을 하다니! 부인 말씀이 아니었으면 저는 감쪽같이 속고 지낼 뻔했네요. 조심스레 방비해야 하겠어요."

양표의 아내가 일어서자 곽사의 아내는 두 번 세 번 고맙다고 인사했다. 며칠 지나 곽사가 또 이각의 사마부에 가서 술을 마시게 되자 아내가 극구 말렸다.

"이각은 성미를 가늠할 수 없어요. 하물며 지금은 두 영웅이 나란히 서 있을 수 없는데, 그가 술상에 독이라도 친다면 첩이 어찌 살겠어요?"

곽사는 말을 듣지 않으려 했으나 아내가 가지 못하게 거듭 막았다. 밤이 되어 이각이 술상을 보내오자 곽사의 아내는 가만히 음식에 독을 넣고 가져다 바쳤다. 곽사가 먹으려 하자 아내가 급히 말렸다.

"바깥에서 온 음식을 어찌 그냥 드시겠어요?"

음식을 먼저 개에게 주니 먹자마자 죽어버렸다. 곽사는 속으로 의심하기 시작했다.

어느 날 조회가 끝나고 이각이 부득부득 곽사를 집으로 청해 술상을 대접했는데, 밤이 되어 집으로 돌아온 곽사가 우연히 배가 아파오자 아내가 떠들었다.

"틀림없이 그쪽에서 넣은 독에 걸렸어요!"

아내가 급히 곽사 입에 똥물을 쏟아부어 한바탕 토하고서야 간신히 아픔이 멎은 곽사는 그만 화가 머리끝까지 치밀었다.

"내가 이각과 함께 대사를 꾀하는데 까닭 없이 나를 해치려 하니 내가 먼저 움직이지 않으면 반드시 그의 독한 수단에 걸린다!"

곽사가 갑옷 군사를 점검해 이각을 치려 하자 벌써 이각이 알고 분통을 터뜨렸다.

"곽아다가 어찌 감히 이렇게 노느냐!"

【곽사의 다른 이름은 다(多)로, 친근함을 나타내거나 깔볼 때는 이름 앞에 '아(阿)'자를 붙였다.】

이각 역시 군사를 일으켜 곽사를 죽이러 달려가니 몇만이 넘는 양쪽 군사가 장안성 아래에서 부딪쳐 어지러이 싸웠다. 장졸들은 싸움만 하는 게 아니라 혼란한 기세를 틈타 백성 약탈도 서슴지 않았다.

이각의 조카 이섬이 군사를 풀어 궁궐을 에워싸고, 수레 두 대에 황제와 복 황후를 앞혀 가후와 대신 좌령에게 압송하게 했다. 궁인과 내시들은 수레가 없어 걸어서 갔다. 일행이 궁궐 문을 나서자 마침 곽사의 군사가 이르러 어지러이 화살을 날려 궁인들이 얼마나 죽었는지 모른다.

이각이 달려와 곽사의 군사를 쫓고 황제를 자기 군영으로 끌고 갔다. 그러자 곽사는 궁궐에 들어가 궁녀들을 모조리 납치해 자기 군영으로 끌고 간 뒤 궁궐을 불태워버렸다.

이튿날 곽사가 또 영채를 들이쳤으나 이각이 물리치고 헌제와 황후 행차를 동탁이 만든 미오로 옮겨 이섬에게 감독하게 했다. 시중꾼을 없애고 음식도 제대로 따르지 못해 황제와 신하들은 굶주린 빛이 가득했다. 헌제가 보다못해 이각에게 사람을 보내 근시들에게 내리겠다고 쌀 다섯 섬과 소뼈 다섯 짝을 달라고 하자 이각은 벌컥 화를 냈다.

"아침저녁으로 밥을 올리는데 또 무엇을 따로 달라 하느냐?"

일부러 썩은 고기와 상한 식량을 보내주니 고약한 냄새가 풍겨 도저히 먹을 수 없었다. 헌제 입에서 욕이 터져 나왔다.

"역적이 어찌 이렇게까지 짐을 업신여기느냐!"

시중 양기가 급히 아뢰었다.

"이각이 잔인하고 난폭해 이 지경에 이르렀으니, 폐하께서는 참으셔야지 그의 칼날을 건드리셔서는 아니 됩니다."

헌제가 말없이 머리를 숙이니 눈물이 옷소매를 푹 적셨다. 별안간 보고가 들어왔다.

"한 갈래 군사가 폐하를 구하러 달려오는데 창칼이 햇빛에 번쩍이고 징과 북이 하늘을 울립니다."

급히 알아보니 곽사여서 근심만 더욱 커졌다. 조금 후 성 밖에서 고함이 요

이각과 곽사, 장안성 아래에서 맞서 ▶

란하게 울리며 이각이 곽사를 맞이했다.

"내가 너를 나쁘게 대하지 않았는데 어찌 나를 해치려 하느냐?"

이각이 말채찍으로 가리키며 꾸짖자 곽사가 욕했다.

"너는 역적이니 내가 어찌 죽이지 않겠느냐?"

"나는 황제를 보호하는데 어찌 역적이란 말이냐?"

"네가 황제를 납치한 것이지 그게 어찌 보호냐?"

"더 말하지 마라! 우리가 군사를 쓰지 않고 일 대 일로 싸워 이긴 사람이 황제를 차지하기로 하자!"

【모종강이 탄식하듯 '황제'라는 두 글자가 생긴 후 이처럼 낭패스러운 적은 없었다.】

곽사는 창을 꼬나 들고 이각은 칼을 휘두르며 진 앞에서 싸움을 벌였으나 누구도 이기지 못했다. 양표가 말을 달려오며 높이 소리쳤다.

"두 분 장군께서는 잠깐 멈추시오! 이 늙은이가 특별히 대신들을 청해 두 분께 화해를 붙이러 왔소."

이각과 곽사는 자기 영채로 돌아갔다. 양표가 주준과 함께 조정 대신 60여 명을 모아 먼저 곽사 영채로 가서 화해를 권하는데 기가 막히게도 곽사가 대신들을 모조리 가두어버렸다. 대신들이 항의했다.

"우리는 좋은 뜻에서 일이 잘되기를 바라 여기에 왔는데 어찌 이러시오?"

곽사가 심사 뒤틀린 소리를 했다.

"이각이 천자를 납치했는데 나라고 대신들을 가두지 못하겠소?"

양표가 어이없어 한마디 던졌다.

"한쪽은 천자를 납치하고 한쪽은 대신들을 가두니 대체 무슨 짓을 하려는 거요?"

곽사는 크게 노해 검을 뽑아 양표를 죽이려 했다. 중랑장 양밀이 힘껏 말려 양표와 주준은 놓아주었으나 다른 대신들은 모두 영채 안에 가두었다.

양표가 주준을 보고 탄식했다.

"사직을 받드는 신하로서 황제를 구하지 못하니 하늘땅 사이에 헛되이 사는 게 아니오?"

두 사람은 끌어안고 통곡하다 까무러쳐 쓰러졌다. 집으로 돌아간 주준은 울화병으로 죽고 말았다. 이각과 곽사는 날마다 싸움을 벌여 50여 일이 지나자 죽은 자가 얼마인지 알 수 없었다.

이각은 평소 요사한 술법을 아주 좋아해 영채에 여자 무당을 불러 북을 치면서 굿을 벌이곤 했다. 가후가 여러 번 말렸으나 듣지 않았다.

시중 양기가 남몰래 헌제에게 아뢰었다.

"신이 살펴보니 가후는 이각 밑에 있으나 마음속으로는 천자를 잊지 않았으니 폐하께서는 그와 함께 일을 꾸며보시지요."

마침 가후가 찾아와 헌제는 시종을 물리치고 눈물을 흘리며 부탁했다.

"경은 한의 조정을 가엾게 여겨, 짐의 목숨을 살려줄 수 있겠소?"

가후는 땅에 엎드렸다.

"그것은 신의 소원이니 폐하께서는 더 말씀하지 마십시오. 신이 알아서 하겠습니다."

헌제는 눈물을 거두고 고마움을 표했다.

바로 뒤 이각이 검을 찬 채 궁전으로 들어오니 헌제는 그만 얼굴이 흙빛이 되었다. 이각은 자기 자랑을 늘어놓았다.

"곽사는 신하의 본분을 지키지 않고 대신들을 가두고 폐하를 납치하려 합니다. 신이 아니었으면 폐하는 그쪽에 잡혀갔을 것입니다."

헌제는 손을 모아 감사했다. 이각이 나가고 알자복야 황보력(皇甫酈)이 들어오자 그가 이각과 같은 서량 사람이고 말솜씨가 뛰어난 것을 알고 헌제는 그에게 조서를 내려 양쪽에 화해를 붙이게 했다. 황보력이 조서를 받들고 먼저 곽사의 영채로 가니 곽사가 조건을 달았다.

"이각이 황제를 내보내면 나도 대신들을 놓아주겠소."

황보력은 이각을 찾아갔다.

"폐하께서 제가 서량 사람으로 공과 고향이 같아 특별히 저를 보내 두 분께 화해를 권하게 하셨습니다. 곽사는 이미 조서를 받들었는데 공의 뜻은 어떠하십니까?"

"내가 여포를 격파하는 큰 공을 세우고 4년 동안 정사를 보좌해 많은 공훈을 세웠음은 천하가 다 아는 바요, 곽사는 말이나 훔치던 도둑에 지나지 않는데 감히 제멋대로 대신들을 납치하고 나와 맞서려 하니 맹세코 그놈을 죽이고 말겠소! 그대가 내 지략과 군사를 살펴보면 곽사를 이기기에 넉넉하지 않소?"

이각이 세력을 믿고 화해를 거부하자 황보력이 차분하게 대답했다.

"그렇지 않소이다. 옛날 유궁국의 후예는 뛰어난 활 솜씨를 믿고 환난에 대비하지 않아 멸망하고 말았습니다. 근래에 동 태사께서 얼마나 강했는지는 공도 친히 눈으로 본 바입니다. 여포는 그의 은혜를 입고도 오히려 공격해 눈 깜빡할 사이에 태사의 머리가 경성의 문에 걸렸습니다. 강함은 믿을 바가 못됩니다. 공은 상장으로서 월을 들고 절을 쥐었으며, 자손과 종족이 모두 높은 자리에 앉았으니 나라의 은혜가 두텁다고 하지 않을 수 없습니다. 곽사가 대신들을 납치했는데 공은 황제를 납치했으니 누구 잘못이 가볍고 누구 잘못이 무겁다 하겠습니까?"

이각은 크게 노해 검을 뽑아 들고 꾸짖었다.

"황제가 너를 보내 나를 모욕하느냐? 내가 먼저 네 머리부터 베고, 황제를 죽이면 이는 대장부의 뜻이다!"

황제를 호위하는 기도위 양봉(楊奉)이 말렸다.

"곽사를 제거하지 못했는데 황제의 사자를 죽이면 곽사가 군사를 일으키는 명분이 생기고 제후들이 모두 곽사를 돕습니다."

가후도 힘껏 권해 이각은 화가 좀 삭았다. 가후가 황보력을 영채 밖으로 내보내자 그는 목청을 돋우어 소리쳤다.

"이각이 조서를 받들지 않고 황제를 시해해 자기가 황제가 되려 한다!"

시중 호막이 급히 말렸다.

"그런 말 하지 마시오. 몸에 이롭지 못할까 두렵소."

황보력은 호막을 꾸짖었다.

"그대도 조정 신하로서 어찌 도적에게 달라붙소? '임금께서 욕을 보시면 신하는 죽는다[君辱臣死군욕신사]'고 했거늘 내가 이각에게 죽으면 그것이 내 본분이오!"

황보력이 욕설을 그치지 않자 헌제가 알고 급히 서량으로 돌아가게 했다. 이각의 군사는 태반이 서량 사람이고 강인(羌人, 서강 사람) 군사의 도움을 받고 있었는데, 황보력이 서량 사람들에게 소문을 퍼뜨렸다.

"이각이 반란을 꾀하니 그를 따르면 역적 무리가 되어 뒤탈이 적지 않을 것이다."

서량 사람들은 황보력의 말을 듣는 자가 많아 군사들 마음이 차츰 흐트러지기 시작했다. 이각이 전해 듣고 크게 노해 황제를 호위하는 무사 왕창을 보내 쫓게 했으나, 황보력이 충성스럽고 의로운 사람임을 아는 왕창은 쫓지도 않고 돌아와 보고했다.

"황보력은 벌써 어디로 갔는지 모르겠습니다."

가후 또한 비밀히 강인들에게 일렀다.

"천자께서는 너희가 충성스럽고 의로우며 오랫동안 싸워 고생한 줄을 아신다. 비밀조서를 내리시어 너희를 고향으로 돌려보내니 뒷날 반드시 무거운 상이 있을 것이다."

가뜩이나 이각이 벼슬과 상을 주지 않는다고 원망하던 강인들은 가후의 말에 따라 군사를 모두 이끌고 떠났다. 가후가 남몰래 헌제에게 아뢰었다.

"이각은 욕심이 많고 지혜가 없습니다. 군사들이 흩어져 속으로 겁을 먹었을 때 큰 벼슬을 미끼로 구슬리면 됩니다."

헌제가 조서를 내려 정식으로 대사마에 봉하니 이각은 기뻐 야단이었다.

"여자 무당이 굿을 해 빌어준 덕분이다!"

무당에게 듬뿍 상을 내리고 장졸들에게는 아무 상도 주지 않으니 기도위 양봉이 크게 노해 군관 송과에게 불평했다.

"우리는 생사가 오락가락하는 싸움터에서 목숨을 걸고 화살과 돌을 무릅쓰며 싸웠는데, 공로가 계집 무당보다도 못하단 말인가?"

"어찌하여 도적을 죽이고 천자를 구하지 않습니까?"

"자네는 중군에서 불을 질러 신호로 삼게. 내가 군사를 이끌고 밖에서 호응하겠네."

두 사람은 그날 밤에 일을 벌이기로 약속했다. 그런데 뜻밖에도 비밀을 지키지 못하고 이각에게 알려져 송과는 먼저 잡혀 죽임을 당했다. 양봉이 군사를 거느리고 밖에서 아무리 기다려도 불길이 일어나지 않아 의심하는데, 이각이 군사를 이끌고 나가 양봉과 어지러운 싸움이 벌어졌다. 양봉은 패하여 군사를 데리고 서안 땅으로 가버렸다.

이때부터 이각의 군사는 세력이 약해졌다. 걸핏하면 곽사가 공격해 죽은 자가 아주 많은데, 별안간 보고가 들어왔다.

"서량에서 장제가 대군을 거느리고 와 두 분께 화해를 붙이려 합니다. 뜻에 따르지 않으면 군사를 이끌고 치겠다고 떠듭니다."

이각이 잘 되었다 싶어 인정을 베푼다며 먼저 장제의 군영으로 사람을 보내 화해에 응하니 곽사도 승복하지 않을 수 없었다. 장제가 표문을 올려 천자 행차를 홍농으로 옮기기를 청하니 헌제는 기뻐했다.

"짐은 동쪽 수도 낙양을 그리워한 지 오래다. 돌아가게 되었으니 참으로 다행이구나!"

헌제가 장제를 표기장군으로 봉하자 장제가 식량과 술, 고기를 바쳐 백관에게 나누어주었다. 곽사는 대신들을 석방해 영채에서 내보내고, 이각은 황제의 행차를 동쪽으로 보내면서 어림군 수백 명을 파견해 호위하게 했다.

헌제 수레가 장안 부근 패릉 가까운 곳에 이르니 때는 가을이라 서늘한 바람이 불었다. 별안간 고함이 일어나면서 군사 수백 명이 다리 위에 올라 행차를 가로막고 날카롭게 물었다.

"오는 자는 누구냐?"

시중 양기가 말을 다그쳐 다리에 올라가 소리쳤다.

"천자의 어가가 지나시는데 누가 감히 막느냐?"

두 장수가 나와서 대답했다.

"우리는 곽 장군 명을 받들고 다리를 지키면서 첩자를 방비합니다. 천자의 어가라니 반드시 황제를 뵈어야 믿을 수 있겠습니다."

양기가 구슬로 만든 발을 젖히자 헌제가 입을 열었다.

"짐이 여기 있는데 경들은 어찌 물러서지 않느냐?"

장수들이 만세를 외치며 양쪽으로 벌려 서자 황제는 다리를 지나갔다. 두 장수가 영채로 돌아가 보고하니 곽사는 불같이 화를 냈다.

"내가 장제를 속이고 황제를 납치해 다시 미오로 들어가려 했는데, 너희가 어찌하여 멋대로 놓아주었느냐?"

곽사는 두 장수의 목을 베고 군사를 일으켜 쫓아갔다. 헌제가 홍농군 화음현에 이르자 뒤에서 고함이 하늘을 울렸다.

"황제의 행차는 움직이지 마라!"

헌제는 눈물을 흘리며 대신들에게 물었다.

"늑대 굴을 벗어나자 또 호랑이 입에 부딪히니 어찌해야 하오?"

사람들은 얼굴에서 핏기가 사라졌다. 곽사의 군사가 차츰 다가오는데 느닷없이 '둥둥둥' 한바탕 북소리가 울리더니 산 뒤에서 장수가 하나 돌아 나왔다. 1000여 명 군사를 거느린 장수가 앞세운 깃발에는 '대한 양봉'이라는 네글자가 쓰여 있었다.

양봉은 이각에게 패하고 종남산 아래에 주둔하다 황제가 온다는 말을 듣고 특별히 호위하러 오는 길이었다. 헌제를 맞아 진을 벌여 세우자 곽사의 장수 최용이 달려 나와 욕설을 퍼부었다.

"양봉, 이 역적 놈아! 어질지 못하고 의로움도 모르는 녀석아!"

양봉이 진을 돌아보며 물었다.

"공명은 어디 있는가?"

한 장수가 큼직한 도끼를 들고 붉은 준마를 몰아 최용에게 달려들어 겨우 첫 합이 이루어지니 어느새 말 아래로 찍어 넘겼다. 양봉이 기세를 몰아 들이쳐 곽사의 군사는 크게 패하고 20리를 물러났다. 양봉이 군사를 거두고 황제를 뵈니 헌제가 위로했다.

"경이 짐을 구했으니 공로가 작지 않다!"

양봉이 머리를 조아리며 감사드리자 헌제가 물었다.

"방금 도적 장수를 벤 자는 어떤 사람이냐?"

양봉은 장수를 데려와 황제 수레 앞에 엎드리게 했다.

"하동 양군 사람으로 성은 서(徐)에 이름은 황(晃), 자는 공명(公明)이라 합니다."

헌제가 수고를 위로하고, 양봉이 행차를 호위해 화음에 잠시 머무르니 그 곳을 다스리는 장수 단외가 옷과 음식을 갖추어 바쳤다.

그날 밤에 천자가 양봉의 영채에서 자는데 날이 밝자 곽사가 또 군사를 이 끌고 에워쌌다. 바야흐로 황제가 위급해지자 동남쪽에서 고함도 요란하게 한 장수가 군사를 이끌고 달려오니 도적 무리는 흐트러져 달아났다. 그 기세를 몰아 서황이 공격해 곽사의 군사는 참패했다.

그 장수가 천자 앞에 와서 뵈니 국적 동승(董承)으로 동 태후의 조카이자 헌 제의 처남이었다. 헌제는 울면서 그동안의 일을 하소연했다.

"폐하께서는 근심하지 마십시오. 신이 맹세코 양 장군과 함께 도적들을 죽 여 천하를 안정시키겠습니다."

동승이 위로하자 헌제는 하루빨리 동쪽 수도로 가기를 명하고 그날 밤으로 행차를 움직여 홍농으로 나아갔다.

패하고 돌아가던 곽사가 이각과 만났다.

"양봉과 동승이 황제를 구해 홍농으로 갔소. 그들이 산동에 가서 발을 붙이 면 천하의 제후들을 불러 우리를 칠 것이니 삼족을 보존할 수 없소."

"장제의 군사는 장안에서 섣불리 움직이지 못할 거요. 우리가 군사를 합쳐 홍농으로 가서 황제를 죽이고 천하를 나누어 가지면 안 될 게 무어요?"

두 사람이 군사를 합쳐 약탈하며 나아가니 지나는 곳마다 털리고 죽임을 당해 마을이 텅텅 비었다. 도적들이 온다는 것을 알고 양봉과 동승이 돌아서 서 홍농군 동간에서 큰 싸움이 벌어졌다. 이각과 곽사가 상의했다.

"우리는 군사가 많고 그들은 적으니 장수들끼리 싸우지 말고 어지러이 싸 워야 이길 수 있소."

이각과 곽사의 군사가 산과 들을 뒤덮으며 몰려가자 양봉과 동승이 죽기로 써 싸워 겨우 헌제와 황후의 수레를 호위해 빠져나갔을 뿐 신하와 궁인들은

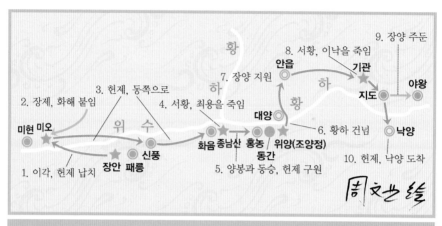

이각·곽사의 난. 방랑하는 헌제는 동쪽의 낙양으로 (195~196년)

거두지 못했다. 조정에서 명령을 전하고 군사를 움직이는 증서인 부절과 황제가 신하들에게 작위를 봉하는 책서, 법령과 제도를 적은 책들, 황제가 쓰는 갖가지 물품들은 모두 버리고 말았다.

동승과 양봉이 행차를 호위해 달려가는데 이각과 곽사가 끈질기게 쫓아오니 사람을 보내 화해를 청하면서, 비밀리에 하동으로 조서를 보내 황건 잔당인 백파군의 한섬과 이낙, 호재를 불러 천자를 구하게 했다. 세 군사 모두 산속에 무리를 지은 화적들인데 일이 급해 어쩔 수 없이 부른 것이다. 세 장수는 황제가 죄를 사면하고 벼슬을 내린다고 하자 기뻐 날뛰며 얼른 달려왔다.

이각과 곽사는 가는 곳마다 백성을 약탈해 늙고 약한 자들은 죽이고 강하고 튼튼한 자들은 군졸로 삼았다. 싸움이 일어나면 백성을 앞에 내몰고 이른바 '감사군'이라 불렀으니 그 뜻은 '용감하게 죽는 군사'로, 곧 결사대였다. 도적들의 기세는 매우 컸다.

이낙의 군사가 달려와 위양 땅에서 도적들과 만나자 곽사는 옷과 가재도구를 길에 널어놓게 했다. 땅에 가득한 물건을 본 이낙의 군사는 화적답게 앞다투어 달려가 줍느라고 군기가 무너졌다. 이때 이각과 곽사가 들이쳐 이낙은 참패하고 말았다. 양봉과 동승은 맞서지 못하고 황제 수레를 호위해 북쪽으로 달아났다. 도적 군사가 바짝 쫓아오니 이낙이 소리쳤다.

"일이 위급해졌습니다! 천자께서는 말에 올라 먼저 가십시오!"

"짐은 백관을 버리고 갈 수 없다."

헌제의 말에 신하들은 엉엉 울면서 뒤를 따랐다. 호재는 어지러운 싸움 중에 죽고 말았다. 동승과 양봉은 도적들이 가까이 이르자 황제에게 청해 수레를 버리고 걸어서 황하 기슭에 이르렀다. 날씨가 매우 추운데 사람들은 쪽배 한 척을 찾아 나룻배로 삼았다. 헌제와 황후가 부축을 받아 간신히 물가에 이르니 기슭이 높아 배에 내려갈 수 없었다.

"말고삐를 풀어 이어서 폐하의 허리를 묶어 배에 내려보냅시다."

양봉의 말에 사람들 속에서 황후의 오라버니 복덕이 흰 비단 10여 필을 가지고 나왔다.

"내가 어지러운 싸움 중에 비단을 주웠으니 이어 묶어서 폐하를 내려보냅시다."

행군교위 상홍이 비단으로 헌제와 황후를 감아, 사람들이 먼저 헌제를 아래로 천천히 내려보냈다. 헌제가 드디어 배에 타자 이낙이 검을 들고 뱃머리에 섰는데 복덕이 황후를 업고 배에 내려갔다.

배에 타지 못한 사람들이 기슭에서 배의 밧줄을 마구 잡아당기자 이낙이 검으로 손을 찍어 물에 떨어뜨렸다. 헌제와 황후를 건너보내고 다시 배를 풀어 사람들을 건네는데, 배를 타려고 다투던 자들이 손가락이 잘려 우는 소리가 하늘을 울렸다.

황하를 건너면 하동군이었다. 저쪽 기슭에 오르자 황제 곁에는 10여 명만 남았다. 양봉이 소가 끄는 수레를 한 대 얻어 황제를 태우고 대양현까지 가니

헌제는 백성의 울음소리 속에 황하를 건너

따르는 사람만 줄어든 것이 아니라 식량도 떨어졌다. 그날 밤에 어느 기와집에 들어가자 시골 늙은이가 조밥을 바쳐 황제와 황후가 나누어 먹는데, 너무 깔깔해 목으로 넘어가지 않았다.

이튿날 헌제는 조서를 내려 이낙을 정북장군, 한섬을 정동장군으로 봉하고 행차를 움직여 나아갔다. 대신 두 사람이 찾아와 울면서 수레 앞에 엎드리니 태위 양표와 태복 한융(韓融)이었다. 헌제와 복 황후는 소리 내어 울었다. 한융이 나섰다.

"이각과 곽사는 신의 말을 제법 들으니 신이 목숨을 걸고 설득해 군사를 물리게 하겠습니다. 폐하께서는 용체를 잘 보존하십시오."

양표가 하동군 안읍현을 수도로 정하기를 청해 황제는 그곳으로 갔다. 안읍에는 높은 집이라고는 없어 황제와 황후는 초가에 들고, 문마저 없어 빙 둘러 가시나무를 박아 울타리를 쳤다. 헌제와 대신들이 초가에서 일을 상의하면 군사들이 울타리 밖에서 사람들을 막았다.

이낙과 한섬이 권력을 잡고 휘두르는데 대신들이 조금이라도 비위를 거스르면 황제 앞에서 마구 욕하고 손찌검했다. 황제에게도 일부러 탁한 술과 거친 음식을 보내니 헌제는 싫어도 받을 수밖에 없었다. 그들이 사람들을 추천해 건달, 부하 장수, 무당, 군졸을 비롯한 200여 명이 교위니 어사니 하는 벼슬을 받았다. 벼슬을 내리면 직위에 따라 도장을 주어야 하는데, 도장을 팔 경황이 없어 송곳으로 대충 글자를 그려 내주니 조정 체통이 참으로 말이 아니었다.

한융이 듣기 좋은 말로 이각과 곽사를 구슬려 신하와 궁녀들을 놓아 돌려보냈다.

이 해에 심한 흉년이 들어 백성은 대추와 채소만 먹는데 굶어 죽은 시신이 들판에 널렸다. 하내 태수 장양이 쌀과 고기를 바치고, 하동 태수 왕읍이 비단을 바쳐 헌제는 조금 편안해졌다. 동승은 양봉과 상의하고 낙양으로 사람을 보내 궁전을 수리하면서 황제를 모시고 그곳으로 돌아가려고 했다. 이낙이 따르지 않아 동승이 설득했다.

"낙양은 천자께서 수도를 세운 곳이오. 안읍은 작은 땅이니 어찌 황제를 받아들일 수 있겠소? 행차를 모시고 낙양으로 돌아가야 이치에 맞는 것이오."

"당신들이 황제를 모시고 가려면 가시오. 나는 여기 있을 테니까."

이낙이 거절해 동승과 양봉이 황제를 모시고 길을 떠나니 이낙은 이각과 곽사에게 가만히 사람을 보내 황제를 납치하자고 모의했다. 동승 일행이 이낙의 음모를 알고 그날 밤으로 황제를 호위해 기관으로 달려가자 그것을 안 이낙이 이각과 곽사를 기다리지 않고 자기 군사만 이끌고 쫓아와 높이 외쳤다.

"황제의 행차는 가지 마라! 이각과 곽사가 여기 있다!"

질겁한 헌제는 가슴이 후드득거리고 손발이 마구 떨렸다.

이야말로

저번에는 두 도적이 둘로 나뉘더니
이번에는 세 도적이 하나로 뭉쳤네

한의 천자가 어떻게 고비를 넘길까?

14

조조, 황제 끌어들여 천하 호령

조맹덕은 천자를 허도로 옮기고
여봉선은 밤을 타 서군 습격하다

헌제가 깜짝 놀라자 양봉이 안심시켰다.

"저것은 이낙입니다."

양봉이 서황을 내보내니 어느새 도끼를 휘둘러 이낙을 찍어 넘겼다. 서황이 무리를 쫓아버리고 황제의 행차를 호위해 기관을 지나자 태수 장양이 쌀과 비단을 갖추어 길에서 맞이했다. 이제 낙양까지 위험한 곳은 없었다. 헌제가 대사마로 봉하자 장양은 감사드리고 하내군 야왕현에 주둔했다.

헌제가 낙양에 들어가니 궁궐은 전부 불타고 거리는 쓸쓸한데 눈에 보이는 것은 쑥대뿐이었다. 궁전터에는 무너진 담만 남아 있었다. 헌제가 양봉에게 임시로 작은 궁전을 짓게 해서 들어가자 신하들이 황제께 인사를 드릴 때는 가시덤불 사이에 서야 하는 형편이었다.

낙양으로 돌아온 헌제는 조서를 내려 연호를 건안(建安) 원년(196년)으로 고쳤다. 이 해에 또 심한 흉년이 들었다. 낙양에는 주민들이 몇백 집밖에 남아 있지 않은데, 먹을 것이 없어 성 밖에 나가 나무껍질을 벗기고 풀뿌리를 캐어 먹었다.

조정에서도 상서랑 이하의 신하들은 모두 성을 나가 땔나무를 하면서, 무너진 담 사이에서 쓰러져 죽는 이도 있었다. 한의 말년 기운이 쇠퇴하기로 이보다 심한 적은 없었다.

태위 양표가 헌제에게 아뢰었다.

"전에 조조에게 내리신 조서를 미처 보내지 못했습니다. 산동에 자리 잡은 조조는 군사가 강하고 장수가 많으니 황실을 보좌하도록 조정으로 불러들일까 합니다."

"짐이 조서를 내렸으니 경은 다시 아뢸 것 없이 바로 사람을 보내 부르시오."

양표는 성지를 받들고 조조에게 사자를 보냈다.

이때 황제가 낙양으로 돌아왔다는 말을 듣고 조조가 모사들과 상의하니 순욱이 나섰다.

"옛날 진 문공이 주 양왕을 받아들이자 제후들이 그에게 복종하고, 한 고조가 의제의 장례를 치르자 천하 사람들 마음이 그분께 쏠렸습니다. 지금 천자가 궁궐을 떠나 떠도시니 주공께서 제일 먼저 의병을 일으키고 천자를 받들어 사람들 소망에 따르시면 세상에 둘도 없는 비범한 공훈을 세우게 됩니다. 일찍 꾀하시지 않으면 다른 사람이 먼저 시작할 것입니다."

【주(周) 말년에 왕실 권위가 땅에 떨어져, 양왕은 권력 다툼에서 지고 쫓겨나 갈 데가 마땅치 않았다. 진 문공 중이가 양왕을 받들어 다시 임금 자리에 오르게 하고, 그 공로로 훌륭한 명성을 누리며 춘추시대 다섯 패자의 하나로 부상했다.

또 진(秦) 말년에 봉기한 영웅들이 초의 왕실 후대 심(心)을 회왕으로 올려, 유방과 항우는 그의 부하가 되었다. 뒤에 진을 뒤엎는 싸움에서 크게 실력을 키운 항우는 스스로 초 패왕으로 일컬으며 제후들을 봉하고, 회왕은 의제라는 허울뿐인

이름만 주었다가 죽여 버렸다. 유방은 의제를 위해 상복을 입고 거창하게 장례를 치르며 항우를 깰 명분을 얻어 한을 세울 수 있었다.]

조조가 크게 기뻐 군사를 일으키려 하는데 때마침 황제의 사자가 조서를 들고 딜리와 닉양으로 부르니 날짜를 정해 군사를 일으켰다.

낙양의 헌제는 어느 것 하나 제대로 갖춘 것이 없었다. 성벽이 무너져 보수하려 해도 뜻대로 되지 않는데, 이각과 곽사가 군사를 이끌고 쳐들어온다는 보고까지 들어왔다.

"산동에 간 사자가 돌아오지 않았는데 이각과 곽사가 이르렀으니 어찌하느냐?"

헌제가 놀라서 묻자 양봉과 한섬이 대답했다.

"신들이 죽기로써 싸워 폐하를 지키겠습니다!"

동승은 싸움에 찬성하지 않았다.

"성벽이 튼튼하지 못하고 군사도 많지 않아 싸움에 패하면 어찌하오? 폐하를 모시고 산동으로 피하는 게 좋겠소."

헌제가 그날로 행차를 움직여 산동을 향해 떠나자 백관은 말없이 황제의 수레를 따라 걸었다. 낙양을 나가 화살 한 바탕 거리도 가지 못했는데, 먼지가 보얗게 일어나 해를 가리며 징 소리 북소리도 요란하게 수많은 인마가 달려왔다.

헌제와 복 황후는 부들부들 떨려 말이 나오지 않는데 갑자기 한 사람이 말을 타고 나는 듯이 달려오니 바로 산동으로 보낸 사자였다. 그가 수레 앞에 와서 절했다.

"조조가 조서에 호응해 산동 군사를 모두 일으켜 달려옵니다. 이각과 곽사가 낙양을 침범한다는 소식을 듣고 먼저 하후돈을 보내 장수 열 사람과 정예 군사 5만을 거느리고 폐하 행차를 호위하게 했습니다."

헌제는 그제야 마음이 놓였다. 이윽고 하후돈이 허저, 전위를 비롯한 장수들을 데리고 수레 앞에 와서 황제를 뵙는데 모두 군사 예절에 따라 인사했다.

"갑옷 입고 투구 써서 절을 올릴 수 없으니 군례로 천자를 뵙겠습니다."

장수들이 만세를 외치자 헌제가 위로했다.

"경들이 말을 달려 수고스럽게 왔는데도 내려줄 것이 없구나."

별안간 동쪽에서 또 한 갈래 군사가 몰려오니 하후돈에게 알아보게 했다.

"조조의 보병입니다."

【조조는 하후돈의 주공이지만 황제 앞이라 그냥 이름을 불렀다.】

잠시 후 조홍, 이전, 악진이 달려와 황제를 뵈었다. 장수들 이름을 모두 대고 조홍이 아뢰었다.

"신의 형은 도적 군사가 가까이 왔다는 말을 듣고 하후돈 혼자로는 어려울까 염려해 신들을 보내 화급히 달려와 돕게 했습니다."

"조 장군은 참으로 사직의 신하로다."

헌제가 칭찬하고 장수들에게 행차를 호위해 나아가게 하는데 보고가 날아왔다.

"이각과 곽사의 군사가 사납게 달려옵니다."

헌제가 도적을 막게 하니 하후돈이 조홍과 함께 활짝 펼쳐진 두 날개처럼 나뉘어 공격해 이각과 곽사는 크게 패했다. 조조 군사는 적의 머리 1만여 개를 베고 헌제에게 낙양의 옛 궁전으로 돌아가기를 청했다.

이튿날 조조가 대부대를 거느리고 와서 임시 영채를 세우고, 성안으로 들어가 궁전 섬돌 아래 엎드렸다.

"신은 예전부터 나라의 큰 은혜를 입으며 언제든 보답하려고 마음먹었습니다. 이각과 곽사의 죄악이 하늘에 사무치는데, 신에게 정예 군사 20만이 있으니 바른 이치로 틀린 행위를 치면 물리치지 못할 수가 없습니다. 폐하께서는 용체를 잘 보존하시고 사직을 무겁게 여기시옵소서."

헌제는 수고를 위로한 후 조조에게 사예교위를 맡겨 백관을 감독하게 하고, 절과 월을 내려 큰 권력을 주었다. 상서대 일까지 도맡게 하니 조조는 은혜에 감사드리고 낙양에서 50리 떨어진 곳에 자리를 잡았다.

조조가 먼 길을 달려온 것을 넘보고 이각과 곽사가 빨리 싸우려고 의논하자 가후가 말렸다.

"안 됩니다. 조조는 군사가 정예하고 장수가 용맹하니 항복해 죄를 면하는 것이 좋습니다."

이각이 벌컥 화를 냈다.

"네가 감히 우리의 날카로운 기세를 꺾으려 하느냐?"

이각이 검을 빼 들고 머리를 베려 하자 장수들이 말렸다. 가후는 그날 밤에 홀로 말을 달려 고향으로 돌아갔다.

이튿날 이각 군사가 다가오자 조조는 허저와 조인, 전위에게 300명 철갑기병을 이끌고 먼저 세 번 들이치게 하고 진을 쳤다. 이각의 조카 이섬과 이별이 말을 몰아 진 앞으로 나오자 그들이 입을 열기도 전에 허저가 나는 듯이 달려가 단칼에 이섬의 머리를 베어버렸다. 이별이 화들짝 놀라서 말에서 떨어지자 그의 목도 베어 진으로 돌아오는데 누구도 감히 뒤를 쫓지 못했다. 조조는 허저의 등을 두드리며 칭찬했다.

"그대는 참으로 나의 번쾌(樊噲)일세."

【전한 개국 명장 번쾌는 개 잡는 백정 출신으로, 한 고조 유방을 따르며 여러 번 그를 구한 용사였다. 허저의 저돌적인 성격은 번쾌와 비슷한 면이 많았다.】

조조가 하후돈과 조인을 양 날개로 펼쳐 이각 진으로 쳐들어가자 도적 군사는 크게 패하고 달아났다. 조조가 친히 보검을 틀어쥐고 밤새 쫓아가자 이각과 곽사는 목숨을 건지려고 집 잃은 개처럼 허둥거렸다. 몸 붙일 곳이 없어 그들은 산으로 들어가 화적이 되었다. 조조는 회군해 낙양성 밖에 주둔했다.

양봉과 한섬이 쑥덕거렸다.

"조조가 큰 공을 세웠으니 반드시 대권을 잡을 텐데 어찌 우리를 받아들이겠나?"

두 사람은 이각과 곽사를 쫓아간다는 구실을 대고 대량 땅으로 떠났다.

어느 날, 헌제가 조조를 불러 일을 상의하려고 사자를 보냈다. 조조가 만나보니 눈썹이 진하고 눈에 정기가 돌며 정력이 넘쳤다.

'낙양에 큰 흉년이 들어 신하와 백성이 모두 얼굴에 굶주린 빛이 가득한데 이 사람은 어찌 홀로 이렇게 힘이 있을까?'

조조가 궁금해서 물었다.

"공의 존귀한 얼굴이 풍만하고 힘이 있으니 어찌 조리했기에 이렇게 되시었소?"

"저는 다른 방법이 없고 그저 30년간 식담(食淡)을 했을 뿐입니다."

【'식담'에는 두 가지 뜻이 있다. 음식에 소금을 넣지 않는다는 뜻과 담백하게 먹는다는 뜻이다. 사람이 소금을 먹지 않고는 살 수 없으니 고기와 비린 것을 피하고 채식으로 담백하게 먹었다는 말인데 그 시대 섭생법의 하나였다.】

조조는 고개를 끄덕이고 또 물었다.

"공은 무슨 벼슬에 있소?"

"저는 효렴으로 추천되어 원소와 장양의 종사로 있었으나 두 사람 모두 난을 다스릴 만한 주인이 되지 못했습니다. 천자께서 낙양으로 돌아오셨다는 말을 듣고 특별히 뵈러 왔다가 의랑 벼슬을 받았습니다. 제음군 정도현 사람으로 성은 동(董)이고 이름은 소(昭), 자는 공인(公仁)이라 합니다.”

조조는 일어나 삿자리 밖으로 나가 경의를 표했다.

“성명을 들은 지 오래인데 다행히 여기서 만나 뵙는구려.”

술상을 차려 대접하면서 순욱을 불러 함께 만나는데 별안간 보고가 들어왔다.

“군사 한 대가 동쪽으로 달려가는데 어떤 군사인지 모르겠습니다.”

조조가 급히 알아보라고 명하자 동소가 대답했다.

“이각의 옛 장수 양봉과 백파군 우두머리 한섬이 명공께서 오셨다는 말을 듣고 군사를 이끌고 대량으로 달아나는 것입니다.”

“혹시 이 조를 의심하는 게 아니오?”

“꾀 없는 무리이니 명공께서 걱정하실 게 없습니다.”

조조가 또 물었다.

“이각과 곽사가 이번에 달아나면 어찌 될 것 같소?”

“호랑이가 발톱이 빠지고 새가 날개를 잃어, 얼마 가지 못해 명공께 잡힐 터이니 마음 두실 나위가 없습니다.”

말이 통하자 조조가 조정 대사를 물으니 대답했다.

“명공께서 의병을 일으켜 도적의 난을 제거하고 조정에 들어와 천자를 보좌하시니 이것은 오패의 공로입니다. 그러나 장수들 뜻이 각기 달라 반드시 명공께 복종한다고 볼 수는 없습니다. 여기 남아 있으면 불편할지도 모르니 황제를 허도로 옮기는 것이 상책입니다. 하지만 조정이 이리저리 돌다 겨우 경성으로 돌아왔으니 멀고 가까운 곳의 사람들이 모두 여기를 우러르면서 하루아침의 안정을 바랄 터인데 다시 행차를 옮기면 그들 뜻에 거슬립니다. 무릇 사람이 비상한 일을 하면 비상한 공적이 생기니 [夫行非常之事부행비상지사 乃有

非常之功내유비상지공] 명공께서는 큰 것을 생각해 결단을 내리시기 바랍니다."

【오패란 춘추시대에 가장 세력이 좋았던 다섯 제후를 말한다. 제환공, 진(晉)문공, 진(秦)목공, 송양공, 초장왕으로 주의 임금을 받든다는 명분으로 자기 세력을 늘리면서 다른 제후들을 제압했다. 조조의 속셈을 빤히 들여다본 말이었다.】

조조는 동소의 손을 잡고 웃었다.

"그것이 본래 나의 뜻이오. 다만 양봉이 대량에 있고 조정에 대신들이 있으니 안팎에서 호응하면 다른 변화가 생기지 않겠소?"

"그것은 쉬운 일입니다. 양봉에게 글을 보내 안심시키고, 대신들에게 분명히 알리십시오. 경성에 식량이 없어 어가를 허도로 옮기겠다고 하십시오. 허도는 노양에 가까워 식량을 쉽게 나를 수 있어 걱정이 사라진다고 하면 대신들이 기꺼이 따를 것입니다."

동소의 빈틈없는 대답에 조조는 대단히 기뻤다. 그가 환대에 감사하고 떠나려 하자 조조는 손을 잡고 당부했다.

"이 조가 꾀해야 할 일이 있으면 공께서 가르쳐주시오."

조조는 모사들과 함께 가만히 수도를 옮길 일을 상의했다. 이때 역사를 쓰고 역법을 정하는 일을 맡은 태사령 왕립이 사적인 자리에서 황실 종친 사무를 담당한 종정 유애에게 말했다.

"내가 천문을 우러러보면서 염한의 운을 살피는데, 지난해 봄에 태백이 두(斗)와 우(牛)에서 진성을 범하기 시작해 천진을 지났고, 형혹이 거꾸로 움직여 태백과 천관에서 만났습니다. 금(金)과 화(火)가 어울렸으니 반드시 새 천자가 나올 것입니다. 살펴보니 대한의 운은 장차 끝나고 옛날 진(晉)이나 위(魏)에 속했던 땅에서 흥하는 이가 반드시 있을 것입니다."

【염한은 유씨 왕조, 태백은 금성, 두와 우는 별자리 이름, 진성은 토성, 천진과

천관은 별 이름이고, 형혹은 화성을 말한다.】

왕립은 비밀히 헌제에게 아뢰었다.

"하늘이 주는 운수는 가고 오는 것이 있고, 오행은 항상 성하지 않습니다. 불을 대신하는 자는 흙인데 한을 대신해 천하를 얻을 자를 미루어 보면 바로 위(魏) 땅에 있습니다."

조조가 전해 듣고 사람을 보내 왕립에게 부탁했다.

"공이 조정에 충성하는 것은 알지만, 천도는 깊고 먼 것이니 말을 많이 하지 않으면 고맙겠소."

조조가 왕립의 말을 전하자 순욱이 대답했다.

"한은 불로 천하를 다스리게 되었는데 명공께서는 흙의 운명입니다. 허도도 흙에 속하니 그곳으로 가시면 반드시 흥합니다. 불이 흙을 낳고 흙은 나무를 왕성하게 하니 바로 동소와 왕립의 말에 어울립니다. 뒷날 반드시 흥하는 이가 있을 것입니다."

조조의 뜻이 굳어져 이튿날 궁전에 들어가 헌제에게 아뢰었다.

"낙양은 황폐한 지 오래라 보수할 수 없고 식량과 말먹이 풀을 날라 오기도 힘듭니다. 허도는 노양에 가깝고 성벽과 궁궐, 돈과 식량, 백성과 물건이 모두 넉넉합니다. 폐하의 행차를 허도로 옮기시기를 청하오니 허락해주시기 바랍니다."

헌제는 그 말에 따르지 않을 수 없었다. 신하들 또한 조조의 세력이 두려워 다른 말을 하지 못했다. 좋은 날짜를 골라 천자의 행차를 움직이니 조조가 군사를 이끌어 호송하고 백관이 모두 따라갔다. 낙양을 나와 몇십 리도 가지 못해 높은 언덕에 이르렀는데 별안간 고함이 울리면서 양봉과 한섬이 길을 막고 앞에서 서황이 높이 외쳤다.

"조조는 천자를 납치해 어디로 가려 하느냐?"

조조가 말을 몰아 나가보니 서황의 위풍이 늠름했다. 은근히 기이하게 여겨 찬탄하고 허저를 내보내자 칼과 도끼가 부딪쳤다 떨어지기를 50합이 넘는데도 승부가 나지 않았다. 조조는 징을 울려 군사를 거두고 모사들과 상의했다.

"양봉과 한섬은 입에 담을 나위도 없지만 서황은 참으로 훌륭한 장수요. 내가 차마 힘으로 아우르기 아쉬우니 계책으로 불러야 하겠소."

행군종사 만총이 나섰다.

"주공께서는 걱정하지 마십시오. 이 총이 이전에 서황과 사귄 바 있으니 오늘 밤 군졸로 꾸며 가만히 영채로 들어가 설득하면 마음을 기울여 항복할 것입니다."

밤에 만총이 양봉 군사에 끼어들어 서황의 장막에 이르러 인사했다.

"옛 친구는 헤어진 후 무고하시오?"

서황이 흠칫 놀랐다.

"산양의 만백녕이 아니시오? 어찌 오셨소?"

"조 장군 종사로 있는데 오늘 진 앞에서 옛 친구를 만나게 되었으니 한마디 말씀을 드리려고 특별히 죽음을 무릅쓰고 왔소."

서황이 자리에 앉히자 만총이 물었다.

"공의 용맹과 지략은 세상에 찾기 어렵소. 그런데 어찌 양봉 같은 하찮은 자를 섬기시오? 조 장군은 당대 영웅으로 현명한 이를 존중하고 재주 있는 사람을 예절로 대하는 것을 천하가 다 아는 바요. 오늘 진 앞에서 공의 용맹을 보시고 몹시 존경하고 사랑해 차마 씩씩한 장수를 내보내 죽기로써 싸우게 하지 않으셨소. 특별히 이 총을 보내 청하는 것이니, 공은 어찌하여 어둠을 버리고 밝음을 찾아가 [棄暗投明기암투명] 함께 대업을 이루지 않으시오?"

서황은 한참이나 말없이 궁리하다 길게 한숨을 내쉬었다.

"내가 양봉이 대업을 이룰 사람이 아님을 번연히 알건만 따라다닌 지 오래여서 차마 버리기 무안하오."

만총이 깨우쳐 주었다.

"좋은 새는 나무를 골라 깃들이고 현명한 신하는 주인을 찾아 섬긴다는 말도 듣지 못하셨소? 섬길 만한 주인을 만나 팔을 스치면서도 그대로 지나치면 장부가 아니오."

서황은 자리에서 일어나 감사를 표했다.

"공의 말에 따르겠소."

만총은 한술 더 떴다.

"양봉과 한섬을 죽이고 머리를 들고 가서 조공을 뵙는 예물로 삼지 않으시려오?"

"아랫사람으로서 주인을 시해하는 것은 너무나 의롭지 못한 일이오. 나는 절대 그렇게는 하지 못하겠소!"

서황의 대답에 만총은 감탄했다.

"공은 진짜 의사(義士)이시오."

서황은 수십 명 기병을 이끌고 그날 밤으로 만총과 함께 조조에게 갔다. 어느새 소식이 들어가 크게 노한 양봉이 기병 1000명을 이끌고 쫓아오며 높이 소리쳤다.

"서황, 이 배신자야, 달아나지 마라!"

이때 포 소리가 '탕' 울리더니 산 아래위에서 횃불이 환하게 일어서며 매복한 군사가 나타나 조조가 버럭 호통쳤다.

"내가 여기서 기다린 지 오래다! 저 놈을 놓치지 마라!"

양봉이 깜짝 놀라 급히 물러서려 했으나 조조 군사에 에워싸인 지 오래였다. 한섬이 구하러 와서 어지러이 싸워 양봉은 몸을 빼 달아나고 군사는 절반 넘어 항복했다. 세력이 궁해진 양봉과 한섬은 패잔군을 이끌고 원술을 찾아 갔다. 조조가 군사를 거두어 영채로 돌아오니 만총이 서황을 데리고 와서 대단히 기뻐하며 후하게 대했다.

조조는 황제 수레와 의장대를 호송해 허도로 가서 궁궐을 짓고 종묘와 사직을 세웠다. 조정의 여러 조직인 성(省)과 대(臺)를 만들고, 성벽을 보수하고 창고를 고쳤다. 동승을 비롯한 열세 사람이 열후 작위를 받았는데, 공로에 상을 주고 죄에 벌을 주는 일이 모두 조조에게 달려 있었다.

조조는 무평후 작위를 얻고 스스로 대장군이 되었다. 순욱은 궁궐에서 황제를 모시는 시중을 맡고 조정 실무를 전담하는 상서령이 되었다. 나라 권력이 완전히 조조 손에 들어갔다. 순유는 군 참모장인 군사(軍師)가 되고, 곽가는 학술 고문인 사마제주가 되었으며, 유엽은 국고를 책임진 사공창조연을 맡았다. 모개와 임준은 전농중랑장이 되어 돈과 식량을 감독하는 일을 했다.

【전농중랑장은 매우 중요한 벼슬이었다. 천하가 어지러워 사람 없는 빈 땅이 늘어나는 시대에 조조는 여러 곳에 군사와 백성을 정착시켜 농사를 짓게 하고, 이를 둔전(屯田)이라 불렀다. 곳곳에서 식량을 조달할 수 있게 된 조조는 다른 군벌들에 비교해 형편이 좋았다. 둔전은 조조군의 명줄이나 다름없어 둔전을 하는 군사와 백성은 지방관의 감독을 받지 않고, 조정에서 임명한 무관들이 관리했다. 이런 무관 가운데 가장 높은 전농중랑장은 위치가 태수와 같았다.】

정욱은 동평국 상(相)이 되어 범성에 군사를 주둔하고, 동소는 낙양을 다스리는 낙양령이 되었으며, 만총은 새 수도 허도를 다스리는 허도령이 되었다. 무장들을 보면 하후돈, 하후연, 조인, 조홍은 장군이 되고, 여건, 이전, 악진, 우금, 서황은 교위가 되었으며, 허저와 전위는 도위가 되었다. 다른 장수들도 각기 벼슬을 받았다.

조정의 큰일은 모두 조조에게 먼저 보고하고 천자에게 아뢰었다. 대사를 마무리한 조조는 후당에 잔치를 베풀고 부하들을 모아 의논했다.

"내가 황실을 존경해 받들고 자리가 삼공에 이르렀으니 모두 그대들 공로요. 내가 걱정하는 자는 원소와 원술인데 둘 다 이미 땅을 차지했으니 공략할 수 없소. 유비는 서주에 군사를 주둔하고 주의 일을 보는데, 얼마 전에 패전한 여포가 그에게 의지해 소패에 머물고 있다 하오. 만약 두 사람이 마음을 합쳐 군사를 이끌고 침범하면 실로 가슴과 뱃속의 걱정거리가 될 거요. 그들을 공략할 묘한 꾀가 있소?"

허저가 단순하게 나섰다.

"정예 군사 5만을 빌려주시면 유비와 여포의 머리를 베어 승상께 바치겠습니다."

순욱은 찬성하지 않았다.

"장군은 용맹하나 계책을 쓸 줄 모릅니다. 이제 겨우 허도가 수도로 안정되었으니 함부로 군사를 움직여서는 아니 됩니다. 저에게 묘한 꾀가 하나 있으니 이른바 '두 호랑이가 먹이를 다투게 하는 계책[二虎競食之計이호경식지계]'입니다. 굶주린 호랑이 두 마리가 바위 아래서 오가며 먹이를 찾습니다. 이때 바위 위에서 먹을 것을 던져주면 두 호랑이가 빼앗으려고 싸우니 어느 하나가 반드시 다칩니다. 그러면 남은 호랑이도 힘이 빠져 쉽게 죽일 수 있습니다. 유비가 서주를 맡았다고는 하지만 정식으로 조서를 받지 못했으니 천자께 아뢰어 서주 자사에 임명하십시오. 그러면서 가만히 글을 보내 여포를 죽이라고 명합니다. 일이 이루어지면 유비는 옆에서 용맹한 장수가 사라져 공략하기 쉬워지고, 일이 이루어지지 않으면 여포가 유비를 죽일 것입니다. 이것이 바로 두 호랑이가 먹이를 다투게 하는 계책입니다."

조조는 기뻐 즉시 헌제의 조서를 받아 서주로 보냈다. 유비를 진동장군으로 임명하고 의성정후로 봉해 남군 의성국의 한 정(亭)을 식읍으로 주고, 서주 자사를 겸하게 하면서 밀서를 한 통 덧붙였다.

이때 서주에서 유비는 헌제가 허도로 왔다는 소식을 듣고 표문을 올려 축하드리려 하는데 갑자기 천자의 사자가 내려왔다. 유비가 성 밖까지 나가 영접하고 은혜로운 임명을 받은 후 잔치를 베푸니 사자가 속삭였다.

"군후께서 임명받으신 것은 대장군께서 추천하신 덕입니다."

조조의 밀서를 주어 유비가 읽어보고 부하들과 상의하니 장비가 제일 먼저 찬성했다.

"여포는 의리 없는 놈이니 죽여서 아니 될 게 무엇이오!"

"세력이 약해져 의지하러 왔는데 죽이면 의로운 일이 아닐세."

"좋은 사람 노릇은 하기 어렵소!"

장비는 시답지 않게 여겼으나 유비는 듣지 않았다.

이튿날 여포가 축하하러 와서 유비가 겸손하게 감사를 표하는데, 장비가 검을 빼 들고 죽이려고 달려들어 여포는 깜짝 놀랐다.

"익덕은 어찌하여 나만 보면 죽이려 하오?"

장비가 소리 질렀다.

"조조는 네가 의리 없는 작자라고 우리 형님보고 죽이라고 했다!"

여포는 기가 막혔다.

"내가 자네하고는 원수진 게 없네."

유비가 연거푸 호통쳐 장비를 물리친 후, 여포를 데리고 후당으로 들어가 전날 있었던 일을 알려주었다. 조조가 보낸 밀서를 보여주자 여포가 읽고 눈물을 떨어뜨렸다.

"우리 두 사람 사이가 벌어지도록 만들려는 것이오!"

"형은 걱정하지 마십시오. 유비는 맹세코 이런 의롭지 못한 짓을 하지 않습니다! 현에 식량과 말먹이 풀이 모자라면 더 보내드리겠습니다."

유비가 다짐해 여포는 거듭 절하며 고마워했다. 유비는 여포를 붙잡고 술을 마시다 저녁이 되어서야 성 밖까지 배웅하고 돌아왔다. 관우와 장비가 물었다.

"형님은 어찌하여 여포를 죽이지 않으시오?"

"이것은 조맹덕이 나하고 여포가 함께 일을 꾸며 자기를 정벌할까 두려워 쓴 계책일세. 우리가 서로 삼키게 만들어 이득을 얻으려 하는데 내가 어찌 그 말을 들어 움직이겠나?"

유비 설명을 듣고 관우는 고개를 끄덕여 옳다고 했으나 장비는 여전히 고집을 부렸다.

"그래도 나는 그놈을 죽여 뒷날의 걱정을 없애야 하겠소!"

"그것은 장부가 할 노릇이 아닐세."

이튿날 유비는 사자를 돌려보내면서 표문을 올려 황제의 은혜에 감사드리고, 조조에게도 회답을 보냈다. 그냥 천천히 움직이게 해달라고만 썼다.

사자가 돌아와 유비가 여포를 죽이지 않았다고 하자 순욱이 다시 계책을 냈다.

"이번에는 '호랑이를 몰아 이리를 삼키게 하는 계책 [驅虎吞狼之計구호탄랑지계]' 입니다. 원술에게 가만히 사람을 보내 유비가 비밀 표문을 올려 남군을 치려 한다고 알려주십시오. 원술이 그 말을 들으면 반드시 분노해 유비를 칠 것이니 그때 장군께서 천자의 조서를 내려 유비에게 원술을 치라고 하십시오. 양쪽에서 어울려 싸우면 여포가 반드시 다른 마음을 품을 것입니다."

조조는 크게 기뻐 원술에게 사람을 보내고, 황제 이름으로 서주에도 조서를 띄웠다. 유비가 천자의 조서를 받아보니 군사를 일으켜 원술을 토벌하라는 내용이었다. 옆에서 미축이 꼭 찍었다.

"이것 또한 조조의 계책입니다."

"비록 계책이지만 천자의 명령을 어길 수는 없소."

유비가 황제의 조서에 답하는 표문을 올리고 날짜를 정해 길을 떠나려 하니 손건이 청했다.

"먼저 성을 지킬 사람을 정하시지요."

"두 아우 중 누가 성을 지키겠나?"

관우가 먼저 나섰다.

"이 아우가 성을 지키겠습니다."

"자네하고는 아침저녁으로 일을 상의해야 하는데 어찌 헤어질 수 있겠나?"

장비가 나섰다.

"이 아우가 성을 지키면 되오."

"자네는 이 성을 지키지 못하네. 첫째는 술버릇이 나빠 술을 마신 뒤에는 반드시 고집을 부리고 사납게 굴면서 군졸들을 채찍질하고, 둘째는 일을 하는 버릇이 경솔하고 남의 충고를 따르지 않아 내 마음이 놓이지 않네."

"이 아우는 이제부터 술을 마시지 않고 군졸도 때리지 않겠소. 여러 일은 모두 사람들 권고를 들어서 하면 되오."

장비가 다짐하니 미축이 끼어들었다.

"마음에 없는 말일까 걱정이오."

장비가 벌컥 화를 냈다.

"내가 형님을 여러 해 따르면서 신용을 잃은 적이 없는데 어찌 나를 얕잡아 보는가?"

"아우 말은 그러하나 내가 마음을 놓지 못하니 진원룡을 청해 보좌하도록 해야겠네."

유비가 진등에게 당부했다.

"술을 적게 마시게 하여 아우가 일을 그르치지 않도록 하시오."

진등이 응낙해 유비는 기병과 보병 3만을 일으켜 남양으로 진군했다.

원술은 유비가 자신이 차지한 주와 현을 치려 한다는 말을 듣고 화가 머리 끝까지 치밀었다.

"삿자리나 짜고 신이나 삼던 놈이 이제 큰 주를 차지하고 제후들과 같은 줄에 서게 되었구나. 내가 지금 네놈을 정벌하려 하는데 네가 도리어 나를 어찌해보겠다고? 어허, 참으로 괘씸하도다!"

상장 기령(紀靈)에게 10만 군사를 주어 서주로 쳐들어가게 하니 양쪽 군사가 하비국 우이현에서 만났다. 군사가 적은 유비는 산에 의지해 물가에 영채를 세웠다. 기령은 산동 사람으로 세 가닥 날이 뾰족한 삼첨도를 잘 다루는데 무게가 50근이었다. 기령이 진 앞에 나와 욕설을 퍼부었다.

"유비 이 시골뜨기야! 네가 어찌 감히 우리 경계를 침범하느냐?"

유비가 대꾸했다.

"나는 천자의 조서를 받들어 신하의 본분을 지키지 않는 자를 정벌하는데, 네가 감히 와서 항거하니 죄를 용서할 수 없다!"

기령이 크게 노해 칼을 춤추며 달려왔다.

"하찮은 녀석이 거센 체하지 마라!"

관우가 버럭 호통치며 말을 달려나가니 칼과 칼이 불꽃을 튀기며 부딪치기가 30합이 넘어도 승부가 나지 않았다. 기령이 소리쳤다.

"잠깐 쉬자!"

관우가 진 앞에 돌아와 다시 싸우기를 기다리는데 기령이 부장 순정을 내보냈다. 관우가 소리쳤다.

◀ "싸움하는 사나이가 어찌 술을 마시지 않나?"

"기령이 나와라. 내가 그와 자웅을 가르겠다!"

순정이 대꾸했다.

"너는 이름 없는 조무래기라 기 장군 적수가 되지 못한다!"

관우가 크게 노해 달려드니 두 말이 겨우 한 번 어울리기 바쁘게 순정을 말 아래로 떨어뜨렸다. 유비가 군사를 휘몰아 들이치자 기령은 크게 패하고 회음현으로 물러가 감히 나와 싸우지 못했다. 가끔 가만히 군사를 보내 영채를 기습했으나 유비가 모두 물리쳤다.

유비가 떠난 뒤 장비는 백성의 소송 따위 모든 일은 진등에게 맡기고 군사의 큰일만 혼자 짐작해 처리했다. 어느 날, 장비가 잔치를 베풀어 여러 관원을 청했다.

"우리 형님이 떠나실 때 나에게 일을 그르치지 않도록 술을 적게 마시라고 분부하셨소. 오늘은 모두 취하도록 실컷 마시고 내일부터는 술을 끊고 나를 도와 성을 지켜주시오."

장비가 술잔을 들고 자리를 돌며 술을 권하는데 도겸의 장수 조표 앞에 이르니 사양했다.

"나는 천계(天戒)에 따라 술을 마시지 않소."

【천계는 '하늘의 경고'라는 뜻 이외에 선천적으로 무엇을 하지 못한다는 뜻도 있다. 조표는 술을 못 마신다고 사절한 것이다.】

장비는 고집을 부렸다.

"싸움하는 사나이가 어찌 술을 마시지 않소? 꼭 한 잔 권해야 하겠소."

조표는 마지못해 한 잔 마셨다. 장비는 돌아가며 술을 권한 뒤 큼직한 들소 뿔 잔으로 여러 잔을 들이켰다. 잔뜩 취한 장비가 다시 자리에서 일어나 잔을 들고 술을 권하는데 조표 앞에 이르자 또 사양했다.

"정말 더는 마실 수 없소이다."

"아까는 마시고 지금은 어찌 거절하느냐?"

장비는 말투가 거칠어졌으나 조표가 끝내 사양하자 술기운이 치밀어 벌컥 화를 냈다.

"내 군령을 어겼으니 채찍으로 등을 100대 쳐야 하겠다!"

무사들에게 호령했다.

"이놈을 잡아 끌어내라!"

진등이 말렸다.

"현덕 공이 떠나실 때 무어라고 분부하셨소?"

취한 장비 귀에는 아무 말도 들리지 않았다.

"너희 문관은 너희 일이나 알아서 잘하고 내 일에는 끼어들지 말라니까."

조표는 한껏 장비를 높여 부르며 부탁했다.

"익덕 공, 내 사위 낯을 보아서라도 용서해주시오."

"사위가 누구냐?"

"여포가 내 사위올시다."

그 말이 붙는 불에 부채질하는 격이 되어 장비는 크게 노했다.

"내가 실은 너를 치려고 하지 않았는데 네가 여포를 들먹여 나를 겁주려 하니 기어이 쳐야겠다! 너를 치는 것은 바로 여포를 치는 것이다!"

사람들이 아무리 말려도 통하지 않았다. 조표가 채찍으로 50대 맞은 후 사람들이 다시 애원해 장비는 매질을 멈추게 했다.

조표는 분해 죽을 지경이 되어 그날 밤으로 소패에 있는 여포에게 글을 보냈다. 장비의 무례함을 자세히 이야기하고, 유비가 회남으로 원술을 치러 갔으니 그날 밤 장비가 취한 틈을 타 군사를 이끌고 서주를 습격하라고 부추겼다. 여포 곁에서 진궁이 권했다.

"소패는 오래 있을 곳이 못 됩니다. 지금 서주에 엿볼 틈이 생겼으니 이때 손에 넣지 않으면 뉘우쳐도 소용없습니다."

여포는 500명 기병을 거느리고 먼저 떠나고 진궁이 고순과 함께 대군을 이끌고 뒤따랐다. 서주까지는 50여 리밖에 되지 않아 말에 오르면 금방이었다. 여포가 성 아래에 이르니 한밤중인데 달빛이 매우 밝았다. 성 위에서 지키는 군사는 아무 눈치도 채지 못했다.

"유 사군께서 기밀이 있어 사람을 보내셨소!"

성 앞에서 소리치니 성 위에서 조표의 군사가 문을 열어, 여포가 한 소리 암호를 지르자 일제히 성안으로 달려 들어갔다.

장비는 곤드레만드레 취해 관청에 쓰러져 자고 있어서 사람들이 부랴부랴 흔들어 깨웠다.

"여포가 속임수로 성문을 열고 쳐들어왔습니다."

크게 노한 장비가 황급히 갑옷을 걸치고 창을 들어 말에 오르자 여포 군사가 닥쳐왔다. 술이 채 깨지 않은 장비는 싸우고 싶어도 제대로 기운을 쓸 수 없고, 여포 또한 장비의 용맹을 잘 알아 바짝 달라붙지 못했다. 장비의 고향 연 땅에서 온 18인 장사들이 장비를 호위해 동문으로 쳐나갔다. 하도 급작스레 일어난 일이라 유비의 식솔을 돌볼 사이도 없었다.

조표는 장비가 술까지 취한데다 따르는 자가 20명도 되지 않는 것을 얕잡아보고 100여 명 군사를 이끌고 쫓아갔다. 장비가 분통이 터져 말을 덮쳐드니 조표는 세 합도 못 버티고 달아났으나 강가까지 쫓아가 한 창 콱 내찌르자 말과 함께 물에 빠져 죽었다. 장비는 성 밖에서 부하들을 불러내 회남으로 갔다.

여포는 성안으로 들어가 백성을 어루만지고, 군사 100명에게 유비 집을 지키게 하여 누구도 함부로 드나들지 못하게 했다.

장비가 수십 명 기병을 이끌고 우이로 달려가 조표와 여포가 안팎으로 호응해 서주를 빼앗은 일을 이야기하자 사람들은 모두 낯빛이 변했다. 유비가 탄식했다.

"얻었다고 해서 기쁠 게 무엇이고, 잃었다고 해서 근심할 게 무엇인가[得何足喜득하족희 失何足憂실하족우]."

관우가 물었다.

"아주머님들은 어디 계시는가?"

"모두 성안에 갇히고 말았소."

장비의 대답에 유비는 아무 말도 하지 않는데 관우가 발을 구르며 원망했다.

"네가 처음에 성을 지키겠다고 할 때 뭐라고 했더냐? 형님은 또 뭐라고 분부하셨고? 오늘 성도 잃고 아주머님들도 안에 갇혔으니 어찌한단 말이냐!"

장비는 몸 둘 바를 몰라 검을 들어 스스로 목을 베려 했다.

이야말로

잔 들어 술 마실 때는 얼마나 즐겁더냐
검 뽑아 목숨 버릴 때 뉘우쳐도 늦더라

장비 목숨은 어찌 되는지 보기로 하자.

삼국시대에도 술잔을 돌렸을까?

소설《삼국지》에는 술 이야기가 300번도 더 나온다. 장비는 술을 가장 좋아하는 인물 중 하나로 원전에서는 어딘가 귀여운 면이 있다. 그런데 잘못 옮겨진 한글판들에서는 장비가 무지막지한 인간으로 변했다. 장비는 난폭한 자라고 미리 점찍어놓고 '싸움하는 사나이[斯殺漢시살한]'를 '죽일 놈'으로 오해하면서 엉터리 말을 꾸며냈으니 옛날 중국 음주법을 너무 모른다고 해야겠다.

중국 북방에서는 술을 권할 때 흔히 말한다.

"정이 깊으면 한 모금에 털어 넣고, 정이 얕으면 슬쩍 핥기만 한다."

자기가 권하는 술을 마시면 정이 깊다는 말이다. 이처럼 사람마다 우정에 호소하며 술을 권하니 주량이 웬만한 사람이 아니면 취해 떨어지기 쉽다.

지금은 중국 백주(白酒, 배갈)의 알코올 도수가 이전보다 많이 내려가 35도 전후지만, 장비가 살던 시대에는 술을 사절하는 자체가 우스울 정도로 도수가 낮았다. 그 시절에는 발효주밖에 없었는데,《후한서》〈식화지〉에 나오는 1세기 양조법을 보면, 쌀 두 섬에 누룩 한 섬을 섞어 빚으면 술 여섯 섬 여섯 말이 나왔다고 하니 알코올 도수가 얼마나 낮았는지 짐작할 수 있다.

황실 제사에 쓰는 술은 당연히 최고 전문가가 최고 원료로 빚건만, 늘 시금털털한 냄새나 풍기고 술맛이라고는 없어 황제부터 말단 신하까지 고민이 많았다는 기록이 수두룩하다. 누룩 질이 좋지 않아 제대로 숙성되지 못했기 때문이다.

그 시절에는 막걸리 수준에 지게미가 많아서 술독을 내다 놓고 즉석에서 걸러 마셨다. 찬술은 몸에 좋지 않다고 믿어 더운물에 따뜻하게 데워 마시는 것이 일반적이었다. 이처럼 일이 많아 술을 거르고 데우고 따르며 시중드는 사람이 따로 있었다.

편한 자리에서는 시중드는 사람이 주인과 손님에게 술을 따랐지만, 정중한 자리에서는 주인이 부탁한 사람이 손님들 앞을 돌며 술을 권했다. 물론 시중드는 사람이 따라다녔다. 동탁이 여포를 시켜 대신들에게 술을 권하면서 장온의 머리를 돌려 보였다는 장면을 생각하면 이해가 될 것이다.

주인이 직접 손님 앞을 돌며 술을 권하면 큰 성의를 나타내는 행동이었다. 이렇게 술을 권하는 일을 '술을 돌린다'고 했다. 한 바퀴를 돌면 한 순(巡)이 이루어졌다.

15

호통 한 번에 적장 죽인 소패왕

태사자는 소패왕과 치열하게 겨루고
손백부는 엄백호와 대판으로 싸우다

장비가 목을 베려 하니 유비가 끌어안고 검을 빼앗아 던졌다.

"옛사람이 말하기를 '형제는 손발 같고 아내와 자식은 옷과 같으니 [兄弟如手足형제여수족 妻子如衣服처자여의복], 옷이 해어지면 그래도 기울 수 있으나 손발이 잘리면 어찌 이을 수 있으랴'고 했네. 우리 세 사람이 복숭아 뜰에서 맺어질 때 같은 날에 태어난 것은 바라지 않으나 같은 날에 죽기를 원한다고 하지 않았던가? 비록 성을 잃고 식솔도 잃었으나 어찌 형제를 중도에 죽도록 하겠는가? 하물며 성은 원래 내 것이 아니었고, 식솔이 성안에 갇혔다지만 여포가 해치지 않을 것이니 계책을 써서 구할 여지가 있네. 아우는 일시 실수했을 뿐인데 어찌하여 목숨까지 바치려 하는가?"

말을 마치고 유비가 목 놓아 울자 관우와 장비도 감격해 눈물을 흘렸다.

여포가 서주를 차지했다는 소식이 귀에 들어가자 원술은 바로 사람을 보내 식량 5만 섬, 말 500필, 금은 1만 냥, 채색 비단 1000필을 주겠다면서 유비를 앞뒤에서 협공하자고 부추겼다. 여포가 고순을 시켜 유비의 뒤를 습격하자 유비는 벌써 알고 비가 내리는 틈을 타 우이를 버리고 달아났다. 동쪽으로 달려가 광릉을 손에 넣으려는 것이었다.

고순의 군사가 우이에 이르니 유비는 이미 떠나고 없었다. 고순은 기령을 만나 원술이 주겠다고 약속한 것을 달라고 했지만 기령은 뒤로 미루었다.

"공은 먼저 군사를 돌려 돌아가시오. 내가 주공을 뵙고 답을 드리리다."

고순이 서주로 돌아와 기령의 말을 전하니 여포가 의심하는데 원술의 글이 왔다.

'고순이 우이까지 가기는 했으나 유비를 없애지는 못했으니, 유비를 잡기를 기다려 약속한 물건을 주겠소.'

여포는 화가 치밀었다.

"원술은 믿을 수 없다. 군사를 일으켜 정벌해야겠다."

진궁이 말렸다.

"아니 됩니다. 원술은 수춘을 차지해 군사가 많고 식량이 넉넉해 얕볼 수 없습니다. 현덕을 소패로 돌아오라고 청해 장군을 돕는 날개로 삼는 것이 좋습니다. 현덕을 선봉으로 세워 먼저 원술을 치고 뒤에 원소를 무찌르면 천하를 가로세로 누빌 수 있습니다."

여포는 유비에게 서주로 돌아오라고 사람을 보냈다. 광릉을 치던 유비는 원술이 뒤에서 습격해 군사를 반이나 잃고 돌아오다 여포의 사자를 만나자 매우 기뻐했다. 관우와 장비는 여포가 의리가 없어 믿을 수 없다고 의심했으나 유비 생각은 달랐다.

"그가 좋은 마음으로 나를 대하는데 의심할 게 무엇인가!"

유비가 서주에 돌아와 식솔을 만나니 감(甘) 부인과 미(糜) 부인이 지난 일을 이야기했다.

"여포는 사람들이 집에 들어오지 못하게 군사를 보내 지켜주고 필요한 물건을 대주어 생활에 부족함이 없었어요."

【유비는 여러 번 아내를 잃었는데, 감 부인은 소패에 주둔할 때 얻은 소패 사람이다. 미 부인은 미축의 누이동생으로 유비는 이때부터 큰 부자인 미씨의 재정 지원을 받을 수 있었다.】

유비가 관우와 장비에게 말했다.

"나는 여포가 반드시 내 식솔을 해치지 않을 줄 알았네."

유비는 여포에게 고맙다는 인사를 하러 가고, 장비는 여포가 미워 따라가지 않고 두 형수를 모시고 소패로 갔다. 유비가 감사를 표하자 여포가 변명했다.

"내가 성을 빼앗으려 한 게 아니라 자네 아우가 술김에 사람을 죽이려고 해서 무슨 일이 생기지 않을까 염려해 지키는 걸세."

"이 비는 형께 양보하려 한 지 오랩니다."

여포가 짐짓 서주를 돌려주는 척했으나 유비는 사양하고 소패로 돌아갔다. 관우와 장비가 분하게 여기자 유비가 달랬다.

"몸을 낮추어 본분을 지키면서 하늘이 도와주는 때를 기다려야지 운명과 싸워서는 아니 되네 [屈身守分굴신수분 以待天時이대천시 不可與命爭불가여명쟁]."

여포가 식량과 비단을 보내오고 조정에 유비를 예주 자사로 추천해 두 집안이 화목하게 지냈으니, 이 일은 여기서 줄인다.

원술이 수춘에서 장수들을 모아 큰 잔치를 베푸는데 보고가 들어왔다.

"여강 태수 육강을 정벌하러 갔던 손책이 이기고 돌아왔습니다."

원술이 손책을 불러 대청 아래에 와서 절을 하니 수고를 위로한 후, 자신을 모시고 앉아 술을 마시게 했다. 손책은 아버지가 죽고 강남에 물러가 현명한 이들을 존중하고 아랫사람들을 예절로 대하는데, 외숙부인 단양 태수 오경이 도겸과 사이가 나빠 어머니와 식솔을 오군 곡아현으로 옮기고 혼자 원술을 찾아와 의지하고 있었다.

원술은 손책을 매우 사랑해 늘 탄식하곤 했다.

"손랑 같은 아들이 있으면 죽은들 무슨 한이 있으랴!"

손책은 젊어서 랑(郎)으로 불렸는데, '손랑'이라는 별명이 뒷날 강남을 놀라게 할 줄은 아무도 알지 못했다. 원술이 회의교위라는 벼슬을 주어 단양군 경현의 산적 수령 조랑을 치게 했더니 어렵지 않게 물리치고 돌아왔다. 그의 용맹을 알고 다시 양주 여강군 태수 육강을 공격하게 했는데 이번에도 이기고 돌아온 것이다.

잔치가 끝나고 손책은 영채로 돌아와 술자리에서 원술의 태도가 너무나 오만했던 것을 떠올리고 마음이 울적해 마당에 나가 달빛 아래를 거니는데, 아버지 손견이 생각났다.

'아버님은 그처럼 훌륭한 영웅이셨는데 나는 이런 꼴이 되었구나.'

저도 모르게 눈물이 나와 목 놓아 우니 갑자기 한 사람이 밖에서 들어오며 껄껄 웃었다.

"백부(손책의 자)는 어찌 이러는 거요? 아버님께서 살아계실 때 나를 여러 번 써주셨는데, 백부가 결정하지 못할 일이 있으면 나한테 묻지 않고 어찌 혼자 우는 거요?"

손책이 보니 아버지의 종사관으로 있던 단양군 고장현 사람 주치(朱治)로, 자는 군리(君理)였다. 손책은 눈물을 거두고 자리에 청했다.

"제가 우는 것은 아버님 뜻을 잇지 못하기 때문입니다."

"백부는 왜 원공로에게 군사를 빌려 강동으로 가지 않소? 외숙부를 구한다는 구실로 대업을 시작하지 않고 언제까지 그에게 붙잡혀 있을 작정이오?"

둘이 이야기하는데 한 사람이 불쑥 들어왔다.

"두 사람이 꾀하는 바를 내가 이미 알았소. 내 밑에 건장한 사나이 100명이 있으니 잠시 백부를 도와드릴 수 있소."

손책이 보니 원술의 모사 여범(呂範)으로 자는 자형(子衡)이고 여남군 세양현 사람이었다. 손책이 크게 기뻐 자리에 청해 함께 의논하니 여범이 근심했다.

"다만 원공로가 군사를 빌려주지 않을까 걱정이오."

"아버님이 남기신 전국새가 있으니 저당 잡힐까 합니다."

"그가 욕심낸 지 오래이니 옥새를 맡기면 군사를 내줄 거요."

이튿날 손책은 원술을 찾아가 울며 절했다.

"아직도 아버님 원수를 갚지 못했는데 또 외숙부 오경이 양주 자사 유요의 핍박을 받고 있습니다. 늙은 어머님과 식솔이 모두 곡아에 있으니 반드시 해를 당할 것입니다. 이 책은 감히 강한 군사 수천을 빌려 혈육을 찾아보려 하는데 명공께서 믿지 않으실까 염려해 아버님이 남긴 옥새를 저당 잡힐까 합니다."

옥새라는 말에 귀가 번쩍 뜨인 원술은 어서 달라면서 좋아서 야단이었다.

"내가 너의 옥새를 가지려는 게 아니니 잠시 맡겨두어라. 3000명 군사에 말 500필을 빌려줄 테니 그쪽을 평정하고 빨리 돌아오너라. 네 직위가 낮아 군사를 부리기 어려우니 조정에 표문을 올려 절충교위 진구장군으로 추천하겠다. 날짜를 정해 군사를 이끌고 떠나면 된다."

【동탁 때문에 일어선 군벌들은 개인적으로 벼슬을 주는 일이 많았다. 조정에 표문을 올려 승인을 얻기도 했으나 사실상 조정에서 관리할 수 없는 상태라 승인을 받지 않아도 문제가 없었다. 절충교위는 한때 원술 자신이 하던 벼슬이니 굉장한

명예가 되었다.】

손책은 주치와 여범, 그리고 옛날 손견을 따르던 정보, 황개, 한당을 비롯한 장수들을 데리고 좋은 날을 골라 군사를 일으켰다. 양주 여강군에 이르자 군사 한 무리가 찾아왔다. 앞장선 장수는 얼굴이 아름다운 옥 같고 입술은 연지를 바른 듯 빨간데 풍채가 소탈하면서도 점잖고 용모가 빼어났다. 그의 가슴에는 하늘땅을 쥐락펴락할 방법이 들어 있고, 뱃속에는 나라를 안정시킬 꾀가 숨어 있었다.

그 사람이 말에서 내려 넙죽 절을 하니 성은 주(周)씨에 이름은 유(瑜), 자는 공근(公瑾)으로 여강군 서성 사람이었다. 손견이 동탁을 토벌할 때 여강 태수가 있는 서성으로 거처를 옮겼는데, 가까이에 살게 된 주유와 손책이 동갑으로 사이가 아주 친해 형제를 맺었다. 손책 생일이 두 달 위라 주유가 형님으로 모셨다. 주유가 단양 태수로 있는 숙부 주상을 찾아가다 손책을 만난 것이다. 손책이 크게 기뻐 사정을 이야기하니 주유가 다짐했다.

"이 유가 개와 말의 힘을 다해 함께 대사를 이루겠습니다."

"나에게 공근이 있으면 반드시 대사가 이루어지네!"

주유를 사람들에게 인사시키고 함께 일을 상의하니 주치와 여범은 대단히 흡족해했다. 주유가 물었다.

"형님이 큰일을 이루려 하시면서 강동에 두 장씨가 있다는 것을 어찌 모르십니까?"

"두 장씨가 누구인가?"

"한 사람은 책을 많이 읽고 예서 글씨를 잘 쓰며 천문지리에 밝으니 팽성 사람 장소(張昭)로 자는 자포(子布)인데 전에 도겸이 청했으나 시시해서 가지 않았습니다. 또 한 사람은 아홉 가지 경서를 꿰뚫고 제자백가의 학문에 밝으니 광릉 사람 장굉(張紘)으로 자는 자강(子綱)입니다. 두 분은 하늘땅을 경영할 재주가 있으나 난을 피해 숨어 살고 있으니 어찌 어서 모셔오지 않으십니까?”

손책이 부하에게 예물을 주어 장소와 장굉을 모셔오게 했으나 두 사람 다 사양하고 오지 않았다. 손책이 직접 찾아가 이야기를 나누고 기뻐하며 힘껏 청하니 그제야 왔다. 손책은 장소를 최고 군사보좌관인 장사로 삼아 무군중랑장에 임명하고, 장굉은 참모로 삼아 정의교위 벼슬을 내렸다. 두 사람과 함께 유요를 칠 일을 상의했다.

한의 황실 종친 유요는 자가 정례(正禮)로 청주 모평현 사람이었다. 태위로 있던 유총이 큰아버지이고, 연주 자사를 지낸 유대가 형님이었다. 양주 자사로 수춘에 주둔하다 원술에게 쫓겨 장강을 건너 곡아로 온 것이다.

손책의 군사가 오자 유요가 장수들과 상의하니 장영이 나섰다.

“제가 군사 한 대를 이끌고 우저를 막으면 100만 군사라도 가까이 올 수 없습니다.”

장막 아래에서 한 사람이 높이 외쳤다.

“제가 선봉이 되고자 합니다!”

태사자였다. 북해의 포위를 풀고 찾아와 있었는데 유요는 허락하지 않았다.

“자네는 너무 젊어 대장으로 삼을 수 없네. 옆에서 명령이나 듣게.”

태사자는 언짢아서 물러섰다. 장영은 우저에 이르러 군량 10만 섬을 창고에 쌓았다.

【장강 남쪽 우저산은 강으로 뻗어 나와 장강 남북을 이어주는 중요한 요충지였다.】

손책이 군사를 이끌고 오자 장영은 우저 여울에서 맞이했다. 손책의 진에서 황개가 말을 달려나가 몇 번 어울리는데, 별안간 장영의 진이 크게 어지러워졌다.

"진 뒤에서 사람들이 불을 지릅니다."

장영이 급히 군사를 돌리자 손책이 몰아쳐 장영은 우저를 버리고 산속으로 달아났다.

장영의 진 뒤에서 불을 지른 사람들은 건장한 두 장수였다. 얼굴이 검고 수염이 누르며 몸집이 웅장한 사람은 구강군 수춘현 사람 장흠(蔣欽)으로 자는 공혁(公奕)이고, 몸집이 호랑이 같고 눈이 밝으며 눈썹이 진한 사람은 구강군 하채현 사람 주태(周泰)로 자는 유평(幼平)이었다.

두 사람은 어지러운 세상에서 무리를 모아 장강에 와서 약탈로 살아가다 손책이 현명한 사람을 부르고 유능한 인재를 찾는다는 소문을 듣고 300여 명 무리를 거느리고 찾아온 것이었다. 손책은 크게 기뻐 두 사람을 군전교위로 임명했다.

손책은 우저 창고의 군량과 병기를 얻고 항복한 군사 4000여 명을 받아들여 신정 땅으로 나아갔다. 손책은 신정 고개 북쪽에 영채를 세우고, 유요는 고개 남쪽에 영채를 세웠다.

손책이 토박이에게 물었다.

"가까운 산에 광무제 사당이 있느냐?"

"고개 위에 있습니다."

"어젯밤 꿈에 광무제께서 나를 부르시던데 오늘 사당에 가서 빌어야겠소."

장소가 말렸다.

"안 됩니다. 고개 남쪽은 유요의 영채인데 매복이 있으면 어찌하시겠습니까?"

"신(神)께서 나를 보우하시는데 무엇이 두렵겠소?"

손책은 심드렁하게 대꾸하고 말에 올라 정보와 황개를 비롯한 장수들을 데리고 떠났다. 열세 장수가 고개 위 사당을 찾아 향을 피우고 손책이 꿇어앉아 빌었다.

"손책이 강동에서 큰일을 이루고 아버님 기업을 다시 일으키게 되면 반드시 사당을 보수하고 사계절 제사를 올리겠습니다."

손책은 경건하게 빌고 말에 올랐다.

"고개 너머 유요의 영채를 한번 살펴봅시다."

장수들이 말렸으나 듣지 않고 손책은 고개 위에 올라 남쪽 숲을 바라보았다. 어느새 군사가 달려가 보고하자 유요는 크게 신경 쓰지 않았다.

"우리를 유인하는 계책이니 쫓아서는 아니 되네."

태사자가 펄쩍 뛰어 일어났다.

"이때 손책을 잡지 않고 언제까지 기다립니까?"

유요의 군령을 기다리지도 않고 말에 올라 창을 치켜들었다.

"용기 있는 자는 모두 나를 따르라!"

명장들은 움직이지 않고 끝자리 소장 하나만 응했다.

"태사자는 참으로 맹장이오! 내가 도와주어야 하오!"

소장이 말을 다그쳐 태사자와 함께 가니 장수들은 비웃었다.

손책이 유요의 영채를 살펴보고 천천히 말을 돌려 돌아오는데 고개 위에서 고함이 울렸다.

"손책은 달아나지 마라!"

말 두 필이 나는 듯이 고개를 달려 내려와 손책의 장수들은 가지런히 늘어섰다. 손책이 창을 가로 들고 고개 밑에 말을 세우고 기다리자 태사자가 높이 외쳤다.

"누가 손책이냐?"

"너는 누구냐?"

"나는 동래의 태사자다. 특별히 손책을 잡으러 왔다!"

손책이 웃었다.

"바로 나다. 너희 둘이 함께 덤벼도 나는 두렵지 않다. 두려워하면 손백부가 아니다!"

태사자도 지지 않았다.

"너희가 전부 달려들어도 나 역시 두렵지 않다!"

태사자가 창을 가로 들고 덮쳐드니 손책도 창을 꼬나 들고 맞받아, 서로 무예를 떨쳐 싸우기를 50합이 지났으나 누구도 이기지 못했다. 사람들은 모두 놀라 감탄했다.

손책이 창을 놀리는 법에 조금도 실수가 없자 태사자는 못 이기는 척 달아나며 손책이 쫓아오도록 꾀었다. 손책이 따라오자 은근히 기뻐 고갯길로 가지 않고 산 뒤로 빙 돌아갔다. 손책이 따라잡으니 태사자가 호통쳤다.

"대장부라면 한번 너 죽고 나 죽고 겨루어보자!"

"달아나는 자는 멋진 사나이가 아니다!"

손책도 호통쳐 또 30합을 싸우는데 태사자가 생각했다.

'이 녀석은 따르는 자가 열둘이고 나는 하나뿐이니 사로잡더라도 무리에게 빼앗기고 말겠지. 한 마장 더 끌고 가 놈들이 찾아오지 못하는 곳에서 손을 써야 하겠다.'

태사자는 다시 달아나며 소리쳤다.

"너, 나를 쫓지 마라!"

손책이 곱게 놓아줄 리 없었다.

"너, 달아나지 마라!"

태사자는 싸우다 달아나고 달아나다 멈추어 싸웠다. 쫓고 쫓기며 어느덧 널찍한 평지에 이르러 다시 치열한 싸움이 50합에 이르렀다. 손책이 창을 내찌르니 태사자가 슬쩍 피하고 창대를 겨드랑이에 꽉 끼었다. 때를 같이해 태사자도 한 창 내찔렀으나 손책 역시 창날을 피하고 창대를 틀어쥐었다. 창대를 밀고 당기며 힘을 쓰다 두 사람이 말에서 굴러떨어지니 말들은 달아나버렸다.

두 사람은 창을 버리고 부둥켜안고 싸웠다. 전포가 찢어져 너덜너덜해졌다. 손이 잽싼 손책이 태사자의 등에 꽂힌 짧은 극을 뽑아 쥐니, 태사자도 손책의 투구를 잡아당겨 쥐었다. 손책이 극을 잡고 찌르면 태사자는 투구를 들어 막았다. 이때 태사자는 30세였고, 손책은 21세였다.

별안간 뒤에서 고함이 일어나며 유요가 태사자를 도우러 보낸 군사가 달려와 손책이 당황하는데, 마침 정보를 비롯한 열두 장수도 달려와 두 사람은 손을 놓았다.

태사자가 군사에게 말 한 필을 얻고 창도 잡아 다시 싸우러 오니, 손책도 정보가 말을 붙잡아 와 창을 잡고 말에 올랐다. 유요의 1000여 명 군사와 정보의 열두 장수는 어지러이 싸우며 신정 고개 아래로 다가왔다.

이때 또 고함이 일어나며 주유가 군사를 이끌고 달려오고, 유요도 몸소 대군을 거느리고 고개에서 내려왔다. 황혼이 가까워지는데 갑자기 비바람이 몰아쳐 양쪽은 군사를 거두었다.

이튿날 손책이 유요의 영채 앞에 진을 치고 창끝에 태사자의 짧은 극을 꿰어 들고 군사들에게 높이 외치게 했다.

"태사자가 도망가지 않았으면 벌써 찔려 죽었을 것이다!"

태사자도 손책의 투구를 영채 앞에 들고나와 군사들에게 소리치게 했다.

"손책의 머리가 여기 있다!"

양쪽 군사가 소리를 지르는데 이쪽에서 이겼다고 자랑하면 저쪽에서 더 세다고 우쭐거렸다.

【나관중 본에 작은 글씨로 붙인 주해에 의하면, 역사를 기록하는 사관들은 투구를 잃은 사람이 진 것으로 평했다고 한다.】

태사자가 말을 몰고 나와 승부를 겨루자고 해서 손책이 나가려고 하니 정보가 말렸다.

"주공께서 수고하실 것 없습니다. 이 보가 저 자를 잡아 오겠습니다."

정보가 진 앞에 나가자 태사자는 시큰둥했다.

"너는 내 적수가 되지 못한다. 손책을 내보내라!"

정보가 크게 노해 창을 꼬나 들고 달려들어 30합쯤 어울리는데 유요가 자지러지게 징을 울려 군사를 거두었다.

"보고가 들어왔네. 주유가 곡아를 습격해 여강 사람 진무(陳武)가 성안에 들여보냈다네. 우리 집의 기업을 잃었으니 여기 오래 머물 수 없네. 어서 말릉으로 가서 착융, 설례의 군사와 합쳐 곡아를 구하러 가야겠네."

태사자가 유요를 따라 돌아가니 손책은 쫓지 않고 군사를 거두었다. 장소가 제의했다.

"그쪽 군사는 곡아를 잃어 싸울 마음이 없어졌으니 오늘 밤 영채를 습격하면 됩니다."

그날 밤 손책이 군사를 나누어 기세 좋게 쳐들어가자 유요의 군사는 크게 패하고 뿔뿔이 달아났다. 태사자가 혼자 힘으로는 손책 군사를 막아낼 수 없어 10여 명 기병을 이끌고 밤새 경현으로 달아났다.

손책이 또 장수 진무를 얻었으니 그는 자가 자렬(子烈)로 키가 일곱 자인데 얼굴은 누렇고 눈알은 붉어 용모가 이상했다. 손책은 진무를 몹시 사랑해 교위로 임명하고 선봉으로 세워 설례를 치게 했다. 진무가 10여 명 기병을 이끌고 불시에 설례의 진으로 쳐들어가 머리 50여 개를 베자 설례는 문을 닫아걸고 감히 나오지 못했다.

이때 유요가 착용과 함께 우저를 치러 간다는 보고가 들어와 손책은 대군을 거느리고 달려갔다. 양쪽이 마주쳐 유요와 착용이 말을 타고 나오자 손책이 소리쳤다.

"내가 여기 왔는데 너희는 어찌 항복하지 않느냐?"

유요 뒤에서 장수 우미가 창을 꼬나 들고 달려 나왔으나 세 합도 되지 않아 손책이 사로잡아 진으로 돌아가니 동료 장수 번능이 창을 꼬나 들고 쫓아갔다. 손책의 진에서 높이 소리쳤다.

"등 뒤에 쫓는 놈이 있습니다!"

손책이 머리를 돌려보니 번능의 말이 바짝 다가와, 꽥하고 한 소리 무섭게 호통쳤다. 우레 같은 소리에 놀라 번능은 몸을 뒤집으며 말에서 떨어져 머리가 깨져 죽고 말았다.

손책이 진 앞에 와서 우미를 땅에 던지는데 겨드랑이에 너무 꽉 끼어 있다 어느새 숨이 넘어간 다음이었다. 잠깐 사이에 손책은 호통 한 번에 장수 하나를 죽이고 겨드랑이에 끼어 또 장수 하나를 죽였다. 이때부터 사람들은 손책을 소패왕이라 불렀다.

【유방과 항우가 천하를 다툴 때 유방 아래 명궁 누번이 항우의 부하 여럿을 활로 쏘아 죽였다. 화가 난 패왕 항우가 갑옷을 차려입고 나서서 꽥 한 번 소리쳤더니 누번은 겁을 먹고 부들부들 떨면서 다시는 화살을 날리지 못했다. 손책의 무예와 용맹도 놀라우나 호통도 항우 못지않았다.】

유요의 군사는 크게 패해 절반 가까이 다치고 나머지는 모두 항복했다. 유요와 착용은 군사를 잃고 유표에게 몸을 의지하러 예장 땅으로 달려갔다.

손책은 군사를 돌려 다시 말릉을 공격했다. 직접 해자 앞에 가서 항복을 권하는데 성 위에서 가만히 화살을 날리자 왼쪽 다리에 꽂혀 몸을 뒤집으며 말에서 떨어졌다. 장수들이 급히 구해 영채로 돌아와 화살을 뽑고 치료했다.

손책이 화살에 맞아 죽었다는 소문을 퍼뜨리게 하니 군사들이 슬피 울며 영채를 뽑고 떠났다. 손책이 죽었다는 소문을 곧이듣고 설례가 밤에 장영, 진횡과 함께 습격하자 매복한 군사가 사방에서 일어나며 손책이 말을 달려 나와 높이 외쳤다.

"손랑이 여기 있다!"

설례의 군사가 놀라 창칼을 버리고 땅에 엎드리니 손책은 한 사람도 죽이지 말라고 명했다. 장영은 말을 돌려 달아나다 진무의 창에 찔려 떨어지고, 진횡은 장흠의 화살에 맞아 죽었다. 설례는 어지러운 싸움 중에 목숨을 잃었다.

말릉에 들어가 백성을 안정시킨 손책은 군사를 경현으로 옮겨 태사자를 잡으러 갔다. 이때 태사자는 건장한 사나이 2000여 명을 모아 원래 거느리던 군사와 합쳐 유요의 원수를 갚으러 가려던 참이었다.

손책과 주유는 태사자를 사로잡으려고 경현을 세 방향으로 에워싸고 공격하면서 그가 달아나도록 동문만 열어두고, 50리 떨어진 세 갈래 길에 군사를 매복시켰다. 태사자가 거기 이르면 사람과 말이 지쳐 틀림없이 잡힐 것으로 보았다.

태사자가 모은 군사는 농사꾼이라 기율을 모르고, 경현성은 벽이 높지 않아 지키기 어려웠다. 그날 밤 손책의 명을 받은 진무가 가벼운 차림으로 칼을 들고 성벽에 기어올라 불을 지르자 태사자는 끝내 지키지 못할 것을 알고 동문으로 달아났다. 손책이 군사를 이끌고 쫓아갔으나 태사자가 급히 달리니 30리를 쫓고는 그만두었다.

50리를 달리자 태사자도 지치고 말도 힘겨워하는데 갑자기 갈대숲에서 고함이 터지며 땅에 늘어뜨려 말의 다리를 거는 밧줄이 불시에 일어났다. 힘겹게 달리던 말이 걸려 넘어지니 태사자도 함께 나가떨어져 군사들에게 잡혔다. 태사자가 묶여 큰 영채로 끌려가자 손책이 호통 쳐 군사를 물리치고 손수 밧줄을 풀어주며, 입고 있던 비단 전포를 벗어 입혀주었다. 태사자가 청했다.

"싸움에 진 장수를 죽여주오."

"나는 자의(태사자의 자)가 진짜 장부임을 아오. 유요가 미련해 자의를 대장으로 쓰지 않아 패한 것이오."

후한 대접에 태사자가 항복하니 손책은 손을 잡고 웃었다.

"신정에서 싸울 때 공이 나를 잡았으면 해쳤겠소?"

태사자도 웃었다.

"그것은 알 수 없지요."

손책은 껄껄 웃으며 태사자를 상석에 앉히고 잔치를 베풀어 대접했다.

"함께 지내게 되었으니 뜻대로 되지 못할까 걱정하지 말고 앞으로 내가 나아갈 길을 힘껏 가르쳐주시오."

"싸움에 진 장수는 뭐라고 말할 자격이 없습니다 [敗軍之將패군지장 不可言事불가언사]."

"옛날 한신(韓信)은 광무군에게 도움을 바랐는데, 이 책은 오늘 슬기로운 이에게 물어 의문을 풀고 결단을 내리려 하거늘 공은 어찌 사양하시오?"

【한신은 조(趙)의 왕을 이긴 후, 왕이 부하 이좌거(李左車)의 말을 들었으면 자기가 졌을 것이라면서 포로가 된 이좌거에게 계책을 물어 뒷날 빛나는 승리를 거두었다. 손책은 싸움에 진 태사자가 무안하지 않도록 배려하면서 거절하기 어려운 청을 한 것이다.】

태사자가 대답했다.

"방금 유요가 패하여 군사들 마음이 멀어졌는데 그들이 흩어지면 다시 모으기 어렵지요. 이 자가 가서 남은 무리를 거두어 공을 도울까 하는데 믿어주실지 모르겠습니다."

손책은 자리에서 일어나 고마워했다.

"이는 실로 책이 바라는 바요. 공과 약속하니 내일 정오까지는 돌아오기 바라오."

태사자가 응하고 떠나자 장수들이 걱정했다.

"태사자가 가면 다시 오지 않습니다."

"자의는 신의를 지키는 사람이니 배반하지 않을 것이오."

손책의 말을 누구도 믿지 않았다.

이튿날 손책은 영채 문에 막대를 세워 해의 그림자를 살피게 했다. 막대 그림자가 점점 짧아져 정오가 되자 태사자가 1000여 명 무리를 이끌고 왔다. 손책은 크게 기뻐하고 사람들은 손책의 사람 보는 안목에 탄복했다.

손책이 몇만을 모아 강동 백성을 편안히 하고 무리를 살뜰히 돌보자 찾아오는 사람이 헤아릴 수 없었다. 처음에는 손랑이 온다는 소문만 듣고도 백성이 질겁해 달아났으나 손책이 아무도 약탈하지 못하게 하여 닭이나 개도 놀라 뛰지 않게 되자 모두 즐거워했다. 백성들이 소를 끌고 술을 가져와 군사를 위로하면 손책은 금과 비단으로 답례해 환호 소리가 들판에 울렸다.

유요의 군사에게도 각기 뜻을 물어 따르겠다면 받아들이고, 싫다 하면 쌀을 주어 농사꾼으로 돌아가게 했다. 강남 백성이 저마다 우러러 칭송하니 손책은 세력이 크게 강성해졌다. 틀이 잡히자 손책은 어머니와 숙부, 아우들을 곡아로 돌려보낸 후, 손권과 주태에게 선성을 지키게 하고 남쪽으로 내려가 오군을 쳤다.

【손책의 가족은 유요에게 밀려 곡아를 떠나 다른 곳에 피해 있었다.】

이때 엄백호라는 자가 스스로 '동오덕왕'이라 일컬으며 오군을 차지하고 장수를 보내 오정현과 가흥현을 지키게 했다. 손책 군사가 온다는 소식을 듣고 엄백호가 아우 엄여를 내보내, 그가 칼을 가로 들고 풍교 다리 위에 말을 세웠다. 손책이 보고 바로 나가 싸우려 하자 장굉이 말렸다.

"무릇 주장은 삼군의 목숨이 달린 어른이니 하찮은 적과 섣불리 맞서서는 아니 됩니다. 장군은 스스로 무겁게 여기시기 바랍니다."

손책이 고마워했다.

"선생의 말씀은 '솥에 써넣고 비석에 새겨 후세에 길이 전할 좋은 말[金石之言금석지언]'입니다. 하지만 주장이 친히 화살과 돌을 무릅쓰지 않으면 장졸들이 목숨을 걸고 싸우지 않을까 두렵습니다."

손책이 한당을 보내 다리 위로 달려가는데 장흠과 진무가 쪽배를 몰고 다리 밑을 지나가며 어지러이 화살을 날려 뭍의 군사를 쫓고, 기슭으로 달려 올라가 적을 마구 찍었다. 한당이 성문 아래까지 쳐들어가자 적은 성안으로 쫓겨 들어가, 사흘이나 성을 에워싸도 나와 싸우지 않았다.

손책이 성문 앞에 가서 항복을 권하자 성 위에서 비장 하나가 왼손으로 들보를 떠받치고 오른손으로 성 아래를 가리키며 욕을 퍼부었다. 태사자가 말 위에서 활을 들고 장수들을 돌아보았다.

"내가 저 녀석 왼손을 맞출 터이니 모두 구경하시오."

말이 끝나기도 전에 시위가 울리니 화살은 정확히 비장의 왼손을 맞혀 들보에 박아버렸다. 그것을 보고 갈채를 울리지 않는 사람이 없었다. 엄백호는 깜짝 놀랐다.

"저쪽에 저런 사람이 있으니 어찌 맞설 수 있겠느냐!"

화해를 구하기로 하고, 이튿날 엄여를 보내 손책을 찾아가게 하니, 손책이 장막에 청해 술을 마시다 술기운이 돌자 검을 휙 빼 들어 엄여가 앉은 삿자리를 탁 찍었다. 엄여가 질겁해 쓰러지자 손책이 픽 웃었다.

"장난하는 것이니 놀라지 마오."

엄여의 실력을 가늠해본 손책은 엄백호의 속셈을 물었다.

"그대 형님의 뜻은 어떠하오?"

"강동을 장군과 똑같이 나누려 하십니다."

손책은 발끈했다

"쥐 같은 무리가 어찌 감히 나하고 맞먹으려 드느냐?"

손책이 목을 치라고 호령하니 엄여가 검을 뽑으며 일어서는데 손책이 달려들어 검을 날렸다. 엄여의 머리를 베어 성으로 보내자 엄백호는 당하지 못할 것을 알고 성을 버리고 달아났다. 손책이 쫓아가는데, 황개가 벌써 가흥을 차지하고 태사자가 이미 오정을 빼앗아 몇 고을이 평정되었다.

엄백호는 오군 여항현으로 달아나며 길에서 약탈을 일삼다 토박이 능조가 마을 사람들을 이끌고 잡으려 하자 회계로 도망갔다. 능조가 아들을 데리고 찾아오니 손책은 종정교위로 삼아 군사를 이끌고 강을 건넜다.

엄백호가 화적들을 모아 서진 나루에 늘어섰으나 정보가 크게 깨뜨리고 밤을 새워 회계까지 쫓아갔다. 회계 태수 왕랑이 엄백호를 구하려 하자 한 사람이 나서서 말렸다.

"아니 됩니다. 손책은 어질고 의로운 군사를 거느렸는데 백호는 악한 무리입니다. 백호를 사로잡아 손책에게 바치는 것이 좋습니다."

왕랑이 보니 자를 중상(仲翔)이라 하는 회계군 여요현 사람 우번(虞翻)이었다. 군에서 겨우 아전으로 있는 우번이 뜻을 거스르자 왕랑이 화를 내며 꾸짖어, 우번은 길게 한숨을 쉬고 밖으로 나갔다.

왕랑이 엄백호와 합쳐 산음현 들판에 진을 치자 손책이 말을 타고 나가 물었다.

"내가 의로운 군사를 일으켜 절강 일대를 안정시키러 왔는데 어찌 도적을 돕는가?"

왕랑이 욕했다.

"너는 욕심이 한이 없구나! 오군을 얻고도 내 경계를 억지로 아우르려 하느냐? 오늘 특별히 엄씨를 위해 원수를 갚아주겠다!"

손책이 달려나가려 하는데 어느새 태사자가 달려가 칼을 춤추며 왕랑과 어울렸다. 왕랑 진에서 주흔이 달려 나오자 손책 쪽에서 황개가 뛰쳐나갔다. 양쪽에서 요란스레 북소리를 울리며 치열한 싸움이 벌어지는데, 별안간 왕랑 진 뒤쪽이 어지러워지며 군사 한 떼가 쳐들어왔다. 주유와 정보가 뒤로 협공한 것이다.

적은 군사로 많은 적을 당할 수 없어 왕랑은 엄백호, 주흔과 함께 피로 물든 길을 뚫고 성안으로 달아나 조교를 끌어올리고 성문을 굳게 닫았다. 손책 군사가 네 방향 성문을 사납게 들이치자 왕랑이 나가 죽기로써 싸우려 했으나 엄백호가 말렸다.

"손책 군사는 형세가 크니 도랑을 깊이 파고 보루를 높이 쌓아 지키기만 해야 하오. 한 달도 지나지 않아 군량이 바닥나면 자연히 물러갈 테니 그때 틈을 타 몰아치면 크게 싸우지 않고도 깨뜨릴 수 있소."

왕랑이 성을 단단히 지키면서 나오지 않아 며칠을 공격해도 성과를 얻지 못한 손책이 장수들과 상의했다. 숙부 손정이 계책을 내놓았다.

"왕랑은 튼튼한 성벽에 의지해 급히 빼앗기 어렵다. 회계의 물자와 식량은 태반이 사독에 있는데 여기서 몇십 리밖에 떨어지지 않았으니 군사를 풀어 먼저 차지하자. 이른바 '적이 방비하지 않는 곳을 치고 적이 생각하지 못한 행동을 한다 [攻其無備공기무비 出其不意출기불의]'는 계책이다."

손책은 크게 기뻐 숙부께 사례하고, 성문 앞에 불을 피우고 짐짓 깃발을 늘어놓아 적을 속이는 군사를 설치하고 밤에 남쪽으로 갔다. 주유가 충고했다.

"대군이 움직이면 왕랑이 성을 나올 것이니 기이한 군사로 치십시오."

"이미 대비해 놓았으니 오늘 밤 성을 손에 넣겠네."

손책 군사가 물러갔다 하여 왕랑이 성에 올라 바라보니 성 밑에서 연기와 불이 일어나고 깃발들이 가지런해 크게 의심하자 주흔이 일깨웠다.

"손책은 갔습니다. 우리가 의심하도록 계책을 쓴 것이니 어서 나가 습격하시지요."

엄백호는 주흔보다 한 수 더 내다보았다.

"손책이 사독으로 가지 않았는지 모르겠소. 내가 주 장군과 함께 쫓아가겠소."

그제야 왕랑은 깨달았다.

"사독은 군량을 쌓은 곳이라 즉시 방비해야 하니 먼저 군사를 이끌고 가시오. 내가 뒤를 따르겠소."

엄백호와 주흔은 5000명 군사를 이끌고 성을 나가 쫓아갔다. 밤이 되어 성에서 20리 지점에 이르니 별안간 숲속에서 '둥!' 북소리가 울리며 숱한 횃불이 일어섰다. 엄백호가 깜짝 놀라서 말을 돌리자 한 장수가 길을 막는데 바로 손책이었다. 주흔이 칼을 춤추며 달려들었으나 손책이 한 창에 찔러 죽이니 군사는 모두 항복하고 엄백호는 여항을 향해 달아났다.

왕랑은 앞선 군사가 패했다는 말을 듣고는 성으로 들어갈 엄두가 나지 않아 군사를 이끌고 바닷가로 도망갔다. 손책이 대군을 되돌려 성을 빼앗고 백성을 안정시키는데, 하루도 지나지 않아 한 사람이 엄백호의 머리를 들고 왔다. 회계군 여요현 사람으로 성은 동(董)이고 이름은 습(襲), 자는 원대(元代)였

다. 손책은 기뻐하며 그를 별부사마로 임명했다.

이로써 동방 일대는 모두 평정되었다. 손책은 숙부 손정에게 회계를 지키게 하고, 주치를 오군 태수로 임명한 후 군사를 거두어 강동으로 돌아갔다.

이때 손책의 아우 손권과 주태가 선성을 지키는데 별안간 산적들이 쳐들어왔다. 깊은 밤이라 맞서 싸울 경황이 없어 주태가 손권을 말에 안아 올리자 산적들이 몰려와 칼을 휘둘렀다. 주태는 갑옷 한 조각 걸치지 못한 채 알몸으로 칼을 들어 10여 명을 찍어 눕혔다. 말 탄 도적이 창을 들고 달려드니 창대를 휙 잡아채 끌어내리고 말을 빼앗아 피로 물든 길을 뚫고 손권을 구해냈다. 도적들은 멀리 달아났다.

몸을 열두 곳이나 찔린 주태는 상처가 부어 목숨이 오락가락했다. 소식을 듣고 손책이 놀라는데 장막 아래에서 동습이 말했다.

"제가 이전에 해적들과 싸우다 몇 군데 창을 맞은 적이 있는데, 회계군의 현명한 아전 우번이 추천한 의원의 치료를 받고 반 달 만에 나았습니다."

"우번이라면 우중상 말이오? 그는 현명한 선비요. 내가 부르겠소."

장소와 동습을 보내 정중히 청하니 우번이 왔다. 손책이 예절을 차려 극진하게 대해 군의 공조에 임명하고 의원 이야기를 하니 그가 대답했다.

"이 사람은 패국 초군 사람으로 성은 화(華)씨에 이름은 타(佗), 자는 원화(元化)라 하는데 참으로 당대의 신의(神醫)입니다. 제가 그를 데려와 장군께 뵙도록 하겠습니다."

하루도 지나지 않아 우번이 화타를 데려왔다. 머리는 학의 깃털처럼 새하얀데 얼굴은 어린아이와 다름없고, 모습이 이 세상을 벗어난 신선 같았다. 손책은 화타를 큰 손님으로 대하면서 주태 상처를 보아달라고 간청했다.

"이것은 쉬운 일입니다."

◀ 주태는 알몸으로 칼을 들어 산적 물리치고

화타는 약을 써서 한 달 만에 주태를 고쳐주었다.

손책이 나아가 산적들을 쳐 없애니 강남은 모두 평정되었다. 손책은 장졸을 나누어 요충지들을 지키게 한 후 조정에 표문을 올려 조조와 연줄을 만들고, 원술에게 사람을 보내 옥새를 되찾으려 했다.

은근히 황제가 될 마음을 품은 원술은 옥새를 돌려주지 않고 핑계만 대며 장사 양대장을 비롯해 30여 명 부하를 모아 상의했다.

"손책이 내 군사를 빌려 일을 시작했는데, 강동 땅을 모두 차지하고도 은혜를 갚을 생각은 않고 오히려 옥새를 달라 하니 참으로 무례하다. 어찌 혼을 내야 하겠는가?"

장사 양대장이 대답했다.

"손책은 험한 장강이 막아주는 땅을 차지했는데, 군사가 정예하고 식량이 많아 공략하기 어렵습니다. 먼저 유비를 정벌해 전날 까닭 없이 공격한 원한을 풀고 뒤에 손책을 쳐도 늦지 않습니다. 제가 당장 유비를 잡을 계책을 올리겠습니다."

이야말로

강동에 가서 호랑이는 치지 않고
서주에 와서 용하고 싸우자 한다

어떤 계책일까?

16

원문의 화극 맞혀 싸움 말리다

[轅門射戟 원문사극]

여봉선은 원문에서 화극을 쏘고
조맹덕은 육수에서 싸움에 지다

양대장이 원술에게 유비를 칠 계책을 올렸다.

"소패의 유비를 치기는 쉽지만 서주에 여포가 호랑이처럼 웅크리고 있습니다. 전에 여포에게 금과 비단, 식량과 말을 주겠다고 약속하고 지금껏 주지 않았으니 그가 유비를 도우면 우리가 어찌할 수 없습니다. 여포에게 식량을 보내 군사가 움직이지 않게 하면 유비를 잡을 수 있으니, 먼저 유비를 사로잡고 다음에 여포를 공략하면 서주를 얻을 수 있습니다."

원술은 좁쌀 20만 섬과 글을 주어 관원 한윤(韓胤)을 서주로 보냈다.

'동탁이 난을 일으켜 황실을 파괴하고 이 술의 가문을 해칠 때 술은 관동에서 군사를 일으켰으나 그를 없애지 못했는데, 장군이 동탁의 머리를 베어 원수를 갚아서 술이 눈을 들어 세상을 보게 하며 살거나 죽거나 부끄럽지 않게 해주셨으니, 이는 장군이 이 술을 위해 베푼 첫 번째 공로이오. 전에 조정에서 명한 연주 자사 김상이 임지에 이르렀으나 조조의 공격으로 하마터면 죽을 뻔하고 달아나 헤매게 되었는데, 장군이 연주를 깨뜨려 그 한을 풀어주고 이 술이 멀고 가까운 곳을 눈을 뜨고 보게 해주셨으니, 장군이 이 술을 위해 베푼 두 번째 공로이오. 술은 이 세상에 태어나 천하에 유비라는 자가 있다는 말을 듣지 못했으나 유비가 군사를 풀어 술과 맞서는데, 이제 장군의 위엄에 힘입어 유비를 깨뜨리게 되었으니, 장군이 이 술을 위해 베푼 세 번째 공로입니다. 장군이 술을 위해 세 가지 공로를 세우시니 이 술은 비록 재주 없으나 목숨을 바쳐 보답할까 하오. 장군이 몇 해를 싸우면서 군량이 부족해 고생하신다는 말을 듣고 곡식 20만 섬을 보내드리오. 앞으로 장군을 직접 맞이할 때는 이 정도에 그치지 않을 터이니 꼬리에 꼬리를 물고 보내드리겠소. 병기와 싸움 기구가 모자라면 크든 작든, 많든 적든 명하시는 대로 드리겠소.'

여포는 기분이 좋아 한윤을 후하게 대했다. 한윤이 수춘으로 돌아가 보고하니 원술은 기령을 대장으로 하고 뇌박과 진란을 부장으로 삼아 수만 군사를 거느리고 소패로 나아가게 했다. 유비가 소식을 듣고 사람들과 상의하니 장비가 다짜고짜 싸우러 나가려고 서두르는데 손건이 걱정했다.

"소패에는 식량이 모자라고 군사가 보잘것없으니 어찌 막겠습니까? 여포에게 위급을 알리시지요."

"그 자식이 어찌 오려 하겠소?"

장비는 시답지 않게 여겼으나 유비는 생각이 깊었다.

"공우(손건의 자)의 말이 좋구려."

유비는 글을 지어 여포에게 보냈다.

'엎드려 생각해보니, 장군께서 굽어 살피시어 이 비를 소패에 몸 붙이게 하셨으니 실로 하늘같이 높고 구름처럼 두터운 은덕입니다. 원술이 사사로운 원수를 갚으려고 기령을 보내 군사를 이끌고 우리 현에 들어오게 하니 저희가 망할 날이 오늘인가 내일인가 합니다. 장군이 아니면 저희를 구할 수 없는

데, 한 무리 군사를 휘몰아 거꾸로 매달린 듯한 위급을 구해주시면 참으로 다행이겠습니다.'

여포는 진궁과 상의했다.

"원술이 식량을 보내준 것은 내가 현덕을 구하지 못하도록 쐐기를 박자는 것인데 현덕이 구원을 바라는구면."

진궁이 대뜸 반대했다.

"유비는 비록 곤경에 빠졌지만 오래 지나면 반드시 세상을 가로세로 누비며 장군의 걱정거리가 될 것이니 구해주지 마시기 바랍니다."

여포도 생각이 있었다.

"현덕은 소패에 있으면서 나를 해칠 수 없지만, 원술이 현덕을 삼키면 북쪽으로 태산의 여러 장수와 연락해 나를 어찌해보려 할 것이니, 내가 머리를 베개에 편안히 붙이고 잘 수가 없네. 현덕을 구하는 것이 좋겠네."

여포는 군사를 점검해 길을 떠났다.

대군을 일으켜 기세 좋게 달려온 기령이 패현 동남쪽에 영채를 세우니, 낮에는 늘여 세운 깃발이 산천을 뒤덮고 밤에는 불빛이 하늘을 밝히며 북소리가 땅을 울렸다. 유비의 현에는 겨우 5000명 남짓한 군사가 있을 뿐이지만 별수 없이 현을 나가 진을 치고 영채를 세웠다.

장비가 나가 싸우지 못해 안달이라 유비가 말리는데 여포가 군사를 이끌고 나와 현의 서남쪽에 영채를 세웠다고 했다. 여포가 유비를 구하러 왔다는 말을 듣고 기령이 신용이 없다고 나무라는 글을 보내자 여포는 웃었다.

"양쪽에서 나를 원망하지 않게 할 계책이 있지."

여포가 기령과 유비를 술상에 청했다. 유비가 떠나려 하자 관우와 장비는 여포가 반드시 다른 마음을 품었으니 가지 말라고 말렸다.

"내가 그를 나쁘게 대하지 않았으니 그도 나를 해치지는 않을 걸세."

유비가 말에 올라 관우와 장비도 함께 영채에 이르자 여포가 맞이했다.

"내가 오늘 특별히 공의 위험을 풀어주러 왔으니 뒷날 뜻을 이룰 때 잊어서는 아니 되오!"

고마움을 표하고 유비가 자리에 앉자 관우와 장비는 허리에 찬 검에 손을 얹고 유비 뒤에 섰다. 이윽고 기령이 왔다는 전갈이 들어와 유비가 놀라 피하려 하자 여포가 말렸다.

"내가 특별히 양쪽을 청해 의논하려 하니 의심하지 마오."

그래도 여포 마음을 알 수 없어 유비는 의심스러웠다.

기령이 말에서 내려 영채로 들어오자 뜻밖에도 장막 윗자리에 유비가 앉아 있는 것이 아닌가! 깜짝 놀라 획 돌아서서 나가니 힘이 세어 옆 사람들은 도무지 잡을 수가 없었다. 그러자 여포가 나가 덥석 틀어쥐고 들어오는데 마치 어린아이를 드는 듯했다. 기령이 물었다.

"장군은 기령을 죽이려 하십니까?"

"아니오."

여포의 대답에 기령은 조금 정신이 드는 모양이었다.

"혹시 귀 큰 놈을 죽이려 하십니까?"

"그것도 아니오."

기령은 어리둥절했다.

"그렇다면 무엇을 하시려는 겁니까?"

"현덕은 여포의 형제요. 그가 장군에게 밀려 궁지에 빠졌으니 구하러 온 것이오."

기령은 놀라 점점 더 갈피를 잡을 수 없었다.

"그렇다면 기령을 죽이려는 것이지요?"

"그럴 리가 있겠소? 이 포는 평생 싸움을 좋아하지 않고, 말리기만 좋아하오. 내가 오늘 양쪽을 위해 원한을 풀어드리겠소."

"푸는 방법을 알려주십시오."

기령이 미심쩍어했으나 여포는 대답을 미루었다.

"나에게 하늘이 정해준 운에 따르는 법이 하나 있소."

여포가 기령을 데려와 유비와 마주 보게 하니 두 사람 다 의심이 커져 불안했다. 가운데에 앉은 여포는 술상을 베풀어 술을 돌리고 청했다.

"내 체면을 보아 양쪽에서 각기 군사를 물려주시오."

유비는 아무 말도 하지 않고 기령이 대꾸했다.

"주공 명을 받들어 오로지 유비를 잡으려고 10만 대군을 거느리고 왔는데 어찌 그냥 물러서겠습니까?"

장비가 크게 노해 검을 뽑으며 꾸짖었다.

"내가 비록 군사가 적기는 하지만 너 따위들이 날뛰는 것쯤은 어린아이 장난으로 안다! 네가 100만 황건과 비교하면 어떠하냐? 네가 감히 우리 형님을 건드리겠다는 것이냐?"

관우가 급히 말렸다.

"먼저 여 장군 생각이 어떤지 알아보고 영채로 돌아가 싸워도 늦지 않네."

여포가 불쾌한 듯 소리쳤다.

"내가 양쪽을 청한 것은 싸우지 말라고 권하는 것이지 싸우라는 게 아니라니까!"

이쪽에서는 기령이 씩씩대고 저쪽에서는 장비가 싸우지 못해 안달이니 여포는 크게 노해 소리쳤다.

"내 화극을 가져오너라!"

여포가 화극을 받아들자 기령과 유비는 낯빛이 변했다.

"양쪽이 싸우지 말라고 권하는 것은 하늘의 명에 달렸소."

여포는 부하에게 명해 원문밖으로 나가 화극을 땅에 꽂게 했다.

【이동 중인 군사는 나무를 찍어 영채를 세울 수 없으니 수레들을 빙 둘러 세워 울타리로 삼고, 큰 수레 둘을 뒤집어 채[轅원]를 교차시켜 문으로 삼았다.】

원문밖에 화극이 꽂히사 여포는 기령과 유비를 놀아보았다.

"원문은 여기서 150걸음이오. 내가 화살 하나에 화극의 작은 가지를 맞히면 양쪽이 군사를 물리고, 맞히지 못하면 영채로 돌아가 싸울 채비를 하시오. 내 말에 따르지 않는 쪽은 내가 다른 쪽과 힘을 합쳐 치겠소."

기령이 속으로 궁리했다.

'화극이 150걸음 밖에 있는데 어찌 작은 가지를 명중시키나? 먼저 대답하고 맞히지 못하기를 기다려 싸우면 된다.'

기령이 선뜻 응하자 유비도 싫다 할 리 없었다. 여포는 사람들을 자리에 앉히고 술을 한 잔씩 더 마셨다. 잔을 비우고 여포가 활과 화살을 가져오게 하니 유비는 남몰래 빌었다.

'제발 맞히게 해주소서!'

여포는 전포 소매를 걷어 올리고 화살을 시위에 먹이더니 활을 한껏 당기고 한마디 짧게 소리쳤다.

"맞혀라!"

그야말로 멋들어진 모습이었다.

　활이 당겨지니 가을 달 움직이는 듯
　살이 날아가니 별똥이 떨어지는 듯

날아간 화살은 바로 화극의 작은 가지를 맞혔다. 장막에 있던 장수들은 하나같이 갈채를 터뜨렸다. 후세 사람이 시를 지어 찬탄했다.

　　온후의 활 솜씨 세상에 드물어
　　원문에서 홀로 위험 풀었더라
　　해를 떨어뜨리니 후예를 얕보고
　　원숭이 울리니 양유기보다 나은 듯
　　호랑이 힘줄 시위 울려 활 당겨지고
　　수리 깃 화살 날아 저 멀리 이를 때
　　표범 꼬리 흔들리며 화극 뚫으니
　　강대한 10만 군사 전포 벗었네

　【후예(后羿)는 옛날 하늘에 해가 열 개 나타나자 아홉 개를 쏘아 떨어뜨린 신화 속 인물로 최고 명궁이었다. 춘추시대 초의 원숭이 한 마리가 사냥터에서 장졸들 화살을 척척 받아 쥐며 사람들을 비웃더니, 당대 제일의 명궁 양유기(養由基)가 오자 슬피 울다 그의 화살에 맞아 죽었다고 한다. 양유기는 실존 인물로 역사상 가장 활을 잘 쏜 사람으로 꼽힌다.】

　화살 한 번에 화극의 작은 가지를 맞힌 여포는 호탕하게 허허 웃으며 활을 땅에 던지고 기령과 유비의 손을 잡았다.
　"당신네 양쪽이 군사를 물리라는 하늘의 명이오!"
　그가 좌우에 호령했다.
　"술을 따라 오너라! 큼직한 잔으로 한 잔씩 더 마셔야겠다!"
　유비는 속으로 요행이라고 좋아하는데, 기령은 한참이나 말을 하지 못하다 여포에게 물었다.
　"장군 말씀을 감히 듣지 않을 수 없지만 기령이 이대로 돌아가면 주공이 어찌 믿겠습니까?"

"내가 글을 써서 알려주면 되오."

여포가 대수롭지 않게 말하고 또 술이 몇 순 돌았다. 기령이 글을 얻어 먼저 돌아가니 여포는 유비에게 자기 공로를 자랑했다.

"내가 아니었으면 공은 위태로웠을 거요."

유비는 절하여 고맙다 인사하고 관우, 장비와 함께 영채로 돌아갔다. 이튿날 세 곳의 군사는 흩어졌다.

기령이 돌아가 여포의 글을 올리자 원술은 크게 노했다.

"여포가 나한테 많은 식량을 받아 삼키고는 이따위 어린아이 장난으로 유비 편만 들었단 말이냐? 내가 친히 강한 군사를 거느리고 유비를 정벌하고 여포를 토벌해야겠다!"

기령이 말렸다.

"주공께서는 함부로 움직이셔서는 아니 됩니다. 여포는 용맹과 힘이 뛰어난데 서주까지 가졌습니다. 여포와 유비가 머리와 꼬리를 이으면 공략하기 쉽지 않습니다. 듣자니 여포에게는 아내 엄씨가 낳은 딸이 하나 있는데 머리에 비녀를 꽂을 나이[笄年계년, 15세]가 되었답니다. 주공께 아드님이 한 분 계시니 사람을 보내 청혼하십시오. 여포가 딸을 주공 가문에 시집보내면 반드시 유비를 죽일 것입니다. 이것은 사이가 먼 사람이 사이가 가까운 사람을 벌어지게 하지 못한다[疏不間親소불간친]는 계책입니다."

원술은 그날로 한윤에게 예물을 들고 서주로 가서 청혼하게 했다.

"주공께서는 장군을 우러러 흠모하시면서 따님을 며느님으로 맞아들여, 옛날 진(秦)나라와 진(晉)나라가 대를 이어 혼인을 맺은 것처럼 영원히 사이좋게 지내려 하십니다."

여포는 안방에 들어가 엄씨와 의논했다. 여포에게는 아내 둘과 첩이 하나 있었다. 본처 엄씨 이후에 초선을 첩으로 삼았으며 소패에서 조표의 딸을 둘째 아내로 맞았다. 조씨는 아이를 낳지 못하고 먼저 죽고 초선도 자식이 없는데, 엄씨만 딸 하나를 낳아 여포가 아주 귀여워했다. 엄씨가 물었다.

"원공로는 오랫동안 회남을 지키면서 군사가 많고 식량이 넉넉하다고 하던데요, 곧 황제가 될 것이라니 큰일이 이루어지면 내 딸이 황비, 황후가 될 가망이 있네요. 다만 그에게 아들이 몇이나 있는지 모르겠네요."

"아들은 하나뿐이라오."

엄씨가 좋아했다.

"그렇다면 허락해야지요. 비록 황후가 되지 못하더라도 서주를 잃을 근심은 줄어들 테니까요."

여포는 뜻을 굳히고 사자를 후하게 대접하면서 혼인을 허락했다. 한윤이 돌아가 보고하자 원술은 혼인을 약속하는 납채를 갖추어 다시 서주로 보냈다. 여포는 혼약 예물을 받아들이고 한윤을 역관에 머물게 했다.

이튿날 진궁이 한윤을 찾아갔다.

"누가 계책을 드려 공로와 봉선이 혼인을 맺게 했소? 유현덕의 머리를 떼어버리자는 뜻이 아니오?"

한윤은 흠칫 놀라 자리에서 일어나 빌었다.

"공대께서는 비밀을 흘리지 마시기 바랍니다!"

"나야 당연히 비밀을 흘리지 않지만 일을 늦추면 다른 사람에게 밝혀져 중도에 그르칠까 두렵소."

"어찌해야 하겠습니까? 가르쳐주시기 바랍니다."

"내가 봉선을 만나 당장 딸을 보내게 하면 어떻겠소?"

한윤은 대단히 고마워했다.

"그러면 원공께서는 공의 밝으신 덕행에 감격하실 것입니다!"

진궁은 한윤과 헤어져 여포를 찾아갔다.

"따님을 원공로 집안에 시집보내기로 하셨다니 축하드립니다. 언제 혼사를 치르려 하시는지 모르겠네요?"

"차차 의논해야지."

"옛사람들은 납채를 받고 성혼까지 정해진 기간이 있었습니다. 황제는 일 년이고 제후는 반 년, 대부는 석 달이고 백성은 한 달입니다."

여포가 물었다.

"원공로는 하늘이 국보를 내려 곧 황제가 될 터이니 황제의 예를 따르면 되 겠는가?"

"아니 됩니다."

"그럼 제후의 예를 따를까?"

"역시 아니 됩니다."

"그러면 대부의 예를 따르나?"

"그도 역시 아니 됩니다."

모두 안 된다고 하니 여포는 어이가 없는 듯 웃었다.

"내가 백성의 예를 따르기를 바란단 말이오?"

"아니올시다."

"그러면 공의 뜻은 어떠하오?"

진궁이 생각한 말을 쏟아냈다.

"천하 제후들이 다투어 싸우니 공께서 원공로와 사돈을 맺으면 시샘하는 제후가 없다고 장담할 수 있습니까? 멀리 좋은 날을 기약하다 나쁜 자들이 틈을 타 따님을 빼앗으면 어찌하십니까? 이미 허락하셨으니 제후들이 아직 알지 못할 때 따님을 빨리 수춘에 보내셔야 합니다. 다른 집에 들게 했다가 좋은 날을 골라 성혼하면 만에 하나도 실수가 없습니다."

"공대의 말이 참으로 옳소."

여포는 기뻐하며 엄씨에게 말해 서둘러 혼수를 장만하고 귀한 준마와 화려한 수레를 마련했다. 이튿날 송헌과 위속을 시켜 한윤과 딸을 보내는데 북과 음악이 하늘을 울리면서 행차가 성 밖으로 나갔다.

이때 진등의 아버지 진규(陳珪)는 패현 현령으로 있다가 벼슬을 내놓고 집에서 만년을 보내고 있었는데, 북소리, 음악 소리가 들리자 사람들에게 물어 까닭을 듣고는 대번에 속내를 알아차렸다.

"이것은 사이가 먼 사람이 사이가 가까운 사람들을 벌어지게 하지 못한다는 계책이니 현덕이 위험하구나."

진규는 곧 병을 무릅쓰고 여포를 찾아갔다.

"대부는 무슨 일로 오셨소?"

"공이 곧 죽게 되었다고 하여 특별히 조문하러 왔소."

뜻밖의 소리에 여포는 놀랐다.

"그게 무슨 소리요?"

"전에 원공로가 공에게 금과 비단을 보내 유현덕을 죽이려고 했으나 공은 화극을 쏘아 싸움을 말렸소. 그런데도 갑자기 와서 청혼하는 뜻인즉 공의 딸을 볼모로 삼고 현덕을 쳐서 소패를 차지하려는 것이오. 소패가 망하면 서주가 위험해지오. 또 앞으로 그가 식량을 꾸어달라고도 하고 군사를 빌려달라고도 할 터인데 공이 들어주려고 하면 요구를 맞추느라 힘을 빼면서 사람들에게 미움을 사게 되고, 들어주지 않으려고 하면 사돈 사이가 벌어져 싸울 이유가 생기게 되오. 게다가 원술은 황제가 될 뜻이 있다는데 이는 반역이오. 그가 반역하면 공은 역적의 인척이 되니 천하 사람들이 공을 받아들이겠소?"

조리 있는 말에 여포는 깜짝 놀랐다.

"진궁이 나를 그르쳤구려!"

급히 장료에게 군사를 이끌고 쫓아가게 하니 30리 밖까지 달려가 딸을 빼앗고 한윤을 잡아왔다. 여포는 한윤을 가두고 돌려보내지 않았다.

여포가 진궁을 불러 호통쳤다.

"너는 나에게 만대에 걸쳐 욕을 먹게 하려 하느냐!"

진궁은 말없이 물러갔다.

여포는 원술에게 사람을 보내 딸의 혼수가 제대로 장만되지 않아, 갖추어지면 보내겠다고 핑계를 댔다. 진규가 한윤을 허도로 압송하라고 권했으나 여포는 머뭇거리며 결단을 내리지 못했다. 이때 보고가 들어왔다.

"유비가 소패에서 군사를 모집하고 말을 사니 무슨 뜻인지 모르겠습니다."

"그거야 장수 된 사람의 본분인데 이상할 게 무엇이냐."

송헌과 위속이 또 와서 알렸다.

"우리 두 사람이 명공의 명령을 받들고 산동으로 가서 좋은 말 300여 필을 샀습니다. 그런데 패현 경계까지 돌아와 그만 산적들에게 절반을 빼앗기고 말았습니다. 알고 보니 유비 아우 장비가 산적으로 위장하고 말을 빼앗았다고 합니다."

여포는 머리끝까지 화가 치밀어 장비를 잡으려고 소패로 쳐들어갔다. 소식을 듣고 유비가 깜짝 놀라 황급히 군사를 거느리고 나와 물었다.

"형은 어찌하여 군사를 거느리고 오셨소?"

여포는 유비를 손가락질하며 욕했다.

"내가 원문에서 화극을 쏘아 큰 위기에서 구해주었는데 너는 어찌하여 내 말을 빼앗았느냐?"

"이 비는 말이 모자라 사방으로 사람을 보내 말을 샀습니다. 어찌 감히 형의 말을 빼앗겠습니까?"

유비가 변명하자 여포는 더욱 화가 났다.

"장비를 시켜 내 좋은 말 150필을 빼앗고도 아니라고 떼를 쓰느냐?"

장비가 창을 꼬나 들고 말을 달려나갔다.

"그래! 내가 너의 좋은 말을 몇 필 빼앗았다. 그래서 어찌하겠단 말이냐?"

"이 고리눈 도적놈아! 거듭거듭 나를 업신여기는구나!"

여포가 욕하니 장비도 지지 않았다.

"내가 말을 빼앗았다고 그렇게 골을 내는데, 너는 우리 형님의 서주를 빼앗고도 아무 말이 없더구나!"

여포가 화극을 꼬나 들고 말을 달려나가자 장비도 창을 꼬나 들고 맞서 100여 합을 치열하게 겨루었으나 승부가 나지 않았다. 여포 군사가 네 방향으로 다가오자 유비는 혹시 실수가 있을까 두려워 급히 징을 울려 군사를 거두고 성안으로 들어갔다. 여포는 소패를 단단히 에워쌌다.

유비가 장비를 나무랐다.

"네가 그의 말을 빼앗아 생긴 일이다. 말이 어디 있느냐?"

"여러 절간에 나누어 맡겼소."

유비는 여포에게 사람을 보내 부탁했다.

"말을 돌려드릴 테니 군사를 물리시기 바랍니다."

여포는 말을 들으려 했으나 진궁이 말렸다.

"유비를 죽이지 않으면 뒷날 그에게 해를 당합니다."

여포는 유비의 청을 거절하고 더욱 다그쳐 성을 공격했다. 손건이 유비와 상의했다.

"여포는 조조가 미워하는 자이니 차라리 성을 버리고 허도로 가는 게 좋겠습니다. 조조에게 의지해 군사를 빌려 여포를 깨뜨리면 그것이 상책입니다."

"누가 앞장서서 포위를 뚫고 나가겠나?"

장비가 나섰다.

"이 아우가 죽기로써 싸우겠소."

유비는 장비를 앞세우고 관우에게 뒤를 막게 하면서 중앙에서 식솔들을 보호해, 그날 밤 달이 환하게 밝을 때를 기다려 북문을 나가 달아났다. 송헌, 위속과 부딪쳤으나 장비가 한바탕 싸워 물리치고, 뒤에서 장료가 쫓아오자 관우가 막았다. 유비는 패현의 1만여 군사 가운데 겨우 절반만 데리고 나왔다.

여포는 유비가 가버린 것을 알고 구태여 쫓지 않고 성에 들어가 백성을 위로하고 고순에게 소패를 지키게 했다.

유비는 허도로 달려가 성 밖에 영채를 세우고, 손건을 성에 들여보내 여포의 핍박을 받아 특별히 의지하러 온 사연을 조조에게 전하게 했다.

"현덕과 나는 형제요."

조조는 짧게 한마디 하고 유비를 성안으로 청했다. 이튿날 유비가 관우와 장비를 영채에 두고 손건과 미축을 데리고 찾아가니 조조는 귀한 손님을 맞이하는 예절로 대했다.

"여포는 의로움을 모르는 자이니 내가 아우님과 힘을 합쳐 죽여 버리겠소."

조조가 잔치를 베풀어 대접하고 밤이 되어 유비를 보내자 순욱이 권했다.

"유비는 영웅입니다. 일찍 제거하지 않으면 후에 걱정거리가 됩니다."

조조는 좋다 나쁘다 대답하지 않았다. 순욱이 나가고 곽가가 들어오자 조조가 물었다.

"순욱은 현덕을 죽이라고 하는데 어찌 생각하는가?"

곽가는 즉시 반대했다.

"아니 됩니다. 주공께서 의로운 군사를 일으켜 백성을 위해 악한 자를 없애시는데, 의리 하나만 믿고 빼어난 호걸들을 받아들이면서 그들이 오지 않을까 두려워하십니다. 오래전부터 영웅의 명성을 누려온 현덕이 고단하고 어려워져 의지하러 왔는데 그를 죽이면 현명한 이를 물리치는 노릇입니다. 천하의 슬기로운 이들이 반드시 의심하면서 주공께로 오는 발걸음을 내딛기 저어할 것입니다. 그러면 주공께서는 누구를 데리고 천하를 평정하시겠습니까? 한 사람에 대한 걱정을 덜려다 온 세상의 신망을 저버리게 되실 수 있습니다. 이는 평안과 위험이 갈리는 관건이니 잘 살펴보지 않을 수 없습니다."

조조는 대단히 기뻐했다.

"그 말이 바로 내 마음에 맞네."

이튿날 조조는 헌제에게 표문을 올려 유비를 예주 자사에 임명하도록 추천했다. 정욱이 충고했다.

"유비는 언제까지나 남의 아래에 있을 사람이 아니니 일찌감치 꾀하셔야 합니다."

"지금은 바로 영웅을 쓸 때이니 한 사람을 죽여 천하 사람들 마음을 잃어서는 아니 되오. 이 일에 있어서 곽봉효가 나와 같은 생각이오."

조조는 유비에게 군사 3000명과 군량 1만 섬을 주어 예주에 가서 부임하게 하고, 소패로 나아가 흩어진 군사를 모아 여포를 치게 했다. 유비는 예주에 이르러 허도로 사람을 보내 조조와 함께 여포를 치기로 약속했다.

조조가 여포를 정벌하려고 군사를 일으키려 하는데 보고가 들어왔다.

"장제가 관중에서 나와 남양을 치다 어지러운 화살에 맞아 죽고 조카 장수(張繡)가 무리를 이끕니다. 장수는 가후를 모사로 삼고 유표와 통하며 완성에 주둔해 궁궐을 침범하고 황제를 빼앗으려 합니다."

조조는 곧바로 장수를 토벌하고 싶었으나 여포가 허도를 치러 올까 두려워 순욱에게 물었다.

"이건 아주 쉬운 일입니다. 여포는 꾀가 없는 자라 이득을 보면 기뻐합니다. 명공께서 서주로 사자를 보내 벼슬을 높여주고 상을 내리면서 현덕과 화해하라고 권하십시오. 여포는 기분이 좋으면 멀리 내다보며 큰일을 꾀할 궁리를 하지 않습니다."

조조는 황제의 수레와 말을 관리하는 봉차도위 왕칙을 천자의 사자로 삼아 벼슬을 내리는 증서와 화해를 권하는 글을 서주로 보냈다. 그리고 15만 대군을 일으켜 장수를 토벌하러 떠나니 선봉 하후돈이 남양 육수에 이르러 영채를 세웠다.

가후가 장수에게 권했다.

"조조는 군사 세력이 커서 맞설 수 없으니 항복하는 편이 좋습니다."

장수가 옳게 여겨 조조에게 항복의 뜻을 전하라고 가후를 보냈다. 무엇을 묻든지 가후가 얼음 위에 박 밀 듯 거침없이 대답하자 조조는 너무 좋아 모사로 쓰고 싶었으나 가후는 사절했다.

"저는 이각을 따르며 천하 사람들에게 죄를 지었습니다. 다시 장수를 따르는데 말을 하면 들어주고 계책을 드리면 써주니 차마 버리지 못하겠습니다."

이튿날 가후가 장수를 데려오자 조조는 후하게 대접했다. 조조는 군사를 일부 거느리고 완성에 들어가고, 대군이 성 밖에 주둔하는데 영채가 10여 리에 이어졌다. 조조가 성안에서 며칠 머무르자 장수는 날마다 잔치를 베풀어 대접했다.

어느 날, 거나하게 취한 조조가 침소로 돌아와 슬그머니 물었다.

"성안에 기생이 있느냐?"

조조 옆에서 입고 먹고 자는 일을 맡은 조카 조안민이 뜻을 알아채고 가만히 일렀다.

"어젯밤 역관에 아주 예쁜 여인이 있어 물어보니 장수 숙부 장제의 아내랍니다."

조조는 갑옷 무사 50명을 이끌고 가서 여인을 데려오게 했다. 얼마 후 여인이 이르니 과연 아름다워 조조가 성씨를 물었다.

"첩은 장제 아내 추가예요."

"부인은 나를 아시오?"

"승상님의 위엄 있는 명성을 들어 모신 지 오랜데 오늘 밤 다행히 우러러 뵙게 되었네요."

"내가 부인 때문에 특별히 장수의 항복을 받아들였소. 그렇지 않으면 일족을 몰살했을 것이오."

조조가 눈도 깜빡이지 않고 거짓말을 했으나 추씨는 그런 말이 싫지 않은 듯 절을 했다.

"살려주신 은혜에 감격하옵니다."

조조가 속셈을 드러냈다.

"다행히 하늘이 도와 부인을 만나게 되었소. 오늘 밤 베개를 같이 베고 자리를 함께하고 싶소. 나를 따라 허도로 돌아가 편안히 부귀를 누리는 게 어떠하오?"

추씨는 절하며 고맙다고 인사했다. 그날 밤 두 사람이 장막에서 같이 자는데 추씨가 걱정했다.

"성안에 오래 있으면 장수가 의심하고, 사람들이 말을 할까 두려워요."

"내일 부인과 함께 영채로 돌아가겠소."

조조는 이튿날 성 밖으로 옮겨 군영에서 자면서 부하들이 숙덕거릴까 걱정해 전위에게 호위를 맡겼다. 전위가 200명 부하를 거느리고 장막을 지키는데, 누구도 부름을 받지 않고는 함부로 들어오지 못하게 하고, 어긴 자는 목을 치게 하여 안팎이 통하지 않았다. 조조는 날마다 추씨와 즐기며 돌아갈 궁리를 하지 않았다.

이때 장수의 집안 하인이 조조와 추씨의 관계를 알고 가만히 고발하니 장수는 분노했다.

"조조는 의리를 아는 사람인 줄 알았더니, 도적놈이 나를 모욕하는 것이 너무 심하구나!"

가후와 상의하자 계책을 올렸다.

"이 일은 말이 새면 아니 됩니다. 내일 조조가 장막에 나오거든 이러이러하게 하시면 됩니다."

이튿날 장수가 조조 장막에 들어가 청했다.

"항복한 군사 중에 달아나는 자들이 많으니 중군으로 옮겨 주둔하게 해주시기 바랍니다."

조조가 허락해 장수는 조조의 중군 가까이로 옮겨 군사를 네 영채에 나누어놓고 시간을 정해 일을 벌이기로 했다. 전위의 용맹이 두려워 편장 호거아를 불렀다. 이 사람은 힘이 세어 500근을 질 수 있고, 걸음이 빨라 하루 700리를 걸을 수 있으니 역시 특이한 인물이었다.

"전위에게 무서운 것은 쌍철극입니다. 주공께서 내일 그를 청해 술을 잔뜩 취하게 하십시오. 제가 그를 따라온 군사 속에 끼어 가만히 장막으로 돌아가 쌍철극을 훔쳐내면 더는 두려울 게 없습니다."

장수는 활과 화살, 갑옷과 무기를 갖추어 여러 영채에 소식을 알리고, 가후에게 전위를 청하게 하여 잔뜩 취하게 해서 돌려보내니 호거아가 군사들 속에 섞여 따라갔다.

그날 밤 조조가 장막 안에서 추씨와 술을 마시는데 밖에서 사람들이 떠들고 말이 울부짖어 알아보니 장수의 군사가 야간순찰을 한다고 하여 의심하지 않았다. 그런데 밤이 깊어지자 별안간 영채 안에서 고함이 터졌다.

"말먹이 풀에 불이 났습니다."

"군사들 실수로 불이 났으면 놀라 북적대지 마라."

조조가 대수롭지 않게 여기는데 잠시 후 사방에서 불길이 치솟아 급히 전위를 불렀다. 취해 곯아떨어진 전위는 꿈결에 징과 북이 울리고 '죽여라, 찔러라' 고함이 들리자 후다닥 뛰어 일어났으나 아무리 찾아도 쌍철극이 보이지 않았다.

적군이 이미 원문에 이르러, 급히 보졸이 차고 있던 칼을 뽑아 드는데 말탄 군사가 긴 창을 꼬나 들고 수없이 영채로 쳐들어왔다. 전위는 힘을 떨쳐 나아가 20여 명을 찍어 죽였다.

기병이 물러서자 다시 보병이 이르러 창이 갈대숲처럼 빼곡하게 늘어섰다. 갑옷 한 조각 걸치지 못한 전위는 수십 군데를 창에 찔리고도 죽기로써 싸웠다. 칼이 무디어져 쓸 수 없게 되자 홱 집어던지고 한 손에 하나씩 죽은 군졸 둘을 훌쩍 쳐들어 적을 맞받아 싸웠다. 연이어 여덟아홉을 쳐 죽이니 적의 무리는 가까이 다가오지 못하고 멀찍이 물러서서 화살만 날렸다.

화살이 소나기처럼 쏟아지는데도 전위는 죽기를 무릅쓰고 영채 문을 막았다. 그런데 적이 영채 뒤로 들어올 줄이야! 등에도 여러 곳에 창을 맞은 전위는 '으악, 으악' 몇 번 소리치더니 피를 흥건히 쏟으며 죽었다. 전위가 죽고도 한참이 지나도록 감히 누구 하나 앞문으로 들어오지 못했다.

전위가 앞문을 막아주어 조조는 영채 뒤에서 말에 올라 달아날 수 있었다. 조안민 혼자 두 다리를 부지런히 놀려 뒤를 따랐다. 조조는 오른팔에 화살을 맞고 말도 화살을 세 대 맞았다. 다행히 말은 먼 서쪽 대완국에서 온 이름난 준마여서 아픔을 참고 잘 달려주었다.

두 사람이 육수에 이르자 장수의 군사가 따라잡았다. 조안민은 칼에 맞아 죽고 조조는 급히 말을 몰아 파도를 가르고 강을 건넜다.

건너편 기슭에 오르자 적이 날린 화살이 눈에 꽂혀 말이 푹 고꾸라졌다. 맏아들 조앙이 얼른 자기 말을 바쳐 조조는 말에 올라 급히 달아났으나 조앙은 어지러이 날리는 화살에 죽고 말았다. 간신히 몸을 뺀 조조가 길에서 부하들

을 만나 패잔군을 모으는데 장수가 군사를 나누어 쫓아왔다.

이때 하후돈이 거느린 청주병이 혼란한 기세를 틈타 지방으로 내려가 백성을 약탈했다.

【청주병은 항복한 황건적으로 군기가 좋지 못했다.】

평로교위 우금이 군사를 이끌고 내려가 청주병을 물리치고 백성을 안심시키는데, 달아나던 청주병이 조조를 맞이하자 땅에 엎드려 절하며 울었다.

"우금이 반란을 일으켜 청주병을 쫓아오면서 죽입니다!"

조조는 깜짝 놀랐다. 잠시 후 하후돈과 허저, 이전, 악진이 모두 찾아오자 조조가 분부했다.

"우금이 반란을 일으켰으니 군사를 정돈해 맞이하라."

이때 우금은 조조를 비롯한 장수들이 모두 온 것을 보고는 군사를 이끌고 화살을 날리면서 진의 양쪽 날개를 정하더니 도랑을 파고 영채를 세웠다. 부하가 물었다.

"장군이 반란을 일으켰다고 청주병이 고발해 승상께서 오셨는데, 어찌 변명은 하지 않고 영채 먼저 세우십니까?"

"뒤를 쫓는 적이 금방 이르는데 빨리 방비하지 않으면 어찌 막겠느냐? 변명은 작은 일이고, 적을 물리치는 것은 큰일이다."

영채가 이루어지자 바로 장수의 군사가 두 길로 달려왔으나 우금이 쳐들어가니 기세를 견디지 못하고 물러갔다. 여러 장수가 군사를 이끌고 우금을 뒤따라 쫓아가 장수는 크게 패하고 유표에게 의지하러 갔다.

조조가 군사를 거두고 장수들을 점검하는데 그제야 우금이 장막에 들어와 앞뒤 사연을 상세히 이야기했다.

◀ 갑옷 한 조각 걸치지 못한 전위, 죽은 군졸 둘 쳐들어

"나에게 사연을 알리지 않고 먼저 영채부터 세운 것은 무엇 때문인가?"

조조의 물음에 우금이 부하에게 한 말을 다시 하니 조조가 칭찬했다.

"육수의 난에서 나는 몹시 낭패를 보았소. 장군은 급한 중에도 군사를 정돈해 보루를 튼튼히 쌓고, 헐뜯는 말을 무릅쓰고 먼저 방비를 하여 패전을 승전으로 바꾸었으니 옛날 명장이 어찌 이보다 낫다 하겠소?"

조조는 우금에게 금 그릇 한 벌을 내리며 익수정후로 봉하고, 하후돈에게는 군사를 엄하게 다스리지 못한 잘못을 나무랐다. 그 뒤 전위를 위해 제사를 올리는데 울면서 절을 하더니 장수들을 돌아보았다.

"내가 맏아들과 사랑하는 조카가 죽은 것은 가슴 깊이 아프지 않으나 전위 때문에 이처럼 소리 내어 우는 것이오!"

사람들은 모두 감탄했다. 이튿날 조조는 회군을 명했다.

이보다 앞서 왕칙이 황제 조서를 지니고 서주로 가니 여포가 나와 맞이했다. 왕칙은 성에 들어가 여포를 평동장군으로 봉해 도장과 끈을 내린다는 조서를 읽고 조조의 편지를 전했다.

'나라에 좋은 금이 없어 내가 집에 가지고 있던 금을 꺼내 도장을 주조하고, 나라에 좋은 도장 끈이 없어 내가 지니던 끈을 풀어 보내 자그마한 성의를 나타내오. 장군은 유비와 힘을 합쳐 원술을 없애고 충성을 크게 빛내기 바라오. 글에서는 자세히 이야기할 수 없으니 장군이 살펴보시오!'

【여포는 192년 이각과 곽사에게 쫓겨 장안을 빠져나온 이후 5년이 지나도록 정식으로 임명받은 벼슬이 없었다. 명분이 든든하지 못해 은근히 기가 죽던 그로서는 금 도장을 차는 장군이 되어 힘이 났으니, 조조는 바로 이 점을 노린 것이다.】

조조가 여포를 존경한다고 왕칙이 극구 칭찬하자 여포는 대단히 좋아했다.

이때 원술이 사람을 보냈다.

"원공께서 곧 황제 자리에 오르시고 동궁을 세우려 하시니 빨리 태자비를 보내라고 재촉하십니다."

여포는 발끈했다.

"역적이 어찌 감히 이렇게 노느냐!"

사자를 죽이고 한윤에게 칼을 씌워 진등을 시켜 허도로 압송해 은혜에 감사하고, 조조에게 답장을 보내 정식 서주 자사에 임명해달라고 청했다. 조조는 여포가 원술과 혼인을 깬 것을 알고 저잣거리에서 한윤의 목을 베었다. 진등이 가만히 조조에게 충고했다.

"여포는 늑대요 이리입니다. 용맹하나 꾀가 없고, 가볍게 여기 붙었다 저기로 떠나니 일찍 없애는 것이 바람직합니다."

"내가 평소 여포의 심보가 이리 같아 오래 기르기 힘든 것을 알지만 공의 부자가 아니면 사정을 속속들이 알 수 없으니 공이 나를 위해 힘써주시오."

조조의 청에 진등이 선뜻 응했다.

"승상께서 움직이시면 제가 안에서 호응하겠습니다."

조조가 표문을 올려 진규에게 한 번도 받아본 적 없는 높은 녹봉을 받게 하고, 진등을 광릉 태수로 임명했다. 조조가 진등의 손을 잡고 당부했다.

"동방의 일은 모두 공에게 부탁하오."

진등이 응하고 서주로 돌아가 여포에게 보고했다.

"아버님은 녹봉을 받고 저는 태수가 되었소이다."

여포는 크게 노했다.

"나를 위해 서주 자사를 청하지는 않고 네 벼슬과 녹봉만 구했구나! 네 아버지가 나에게 조조와 손을 잡고 원술의 청혼을 거절하라고 가르쳤는데, 내가 원하는 것은 하나도 얻지 못하고 너희 부자만 좋은 것을 다 받았으니 너희가 나를 팔아먹은 게 아니냐?"

여포가 검을 뽑아 찍으려 하자 진등은 겁을 내기는 고사하고 껄껄 웃었다.

"장군은 어찌 이처럼 밝지 못하시오? 내가 조공에게 장군을 기르는 것은 호랑이를 기르는 것과 같아서 고기를 배불리 먹이지 않으면 사람을 잡아먹는다고 했더니 조공이 웃으며 납했소이다. '실은 그대 말과 다르오. 내가 온후를 대함은 매를 기르는 것과 같아서 여우와 토끼가 사라지기 전에는 감히 먼저 배불리 먹이지 못하오. 배가 고프면 쓸 만하나 배가 부르면 높은 하늘로 날아갈 테니 말이오.' 그래서 '누가 여우와 토끼입니까?' 물으니 조공의 대답인즉, '회남의 원술, 강동의 손책, 기주의 원소, 형주의 유표, 익주의 유장(劉璋), 한중의 장로(張魯) 따위가 모두 여우와 토끼요'라고 하셨소이다."

여포는 검을 던지고 웃었다.

"조공이 나를 아는군."

이때 별안간 원술이 서주를 치러 온다고 하여 여포는 흠칫 놀랐다.

이야말로

사돈 되지 못하고 원수 되니
혼인은 군사를 불러왔구나

뒷일은 도대체 어찌 될까

17

말이 밀 밟았으니 내 목을 쳐라

원공로 일곱 군사 일으키고
조맹덕 세 장수와 회합하다

회남을 차지한 원술은 땅이 넓고 식량이 풍부한데 손책이 옥새까지 맡기자 황제가 될 꿈을 꾸고 부하들과 상의했다.

"옛날 한 고조는 한낱 사상의 정장에 지나지 않았으나 천하를 차지했다. 한은 이제 400년이 지나 운이 다하고 세상이 끓는 가마처럼 설렌다. 내 가문을 살펴보면 네 대에 걸쳐 삼공 벼슬을 하신 분이 다섯이나 나와 백성이 많이 따르는 바라, 내가 하늘에 응하고 사람 마음에 맞추어 황제 자리에 오르려 하는데 어찌 생각하는가?"

주부 염상이 말렸다.

"아니 됩니다. 옛날 주나라는 시조 후직부터 덕을 쌓고 공을 모아 문왕에 이르니 천하의 세 몫 중 두 몫을 차지하고도 여전히 은의 왕을 섬겼습니다. 명공 가문이 존귀해도 주나라만큼 성하지는 못하고, 한의 황실이 쇠퇴했으나 은의 마지막 임금 주(紂)의 악함에는 미치지 않으니 이 일은 절대 아니 됩니다."

원술은 벌컥 화를 냈다.

"내 원씨 성은 춘추시대 진(陳)에서 나왔고, 진은 거룩하신 순 황제의 후예다. 순 황제는 흙의 기운이니 흙으로 불을 이으면 바로 하늘이 주시는 운의 순환에 맞다. 또 예언에 이르기를 '한을 대신할 자는 길에서 높은 이'라 했는데 내 자는 공로(公路), 즉 길이니 바로 예언과 맞아떨어진다. 전국새까지 내 손에 들어왔는데 황제가 되지 않으면 오히려 하늘의 도를 어기는 것이다. 내 뜻은 이미 굳어졌으니 더 말하는 자는 목을 치리라!"

원술은 상서대와 조정의 여러 부서를 만들었다. 황제가 쓰는 용과 봉이 그려진 수레를 타고, 수춘성 남쪽에 가서 하늘에 제사 지내고 북쪽에 가서 땅에 제사 지내며 황제에 오르는 절차를 밟았다. 그가 황후로 삼은 여인은 풍방의 딸이었다.

【풍방은 대사농, 사예교위 같은 높은 벼슬을 했는데, 헌제 때 세상이 어지러워지자 딸이 난을 피해 양주로 갔다. 원술이 성벽에 올라 그녀를 보고 빼어난 미모에 반해 안방으로 맞아들였다.】

원술이 아들을 동궁의 태자로 정하고 여포의 딸을 동궁비로 삼으려고 사자를 보내 재촉하는데, 기가 막히게도 여포가 한윤을 허도로 압송해 조조가 목을 베었다는 것이다. 원술은 분통이 터져 장훈을 대장군으로 임명해 20만 대군을 일으키고 일곱 길로 나누어 서주를 치러 갔다. 그 안에는 양봉과 한섬도 있었다.

장수들이 수하 건장들을 거느리고 날짜를 정해 길에 올랐다. 원술이 연주자사 김상(金尚)을 태위로 임명해 일곱 길의 재물과 식량 나르는 일을 감독하게 했으나 그 일을 맡으려 하지 않아 목을 베었다.

【김상은 조정에서 임명한 연주 자사로, 부임하러 가다 조조에게 쫓겨나 원술에

게 의지해 허망한 죽음을 맞은 것이다.】

여포가 알아보니 원술의 군사가 약탈을 일삼으며 하루 50리를 몰려온다 하여 모사들과 상의했다. 진등과 진규 부자도 있는데 진궁이 주장했다.

"서주의 화는 진등 부자가 불러온 것입니다. 벼슬과 녹봉을 얻으려고 조정에 알랑거리다 오늘 화를 장군께 옮겼으니, 두 사람 머리를 베어 원술에게 바치면 스스로 물러갑니다."

여포가 대뜸 진규와 진등을 잡으라고 호령하자 진등은 또 껄껄 웃음을 터뜨렸다.

"장군은 어찌 이처럼 나약하시오? 내 눈에는 일곱 길 군사가 썩은 풀 일곱 무더기와 다름없는데 마음에 둘 나위나 있겠습니까?"

여포의 생각은 빨리도 변했다.

"너에게 적을 깨뜨릴 계책이 있다면 죽을죄를 용서하겠다."

"장군이 이 사람 말을 들으면 서주를 걱정하실 일이 없습니다. 원술의 군사는 비록 머릿수가 많으나 모두 까마귀가 잠깐 모인 것 같아 원술이 평소에 가까이하고 믿어주지 않으니, 우리가 당당한 군사로 지키고 기이한 군사로 치면 성공하지 않을 수 없습니다. 계책이 하나 있으니 서주를 편안히 지키고 원술을 사로잡을 수 있습니다."

"어떤 계책인가?"

"한섬과 양봉은 한의 신하로서 조조가 무서워 달아났으나 의지할 곳이 없어 잠시 원술에게 의탁했는데 원술이 깔보고, 그들도 원술을 위해 즐거이 힘을 내지 않습니다. 글을 보내 그들과 연합해 안에서 호응하게 하고, 유비와 손잡고 밖에서 손발을 맞추면 원술을 잡을 수 있지요."

"그대가 한섬과 양봉에게 가서 글을 전하게."

진등은 선뜻 그러겠다고 대답했다. 여포는 허도로 표문을 올리고 예주에도 글을 보낸 뒤 진등에게 기병 몇을 주어 하비로 통하는 길에서 한섬을 기다리게 했다. 한섬이 가까이 와 영채를 세우자 진등이 찾아갔다.

"그대는 여포 부하인데 여기는 무얼 하러 왔느냐?"

한섬이 묻자 진등이 웃었다.

"나는 한의 대신이거늘 여포 부하라니 무슨 말이오? 장군으로 말하면 원래 한의 신하였는데 지금은 역적 신하가 되어 전에 관중에서 천자를 호위한 공로가 모두 사라지게 되었으니, 나는 은근히 좋게 생각하지 않는 바요. 원술이 의심이 많아 장군은 뒷날 반드시 그에게 해를 입을 것이니 빨리 새로운 길을 찾지 않으면 뉘우쳐도 늦을 것이오!"

한섬이 한숨을 쉬었다.

"내가 한에 돌아가고 싶으나 문이 없어 한스럽소."

진등이 여포의 글을 꺼내 주자 한섬은 정중하게 말투를 고쳤다.

"잘 알았으니 공은 먼저 돌아가시오. 양 장군과 함께 창을 돌려 잡고 원술을 치겠소. 불길이 일어나면 그것을 신호로 온후께서 호응해주면 되오."

진등이 돌아가 소식을 전하자 여포는 5만 군사를 나누어 원술의 군사를 막게 하고 성 밖으로 30리를 나가 영채를 세웠다. 군사를 이끌고 온 대장 장훈은 여포를 당하지 못할 것을 예상해 20리를 물러서서 주둔했다. 여러 곳 군사들이 와서 도와줄 때를 기다리자는 속셈이었다.

그날 밤 한섬과 양봉이 군사를 나누어 영채 곳곳에 불을 지르고 여포의 군사를 맞아들였다. 여포가 들이치자 장훈이 못 견디고 달아나서 날이 밝을 때까지 쫓아가다 장훈을 도우러 오는 기령과 맞닥뜨렸다. 거세게 맞붙어 싸우는데 한섬과 양봉이 달려와 족치니 기령은 크게 패하여 달아났다. 여포가 군

◀ 황제용 해 가리개 아래에 원술이

사를 이끌고 쫓아갔다.

이때 산 뒤에서 군사 한 떼가 나타나 진문 앞의 깃발들이 갈라지며 요란한 모습을 드러냈다. 용과 봉황, 해와 달을 수놓은 깃발들을 들고 큼직큼직한 기치를 세웠는데, 쇠몽둥이 끝에 참외 모양의 금빛 공이 달린 금과와 은도끼를 늘여 세우고, 군권을 상징하는 황월과 전군을 지휘하는 백모도 있었다.

발이 성긴 누런 비단에 금실을 두른 황제용 해 가리개 아래에 원술이 있어서, 금 갑옷을 걸치고 양쪽 손목에 두 자루 칼을 드리운 채 진 앞에 나와 욕을 했다.

"여포야, 이 주인을 배반한 종놈아!"

여포가 화극을 꼬나 들고 달려가자 원술의 장수 이풍이 창을 들고 나왔으나 세 번도 어울리지 못하고 여포의 화극에 손을 찔려 달아났다. 여포의 군사가 휘몰아쳐 원술은 크게 패하고 도망쳤다.

원술이 패잔군을 이끌고 몇 리도 가지 못해 산 뒤에서 군사 한 떼가 달려 나오니, 앞장선 장수는 관우였다.

"이 역적아! 아직도 곱게 죽임을 당하지 않느냐?"

관우의 호통에 질겁해 원술은 황급히 달아나고 무리는 뿔뿔이 흩어졌다. 관우가 군사를 휘몰아 무찔러 원술은 간신히 회남으로 돌아갔다.

싸움에 이긴 여포는 관우와 양봉, 한섬을 서주로 청해 큰 잔치를 베풀고, 군사들에게 술과 음식, 재물을 내렸다. 이튿날 관우는 돌아가고 여포는 한섬을 기도 태수로, 양봉을 낭야 태수로 추천했다.

여포가 그들을 서주에 두려 하자 진규가 말렸다.

"아니 되오. 한섬과 양봉이 산동을 차지하면 일 년도 지나지 않아 산동의 성들이 모두 장군께 속할 것이오."

여포는 귀가 솔깃해 두 장수를 잠시 기도와 낭야에 주둔하게 하고 조정의 임명을 기다리게 했다.

진등이 가만히 아버지에게 물었다.

"어찌하여 두 사람을 서주에 두어 여포를 죽이는 힘으로 삼지 않습니까?"

"두 사람이 여포를 돕기라도 하면 오히려 호랑이에게 이빨과 발톱을 달아주는 격이니라."

진등은 아버지의 높은 견해에 탄복했다.

군사를 반 이상 잃고 회남으로 돌아간 원술이 강동으로 사람을 보내 군사를 빌려 복수하려 하자 손책은 크게 화를 냈다.

"네가 내 옥새를 꿀꺽 삼키고 외람되이 황제를 일컬으며 한의 황실을 배반했으니 참으로 대역무도하다! 내가 군사를 일으켜 죄를 따지려 하는데 어찌 역적을 돕겠느냐!"

손책이 청을 거절하니 원술은 노발대발했다.

"입에서 젖내도 가시지 않은 어린놈이 어찌 감히 이렇게 노느냐! 내가 네 놈부터 먼저 쳐야겠다!"

장사 양대장이 입술이 닳도록 말려 원술은 가까스로 군사를 움직이지 않았다.

원술의 군사가 올까 염려해 손책이 장강 물목을 굳게 지키는데 갑자기 조조가 사자를 보내 회계 태수로 임명하고 원술을 치라는 명령을 전했다. 손책이 군사를 일으키려고 상의하니 장소가 충고했다.

"원술은 한 번 패하기는 했으나 군사가 많고 군량이 넉넉해 얕보아서는 아니 됩니다. 조조에게 글을 보내 남쪽을 정벌하라 권하고 우리가 뒤에서 후원하는 편이 좋습니다. 양쪽 군사가 도우면 원술은 반드시 패할 것이며, 그렇게되지 않더라도 조조의 도움을 바랄 수 있습니다."

손책은 조조에게 사자를 보내 뜻을 전했다.

허도로 돌아온 조조는 전위를 기려 사당을 세워 제사를 지내고, 그 아들 전만을 중랑으로 뽑아 승상부에서 길렀다.

어느 날 손책의 글이 오고, 다시 보고가 들어왔다.

"원술이 군량이 모자라 진류에 쳐들어와 약탈합니다."

조조는 원술의 거점을 치려고 남쪽으로 원정을 떠났다. 조인에게 허도를 지키게 하고 군사를 모두 일으켜 정벌에 나서니 기병과 보병이 17만이고 군량과 군수품 수레가 1000대가 넘었다.

조조가 먼저 사람을 보내 손책, 유비, 여포와 만나기로 약속하고 예주 땅에 이르니 유비가 군사를 이끌고 왔다. 조조가 영채로 맞아들이는데 유비가 머리 두 개를 바쳐 깜짝 놀랐다.

"한섬과 양봉의 머리입니다."

"어떻게 얻었소?"

"여포가 두 사람을 잠시 기도와 낭야에 들게 했는데 뜻밖에도 군사를 풀어 백성을 약탈해 원망이 자자했습니다. 비가 잔치를 베풀고 두 사람을 청해 술을 마시다 잔을 던지는 것을 신호로 관우와 장비, 두 아우가 죽이고 무리의 항복을 받아, 지금 특별히 그 죄에 벌을 청하는 바입니다."

"나라를 위해 해를 없앴으니 이는 큰 공로인데 죄라니 무슨 말이오!"

조조는 유비의 수고를 위로하고 군사를 합쳐 서주로 향했다. 여포가 마중 나오자 조조가 좋은 말로 달래고 좌장군으로 봉하면서, 허도로 돌아가면 도장과 끈을 바꾸어주겠다고 하니 대단히 좋아했다. 조조는 여포 군사를 왼쪽에, 유비 군사를 오른쪽에 세우고 대군을 거느리고 나아갔다. 선봉은 하후돈과 우금이었다.

원술은 조조 군사가 왔다는 소식을 듣고 대장 교유에게 5만 군사를 주어 선봉으로 삼았다. 양쪽이 수춘 어귀에서 마주치자 교유가 말달려 하후돈과 싸웠으나 세 번도 어울리지 못해 창에 찔려 죽으니 원술은 크게 패하고 성으로 돌아갔다.

그러자 여러 군사의 움직임이 일시에 전해졌다. 손책은 배를 타고 강변 서쪽을 습격하고, 여포는 군사를 이끌고 동쪽을 치며, 유비와 관우, 장비는 남쪽을 공격하는데, 조조는 17만 군사를 이끌고 북쪽을 친다고 했다. 원술이 깜짝 놀라 급히 문무백관을 모으니 양대장이 주장했다.

"수춘은 몇 해 연이어 홍수와 가뭄이 들어 양식이 부족한데 또 군사를 움직여 괴롭히면 백성의 원망이 커져 적과 맞서기 어렵습니다. 군사를 일부 수춘에 남기되 가볍게 나아가 싸우지 말게 하며 적의 군량이 떨어지기를 기다리면 반드시 변이 일어납니다. 폐하께서는 잠시 어림군을 거느리고 회수를 건너시는 것이 좋겠습니다. 곡식이 익은 고장으로 옮겨 식량을 구하면서 적의 날카로움을 피하는 것입니다."

원술은 이풍을 비롯한 네 장수에게 10만 군사를 주어 수춘을 지키게 하고, 장졸들을 데리고 회수를 건넜다. 곳간에 감춘 금과 옥, 보물들도 모조리 챙겨 갔다.

조조는 군사가 17만이나 되어 군량이 엄청나게 필요한데 여러 군은 가뭄으로 식량을 제대로 내놓지 못했다. 조조는 빨리 싸우려고 했지만 이풍의 무리는 문을 닫아걸고 나오지 않았다. 한 달 남짓 성 밑에서 대치한 조조는 식량이 바닥나 손책에게 10만 섬을 꾸었으나 턱없이 모자랐다.

군량 창고를 맡은 왕후가 조조 장막에 들어와 물었다.

"군사는 많고 식량은 적으니 어찌해야 합니까?"

"작은 섬으로 나누어주면서 잠시 위급을 넘겨보아라."

"군사들이 원망하면 어찌합니까?"

"나에게 어련히 계책이 없겠느냐?"

조조 명령에 왕후는 작은 섬으로 식량을 나누어주었다. 조조가 사람을 보내 여러 영채에 알아보니 승상이 식량을 속인다고 군사들이 원망해 왕후를 가만히 장막으로 불렀다.

"너에게 물건을 하나 얻어 군사들의 흔들리는 마음을 다스리려 하니 아끼지 마라."

"어떤 물건을 쓰시려 하십니까?"

왕후가 무심히 물어보는데 조조의 말이 끔찍했다.

"네 머리를 얻어 군사들에게 보여줄까 한다."

왕후는 화들짝 놀랐다.

"저는 아무 죄도 없습니다!"

"나도 네 죄가 없음을 알지만 너를 죽이지 않으면 군사들 마음이 변한다. 네가 죽은 뒤 아내와 자식은 내가 반드시 먹여 살릴 터이니 걱정하지 마라."

왕후가 뭐라고 말하기 전에 무사들을 불러 끌어내 머리를 베어 높은 장대에 매달았다.

'왕후가 작은 섬으로 군량을 훔쳐, 군법으로 처단했다.'

군졸들 원망은 사라졌다.

이튿날 조조는 여러 영채 장수들에게 명령을 전했다.

"사흘 안으로 힘을 다해 성을 깨뜨리지 못하면 모두 목을 치겠다!"

조조는 친히 성 아래에 가서 군사를 독촉해 흙을 날라 해자를 메우고 도랑을 높였다. 성 위에서 화살과 돌이 비 오듯 쏟아져 비장 둘이 겁을 먹고 돌아서자 조조가 직접 검을 휘둘러 목을 베고, 말에서 내려 군졸들이 날라 온 흙을 받아 구덩이를 메웠다. 높은 장수부터 낮은 군졸까지 빠짐없이 나아가 군사의 위세가 크게 떨쳤다.

성을 지키는 원술의 군사가 겁을 먹자 조조 군사가 앞다투어 성을 넘어가

자물쇠를 깨고 성문을 열었다. 대군이 몰려 들어가 이풍과 장수들 목을 베고 원술이 위조한 궁궐과 외람되이 만든 황제용 물건들을 모두 불태웠다. 약탈이 얼마나 심했던지 수춘성은 텅 비어있었다. 조조가 이긴 기세를 몰아 회수를 건너 원술을 쫓으려 하자 순욱이 충고했다.

"가뭄이 들어 식량이 부족한데 더 나아가면 군사가 지치고 백성에게 피해가 커서 반드시 이득을 보기 어렵습니다. 이기지 못하면 물러서기도 쉽지 않으니 잠시 허도로 돌아가 내년에 밀이 익기를 기다려 군량을 넉넉히 갖추고 공략하는 것이 좋습니다."

조조가 머뭇거리는데 갑자기 소식이 들어왔다.

"장수가 유표에게 의지해 다시 미친 듯이 날뜁니다. 남양, 강릉 여러 현이 반란을 일으켰는데 조홍 장군이 막아내지 못하고 여러 번 패해 위급을 알립니다."

조조는 손책에게 글을 보내 강을 건너 진을 쳐서 유표가 함부로 움직이지 못하게 해달라고 청하고, 그날로 회군해 장수 정벌을 상의했다. 여포는 서주로 돌아갔다. 조조는 떠나기 전에 유비에게 소패에 주둔하고 여포와 형제를 맺어 싸우지 말라고 권했다.

"공을 소패에 주둔시키는 것은 구덩이를 파고 호랑이를 기다리는 계책이오. 진규 부자와 상의해 실수가 없도록 하시오. 내가 밖에서 돕겠소."

조조가 허도로 돌아오자 또 보고가 들어왔다.

"단외가 이각을 죽이고 오습이 곽사를 죽여 머리를 바쳤습니다. 단외는 이각의 식솔 200여 명을 사로잡아 허도로 끌고 왔습니다."

조조는 허도 여러 대문에서 이각의 식솔들 목을 베어 백성에게 보이게 했다. 백성은 모두 속 시원하다고 좋아했다. 황제도 궁전 윗자리에 올라 백관을 모아 태평 잔치를 베풀었다. 헌제가 단외를 탕구장군으로 봉하고 오습을 진

曹操割髮權為首◎曹春萊雄畫

로장군으로 봉해 장안을 지키게 하니 두 사람은 은혜에 감사하고 떠났다.

장수가 난을 일으켜서 정벌하러 가야한다고 조조가 아뢰니 헌제는 친히 행차를 움직여 출전을 배웅했다. 때는 건안 3년(198년) 4월이었다.

순욱을 허도에 두어 군사를 움직이며 장수를 파견하게 하고, 조조가 직접 대군을 거느리고 나아가니 지나는 곳마다 밀이 이미 익었는데 백성은 두려워 마을 밖으로 도망가고 감히 밀을 베지 못했다. 조조는 멀고 가까운 곳의 백성과 관리들에게 두루 알리게 했다.

'천자의 영명한 조서를 받들고 나아가 역적을 치고 백성의 해를 없애려 한다. 부득이하여 밀이 익을 때 군사를 일으켰는데 밀을 밟는 자가 있으면 높고 낮음을 가리지 않고 반드시 목을 치겠다. 군법이 지엄하니 백성은 놀라 의심하지 마라. 고향을 떠나 떠돌며 다른 고장으로 가서는 아니 된다.'

백성이 소식을 듣고 기뻐하며 먼 곳에서 군사가 일으키는 먼지를 보고도 벌써 길을 막고 절을 했다. 장졸들이 밀밭을 지날 때는 모두 말에서 내려 손으로 밀 이삭을 붙들고 뒤로 전하며 지나가고, 누구도 감히 밟지 못했다.

그런데 조조 앞에서 별안간 비둘기 한 마리가 후드득 날아오르자 조조의 말이 놀라 후닥닥 밭으로 뛰어들어 밀을 짓밟았다. 조조가 군법에 밝은 행군주부를 불러 자신이 밀을 밟은 죄를 따져보라고 분부하니 난처하게 여겼다.

"승상님을 어찌 죄로 논할 수 있겠습니까?"

"내가 법을 만들고 스스로 범했으니 어찌 뭇사람에게 내 말을 따르게 하겠느냐?"

조조는 선뜻 허리에 찬 검을 뽑아 목을 베려 했다. 사람들이 급히 달려들어 말리자 곽가가 말했다.

"옛날 《춘추》에 따르면 '법은 존귀한 이에게는 쓰이지 않는다'고 했습니다.

◀ "내 머리털을 잘라 잠시 내 머리를 대신한다."

승상께서는 대군을 거느리셨는데 어찌 스스로 몸을 해치려 하십니까?"

조조는 말없이 궁리하다 입을 열었다.

"《춘추》에 그렇게 쓰여 있다니 내가 잠시 죽음을 면하겠다."

그리고는 검으로 머리털을 잘라 땅에 던졌다.

"머리딜을 잘라 잠시 머리를 대신한다."

머리털을 삼군에 돌려 알리게 했다.

'승상께서 밀을 밟았으니 원래 머리를 베어 돌려 보여야 하거늘 작전 중이라 머리털로 대신한다."

삼군은 놀라 떨며 엄격하게 군령을 따르고, 길가 백성을 털끝 하나 건드리지 않았다.

후세 사람이 시를 지어 이 일을 논했다.

  10만 용사는 마음도 10만이라
  한 사람 호령으로 금하기 어려워
  칼 뽑아 머리털 잘라 머리 대신하니
  이제야 조조 속임수 깊은 줄 알겠다
  −15세기 말 주정헌(周靜軒)의 시로 알려짐

장수는 조조가 쳐들어온다는 소식을 듣고 급히 유표에게 글을 보내 후원해달라고 부탁하고 뇌서와 장선을 데리고 적을 맞으러 나갔다. 양쪽 군사가 진을 치자 장수가 말을 타고 나와 조조를 가리키며 욕했다.

"너는 어질고 의로운 척하나 염치라고는 없으니 새나 짐승과 다를 게 무엇이냐?"

조조가 크게 노해 허저를 내보내자 장수는 장선을 내보냈으나 겨우 세 번 어울리자 허저가 칼을 휘둘러 말 아래로 떨어뜨렸다. 장수는 크게 패하여 물러서고 조조 군사는 남양성 아래까지 쫓아갔다. 장수는 성에 들어가 문을 닫아걸었다.

조조가 살펴보니 해자가 넓고 물이 깊어 급히 성벽에 다가가기 어려웠다. 군사들에게 흙을 날라 해자를 메우게 하고, 흙 자루와 땔나무, 풀 묶음으로 성벽 옆에 충계를 만들고 사다리를 세워 성안을 들여다보았다. 말을 타고 사흘을 성을 돌며 살펴본 조조는 서문과 북쪽 귀퉁이에 장작을 쌓고, 그곳으로 성에 올라간다고 선포했다.

성안에서 가후가 지켜보고 장수에게 권했다.

"조조의 계책을 알았으니 거꾸로 이용하면 됩니다."

이야말로

강하면 더 강한 이 있기 마련이요
속임수는 더 속이는 이 만나더라

어떤 계책일까?

《삼국지》에 등장하는 무기들

가장 많이 나오는 무기는 칼과 창이다. '십팔반병기'로 불리는 중국 고대 무기 중에 칼과 창은 단연 맨 앞자리를 차지한다. 칼은 허리에 차는 검과 긴 자루가 달린 큰 칼이 있다. 말 탄 장수들이 쓰는 칼은 거의 큰 칼이니 이것을 '빼 든다'고 하면 오역이다. 하지만 쌍칼은 짧은 칼이다. 쌍칼에는 고리나 술이 달려 칼을 손목에 걸 수도 있었으니, 원술은 황제가 된 후 두 자루 칼을 손목에 걸고 나타난다.

칼과 창은 어느 편이 배우기 힘들까? 중국 무술인들은 창이라고 말한다. 칼이나 몽둥이는 1년쯤 배우면 제법 다룰 수 있으나 창은 오랫동안 훈련해야 실전에 써먹을 수 있다는 것이다. 창술의 기본 동작은 6가지다. 적의 무기 받기, 나아가기, 오른쪽 눌러 막기, 왼쪽 눌러 막기, 적의 무기 휘감기, 곧추 찌르기 등이다. 다른 변화는 이 몇 가지 기본 동작이 응용되어 나오는데, 특별히 휘감기를 잘하는 사람은 상대의 무기를 날려 보내기 일쑤다.

소설에는 여러 가지 창이 나온다. 삭(槊)과 모(矛), 과(戈) 등 이름도 갖가지다. 삭은 18자로 아주 긴 창이고, 모는 중간 길이이며, 창은 조금 짧다.

소설에서 가장 이름난 창은 장비가 쓰는 장팔사모다. 창날이 뱀 모양으로 구불구불하다고 여기는 사람이 많고, 창끝이 뱀의 혀처럼 갈라진 그림도 있다. 하지만 사모는 그저 긴 창이라는 뜻이다. 장비가 오래 담금질한 점강으로 창을 만들었다 하여 전부 강철로 이루어진 것으로 생각하는 사람도 있는데 철창은 날만 철이나 강철일 뿐 자루까지는 아니다.

여포 덕분에 널리 알려진 극(戟)도 있다. 극을 알려면 먼저 'ㄱ'자와 비슷한 과(戈)라는 상고시대 무기를 알아야 한다. 옛날 사람들은 주로 수레를 타고 싸워, 가장 무서운 무기가 긴 자루 끝에 짧은 날이 가로 달린 과였다. 이것으로 상대를 걸어서 당기면 그만이었다. 뒷날 수레가 기병에게 밀려나면서 과는 실전 가치가 떨어져 의장용으로 변했다.

극은 창과 과를 합쳐 만든 무기로, 뾰족한 날로는 찌르고 가로 달린 날로는 걸어서 당겨 특별한 위력을 떨쳤다. 극에는 두 가지가 있다. 하나는 실물이 발굴된 'ㅏ'자 모양이고, 하나는 복잡하게 생긴 날이 한쪽 혹은 양쪽에 붙은 방천극이다. 이 극의 자루에 그림을 그려 단장하면 방천화극이 되니 바로 여포가 쓰는 무기다. 방천화극은 앞에 가로로 날이 달려 상대의 무기를 막아내는 데에도 창보다 유리하고, 잘못 찌르더라도 걸어 들일 때 갈고리 같은 날로 걸어서 당겨 공격과 방어 수단이 풍부하다. 이 날로 적을 벨 수도 있어서 여포는 무안국의 손목을 잘랐다.

칼, 창, 극은 무서운 무기지만 적과 가까이 접근해야 위력을 발휘할 수 있다. 거리를 두고 싸울 때 좋은 무기는 활과 쇠뇌였다. 쇠뇌는 눕힌 기계 활이라고 보면 된다. 팔이 있어 한껏 당겨 살을 먹이고 잘 조준해 방아쇠를 놓는 것이다. 높은 기술이 필요한 활보다 다루기 쉽고 명중률도 높다. 특별히 센 쇠뇌는 사람이 땅에 앉아 두 발로 뻗치고 두 손으로 당겨 살을

먹였다. 활보다 힘이 엄청나 강한 쇠뇌로는 창까지 쏘았다. 창이 쉭
쉭 날아오면 아무리 날고뛰는 장수도 피할 수밖에 없었다. 그러나 쇠
뇌는 벌리고, 살을 먹이고, 쏘는 데 힘이 들어 미리 준비하지 않으면
급할 때 위력을 발휘하기 어렵다.

돈이 드는 화살과 쇠뇌 살을 적게 쓰고 적의 급한 공격을 피하는
방어 수단이 구덩이다. 구덩이 중에 가장 잘 알려진 것이 성벽 밖을
빙 둘러 파고 물을 댄 해자다. 해자에 놓인 다리가 올렸다 내렸다 하
는 조교(吊橋)인데, 성 위에서 당겨 올리면 적군이 성벽에 다가오지 못
한다.

구덩이를 파지 않고 적을 막으려면 녹각이 쓸모가 있었다. 녹각은
해석이 구구한데, 고대 병서의 설명은 간단하다. '나뭇가지를 뾰족하
게 깎고 줄기를 땅에 묻어 앞쪽의 뾰족한 가지로 적을 막는 것'이다.
모양이 사슴뿔과 비슷해 그 이름이 붙었다.

18

화살에 맞은 눈알 삼킨 하후돈

가문화는 적 헤아려 승리 정하고

하후돈은 화살 뽑고 눈알 삼키다

조조의 의도를 헤아린 가후는 그것을 역이용하려고 장수에게 설명했다.

"성 위에서 보니 조조는 사흘간 성을 돌며 살폈습니다. 성 동남쪽 벽돌 빛깔이 달라 새것과 낡은 것이 섞여 있고, 녹각이 태반이 망가진 것을 보고 그곳으로 쳐들어오려고 합니다. 그런데도 짐짓 서북쪽에 가서 풀을 쌓고 그쪽을 칠 듯이 허세를 취합니다. 우리를 속여 서북쪽을 지키게 하고 밤중에 동남쪽 귀퉁이를 허물고 들어올 것입니다."

"그러면 어찌해야 하오?"

"간단합니다. 내일 건장한 군사들을 배불리 먹여 가벼운 차림으로 동남쪽 집 안에 매복시키고, 백성을 군사로 위장시켜 서북쪽을 지키게 합니다. 밤에 그들이 동남쪽 귀퉁이를 허물게 두었다가 안으로 들어오면 포 소리를 신호로 매복 군사가 일제히 일어나 조조를 사로잡으면 됩니다."

장수는 서북쪽 귀퉁이에 사람들을 세워 소리를 지르게 하고 동남쪽은 비워

두었다.

'도적들이 내 계책에 걸렸구나!'

조조는 혼자 생각하고 명령을 내렸다.

"삽과 괭이 따위 성벽 허물 기구들을 몰래 갖추어라."

낮에는 군사를 이끌고 서북쪽을 치다가 밤이 되자 정예 군사를 거느리고 동남쪽 귀퉁이 해자를 넘어가 녹각을 찍고 성벽을 허물어 길을 냈다. 성안은 쥐죽은 듯 고요해 아무런 움직임도 없었다.

군사가 일제히 성으로 몰려 들어가자 포 소리가 '탕!' 울리더니 매복한 군사가 사방에서 일어났다. 조조 군사가 급히 물러서는데 장수가 친히 건장한 용사들을 휘몰고 달려 나왔다. 동문과 남문도 일제히 열리면서 정예 군사가 뛰어나왔다.

조조 군사는 크게 패하고 성 밖으로 물러났다. 숱한 군사가 우르르 물러서다 넘어져 성 밖의 해자를 메웠다. 조조 군사는 수십 리를 달아나고, 장수 군사는 날이 밝을 때까지 싸우다 성으로 들어갔다. 조조가 패한 군사를 점검해 보니 5만여 군사를 잃고, 군수품은 얼마나 손해를 보았는지 알 수 없었다. 장수들 가운데는 여건과 우금이 부상을 당했다.

조조가 패하고 달아나자 가후는 급히 장수를 권해 유표에게 글을 띄우게 했다. 조조의 뒷길을 끊어달라는 장수의 부탁을 받고 유표가 군사를 일으키려 하는데 별안간 손책이 호구에 군사를 주둔시켰다는 보고가 들어오니 괴량이 권했다.

"조조의 계책입니다. 조조가 패한 틈을 타 치지 않으면 뒷날 반드시 걱정이 생깁니다."

유표는 황조에게 요충지를 굳게 지키게 하고, 군사를 이끌고 남양군 안중현으로 가서 조조가 돌아가는 길을 끊었다. 유표가 움직임을 알리자 장수는 즉시 가후와 함께 조조를 치러 갔다.

조조 군사가 천천히 움직여 남양군 양성 육수에 이르자 조조는 말 위에서 느닷없이 목 놓아 울음을 터뜨렸다.

"지난해 여기서 대장 전위를 잃은 것이 생각나 내가 울음이 절로 나오네!"

군사를 멈추고 큰 제사를 올려 전위의 넋을 달랬다. 조조가 친히 향을 피우고 울면서 절하자 장졸들은 감탄하지 않는 사람이 없었다. 전위의 제사를 지낸 뒤 조카 조안민과 맏아들 조앙의 제사를 지내고, 죽은 군졸들도 위로했다. 화살에 맞아 죽은 대완의 말까지 빠뜨리지 않고 제사를 지냈다.

이튿날 순욱이 사람을 보내 보고했다.

"유표가 장수를 도와 안중에 군사를 주둔하고 우리 군사가 돌아갈 길을 끊었습니다."

조조가 답장을 보냈다.

'내가 날마다 몇 리씩 천천히 걷는 것은 적들이 쫓아오는 것을 몰라서가 아니라 내가 이미 계책을 세웠기 때문이오. 안중에 이르면 틀림없이 장수를 깨뜨릴 것이니 의심하지 마오.'

조조가 군사를 재촉해 안중에 이르자 유표의 군사가 험한 요충지를 지키고 장수도 쫓아왔다. 조조는 캄캄한 밤에 험한 곳을 뚫어 길을 내고, 군사를 다루는 일반적인 예와는 다른 기이한 군사를 매복시켰다.

날이 희미하게 밝아올 때 유표와 장수가 군사를 합치고 바라보니 조조 군사가 아주 적었다. 조조가 달아났나 의심하며 두 사람이 군사를 이끌고 험한 곳으로 들어서자 조조는 매복한 군사를 모두 일으켜 유표와 장수를 크게 깨뜨렸다.

조조가 안중의 험한 길목을 빠져나와 요충지 밖에 영채를 세우자 유표와 장수는 패한 군사를 수습해 안중에 모였다. 이때 순욱이 원소가 군사를 일으켜 허도를 치려 한다는 정보를 듣고 황급히 조조에게 보고하니 조조는 당황해 그날로 군사를 돌렸다.

조조의 움직임을 알고 장수가 추격하려고 서두르자 가후가 말렸다.

"지금 쫓아서는 아니 됩니다. 쫓으면 반드시 당합니다."

"오늘 쫓지 않으면 앉아서 기회를 놓치는 것이오."

유표가 장수를 권해 두 사람이 1만여 군사를 이끌고 조조를 뒤쫓았다. 급하게 달려 조조의 후대를 따라잡았으나 그들이 돌아서서 세차게 공격하는 바람에 크게 패하고 돌아왔다. 기병 몇을 데리고 마중 오던 가후를 보자 장수는 무안해했다.

"공의 말을 듣지 않아 과연 이렇게 패하고 말았소."

가후가 엉뚱한 소리를 했다.

"군사를 가다듬어 다시 쫓아가시면 됩니다."

패한 장수와 유표는 다시 싸울 엄두가 나지 않았다.

"이미 졌는데 어찌 다시 쫓아가오?"

"이번에 쫓아가면 반드시 크게 이깁니다. 그렇게 되지 않으면 제 머리를 베십시오."

가후가 장담하자 장수는 믿었으나 유표는 의심하며 가기를 꺼렸다. 장수 혼자 한 무리 군사를 이끌고 쫓아가니 조조 군사는 과연 참패하여 말과 군수품을 잔뜩 버리고 달아났다. 장수가 한참 쫓아가는데 산 뒤에서 군사 한 떼가 몰려나와 감히 더 나아가지 못하고 안중으로 돌아왔다.

유표가 가후에게 물었다.

"전에는 정예 군사로 퇴각하는 군사를 쫓았지만 진다고 했고, 후에는 패한 군사로 이긴 군사를 쫓았으나 이긴다고 했는데, 둘 다 공의 말과 맞아떨어졌소. 두 경우가 서로 다른데 어찌하여 모두 공의 말과 같이 되었는지 분명히 가르쳐주기 바라오."

"쉬운 일입니다. 장군은 군사를 잘 부리시나 조조의 적수는 되기 힘듭니다. 조조는 싸움에 지기는 했으나 추격에 대비해 맹장에게 후군을 맡겨, 추격 군사가 아무리 날카로워도 당하기 어렵게 만들었으니 틀림없이 패합니다. 조조가 군사를 물리기에 바쁜 것은 허도에 일이 생겼기 때문입니다. 추격 군사를 깨뜨린 뒤에는 장졸들 차림을 가볍게 하여 빨리 돌아가려고 서두르니 방어가 허약할 수밖에 없습니다. 그들이 대비하지 않는 틈을 타서 쫓았으니 이길 수 있었던 것입니다."

유표와 장수는 가후의 정확한 헤아림에 탄복했다.

앞에서 가던 조조는 후군이 장수에게 쫓긴다는 보고를 받고 급히 군사를 되돌려 구하러 갔으나 장수는 이미 물러간 뒤였다.

"산 뒤에서 어떤 군사가 나와 길을 막지 않았으면 우리는 모두 잡혔을 것입니다."

군사들이 아뢰어 조조가 누구인지 묻자 그 사람이 말에서 내려 절을 했다. 진위중랑장으로 있는 강하군 평춘국 사람 이통(李通)으로 자는 문달(文達)이었다.

"여남을 지키다 승상께서 장수, 유표와 싸우신다는 말을 듣고 특별히 도와드리러 왔습니다."

조조는 크게 기뻐 건공후 작위를 봉하고, 여남 서쪽을 지키면서 유표와 장수를 막게 했다.

조조는 허도로 돌아와 황제에게 표문을 올려 손책의 공을 아뢰고, 토역장군으로 봉해 오후(吳侯)의 작위를 내리도록 추천했다. 그리고 강동으로 조서를 보내 유표를 토벌하라고 명했다.

조조가 승상부에 돌아오니 순욱이 물었다.

"승상께서 천천히 움직이시어 안중에 이르셨는데 어찌 적의 군사를 이긴다는 것을 아셨습니까?"

"그들은 돌아갈 길이 없어 죽기로써 급히 싸울 터인데, 내가 천천히 유인하면서 가만히 공격했으니 이길 것을 알았던 거요."

순욱은 절을 하며 탄복했다. 이때 곽가가 들어와 소매 안에서 글 한 동을 꺼내 아뢰었다.

"원소가 공손찬을 친다면서 군량과 군사를 빌려달라고 합니다."

조조는 원소의 속셈을 알만 했다.

"원소가 허도를 넘보려 한다더니 내가 돌아온 것을 알고 다른 말을 하는구면."

조조가 뜯어보니 글이 아주 교만해 곽가에게 물었다.

"원소가 이처럼 무례하여 토벌하고 싶으나 내가 힘이 부족하니 어찌해야 하오?"

곽가가 대답했다.

"한 고조 유방이 힘으로는 항우의 적수가 되지 못했던 것은 주공께서도 잘 아시는 바입니다. 고조는 다만 슬기가 앞서, 세력은 항우가 더 강했으나 드디어 잡고 말았습니다. 지금 원소에게는 질 까닭이 열 가지가 있고, 주공께는 이길 까닭이 열 가지가 있으니 원소 군사가 비록 많다 하나 전혀 두려워할 나위가 없습니다."

곽가는 열 가지 이유를 하나하나 밝혔다.

"첫째, 원소는 번거로운 격식을 차리고 복잡한 의식을 벌이는데, 주공께서는 자연의 도리에 어울리게 행동하시니 이는 도(道)로써 이기는 것입니다. 둘째, 원소는 황제께 거슬러 움직이는데, 주공께서는 황제를 받드시면서 그 명령에 따라 천하 사람들을 거느리니 이는 의(義)로써 이기는 것입니다. 셋째,

환제와 영제 때부터 정사가 너무 너그러워 잘못되었는데도 원소는 더 너그러운 통치로 이를 구하려 하여 도무지 통제하지 못하는데, 주공께서는 맹렬함으로 바로잡으시어 아래위 사람들이 절제를 알게 되니 이는 다스림[治치]으로써 이기는 것입니다. 넷째, 원소는 겉으로는 너그러우나 속으로는 꺼리는 것이 많아 사람을 쓰면서도 의심해 친척들이나 불러 쓰는데, 주공께서는 밖으로는 간단하고 속으로는 밝아 사람을 쓰면 의심하지 않고 그 재주만 보시니 이는 도량[度도]으로써 이기는 것입니다. 다섯째, 원소는 일을 꾸미지만 결단력이 모자라 사후에 뉘우치는데, 주공께서는 계책을 얻으면 곧 실행하고 변화가 무궁하시니 이는 꾀[謀모]로써 이기는 것입니다. 여섯째, 원소는 명예에만 매달려 대대로 쌓인 명성에 의지해 빈 소리만 늘어놓고 예절이나 차리면서, 이름을 날린 사람들이나 모으니 말이나 번지레하고 겉치레나 좋아하는 자들이 그 아래에 들어가는데, 주공께서는 지극한 정성으로 사람을 대하고 겉을 따지지 않고 검소하게 보셔서 공을 세운 자에게는 아낌없이 상을 내리시니 선비들 가운데 충성스럽고, 바르고, 멀리 내다보는 눈이 있는 자들은 모두 기꺼이 쓰임을 받으려 하니 이는 덕(德)으로써 이기는 것입니다. 일곱째, 원소는 사람이 배를 곯고 추위에 떠는 것을 보면 가엾어하는 빛이 얼굴에 드러나지만 직접 보지 못하면 생각이 미치지 않을 때가 많아서 가까이 있는 자들이나 도와주고 멀리 떨어진 자들은 소홀하게 대하니 이것은 이른바 여자의 작은 마음에 지나지 않는데, 주공께서는 눈앞의 작은 일은 소홀히 하실 때가 있으나 큰일에 들어서는 세상 끝까지 미치면서 은혜를 베푸심이 사람들이 바라는 바를 넘고, 눈으로 보지 못하더라도 생각에 빈틈이 없으시니 이는 너그러움[仁인]으로써 이기는 것입니다. 여덟째, 원소는 부하들이 권력을 다투어 서로 헐뜯는 말에 자주 넘어가는데, 주공께서는 부하를 바른 도리로 거느리시어 나쁜 말들이 먹히지 않으니 이는 밝음[明명]으로써 이기는 것입니다. 아홉째, 원소는 옳고 그름을 뒤섞어 헷갈리는데, 주공께서는 옳으면 예의로 올려주고 그르면 법으로 바로잡아 밝고 엄하시니 이는 문(文)으로써 이기는 것입니다. 열째, 원소는 허세를 부리기 좋아하면서 싸움의 비결을 모르는데, 주공께서는 적은 군사로 많은 적군을 이기고 군사를 부림이 신선 같으셔서 군사들은 믿는 바가 있어 속이 든든하고 적들은 두려워하니 이는 무(武, 군사 능력)로써 이기는 것입니다."

【문(文)은 옳고 그름이 분명하고 일을 바르게 처리하는 것을 말한다.】

단숨에 원소의 열 가지 약점과 조조의 열 가지 강점을 열거한 곽가는 결론을 내렸다.

"주공께서는 이와 같이 열 가지 승리할 까닭이 있으시니 원소를 이기는 것은 어렵지 않습니다."

조조는 웃었다.

"내가 어찌 공의 말에 합당하겠소?"

순욱이 거들었다.

"곽봉효의 열 가지 승리와 열 가지 패배의 이유는 어리석은 저의 생각과 똑같으니 원소는 군사가 많다 해도 어찌 두려워할 나위가 있겠습니까!"

곽가가 다시 주장을 폈다.

"서주의 여포는 실로 가슴과 배의 큰 걱정거리입니다. 원소가 북쪽으로 올라가 공손찬을 치게 되었으니 그가 멀리 나간 틈을 타고 먼저 여포를 무찔러 동남쪽을 깨끗이 쓸어 없앤 뒤 원소 정벌에 나서야 합니다. 그렇지 않으면 우리가 원소를 칠 때 여포가 빈틈을 타 허도를 범할 테니 해가 적지 않습니다."

조조가 옳게 여겨 여포를 정벌할 일을 의논하니 순욱이 주장했다.

"먼저 사람을 보내 유비와 약속하고 뒤에 군사를 움직여야 합니다."

조조는 유비에게 글을 보내고 원소의 사자를 후하게 대접해 돌려보냈다. 조조가 헌제에게 아뢰어 원소를 대장군과 태위로 봉해 기주, 청주, 유주, 병주의 네 주를 맡아 다스리게 하고 밀서를 보냈다.

'공은 공손찬을 토벌하시오. 내가 도와드리리다.'

높은 벼슬을 얻은 원소는 대단히 기뻐 곧 나아가 공손찬을 공격했다.

이때 여포가 서주에서 손님들을 모아 잔치를 벌일 때마다 진규 부자는 반드시 여포의 덕성을 입에 침이 마르도록 칭송하니 진궁은 틈을 타 여포에게 귀띔했다.

"진규 부자가 맞대놓고 장군께 아첨하는데, 그 마음을 헤아릴 수 없으니 미리 대비하셔야 합니다."

여포는 대뜸 노해 꾸짖었다.

"너는 왜 까닭 없이 사람을 헐뜯어 좋은 사람을 해치려 하느냐?"

진궁은 장군부 밖으로 나와 한숨을 쉬었다.

"충성스러운 말을 받아들이지 않으니 우리가 반드시 재앙을 입겠구나!"

여포를 버리고 다른 곳으로 가려고 생각하니 또 차마 버리기 어렵고 사람들의 비웃음을 살까 두려웠다. 이러지도 저러지도 못하게 된 진궁은 온종일 웃음을 잃고 우울하게 보내다 어느 날, 마음을 풀려고 사람들과 함께 말에 올라 소패 땅으로 사냥을 나갔다.

그런데 별안간 나라에서 만든 큰길에서 한 사람이 공문을 나르는 역마를 타고 달려가는 것이 아닌가. 덜컥 의심이 들어 사냥을 그만두고 사람들을 이끌어 샛길로 달려가 따라잡고 캐물었다.

"너는 어느 곳 사자냐?"

그 사람은 묻는 사람이 여포 부하임을 알고 당황해 대답하지 못하는데, 사람들이 몸을 뒤지니 유비가 조조에게 회답하는 밀서가 나왔다. 진궁이 여포 앞으로 끌고 가자 사자가 대답했다.

"조 승상께서 유 예주에게 글을 보내 답장을 받아오는 길인데 무슨 말이 쓰였는지는 모릅니다."

여포가 글을 뜯어보았다.

'여포를 처단하라는 영명한 명령을 받들었으니 어찌 깊은 밤에도 마음을 쓰지 않겠습니까? 하지만 이 비는 군사가 보잘것없고 장수가 적어 섣불리 움직이지 못하니 승상께서 대군을 일으키시면 앞에 서서 지휘를 따르겠습니다. 삼가 군사를 단속하고 갑옷을 정돈해 한마음으로 명을 기다리겠습니다.'

여포 입에서 욕이 터져 나왔다.

"조조 도적놈이 어찌 감히 이런 짓을 하느냐!"

사자의 목을 치고 진궁과 장패를 보내 태산의 도적 무리 손관과 오돈, 윤례, 창희와 연락해 산동 연주 여러 군을 공격하게 했다. 고순과 장료에게는 소패의 유비를 공격하라 명하고, 송헌과 위속에게는 여남과 영천을 치게 하며 자신은 중군을 지휘하면서 세 길 군사를 도왔다.

고순과 장료가 군사를 이끌고 소패에 이르니 유비가 급히 손건과 상의했다.

"어서 조조에게 위급을 알리시지요."

"누가 허도로 가겠소?"

섬돌 아래에서 한 사람이 나섰다.

"제가 가겠습니다."

유비가 보니 고향이 같은 간옹(簡雍)인데 자가 헌화(憲和)로 유비를 찾아와 막료로 있었다. 유비가 글을 주고 밤낮으로 달려 구원을 청하게 했다.

유비는 남문을 지키고, 손건은 북문, 관우는 서문, 장비는 동문을 지키며, 미축과 아우 미방은 중군을 지켰다. 유비와 미씨 형제는 처남 매부 사이라 형제에게 식솔을 보호하게 한 것이다. 고순의 군사가 성 밑에 이르자 유비가 성벽 위에서 내려다보며 물었다.

"내가 봉선과 틈이 없거늘 어찌 군사를 이끌고 왔소?"

"너는 조조와 결탁해 우리 주인을 해치려 하지 않았느냐? 일이 드러났으니어서 내려와 밧줄을 받아라!"

고순이 군사를 휘몰아 성을 공격했으나 유비는 문을 닫고 나가지 않았다. 이튿날 장료가 군사를 이끌고 서문을 치자 관우가 성 위에서 물었다.

"공은 모습이 속되지 않은데 어찌하여 도적에게 몸을 버리셨소?"

장료는 머리를 숙이고 대꾸하지 않았다. 관우는 그에게 충성스럽고 의로운 기개가 있음을 알고 귀에 거슬리는 말로 자극하지 않고 마주 나가 싸우지도 않았다. 장료가 동문으로 물러가자 장비가 맞받아 싸우러 나갔다. 관우가 듣고 급히 동문에 가보니 장비가 방금 성을 나갔는데 장료의 군사는 이미 물러간 뒤였다. 장비가 쫓아가려고 서두르자 관우가 급히 불러들였다.

"그자가 무서워서 물러갔는데 어찌 쫓지 않소?"

"그 사람 무예는 자네나 나에 못지않네. 내가 바른 말로 타이르니 스스로 뉘우치는 마음이 생겨 우리와 싸우지 않는 걸세."

장비도 알아듣고 성문을 단단히 지키면서 나가 싸우지 않았다.

고순이 소패를 깨뜨리지 못하자 여포가 친히 와서 싸움을 걸어 유비가 성 위에서 변명했다.

"이 비의 죄가 아닙니다. 조 승상이 천자의 조서를 받들어 글을 보내니 회답하지 않을 수 없었습니다."

유비가 애타게 말해 여포도 사정을 보아줄 마음이 생겼다. 군사들에게 에워싸기만 하고 들이치지는 말라 명하고 서주로 돌아가 학맹을 보내 원술에게 사죄하고 딸을 주겠노라고 허락했다. 원술이 미심쩍어 그 말을 믿지 않자 학맹이 돌아와 원술의 말을 전했다.

"내가 믿게 하려면 먼저 딸을 보내시오."

여포는 또 다른 마음이 들어 머뭇거리며 결정을 짓지 못했다.

그 사이에 간옹이 허도에 이르러 서주와 소패의 일을 이야기하자 조조는 모사들을 모아 상의했다.

"내가 여포를 치려고 하는데 원소가 내 팔을 잡아당겨 방해할까 걱정하지는 않으나 유표와 장수가 뒤를 노릴까 염려되오."

순유가 대답했다.

"두 사람은 패한 지 오래지 않아 감히 섣불리 움직이지 못합니다. 여포는 날쌔고 용맹하니 만약 원술과 결탁해 회수와 사수 일대를 누비면 급히 공략하기 어렵습니다."

곽가도 빨리 움직이기를 주장했다.

"그가 금방 반란을 일으켜 뭇사람 마음이 따르지 않았을 때 급히 달려가 치십시오."

조조는 하후돈과 하후연, 여건, 이전에게 5만 군사를 주어 먼저 떠나게 하고 대군을 거느리고 뒤를 이어 나아갔다. 간옹도 조조 군사를 따라 움직였다. 어느새 여포가 알고 먼저 후성과 학맹, 조성에게 2000명 기병을 데리고 고순과 합쳐 소패에서 30리 떨어진 곳에서 조조 군사를 맞이하게 하고, 대군을 이끌고 나아갔다.

고순이 물러가는 것을 보고 유비는 조조 군사가 온 것을 알았다. 손건에게 성을 지키게 하고 미축, 미방에게 식솔을 맡긴 후 관우, 장비와 함께 군사를 이끌고 성 밖에 나와 영채 셋을 세우고 조조와 호응할 채비를 했다.

앞서 나아가던 하후돈이 고순과 마주쳐 무예를 떨치며 50여 합을 싸우자 고순은 견디지 못하고 진을 빙 돌아 달아났다. 진으로 들어가면 하후돈이 따라 들어와 진이 흐트러질 것 같아서였다. 곱게 보내줄 리 없는 하후돈이 똑같이 진을 돌아 쫓아가니, 진 안에서 조성이 바라보고 가만히 화살을 날려 하후돈 왼쪽 눈에 꽂혔다.

하후돈은 '으악!' 소리치며 급히 손으로 화살을 잡아 뽑았다. 그런데 눈알까지 화살에 꽂혀 나올 줄이야! 하후돈은 높이 외쳤다.

"아버지의 정기와 어머니의 피로 이루어진 눈을 버릴 수 없다!"

눈알을 입으로 삼키고 창을 꼬나들어 조성에게 덮쳐들었다. 하후돈을 명중시키고 마음을 놓고 있던 조성은 뜻밖의 공격에 미처 손을 놀려보지도 못하고 하후돈의 창에 얼굴이 뚫려 말 아래로 떨어졌다. 그 광경을 본 양쪽 군사는 놀라지 않는 자가 없었다.

하후돈이 조성을 죽이고 말을 달려 돌아오니 등 뒤로 고순이 군사를 휘몰고 달려와, 조조 군사는 크게 패하고 하후연은 형을 구해 달아났다. 여건과 이전은 패한 군사를 이끌고 제북국으로 물러가 영채를 세우고, 이긴 고순은 여포의 대군과 합쳐 유비와 관우, 장비의 세 영채를 들이쳤다.

이야말로

눈알 먹은 맹장 싸움 잘한다지만
화살 맞은 선봉 오래 버티지 못해

유비는 이길까 질까?

19

천하장사 여포의 비굴한 최후

하비성에서 조조는 격전 벌이고
백문루에서 여포는 목숨을 잃다

고순이 장료와 함께 관우를 공격하고, 여포는 장비를 들이쳤다. 관우와 장비가 맞서자 유비가 군사를 나누어 돕는데 등 뒤로 여포의 대군이 몰려왔다. 관우와 장비의 군사는 견디지 못해 무너지고, 유비는 기병 수십 명을 데리고 소패성으로 달아났다.

여포가 뒤를 쫓아와 유비가 급히 군사를 불러 조교를 내리는데 여포가 바짝 따라붙었다. 성 위에서 활을 쏘려고 했으나 유비가 맞을까 걱정되어 쏘지 못하니 그 틈에 여포가 성문을 덮쳐, 문을 지키던 군사는 사방으로 흩어졌다.

여포가 성안으로 군사를 끌어들이자 다급한 유비는 집으로 갈 겨를이 없어 식솔을 버린 채 성을 가로질러 서문으로 나가 말 한 필에 의지해 달아났다. 여포가 유비의 집으로 달려가니 미축이 나와 말 앞에 꿇어앉았다.

"듣자니 대장부는 남의 아내와 자식을 망치지 않는다고 합니다. 지금 장군과 천하를 다투는 자는 조조입니다. 현덕은 늘 장군께서 원문에서 화극을 쏘아 구해주신 은혜를 이야기하면서 감히 장군을 저버리지 않습니다. 어쩔 수 없어 조조에게 붙었으니 장군께서 가엾게 여겨주시기 바랍니다."

"나와 현덕은 옛친구이니 어찌 그 아내를 해치겠소."

여포는 미축에게 유비의 식솔을 데리고 서주로 가 안정을 찾게 하고, 차고 있던 보검을 끌러주며 집으로 들어오는 자가 있으면 목을 치라고 했다. 여포는 군사를 이끌어 연주로 가고 고순과 장료에게 소패를 지키게 했다.

손건은 성 밖으로 달아나고 관우와 장비도 각기 적은 군사를 거두어 산으로 들어갔다. 유비가 홀로 말을 달려 달아나는데 등 뒤에서 사람이 쫓아와 돌아보니 손건이었다. 두 사람은 부둥켜안고 울음을 터뜨렸다.

"아우들이 살았는지 죽었는지 알 수 없고 식솔도 흩어졌으니 어찌해야 하오?"

"잠시 조조에게 의지해 뒷날을 기약하는 것이 좋습니다."

유비는 오솔길을 찾아 허도로 달려갔다. 식량이 없어 마을에 들어가 음식을 구하니 가는 곳마다 유 예주의 이름을 듣고는 앞다투어 음식을 바쳤다.

하루는 어느 집에 들어가 잠을 자게 되어, 젊은이가 나와 절을 하는데 사냥으로 살아가는 유안이라 했다. 유안은 유 예주가 왔다는 말을 듣고 들짐승을 잡아 대접하고 싶었으나 급히 얻을 수 없어, 자기 아내를 죽여 고기를 내놓았다.

"이게 무슨 고기인가?"

유비가 묻자 유안은 천연스럽게 대답했다.

"늑대 고기입니다."

유비는 의심하지 않고 배불리 먹었다. 새벽이 되어 떠나며 말을 끌어오려고 뒷마당으로 가니 부엌 아래에 여인의 주검이 누워 있는데 팔의 고기는 이미 베어진 뒤였다. 놀란 유비가 유안에게 사연을 물어, 그제야 지난밤에 먹은 것이 바로 그 아내의 고기임을 알고 눈물을 뿌리며 말에 올랐다. 유안을 데려가려 하니 그가 사정을 말했다.

"이전부터 사군을 따르고 싶었으나 늙은 어머님이 계셔서 감히 멀리 가지 못합니다."

유비가 길을 찾아 양성을 나가자 먼지가 해를 가리며 대군이 다가왔다. 조조 군사인 섯을 알고 손건과 함께 중군 깃발 아래에 가서 조조를 만났다. 소패성을 잃고, 두 아우와 흩어졌으며, 식솔이 여포의 손에 들어간 일을 이야기하자 조조도 눈물을 흘렸다.

유비가 또 유안이 아내를 죽여 고기를 대접한 일을 말하니 조조는 손건을 보내 금 100냥을 유안에게 가져다주게 했다.

조조 군사가 제북국에 이르자 하후연이 영채로 안내하고, 형 하후돈이 한쪽 눈을 잃고 자리에 누워 아직 낫지 않았다고 보고했다. 조조가 하후돈을 만나보고 먼저 허도로 돌아가 치료하게 하는데 보고가 들어왔다.

"여포와 진궁, 장패가 태산 도적들과 함께 연주 여러 군을 공격합니다."

조조는 조인에게 3000명 군사를 이끌고 소패성을 치게 하고, 유비와 함께 친히 대군을 거느리고 여포와 싸우러 갔다. 산동에 이르러 소관 가까이 다가가자 태산의 도적들이 3만여 군사를 거느리고 앞을 막았다.

조조가 허저를 내보내니 도적 장수 넷이 일제히 말을 달려 나왔으나 허저가 힘을 떨쳐 싸우자 장수 넷이 그 하나를 당하지 못해 달아났다. 조조는 이긴 기세를 몰아 소관까지 쫓아갔다.

서주에 돌아와 있던 여포가 진등과 함께 소패를 구하러 가면서 진규에게 서주를 지키게 하니 떠나기 전에 진규가 아들에게 당부했다.

"전날 조공이 동방의 일은 모두 너에게 맡긴다고 했는데, 여포가 곧 망하게 되었으니 적당한 틈을 보아 일을 벌여라."

"바깥 일은 아들이 알아서 처리할 터이니 여포가 패하고 돌아오면 아버님은 미축과 함께 성을 지키며 들여보내지 마십시오. 저는 마땅히 몸을 뺄 계책이 있습니다."

"여포의 아내들과 자식이 여기 있고 심복들이 제법 많은데 어찌해야 하느냐?"

"그것 역시 아들에게 계책이 있습니다."

아버지와 의논을 마친 진등은 여포의 장군부에 들어가 제의했다.

"서주가 네 방향으로 적을 맞았으니 조조는 힘을 다해 공격할 것입니다. 우리는 먼저 물러설 자리도 마련해야 하는데 돈과 식량을 하비로 옮기면 서주가 에워싸이더라도 식량이 있어 버틸 수 있습니다. 주공께서는 어찌하여 빨리 손을 쓰시지 않습니까?"

"원룡의 말이 옳소. 식솔까지 모두 하비로 옮겨야 하겠소."

여포는 송헌과 위속에게 아내들과 자식, 돈, 식량을 호위해 하비로 옮기게 하고, 진등과 함께 군사를 이끌고 소관을 구하러 갔다. 진등이 나섰다.

"제가 먼저 관에 가서 조조의 허실을 알아본 뒤에 주공께서 움직이시는 것이 좋겠습니다."

"그게 무슨 소리요?"

"태산의 손관을 비롯한 자들은 도적 심보가 있어 믿고 맡길 수 없습니다."

진등의 말이 맞는 것 같아 여포는 좋아했다.

"공은 참으로 나에게 큰 도움이 되오."

진등이 먼저 소관으로 가서 진궁을 비롯한 사람들에게 알려주었다.

"온후는 공들이 나아가 싸우지 않는다고 벌을 주겠다고 하시오."

진궁이 설명했다.

"조조의 세력이 크니 섣불리 싸워서는 아니 되오. 관문과 요충지들을 단단히 막으면서 주공을 도와 소패성을 지키는 것이 상책이오."

진등은 건성으로 응하는 척했다. 밤이 되어 진등이 관 위에 올라 바라보니 조조 군사가 관 밑까지 바짝 다가와 있어서 글 세 통을 써서 화살에 매어 관 아래로 날렸다.

이튿날 진궁이 권했다.

"소관은 별 탈 없으니 온후께서는 소패성으로 가서 지키도록 하시지요."

진등은 말을 달려 여포에게 돌아갔다.

"손관을 비롯한 자들이 관을 조조에게 바치려 합니다. 제가 진궁에게 지키게 했으니 장군께서는 황혼에 달려가 구하십시오."

"공이 아니었으면 소관이 끝장날 뻔했소."

여포는 진등에게 먼저 소관에 가서 진궁과 함께 안에서 호응해 불을 지피는 것을 신호로 삼으라고 했다. 진등은 곧장 진궁에게 가서 일렀다.

"조조 군사가 이미 샛길로 소관 안쪽에 이르렀으니 서주를 잃을까 두렵소. 공들은 급히 돌아가는 게 좋겠소."

날이 저물어 진궁이 군사를 이끌고 소관을 나가는데 진등이 관 위에서 불을 지피니, 어둠 속에서 관으로 달려오던 여포의 군사와 관을 나가던 진궁의 군사가 제 편끼리 치고받고 죽였다. 이때 조조 군사가 불길을 보고 일제히 달려오니 손관을 비롯한 장수들은 사방으로 달아났다.

여포는 새벽까지 싸운 후에야 계책에 걸린 것을 알고 진궁과 함께 급히 서주로 돌아갔다. 성에 이르러 문을 열라고 소리쳤으나 문은 열리지 않고 성 위에서 화살이 어지러이 날아오며 미축이 적루에 나타나 호통쳤다.

"이 성은 전에 네가 빼앗은 것이니 주인에게 돌아와야 한다. 너희는 다시는 이 성에 들어오지 못한다."

여포는 크게 노했다.

"진규는 어디 있느냐?"

"내가 이미 죽였다."

여포는 진궁을 돌아보며 물었다.

"진등은 어디 있는가?"

진궁은 기가 막혔다.

"장군은 아직도 깨닫지 못하고 간사한 도적놈을 찾으십니까?"

여포가 샅샅이 뒤지게 했으나 진등은 그림자도 보이지 않았다. 진궁이 급히 소패로 가자고 권해 여포가 따르는데 중간에 갑자기 군사 한 떼가 달려오니 고순과 장료였다.

"진등이 주공께서 포위되셨다고 하여 급히 구해드리러 오는 길입니다."

"그 간사한 도적놈의 계책이오."

진궁이 밝히자 여포는 분노했다.

"내가 반드시 이 도적놈을 잡아 죽이겠다!"

여포가 군사를 휘몰아 소패로 달려갔으나 성 위에는 조조 군사의 깃발이 꽂혀 있었다. 조조가 이미 조인을 보내 성을 차지한 것이었다. 여포가 성 아래에서 욕을 퍼붓자 진등이 성 위에서 손가락질하며 마주 욕했다.

"나는 한의 신하로서 어찌 너 같은 역적을 섬기겠느냐?"

여포가 크게 노해 성을 치려 하는데 별안간 뒤에서 고함이 요란하게 일어나며 군사 한 떼가 달려오니 앞장선 장수는 장비였다. 고순이 말을 달려 맞섰으나 당할 수 없어 여포가 직접 맞아 싸우는데, 진 밖에서 또 고함이 일어나며 조조가 친히 대군을 거느리고 몰려왔다. 여포는 도저히 견디지 못할 것을 알고 동쪽으로 달아났다. 달아나는 여포의 군사와 말이 지쳐 허덕이는데 또 군사 한 떼가 나타나 앞을 가로막고 칼을 비껴든 장수가 버럭 호통쳤다.

"여포는 달아나지 마라! 관운장이 여기 있다!"

여포가 급히 맞서자 등 뒤로 다시 장비가 쫓아왔다. 여포는 싸울 마음이 없어 진궁을 비롯한 부하들과 함께 길을 뚫어 하비로 달려가니 후성이 맞이해 성으로 들어갔다.

다시 만난 관우와 장비는 눈물을 쏟으며 헤어진 뒤의 일을 이야기했다.

"나는 해주의 길에 머물러 있다 소식을 듣고 왔네."

관우가 말하자 장비도 지난 일을 이야기했다.

"이 아우는 망탕산에 들어가 있다가 오늘 다행히 만나게 되었소."

【망탕산은 한 고조 유방이 흰 뱀을 벤 뒤 숨었던 곳으로 산이 험해 잠시 피해 있기에 좋았다.】

두 사람은 함께 군사를 이끌고 유비를 찾아와 울면서 엎드려 절했다. 슬픔과 기쁨이 갈마든 유비는 두 사람을 조조 앞으로 데려가 인사시키고 그를 따라 서주로 들어갔다. 미축이 일행을 맞이해 식솔이 무사함을 알리니 유비는 매우 기뻤다. 진규 부자도 찾아와 뵈니 조조는 큰 잔치를 베풀어 수고를 위로했다.

잔치가 끝나자 조조는 진규 부자의 공로를 높여 진규를 현후로 세우고, 진등을 복파장군에 임명했다. 서주를 얻은 조조가 대단히 흐뭇해 군사를 일으켜 하비를 치려고 상의하니 정욱이 권했다.

"여포에게는 하비성 하나만 남았으니 너무 급히 몰아치면 원술에게 갈 터인데, 두 사람이 합치면 기세가 강해 공격하기 어렵습니다. 유능한 사람에게 회남 길을 지키게 하여 안으로는 여포를 방비하고 밖으로는 원술을 막도록 하십시오. 산동에서 장패와 손관 무리가 아직 귀순하지 않았으니 그들에 대처하는 일도 게을리해서는 아니 됩니다."

"내가 산동 여러 길을 맡을 테니 회남 쪽은 현덕이 맡아주시오."

조조의 말을 유비는 가볍게 대할 수 없었다.

"승상 군령을 어찌 감히 어기겠습니까?"

이튿날 미축과 간옹을 서주에 두고 유비는 손건과 관우, 장비를 데리고 회남으로 통하는 길을 지키러 갔다. 조조는 군사를 이끌고 하비를 공격했다.

여포는 하비에 식량이 넉넉하고 험한 사수까지 있어 아무 걱정 없다고 마음을 놓는데 진궁이 재촉했다.

"조조 군사가 방금 이르렀으니 그들이 영채를 세우기 전에 편안히 쉰 우리 군사를 몰아 먼 길에 지친 적을 치면 이기지 않을 수 없습니다."

여포는 듣지 않았다.

"우리 군사가 여러 번 패하여 섣불리 나아가서는 아니 되네. 그들이 와서 공격하기를 기다려 맞받아치면 모두 사수에 떨어질 걸세."

며칠이 지나 영채를 다 세우자 조조는 장수들을 거느리고 성 아래에 이르러 높이 외쳤다.

"여포는 묻는 말에 대답하라!"

여포가 성벽에 올라서자 조조가 지휘 깃발과 해 가리개 아래에서 채찍으로 가리켰다.

"봉선이 원술과 사돈을 맺으려 한다기에 내가 군사를 거느리고 왔으니 실은 원술을 잡기 위해서요. 원술은 반역의 큰 죄를 지었고 공은 반대로 동탁을 토벌한 공훈을 세웠는데, 어찌 앞의 공로를 버리고 역적을 따르려 하시오? 성이 깨지면 뉘우쳐도 늦을 것이니 일찍 항복해 함께 황실을 보좌하면 제후 자리를 잃지 않을 것이오."

여포는 귀가 솔깃했다.

"승상은 잠시 물러서시오. 내가 상의해보겠소."

이때 여포 곁에 있던 진궁이 조조를 향해 '간사한 도적놈'이라고 욕설을 퍼부으며 화살을 날려 조조의 해 가리개에 꽂혔다. 조조는 분노해 진궁을 가리키며 다짐했다.

"내가 맹세코 너를 죽이고야 말겠다!"

조조가 군사를 이끌고 성을 공격하자 진궁이 여포에게 계책을 내놓았다.

"조조는 먼 길을 와서 오래 있을 수 없습니다. 장군께서 기병과 보병을 이끌고 성 밖에 나가 주둔하시고, 이 궁이 나머지 무리를 거느리고 문을 닫고 안에서 지키면 됩니다. 조조가 장군을 공격하면 이 궁이 그 등을 치고, 그가 성을 공격하면 장군이 뒤에서 쳐서 성을 구하십시오. 열흘도 지나지 않아 조조가 식량이 바닥나면 북 한번 울려 진격하는 것으로 단숨에 깨뜨릴 수 있으니 이것이 바로 기각지세입니다."

"공의 말이 지당하오."

【여포의 기분에 따라 그 입에서 진궁은 '자네'가 되었다가 화가 나면 '너'도 되었다가 기분이 좋으면 '공'으로 변하기도 했다.】

여포는 집으로 돌아가 갑옷 따위 군복을 챙겼다. 때는 추운 겨울이라 아랫사람에게 솜옷을 많이 준비하라고 이르니 아내 엄씨가 물었다.

"어디로 가시려 하십니까?"

여포가 진궁의 계책을 알려주자 엄씨는 싫어했다.

"멀쩡한 성을 내놓고, 아내와 자식을 버리고, 외로운 군사로 멀리 나가셔서 변이라도 생기면 첩이 어찌 장군의 아내로 살아남을 수 있겠어요?"

여포는 머뭇거리며 사흘이나 밖에 나가지 않았다. 진궁이 여포 집에 와서 재촉했다.

"조조 군사가 사방으로 성을 에워싸는데 빨리 나가지 않으면 곤경에 빠지게 됩니다."

여포의 생각은 벌써 달라졌다.

"내가 생각해보니 멀리 나가는 것보다 굳게 지키는 것이 더 낫겠소."

"조조가 식량이 부족해 허도에서 날라 오는데 곧 이른답니다. 장군께서 정예 군사를 이끌고 나가 군량 길을 끊으십시오. 이것은 대단히 묘한 계책입니다."

여포가 옳게 여기고 다시 안방에 들어가 말하니 엄씨는 또 눈물을 흘렸다.

"장군께서 나가시면 진궁과 고순이 어찌 성을 단단히 지킬 수 있겠어요? 만약 잘못하여 잃기라도 하면 뉘우쳐도 늦어요. 첩은 전에 장안에서 장군께 버림받았는데 다행히 방서가 가만히 감춰주어 다시 장군과 만날 수 있었어요. 그런데 또 첩을 버리고 가실 줄을 어찌 알았겠어요? 장군께서는 앞길이 구만리 같은 분이시니 첩은 마음에 두지 마세요!"

말을 마치고 엄씨는 엉엉 울었다. 여포가 걱정스럽고 답답해 결단을 내리지 못하고 초선의 방으로 가니 초선도 말렸다.

"장군께서는 첩을 생각하시어 가볍게 밖으로 나가지 마세요."

"걱정하지 마라. 나에게 화극과 적토마가 있으니 누가 감히 다가들겠느냐?"

여포는 밖으로 나와 진궁에게 선언했다.

"조조의 군량이 온다는 것은 거짓이오. 조조는 간사한 계책이 많으니 나는 감히 움직이지 못하겠소."

진궁은 밖으로 나와 탄식했다.

"아아, 우리가 죽어도 묻힐 땅이 없게 되었구나!"

여포는 종일 밖으로 나오지 않고 엄씨와 초선을 데리고 술을 마시면서 울적한 심정을 달랬다. 모사 허사와 왕해가 여포를 찾아가 계책을 드렸다.

"지금 원술은 회남에서 세력을 크게 떨칩니다. 장군께서 전에 그와 혼인을 정하셨는데 어찌하여 지금 도움을 청하지 않으십니까? 그의 군사가 와서 안팎으로 협공하면 조조를 깨뜨리기는 어렵지 않습니다."

여포가 그날로 글을 써서 두 사람을 보내려고 하니 허사가 말했다.

"군사 한 떼가 앞장서서 길을 내고 쳐나가야 합니다."

여포가 장료와 학맹에게 1000명 군사를 이끌고 두 사람을 험한 길목 밖으로 호송하게 하니 밤에 두 장수가 앞뒤에서 호위해 성 밖으로 나갔다. 그들이 유비 영채 곁으로 빠져나가자 장수들이 쫓아갔으나 이미 길목을 벗어났다.

학맹이 500명을 거느리고 허사와 왕해를 따라가고, 장료가 500명을 이끌고 돌아오다 관우에게 막혔다. 두 사람이 서로 돌보는 마음이 있어 차마 싸우지 못하는데, 고순이 군사를 이끌고 나와 장료를 맞이해 성으로 들어갔다.

허사와 왕해가 수춘에 이르러 여포의 글을 올리니 원술이 물었다.

"전에는 내 사자를 죽이고 혼인을 거절하더니 어찌 다시 와서 이런 말을 하느냐?"

허사가 대답했다.

"그때는 조조의 간사한 계책에 걸려 일을 그르친 것이니 밝은 임금 [明上명상] 께서 깊이 살펴보시기 바랍니다."

원술은 마음이 움직이지 않았다.

"너희 주인이 조조 군사에 에워싸여 위급해지지 않았으면 어찌 나에게 딸을 허락했겠느냐?"

왕해가 대답했다.

"명상께서 구해주지 않으신다면, 입술이 없어지면 이가 시린 [脣亡齒寒순망치한] 격이 되지 않을까 두렵습니다. 그 역시 명상께는 복이 아닙니다."

"봉선은 이랬다저랬다 뒤집기를 잘해 신용이 없으니 먼저 딸을 보내오면 군사를 일으켜 보내겠다."

허사와 왕해는 별수 없이 학맹과 함께 돌아오는 길에 올랐다. 유비 영채 부근에 이르러 허사가 멈추었다.

"낮에는 지나갈 수 없소. 밤중에 우리 두 사람이 먼저 가고, 학 장군이 뒤를 막아야 하오."

그날 밤 유비 영채를 지나며 허사와 왕해가 먼저 가고 학맹이 뒤에 가는데 장비가 나와 길을 막았다. 학맹이 말을 달려 싸웠으나 단 한 번 병기를 맞대자 사로잡혔다. 장비가 학맹을 끌고 가니 유비가 조조의 큰 영채로 압송했다. 여포가 원술에게 도움을 바라 혼인을 허락한 일을 학맹이 상세히 털어놓자 조조는 크게 노해 그의 목을 치고 여러 영채에 일렀다.

"조심해서 지켜라. 여포 군사를 하나라도 놓치는 자가 있으면 군법으로 다스리겠다!"

여러 영채의 장졸들은 정신을 바짝 차렸다. 유비가 영채로 돌아와 관우와 장비에게 일렀다.

"우리는 회남으로 통하는 길목을 막았으니 두 아우는 각별하게 조심해 조공의 군령을 어기지 않도록 해야 하네."

장비가 투덜거렸다.

"적의 장수를 잡았는데 조조가 상을 주지는 않고 을러대기만 하니 이게 뭐요?"

"조공은 숱한 군사를 거느렸으니 군령이 아니면 어찌 모두 따르게 하겠는가? 아우들은 군령을 범하지 말게."

유비가 타일러 관우와 장비는 물러갔다.

허사와 왕해가 하비로 돌아가 원술이 먼저 며느리를 보내오면 군사를 일으키겠다는 뜻을 전하자 여포가 물었다.

"딸을 어찌 보내야 하느냐?"

허사가 대답했다.

"학맹이 잡혔으니 조조는 틀림없이 대비할 것입니다. 장군께서 친히 호송하시지 않으면 누가 겹겹의 포위를 뚫겠습니까?"

"오늘 바로 보내면 어떠하냐?"

"오늘은 사나운 신이 당번을 서는 날이라 가셔서는 아니 됩니다. 내일이 좋은 날이니 저녁 늦게 움직이시면 좋습니다."

허사가 날짜와 시간까지 정하니 여포는 장료와 고순에게 명했다.

"3000명 군사를 이끌고 작은 수레 한 대를 마련해라. 내가 몸소 200리 밖까지 호송하고 그다음은 그대들 두 사람이 맡는다."

이튿날 저녁, 여포는 딸을 비단으로 감싸고 그 위에 갑옷을 삼아 등에 업고 화극을 들고 말에 올랐다. 성문을 열고 여포가 앞장서서 나가고 장료와 고순이 뒤를 따랐다. 조금만 더 가면 유비 영채 앞에 이르는데 '둥!' 북소리가 울리더니 관우와 장비가 앞길을 가로막고 높이 외쳤다.

"여포는 달아나지 마라!"

여포는 싸울 마음이 없어 길만 빼앗아 달려가려 하는데 유비가 군사 한 떼를 이끌고 달려와 어지러이 싸웠다. 여포는 용맹하나 등에 업은 딸이 다치기라도 할까 겁이 나서 감히 겹겹의 군사 속으로 쳐들어가지 못했다. 뒤에서 서황과 허저까지 달려와 높이 외쳤다.

"여포를 놓치지 마라!"

조조 군사가 사납게 달려들자 여포는 어쩔 수 없이 성으로 되돌아갔다. 성에 돌아온 여포는 답답해 술만 들이켰다.

조조가 성 앞에 와서 두 달이 지나도록 성을 깨뜨리지 못하는데 보고가 들어왔다.

"하내 태수 장양이 군사를 일으켜 여포를 구하려 하다 부하 양추에게 죽었습니다. 양추가 머리를 승상께 바치려 했으나 장양의 심복 휴고에게 죽고, 휴고는 견성으로 갔습니다."

조조는 장수 사환에게 휴고를 쫓아가 목을 치게 하고 모사들과 상의했다.

"장양은 다행히 스스로 망했으나 북쪽에는 원소가 근심이고 동쪽에는 유표, 장수가 걱정인데 하비를 오랫동안 에워싸고도 무너뜨리지 못했소. 여포를 버리고 허도로 돌아가 잠시 싸움을 멈출까 하는데 어떠하오?"

순유가 말렸다.

"아니 됩니다. 여포는 거듭 패해 날카로운 기세가 꺾였습니다. 군사란 장수에게 달렸으니 장수가 약해지면 군졸들은 싸울 마음이 사라집니다. 진궁은 꾀가 있으나 판단이 늦습니다. 여포의 기세가 아직 되살아나지 않았고, 진궁의 꾀가 아직 정해지지 않았으니 다그쳐 공격하면 여포를 사로잡을 수 있습니다."

곽가가 입을 열었다.

"하비성을 깨뜨릴 계책이 하나 있으니 20만 군사보다 낫습니다."

순욱이 물었다.

"혹시 기수와 사수의 물을 터뜨리자는 계책이 아니오?"

곽가가 웃었다.

"바로 그렇습니다."

조조는 대단히 기뻐 하비성 옆을 흐르는 두 강물을 터뜨리게 하고, 군사를 이끌고 높은 곳에 올라 하비가 물에 잠기는 것을 구경했다. 하비는 동쪽에만 물이 없고 나머지 문들은 모두 물에 잠겼다. 장졸들이 달려가 고했으나 여포는 아직도 꿈속이었다.

"내 적토마는 물을 건너기를 평지 달리듯 하는데 두려울 게 무어냐?"

여포는 날마다 아내와 첩과 더불어 술을 실컷 마시고 몸이 곯아 얼굴이 못쓰게 되었다. 어느 날 거울에 얼굴을 비추어보고 몹시 놀랐다.

"내가 술로 몸이 상했구나! 오늘부터 끊어야겠다."

성안에서 술을 마시는 자가 있으면 누구든 목을 치겠다는 명령을 내렸다.

이때 후성의 마부가 말 15필을 훔쳐 유비에게 바치려다 발각되어, 후성이 마부를 쫓아가 죽이고 말을 빼앗아 오니 장수들이 축하했다. 후성은 술 대여섯 섬을 빚어 장수들과 모여 마시고 싶은데 여포가 꾸짖을까 두려워 먼저 술 다섯 통을 들고 여포의 집에 찾아가 아뢰었다.

"장군의 호랑이 같은 위엄에 힘입어 잃은 말을 되찾아 오니 장수들이 모두 축하합니다. 술을 좀 빚었는데 감히 함부로 마시지 못하고 특별히 먼저 장군께 받들어 올려 보잘깃없는 성의를 표합니다."

여포가 발끈했다.

"내가 방금 술을 금지했는데 네가 도리어 술을 빚어 사람들과 마시려 하니 너희가 함께 모의해 나를 해치려는 게 아니냐?"

당장 후성을 끌어내 목을 치라고 호령하자 송헌과 위속을 비롯한 장수들이 용서를 빌어 여포가 다시 호령했다.

"일부러 내 명령을 어겼으니 이치로 보아 반드시 머리를 베어야 하지만 장수들 낯을 보아 잠시 살려주니, 대신 매를 100대 치겠다!"

여러 장수가 또 애걸복걸해 몽둥이로 50대를 치고 후성을 놓아주니 장수들은 저마다 기가 죽었다. 송헌과 위속이 집에 찾아가 문안하자 후성은 눈물을 흘리며 고마워했다.

"여러분이 아니었으면 나는 이번에 죽었을 거요!"

송헌이 분통을 터뜨렸다.

"여포는 아내와 첩에 빠져 우리는 지푸라기로 안다니까."

위속도 한마디 보탰다.

"군사가 성 밑에 다가와 에워싸고 물이 해자를 감도니 우리는 죽을 날이 머지않았소!"

송헌이 두 장수의 뜻을 물었다.

"여포가 어질지 못하고 의롭지도 않으니 우리가 그를 버리고 가면 어떻겠소?"

"그러면 장부가 아니오. 아예 여포를 사로잡아 조공께 바치는 게 좋소."

위속의 말에 후성이 찬성했다.

"내가 말을 찾아와 벌을 받았는데 여포가 믿는 것은 적토마요. 그대들이 조공을 위해 문을 열어 여포를 사로잡겠다면 내가 먼저 말을 훔쳐 조공을 찾아가 뵙겠소."

그날 밤 후성이 가만히 말을 거두는 마원에 가보니 마부들이 모두 잠이 들어, 몰래 적토마를 끌어내 동문으로 달려갔다. 위속이 문을 열어 후성을 내보내고 짐짓 쫓아가는 시늉만 하니 후성은 조조 영채에 이르러 말을 바치고, 송헌과 위속이 흰 깃발을 꽂는 것을 신호로 문을 열겠다고 약속했다. 조조는 성안 사람들에게 알리는 글 수십 장을 화살로 쏘아 보냈다.

'대장군 조조는 특별히 영명한 천자의 조서를 받들고 여포를 정벌하니 대군에 항거하는 자가 있으면 성을 깨뜨리는 날 온 가족을 몰살한다. 장수든 백성이든 여포를 사로잡아 바치거나 그 목을 바치는 자는 큰 벼슬을 주고 후한 상을 내릴 것이다.'

날이 밝자 성 밖에서 고함이 일어나 여포는 화극을 들고 성에 올라 여러 문을 돌아보았다. 위속이 후성을 놓쳐 적토마를 잃었다고 꾸짖고 그 죄를 다스리려 하는데, 성 아래에서 조조 군사가 성 위에 흰 깃발이 나타난 것을 보고 거세게 공격하니 여포는 직접 막아 싸울 수밖에 없었다.

새벽부터 시작된 싸움이 점심때까지 이어지자 조조 군사가 조금 물러섰다. 문루 아래에 앉아 잠깐 숨을 돌리려던 여포는 저도 모르게 잠이 들었다. 송헌이 여포 곁에 있는 자들을 쫓고 먼저 화극부터 훔친 뒤 위속과 함께 손을 써서 여포를 밧줄로 꽁꽁 묶었다.

꿈에서 깨어난 여포가 급히 측근들을 찾았으나 두 장수가 그들을 쫓아버리고 흰 깃발을 휘두르니 조조 군사가 성 아래에 다가와 위속이 높이 외쳤다.

"여포를 사로잡았다!"

하후연이 믿지 못하자 송헌이 성 위에서 여포의 화극을 내리던지고 성문을 활짝 열었다. 조조 군사가 몰려 들어가자 서문에 있던 고순과 장료는 물에 둘러싸여 사로잡히고 진궁은 남문까지 달려가다 서황에게 붙들렸다.

조조는 백성을 약탈하지 못하게 엄히 막은 뒤 성에 들어가 강물을 빼고, 방문을 붙여 백성을 안정시켰다. 그리고 유비와 함께 백문루 위에 앉으니 관우와 장비가 곁에 모시고 섰는데, 사로잡힌 사람들이 끌려왔다. 여포는 큰 덩치가 밧줄에 꽁꽁 묶여 온몸이 한 덩이가 되었다. 몸이 아픈지 여포가 소리를 질렀다.

"너무 단단히 묶었으니 좀 풀어주시오!"

"호랑이를 묶는데 단단히 묶지 않을 수 있나?"

조조가 웃었다. 여포는 옆에 서 있는 후성, 위속, 송헌에게 물었다.

"내가 장수들을 박하게 대하지 않았는데 어찌하여 나를 배반하는가?"

송헌이 반박했다.

"아내와 첩의 말이나 듣고 장수들 계책을 따르지 않고서도 어찌 박하게 대하지 않았다고 하느냐?"

여포는 할 말이 없는지 입을 다물었다. 잠시 후 사람들이 고순을 에워싸고 오니 조조가 물었다.

"하고 싶은 말이 있느냐?"

고순이 대답이 없자 조조는 명령을 내려 목을 치게 했다. 서황이 진궁을 잡아 오자 조조가 인사했다.

"공대는 헤어진 뒤 무고하시오?"

진궁은 인사를 받지 않았다.

"네 심보가 바르지 않아 나는 너를 버렸다!"

"내 마음이 바르지 않다면 공은 어찌하여 하필 여포를 섬겼소?"

"여포는 비록 꾀는 없으나 너처럼 간사하고 음험하지는 않다."

"공은 스스로 슬기가 넉넉하고 꾀가 많다고 자랑했는데 이 지경이 되었으니 마음이 어떻소?"

진궁은 여포를 돌아보며 대꾸했다.

"한스럽게도 이 사람이 내 말을 따르지 않아 이렇게 되었지, 내 말을 따랐으면 잡히지 않았을 것이다."

"오늘의 일은 어찌해야 하오?"

진궁이 목청을 돋우어 소리쳤다.

"오늘은 죽음이 있을 뿐이다!"

"공은 그러하나 늙은 어머님과 아내, 자식들은 어찌하오?"

조조가 계속 말을 높이는데도 낮잡아 말하던 진궁도 그 말에는 마음이 약해지는 모양이었다.

"듣자니 효(孝)로써 천하를 다스리는 자는 남의 어버이를 해치지 않으며, 어진 정치를 펴는 자는 남의 자식을 죽여 제사가 끊어지게 하는 노릇은 삼간다 하오. 늙은 어머님과 아내, 자식이 사느냐 죽느냐는 명공에게 달렸고 내 몸은 이미 사로잡혔으니 바로 죽여주시오. 나는 아무 미련도 없소."

조조는 살리고 싶은 마음이 있었으나 진궁은 제 발로 걸어 문루를 내려갔다. 좌우의 사람들이 말릴 수가 없었다. 조조가 일어나 눈물로 배웅하는데 진궁은 머리 한 번 돌리지 않았다. 조조가 부하들을 돌아보며 분부했다.

"공대의 늙은 어머님과 아내, 자식을 허도로 보내 잘 보살피도록 하라. 대접을 소홀히 하는 자는 목을 치겠다."

그 말을 듣고도 진궁은 입을 열지 않았다. 다만 칼날이 베기 편하도록 목을 길게 늘여 칼을 받았을 뿐이다. 사람들은 모두 눈물을 흘렸다. 조조는 진궁의 주검을 관에 넣어 허도에 옮겨 장사지내게 했다.

呂布殞命白門樓
乙酉春 燕雄畫

조조가 진궁을 배웅해 문루를 내려가는데, 틈을 보아 여포가 유비에게 부탁했다.

"공은 자리 위의 손님이 되었고 이 포는 섬돌 아래 죄수가 되었소. 어찌하여 한마디 해서 풀어주지 않으시오?"

유비는 고개를 끄덕였다. 조조가 다시 문루로 올라오자 여포가 소리쳤다.

"명공께서 이 포보다 더 걱정한 사람은 없는데 포는 이미 굴복했소이다. 명공이 대장이 되시고 포가 부장이 되면 천하를 평정하기 어렵지 않소이다."

조조는 유비를 돌아보며 물었다.

"어찌 생각하시오?"

"공께서는 정건양과 동탁의 일을 보지 못하셨습니까?"

유비 입에서 뜻밖의 대답이 나오자 여포는 유비를 쏘아보았다.

"이놈이 가장 믿을 수 없구나!"

조조가 여포를 문루 아래로 끌어내려 목을 매어 죽이라고 명하니, 무사들에게 끌려나가는 여포가 유비를 돌아보며 따졌다.

"귀 큰 아이야! 원문에서 화극 쏠 때를 잊었느냐?"

별안간 한 사람이 높이 외쳤다.

"여포, 이 하찮은 사내야! 죽으면 죽었지 무서울 게 무엇이냐!"

사람들이 보니 무사들이 장료를 에워싸고 이르렀다.

조조는 여포를 목매어 죽이고 머리를 베게 했다. 때는 건안 3년(198년) 12월이었다.

장료가 무사들에게 에워싸여 오자 조조가 가리켰다.

"이 사람은 낯이 익군."

장료가 쏘아붙였다.

◀ "원문에서 화극 쏠 때를 잊었느냐?"

"복양성안에서 마주쳤으니 어찌 잊겠느냐?"

"너도 그걸 기억하는구나."

"참으로 아쉽다!"

"무엇이 아쉽단 말이냐?"

"그날 불길이 세차지 못해 나라의 도적을 죽이지 못한 것이 아쉽다!"

장료의 말에 조조는 크게 노했다.

"싸움에 진 장수가 감히 나를 모욕하다니!"

검을 뽑아 몸소 죽이려 나서자 장료는 전혀 겁내는 빛 없이 목을 길게 늘이고 죽이기를 기다렸다.

이때 조조 등 뒤에서 한 사람이 그의 팔을 붙들고, 한 사람이 앞에 꿇어앉아 애원했다.

"승상께서는 잠시 손을 대지 마십시오!"

이야말로

살려달라 애걸한 여포 구한 사람 없는데
도적이라 욕한 장료 오히려 살아나누나

장료를 구한 사람들은 누구일까?

20

피로 쓴 비밀조서 충신 부르고

조아만은 허전에서 사냥 벌이고
동국구는 내각에서 조서 받들다

조조가 검을 들어 장료를 죽이려 하자 유비가 그 팔을 잡고, 관우가 그 앞에 무릎을 꿇었다.

"이같이 마음이 붉은 사람은 살려서 쓰셔야 합니다."

유비가 권하자 관우도 거들었다.

"관 아무개는 이전부터 문원이 충성스럽고 의로운 사람임을 아니 제 목숨을 걸겠습니다."

조조는 검을 던지고 웃었다.

"나도 문원의 충성과 의로움을 잘 알아 장난한 것이오."

【나관중 본에는 작은 글자로 '이는 조조의 간웅(奸雄)다운 대목'이라 썼고, 모종강은 한술 더 떠 평했다.

'다른 사람이 인정을 베풀까 두려워 자기가 장난했다고 말한다. 간웅이 둘러대는 솜씨는 참으로 사람들이 따르지 못한다.'】

조조가 손수 밧줄을 풀어주고, 입고 있던 옷을 벗어 입혀주며 상석에 앉히니 장료는 감동해 항복했다. 조조는 그를 중랑장에 임명하고 열후에 버금가는 관내후 작위를 주면서 장패를 데려오게 했다.

여포가 죽고 장료도 항복했다는 말을 듣고 장패 또한 군사를 이끌고 항복해 조조는 후하게 상을 내렸다. 장패가 다시 손관과 오돈, 윤례를 데려와 항복했는데, 창희만은 귀순하지 않았다. 조조는 장패를 낭야국 상으로 봉하고, 손관을 비롯한 장수들도 벼슬을 주어 청주와 서주 여러 곳을 지키게 했다. 여포의 아내와 딸, 초선은 수레에 태워 허도로 보냈다.

조조는 돈과 비단을 풀어 삼군에 후한 상을 내리고 영채를 뽑아 회군했다. 서주를 지나는데 백성들이 향을 피우고 길을 막으며 유 사군을 서주 자사로 앉혀달라고 애원하자 조조가 대답했다.

"유 사군은 공이 커서 천자를 뵙고 작위를 받은 다음 돌아올 것이다."

백성들은 머리를 조아리며 고마워했다. 조조는 거기장군 차주(車冑)를 불러 잠시 서주를 맡게 하고, 허도로 돌아와 출정한 사람들에게 벼슬을 내리고 상을 주었다. 유비는 승상부에서 가까운 집에 묵게 했다.

이튿날 헌제가 조회를 열자 조조는 표문을 올려 유비의 공을 아뢰고, 그를 이끌어 헌제를 뵈었다. 조복을 차려입은 유비가 궁전 앞 붉은 돌층계 아래에 엎드려 절하자 헌제가 궁전 위로 불러 물었다.

"경의 조상은 어떤 사람인가?"

유비가 아뢰었다.

"신은 중산정왕의 후예이자 효경황제 후손으로, 웅의 손자이며 홍의 아들입니다."

헌제는 종정경에게 유씨의 족보를 찾아 읽게 했다. 계보를 따져보니 헌제의 숙부뻘이어서 대단히 기뻐하며 유비를 편전으로 청해 예를 차리고 속으로 궁리했다.

'조조가 권력을 주물러 나랏일이 모두 짐에 의해 정해지지 않는데, 오늘 이런 영웅 숙부를 얻었으니 짐을 도울 사람이 생겼구나.'

헌제는 유비를 좌장군에 임명하고 의성정후로 봉해 잔치를 베풀어 대접했다. 이때부터 사람들은 유비를 황제의 숙부라 하여 유황숙(皇叔)이라 불렀다.

조조가 승상부로 돌아오자 순욱을 비롯한 모사들이 염려했다.

"천자께서 유비를 숙부로 인정하니 명공께 이익이 없을까 두렵습니다."

조조 생각은 달랐다.

"그가 황제의 숙부로 인정받으니 내가 천자의 조서로 명령하면 더구나 감히 거스르지 못할 것이오. 그를 허도에 붙잡아두면 말로는 황제와 가까이하는 것이지만 실은 내 손바닥 안에 들어 있으니 두려워할 게 무엇이오? 내가 걱정하는 것은 태위 양표요. 그는 원소, 원술과 친척이니 그들과 손잡고 안에서 호응하면 해가 적지 않을 것이오. 곧 없애야 하겠소."

조조는 가만히 사람을 시켜 양표가 원술과 내통한다고 모함해 감옥에 집어넣고 만총에게 죄를 다스리게 했다. 허도에 와 있던 북해 태수 공융이 조조에게 충고했다.

"양공은 네 대에 걸쳐 깨끗한 덕성으로 소문난 가문에서 나온 분인데 어찌 원씨 때문에 죄를 씌우십니까?"

조조는 모른 척했다.

"나는 모르오. 이것은 조정의 뜻이오."

"성왕이 소공을 죽이려 하는데 주공이 모른다고 말할 수 있겠습니까?"

【옛날 주나라 성왕 희송이 임금이 되자 나이가 어려 숙부인 주공 희단이 정사를 맡아보는데, 다른 숙부인 소공 희석도 함께 성왕을 보좌하는 대신으로 있었다. 그러니 성왕의 이름으로 소공을 죽인다면 주공이 자신은 모르는 일이라고 둘러댈

수는 없었다.】

조조는 어쩔 수 없이 양표의 벼슬을 떼어 시골로 내려보내는 것으로 그쳤다. 의랑 조언이 조조의 횡포에 분격해 상소문을 올려, 조조가 황제의 성지를 받들지 않고 제멋대로 대신을 잡아 가둔 죄를 탄핵하니 조조가 크게 노해 조언을 잡아 죽였다. 백관은 저마다 떨며 두려워했다.

모사 정욱이 조조를 꼬드겼다.

"명공의 위엄 있는 명성이 날로 커지는데, 어찌 때를 틈타 왕패(王覇)의 일을 하지 않으십니까?"

【'왕의 일'은 임금이 되는 것이고 '패의 일'은 제후들의 맹주가 되는 것이다. 약간 에둘렀으나 황제에 오르라고 권하는 말이었다.】

조조는 신중했다.

"조정에 아직도 황제의 팔다리 노릇을 하는 신하가 많아 섣불리 움직여서는 아니 되오. 내가 천자를 청해 사냥하면서 움직임을 살펴보겠소."

조조는 좋은 말, 이름난 매, 빼어난 개들을 고르고 활과 화살 따위를 두루 갖추어 성 밖에 군사를 모으고, 궁전에 들어가 황제에게 사냥하러 나가기를 청했다. 헌제는 별로 관심이 없었다.

"사냥은 옳은 일이 아닌가 생각하오."

조조가 강하게 권했다.

"옛날에 제왕은 봄·여름·가을·겨울에 각기 수(蒐)·묘(苗)·미(獮)·수(狩)라는 이름으로 교외에 나가 사냥하면서 천하에 무력을 과시했습니다. 사방이 들끓고 있으니 이때 바로 사냥을 빌려 무예를 보이셔야 합니다."

헌제는 더 거절하지 못하고 '소요마'라는 좋은 말에 올랐다. 보물로 치장하고 그림을 그려 '보조궁'이라 부르는 좋은 활을 들고, 살촉에 금을 박아 '금비전'이라 이르는 화살을 차고, 천자의 행차를 차려 성문을 나갔다. 유비와 관우, 장비도 활과 화살을 지니고 손에 병기를 들어, 수십 명 기병을 이끌고 천자의 행차를 따라 도성을 나갔다.

조조는 발이 누렇고 번개같이 달린다는 '조황비전마'를 타고 10만 무리를 이끌어 천자와 함께 허전에서 사냥했다. 군사들이 벌려 서서 사냥터를 에워싸니 둘레가 200여 리나 되었다. 조조는 외람되이 황제와 말 머리 하나만큼만 뒤에서 거의 나란히 말을 몰아가고, 뒤에는 조조 심복들뿐이었다. 백관은 멀찍이 모시면서 따를 뿐 누구도 감히 앞으로 다가가지 못했다. 사냥터에 나온 사람들이 모두 활과 화살을 지녔으나 황제만 보조궁을 들고 금비전을 쓸 수 있었다.

헌제는 말을 달려 허전에 이르러 길가에서 유비의 인사를 받았다.

"짐은 오늘 황숙이 활로 사냥하는 솜씨를 보고 싶소."

유비는 명을 받들어 말에 올랐다. 갑자기 몰이꾼이 풀 속에서 토끼 한 마리를 몰아내자 유비가 활을 당겨 단번에 맞히니 헌제는 갈채를 보냈다.

비탈을 돌아가는데 별안간 가시덤불 속에서 큼직한 사슴 한 마리가 뛰어나왔다. 헌제는 연거푸 화살 세 대를 날렸으나 맞히지 못하자 조조를 돌아보았다.

"경이 한번 쏘아보오."

조조가 황제의 보조궁과 금비전을 달라고 하여 활을 한껏 당겨 살을 날리니 바로 사슴 목에 꽂혀 풀 속에 쓰러졌다. 신하와 장교들이 금비전을 보고 황제가 명중시킨 것으로 알고 풀쩍풀쩍 뛰면서 황제를 향해 만세를 외쳤다. 그러자 조조가 말을 달려나가 황제 앞을 가로막고 만세를 받으니 사람들은 모두 낯빛이 변했다.

유비 등 뒤에서 관우가 크게 노해 누운 누에 같은 눈썹을 곤두세우고 봉의 눈을 부릅뜨더니 칼을 들었다. 당장 말을 다그쳐 달려가 조조를 베려는 기세였으나 유비가 황급히 손을 저으며 눈짓하니 감히 움직이지 못했다.

조조가 유독 자신만 바라보아 당황한 유비는 몸을 굽히며 축하했다.

"승상의 신묘한 활 솜씨는 세상에 보기 드뭅니다."

조조는 웃었다.

"이는 천자의 크나큰 복이오."

말을 돌려 황제에게 축하하는데 보조궁을 돌려주지 않고 자기 허리에 차니 오래된 신하들은 한숨을 쉬지 않는 사람이 없었다. 사냥을 마치고 허전에서 잔치가 끝난 후 헌제는 허도로 돌아가고 사람들도 각기 물러갔다. 관우가 유비에게 물었다.

"조조 도적놈이 천자를 업신여기니 죽여서 나라의 해를 없애려 했거늘 형님은 어찌하여 막았습니까?"

"쥐를 잡으려다 독을 깨뜨릴까 두려워서였네 [投鼠忌器투서기기]. 조조와 천자께서는 말 머리 하나만 떨어졌고 조조의 심복들이 에워싸고 모시는데, 아우가 일시 분노를 떨쳐 섣불리 움직이다 천자께서 다치시기라도 하면 우리가 죄를 덮어쓰게 되네."

"오늘 이 도적을 죽이지 않았으니 뒷날 반드시 화가 됩니다."

"잠시 우리만 알아야지 함부로 말해서는 아니 되네."

황궁으로 돌아온 헌제는 눈물을 흘리며 복 황후에게 한탄했다.

"짐이 즉위하고 간웅들이 일어나 먼저 동탁의 재앙을 입고 후에는 이각과 곽사의 난을 만났으니, 보통 사람들이 맛보지 못한 고생을 나와 그대가 겪었소. 후에 조조를 얻어 사직을 지킬 신하로 알았더니 나라의 권력을 한 손에 틀어쥐고 주무르며 제멋대로 위풍을 떨치고 우쭐거릴 줄이야 누가 알았겠소.

짐은 그를 볼 때마다 등을 가시에 찔린 듯했는데, 오늘 사냥터에서 그가 짐을 대신해 만세를 받으니 무례함이 극에 달했소. 앞으로 다른 음모가 있을 터이니 우리 부부가 어디에서 죽을지 모르오."

복 황후가 물었다.

"온 조정 대신들이 모두 한의 녹을 먹는데 한 사람도 천자를 구할 수 없다는 말씀입니까?"

황후의 말이 끝나기 전에 별안간 한 사람이 밖에서 들어왔다.

"폐하와 황후께서는 걱정하지 마십시오. 제가 나라의 해를 없앨 사람을 추천하겠소이다."

복 황후의 아버지 복완(伏完)이었다. 헌제는 눈물을 훔치고 물었다.

"황장(皇丈, 황제의 장인)도 역적 조조의 횡포를 아시오?"

복완이 대답했다.

"허전에서 사슴 쏜 일을 보지 못한 신하가 어디 있겠습니까? 하지만 조정 신하들은 모두 조조의 종족이 아니면 그 문하에서 나온 자들이니 오로지 황실 친척이 아니면 누가 충성을 바쳐 역적을 토벌하겠습니까? 이 늙은 신하는 권력이 없어 일하기 어려우니 국구인 거기장군 동승에게 일을 부탁할 만합니다."

헌제가 찬성했다.

"동 국구가 여러 번 나라의 난을 구한 것을 짐은 이전부터 잘 아오. 궁전에 불러 큰일을 의논해야 하겠소."

복완이 귀띔했다.

"폐하 옆에 있는 자들은 모두 조조의 심복이니 만약 일이 새나가면 작지 않은 화가 생깁니다."

"어찌해야 하오?"

"신에게 계책이 하나 있으니 폐하께서 옷을 한 벌 지으시고 옥띠 하나를 비밀히 동승에게 내리십시오. 띠의 안감 속에 비밀조서를 기워 내리면서 집에 가서 조서를 보게 하시면 귀신도 모르게 일을 꾸밀 수 있습니다."

헌제는 손가락 끝을 깨물어 피로 비밀조서를 쓰고, 복 황후에게 가만히 옥띠의 비단 받침 속에 기워 넣게 했다. 비단 두루마기를 입고 그 띠를 두르고 동승을 궁전으로 불렀다.

"짐은 황후와 함께 황하에서 고생하던 이야기를 하다 국구의 큰 공을 떠올리고 특별히 불러 위로하는 바이오."

동승은 머리를 조아리며 감사드렸다. 헌제는 동승을 데리고 황실 조상들을 모신 태묘에 가서 공신각으로 올라갔다. 향을 피우고 의식을 치른 후 함께 공신들 그림을 구경하는데 중앙에 한 고조가 있어 헌제가 문득 물었다.

"우리 고조 황제께서는 어느 곳에서 일어나셨고, 어찌 창업하셨소?"

동승은 깜짝 놀랐다.

"폐하께서는 신을 놀리시는군요. 성스러운 선조 일을 어찌 모르십니까?"

"경이 대답해보오."

"고조 황제께서는 처음 사상의 정장으로 계시다 석 자 길이 검을 들어 흰 뱀을 베시고 의로운 군사를 일으키셨습니다. 온 세상을 가로세로 누비시면서 3년 만에 진을 무너뜨리고, 5년 만에 초를 멸망시켜 천하를 차지하시어 만대에 길이 전할 기업을 세우셨습니다."

헌제가 탄식했다.

"선조는 그런 영웅이신데 자손은 이처럼 나약하니 어찌 한숨이 나오지 않겠소!"

헌제는 고조 양쪽에 있는 두 신하를 가리키며 물었다.

"이 두 사람은 유후 장량과 찬후 소하(蕭何)가 아니오?"

【소하는 고조 유방의 재상으로 유방이 항우와 싸울 때 관중에 머물면서 식량과 군사 보급을 맡아 으뜸가는 공신이 되었다.】

"그렇습니다. 고조께서 창업하신 데에는 실로 두 사람 힘이 컸습니다. 장량은 장막 안에서 계책을 정해 천 리 밖 장졸들이 싸워 이기도록 했고, 소하는 나라를 지키면서 백성을 어루만지고 끊임없이 군량을 댔습니다. 고조께서는 늘 그 덕을 칭송하셨습니다."

헌제가 돌아보니 곁에서 따르는 자들이 좀 멀리 떨어져 있어서 동승에게 가만히 속삭였다.

"경도 두 사람처럼 짐의 옆에 서야 하오."

동승이 황송해했다.

"신은 한 치 공로도 없는데 어찌 그런 영광을 감당하겠습니까?"

"짐은 경이 서쪽 수도 장안에서 어가를 구한 공로를 잠시도 잊은 적이 없소. 그런데 내릴 것이 없었소."

헌제는 입고 있던 비단 두루마기와 허리에 맨 띠를 가리키며 말을 이었다.

"경은 짐의 이 옷을 입고 이 띠를 매어 늘 짐 곁에 있는 듯이 해야 할 것이오."

동승은 머리를 조아리며 은혜에 고마워했다. 헌제는 옷을 벗고 띠를 풀어 동승에게 내려주며 가만히 속삭였다.

"경은 돌아가 옷을 자세히 살펴보면서 짐의 뜻을 저버리지 마오."

헌제의 뜻을 알아챈 동승은 옷을 받아 입고 띠를 맨 후 인사하고 누각에서 내려왔다.

어느새 조조에게 달려가 전하는 자가 있었다.

"황제께서 동승과 함께 공신각에 올라 이야기하십니다."

조조가 바로 조정으로 들어가니 동승이 공신각에서 나와 궁궐 문을 지나다 마주쳤다. 급히 피할 데도 없어 길가에 서서 인사를 하니 조조가 물었다.

"국구는 어디서 오는 길이오?"

"천자께서 부르시더니 비단옷과 옥띠를 내리셨습니다."

"어씨하여 내리셨소?"

"제가 장안에서 어가를 구한 공을 떠올려 내리신다고 하셨습니다."

"띠를 풀어 나에게 보여주오."

옷과 띠 속에 분명히 비밀조서가 있음을 아는 동승은 조조가 알아챌까 두려워 질질 끌며 띠를 풀지 않았다. 조조가 좌우에 호령했다.

"어서 풀어내라!"

옥띠를 받아 한참 살펴보던 조조는 빙긋 웃었다.

"과연 좋은 옥띠요. 비단옷도 벗어서 보여주오."

동승은 두려웠으나 감히 조조 말을 거스르지 못해 옷을 벗어 바쳤다. 조조는 친히 옷을 들어 햇빛에 자세히 살피더니 자기가 입고 옥띠를 띠고는 좌우를 돌아보았다.

"길고 짧음이 어떠하냐?"

옆에서 모두 좋다고 칭찬하니 동승에게 청했다.

"국구가 이 옷과 띠를 나에게 넘겨주면 어떠하오?"

"천자께서 은혜롭게 내리신 물건이라 감히 넘겨드리지 못하겠습니다. 제가 따로 만들어 올리도록 해주십시오."

조조가 동승의 속을 떠보았다.

"국구가 옷과 띠를 받은 것이 혹시 그 안에 무슨 음모가 있지 않소?"

"제가 어찌 감히 그렇게 하겠습니까? 승상께서 가지시려면 그대로 가지십시오."

"공이 천자께서 내리신 물건을 받았는데 내가 어찌 빼앗겠소? 그냥 농담을 했을 뿐이오."

조조는 옷과 띠를 벗어 돌려주었다.

집으로 돌아온 동승은 밤이 되자 서원에 홀로 앉아 촛불을 켜고 거듭거듭 비단 두루마기를 자세히 살폈지만 아무 흔적도 보이지 않았다.

'옷과 띠를 내리시면서 자세히 살펴보라고 명하신 것은 아무 뜻이 없는 말씀이 아닌데 흔적이 보이지 않으니 어찌 된 영문인가?'

이 생각 저 궁리 하던 동승은 옥을 붙여 만든 띠를 다시 자세히 살펴보았다. 백옥을 금강사로 갈아 작은 용이 꽃 속으로 지나가는 무늬를 만들고, 자줏빛 비단으로 안을 대어 깔끔하게 기웠는데 역시 별다른 것은 보이지 않았다.

동승은 옥띠를 상 위에 놓고 요모조모 자세히 살폈다. 시간이 흘러 동승이 나지막한 상에 잠시 엎드려 자려 하는데 별안간 촛불에서 불똥이 튀어 옥띠에 떨어져 등에 댄 안감을 태웠다. 화들짝 놀라 부랴부랴 불똥을 털었으나 이미 한 군데가 타서 하얀 비단이 조금 드러나니 어슴푸레 핏자국이 보였다. 급히 작은 칼로 뜯어보자 천자가 피로 쓴 비밀조서가 나왔다.

'짐이 들으니 사람의 도리에서 제일 큰 것으로는 아버지와 아들을 먼저 꼽고, 존귀하고 비천함이 다른 것으로는 임금과 신하를 가장 무겁게 안다고 한다. 근래에 역적 조조가 권력을 주무르면서 임금을 업신여기고, 무리를 모으고 조정의 기강을 흐트러뜨리니 상을 내리고 벌을 줌이 짐에 의해 정해지지 않는다. 짐은 밤늦게까지 근심스러워 천하가 장차 위태로울까 두려워한다. 경은 나라 대신이고 짐의 가장 가까운 인척이니 마땅히 고조께서 어렵게 창업하신 일을 마음에 새겨, 충성과 의로움을 갖춘 지사들을 모아 간사한 무리를 없애고 사직을 편안히 해야 한다. 그렇게 되면 역대 임금들께 참으로 다행스러운 일이겠노라. 손가락을 깨물어 피로 글을 써서 경에게 조서를 주나니 신중하고, 신중하고, 또 신중하게 움직여, 짐의 뜻을 저버리지 말지어다! 건안 4년 봄 3월 조서를 내리노라.'

조서를 읽은 동승은 눈물로 범벅이 되어 하룻밤 꼬박 잠을 이루지 못했다. 새벽에 다시 서원에 가서 조서를 거듭거듭 읽었으나 써볼 계책이라고는 없었다. 동승은 조서를 나지막한 상 위에 내려놓고 조조를 없앨 계책을 깊이 궁리하다 그만 상에 기대어 잠이 들었다.

이때 시랑 왕자복(王子服)이 찾아왔다. 그가 주인과 사이가 좋은 것을 아는 문지기가 막지 않아 곧장 서원으로 들어가 살펴보니 동승이 상에 기대어 자는데, 소매 밑에 흰 비단이 있고 '짐'자가 약간 나타났다. 궁금한 왕자복은 소리 없이 비단을 당겨 읽어보고는 소매 속에 감추고 동승을 불렀다.

"국구는 참 편안히도 지내는구려! 이래도 잠이 드니 참 용하오!"

뜻밖의 소리에 동승이 놀라 깨어나니 조서가 보이지 않았다. 넋이 허공으로 날아가 손발을 어찌 놀려야 할지 모르는데 왕자복이 을러멨다.

"너희가 승상을 죽이려 하느냐? 내가 고발하겠다."

동승은 눈물을 흘리며 간청했다.

"형이 그렇게 하면 한의 황실이 끝장나오!"

"농담입니다. 내 조상님들도 대대로 한의 녹을 받으셨는데 어찌 충성스러운 마음이 없겠습니까? 내가 작은 힘이나마 형을 도와 함께 역적을 죽이겠습니다."

동승은 그제야 마음이 놓였다.

"형이 이런 마음을 품었으니 나라의 큰 행운이오."

"밀실에서 함께 의장(義狀)을 씁시다. 각기 삼족을 버릴 각오를 하고 천자께 보답합시다."

【의장은 충의를 표하는 맹세문이다.】

왕자복의 말에 동승은 대단히 기뻐 흰 비단 한 폭을 가져와 먼저 이름을 적었다. 왕자복도 비단에 이름을 쓰고 말했다.

"장군 오자란(吳子蘭)이 나하고 사이가 두터우니 함께 일을 할 수 있습니다."

동승도 생각해둔 사람들을 꼽았다.

"조정 대신 가운데 장수교위 충집(种輯)과 의랑 오석(吳碩)이 심복이니 함께 일을 할 수 있소."

두 사람이 상의하는데 마침 충집과 오석이 왔다고 아랫사람이 아뢰었다.

"하늘이 우리를 돕는 것이오!"

동승은 왕자복을 잠시 병풍 뒤에 숨게 하고 두 사람을 서원으로 맞아들였다. 자리에 앉아 차를 마시며 충집이 물었다.

"허전에서 사냥하던 일을 두고 공도 한을 품으셨소?"

"한을 품었지만 어찌해볼 수 있겠소?"

동승이 맥없이 대꾸하자 오석이 탄식했다.

"내가 반드시 이 도적을 죽이겠다고 다짐했는데 나를 도와줄 사람이 없어 한스럽습니다!"

"나라를 위해 해를 제거하다 죽으면 무슨 한이 있겠소?"

충집의 말이 떨어지자 왕자복이 병풍 뒤에서 나왔다.

"너희 둘이 조 승상을 죽이려 하는구나! 내가 고발하겠다. 동 국구께서 증인이시다."

충집이 분노했다.

"충신은 죽음을 겁내지 않는다! 우리는 죽어도 한의 귀신이 될 것이니 역적에게 빌붙은 너보다 낫다!"

동승이 웃었다.

"우리는 바로 이 일 때문에 두 분을 뵈려 했소. 왕 시랑 말씀은 농담이오."

소매 속에서 조서를 꺼내 주니 두 사람은 하염없이 눈물을 쏟았다. 동승이 비단에 이름을 쓰라고 청하는데 왕자복이 나섰다.

"누 분은 잠깐 기다려주시오. 가서 오자란을 정해오겠소."

왕자복이 나가자 곧 오자란이 함께 와서 비단에 이름을 쓰니, 동승은 사람들을 뒤채로 청해 술을 마셨다. 이때 별안간 대문 앞에 서량 태수 마등이 찾아왔다고 하자 동승은 핑계를 댔다.

"내가 병에 걸려 만날 수 없다고 전해라."

문지기가 말을 전하자 마등은 크게 노했다.

"어제 궁궐 동화문에서 그가 비단옷에 옥띠를 매고 나오는 것을 보았다. 그런데도 병에 걸렸다 하느냐! 내가 일이 없이 온 게 아닌데 너희가 어찌하여 나를 막느냐!"

마등이 화를 내며 버티니 동승이 자리에서 일어섰다.

"잠시 기다려주시오. 이 승이 나가봐야 하겠소."

동승이 대청으로 맞이해 인사를 하자 마등은 언짢아했다.

"이 등이 허도에 와서 천자를 뵈옵고 돌아가는 길에 국구께 인사하러 왔는데 어찌 만나지 않으려 하시오?"

"천한 몸에 병이 생겨 큰 죄를 지었소!"

"얼굴에 발그레 봄빛이 돌뿐 병색은 보이지 않소."

마등이 꼬집었으나 동승은 할 말이 없었다. 마등은 소매를 떨치고 일어나 한숨을 쉬며 섬돌 아래로 내려갔다.

"모두 나라를 구할 사람들이 아니로구나!"

그 말에 동승은 마등을 붙잡아 앉히고 물었다.

"공은 누구보고 나라를 구할 사람이 아니라 하시오?"

"허전에서 사냥하던 일은 나도 분이 가슴에 가득한데 공은 천자의 가장 가까운 인척이면서도 술에 빠져 역적을 토벌할 생각은 하지 않으니, 어찌 황실을 위해 재앙을 없애려는 사람이라 할 수 있겠소?"

마등의 말에 충성이 흘러넘쳤으나 동승은 속임수가 아닐까 두려워 짐짓 놀라는 척했다.

"조 승상은 나라의 기둥이라 천자께서 깊이 의지하시는데 어찌 그런 말을 하시오?"

마등은 크게 노했다.

"너는 아직도 조조 도적놈을 좋은 사람으로 아느냐?"

마등의 말투가 거칠어졌으나 동승은 오히려 기뻐했다.

"조조의 눈과 귀가 가까이 있으니 공은 목소리를 낮추시오."

"목숨을 부지하려고 죽음을 겁내는 자들과는 큰일을 논하지 못한다!"

마등이 버럭 역정을 내며 다시 일어서니 그제야 진심을 확인한 동승이 말렸다.

"공은 화를 삭이시오. 물건을 하나 보여드리리다."

동승이 서원으로 청해 조서를 보여주니 마등은 머리털이 뻣뻣이 일어서면서 입술을 꽉 깨물어 입에 가득 피가 흘렀다.

"공이 움직이면 내가 서량 군사를 거느리고 호응하겠소."

마등이 시원스레 대답하자 동승은 뒤채로 청해 사람들과 인사하게 하고 의장을 꺼내 이름을 쓰게 했다. 마등은 술을 가져오게 하여 입가에 피를 바르고 맹세했다.

"우리는 맹세코 약속을 저버리지 말아야 할 것이오!"

그는 자리에 앉은 다섯 사람을 가리키며 말했다.

"모두 열 사람을 얻으면 큰일이 이루어지오."

그 말에 동승은 슬그머니 걱정되었다.

"조정에 충성스럽고 의로운 이가 많지 않소. 걸맞지 않은 사람을 받으면 해를 입게 되오."

마등은 '원행노서부'를 가져오게 했다.

【원앙이 줄을 짓고[鴛行원행], 해오라기가 순서에 따라 움직인다[鷺序노서]는 뜻을 빌려 궁전 조회에서 신하들이 서는 줄을 가리켰으니, 원행노서부는 바로 현직 신하들 명부였다.】

책을 뒤적이던 마등은 유씨에 이르러 손뼉을 쳤다.

"어찌하여 이 사람과 함께 상의하지 않으시오?"

"어떤 사람 말이오?"

마등은 서두르지 않고 천천히 그의 이름을 댔다.

이야말로

국구가 영명한 조서를 받드니
종친이 한의 조정 보좌하누나

마등은 대체 무슨 말을 할까?

21

조조, 술 데우며 영웅 논하다

조조는 술을 데우며 영웅 논하고
관우는 성을 속여 열고 차주 베다

"예주 자사 유현덕이 허도에 있는데 어찌 청하지 않으시오?"

동승은 미더워하지 않았다.

"그가 비록 황숙이기는 하나 조조에게 붙어 있으니 어찌 이런 일을 하려고 하겠소?"

"전날 허전에서 조조가 앞에 나서서 무리의 축하를 받을 때 내가 보니 현덕 등 뒤에서 운장이 칼을 꼬나 들고 조조를 죽이려 하다 현덕이 눈짓으로 말려 그만두었소. 현덕은 조조를 죽일 마음이 없어서가 아니라 조조 부하들이 많아 힘이 모자랄까 두려워했을 것이오. 공이 한번 청해보시오. 현덕은 반드시 응할 거요."

마등의 말이 끝나자 오석이 한마디 했다.

"너무 서둘러서는 아니 됩니다. 신중히 생각해야지요."

사람들은 모두 흩어졌다.

이튿날 캄캄한 밤에 동승은 조서를 품고 유비를 찾아갔다.

"국구께서 깊은 밤에 오셨으니 반드시 무슨 일이 있으시겠지요?"

"대낮에 말을 타고 찾아오면 조조가 의심할까 두려워 검은 밤에 만나러 왔소이다."

이상한 말이었으나 유비는 별 티를 내지 않고 술을 대접했다. 동승이 계속했다.

"전날 허전에서 운장이 조조를 죽이려 하니 장군이 눈짓하며 머리를 흔들어 물러서게 하셨는데 어찌 그러셨소?"

기쁘나 분하나 겉에 드러내지 않기로 소문난 유비였으나 그 말에는 놀라지 않을 수 없었다.

"공이 어찌 아십니까?"

"남들은 다 보지 못했으나 이 몸은 홀로 보았지요."

마등의 말을 그대로 옮긴 것이지만 속을 모르는 유비는 더 숨기지 못했다.

"제 아우는 조조가 외람되이 구는 것을 보고 자기도 모르게 화가 치밀었나 봅니다."

동승은 얼굴을 가리고 울음을 터뜨렸다.

"조정 신하가 모두 운장 같다면 나라가 태평스럽지 못할까 걱정할 게 무엇이겠소?"

유비는 조조가 동승을 보내 자신을 떠보지 않나 두려워 둘러댔다.

"조 승상께서 나라를 다스리시는데 어찌하여 태평스럽지 못할까 근심하십니까?"

동승은 낯빛이 변해 자리에서 일어났다.

"공은 황숙이라 내가 간을 쪼개고 담즙을 흘리며 [披肝瀝膽피간력담] 솔직하게 털어놓는데 어찌 거짓으로 대하시오?"

"국구께서 속이시지 않나 해서 시험해본 것입니다."

유비가 솔직한 마음을 드러내자 동승은 옷 띠에 감춘 조서를 보여주었다. 유비는 비분을 참지 못했다. 동승이 조조를 없애자고 맹세하는 의장을 꺼내 보이니 여섯 사람의 이름이 적혀 있었다.

"공께서 조서를 받들고 역적을 토벌하시니 유비가 어찌 개와 말의 수고를 마다하겠습니까?"

동승이 절해 고마움을 나타내고 이름을 적어달라고 청하자 '좌장군 유비'라고 썼다.

"세 사람을 더 청해, 의사 열 사람이 뭉쳐 역적을 없앱시다."

"반드시 신중히 이루어야지 경솔하여 비밀이 새면 안 됩니다."

두 사람은 밤중까지 의논하고 헤어졌다.

유비는 조조가 의심할까 염려해 집 뒤뜰에 채소를 심고 손수 물을 주며 가꾸었다. 이것은 빛을 거두고 재주를 감춘다는 이른바 '도회지계(韜晦之計)'인데, 관우와 장비는 이상스럽게 생각했다.

"형님은 천하 일에 마음을 두지 않고 소인의 일이나 배우시니 어찌 그러십니까?"

【《논어》의 〈자로〉 편에 공자가 채소 가꾸는 법을 배우려는 제자를 소인이라 불러, 채소를 기르거나 농사를 짓는 것은 '소인의 일'이라는 말이 생겼다.】

유비가 대꾸했다.

"이것은 아우들이 알 일이 아닐세."

두 사람은 더 묻지 않았다. 관우는 한가한 틈이 나면 《춘추》와 《좌전》을 읽거나 활을 쏘고 말을 탔다.

어느 날, 관우와 장비가 어디 나가고 유비가 뒤뜰에서 채소에 물을 주는데 허저와 장료가 수십 명 군사를 이끌고 왔다.

"승상께서 사군을 청하시니 어서 갑시다."

유비는 흠칫 놀랐다.

"무슨 급한 일이 있소?"

허서가 무뚝뚝하게 대꾸했다.

"모릅니다. 그저 가서 모셔오라고만 하셨습니다."

유비는 어쩔 수 없이 그들을 따라 승상부로 갔다. 조조를 만나자 그가 먼저 웃으며 물었다.

"요즘 집에서 큰일을 하신다지요?"

켕기는 데가 있어서 유비는 그만 얼굴이 흙빛이 되었다. 조조는 유비의 손을 잡고 뒤뜰로 들어가며 말을 이었다.

"사군이 학포(學圃)하는 게 쉽지 않겠소."

【'학포'란 제자가 공자에게 채소 농사를 배우겠다고 한 말이었다. 조조가 점잖게 《논어》의 말을 따오자 유비는 조금 마음이 놓였다.】

"할 일이 없어 소일거리로 삼을 뿐입니다."

조조가 다시 설명했다.

"방금 가지 위의 매실이 푸릇푸릇한 것을 보고 작년에 장수를 치러 갈 때의 일이 생각났소. 길에서 물이 떨어져 장졸들이 다 목이 말랐는데, 내가 꾀를 내어 채찍으로 앞을 가리키며 소리쳤소. '저 앞에 매화나무 숲이 있다.' 장졸들은 그 말을 듣자 모두 매실을 떠올리고 입에 침이 돌아 목이 마르지 않았소 [望梅解渴망매해갈]. 오늘 이 매실을 보니 그때를 생각하지 않을 수 없구려. 마침 술도 따끈하게 데워져, 사군을 청해 작은 정자에서 만나려 한 것이오."

유비는 그제야 제정신으로 돌아왔다. 조조를 따라 정자로 가보니 술상이 차려져 있었다. 쟁반에는 푸른 매실이 놓이고 동이에는 데운 술이 담겨 있어 두 사람은 마주 앉아 편한 기분으로 술을 마시기 시작했다. 솔솔 술기운이 돌기 시작하는데 갑자기 검은 구름이 뒤덮이면서 금방이라도 소나기가 내릴 것 같았다. 심부름꾼 하나가 멀리 하늘을 가리키며 용이 드리웠다고 소리쳤다.

【회오리바람이 불 때 멀리서 보면 적란운이 깔때기 모양으로 드리우는데, 그 시절 사람들은 그 현상을 비를 내리게 하려는 용이 거꾸로 드리워 물을 들이켠다고 믿었다.】

유비가 하늘을 바라보는데 조조가 문득 물음을 던졌다.

"사군은 용의 변화를 아시오?"

"잘 모릅니다."

"용은 커졌다가 작아졌다가 하고, 올라갈 수 있는가 하면 숨을 수도 있소. 커지면 구름을 일으키고 안개를 토하며 강물을 뒤집고 바다를 휘젓는데, 작아지면 머리를 숙이고 발톱을 낮추며 비늘을 감추고 모습을 숨기오. 올라가면 우주 사이로 날아다니고, 숨으면 파도 속에 잠복하오. 바야흐로 봄이 깊어 용이 시기를 타서 변화하니 마치 사람이 뜻을 이루어 천하를 가로세로 누비는 것과 같소. 용이란 세상의 영웅에 비길 만하오. 사군은 오랫동안 사방을 돌았으니 반드시 당대의 영웅을 알리라 보오. 한번 가리켜 말해보시오."

"비의 어리석은 눈으로 어찌 영웅을 알아보겠습니까?"

유비가 대답을 피했으나 물러설 조조가 아니었다.

"너무 겸손하게 그러지 마오."

유비는 더욱 겸손하게 대답했다.

"비는 승상께서 은혜를 베풀어 도와주셔서 조정 벼슬을 하게 되었을 뿐이니 천하의 영웅들은 정말 모릅니다."

"얼굴은 보지 못했어도 이름은 들었을 것 아니오?"

조조가 이렇게까지 말하자 유비는 대답을 피할 수 없었다.

"회남의 원술은 군사와 식량이 넉넉하니 영웅이라 할 수 있습니까?"

조조는 픽 웃더니 대답했다.

"그자야 무덤 속의 마른 뼈다귀이니 내가 곧 잡고 말 것이오."

유비가 또 한 사람을 들먹였다.

"하북의 원소는 조상이 네 대에 걸쳐 삼공 벼슬을 지내 윗대의 아래에서 일하던 옛 부하들이 많습니다. 호랑이가 웅크리듯 기주를 차지하고 아래에 재주 많은 인재가 수도 없으니 영웅이라 할 만합니까?"

조조는 히죽이 웃으며 대꾸했다.

"원소는 겉으로는 사나우나 안으로는 약하고, 무슨 일이든 꾸미기는 좋아하나 결단력은 없소. 큰일을 할라치면 몸을 아끼고, 작은 이득을 보면 목숨을 걸고 달려드니 영웅이 아니오."

"빼어난 여덟 인재의 하나로 꼽히며 위엄이 천하에 떨친 사람이 있으니, 유경승은 영웅이라 할 만합니까?"

"유표는 헛된 이름만 날렸지 실속은 없으니 영웅이 아니오."

조조가 늙은 유표를 비웃자, 유비는 얼른 젊은 사람을 들먹였다.

"혈기왕성한 사람이 하나 있으니, 강동의 수령 손백부는 영웅입니까?"

"손책은 아버지 이름을 빌렸으니 영웅이 아니오."

"익주의 유계옥은 영웅이라 할 수 있습니까?"

"유장은 종실이기는 하지만 집을 지키는 개에 불과하니 어찌 영웅 자격이 있겠소?"

"장수, 장로, 한수 같은 무리는 어떠합니까?"

유비가 생각나는 대로 이름을 대자 조조는 손뼉을 치며 껄껄 웃었다.

"그따위 변변찮은 소인들이야 입에 담을 나위나 있겠소?"

"이 사람들 말고는 이 비는 정말 모릅니다."

조조는 나름대로 영웅의 조건을 펼쳤다.

"대저 영웅이란 가슴에 큰 뜻을 품고 뱃속에 뛰어난 계책이 있어야 하거늘, 우주를 싸서 감출 슬기가 있고 천지를 삼켰다 토해낼 뜻이 있는 사람이라야 할 것이오."

유비가 물었다.

"누가 여기에 해당할 수 있습니까?"

조조는 손가락으로 유비를 가리켰다가 또 자신을 가리키며 대답했다.

"천하의 영웅은 사군과 이 조조뿐이오!"

유비는 깜짝 놀라 손에 든 젓가락이 저도 모르게 땅에 떨어졌다. 때마침 소나기가 막 쏟아지려 하면서 우레가 꽈르릉 울렸다. 유비는 천연스레 머리를 숙여 젓가락을 집어 들었다.

"우레가 한번 진동하는 위엄이 이 정도에 이르는군요."

조조가 빙긋 웃었다.

"장부도 우레를 두려워하시오?"

"성인께서도 빠른 우레와 세찬 바람을 만나면 반드시 낯빛을 고치셨다고 하니 어찌 두렵지 않겠습니까?"

【《논어》〈향당〉 편에 공자가 갑작스러운 우레와 세찬 바람을 만나면 반드시 낯빛을 바꾸었다는 말이 나오는데, 하늘에 경의를 표했다는 뜻이다.】

유비가 조조의 말에 놀라 젓가락을 떨어뜨린 이유를 슬쩍 감추자 조조는 더는 유비를 의심하지 않았다.

소나기가 멎자 두 사람이 뒤뜰로 뛰어 들어왔다. 손에 보검을 들고 정자로

조조는 유비와 술 마시며 영웅 논하고

달려오는데 사람들이 도저히 막지 못했다. 조조가 보니 관우와 장비였다. 성 밖에 나가 활을 쏘던 두 사람은 방금 집에 돌아왔다가 허저와 장료가 유비를 데려갔다는 말을 듣고 황급히 승상부로 달려온 것이다.

유비가 뒤뜰에 있다고 해서 잘못되지나 않을까 두려워 뛰어들어오는데 뜻 밖에도 조조와 마주 앉아 술을 마시지 않는가. 두 사람이 검을 집에 꽂으면서도 자루에서 손을 떼지 않고 범추어 서니 조조가 물었다.

"두 사람은 어찌하여 왔는가?"

관우가 대답했다.

"승상께서 저희 형과 술을 드신다기에 특별히 검춤을 추어 웃음을 돋울까 합니다."

그들의 속을 빤히 들여다본 조조가 빙그레 웃었다.

"여기는 '홍문의 모임'이 아닌데 어찌 항장과 항백을 쓰는고?"

【'홍문의 모임'은 그로부터 400여 년 전 10만 군사를 거느린 유방이 40만 대군을 거느린 항우의 공격을 받기 직전 홍문 땅에서 항우와 만난 일을 말한다. 그때 항우의 집안 동생 항장이 모사 범증의 부추김을 받고 술상에서 검춤을 추는 척하면서 유방을 죽이려 했다. 그러자 유방과 사돈을 맺은 항우의 숙부 항백 역시 검춤을 추면서 유방을 막아주었다. 늙은 항백이 차츰 젊은 항장을 막아내기 힘들어 헐떡이자 유방의 모사 장량이 급히 장막 밖으로 나가 유방의 맹장 번쾌를 부르니 그가 잔칫상에 뛰어들어 항우에게 유방의 의로움을 주장해, 유방은 곤경에서 벗어났다.】

유비도 웃었다. 조조가 사람들에게 분부했다.

"술을 가져다 두 번쾌의 놀란 가슴을 진정시켜 드려라."

관우와 장비는 절하여 감사드렸다. 잠시 후 술자리가 끝나 집으로 돌아가며 관우가 말했다.

"우리 두 사람은 놀라 죽을 뻔했습니다!"

유비는 젓가락을 떨어뜨린 일을 아우들에게 알려주었다. 두 사람이 그게 무슨 뜻인지 몰라 까닭을 물으니 유비가 설명했다.

"채소 농사를 짓는 것은 바로 조조에게 내가 큰 뜻이 없음을 보여주기 위해서인데, 조조가 나를 가리켜 영웅이라 하니 놀라 젓가락을 떨어뜨리고 말았네. 그리고 조조가 의심할까 걱정해 우레를 겁낸다는 구실로 덮어 감추었네."

"형님은 참 영명하십니다!"

관우와 장비가 감탄했다.

이튿날 조조가 또 유비를 청해 술을 마시는데 만총이 원소의 소식을 알아보고 돌아와 보고했다.

"공손찬이 원소한테 패망했습니다."

유비가 급히 끼어들었다.

"상세한 내용을 알고 싶소."

"공손찬은 원소와 싸우다 불리해지자 해자를 깊이 파고 성을 높이 쌓았습니다. 성안에 100자나 되는 누각을 세우고 역경루라 부르며 곡식 30만 섬을 쌓아두었지요. 군사들이 그칠 새 없이 드나들다 간혹 원소의 군사에 잡히는 자가 있어서 구해주기를 청하면 공손찬은 거절했습니다. '한 사람을 구해주면 뒤에 싸우는 자들은 사람들이 살려주기만 바라면서 죽기로써 싸우지 않는다!' 그러자 원소가 쳐들어오면 항복하는 자들이 많았습니다. 형세가 차츰 외로워져 공손찬이 허도에 도움을 청하려고 사자를 보냈는데 뜻밖에도 원소의 군사에 잡혔습니다. 공손찬은 다시 옛날 흑산군 수령 장연에게 글을 보내 불을 신호로 성안팎에서 호응하려 했으나 사자가 또 원소의 군사에 잡히니 원소가 성 밖에 와서 가만히 불로 신호를 보내 꾀었지요. 공손찬이 몸소 출전하자 사방에서 원소의 매복 군사가 일어나 크게 패하고 군사를 반 이상 잃었습니다. 성안으로 들어가 지키는데 원소의 군사가 땅을 파고 들어와 누각에 불을 질렀습니다. 공손찬은 피할 길이 없어 아내와 자식들을 죽이고 목을 맸습니다. 원소는 공손찬의 군사를 얻어 기세가 왕성합니다. 원소의 아우 원술은 회남에서 교만하게 사치를 부리며 군사와 백성을 보살피지 않아 무리가 모두 떠났습니다. 그래서 원소에게 황제 칭호를 넘기겠다고 하자 원소가 옥새를 탐내 원술이 친히 가져가기로 약속했습니다. 지금 원술이 회남을 버리고 하북으로 가는데, 두 사람이 힘을 합치면 급히 굴복시키기 어려우니 승상께서는 대책을 세우시기 바랍니다."

공손찬이 죽었다는 말을 듣고 유비는 그가 추천해준 은혜가 떠올라 마음이 아팠다. 조운의 행방도 알 수 없어 불안했다.

'내가 이때 몸을 뺄 계책을 찾지 않고 언제까지 기다리겠느냐?'

유비가 자리에서 일어나 조조에게 청했다.

"원술이 원소에게 가려면 반드시 서주를 지나야 합니다. 이 비에게 군사를 주시면 중도에서 막아 원술을 잡겠습니다."

조조가 웃었다.

"내일 천자께 상주하고 군사를 일으키겠소."

이튿날 조조는 유비와 함께 황제를 뵙고 유비에게 5만 군사를 주며 주령과 노소를 딸려 보냈다.

유비가 작별인사를 드리자 헌제는 소리 없이 눈물을 흘리며 배웅했다. 유비는 밤을 새워 병기와 말을 정돈하고, 왼쪽 팔에 장군 도장을 걸고 서둘러 길을 떠났다. 동승이 허도성 십 리 밖 정자까지 쫓아와 전송하니 유비가 위로했다.

"국구께서는 기다리십시오. 이 비가 이번에 가면 천자의 명에 보답하는 바가 있을 것입니다."

"공은 유심히 살펴 천자의 뜻을 저버리지 마시기 바라오."

동승이 신신당부하고 헤어지자 관우가 말 위에서 물었다.

"형님은 이번에 어찌 이처럼 서두르십니까?"

"나는 새장 속의 새요, 그물 속의 물고기였네 [籠中鳥농중조 網中魚망중어]. 이번 걸음은 새가 푸른 하늘로 올라가고 물고기가 넓은 바다로 돌아가는 것과 같아 더는 새장과 그물에 얽매이지 않게 되는 것일세."

유비는 아우들에게 주령과 노소를 재촉해 빨리 가라고 일렀다.

곽가와 정욱이 허도 바깥에 나가 물자와 식량을 점검하고 돌아와 조조가 유비를 서주로 보냈다는 말을 듣고 급히 승상부로 들어왔다.

"승상께서는 어찌하여 유비에게 군사를 거느리게 하십니까?"

"원술을 막으려는 거요."

조조의 대답에 정욱이 걱정했다.

"유비가 예주 자사로 있을 때 저희가 죽이기를 청했으나 승상께서는 듣지 않으셨습니다. 또 그에게 군사를 내주셨으니 이는 곧 용을 놓아 바다로 들게 하고, 호랑이를 풀어 산으로 돌아가게 하는 것인데 뒷날 다스리려면 가능하겠습니까?"

곽가가 덧붙였다.

"유비를 죽이지는 않더라도 놓아주셔서는 아니 됩니다. 옛사람이 말하기를 '하루 적을 놓아주면 만세의 근심이 된다 [一日縱敵일일종적 萬世之患만세지환]'고 했으니, 승상께서는 살펴보시기 바랍니다."

조조가 옳게 여겨 허저에게 500명 군사를 거느리고 쫓아가 유비를 불러오게 했다. 유비가 길을 재촉하는데 뒤에서 갑자기 먼지가 보얗게 일어나자 아우들에게 말했다.

"틀림없이 조조 군사가 쫓아오는 걸세."

유비는 진을 치고 관우와 장비에게 무기를 들고 양쪽에 서게 했다. 유비를 따라잡은 허저가 갑옷 입은 무사들이 병기를 들고 늘어선 것을 보고 말에서 내리자 유비가 물었다.

"공은 무엇하러 왔소?"

"승상 명을 받들고 특별히 장군을 모시고 돌아가려고 왔습니다. 따로 상의하실 일이 있다 하십니다."

"장수가 싸움터에 나가면 임금 명령도 듣지 않을 때가 있다 했소. 나는 천자를 뵈었고 승상 말씀도 들었소. 지금은 따로 의논할 게 없으니 공은 빨리 돌아가 승상께 말씀해주시오."

허저는 생각했다.

'승상께서는 평소 이 사람과 친하셨고 또 나한테 싸우라고는 이르지 않으셨으니, 돌아가 말을 전하고 승상께서 따로 조처하시도록 할 수밖에 없다.'

허저가 군사를 되돌려 허도로 돌아가자 정욱이 단언했다.

"유비가 회군하지 않으니 마음이 바뀌었음을 알 수 있습니다."

"내 쪽 사람인 주령과 노소가 거기 있으니 유비가 다른 마음을 먹지는 못하겠지. 하물며 내가 이미 명하여 보냈는데 어찌 후회하겠소?"

조조는 유비를 다시 추격하지 않았다. 유비가 떠나자 마등도 변경에서 급보가 들어와 서량으로 돌아갔다.

유비는 서주에 이르러 자사 차주와 인사하고 손건과 미축을 비롯한 사람들과도 만났다. 집으로 돌아가 식솔을 만나고, 원술의 상황도 알아보았다.

"원술이 너무 교만하게 굴어 부하 장수 뇌박과 진란은 숭산으로 떠났습니다. 원술은 원소에게 황제 칭호를 넘겨주려고 군사를 정돈해 서주로 향하고 있습니다."

유비가 관우와 장비, 주령과 노소를 데리고 5만 군사를 이끌어 원술의 군사를 맞이하러 나아가 선봉 기령과 마주쳤다. 장비가 잡담도 하지 않고 달려가 무서운 소리를 지르며 창을 내찔러 기령을 말 아래로 떨어뜨리니 군사들은 황급히 도망갔다. 뒤를 이어 원술이 군사를 이끌고 오자 유비는 군사를 세 길로 나누고 진문 앞에서 꾸짖었다.

"네가 반역해 무도한 짓을 일삼으니 내가 천자의 영명하신 조서를 받들고 토벌하러 왔다! 손을 모으고 항복하면 죄를 면해주겠다!"

"삿자리나 짜고 신이나 삼던 놈이 감히 나를 얕보다니!"

원술이 군사를 휘몰아 달려들자 유비가 중앙의 군사를 뒤로 물리고 좌우의 군사를 앞으로 내보내 에워싸고 한바탕 족치니 원술의 군사는 크게 패하여 죽은 자가 많고 나머지는 뿔뿔이 도망쳤다. 게다가 숭산의 도적 뇌박과 진란이 때맞추어 찾아와 식량과 말먹이 풀을 죄다 빼앗겼다.

원술은 수춘으로 돌아가지 못하고 강정에 머물렀다. 수하에 군사가 1000여 명뿐인데 모두 늙고 허약했다. 때는 무더운 여름인데 식량이 바닥나 겨우 30섬 남은 보리를 군사에게 나누어주자 식솔에게는 먹을 것이 돌아오지 않았다. 이런 지경인데도 원술은 쌀이 거칠다고 밥을 삼키지 못했다. 음식을 만드는 사람에게 갈증을 덜게 꿀물을 달라고 하자 그 사람이 퉁명스레 대꾸했다.

"핏물만 있지 꿀물이 어디 있습니까?"

침상에 앉아 있던 원술은 이 말을 듣고 '으악' 소리치며 땅에 쓰러져 피를 한 말이나 토하고 죽었다. 때는 건안 4년(199년) 6월이었다.

원술이 죽자 조카 원윤이 영구와 식솔을 호위해 양주 여강으로 가다 서구(徐璆)의 손에 모두 죽고 말았다.

【서구는 전에 세 곳 군의 태수 벼슬로 치적을 쌓았는데, 조정의 부름을 받고 경성으로 가다 원술에게 잡혔다. 원술이 스스로 황제가 되어 상공으로 삼겠다고 청

했으나 굴복하지 않았다.】

서구가 옥새를 빼앗아 허도의 조조에게 바치니 조조는 크게 기뻐 고릉 태수로 봉했다. 이때 옥새가 조조에게 들어갔다.

유비는 표문을 올려 원술의 죽음을 조정에 알리고 조조에게도 글을 보냈다. 주령과 노소를 허도로 돌려보내고 데리고 온 군사는 그대로 남아 서주를 지키게 하면서 성 밖에 나가 흩어진 백성을 불러 다시 생업을 시작하게 했다.

주령과 노소가 돌아가 유비가 군사를 차지했다고 하자 조조는 화가 치밀어 두 사람 목을 베려 했으나 순욱이 말렸다.

"군권이 유비에게 있으니 두 사람은 어쩔 수 없었습니다."

조조가 두 사람을 용서하자 순욱이 권했다.

"차주에게 글을 보내 안에서 공략하도록 하시지요."

차주에게 가만히 사람을 보내니 진등이 제의했다.

"유비가 백성을 안정시키려고 성 밖에 나갔는데 곧 돌아옵니다. 옹성안에 군사를 매복시켜 유비가 들어오면 한칼에 베십시오. 제가 성 위에서 화살을 날려 유비의 후군을 막겠습니다."

【옹성은 성문을 보호하기 위해 성문밖에 세운 반달 모양의 작은 성이다.】

진등이 집에 돌아가 이야기하자 아버지 진규가 빨리 유비에게 알리라고 일렀다. 진등이 말을 달려가 유비보다 앞서 돌아오는 관우와 장비를 만나 이야기하니 장비가 당장 달려가 싸우려 하자 관우가 말렸다.

"옹성안에 매복이 있는 걸 알면서도 그냥 가면 일이 틀어지네. 밤에 조조 군사로 꾸미고 달려가 차주에게 성 밖에 나와 맞이하게 하여 붙잡으면 되네."

유비 군사는 원래 조조 군사였으므로 깃발과 갑옷이 모두 그대로였다. 그날 밤 관우와 장비가 성 밑에 다가가 문을 열라고 소리치자 성을 지키는 군사가 물었다.

"누구냐?"

"승상께서 보내신 장문원의 군사다."

성문을 지키는 자들이 보고하자 차주가 진등과 상의했다.

"맞이하지 않으면 의심을 받을 것이고, 나가서 맞이하면 속임수가 있을까 걱정이오."

진등이 말이 없어 차주가 성 위에 올라 대답했다.

"캄캄한 밤이라 알아보기 어려우니 날이 밝아 만납시다!"

성 아래에서 군사들이 아우성이었다.

"유비가 알면 안 되니 어서 문을 열어주시오!"

어쩔 수 없이 차주는 갑옷을 걸치고 말에 올라 1000명 군사를 이끌고 성을 나가 소리쳤다.

"문원은 어디 계시오?"

불빛 속에서 관우가 칼을 들고 달려가며 외쳤다.

"하찮은 놈이 감히 우리 형님을 속임수로 죽이려 하느냐!"

차주가 화들짝 놀라 달아나 조교 부근에 이르니 진등의 명으로 성 위에서 어지러이 화살이 날아왔다. 차주가 성벽을 돌아 달아났으나 관우가 달려가 한칼에 말 아래로 떨어뜨리고, 머리를 베어서 들고 성문 앞으로 돌아와 소리쳤다.

"내가 역적 차주를 죽였다! 너희는 죄가 없으니 항복하면 살려준다!"

장졸들은 모두 병기를 던지며 항복했다. 관우가 차주의 머리를 들고 달려가 자세히 이야기하니 유비는 깜짝 놀랐다.

"조조가 오면 어찌하나?"

"이 아우와 장비가 맞이하겠습니다."

유비가 서주에 들어가니 백성들이 길 위에 엎드려 맞이했다. 자사부에 이르러 장비를 찾으니 어느새 그가 차주의 식솔을 없앴다.

"심복을 죽였으니 조조가 가만히 있겠느냐?"

유비가 걱정하자 진등이 제의했다.

"저에게 조조를 물리칠 계책이 있습니다."

이야말로

홀로 범의 소굴 벗어났으니
묘한 꾀로 봉화 잦게 해야지

진등은 어떤 계책을 이야기할까?

22

원소 격문에 조조 두통 싹 가셔

원소와 조조는 각기 마보 삼군 일으키고
관우와 장비는 함께 왕충 유대 사로잡다

진등이 유비에게 계책을 드렸다.

"조조가 무서워하는 자는 원소입니다. 원소는 호랑이처럼 기주, 청주, 유주, 병주에 웅크리고 있는데 갑옷 입은 군사가 100만에 이르고 문관과 무장이 지극히 많습니다. 어찌하여 그곳으로 사람을 보내 구원을 청하지 않으십니까?"

유비가 난감해했다.

"원소는 나하고 왕래가 없는데, 그 아우를 깨뜨렸으니 어찌 나를 도와주겠소?"

"원소의 가문과 삼 대째 오고 가는 분이 여기 계시니 그분의 글을 얻으면 원소가 반드시 도와줍니다."

유비가 누구냐고 묻자 진등이 깨우쳐주었다.

"공께서 평소 자신을 낮추어 존경하시던 분인데 어찌 잊으셨습니까?"

유비가 불현듯 깨달았다.

"혹시 정강성(鄭康成) 선생이 아니시오?"

진등이 웃으며 대꾸했다.

"그렇습니다."

정강성은 이름이 현(玄)인데 배우기를 좋아하고 재주가 많았다. 일찍이 대학자 마융(馬融)에게 배웠는데, 가르칠 때마다 마융은 다홍색 얇은 휘장을 쳐서 앞에는 공부하는 제자들을 앉히고, 뒤에는 노래하는 기생들을 세우며, 좌우로 시녀들을 둘러서게 했다. 정현이 3년 동안 가르침을 들으면서 곁눈질한 번 한 적이 없어 마융은 대단히 기이하게 여겼다. 정현이 공부를 마치고 돌아가게 되자 마융이 찬탄했다.

"내 학문의 비밀을 얻은 자는 정현 한 사람뿐이니라!"

정현의 집에는 시녀들도 다 《모시(毛詩)》에 통달했다.

【《모시》는 전한의 학자 모형(毛亨)과 모장(毛萇)을 통해 전해진 《시경(詩經)》을 말한다. 마융은 후한의 대표적인 유학자였는데, 정현은 그의 학문을 잇고 다른 학설도 받아들여 한의 유교 학문을 집대성했다. 그의 학문은 정학 혹은 정씨학이라 하며, 유교 경전에 주해를 달아 후세의 유학 공부에 큰 도움을 주었다. 지금도 《모시》를 연구하려면 권위 있는 정현의 주해를 보지 않을 수 없다.】

언젠가 시녀 하나가 주인의 비위를 거슬러 섬돌 앞에 꿇어앉게 되었다. 정현의 명에 따라 무릎 위를 꼿꼿하게 세우고 있노라니 다른 시녀가 조롱했다.

"어찌하여 진흙 속에 있느냐[胡爲乎泥中호위호니중]?"

꿇어앉은 시녀가 얼른 대답했다.

"급히 가서 하소연했더니 마침 상대가 골이 났던 거야[薄言往愬박언왕소 逢彼之怒봉피지노]."

정현의 시녀들이 아치 있고 점잖기가 이러했다.

【앞의 시녀 말은 《시경》 〈패풍 식미〉 편에 나오는 구절이고, 뒤의 대답은 〈패풍 백주〉 편에 나오는 구절이다.】

정현은 환제 때 상서로 조정 실무를 보았으나 십상시의 난 때 벼슬을 버리고 서주에 와서 살았다. 유비는 탁군 시절 그를 스승으로 모셨고, 서주 자사 때도 가끔 그의 집을 찾아 가르침을 받으며 극진히 존경했다.

유비는 대단히 기뻐 진등을 데리고 정현 집에 찾아가 글을 청했다. 정현이 기꺼이 글을 주어 손건이 밤낮으로 달려 전하니 원소는 글을 받고 궁리했다.

'현덕이 내 아우를 죽였으니 도와주지 말아야 하지만 정 상서의 부탁이 무거우니 구해주지 않을 수 없구나.'

부하들을 모아 군사를 일으켜 조조를 토벌할 일을 의논하니 한 사람이 나서서 말렸다. 거록군 사람 전풍으로 자는 원호(元浩)인데 수하의 으뜸가는 모사였다.

"여러 해 싸우느라 백성은 피폐하고 창고에는 쌓아둔 식량이 없으니 다시 대군을 일으켜서는 아니 됩니다. 먼저 허도로 사람을 보내 천자께 공손찬을 멸망시켰다는 보고를 올리는 것이 옳습니다. 천자께 가는 길이 통하지 않으면 표문을 올려 조조가 길을 끊었다고 주장하고 군사를 풀어 여양에 주둔시킵니다. 황하에 배를 늘리고, 병기를 수리하며, 정예 부대를 나누어 그들의 변방을 공격해 조조가 편안하지 못하게 만들면 3년 안으로 대사가 정해집니다."

다른 모사인 위군 사람 심배(審配)가 반대했다.

"그렇지 않습니다. 병서에는 아군이 적의 열 배면 에워싸고, 다섯 배면 공격하며, 아군과 적군의 숫자가 비슷하면 싸우라고 했습니다. 명공의 신 같은 영명함과 당당한 위풍으로 황하 이북의 강성한 군사를 일으켜 역적 조조를 치시면 손바닥을 뒤집는 것처럼 쉬운 노릇인데 군이 시일을 끌 게 무엇입니까?"

광평군 사람 감군(監軍, 군사 감독) 저수가 나섰다.

"대체로 난을 진압하고 포악한 자를 제거하면 의로운 군사라 하고, 무리가 많음을 믿어 강한 것에만 의지하면 교만한 군사라 합니다. 군사가 의로우면 당할 자가 없지만 교만하면 지게 마련입니다 [義兵無敵의병무적 驕兵必敗교병필패]. 조조는 천자를 맞이해 허도에 영채를 세웠으니 우리가 군사를 움직여 남쪽으로 향하면 의로움에 어긋납니다. 적을 눌러 승리를 거두는 책략은 강성함에 있지 않은데 조조는 이미 법령을 실행하여 군사가 정예하고 다부지니 꼼짝하지 못하고 곤경에 처한 공손찬과는 다릅니다. 천자께 보고를 올리는 좋은 계책을 버리고 명분 없는 군사를 일으키신다면 저는 은근히 명공을 위해 반대하는 바입니다."

저수의 말이 끝나자 모사 곽도(郭圖)가 반대했다.

"아니올시다. 조조에게 군사를 내는데 어찌 명분이 없다 하겠습니까? 군졸들이 강한 몸을 자랑하고 장수들이 용맹을 떨치니 명공께서는 지금 빨리 대업을 정하셔야 합니다. 하늘이 줄 때 받지 않으면 오히려 화를 입습니다. 옛날 월은 오를 이겼을 때 아예 멸망시켜 드디어 패자가 되었고, 그 전에 오는 월을 이겼을 때 왕을 살려두어 결국 망했습니다. 감군의 계책은 튼튼히 지키기만 하자는 것으로 시기를 보고 변화에 따르는 비결이 아닙니다. 명공께서는 정 상서의 말씀에 따라 유비와 함께 대의를 받들고 역적 조조를 쓸어 없애시기 바랍니다. 위로는 하늘의 뜻에 어울리고 아래로는 백성의 뜻에 맞으니 실로 행운이라 하겠습니다!"

네 사람이 열띤 논쟁을 벌이자 원소는 머뭇거렸다. 이때 허유(許攸)와 순심(荀諶)이 들어오자 원소가 불렀다.

"정 상서가 글을 보내 나에게 군사를 일으켜 유비를 도와 조조를 치라고 하는데 군사를 일으키는 게 옳은가, 일으키지 않는 게 옳은가?"

허유와 순심은 평소 전풍, 저수와는 사이가 나쁘고 심배, 곽도와는 친했다. 가만히 살펴보니 전풍, 저수는 말없이 머리를 숙이는데 심배, 곽도가 슬그머니 눈짓해 두 사람은 입을 모아 대답했다.

"명공께서 큰 병력으로 작은 병력을 이기고, 강한 군사로 약한 군사를 쳐 한의 역적을 토벌하려 하시니 군사를 일으키시는 것이 옳습니다."

"두 사람이 보는 바가 내 마음에 맞네."

원소는 결정을 내리고 군사를 일으킬 일을 상의했다. 먼저 손건을 돌려보내 정현에게 답을 전하고, 유비에게 호응할 준비를 하라고 일렀다. 심배와 봉기를 통군으로 임명해 군사를 거느리게 하고, 전풍과 순심, 허유를 모사로 정하며, 안량과 문추를 장군으로 세워 기병 15만과 보병 15만의 30만 정예 군사를 일으켜 기주 남부 여양현을 향해 나아가기로 했다. 군사를 나누는 일이 끝나자 곽도가 제의했다.

"명공께서 대의를 받들어 조조를 토벌하시려면 반드시 조조의 죄악을 밝히는 격문을 여러 군에 돌려 그 죄를 선포한 다음 군사를 일으켜야 명분이 바르고 말도 조리가 섭니다."

원소는 서기 진림에게 격문을 짓게 했다. 진림은 자가 공장(孔璋)으로 일찍부터 재주가 높아 명성을 누렸다. 영제 때 대장군 하진의 주부로 있다가 하진이 지방 장수들을 낙양으로 불러들이려 하자 극구 말렸지만 듣지 않았다. 그 후 하진이 불러들인 동탁이 난을 일으켜 기주로 피했는데, 원소가 불러 표문 쓰고 격문 짓는 서기 일을 맡긴 것이다.

진림이 붓을 휘둘러 잠깐 사이에 써내니 글이 길기는 하나 매우 유려했다.

대체로 듣자니 밝은 임금은 위험을 미리 내다보아 변고를 누르고, 충성스러운 신하는 난을 미리 헤아려 위급에 대비한다 [明主圖危以制變명주도위이제변 忠臣慮難以立權충신려난이입권]고 한다. 비상한 사람이 있어야 비상한 일이 있고, 비상한 일이 있어야 비상한 공로를 세울 수 있다. 무릇 비상하다는 것은 보통 사람이 따라할 수 없음을 가리킨다. 옛날 진(秦)은 강대했으나 2세 임금이 약해 환관 조고가 권력을 잡아 위세를 부리고 은혜를 베푸는 일을 마음대로 했다. 사람들은 그 권세에 눌려 감히 바른말을 하지 못해, 진의 2세는 드디어 망이 궁에서 자살하고 말았으니 조종의 사당이 불타 사라지고 지금까지 욕을 보면서 영원히 세상 사람들의 교훈이 되었다. 또 여 태후 말년에 조카 여산과 여록이 정사를 도맡아 안으로는 남군과 북군을 거느리고, 밖으로는 조(趙)와 양(梁)을 차지했다. 황제의 만 가지 일을 제멋대로 결정하고 나랏일을 궁궐 안에서 정해 위아래 질서가 뒤바뀌고 천하 사람들 마음이 얼어붙어 서글퍼했다. 조정 대신 주발과 황실 종친 유장이 군사를 일으켜 성이 다른 자들을 흩어 없애고 포학한 무리를 제거해 태종을 높이 세우자 왕도가 흥성하고 광명이 빛났다. 이는 조정 대신이 변고에 대처하는 공로를 보인 분명한 본보기다.

지금 사공 벼슬을 하는 조조를 보면 그 할아버지는 중상시 조등으로 한때 환관인 좌관, 서황과 더불어 요사스러운 짓을 하면서 욕심스레 먹어대고 제멋대로 날뛰어 도덕을 파괴하고 백성을 학대했다. 그 아버지 조숭은 일찍이 환관 조등의 양자가 되려고 빌붙더니 더럽게 모은 돈으로 높은 벼슬을 사고, 수레에 금을 싣고 연에 옥을 담아 권세 있는 자들의 문으로 날라 태위 자리를 훔쳐 나라 권력을 망가뜨렸다. 조조는 이런 자들이 남긴 추물로서 원래 아름다운 덕성이 없어 몸놀림이 경박하고, 걸핏하면 세력을 믿어 남을 업신여기며 난리를 좋아하고 재앙을 즐겼다.

막부(대장군 원소)는 이전에 매처럼 날쌘 군사를 거느리고 흉악한 환관들을 죽여 없앴다. 뒤에 동탁이 남의 벼슬을 빼앗고 나라님을 서쪽으로 움직이자 검을 들고 북채를 휘둘러 영웅들을 모았는데, 허물이 있어도 따지지 않고 쓸 만한 점을 골랐다[棄瑕取用기하취용]. 그리하여 조조와 함께 상의하고 꾀를 합치면서 일부 군사를 내주었으니, 그나마 매나 개 같은 재주는 있다 하여 그 발톱과 이빨은 좀 쓸 만하다고 여겼기 때문이다. 그런데 조조는 우둔하고 경박하며 지략이 짧아 가볍게 나아갔다 쉽사리 물러서서 상처를 입고 좌절을 당해 여러 번 군사를 잃고 말았다. 그때마다 막부는 조조에게 군사를 나누어 모자라는 무리를 보충해 안정시키고, 조정에 표문을 올려 동군 태수를 대리하게 하며 연주 자사를 겸하게 해주었다. 호랑이 무늬 장수 옷을 걸쳐주고 위엄 있는 권력을 잡도록 도와주었으니, 이는 저 옛날 진(秦)의 군대가 여러 번 졌으나 드디어 한 번 이긴 것처럼 보답하기를 바라서였다.

그러나 조조는 막부의 도움을 받고 날뛰며 흉악한 짓을 멋대로 하고, 천하를 갉으면서 백성을 해치고 현명한 이를 살해하며 착한 이를 상하게 하였다. 옛 구강 태수 변양은 재주가 빼어난 인물로 천하에 이름을 날렸으니 바른말을 하고 엄숙한 표정을 지으며 아첨할 줄을 몰랐다. 그런데 조조 때문에 머리가 몸에서 떨어져 장대 끝에 높이 걸리고, 아내와 자식이 재가 되어 사라졌다. 선비들의 분통이 터지고 백성의 원망이 갈수록 심해져, 한 사나이가 팔을 휘둘러 호소하자 온 군의 사람들이 목소리를 합쳤다. 조조는 몸이 서주에서 깨지고 땅은 여포에게 빼앗겨 동쪽 변두리를 맴돌면서 갈 곳이 없게 되었다.

막부는 조정 세력을 강화하고 지방 세력을 약화시키는 도리를 떠올리고, 또 조조가 반역한 자의 무리에 끼지 않았음을 생각해, 다시 깃발을 들고 갑옷을 걸쳐 명석을 말듯 정벌에 나섰다. 징과 북이 소리를 울릴 제 여포 무리가 궤멸해 달아나니 조조를 죽음에서 구해주고 지방 수장의 자리를 되찾아주었다. 막부는 연주 백성에게는 베푼 것이 없으나 조조에게는 실로 큰 은덕을 베풀었다. 후에 천자의 행차가 깃발을 동쪽으로 돌리자 도적 떼들이 공격했는데, 그때 북방에서는 변경에서 경보가 울려 막부는 몸을 뺄 수 없었다. 막부는 종사중랑 서훈을 통해 조조를 불러 경성 교외의 제단과 종묘를 수선하고, 어린 임금을 보좌하면서 호위하게 했다. 그러자 조조는 제멋대로 움직여 천자를 겁박해 허도로 옮기고, 궁궐을 장악해 황실을 낮추어 모욕하며, 법을 망치고 기강을 문란하게 만들었다. 앉아서 상서대, 어사대, 알사대의 일을 모두 보면서 조정 정사를 한 손에 틀어쥐어, 작위를 내리고 상을 주는 일을 마음 내키는 대로 하고, 벌을 주고 죽이는 것이 그 입에 달렸다. 사랑하는 자는 고조부까지 거슬러 빛내주고 미워하는 자는 삼족을 몰살하는데, 무리를 지어 이야기하는 자는 드러내놓고 죽이고 불만을 품어 속으로 비웃은 자는 핑계를 대어 슬그머니 없앴다. 수많은 신하가 입을 다물고 길에서 마주치면 말도 하지 못하며 서로 눈짓이나 하니, 정사를 보아야 할 상서는 조회 상황이나 기록할 따름이요 조정 대신들은 자리를 지키면서 품계나 유지하는 형편이다. 옛 태위 양표는 사도와 사공 벼슬을 거쳐 나라의 지극히 고귀한 지위를 차지했는데, 조조는 눈을 흘긴 정도의 자그마한 원한 때문에 없는 죄를 덮어씌워 갖은 혹형을 빠짐없이 가하고, 마음대로 처사를 바꾸면서 법도를 아랑곳하지 않았다. 또 의랑 조언은 충성스럽게 말씀을 올리고 바른대로 말해 받아들일 만한 주장이 있어서 천자께서는 그 말을 들어주시고 얼굴빛을 고치며 상을 내리셨다. 조조는 이 시대의 밝은 이를 없애고 말이 위에 통하는 길을 끊으려고 함부로 조언을 잡아 천자께 알리지도 않고 죽였다. 또 양효왕은 옛 황제 경제와 어머니가 같은 형제로, 그 능묘가 존귀하여 무덤에 심은 소나무와 잣나무마저 공손히 대해야 마땅하거늘 조조는 직접 장졸들을 거느리고 무덤을 파헤치고 관을 쪼개 주검을 드러내고 금은보화를 약탈했다. 지금까지 천자께서는 그 때문에 눈물을 흘리시고 선비와 백성들도 슬퍼한다! 조조는 특별히 무덤을 파헤치는 발구중랑장과 금을 긁어모으는 모금교위를 설치해 지나는 곳마다 무덤을 망가뜨려 드러나지 않은 시신이 없었다. 삼공 자리에 있으면서 악한 짓을 일삼고 나라를 더럽히며 백성을 해쳐, 그 독이 사람뿐 아니라 귀신에까지 퍼졌다! 게다가 번잡하고 가혹한 법령을 정해 사람들이 서로 경계하게 하였다. 그리하여 새를 잡는 그물과 화살이 길에 가득하고 짐승을 노리는 구덩이와 함정이 앞을 막아, 손을 들면 그물에 걸리고 발을 움직이면 함정에 빠질 판이다. 연주와 예주에는 가난해 의지할 곳 없는 백성 [無聊之民무료지민]들이 생기고, 임금이 계시는 수도에는 한탄하는 이들이 나타났다. 옛날과 지금의 책을 두루 훑어보아, 무도한 신하치고 욕심스럽고 잔인하며 포학하기가 조조보다 더한 자는 없다 하겠다!

막부는 그동안 바깥에 있는 악한 자의 죄를 물으면서 미처 안쪽에 있는 자를 다스리고 훈계할 사이가 없어 너그럽게 용서하면서 잘못이 고쳐지기를 바랐다. 그러나 조조는 이리의 야심을 품고 재앙이 가득한 꾀를 감추어 나라의 기둥과 대들보를 망가뜨려 한의 황실을 외롭고 약하게 만들었으니, 충성스럽고 정직한 이를 없애고 오로지 사나운 도적질만 했다. 이전에 막부가 북을 두드리면서 북쪽으로 공손찬을 정벌할 때, 강한 도적이 군사를 거슬러 포위에 맞서 1년을 끌었다. 조조는 그가 아직 깨지지 않은 것을 보고 가만히 글을 보내, 겉으로는 임금의 군대를 돕는 척하면서 속으로는 불의에 막부를 습격하려 했다. 마침 그 사자가 드러나고 공손찬도 죽임을 당해 기세가 움츠러들고 못된 궁리는 이루어지지 않았다.

지금 조조는 오창에 주둔하면서 황하를 차지해 튼튼히 막을 수 있을 줄로 알아, 버마재비가 앞발이 도끼 비슷함을 믿어 큰 수레가 가는 길을 막으려 하듯 [螳螂拒轍당랑거철] 한다. 막부는 한의 빛나는 성세와 위엄을 받들어 하늘 아래 땅 위에서 적의 싸움 수레가 물러가게 했으니, 수하에 긴 극을 든 무사는 100만이나 되고 오랑캐 기병은 그 무리가 1000으로 헤아린다. 저 옛날 중황백과

하육, 오획과 같은 용사들을 떨쳐 일어나게 하고 좋은 활과 강한 쇠뇌의 기세를 떨치려 하는바, 병주 군사는 태항산을 넘고 청주 군사는 탑하를 건너며 막부의 대군은 황하를 넘어 나아가 앞에서 그 뿔을 잡고, 형주 군사는 완성과 엽성으로 나와 뒤에서 그 다리를 붙들려 한다. 우레가 울리고 호랑이가 걷는 듯, 활활 타오르는 불로 쑥대를 태우고 푸른 바다를 뒤엎어 붉은 숯덩이에 끼얹는 격이니 사라지지 않을 게 무엇이랴? 조조 군사 가운데 싸울 만한 자들은 모두 유주와 기주에서 왔거나 막부의 옛 부하들이다. 그들은 가족과 오랫동안 헤어져 있음을 원망하며 고향에 돌아가기를 원해 북쪽을 바라보며 눈물 흘린다. 또 연주와 예주의 백성, 여포와 장양의 남은 무리는 주인이 망하고 협박에 못 이겨 하는 수 없이 잠시 조조를 따를 뿐이니 저마다 마음에 상처를 입고 조조의 원수가 되었다. 만약 막부가 깃발을 되돌리고 중원으로 돌아가, 높은 언덕에 올라 북을 두드리고 나팔을 불면서 흰 깃발을 휘둘러 그들에게 항복할 길을 열어주면, 반드시 흙더미가 무너지고 기와가 깨지듯 할 터이니 칼에 피를 묻히기를 기다릴 나위가 있으랴. 지금 한의 황실이 약하고 기강이 풀려 천자께서는 보좌할 신하 하나 두지 못하시고, 팔다리가 되어야 할 사람들은 적을 물리칠 힘이 없다. 나라의 유능한 신하들은 모두 머리를 숙이고 날개를 접어 의지할 데가 없으니 충성스럽고 의로운 신하가 있더라도 난폭한 신하에게 눌려 어찌 그 팔다리를 펴보겠는가? 조조는 정예 군사 700명을 풀어 궁궐을 지키는데 겉으로는 경호한다고 하나 사실은 임금을 구속하는 바이니 나라를 찬탈하려는 싹이 이로부터 움틀까 두려울 뿐이다. 지금은 충신이 간과 뇌수를 땅에 쏟을[肝腦塗地간뇌도지] 때요, 지사가 공로를 세울 기회이니 어찌 스스로 격려하지 않으랴! 조조는 임금의 명령을 빌려 사자를 보내 군사를 내게 하니, 먼 변두리에 있는 주와 군들 중에 속아서 그에게 이득을 주거나 도리를 어기고 반역자를 도와 명예를 잃는 짓을 하여 천하 사람들의 웃음거리가 되는 자가 있지 않을까 걱정이니, 이는 명석한 이들이 하지 않는 노릇이다.

오늘 바로 유주, 병주, 청주, 기주 네 주에서 나란히 군사가 나아가게 된다. 글이 형주에 이르면 곧 군사를 거느리고 건충장군 장수와 협동하여 성세를 이루어야 할 것이다. 주와 군에서 각기 의병을 정돈해 경계에 늘여 세우고, 무력을 자랑하고 위엄을 뽐내면서 함께 사직을 바로잡으면 비상한 공로는 이로써 이루어지는 바이니라. 조조의 머리를 얻는 자는 오천호후에 봉하고 상금으로 5000만 전을 내린다. 조조의 편장군과 비장군, 교위, 관원들이 항복하면 잘못을 따지지 않는다. 은혜와 신의를 널리 펴고 격문에 정한 상금 숫자를 천하에 두루 알려, 사람들이 모두 천자께서 핍박받으시는 어려움을 알게 하라. 법령을 집행하듯이 움직여야 할지어다!

원소는 격문을 읽고 크게 기뻐 여러 주와 군에 두루 돌리고 관과 나루터, 요충지들에도 내걸게 했다.

격문이 허도에 이르렀을 때 조조는 마침 머리가 아파 침상에 누워 있었다. 사람들이 격문을 바쳐 읽어본 조조는 머리카락이 쭈뼛 일어서며 서늘한 기운이 뼛속까지 스며드는 듯해 온몸에 식은땀이 가득 배면서 저도 모르게 두통이 나았다.

【격문을 소설에 넣은 모종강은 이렇게 평했다.

'아첨하는 자가 가려운 데를 긁어주지 못하면 아첨 받는 자가 반드시 즐거워하지 않는 법인데, 욕하는 자가 제대로 급소를 찌르면 욕먹는 자라도 어찌 시원하지 않겠는가?'】

조조는 침상에서 훌쩍 뛰어 일어나 조홍에게 물었다.

"이 격문을 누가 썼다던가?"

"진림의 글이랍니다."

조조는 웃었다.

"글재주를 갖춘 자는 반드시 무력과 책략이 받쳐주어야 성공할 수 있다. 진림의 글은 좋으나 원소의 실력이 모자라니 어찌하겠는가?"

조조가 모사들을 모아 원소와 맞설 일을 상의하는데 공융이 소문을 듣고 찾아왔다.

"원소는 세력이 커서 싸울 수 없으니 화해하셔야 합니다."

순욱이 반박했다.

"원소는 쓸모없는 사람인데 화해할 게 무엇입니까?"

공융이 화해의 이유를 설명했다.

"원소는 차지한 땅이 넓고 백성이 많으며 수하의 허유와 곽도, 심배, 봉기는 모두 슬기롭고 전풍과 저수는 둘 다 충성스럽지요. 안량과 문추는 용맹이 삼군의 으뜸이고 고람(高覽), 장합(張郃), 순우경은 세상의 명장들인데 어찌하여 원소를 쓸모없는 사람이라 하시오?"

순욱은 빙그레 웃으며 반박했다.

"원소는 군사는 많으나 절도가 없습니다. 전풍은 고집이 세어 윗사람을 거스르고, 허유는 욕심이 많아 현명하지 못하며, 심배는 잘난 체하면서 꾀가 없고, 봉기는 과감할 뿐 쓸모가 없습니다. 게다가 그들이 서로를 받아들이지 않아 기필코 안에서 변이 일어납니다. 안량과 문추는 한낱 미련한 사내의 용맹이나 지녔으니 한 번 싸움으로 사로잡을 수 있지요. 나머지야 100만이 있은들 입에 담을 나위나 있겠습니까?"

공융이 말문이 막히니 조조는 허허 웃음을 터뜨렸다.

"모두 순문약의 헤아림을 벗어나지 못하는구려."

조조는 전군을 이끄는 유대와 후군을 거느리는 왕충(王忠)을 불러, 5만 군사를 주어 승상의 깃발을 들고 서주로 가 유비를 치라고 명했다. 유대는 이전의 연주 자사로 조조가 연주를 차지하자 항복하고 편장으로 있었는데, 이번에 왕충과 함께 군사를 거느리게 한 것이다. 조조는 대군 20만을 이끌고 원소를 막으려고 여양으로 떠났다.

정욱이 걱정했다.

"유대와 왕충이 맡긴 일을 감당할 수 있을지 걱정입니다."

"나도 그들이 유비의 적수가 되지 못할 걸 아니 잠시 허세만 보이는 것뿐이오."

조조가 유대와 왕충에게 일렀다.

"경솔하게 나아가지 말게. 내가 원소를 깨뜨린 다음 군사를 휘몰아 유비를 칠 테니까."

조조는 군사를 이끌고 여양에 이르렀다. 양쪽 군사는 80리를 사이에 두고 각기 참호를 깊이 파고 보루를 높이 쌓은 채 싸우지는 않고 8월부터 10월까지 서로 지키기만 했다.

이때 원소 쪽에서 허유는 심배가 군사를 거느리는 것이 싫고, 저수는 원소가 자신의 꾀를 써주지 않아 한스러웠다. 사람들은 사이가 틀어져 제대로 일할 궁리를 하지 않고, 원소는 의심을 품어 나아가려 하지 않았다.

조조는 군사를 다시 배치했다. 항복한 여포의 장수 장패에게 청주와 서주를 지키게 하고, 우금과 이전을 황하 남쪽에 주둔시키며, 조인에게 대군을 총지휘해 중모현 관도에 주둔하게 했다. 그리고 일부 군사를 거느리고 허도로 돌아가 버렸다.

유대와 왕충은 5만 군사를 이끌고 서주에서 100리 떨어진 곳에 영채를 세우고, 중군에 짐짓 조 승상의 깃발을 세우고는 나아가지 않고 하북 소식만 알아보았다. 유비 역시 조조의 허실을 알지 못해 움직이지 못하고 하북 소식을 염탐했다.

그러다 조조가 유대와 왕충에게 사자를 보내 나아가 싸우라고 독촉했다. 두 사람이 영채 안에서 상의하니 유대가 입을 열었다.

"승상께서 성을 치라고 독촉하시니 그대가 먼저 나아가게."

왕충은 몸을 사렸다.

"승상께서는 그대를 먼저 보냈는데."

유대가 위엄을 부렸다.

"나는 주장인데 어찌 먼저 가겠나?"

서로 미루다 제비를 뽑아 왕충이 먼저 군사의 반을 이끌고 서주를 치러 갔다. 조조 군사가 이르자 유비는 진등과 상의했다.

"원소는 여양에 있는데 모사들이 사이가 나빠 아직 나아가지 못하고, 조조는 어디 있는지 알 수가 없소. 여양 영체에는 조조의 깃발이 없다는데 어찌 여기에 그의 깃발이 있소?"

"조조는 간사한 계교가 많아 하북을 중요시해 직접 감독하면서도 일부러 깃발을 세우지 않았지요. 여기는 거짓으로 깃발만 세웠을 터이니 조조는 반드시 여기 없습니다."

유비가 관우와 장비에게 물었다.

"누가 가서 허실을 알아보겠나?"

장비가 썩 나섰다.

"이 아우가 가겠소."

"자네는 성미가 거칠고 급해서 아니 되네."

"혹시 조조가 있더라도 잡아 오겠소."

장비 뒤를 이어 관우가 나섰다.

"이 아우가 가서 동정을 살펴보겠습니다."

"운장이 간다면 마음이 놓이지."

관우는 3000명 군사를 이끌고 서주를 나왔다. 때는 마침 초겨울이라 음산한 구름이 하늘에 가득하고 눈발이 마구 날렸다. 군사들이 눈을 무릅쓰고 진을 치고 관우가 칼을 들고 말을 달려나가자 왕충이 마주 나왔다.

"승상께서 오셨는데 어찌 항복하지 않느냐?"

"승상을 진 앞으로 모셔오너라. 내가 할 말이 있다."

"승상께서 어찌 가볍게 너를 만나려 하시겠느냐?"

관우가 크게 노해 말을 내몰자 왕충도 창을 꼬나 들고 달려오는데, 두 말이 어울리니 관우는 말 머리를 돌려 달아나고 왕충이 뒤를 쫓았다. 산비탈을 돌아가자 관우가 버럭 호통치며 말을 돌려 달려드니 왕충은 막지 못하고 도망쳤다.

관우는 보도를 왼손에 거꾸로 들고 오른손으로 왕충의 갑옷 띠를 틀어잡았다. 왕충을 홱 낚아채 자기 말 위에 엎어놓고 진으로 돌아오니 왕충의 군사는 사방으로 흩어졌다. 관우가 왕충을 압송해 서주로 돌아가자 유비가 물었다.

"자네는 누군가? 무슨 자리를 맡았는데 감히 승상이라고 속이는가?"

"어찌 감히 속이겠습니까? 짐짓 허세를 부리라는 명을 받들어 상대를 속이는 군사 노릇을 하고 있을 뿐입니다. 승상께서는 여기 계시지 않습니다."

유비는 왕충에게 술과 음식을 대접하고 잠시 가두어두었다. 유대를 잡은 뒤 다시 상의하기로 정하니 관우가 말했다.

"저는 형님께서 반드시 화해할 뜻이 있으신 줄을 알고 사로잡아 왔습니다."

"익덕이 성급해 왕충을 죽일까 두려워 보내지 않은 걸세. 이런 사람은 죽어서 좋은 점이 없네. 살려두면 화해할 여지가 있지."

옆에서 장비가 나섰다.

"둘째 형님이 왕충을 잡았으니 내가 유대를 사로잡겠소."

"유대는 옛적에 연주 자사였네. 호뢰관에서 동탁을 칠 때는 한 지방의 제후였지. 오늘 선두를 거느렸으니 얕잡아보아서는 아니 되네."

"그깟 놈이야 입에 담을 나위나 있겠소? 나도 둘째 형님처럼 사로잡아 오면 그만이오."

유비가 걱정했다.

"그의 목숨을 해쳐 대사를 그르칠까 걱정일세."

"그를 죽이면 대신 내 목숨을 내놓겠소."

장비가 다짐해 유비는 3000명 군사를 주어 나아가게 했다.

유대는 왕충이 잡혔다는 말을 듣고 영채를 굳게 지키며 나오지 않았다. 장비는 날마다 영채 앞에 가서 싸움을 걸었으나 유대는 장비가 왔다는 말을 듣고 더욱 나오지 못했다. 며칠이 지나도록 유대가 나오지 않자 장비는 꾀를 하나 냈다. 밤에 적의 영채를 습격한다는 명을 내리고는 낮에 장막에서 술을 마시다 취한 척하고 군졸을 하나 잡아 한바탕 매질을 한 후 영채에 묶어놓았다.

"오늘 밤 출전할 때 죽여 깃대에 제사를 지내겠다."

말은 이렇게 해놓고 뒤로 슬그머니 놓아주니 군졸은 가만히 영채를 벗어나 곧장 유대에게 달려가 밤에 장비가 습격한다는 명을 전했다. 유대는 항복한 군졸의 심한 상처를 보고 그 말을 믿어 영채를 비우고 군사를 바깥에 매복시켰다.

그날 밤 장비는 30여 명 군사에게 먼저 영채에 쳐들어가 불을 지르게 하고, 다른 군사는 영채 뒤로 돌아가 불을 신호로 들이치게 했다. 밤이 되어 30여 명이 영채에 불을 지르자 매복한 유대의 군사가 모두 쳐들어갔다.

이때 장비의 군사가 뒤에서 일제히 달려오니 유대 군사는 혼란해져 도망치

◀ 관우는 왕충의 갑옷 띠 틀어쥐어

기에 바빴다. 도망치던 유대가 장비와 마주치니 길이 좁아 피할 수도 없어 바로 사로잡히고 군사들은 모두 항복했다.

서주에 소식을 알리자 유비가 관우에게 장비를 칭찬했다.

"익덕이 거칠고 조심성이 없더니 이제 제법 슬기도 쓸 줄 알게 되었으니 내가 걱정이 없네."

유비가 친히 성 밖에 나가 맞이하자 장비가 자랑했다.

"형님이 나를 거칠다 하시더니 오늘 보니 어떻소?"

"내가 말로 꼬집지 않았으면 자네가 어찌 꾀를 냈겠나?"

두 사람이 껄껄 웃는데 유대가 묶여오자 유비는 황급히 말에서 내려 결박을 풀어주었다.

"제 아우가 그릇되게도 장군을 욕보였으니 용서해주시기 바랍니다."

유비는 유대를 성안으로 안내해 왕충을 풀어 함께 대접하면서 설명했다.

"전에 차주가 이 비를 해치려 하여 어쩔 수 없이 죽였는데, 승상께서 비가 반역을 꾀한 것으로 의심하고 두 장군을 보내 죄를 묻게 하셨네요. 비는 승상의 큰 은혜를 입고 바야흐로 보답하려는 터에 어찌 감히 반역을 생각하겠습니까? 두 장군께서 허도에 가시면 이 비를 위해 잘 말씀해주십시오. 비에게 큰 도움이 되겠습니다."

유대와 왕충이 장담했다.

"사군께서 죽이시지 않은 은혜 고맙기 그지없습니다. 승상께는 사군을 위해 마음을 다해 말씀드리겠습니다. 저희 두 집의 식솔들 목숨을 걸고 사군을 보증하겠습니다."

이튿날 유비는 유대와 왕충에게 군사를 모두 돌려주고 성 밖으로 내보냈다. 유대와 왕충이 10리나 갔을까, 별안간 북소리가 '둥!' 울리더니 장비가 길을 가로막고 호통쳤다.

"우리 형님은 사리에 어두워도 너무 어둡단 말이야! 적장을 잡았는데 어찌 놓아준단 말인가?"

유대와 왕충은 질겁해 말 위에서 부들부들 떨었다. 장비가 고리눈을 부릅뜬 채 창을 꼬나 들고 달려드는데, 그의 등 뒤에서 누군가 나는 듯이 말을 달려오며 소리쳤다.

"무례하게 굴지 마라!"

관우였다. 유대와 왕충은 그제야 마음이 놓였다. 관우가 장비를 타일렀다.

"형님께서 놓아주셨거늘 아우는 어찌 명령을 따르지 않는가?"

"이번에 놓아주면 다음에 또 올 거요."

"다시 오면 그때 죽여도 늦지 않네."

유대와 왕충은 연이어 다짐했다.

"승상께서 우리 삼족을 죽이더라도 다시 오지 않을 것이니 용서해주시기 바랍니다."

장비가 을러댔다.

"조조가 오더라도 갑옷 한 조각 돌아가지 못하게 족치겠다! 이번에는 잠시 너희 두 대가리를 붙여둘 테니 알아서 해라!"

유대와 왕충은 머리를 싸쥐고 놀란 쥐새끼 도망가듯 뺑소니쳤다. 관우와 장비는 서주로 돌아와 유비에게 말했다.

"조조는 반드시 다시 옵니다."

손건이 유비에게 권했다.

"서주는 원래 지형이 적의 공격을 받게 되어 있는 곳이라 오래 계실 수 없습니다. 군사를 나누어 소패에 주둔하고, 하비성도 지켜 앞뒤에서 적을 몰아치는 기각지세를 이루어 조조를 막아야 합니다."

유비는 관우에게 하비를 지키게 하고 두 아내도 역시 하비에 가 있게 했다.

손건과 간옹, 미축, 미방은 서주를 지키고, 유비와 장비는 소패에 주둔했다.

　유대와 왕충이 돌아가 유비는 반역을 꾀하지 않았다고 극구 변명하자 조조가 화를 냈다.

　"나라를 망신시킨 자들을 살려두어 어디에 쓰겠느냐?"

　조조는 두 사람을 끌어내 목을 치라고 호령했다.

이야말로

개와 돼지가 어찌 호랑이와 싸우랴
물고기, 새우 헛되이 용과 다투었네

두 사람 목숨은 어찌 될까?

23

재사 예형과 의사 길평의 충성

예정평은 벌거벗고 역적 욕하고
길태의는 독 넣다 형벌 당하다

조조가 유대와 왕충의 목을 치라고 하자 공융이 말렸다.

"두 사람은 원래 유비의 적수가 되지 못하는데 목을 치면 장졸들 마음을 잃을까 두렵습니다."

조조는 두 사람의 목숨을 살려주고 벼슬과 녹봉을 떼었다. 직접 군사를 일으켜 유비를 치려 하자 공융이 다시 말렸다.

"지금은 혹독하게 추운 겨울이라 군사를 움직이지 말아야 합니다. 봄이 되어 날씨가 따뜻해지기를 기다려 움직여도 늦지 않으니 먼저 장수와 유표에게 사람을 보내 잘 어루만져 복종시키고 그다음 서주를 꾀하시면 됩니다."

조조가 장수를 설득하라고 유엽을 보내니 그는 양성에 가서 먼저 가후를 만나 이야기했다. 가후가 유엽을 집에서 기다리게 하고 이튿날 장수와 의논하는데 갑자기 원소의 사자가 왔다. 장수가 불러들여 글을 받아보니 역시 자기네 쪽으로 오라는 내용이라 가후가 사자에게 물었다.

"조조를 치려고 군사를 일으켰다더니 승부가 어떠한가?"

"추위가 혹독해 잠시 군사를 거두었습니다. 장군과 형주의 유표는 나라의 걸출한 인재이시니 와서 청하는 바입니다."

사자의 대답에 가후는 껄껄 웃었다.

"돌아가 본초에게 전하라. 자기 형제끼리도 받아들이지 못하면서, 어찌 천하의 걸출한 인재들을 품을 수 있느냐고?"

가후가 글을 찢고 사자를 꾸짖어 쫓아버리자 장수가 걱정했다.

"원소는 강하고 조조는 약한데, 글을 찢고 사자를 꾸짖었으니 원소가 오면 어찌하오?"

가후는 서슴지 않고 대답했다.

"원소보다는 조조를 따르는 게 좋습니다."

"조조와 원수를 졌는데 어찌 나를 받아들이겠소?"

가후는 조목조목 좋은 점을 설명했다.

"조조를 따르면 좋은 이유가 세 가지입니다. 조조는 황제의 조서를 받들고 천하를 정벌하니 따르면 좋은 첫 번째 이유입니다. 원소는 강성해 적은 무리로 따르면 우리를 소중히 여기지 않을 텐데, 조조는 약해 우리를 얻으면 반드시 기뻐할 것이니 따르면 좋은 두 번째 이유입니다. 조조는 왕자와 패자의 뜻을 품은 사람이라 개인적인 원한을 덮어 훌륭한 덕성을 세상에 알리려할 것이니 따르면 좋은 세 번째 이유입니다. 장군께서는 의심하지 마시기 바랍니다."

장수가 불러들이자 유엽은 조조의 덕성을 극구 칭송했다.

"승상께서 옛 원한을 새겨두셨다면 장군과 가까이하려고 저를 보내실 리 있겠습니까?"

장수는 크게 기뻐 가후를 비롯해 여러 사람을 데리고 허도로 가서 항복했다. 장수가 섬돌 앞에 엎드려 절하자 조조는 급히 부축해 일으키고 손을 잡았다.

"지난날 자그마한 잘못을 마음에 새겨두지 마오."

조조는 장수를 양무장군으로 봉하고, 가후는 경성 경비를 맡은 집금오를 시켰다. 조조가 장수에게 유표를 설득해 끌어오라고 청하자 가후가 권했다.

"유경승은 이름난 사람들과 사귀기를 좋아하니 글재주로 소문난 선비를 보내 설득하셔야 끌어올 수 있습니다."

조조가 순유에게 물었다.

"누가 갈 만하겠소?"

"공문거가 소임을 맡을 만합니다."

조조가 옳게 여겨 순유가 승상부를 나와 공융을 만났다.

"승상께서 글로 이름난 선비를 얻어 사자로 보내려 하시니 공이 아니면 이 일을 맡을 수 없소."

공융이 대답했다.

"내 친구 예형(禰衡)은 자가 정평(正平)인데 재주가 나보다 열 배는 뛰어나지요. 그는 천자 곁에 있어야 할 사람이니 사자 노릇이나 하는 것으로 그치겠소? 내가 천자께 그를 추천하겠소."

공융은 헌제에게 표문을 올렸다.

신이 듣자니 저 옛날 홍수가 흘러넘칠 때, 요(堯) 임금께서는 물을 다스리게 하시려고 사방에 널리 현명한 이를 구하셨고, 또한 한 무제께서는 황제 자리를 계승한 후, 물려받은 기업을 넓히려고 나라를 흥하게 할 신하들을 널리 찾으시어 여러 인재가 모여들었다 합니다. 폐하께서는 슬기롭고 성스러운 몸으로 제위를 계승하셨는데, 불행히도 액운을 만나셨으나 해가 서쪽으로 기울 때까지 겸손하고 부지런히 정사를 보서서 드디어 숭산에 신이 강림하고 기이한 재주를 지닌 사람들이 나란히 나타났습니다.

  신이 평원 사람 예형을 가만히 살펴보니 나이는 24세인데, 품성이 아름답고 성실해 믿음이 있으며 빼어난 재주가 뭇사람에 뛰어납니다. 처음에 예문을 접하니 대청에 들어서자 바로 안방을 보는 격으로 금방 심오한 이치를 깨닫고, 눈으로 한 번 보면 곧 입으로 줄줄 외우며 귀로 잠깐 들으면 마음속에서 잊지 아니합니다. 천성은 도(道)에 어울리고, 생각에는 신(神)이 있는 듯합니다. 저 옛날 상홍양(桑弘羊)의 암산 실력이나 장안세(張安世)의 비상한 기억력도 예형에 견주면 정말 희한할 것이 없습니다. 충성스럽고 정직하며 서리와 눈처럼 고결한 뜻을 품고, 착한 것을 보면 놀란 듯 기뻐하고 악한 것을 미워하기는 원수를 만난 듯합니다. 전국시대 위(魏)의 임좌(任座)가 임금의 비위를 거스르면서도 기어이 바른말을 했고, 춘추시대 위(衛)의 사어(史魚)가 죽어서도 아들에게 부탁해 나쁜 신하를 쓰지 말라고 임금께 권해 절개를 격려한 일도 그보다 나을 게 없습니다. 사나운 새가 수백이 모여도 물수리 한 마리보다 못합니다. 예형을 조정에 서게 하면 반드시 볼 만하고 취할 바가 있습니다. 자유자재로 말하니 성한 기운이 용솟음치고, 의문을 해답하고 매듭을 푸니 적과 맞서게 하고도 남음이 있습니다. 옛날 문제 때 젊은 박사 가의(賈誼)는 변경 민족들을 다스리는 속국 벼슬을 내려 시험해주기를 바라면서 흉노의 선우가 반드시 황제 말씀을 듣게 하겠노라 했고, 무제 때 종군(終軍)은 남월로 가는 사자가 되자 긴 밧줄로 그 왕을 끌어오겠다면서 강한 남월을 견제하려 했습니다. 두 사람이 보여준 약관(弱冠, 20세)의 강개한 포부는 전대에서 아름답게 여긴 바입니다. 요사이 노수와 엄상도 기이한 재주가 쓰여 상서대 낭관으로 뽑혔는데 예형은 그들과 비길 수 있습니다. 용이 하늘길에서 뛰어놀고 구름 속을 날게 되면 자미(紫微, 궁궐의 별)에서 소리를 떨치고 무지개에 빛을 드리울 것이니 천자께서 가까이에 인재가 많음을 드러내시고, 대전을 거행하는 대청의 단정하고 공경한 분위기를 늘리실 수 있습니다. 하늘의 신선 음악은 반드시 기이한 경관이 있고, 제왕이 계시는 곳에는 기필코 비상한 보물을 저장한다 합니다. 예형 같은 무리는 많이 얻을 수 없습니다. 명곡 '격초'와 '양아'의 지극히 묘한 모습은 음악과 춤을 맡은 자들이 탐내는 바이고, 나는 듯이 빠르다는 준마 비토나 명마 요뇨의 발은 수레를 잘 몬다는 진(晉)의 왕량(王良)이나 말을 잘 보기로 소문난 진(秦)의 백락(伯樂)이 급히 바라는 바입니다. 신같이 우둔하고 졸렬한 자가 어찌 감히 폐하께 이런 인재를 말씀드리지 않겠습니까? 폐하께서 성의를 다하시며 신중하게 선비를 뽑으시니 반드시 그가 힘을 드러내게 시험해보셔야 할 것입니다. 예형을 거친 무명옷 차림으로 불러주시기 빕니다. 만약 살펴보아 고를 바가 없다면 신은 천자 앞에서 속인 죄의 벌을 받겠습니다.

　【이 글은 황제와 귀족을 상대로 하던 후한시대 문장의 기풍을 잘 보여주는 것으로 사람을 설득하는 글의 본보기라 할 수 있다. 상홍양은 전한의 대신으로 오랫동안 나라 경제를 맡아 개혁을 계속해 나라를 강대하게 만들었는데, 암산이 빠르기로 소문났다. 장안세도 비슷한 시대의 대신으로 한 무제가 책을 세 상자 잃어버리자 그 많은 책을 죄다 줄줄 외웠는데, 뒤에 확인해보니 글자 하나 틀리지 않았다.

　전국시대의 강국 위의 임금 문후가 신하들에게 자신이 어떤 임금인가 물어, 신하들이 다 어진 임금이라 칭송하는데 임좌만은 다른 소리를 했다.

　"중산 땅을 차지해 아우에게 주지 않고 아들에게 주셨으니 어찌 어진 임금이라 하겠습니까?"

　문후가 화를 내자 임좌는 자리에서 물러났다. 문후가 다시 같은 질문을 던지니 신하 적황이 대답했다.

　"어진 임금이십니다. 신이 듣자오니 임금이 어질면 신하가 충직하다는데, 임좌가 임금 앞에서 바른말을 했으니 임금께서 어지시다는 것을 알 수 있습니다."

문후는 깨달은 바가 있어 다시 임좌를 불러 극진히 대접했다.

사어는 춘추시대 위의 대신으로 임금 영공에게 어진 사람을 쓰고 간사한 자를 물리치기를 여러 번 권했으나 성공하지 못하자 죽기 전에 아들에게 분부했다.

"내가 살아서 임금의 잘못을 바로잡지 못했으니 죽어서 예법에 따라 묻힐 수 없다. 내 주검을 창문 아래에 놓아두어라."

영공이 사어의 집에 조문하러 가니 주검이 이상한 자리에 있어 까닭을 묻자 그 아들이 아버지의 유언을 전해 주었다.

"이는 내 잘못이다!"

놀라 뉘우친 영공은 간신들을 몰아내고 현명한 사람들을 많이 불러 썼다.

전한의 가장 강한 적은 북방의 흉노로 고조가 참패한 뒤 문제 때까지 공물을 바치니 천자의 조정으로서는 치욕스러운 노릇이었다. 가의가 황제를 뵙고 그들을 다스리는 벼슬을 내려달라면서 흉노의 최고 수령 선우를 굴복시키겠노라고 장담했다. 또 전한 초기에는 남방의 큰 땅을 차지한 남월이 말썽거리였는데, 종군은 긴 밧줄을 가지고 가서 그 왕을 묶어 오겠노라고 큰소리를 쳤다. 그러나 가의는 결국 벼슬을 얻지 못하고 문관으로 있다가 일찍 죽고, 종군은 남월 땅에 갔으나 한에 반대하는 사람들 손에 죽었다. 두 사람의 운명은 비극적이었지만 공융이 노린 것은 그들의 젊은 용기였다.】

헌제가 표문을 읽고 건네주니 조조는 예형을 불러왔다. 그러나 인사를 끝냈는데도 자리를 권하지 않자 예형은 하늘을 우러러 탄식했다.

"천지는 넓은데 어찌 사람 하나 없느냐!"

조조가 물었다.

"여기 있는 사람들은 모두 당대 영웅들이거늘 어찌하여 사람이 없다고 하느냐?"

"하나하나 그 재능을 들려주십시오."

조조가 꼽기 시작했다.

"순욱, 순유, 곽가, 정욱은 생각이 깊고 지혜는 멀리 내다보니 소하와 진평
(陳平)이라도 따르지 못할 바이고, 장료, 허저, 이전, 악진은 용맹을 당할 자가
없으니 잠팽(岑彭)과 마무(馬武)라도 미치지 못한다. 여건과 만총은 종사이고 우
금과 서황은 선봉이다. 하후돈은 천하의 기이한 인재요, 조인은 이 세상의 복
많은 장군인데 어찌 사람이 없다 하겠느냐?"

【소하와 진평은 한 고조 유방을 섬기면서 전한을 세운 공신들이고, 잠팽과 마무
는 광무제 유수를 받들어 후한을 세운 명장들이다.】

예형은 픽 웃었다.

"공의 말씀은 틀렸습니다. 이런 인물들은 내가 다 잘 알지요. 순욱은 초상집
문상과 병문안이나 보낼 만합니다. 순유는 무덤이나 지키게 하면 되고요. 정
욱은 문을 닫고 빗장이나 지르게 하고, 곽가는 시를 읊고 부(賦)나 읽게 하면 그
만입니다. 장료는 북치고 꽹과리나 울리게 하고, 허저는 소치고 말이나 먹이
게 하며, 악진은 죄인들을 신문해 자백서나 읽게 하고, 이전은 글을 나르고 격
문이나 돌리게 하면 딱 맞습니다. 여건은 칼 갈고 검이나 벼리게 하고, 만총
은 술 마시면서 지게미나 먹게 하면 되지요. 우금은 널빤지를 지고 담이나 쌓
게 하고, 서황은 돼지 잡고 개나 죽이게 하면 그만입니다. 하후돈은 몸이 온전
한 완체장군이라 부르고, 조인은 돈이나 곧잘 달라 하는 요전태수라 하면 되
지요. 나머지는 죄다 옷걸이와 밥주머니, 술통, 고기 자루일 뿐입니다."

【공융이 칭찬한 예형의 현란한 말솜씨가 펼쳐진 것이다. 조조의 최고 모사 순욱
을 번듯하게 잘생긴 얼굴이나 빌려 쓸 만하다고 비웃더니 풍자와 조소가 자유자

재로 이어졌다. 앞에서는 주로 사람 능력을 꼬집었으나 한쪽 눈이 없는 하후돈을 '몸이 온전한 완체장군'이라고 비꼬기까지 했다.】

조조는 벌컥 화를 냈다.

"너는 무슨 재능이 있느냐?"

"천문지리에 통하지 않는 것이 없고, 삼교구류에 어두운 곳이 없습니다. 위로는 임금을 모시어 요 임금, 순(舜) 임금이 되시게 할 수 있고, 아래로는 공자, 안연(顔淵)과 덕을 나란히 할 수 있으니 어찌 속된 자들과 함께 이야기될 수 있겠소이까?"

【삼교(三敎)는 유교, 불교, 도교를 가리키고, 구류(九流)는 전국시대에 유행하던 유가, 도가, 음양가, 명가, 법가, 묵가, 종횡가, 잡가, 농가의 아홉 가지 학술을 가리켰는데, 후에는 '삼교구류'라 하여 모든 종교와 학술을 통틀어 이르는 말이 되었다.】

조조 옆에 있던 장료가 화가 나 검을 빼 들고 예형을 죽이려 하자 조조가 말렸다.

"마침 북재비가 하나 모자라는데 천자께 조하를 드릴 때나 잔치를 베풀 때이 사람에게 그 소임을 맡기면 되겠네."

조조의 말이 떨어지자 예형은 바로 나가버렸다. 장료가 물었다.

"이 자가 불손하기 짝이 없는데 어찌 그냥 두십니까?"

"이 사람은 전부터 헛된 이름을 날려 멀고 가까운 곳에서 그 이름을 들었는데 죽이면 천하 사람들이 내가 사람을 감싸지 못한다고 하겠지. 그가 제 딴에는 재주가 많다고 뻐기니 북재비로 만들어 모욕이나 하세."

다음날 조조가 궁궐에서 큰 잔치를 베풀고 예형에게 북을 치게 하니 원래해오던 사람이 귀띔했다.

"북을 치려면 반드시 새 옷으로 갈아입어야 하오."

예형은 아랑곳하지 않고 낡은 옷을 입은 채 들어가 '어양삼과'라는 곡을 쳤다. 음절이 절묘하고 북에서 쇠와 돌 소리가 은은히 울려, 자리에 앉은 사람들은 격한 감정이 북받쳐 눈물을 흘리지 않는 이가 없었다. 조조를 모시는 자들이 호통쳤다.

"어찌하여 옷을 갈아입지 않았느냐?"

예형은 그 자리에서 낡고 해진 옷을 훌훌 벗었다. 바지를 벗자 알몸이 드러나 자리에 앉은 사람들이 민망해 얼굴을 가리는데, 예형은 천천히 새 바지를 입으면서 낯빛이 조금도 변하지 않았다. 조조가 꾸짖었다.

"묘당에서 어찌 이처럼 무례하게 구느냐?"

"천자를 속이는 것이야말로 무례한 짓이라 할 수 있소. 나는 부모님께서 주신 모습을 드러내 깨끗한 형체를 보이는 것 뿐이오!"

"네가 깨끗하다면 누가 더럽단 말이냐?"

예형은 조조를 노려보며 대답했다.

"너는 현명한 이와 미련한 자를 가려 보지 못하니 눈이 더럽다. 시와 책을 읽지 않으니 입이 더럽다. 충성스러운 말을 받아들이지 않으니 귀가 더럽다. 옛날과 지금을 꿰뚫지 못하니 몸이 더럽다. 제후들을 용납하지 못하니 배가 더럽다. 늘 천자 자리를 찬탈할 뜻을 품으니 마음이 더럽다! 나는 천하에 이름을 날린 명사이거늘 한낱 북재비로 쓰니, 이는 양화(陽貨)가 중니(仲尼, 공자)를 깔보고 장창(臧倉)이 맹자를 헐뜯는 격이다. 왕자, 패자의 업을 이루겠다면서 어찌 이처럼 사람을 얕보느냐?"

【양호라고도 하는 춘추시대 노나라 사람 양화가 권력을 잡았는데 공자와 사이가 나빴고, 전국시대 노나라 평공이 믿고 써주던 소인배 장창이 내리깎아 맹자는 평공을 만나지 못했다.】

조조 부하들이 예형의 목을 치려 하자 공융이 조용히 나아가 변명했다.

"예형의 죄는 서미(胥靡)에 해당하니 밝은 임금의 꿈을 일깨우기에는 부족할 듯합니다."

【박식한 분사답게 공융은 옛일을 들어 조조를 달랜 것이다. 은나라가 쇠약해졌을 때, 부흥을 꿈꾸던 고종은 꿈에 이름이 열(說)이라는 현명한 사람을 보고 전국에 찾게 했다. 부암이라는 곳에서 꿈에 본 모습과 같은 사람을 찾아 이야기해보니 대단한 인재여서 상(相)으로 써서 나라의 중흥을 이루었다. 이 사람은 죄수로서 벽을 쌓고 있었는데, 줄에 묶여 노동에 처해진 죄수를 서미라 했다.】

조조는 손가락으로 예형을 가리켰다.

"너를 형주에 사자로 보내겠다. 유표가 항복하도록 설득하면 대신으로 삼겠다."

예형이 안 가겠다고 거절하니 조조는 말 세 필을 데려와 두 사람이 양쪽에서 예형을 끼고 가게 했다. 문관과 무장들에게 허도성 동문밖에 술상을 차리고 배웅하게 하여 자기 위엄과 권세를 보여주려 했다. 순욱이 통고했다.

"예형이 오면 일어나지 말아야 하오."

예형이 도착해 말에서 내리는데 모두 단정히 앉아 있으니 그가 엉엉 목 놓아 울음을 터뜨렸다. 순욱이 물었다.

"왜 우느냐?"

"송장 사이로 걷는데 어찌 울지 않겠느냐?"

사람들이 화를 냈다.

"우리가 시체라면 너는 머리 없는 미친 귀신이다!"

"나는 한의 신하다. 조아만(조조의 아명)의 무리가 아니거늘 어찌 머리가 없겠느냐?"

사람들이 예형을 베려 하자 순욱이 말렸다.

"쥐나 참새 같은 자로 칼을 더럽혀서 되겠소?"

"나는 쥐와 참새더라도 인성(人性)이 있지만 너희는 모두 나나니벌이라 불러야겠다!"

【나나니벌은 배추흰나비[蜾蛉명령]의 몸속에 알을 낳는다. 부화한 유충은 배추흰나비를 먹으며 기생하는데, 옛사람들은 나나니벌이 제 새끼를 키우지 않고 배추흰나비 새끼를 데려다 자식으로 삼는 것으로 잘못 알고 양자(養子)를 명령자라 불렀다. 예형은 조조 부하들에게 멍청하게 남 좋은 짓이나 하는 자들이라고 빗대어 욕한 것이다.】

사람들은 분통을 터뜨리며 흩어졌다.

예형은 형주에 이르러 유표를 만났다. 겉으로는 유표의 공덕을 칭송했으나 말 마디마디에 풍자가 깃들어 있어 유표는 그가 좋아 보이지 않아 강하의 황조에게 보냈다. 황조는 유가의 경전을 모르고 성질이 몹시 급한 사람이었다. 누가 유표에게 물었다.

"예형이 주공을 조롱하는데도 어찌 죽이지 않으십니까?"

유표가 설명했다.

"예형이 여러 번 모욕했으나 조조가 죽이지 않은 것은 사람들의 원망을 들을까 두려워서였네. 그래서 나에게 사자로 보내 내 손을 빌려 죽이려 한 걸세. 내가 현명한 이를 해쳤다는 소리를 듣도록 말일세. 내가 그를 황조에게 보냈으니 조조한테 나도 식견이 있음을 알리는 것이지."

사람들은 잘 했다고 칭찬했다.

이때 원소의 사자가 이르자 유표는 모사들에게 물었다.

"조맹덕이 예형을 보냈는데, 원본초가 또 사자를 보내니 어느 편을 따르는

게 좋겠소?"

종사중랑 한숭(韓嵩)이 나섰다.

"두 영웅이 대치한 마당에 장군께서 뭔가 해보시려면 틈을 타 적을 깨뜨리면 됩니다. 그게 아니면 좋은 자를 택해 따라야 합니다. 조조가 군사를 능란하게 부리고 현명한 인재를 많이 모았으니 기세로 미루어 먼저 원소를 무찌른 뒤 강동으로 나아갈 터인데 장군께서 막아내지 못하실까 두렵습니다. 형주를 바쳐 조조에게 붙는 것이 좋습니다. 조조는 장군을 무겁게 대할 것입니다."

유표가 분부했다.

"자네가 허도로 가서 동정을 살펴보고 다시 상의하세."

한숭이 미리 쐐기를 박았다.

"주인과 신하는 각기 정해진 본분이 있습니다. 이 숭은 장군을 섬기므로 끓는 물에 뛰어들고 타오르는 불을 밟으라 하시더라도 마땅히 명령을 따릅니다. 장군께서 위로 천자께 순종하고 아래로 조조를 따르신다면 이 숭을 써주십시오. 그러나 장군께서 의심을 품고 뜻을 정하지 못하셨는데 이 숭이 허도에 갔다가 천자께서 관직을 내리시면 그때는 천자의 신하가 되므로 더는 장군을 위해 죽을 수 없습니다."

"먼저 가보기나 하게. 내가 따로 생각이 있으니."

한숭이 허도에 가서 조조를 만나니 천자께 추천해 시중으로 임명하고 형주 영릉군 태수를 겸하게 했다.

순욱이 조조에게 물었다.

"한숭은 동정을 살피러 왔을 뿐 작은 공로도 없는데 무거운 관직을 주시고, 예형 또한 소식이 없지만 한번 보낸 후 더 묻지 않으시니 어찌 된 까닭입니까?"

"예형이 나를 너무 심하게 모욕해, 유표의 손을 빌려 죽이려 한 것뿐인데 무엇을 더 물을 게 있겠소?"

조조는 한숭을 형주로 돌려보내 유표를 설득하게 했다. 한숭이 돌아와 유표에게 조정의 훌륭한 덕을 칭송하며 아들을 보내 황제를 모시게 하라고 권했다.

【황제를 모신다는 것은 사실은 인질을 바치는 것이었다.】

유표는 크게 노했다.

"네가 두 마음을 품었구나?"

목을 치려 하니 한숭이 큰소리로 외쳤다.

"장군께서 숭을 버리셨을 뿐, 숭은 장군을 저버리지 않았습니다!"

괴량이 유표를 일깨웠다.

"한숭이 떠나기 전에 그런 말을 했습니다."

전날의 말이 생각나 유표는 한숭을 사면했다. 이때 황조가 예형을 죽였다는 보고가 들어와 연유를 물었다.

"황조와 예형이 술을 마시다 둘 다 취했는데 황조가 물었답니다. '그대는 허도에 있었으니 그곳에 어떤 인물들이 있던가?' 예형이 대답하기를 '큰아이는 공문거요 작은아이는 양덕조(양수)이니, 이 둘 말고는 인물이 없소' 하더랍니다. 황조가 '나 같은 사람은 어떤가?' 물으니 예형이 '그대는 사당의 신이라 제사를 받기는 하지만 전혀 영검하지 않지'라고 했답니다. 황조는 크게 노해 소리쳤답니다. '너는 나를 흙으로 빚고 나무로 깎은 꼭두각시로 보느냐?' 그리고 목을 베니 예형은 죽을 때까지 욕을 그치지 않았다 합니다."

예상한 일이었으나 예형이 죽었다는 말을 듣고 유표는 탄식을 그치지 않았다. 예형을 앵무주 곁에 묻어주니 후세 사람이 시를 지어 한탄했다.

황조의 재능은 어른과 비길 바 아닌데

예형은 강가에서 구슬처럼 부서졌구나

내가 오늘 앵무주 곁을 지나니

무정한 푸른 물만 흘러가누나

　－당나라 시인 호증(胡曾)

조조는 예형이 죽었다는 소식을 듣고 가볍게 웃었다.

"썩은 선비의 칼날 같은 혀가 자신을 죽였구나!"

유표가 항복하지 않아 조조가 군사를 일으켜 죄를 따지려 하니 순욱이 충고했다.

"원소를 평정하지 못하고 유비도 궤멸 되지 않았는데 장강, 한수 일대에서 군사를 움직이려 하시는 것은 가슴과 배를 버리고 손발만 돌보는 격입니다. 먼저 원소를 없애고 유비를 궤멸시키면 장강, 한수 일대는 단번에 쓸어버릴 수 있습니다."

조조는 순욱의 말에 따랐다.

동승은 유비가 떠난 후 밤낮으로 왕자복을 비롯한 사람들과 상의했으나 좋은 계책이 없었다.

건안 5년(200년) 정월 초하루, 동승이 궁궐에 들어가 황제에게 새해 인사를 드리면서 보니 조조의 교만과 방자가 더욱 심해 울분을 참지 못하고 그만 병이 나고 말았다.

국구가 병에 걸렸다는 소식을 듣고 헌제는 궁궐 의원인 태의(太醫)를 보내 치료하게 했다. 태의는 낙양 사람으로 성은 길(吉)씨에 이름은 태(太), 자는 칭평(稱平)인데 사람들은 길평이라 불렀다. 널리 이름난 의원이었다.

길평이 동승 집에 와서 병을 치료하느라 아침저녁 곁에서 떠나지 않는데, 동승이 걸핏하면 한숨을 길게 내쉬며 탄식하곤 했으나 감히 까닭을 묻지 못했다.

정월 대보름이 되었다. 저녁에 길평이 돌아가려 하자 동승은 붙잡아 앉히고 술을 마셨다. 밤이 이슥할 때까지 마시자 동승은 피로에 못 이겨 옷을 입은 채 잠들어버렸다. 그런데 갑자기 왕자복을 비롯한 네 사람이 왔다고 하여 문밖에 나가 맞아들이니 왕자복이 소리쳤다.

"큰일이 이루어졌소이다!"

"무슨 말씀인지 들어봅시다."

"유표가 원소와 손잡고 50만 군사를 일으켜 열 길로 쳐들어오고, 마등은 한수와 함께 서량군사 72만을 일으켜 북쪽으로 쳐들어옵니다. 조조가 허도 군사를 남김없이 이끌고 몇 갈래로 막으러 나가 성안이 텅 비었습니다. 우리 다섯 집의 종들을 모으면 1000여 명은 될 것이니, 오늘 밤 승상부에서 큰 잔치를 베풀고 대보름을 경축하는 틈을 타 에워싸고 급하게 쳐들어가 죽입시다. 이 기회를 놓쳐서는 아니 됩니다."

동승은 크게 기뻐 종들을 불러 병기를 챙기고, 갑옷 입고 창을 들고 말에 올라 안문 앞에서 모여 동시에 진군하기로 약속했다. 밤이 되자 사람들이 모두 이르러 동승이 승상부로 달려가 검을 들고 안으로 들어가니 조조가 뒤채에서 잔치를 벌이고 있었다.

"역적 조조는 달아나지 마라!"

크게 소리치며 검을 휙 내리찍자 조조가 픽 쓰러졌다.

놀라 깨어보니 헛된 꿈이었다. 잠에서 완전히 깨지 못한 동승이 '역적 조조'라고 욕하자 길평이 다가앉아 소리쳤다.

"네가 승상을 해치려 하느냐?"

동승이 놀랍고 두려워 대답하지 못하는데 길평이 말투를 바꾸었다.

"국구께서는 놀라지 마십시오. 저는 한낱 의원에 지나지 않으나 한시도 황실을 잊은 적이 없습니다. 며칠째 국구께서 탄식하시는 걸 보면서 감히 까닭을 묻지 못했는데 방금 꿈속의 말씀으로 진정을 알게 되었으니 안심하십시오. 저를 쓰실 데가 있으면 구족이 몰살되더라도 후회하지 않겠습니다!"

동승은 얼굴을 가리고 울었다.

"다만 자네가 진심이 아닐까 두렵네!"

길평은 손가락을 하나 깨물어 떼어내며 맹세했다. 깜짝 놀란 동승은 그제야 옷 띠에 감춘 조서를 꺼내 보였다.

"지금껏 일을 이루지 못한 것은 유현덕과 마등이 본거지로 돌아가 이렇다 할 계책이 없었기 때문일세. 그래서 내가 분해 병에 걸렸네."

"여러 어르신께서 속을 썩이지 않으셔도 됩니다. 역적 조조의 목숨은 제 손에 달려 있습니다."

무슨 소리냐고 묻자 길평이 대답했다.

"조조는 늘 두통을 앓는데 아픔이 골수까지 미쳐 발작하면 저를 불러 치료합니다. 다음에 저를 부를 때 독약 한 첩만 쓰면 쉽게 죽일 수 있는데, 구태여 창칼을 놀리실 게 무엇입니까?"

"아무쪼록 그렇게 해서 사직을 구할 수 있다면 모두 그대 덕분일세!"

길평이 돌아간 뒤 동승은 은근히 기뻐 뒤채로 들어갔다. 그런데 집에서 부리는 종 진경동이 으슥한 곳에서 그의 첩 운영과 수군거리고 있을 줄이야! 동승은 크게 노해 종들을 불러 두 사람을 붙잡아 죽이려 했으나 부인이 극구 말려 몽둥이로 등을 40대씩 치게 하고 진경동을 빈방에 가두었다.

앙심을 품은 진경동은 밤중에 자물쇠를 비틀어 열고 도망쳐 승상부로 달려가 기밀이 있다고 고발했다. 조조가 밀실로 불러들였다.

"왕자복과 오자란, 충집, 오석, 마등, 다섯 사람이 주인집에서 은밀하게 의논하는 것을 보았는데 틀림없이 승상님을 해치려는 것 같았습니다. 주인이 흰 비단을 꺼내 무엇을 썼으나 뭐라고 썼는지는 모릅니다. 어제는 길평이 손가락을 깨물어 맹세하는 것도 보았습니다."

조조가 진경동을 감추어두니 동승은 그가 어디로 도망간 줄만 알고 찾지도 않았다.

이튿날 조조는 머리가 아프다고 길평을 불러 약을 쓰게 했다.

'도적놈이 죽을 때가 되었구나!'

길평이 가만히 독약을 감추어 승상부로 들어가니 조조가 침상에 누워 있었다.

"이 병은 약 한 첩만 드시면 낫습니다."

조조가 약탕관을 앞에 갖다 놓고 약을 달이라고 일러, 물이 반쯤 줄어 약이 다 달여지자 길평은 몰래 독약을 넣고 조조에게 올렸다. 독이 들었음을 뻔히 아는 조조는 일부러 질질 끌며 약을 마시지 않았다.

"더울 때 드시고 땀을 좀 내면 곧 낫습니다."

길평이 재촉하자 조조는 비스듬히 일어나 앉았다.

"너는 유가의 책을 읽었으니 반드시 예의를 알 것이다. 임금이 병에 걸려 약을 마시게 되면 신하가 먼저 맛보고, 아버지가 몸이 아파 약을 마시게 되면 아들이 먼저 맛본다는 것도 알겠지. 너는 나의 심복인데 어찌 먼저 마신 다음 올리지 않느냐?"

"약은 병을 고치는 것인데 어찌 다른 사람에게 먼저 맛보게 하겠습니까?"

되는대로 대꾸한 길평은 비밀이 샌 것을 알고 앞으로 뛰어가 조조의 귀를 틀어잡고, 입에 약을 부으려고 했다. 조조가 약을 떠밀어 땅에 쏟으니 벽돌이 갈라졌다. 사람들이 재빨리 길평을 붙잡았다.

"내가 무슨 병이 있었더냐? 특별히 너를 시험해본 것인데 네가 과연 나를 해칠 마음이 있었구나!"

吉太醫下毒失敗 三國演義插圖

圖二三十五 乙酉春蔡雄畫於滬上墨戲齋

건장한 옥졸 20명을 불러 길평을 뒤뜰에 끌어내 고문하게 했다. 조조는 정자 위에 앉고 길평은 묶여 땅에 엎드렸는데 얼굴빛이 조금도 변하지 않고, 무서워하는 기색이라고는 전혀 없었다. 조조가 빙긋 웃었다.

"너는 한낱 의원에 불과한데 어찌 감히 혼자 독약으로 나를 해치려 했겠느냐? 너에게 시킨 자가 있을 터이니 그 사람을 대기만 하면 용서하겠다."

길평은 날카롭게 꾸짖었다.

"너는 천자를 무시하고 속이는 역적이다. 천하 사람들이 모두 너를 죽이려 하는데 어디 나 하나뿐이겠느냐?"

그래도 누구냐고 다시 묻자 길평은 화를 냈다.

"내가 혼자 죽이려 했는데 누가 시켰다고 그러느냐? 일이 틀어졌으니 죽을 뿐이다!"

조조가 호되게 때리라고 명하자 길평은 가죽이 벗겨지고 살이 터져 피가 흥건히 흘렀다. 혹시 죽기라도 하면 대질할 사람이 없어지니 조용한 곳에 끌어다 쉬게 했다.

이튿날 잔치를 베풀고 대신들을 모두 청했는데 동승은 병을 핑계로 오지 않고 왕자복과 다른 세 사람은 조조가 의심할까 봐 겁이 나서 마지못해 왔다. 조조는 뒤채에 상을 차리고 술을 몇 순 마시다 말을 꺼냈다.

"연회에 즐길 게 없구려. 나에게 한 사람이 있으니 여러분이 술이 깰 만할 것이오."

옥졸들이 길평에게 큰 칼을 씌워 섬돌 밑으로 끌어오자 조조가 설명했다.

"여러분은 모르겠지만 이 자는 악당과 결탁해 조정을 배반하고 이 조 아무개를 해치려 하였소. 하늘이 그 음모를 망쳐놓았으니 자백하는 말을 들어봅시다."

조조는 길평을 한바탕 흠씬 두들기게 했다. 길평은 기절해 쓰러졌다가 얼

◀ 조조는 약을 밀어 땅에 쏟고

굴에 물을 뿌리자 다시 정신을 차리고 이를 갈았다.

"조조 역적 놈아! 나를 죽이지 않고 언제까지 시간을 끌 테냐?"

조조가 구슬렸다.

"살펴보면 너 혼자 한 짓은 아니니 시킨 사람을 대라. 그러면 네 죄를 용서하겠다."

"너는 왕망보다 악하고 동탁보다 간사하다. 천하 백성이 모두 네 살을 씹으려 하는데 어찌 길평 하나에 그치겠느냐!"

길평이 대꾸하자 조조가 유유히 물었다.

"함께 모의한 자가 먼저 여섯에다 너까지 일곱이냐?"

길평은 사납게 욕설만 퍼부었다. 왕자복을 비롯한 네 사람은 멀거니 마주 보며 바늘방석에 앉은 듯 괴로웠다. 아무리 때려도 길평이 살려달라고 비는 뜻을 비치지 않자 조조는 잠시 끌어가게 했다.

술상이 끝나 사람들이 흩어지는데 조조가 왕자복을 비롯한 네 사람만 불러 다시 잔치를 베풀자고 하니 그들은 혼이 나가 남을 수밖에 없었다. 조조가 물었다.

"네 사람은 동승과 무슨 일을 의논했는가?"

왕자복이 대답했다.

"아무 일도 의논하지 않았습니다."

"흰 비단에 무슨 일을 적었는가?"

네 사람은 비밀을 말하지 않았다. 조조가 진경동을 부르니 왕자복이 물었다.

"너는 어디에서 무얼 보았다고 그러느냐?"

"당신들 여섯이 사람을 피해 글을 쓰고 이름을 적었는데 어찌 모른다고 하시오?"

진경동의 대답에 왕자복이 조조에게 설명했다.

"종놈이 국구의 첩과 간통하다 벌을 받고 주인을 모함하는 것이니 그 말을 들으셔서는 아니 됩니다."

조조는 차가웠다.

"길평이 약에 독을 넣은 것이 동승이 시킨 일이 아니면 누가 그랬단 말인가?"

네 사람이 모른다고 하자 조조가 화를 냈다.

"오늘 밤 자수하면 그래도 용서하겠지만 일이 발각된 뒤에는 도저히 용서할 수 없다."

네 사람이 그런 일 없다고 잡아떼자 조조가 붙잡아 가두었다.

이튿날 조조가 문안을 핑계로 사람들을 이끌고 동승의 집으로 가니 동승은 하는 수 없이 나와 맞이했다.

"어제는 어찌하여 잔치에 오시지 않았소?"

"가벼운 병이 낫지 않아 감히 경솔히 나가지 못했습니다."

"그것은 분명 나라를 근심하는 병이겠지요?"

조조의 말에 동승은 깜짝 놀랐다.

"국구는 길평 일을 아시오?"

"모릅니다."

조조는 쌀쌀하게 웃었다.

"국구께서 어찌 모르시겠소?"

조조는 좌우를 돌아보며 분부했다.

"여봐라, 그자를 끌어와 국구께서 병이 나으신 것을 축하드려라!"

동승은 어찌할 바를 몰랐다. 잠시 후 옥졸들이 끌어오자 길평은 목 놓아 욕했다.

"조조 역적 놈아!"

조조가 길평을 가리키며 동승을 보았다.

"이 사람이 왕자복과 세 사람 이름을 불어, 이미 잡아서 정위(廷尉, 법무부 격)

에 보냈소. 한 사람만 아직 잡지 못했소."

조조가 길평에게 물었다.

"누가 나에게 독약을 먹이라고 했느냐? 어서 대라!"

"하늘이 시켜 역적을 죽이게 했다!"

길평이 굽히지 않고 꾸짖자 조조가 화가 치밀어 때리라고 명했다. 길평은 너무 많이 맞아 몸에 형벌을 받을 만한 곳이라고는 없었다. 동승이 보고 있자니 가슴을 칼로 에는 듯했다. 조조가 또 길평에게 물었다.

"너는 손가락이 열 개였는데, 지금 어찌 아홉 개뿐이냐?"

"한 개는 씹어 역적을 죽이겠다고 맹세했다!"

길평의 대꾸에 조조는 아홉 손가락을 모두 자르게 했다.

"모두 잘라 맹세를 더 하게 해주마!"

그래도 길평은 꿋꿋했다.

"아직도 입이 있어 역적을 삼킬 수 있고, 혀가 있어 역적을 욕할 수 있다!"

조조가 혀까지 자르라고 호령하자 길평은 말투가 바뀌었다.

"잠깐만 손을 대지 마시오! 내가 이제 형벌을 더 이상 견디지 못하니 자백할 수밖에 없소. 포승을 풀어주시오."

"풀어준다고 무슨 일이 있겠느냐?"

결박을 풀자 길평은 몸을 일으켜 궁궐을 향해 절을 했다.

"신이 나라를 위해 역적을 제거하지 못한 것은 하늘이 정해준 운수입니다!"

절을 마치고 섬돌에 머리를 부딪쳐 죽으니 조조는 팔과 다리를 각을 떠 사람들에게 보이게 했다. 때는 건안 5년(200년) 정월이었다.

길평이 죽자 조조는 진경동을 데려왔다.

"국구께서는 이 자를 아시오?"

동승이 크게 노했다.

"도망친 종놈이 여기 있으니 죽여야 하겠습니다!"

"이 사람이 반란 음모를 고발하고, 증인을 서는데 누가 감히 죽인단 말이오?"

조조가 차갑게 말하자 동승은 마지막으로 억지를 썼다.

"승상께서는 어찌하여 도망친 종놈 말만 들으십니까?"

"이미 왕자복 무리에게 자백을 받아 증거가 분명한데 아직도 떼를 쓰려 하느냐?"

조조가 좌우를 호령해 동승을 붙잡고 방을 뒤지니 헌제가 옷 띠에 감추어 내린 조서와 일곱 사람이 조조를 없애겠다고 다짐한 의장이 나왔다. 조조는 그것을 보고 웃었다.

"쥐 같은 무리가 어찌 감히 이렇게 한단 말이냐? 동승의 온 집안은 귀하고 천하고를 가리지 않고 전부 가두어라. 하나도 놓치지 마라."

조조는 승상부로 돌아가 부하들에게 조서와 의장을 보여주며 헌제를 폐위시키고 새로 임금을 세울 의논을 했다.

이야말로

붉은 조서 몇 줄, 기대 틀어지고
맹세한 종이 한 장, 화 불렀구나

헌제 목숨이 위태롭지 않을까?

교만한 천재의 비극

《삼국지》에서 예형은 아주 특이한 인물로 단 한 번 나오는데도 깊은 인상을 남긴다. 실존 인물 예형은 어떤 사람이었을까? 한마디로 교만한 천재였다. 건안 초년(196년) 허도로 가면서 명함을 한 장 만들었는데, 허도에 가서 보니 눈에 드는 사람이 없었다. 명함을 내밀지 않고 만지작거리기만 하여 글자가 희미해졌다. 자기보다 못한 사람으로 생각되면 말도 걸지 않고 대답도 하지 않아 사람들 미움을 샀다.

예형이 형주로 가자 유표와 선비들은 일찍부터 명성을 들어오던 터라 귀한 손님으로 대하면서 그의 손을 거치지 않고는 문장을 끝내지 않았다. 예형의 교만은 거기서도 남김없이 드러났다. 유표가 문인들과 함께 황제에게 올릴 글을 지으면서 재주를 한껏 짜냈는데, 뒤에 예형이 돌아와 둘둘 만 글을 펼치더니 두루마리가 한 바퀴도 돌기 전에 땅에 내던졌다. 유표가 놀라자 붓을 달라고 하더니 잠깐 사이에 새로 글을 지었는데, 글이 하도 훌륭해 유표는 한층 더 존경했다. 하지만 이후 차츰 유표를 깔보는 빛을 드러내 황조에게 보낸 것이다.

당시는 여간해서는 인재를 죽이지 않았다. 특히 문인을 죽이면 사람들 신망을 잃어, 웬만큼 안목을 갖춘 사람들은 그런 일을 극구 피했다. 그래서 황조가 예형을 죽인 것은 큰 비난을 받았다. 처음에는 황조도 예형을 잘 대하면서 문서 짓는 서기로 삼았다. 글이 얼마나 마음에 들었던지 예형의 손을 잡고 감탄할 정도였다.

"이 글이 바로 이 조의 뜻에 꼭 어울리오. 마치 이 조가 뱃속에서 하고 싶은 말이 그대로 쓰인 것 같구려."

황조의 아들 황사는 그때 장릉군 태수로 있었는데 예형을 더욱 존경했다. 언젠가 두 사람이 놀러 나갔다가 비석에서 채옹이 지은 비문을 보았다. 돌아온 뒤 황사가 그 글이 참 좋다면서 옮겨 쓰지 않은 것을 뉘우치니 예형이 나섰다.

"내가 한 번 보았는데 기억이 나오. 다만 그 가운데 돌이 부스러져 두 글자를 알 수 없을 뿐이오."

그가 비문을 쓰자 황사가 사람을 보내 대조해 보니 한 글자도 틀리지 않았다.

예형이 지은 글 중에 가장 유명한 것이 〈앵무부〉다. '부(賦)'는 한나라 때 유행하던 문체였다. 황사가 손님들을 모아 잔치를 벌이는데 누가 앵무새를 바치니 술잔을 권하면서 예형에게 청했다.

"선생께서 부를 지으시어 손님들을 즐겁게 해주시기 바랍니다."

예형이 붓을 들어 단숨에 써내니 아주 아름다웠다. 풍부한 지식이 돋보이는 글이 지금도 전해오는데, 고대 중국어 음으로 읽으면 꽤 재미있으나 지금은 쓰지 않는 '부'라는 문체 때문에 큰 감동을 주지는 못한다.

뒷날 황조의 화를 돋우어 예형이 죽게 되자 황사가 그를 구하려고 맨발 바람으로 달려갔으나 너무 늦었다. 예형이 죽을 때 나이 겨우 26세, 그가 묻힌 곳 이름이 〈앵무부〉를 따서 앵무주가 되었는데 '주(洲)'는 강 속에 있는 섬을 가리킨다.

24

아이 옴 걸려 천하 놓친 대장군

역적은 악한 짓으로 귀비 죽이고
황숙은 싸움에 져 원소에게 가다

조조가 모사들에게 옷 띠에 감춘 조서를 보이고 헌제를 폐위시키려고 상의하니 정욱이 충고했다.

"명공께서 사방을 위엄으로 누르고 천하를 호령하실 수 있는 것은 황실 이름을 빌렸기 때문입니다. 제후들이 아직 평정되지 않았는데 황제를 폐하고 다시 세우면 반드시 난이 일어납니다."

조조는 생각을 접고, 동승을 비롯한 다섯 사람과 식솔을 허도 여러 성문으로 압송해 목을 치게 하니 죽은 사람이 700명이 넘었다. 성안의 신하와 백성은 눈물을 흘리지 않는 이가 없었다. 그러고도 조조는 동 귀비를 죽이려고 검을 차고 황궁으로 들어갔다. 동 귀비는 동승의 누이동생으로 헌제의 총애를 받아 임신한 지 다섯 달이었다.

헌제가 후궁에서 복 황후와 앉아 동승의 일이 소식이 없다고 가만히 의논하는데 별안간 조조가 노한 얼굴로 검을 차고 들어왔다. 헌제가 놀라 얼굴빛이 변하자 조조가 물었다.

"동승이 반역을 꾀한 것을 폐하께서는 아십니까?"

"동탁은 이미 죽었지 않소?"

헌제가 시치미를 떼자 조조가 언성을 높였다.

"동탁이 아니라 동승 말입니다."

헌제는 부들부들 떨었다.

"짐은 실로 모르오."

"손가락을 깨물어 조서를 쓴 일을 잊으셨습니까?"

조조가 다그치니 헌제는 할 말이 없었다. 조조가 무사들을 호령해 동 귀비를 잡아 오자 헌제가 애원했다.

"귀비는 임신 후 다섯 달이니 승상께서 부디 가엾게 여겨주기 바라오."

"하늘이 음모를 밝히지 않았으면 나는 벌써 죽었을 것입니다. 어찌 여자를 살려두어 뒷날의 근심거리로 삼겠습니까?"

복 황후도 빌었다.

"냉궁에 가두고 몸을 풀기를 기다려 죽여도 늦지 않아요."

【냉궁은 군주의 총애를 잃은 후비들이 사는 곳이다.】

"역적의 씨를 키워 어미를 위해 복수하란 말입니까?"

동 귀비는 눈물을 흘리며 부탁했다.

"시신이나 동강 나지 않고, 살이나 드러나지 않게 해주시기 바랍니다."

조조가 흰 비단을 가져오게 하니 헌제는 눈물을 흘리며 귀비를 바라보았다.

"그대는 땅 밑에 묻혀서도 짐을 원망하지 마라!"

헌제가 눈물이 비 오듯 하니 복 황후도 엉엉 울었다. 조조가 벌컥 화를 냈다.

"아직도 아녀자 꼴을 하십니까?"

무사들을 호령해 동 귀비를 궁전 문밖에 끌어내 목을 매어 죽이고, 궁궐을 지키는 신하에게 엄하게 일렀다.

"외척이 내 허락 없이 제멋대로 궁전 문에 들어오면 목을 벤다! 궁전 문을 엄하게 지키지 못하면 같은 죄로 다스린다!"

동승과 가까운 사람들은 벼슬을 떼어 쫓아버리고, 조금이라도 의심스러운 자는 역적으로 몰았다. 해를 입은 사람을 헤아릴 수 없었으니 허도 안팎의 높고 낮은 신하들은 감히 귀엣말로 속삭이지 못했다.

조조는 심복 3000명을 어림군으로 삼아 조홍에게 황궁을 단속하게 하고 정욱을 불렀다.

"동승 무리는 죽었으나 모의를 꾸민 마등과 유비가 살아있으니 제거하지 않을 수 없소."

"마등은 서량에 주둔해 쉽게 잡을 수 없으니 글로 위로하고 의심하지 않도록 구슬려 허도로 유인하면 됩니다. 유비는 서주에서 군사를 나누어 기각지세를 이루었으니 역시 가볍게 볼 수 없습니다. 원소가 관도에서 허도를 노리고 있어, 우리가 서주를 치러 가면 유비는 반드시 원소에게 구원을 청합니다. 허도가 빈틈을 타 원소가 습격하면 어찌 막겠습니까?"

정욱의 견해에도 일리는 있으나 조조는 생각이 달랐다.

"유비는 걸출한 인물이오. 일찍 치지 않아 새의 날개가 자라듯 세력이 이루어지면 급히 잡기 어렵소. 원소는 강하지만 의심하면서 결단을 내리지 못하니 근심할 게 무어요?"

"원소는 재주 없지만 전풍을 비롯한 모사들이 기이한 꾀와 멀리 내다보는 식견이 있어, 원소가 그 말을 들으면 화가 작지 않습니다."

의논하는데 곽가가 들어와 조조가 물었다.

"유비를 치려고 하는데 원소가 걱정거리니 어찌해야 하오?"

곽가는 서슴없이 대답했다.

"원소는 둔한 데다 의심이 많고, 모사들은 질투가 심하니 근심할 나위가 없습니다. 유비는 새로 군사를 모집해 사람들 마음이 아직 붙지 않았으니 승상께서 정벌하시면 한 번 싸움으로 평정하실 수 있습니다."

조조는 얼굴이 환해졌다.

"바로 내 생각과 같소."

조조는 20만 대군을 일으켜 다섯 길로 나누어 서주로 내려갔다. 서주에 소식이 전해지자 손건이 하비의 관우에게 전하고 뒤이어 소패에 보고했다. 유비가 대책을 세웠다.

"원소의 도움을 받아야 위험을 풀 수 있소."

유비가 글을 주어 손건을 하북으로 보내니 먼저 전풍을 만나 이야기하고 함께 원소를 찾아가 글을 올렸다. 원소가 얼굴이 초췌하고 단정하지 못해 전풍이 물었다.

"주공께서는 무슨 일로 이러하십니까?"

원소가 맥없이 대답했다.

"내가 곧 죽게 되었소."

"주공께서는 천하를 누비시는 분인데 어찌 그런 말씀을 하십니까?"

"내가 아들 셋을 두었는데 제일 어린 것이 내 마음을 가장 즐겁게 해주오. 그 아이가 옴에 걸려 목숨이 오락가락하니 내가 무슨 기분으로 다른 일을 논하겠소?"

"지금 조조가 서주로 유현덕을 치러 갔습니다. 허도가 비었으니 틈을 타쳐들어가면, 위로는 천자를 보호하고 아래로는 만백성을 구할 수 있습니다. 얻기 어려운 기회이니 주공께서 속히 결단하시기 바랍니다."

"그것이 좋기는 한데 마음이 어수선해 싸우지 못할 것 같소."

원소는 기어이 군사를 내지 않았다.

"현덕에게 전하게. 일이 뜻대로 되지 않으면 여기로 오라고. 내가 마땅히 도와주겠네."

전풍은 물러나 지팡이로 땅바닥을 탁탁 쳤다.

"이처럼 만나기 어려운 기회를 아이 옴 때문에 놓치다니! 큰일이 글러 버렸구나, 가슴 아프도다!"

발을 구르고 길게 탄식하면서 장군부 밖으로 나갔다.

손건이 지체하지 않고 소패로 돌아가자 유비가 놀랐다.

"그렇다면 어찌해야 하오?"

장비가 나섰다.

"형님은 걱정하지 마시오. 조조 군사는 먼 길을 왔으니 반드시 피로하오. 막 도착한 틈을 타 번개같이 영채를 기습하면 깨뜨릴 수 있소."

유비가 수긍했다.

"전에는 자네를 용맹하기만 한 줄 알았는데 유대를 잡을 때 보니 계책도 꽤 쓰더구먼. 오늘 이 계책도 병법에 맞네."

유비는 군사를 점검해 영채를 습격하기로 했다.

이때 조조가 군사를 이끌고 소패로 향하는데 별안간 세찬 바람이 불며 우지끈 소리가 나더니 상아로 깃대를 장식해 아기라 부르는 주장 깃발이 부러졌다. 잠시 군사를 멈추고 모사들에게 길흉을 물으니 순욱이 물었다.

"바람은 어느 쪽에서 불어 왔고, 무슨 빛깔 깃발이 부러졌습니까?"

"바람이 동남쪽에서 불어와 귀퉁이의 아기를 부러뜨렸는데 푸른색과 붉은색 두 가지요."

순욱이 단언했다.

"다름 아니라 오늘 밤 유비가 영채를 습격하러 옴을 알리는 것입니다."

조조가 고개를 끄덕이는데 홀연 모개가 들어왔다.

"동남풍이 푸른색과 붉은색 아기를 부러뜨렸는데 주공께서는 길흉을 어찌 보십니까?"

"공의 뜻은 어떠하오?"

조조가 순욱의 말을 감추고 묻자 모개가 단호히 대답했다.

"오늘 밤 반드시 영채를 쳐들어온다는 예고입니다."

조조는 군사를 아홉 대로 나누어 한 대만 나아가 위장으로 대충 영채를 세우게 하고, 여덟 대는 주위에 매복시켰다.

그날 밤은 달빛이 희미했다. 유비는 군사를 둘로 나누어 왼쪽에서 나아가고 장비는 오른쪽에서 나아가며 손건에게 소패를 지키게 했다. 자기 계책이 신통하다고 여긴 장비는 무거운 갑옷을 벗고 가볍게 차린 기병들을 이끌고 조조 영채로 쳐들어갔다. 영채 안은 듬성듬성해 사람이 없고 사방에서 불빛이 일어나면서 고함이 울렸다. 계책에 걸린 것을 알고 장비는 급히 영채 밖으로 뛰쳐나왔다.

장료와 허저, 우금, 이전이 네 방향에서 덮쳐오고, 사이사이로 서황과 악진, 하후돈, 하후연이 달려와 여덟 방향으로 군사가 몰려왔다. 장비는 왼쪽으로 쳐나가다가는 오른쪽으로 달려들고 앞을 막다가 뒤를 물리쳤으나, 그의 군사는 원래 조조 군사였던 터라 사태가 위급해지자 죄다 항복해 버렸다.

장비가 서황을 만나 한바탕 큰 싸움을 벌이는데 뒤에서 악진이 쫓아왔다. 길을 피로 물들이며 포위를 뚫고 달아나자 고작 수십 명 기병이 따를 뿐이었다. 소패로 돌아가려고 보니 길이 끊겼고, 서주나 하비로 가려고 보니 조조 군사가 막아 장비는 할 수 없이 망탕산을 향해 달려갔다.

다른 쪽에서 유비가 조조 영채에 이르는데 별안간 고함이 울리며 뒤에서 한 무리 군사가 뛰어나와서 곧바로 달아나니 군사는 반 이상이 따라오지 못했다. 이때 하후돈이 이르러 죽기를 무릅쓰고 포위를 뚫자 또 하후연이 쫓아와 뒤를 돌아보니 30여 명 기병만 따를 뿐이었다.

급히 소패로 돌아가려 하자 그쪽에서도 불길이 솟구쳐 서주나 하비로 가려고 보니, 조조 군사가 산과 들을 뒤덮어 길이라고는 없었다.

'일이 뜻대로 되지 않으면 원소가 오라고 했다. 잠시 가서 몸을 붙이고 다른 길을 찾아봐야겠다.'

청주를 향해 달리는데 이전이 가로막았다. 유비 홀로 길을 빼앗아 허겁지겁 북으로 달려가니 이전은 기병들을 잡아 돌아갔다.

유비가 말 한 필로 밤낮없이 달려 청주성에 이르자 청주 자사 원담(袁譚)이 맞이했다. 그는 원소의 맏아들로 전부터 유비를 매우 존경했다.

【전에 유비가 원담을 '무재(茂才)'로 추천했다. 효성스럽고 청렴한 인재를 추천하는 '효렴'과 같이 지방 장관은 재주가 빼어난 인재를 추천할 의무가 있어서, 이름이 원래는 수재(秀才)였으나 광무제 유수(劉秀)의 이름을 피해 무재라 불렀다. 추천을 한 사람과 추천받은 사람 사이에는 스승과 제자 같은 관계가 이루어져 정이 깊었다.】

유비가 싸움에 패해 몸을 붙이러 찾아온 일을 이야기하자 원담이 아버지에게 글을 보내고 유비를 모셔 보내니 원소는 친히 무리를 이끌고 업군에서 30리를 나와 맞이했다.

"전날 아이가 아파 구원하지 못해 마음이 불안했소. 오늘 요행히 만나니 평생 목마른 사람이 물을 생각하듯 그리던 마음이 확 풀어지는구려."

"외롭고 궁한 유비가 문하에 들어오려 한 지 오래이나 인연이 없었습니다. 조조에게 핍박받아 식솔이 적의 손에 떨어졌는데, 장군께서 사방의 사람을

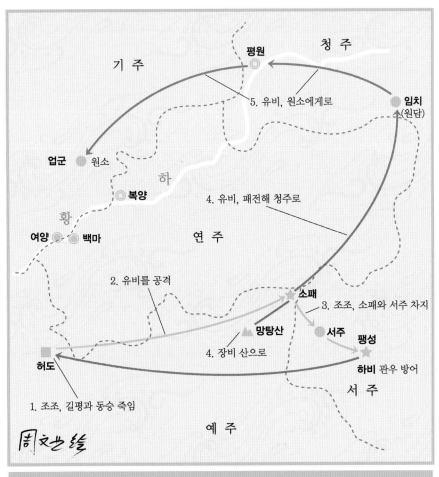

조조, 서주에서 유비를 격파 (200년)

끌어안으신다는 것을 떠올려 부끄러움을 무릅쓰고 찾아왔습니다. 받아주시기 바라오니 맹세코 보답하겠습니다!"

원소는 크게 기뻐 유비를 후하게 대접했다.

그날 밤 조조가 소패를 차지하고 서주를 공격하니 미축과 간옹은 성을 버리고 달아나고 진등이 성을 바쳤다. 조조가 대군을 거느리고 들어가 백성을 안정시키고 모사들과 하비를 칠 일을 의논하자 순욱이 걱정했다.

"운장이 유비의 식솔을 보호하며 죽기로써 성을 지키는데, 급히 손에 넣지 않으면 원소가 뒤로 허도를 칠까 두렵습니다."

"내가 예전부터 운장의 무예와 재주를 사랑해 내 사람으로 만들고 싶었으니 사람을 보내 항복을 설득하는 게 좋겠소."

곽가가 충고했다.

"운장은 의로움을 소중히 여겨 항복하지 않을 것입니다. 사람을 보내 설득하다 그의 손에 잘못되지나 않을까 두렵습니다."

장막 아래에서 한 사람이 나섰다.

"제가 관공과 만난 적이 있으니 가서 설득하겠습니다."

장료였다. 정욱이 대책을 내놓았다.

"이 욱이 보기에 그는 말로 설득당할 사람이 아니오. 저에게 계책이 하나 있으니 이 사람이 나아가려 해도 길이 없고, 물러서려 해도 틈이 없게 만든 뒤에 문원을 보내 설득하면 승상께 들어올 수 있습니다."

이야말로

쇠뇌를 재워 호랑이를 쏘고
향기로운 미끼로 자라 낚네

그 계책은 어떠했을까?

그 시절 군졸은 어떤 사람들이었나?

《삼국지》는 영웅들의 이야기인 만큼 군졸들에게는 관심이 없다. 전쟁터에서 걸핏하면 군졸들의 시체가 산을 이루고 피가 냇물이 되어도 다만 그 한마디뿐이다. 그렇게 이름 없이 한꺼번에 죽어가는 군졸들은 도대체 어떤 사람들이었을까? 소설에서 군졸들은 소속이 여러 번 바뀐다. 황건적이었다가 조조에게 항복한 청주병을 비롯해서 한때는 반란군이었다가 후에는 관군이 되고, 유비에게 넘어갔다가 다시 조조한테 돌아가고……. 이렇게 유전을 거듭하는데 어찌 그럴 수 있었을까?

후한 말의 병역제도를 알아보자. 몸이 건강한 남자는 23세가 되면 나랏일에 나갈 의무가 있는데, 2년 동안은 병역에 복무했다.

처음 1년은 고향에서 복무해 '정졸(正卒)'이라 하고, 다음 1년은 두 가지 경우가 있어서 수도에 가서 황궁을 호위하면 '위사(衛士)', 국경에 가서 복무하면 '수졸(戍卒)'이라 불렀다. 현역 복무가 끝나면 예비역이 되어 1년에 한 달씩 군이나 현에 가서 복무하는데 '경졸(更卒)'이라 했다.

싸움이 벌어지면 전장에도 나가야 하며 56세가 되어야 군인 노릇을 끝내고 부역에도 나가지 않았다. 의무병이라 근무지에 가고 오는 비용도 자신이 부담했다. 비용도 적지 않지만 중요한 노동력이 일터를 떠나면 집안에 손실이 클 수밖에 없어 병역기피가 많았다.

몸이 건강해도 병역 의무를 지지 않는 사람들이 있었으니 '문학(文學)'이라 부르던, 유학을 배우는 선비였다. 뒤에 나오는 최염은 어려서부터 무에 빠졌다가 23세가 되어 군대에 가게 되자 성신이 번쩍 들어, 뒤늦게 유학에 파고들어 대학자 정현을 따라다니며 공부했다.

문학보다 더 확실하게 병역을 피하는 방법은 23세 이전에 벼슬길에 나가는 것이었다. 조조는 20세에 벼슬을 시작해 군졸 생활을 하루도 하지 않고 군사를 부리기만 한 사람이다.

공부할 실력을 갖추지 못했거나 벼슬길에 나갈 행운도 없으면 돈을 내야 했다. 1년에 한 달씩 나가는 부역을 피하려면 300전을 냈다는 기록이 있어, 후한 시대의 중요한 세금원이 될 정도였다. 당시 쌀 한 섬이 80전 정도였으니 적은 돈이 아니었다.

몇백 년 거슬러 전국시대로 올라가면 진(秦)은 철저한 의무 병역제도를 택해 기원전 3세기 말에 초를 칠 때 무려 60만 대군을 동원할 수 있었다. 법가사상에 따라 엄격한 법률이 시행되었으니 병역을 피하면 집안사람들 목이 날아갈 정도였고, 군공을 세우면 보상 또한 후해 진나라 사람은 '개인적인 다툼에는 겁을 내지만 공적인 전투에는 용감하다'는 말을 들었다. 그러니 진의 전국 통일은 당연한 결과가 아니었을까.

전국시대의 또 다른 강국 위(魏)는 모병제를 택해 우수한 군사를 뽑아 썼다. 군의 입대 응시 항목을 보면 현대의 특수부대 요원들이 혀를 찰 정도였다. 투구 쓰고 갑옷 입은 완전군장에 사흘 치 식량과 자루가 긴 과(戈)를 등에 지고, 전통에 화살 50대를 꽂고, 묵직한 쇠뇌를 지니고 한

나절에 100리를 달려야 무졸(武卒)이 될 수 있었다.

당시 1리는 약 415미터, 100리는 41.5킬로미터여서 공교롭게도 현대 마라톤 코스와 비슷했다. 입대가 어려운 만큼 보상도 후해, 무졸이 나온 집안에는 모든 부역을 면제했다.

그러나 후한 시대 의무 병역은 군졸이 되어도 소득이 없었고, 광무제가 1년에 한 번 열리던 훈련 검열을 취소한 뒤에는 군졸들 훈련이 말이 아니어서 군사력도 형편없었다. 황건적이 일어나자 관군은 뿔뿔이 도망가는 형편이었다.

당시 최정예 군사는 서쪽에 있는 서량[涼州양주] 기병들이었고, 중원에서 가장 용맹한 군사는 중부와 동남쪽에 있는 양주(揚州) 단양 출신 단양병이었다. 그들은 직업군인으로 훈련이 잘 되어 있었다. 조조는 동탁을 치다 실패하자 양주에 가서 군사를 얻었고, 서주의 도겸도 유비에게 단양병 4000명을 내주어 거느리게 했다.

후한 말에는 군벌의 정규군 이외에 사적인 군대도 많았다. 이런 사병(私兵)을 '부곡'이라 했는데 총수가 죽으면 계승자가 물려받는 세습제였다. 특히 오군은 거의 이런 사병들이 합쳐 이루어졌다.

먹고살기 위해 군사가 되었으니 걸핏하면 항복했고, 실력대결보다는 북 치고 소리 지르는 세력대결에 더 비중을 두는 전투에서 머리 숫자는 군사의 가장 큰 힘이었으니 특별한 경우가 아니면 포로를 죽이지 않았다. 그래서 장수보다 군졸이 살아남을 가능성이 더 컸다.

25

관우, 떠날 때를 약속 받고 항복

흙산에 포위된 관우 떠날 약속 받고
백마 구한 조조 겹겹의 포위를 풀다

정욱이 차근차근 대책을 내놓았다.

"운장은 만 사람을 당할 실력을 지녔으니 슬기로운 계책을 쓰지 않으면 손에 넣을 수 없습니다. 먼저 유비 쪽에 있다 항복한 군사를 하비로 보내 우리에게서 도망쳐 돌아왔다고 말하고 성안에 들어가 호응하게 합니다. 그리고 운장을 성 밖으로 끌어내 싸우다 못 이기는 척 다른 곳으로 유인해 돌아갈 길을 끊고 사로잡거나 설득하면 됩니다."

조조가 옳게 여기고 서주에서 항복한 군사 수십 명을 가만히 하비성으로 돌아가게 하니 관우는 의심하지 않고 받아들였다.

이튿날 하후돈이 성 밑에 가서 싸움을 걸어 관우가 군사를 이끌고 달려 나오자 10여 합을 싸우다 달아났다. 관우가 20리쯤 뒤쫓다 혹시 성을 잃기라도 할까 걱정되어 군사를 되돌려 세우는데, 포 소리가 울리며 서황과 허저가 나타나 돌아갈 길을 끊었다. 매복한 군사가 강한 쇠뇌 100장을 벌려놓고 쏘아 대니 쇠뇌 살이 메뚜기 떼처럼 날아왔다. 더 나아갈 수 없어 군사를 되돌려 세우자 서황과 허저가 다시 달려왔다.

관우가 힘을 떨쳐 두 사람을 물리치니 다시 하후돈이 달려와 날이 저물 때까지 싸웠으나 돌아갈 길이 없었다. 관우가 군사를 이끌고 작은 흙산으로 올라가 잠시 쉬자 조조 군사가 겹겹이 에워쌌다. 관우가 흙산 위에서 바라보니 하비성에서 불빛이 하늘을 찌를 듯이 치솟았다. 거짓으로 항복한 군사가 성문을 열어 조조가 대군을 이끌고 들어가 관우 마음이 흔들리도록 불을 놓은 것이다.

하비에서 솟는 불길에 놀란 관우가 밤중에도 몇 번이나 쳐 내려갔으나 어지러운 화살에 막혀 돌아오고 말았다. 먼동이 틀 때까지 버티다 다시 군사를 정돈해 쳐 내려가려 하는데 문득 한 사람이 말을 달려 올라오는 것이 눈에 들어왔다. 자세히 보니 장료라 관우가 나가 물었다.

"문원은 나하고 싸우러 오시오?"

"아닙니다. 옛정을 생각해 특별히 뵈러 왔습니다."

장료는 칼을 던지고 말에서 뛰어내려 인사를 올렸다. 두 사람이 산꼭대기에 자리를 잡자 관우가 또 물었다.

"문원은 혹시 관 아무개를 설득하러 온 것이 아니오?"

"아닙니다. 지난날 이 아우를 구해주셨는데, 오늘 어찌 형을 구해드리지 않겠습니까?"

"그렇다면 문원은 나를 도우러 오셨소?"

"그것도 역시 아닙니다."

"그럼 무엇을 하러 오셨소?"

"지금 유 사군이 어찌 되었는지 알 수 없고, 익덕이 살아 있는지도 모르는 형편입니다. 어젯밤에 승상께서 하비를 깨뜨리셨는데 성안의 군사나 백성은 하나도 해치지 않고, 누구도 사군의 식솔을 놀라게 하지 못하도록 사람을 보내 지키게 하셨지요. 승상께서 사군의 식솔을 귀중하게 대하심을 알리려고 이 아우가 일부러 왔습니다."

싸우지도 돕지도 않겠다던 장료가 속뜻을 내비치자 관우는 화를 냈다.

"바로 나를 설득하겠다는 말이로군. 내가 비록 막다른 경지에 빠졌지만, 죽음을 집으로 돌아가는 정도로 알아[視死如歸시사여귀] 조금도 두려워하지 않으니 그대는 어서 돌아가게. 나는 곧 산을 내려가 싸우겠네."

관우가 성을 냈으나 장료는 오히려 껄껄 웃었다.

"형의 말씀은 천하의 웃음거리가 되지 않겠습니까?"

"내가 충성과 의로움을 받들어 죽는 것이 어찌 천하의 웃음거리가 된단 말인가?"

"형이 지금 여기서 죽는다면 그 죄가 세 가지나 됩니다."

"무슨 죄가 세 가지나 되는지, 어디 말해보게."

"처음에 유 사군과 형이 형제의 의를 맺을 때 살고 죽기를 같이 하겠다고 맹세했는데, 오늘 유 사군이 패하자마자 형이 곧바로 싸우다 죽으면 이후에 유 사군이 다시 일어서서 형의 도움을 받고자 해도 더는 힘을 얻을 수 없으니 옛날 맹세를 저버리는 게 아닙니까? 이게 바로 첫 번째 죄라 하겠습니다. 또 유 사군은 식솔을 형에게 부탁했는데, 형이 지금 싸움터에서 죽으면 두 부인은 의지할 데가 없으니 사군의 무거운 부탁을 저버리는 게 아닙니까? 이게 두 번째 죄입니다. 형은 무예가 남달리 뛰어나며 학문과 역사에도 통달하셨는데 유 사군과 함께 기울어지는 황실을 보좌하려고 하지는 않고, 부질없이 물불을 헤아리지 않고[赴湯蹈火부탕도화] 한낱 평범한 사내의 용맹이나 떨쳐보려 하니 어찌 옳다고 하겠습니까? 이것이 세 번째 죄입니다. 형이 이런 세 가지 죄를 지으려 하시니 이 아우는 충고하지 않을 수 없습니다."

【모종강과 이어가 평했듯이 영웅을 설득하려면 바른말로 엄하게 꾸짖어야 마음을 움직일 수 있다.】

관우는 말없이 생각에 잠겼다가 물었다.

"내 죄가 세 가지라면 나보고 어찌하란 말인가?"

"지금 승상의 군사가 사방에 깔렸으니 형이 항복하지 않으면 죽을 수밖에 없습니다. 속절없이 목숨을 버리는 것은 이로움이 없는 노릇이니 승상께 잠시 항복하는 것이 좋지요. 이후 유 사군의 소식을 듣고 곧바로 찾아가면, 첫째로 두 부인을 보호할 수 있고, 둘째로 복숭아 뜰의 약속을 어기지 않게 되며, 셋째로 쓸모 있는 몸을 보전하게 됩니다. 이처럼 세 가지 이로움이 있으니 형은 깊이 생각하셔야 합니다."

장료가 귀에 쏙쏙 들어갈 말만 하니 관우 마음이 움직이지 않을 수 없었다.

"문원이 세 가지 이로움을 이야기했으니 나는 세 가지 약속을 받을까 하오. 승상이 들어주시면 내가 곧 갑옷을 벗겠지만 들어주시지 않으면 세 가지 죄를 짓더라도 목숨을 버릴 것이오."

"승상께서는 너그럽고 도량이 넓은 분이니 무슨 일이든 받아주시지 않겠습니까? 세 가지가 무엇인지 들어봅시다."

"첫째, 나는 유황숙과 함께 한의 황실을 돕기로 맹세했으니 오늘 한의 황제께 항복을 드릴 뿐 조 승상에게 항복하는 게 아니오. 둘째, 두 분 형수님께 황숙의 녹봉을 내려 부양하되 지위가 높든 낮든 누구도 문안에 들어가지 못하게 해야 하오. 셋째, 유황숙 행방을 알기만 하면 천 리든 만 리든 가리지 않고 바로 떠날 것이오. 세 가지 가운데 한 가지만 빠져도 나는 절대 항복하지 않을 것이니 문원은 급히 돌아가 승상께 전하기 바라오."

장료는 기꺼이 승낙하고 말에 올라 조조에게 돌아갔다. 먼저 관우가 한의 황제께 항복할 뿐 승상께 항복하지 않는다는 첫 조건을 이야기하자 조조는 허허 웃었다.

"나는 한의 승상이니 한인즉 바로 나라, 그거야 들어줄 수 있지."

장료가 두 번째 조건을 보고했다.

"두 부인이 황숙의 녹봉을 받게 하고, 지위가 어떠하든 누구도 문안에 들어가지 못하게 해달랍니다."

"황숙의 녹봉에 갑절 더 얹어주지. 안팎을 엄하게 가르는 것이야 가문의 법도이니 내가 무얼 의심하겠나?"

장료가 세 번째 조건을 전했다.

"현덕 소식을 알기만 하면 아무리 멀더라도 꼭 찾아가겠답니다."

앞의 두 조건에는 선선히 대답하던 조조가 그 말에는 머리를 가로저었다.

"그렇다면 내가 운장을 길러 무슨 쓸모가 있단 말인가? 그 일은 들어주기 어려운걸."

장료는 미리 생각해둔 바가 있는 듯 얼른 대답했다.

"저 옛날 예양(豫讓)이 보통 사람과 나라의 특출한 인재를 논한 말을 듣지 못하셨습니까? 현덕이 운장을 대한 것은 그저 두터운 은혜를 베푼 것에 지나지 않습니다. 승상께서 더 두터운 은혜로 마음을 사로잡으시면 운장이 복종하지 않을까 걱정하실 필요가 있겠습니까?"

【예양은 사마천이 《사기》의 〈자객열전〉에서 대서특필한 전국시대의 이름난 자객이다. 진(晉)의 여섯 대신들 가운데 범씨와 중항씨를 섬길 때는 별로 이름이 나지 않았는데, 권력 싸움에서 범씨와 중항씨가 잘못되자 군소리 없이 최대 실력자 지백의 가신이 되었다. 뒷날 지백이 권력 싸움에서 패하자 예양은 목숨을 걸고 복수에 나섰다. 새로운 실권자인 원수 조양자를 죽이려다 실패하자 몸에 옻을 발라 피부병에 걸린 듯 모습을 바꾸고, 숯을 삼켜 목소리까지 다르게 하여 친구에게 털

어놓았다.

"내가 하려는 일은 지극히 어렵지만, 이로써 후세에 남의 신하가 되어 두 마음을 품는 자들을 부끄럽게 만들리라."

그러나 두 번째 시도에서도 잡히자 조양자가 꾸짖었다.

"그대의 원래 주인은 범씨와 중항씨였다. 지백이 범씨와 중항씨를 파멸시켰을 때는 그대가 도리어 지백의 신하가 되었는데, 어찌 지백이 죽자 기어이 원수를 갚으려 하는가?"

예양은 태연히 대답했다.

"내가 범씨와 중항씨를 섬길 때는 그들이 나를 보통 사람으로 대해주었으니 나도 보통 사람 정도로 보답했지만, 지백은 나를 나라의 특출한 인재로 대접했으니 나도 특출한 인재답게 보답하는 것이오."

예양이 죽기 전에 한을 풀게 해달라고 청해 조양자가 자기 옷자락을 베도록 허락하니 예양은 세 번이나 펄쩍 뛰면서 그의 옷을 벤 다음 자결했다.】

장료의 말에 조조도 선선히 허락했다.

"문원 말이 옳군. 내가 세 가지를 모두 들어주지."

장료는 관우에게 돌아가 조조가 조건을 모두 받아들인다고 전했으나 관우는 바로 항복하지 않았다.

"비록 그러하나 승상께서는 잠시 군사를 물려주시기 바라오. 성안에 들어가 두 형수님을 뵙게 해주시면 이 일을 여쭌 다음 항복하겠소."

장료가 돌아와 아뢰자 조조는 즉시 30리 밖으로 군사를 물렸다.

"안 됩니다. 속임수가 있을까 두렵습니다."

순욱이 말렸으나 조조는 차분히 대꾸했다.

"운장은 의로운 사나이라 절대 약속을 어기지 않을 것이오."

조조 군사가 물러서자 관우가 부하들을 데리고 하비로 들어가 살펴보니 백성은 모두 놀란 기색이 없었다. 두 형수를 만나려고 들어가니 감 부인과 미 부인이 급히 나와 맞이해 관우는 섬돌 아래에서 절하며 사죄했다.

　"두 분 형수님을 놀라시게 했으니 저의 죄입니다."

　두 부인이 급히 물었다.

　"황숙께서는 어디 계세요?"

　"어디로 가셨는지 모릅니다."

　"아주버님은 어찌하려 하세요?"

　"관 아무개는 성 밖에 나가 죽기를 무릅쓰고 싸우다 흙산에 에워싸였습니다. 장료가 항복을 권해 제가 세 가지 약속을 요구하니 조조가 다 들어주고 특별히 군사를 물려 저를 성안에 들여보냈습니다. 저는 형수님들 뜻을 듣지 못해 제 마음대로 결정할 수 없었습니다."

　"세 가지 일이란 어떤 것들이지요?"

　두 부인의 물음에 관우가 상세히 대답하자 감 부인이 설명했다.

　"어제 조조 군사가 성에 들어와 우리는 반드시 죽을 줄 알았는데, 털끝 하나 건드리지 않고 군졸 하나도 문안에 들어오지 못하게 할 줄이야 누가 알았겠어요? 아주버님께서 이미 승낙을 받았다면 저희 두 사람에게 물을 것이 있나요? 다만 뒷날 아주버님께서 황숙을 찾아가는 것을 허락하지 않을까 걱정될 뿐이지요."

　"형수님들께서는 마음 놓으십시오. 관 아무개에게도 생각이 있습니다. 조조는 입만 열면 모든 말이 명령으로 전달되는데, 자신이 한 말을 뒤집으면 누가 그를 따르겠습니까?"

　"아주버님께서 알아서 하세요. 무슨 일이든지 구태여 저희 아녀자들에게 묻지 마시고요."

두 부인의 말에 따라 관우가 기병 수십 명을 데리고 가자 조조는 친히 영채 밖까지 나와 맞이했다. 말에서 내려 절을 하니 조조가 황급히 답례해 관우가 입을 열었다.

"싸움에 진 장수를 죽이지 않은 은혜에 깊이 감사합니다. 어찌 승상님 맞절을 받겠습니까?"

"평소 운장의 충성과 의로움을 흠모하던 차에 오늘 다행히 만나게 되었으니 평생소원을 풀었다 하겠소. 조조는 한의 승상이고 공은 한의 신하요. 관직과 작위는 다르지만 늘 공의 덕을 존경하는 바이오."

"문원이 저 대신 아뢴 세 가지 일을 승상께서 모두 허락하셨으니 약속을 어기지 않으시리라 믿습니다."

"내가 한 번 말했으면 그만이지 어찌 신용을 잃겠소."

"관 아무개는 황숙께서 계신 곳을 알기만 하면 물에 뛰어들고 불을 밟더라도 반드시 찾아가겠습니다. 그때 미처 작별인사를 드리지 못하더라도 용서하시기 바랍니다."

"현덕이 살아 있다면 반드시 공이 떠나도록 하겠소. 그러나 어지러운 싸움 중에 돌아가지나 않았을까 염려되는구려. 마음 놓고 두루 알아보도록 하시오."

관우는 절을 올려 사례하고, 조조는 잔치를 베풀어 대접했다.

이튿날 조조가 군사를 거두어 허도로 돌아가는데, 관우는 수레를 마련해 두 형수를 앉게 하고 직접 수레를 지키며 나아갔다. 길에서 역관에 들어 쉬게 되면 조조는 일부러 유비와 관우의 사이를 어지럽히려고 관우를 두 형수와 한 방에 들게 했다. 그러면 관우는 촛대를 들고 문밖에 나와 날이 밝도록 서 있으면서 조금도 지친 빛을 드러내지 않았다. 그런 행동을 보고 조조는 더욱 존경했다.

허도에 이르러 조조가 저택 한 채를 내주자 관우는 마당을 둘로 나누어, 늙

關雲長
秉燭達
旦 乙酉春
葉 雄畫

은 군사 열 명을 뽑아 안뜰 문밖에서 안채를 지키게 하고 자신은 바깥채에 들었다. 조조가 관우를 데리고 황궁에 들어가 뵈니 헌제는 그를 편장군으로 임명했다.

이튿날 조조가 큰 잔치를 베풀고 여러 모사와 장수들을 한 자리에 불렀다. 관우를 손님으로 대접해 상석에 앉히고, 집으로 돌아갈 때는 비단과 금 그릇, 은그릇을 갖추어 선사했다. 그랬더니 관우는 선물을 모두 두 형수에게 드려 간수하게 했다.

조조는 관우를 아주 후하게 대접했다. 작은 잔치는 사흘에 한 번이오, 큰 잔치는 닷새에 한 번이었다. 또 미녀 열 명을 보내 시중들게 하니 관우는 모두 안채로 보내 형수들을 모시게 했다.

관우는 사흘에 한 번씩 안뜰 문밖에 가서 허리를 굽혀 인사하고 형수들 안부를 물었다.

"두 분 형수님은 무고하십니까?"

두 부인은 황숙의 소식이 있느냐고 물었고, 별 소식이 없다고 대답하면 일렀다.

"아주버님 편할 대로 나가보시지요."

그제야 관우는 조심스레 물러 나왔다. 그 말을 듣고 조조는 또 탄복했다.

어느 날 조조가 보니 관우의 푸른 전포가 너무 낡아 사람을 불러 관우의 몸을 재게 하고 귀한 비단으로 전포를 한 벌 지어 선사했다. 관우는 전포를 받아 속에 입고 겉에는 여전히 낡은 전포를 걸쳐 새 옷을 덮었다. 조조가 빙그레 웃으며 물었다.

"운장은 어찌 이처럼 검소하시오?"

"아닙니다. 낡은 전포는 유황숙께서 내려주신 것이라 이 옷을 입으면 형님

◀ 관우, 촛대 들고 문밖에서 날이 밝도록 서 있어

얼굴을 뵙는 듯합니다. 승상께서 새 옷을 내려주셨다고 어찌 형님이 주신 옷을 잊을 수 있겠습니까? 그래서 낡은 옷을 겉에 입었습니다."

"참으로 의로운 사나이로군!"

조조는 입으로는 칭찬했으나 속으로는 기분이 그다지 좋지 않았다.

하루는 관우가 집에 있는데 갑자기 부하가 달려왔다.

"안뜰의 두 부인이 우시다 땅에 쓰러지셨습니다. 무슨 영문인지 모르니 장군께서 어서 들어가 보시지요."

관우는 바삐 옷매무시를 고치고 안뜰 문밖에 가서 땅에 꿇어앉았다.

"두 분 형수님께서는 어찌하여 슬피 우십니까?"

감 부인이 대답했다.

"내가 밤에 황숙께서 흙구덩이에 빠지신 꿈을 꾸었어요. 깨어나 미 부인과 의논해보니 황숙께서 분명 땅 밑에 계시는 것 같아 이렇게 우는 거예요."

"꿈은 믿을 수 없습니다. 형수님께서 형님을 너무 그리다 그런 꿈을 꾸셨으니 걱정하지 마십시오."

관우가 형수들을 위로하는데 조조가 사람을 보내 관우를 잔치에 청했다. 관우는 두 형수에게 인사하고 조조에게 갔다. 얼굴의 눈물 자국을 보고 조조가 까닭을 묻자 관우가 대답했다.

"두 분 형수님께서 형님을 그려 통곡하셔서 슬프지 않을 수 없었습니다."

조조는 웃으면서 좋은 말로 관우를 위로하고 연거푸 술을 권했다. 술기운이 거나해지자 관우가 수염을 움켜쥐고 탄식했다.

"나라에 보답하지 못하고 형님도 등졌으니 사람값을 못 하는구나!"

혼자 중얼거리는 관우를 바라보던 조조가 그의 마음을 돌리려고 가벼운 말을 꺼냈다.

"운장은 수염이 몇 대나 되는지 아시오?"

"몇백 대쯤 되겠지요. 해마다 가을이면 서너 대씩 빠집니다. 그래서 겨울에는 검정 주머니를 만들어 싸둡니다. 수염이 끊어질까 걱정해서요."

그 말을 듣고 조조가 비단 주머니를 짓게 하여 수염을 보호하라고 관우에게 주었다. 이튿날 조회 때 신하들이 뵈러 들어가자 헌제는 관우가 가슴에 비단 주머니를 드리운 것을 보고 까닭을 물었다.

"신의 수염이 길어 승상이 수염을 담으라고 비단 주머니를 내렸습니다."

관우가 아뢰자 헌제가 주머니를 풀어 수염을 드러내라고 일렀다. 관우가 주머니를 풀자 수염이 배 아래까지 드리우니 헌제는 감탄이 절로 나왔다.

"정말 미염공(美髥公)이로다."

【미염공은 아름다운 수염을 가진 어른이라는 뜻이다.】

이때부터 사람들은 관우를 '미염공'으로 불렀다.

어느 날 조조가 또 관우를 청해 잔치를 베풀었다. 술자리가 끝나 조조가 관우를 배웅해 저택에서 나오다 보니 그의 말이 빼빼 말랐다.

"공의 말은 어찌 이렇게 여위었소?"

"천한 몸이 무거워 말이 견디지 못해 이처럼 여윈 모습입니다."

조조가 시종들에게 말 한 필에 마구를 갖추어 끌어오게 하니 잠시 후 말이 오는데, 달아오른 숯덩이같이 온통 붉은 말이 아주 웅장했다. 조조가 말을 가리키며 물었다.

"공은 이 말을 알아보겠소?"

"여포가 타던 적토마 아닙니까?"

"그렇소. 내가 타보지 못했는데 공이 아니면 이 말을 탈 수 없을 것 같소."

조조는 안장과 고삐를 갖추어 적토마를 내주었다. 관우가 두 번이나 절하며 감사드리자 조조는 은근히 언짢았다.

"공은 내가 미녀와 금은 비단을 보내줄 때는 절하지 않더니, 오늘 말을 선사하자 이처럼 기뻐하며 거듭 절을 하는구려. 어찌하여 사람을 천하게 여기고 말을 귀하게 아는 거요?"

야속한 조조의 마음을 모르는지 관우는 들뜬 기분으로 대답했다.

"저는 이 말이 하루에 천 리를 가는 줄을 압니다. 오늘 다행히 얻게 되었으니 형님이 계신 곳을 알기만 하면 하루 만에 달려갈 수 있지 않겠습니까."

조조는 깜짝 놀라 뉘우쳤다. 관우가 떠나자 조조는 생각할수록 서운해 장료를 불러 물었다.

"내가 운장을 가볍게 대하지 않았건만 그는 언제나 떠날 마음만 품으니 어인 일인가?"

"제가 가서 그 마음을 알아보겠습니다."

장료는 이튿날 관우를 찾아가 인사하고 물었다.

"이 료가 형을 승상께 추천했는데 혹시 푸대접을 받지나 않았습니까?"

"승상의 두터운 호의에 깊이 감격하는 바요. 다만 내 몸은 여기 있어도 황숙을 그리는 마음은 한순간도 사라지지 않소."

"형의 말씀은 틀렸습니다. 세상을 살면서 가볍고 무거움을 가릴 줄 모르면 장부가 아닙니다. 현덕이 형을 대한 것이 승상이 형을 대하는 것보다 더 후하다고 하기 어려울 텐데, 형은 어찌 여기를 떠날 생각만 하십니까?"

"승상께서 나를 아주 후하게 대접해 주시는 것은 잘 알지만 황숙의 두터운 은혜를 입었고 살고 죽기를 같이 하기로 맹세했으니 저버릴 수 없소. 언제까지나 여기에 머무르지는 않을 것이오. 하지만 가더라도 반드시 공을 세워 승상의 은혜를 갚고 떠나겠소."

"만약 현덕이 이미 세상을 떠나셨다면 어디로 가시겠습니까?"

"땅 밑까지 따라가겠소."

장료는 아무리 해도 관우가 남아 있지 않으리라는 것을 깨닫고 물러 나왔으나 매우 난감했다.

'승상께 사실대로 말하면 운장이 목숨을 잃을까 두렵고, 솔직하게 말하지 않으면 또한 주인을 모시는 도리에 어긋나는구나.'

망설이던 장료는 땅이 꺼지게 한숨을 쉬었다.

'승상은 어버이 같은 주인이요, 운장은 형제다. 형제의 정 때문에 주인을 속이면 충성스럽지 못한 짓이다. 의롭지 못한 인간이 될지언정 충성스럽지 못한 자가 되어서는 아니 된다.'

장료가 돌아가 사실대로 이야기하자 조조는 후유 한숨을 쉬었다.

"주인을 섬기면서 근본을 잊지 않으니 천하의 의사로다!"

순욱이 곁에서 한마디 거들었다.

"공을 세운 다음에야 떠나겠다고 했으니 그가 공을 세울 기회를 주지 않으면 가지 못할 것입니다."

조조도 같은 마음이었다.

원소에게 몸을 붙인 유비가 밤낮을 근심 걱정으로 지내니 원소가 물었다.

"현덕은 어찌하여 언제나 근심이 그리 많소?"

"두 아우 소식을 알 수 없고 식솔 또한 역적의 손에 떨어져, 나라에 보답하지 못하고 집도 지키지 못하니 어찌 마음이 편하겠습니까?"

"내가 허도로 진군하려고 마음먹은 지 오래이오. 마침 봄이라 날씨가 따스하니 군사를 일으키기 좋구려."

원소가 부하들과 조조를 깨뜨릴 계책을 상의하자 전풍이 말렸다.

"전에 조조가 서주를 공격하느라 허도가 비었으나 그때는 미처 진군하지 못했습니다. 지금은 서주가 이미 깨졌고 조조 군사가 승리해 기세가 날카로우니 가볍게 대할 수 없습니다. 조조는 군사를 부리는 데에 능해 변화를 헤아릴 수 없으니 무리가 적다고 깔볼 수 없습니다. 실력을 기르면서 조조한테 틈이 생기기를 기다려 움직이는 편이 좋습니다. 장군께서는 굳건한 산과 강에 의지해 네 주의 무리를 거느리고, 밖으로는 영웅과 연락하고 안으로는 농사를 늘리면서 군사를 소련하셔야 합니다. 그 후에 정예를 가려 뽑고 기이한 부대로 나누어 조조의 틈을 노려 거듭 출격해 황하 남쪽을 소란하게 하되, 적이 오른쪽을 구하려 들면 왼쪽을 치고, 왼쪽을 구하려 들면 오른쪽을 치면 적은 목숨을 살리는 데에 급급해 허덕거리게 되고, 백성은 생업에 마음을 붙이지 못합니다. 우리는 고생하지 않지만 적은 벌써 피곤해지니 2년이 지나지 않아 자리에 앉은 채로 이길 수 있습니다. 승리할 계책을 버리고 승부를 한번 싸움에 걸었다가 일이 뜻처럼 되지 않으면 후회해도 늦습니다!"

"내가 좀 생각해보지."

판단이 늦기로 이름난 원소가 유비에게 물었다.

"전풍은 나에게 굳게 지키라고 하는데 그 주장이 어떠하오?"

유비는 한시가 급했다.

"붓이나 놀리는 선비는 고생스럽게 원정해 싸우는 것을 좋아하지 않고, 아침부터 저녁까지 편안히 앉아 녹이나 받으려 합니다. 조조는 황제를 속이는 역적인데 명공께서 토벌하지 않으시면 천하의 대의를 잃을까 두렵습니다."

【남의 주인과 부하 사이를 이간시키는 음험한 말이라 유비 덕성에 먹칠한다고 모종강 본에서는 잘랐는데, 실은 유비는 이 정도 모략이 있어 어지러운 세상에서 살아남을 수 있었다. 다음에 유비가 전풍에게 인정을 베푸는 것을 보면 처세에 능한 영웅의 모습이 살아 움직인다고 해야겠다.】

"현덕의 말씀이 옳소."

원소가 결심하고 군사를 일으키려 하는데 전풍이 또 막으려 하자 벌컥 화를 냈다.

"너희는 글이나 읽고 무(武)를 얕잡아보면서 내가 대의를 잃게 만드는구나!"

전풍은 머리를 조아리며 간절히 말렸다.

"신의 옳은 말을 듣지 않으시면 나아가더라도 이롭지 못합니다."

원소가 크게 노해 전풍의 목을 치려 하니 유비가 힘껏 말려 옥에 가두었다. 그것을 본 저수는 재산을 일가친척에게 전부 나누어 주었다.

"내가 이번 싸움에 따라가는데 이기면 더할 나위 없이 위세를 떨치겠지만, 지는 날이면 내 한 몸을 보존하지 못할 것이다!"

사람들은 눈물을 흘리며 저수를 배웅했다.

원소가 대장 안량을 선봉으로 하여 여양과 황하 사이에 있는 백마현을 공격하자 저수가 충고했다.

"안량은 용맹하기는 하지만 속이 좁아 대군을 맡게 해서는 아니 됩니다."

"내 상장들은 자네들이 헤아릴 바가 아니야."

원소는 저수를 꾸짖고 안량에게 선두를 맡겼다. 대군이 거침없이 나아가 여양에 이르니 백마를 지키던 동군 태수 유연이 허도에 위급을 알려, 조조는 급히 군사를 일으켜 적과 맞설 일을 의논했다. 백마가 위급하다는 말을 듣고 관우가 승상부로 찾아가 조조를 뵈었다.

"승상께서 군사를 일으키신다니 제가 선봉이 되고 싶습니다."

"장군에게 폐를 끼치기 미안하오. 앞으로 일이 있으면 부탁하겠소."

상대 속셈을 아는 조조의 말에 관우는 더 말하지 못하고 물러 나왔다.

조조가 15만 대군을 거느리고 나아가는데 유연의 급보가 연이어 날아왔다. 조조가 급히 5만 군사를 이끌고 백마에 이르러 흙산에 진을 치고 멀리 바라보니 산 앞의 널찍한 벌판에 선봉 안량이 정예 군사 10만으로 진을 벌였다. 기세에 놀란 조조가 여포의 장수였던 송헌을 돌아보았다.

"자네가 여포의 맹장이라니 안량과 한번 싸워보게."

송헌이 기꺼이 명을 받들어 창을 들고 말에 오르자 칼을 비껴든 안량이 진문 앞에서 바라보고는 한 소리 꽥 지르며 말을 달려 나왔다. 두 사람이 어울려 창과 칼이 세 번노 부딪지지 않아 안량의 손이 번쩍 올랐다가 큰 칼이 휙 내려오자 송헌은 말 아래로 떨어졌다.

조조가 깜짝 놀라 중얼거렸다.

"참으로 용맹한 장수로다!"

곁에 있던 장수 위속이 성을 냈다.

"저놈이 동료를 죽였으니 원수를 갚겠습니다."

조조가 허락해 위속이 긴 창을 들고 달려나가 욕을 퍼붓자 안량은 대꾸도 하지 않고 달려와 한칼 내려찍었다. 위속이 막지도 피하지도 못하고 말 아래로 떨어지니 조조가 장수들에게 물었다.

"누가 감히 맞서겠는가?"

서황이 달려나갔으나 20합을 싸우고는 견디지 못해 진으로 돌아오니 장수들이 부들부들 떨었다. 조조가 첫 싸움에 패하고 군사를 거두자 안량도 군사를 물렸다.

장수를 둘이나 잃은 조조가 울적해지자 정욱이 귀띔했다.

"안량을 이길 사람이 있습니다."

"누구인가?"

"운장이 아니면 아니 됩니다."

"그가 공을 세우면 떠날까 걱정일세."

정욱은 자신 있게 대답했다.

"승상께서는 운장을 사랑하시면서 한편으로는 의심도 하십니다. 그러니 여기로 불러 강자와 한번 싸우게 하는 편이 좋지 않겠습니까? 이기면 중용하고 지면 의심도 필요 없게 됩니다. 유비가 살아 있다면 반드시 원소에게 갔을 것이니 운장이 안량을 죽이고 군사를 깨뜨리면 원소는 틀림없이 유비를 죽일 것입니다. 유비가 죽으면 운장이 어디로 가겠습니까?"

들어보니 손해라고는 없어 조조는 관우를 불렀다. 조조가 부른 까닭을 알고 관우가 대단히 기뻐 떠나는 인사를 하러 들어가자 형수들이 당부했다.

"이번에 가시거든 황숙 소식을 알아보세요."

관우가 응하고 백마로 달려가니 조조가 설명했다.

"안량이 장수 둘을 죽였는데 용맹을 당할 수 없어 특별히 운장을 청해 상의하는 것이오."

"그 움직임을 살펴보게 해주십시오."

조조가 술상을 차려 대접하는데 홀연 안량이 싸움을 건다는 보고가 들어왔다. 조조가 관우를 데리고 흙산에 올라 적진을 살피는데, 조조와 관우는 자리에 앉고 여러 장수는 빙 둘러섰다. 조조가 산 아래 안량의 진을 가리키니 깃발이 선명하고 창칼이 정연해 위엄이 가득했다.

"하북 사람과 말이 이처럼 웅장하구려!"

"제가 보기에는 흙으로 빚은 닭이요 모래로 구운 개[土鷄瓦犬토계와견]와 같습니다."

관우가 대수롭지 않게 대꾸하자 조조가 다시 손가락으로 적진을 가리켰다.

"대장 깃발과 해 가리개 아래 수놓은 전포를 입고 금 갑옷을 걸치고 말에 올라 칼을 든 자가 바로 안량이오."

관우는 눈을 들어 한 번 살피더니 대답했다.

"제가 보기에는 목덜미에 풀을 꽂고 제 머리를 팔러 나온[揷標賣首삽표매수] 꼴입니다!"

【옛날 중국에서 물건을 팔 때는 표시로 풀을 꽂아 '초표(草標)', 또는 줄여서 '표'라 했다. 함에 든 물건을 팔면 함 덮개에 꽂고, 칼을 팔면 칼집에 꽂았으며, 사람을 팔 때는 목덜미에 꽂았다. 그것을 사려는 자가 풀을 뽑으면 매매가 이루어졌다.】

관우가 적수를 가볍게 여길수록 조조는 관우의 분을 돋우었다.

"우습게 볼 사람이 아니오."

"관 아무개가 재주는 없지만 몇만을 헤아리는 군사 속에 들어가 안량의 머리를 베어 승상께 바칠까 합니다."

관우가 자리에서 일어나자 조조 마음을 잘 아는 장료가 한마디 보탰다.

"군중에는 농담이 없는 법입니다 [軍中無戲言군중무희언]. 운장은 대수로이 보지 마십시오."

관우는 선뜻 말에 올라 청룡도를 거꾸로 들고 산 아래로 달려갔다. 봉황의 눈 같은 두 눈을 부릅뜨고 누운 누에 같은 눈썹을 곤두세우며 바람같이 쳐들어가니 하북 군사들은 겁이 나서 물결 갈라지듯 양쪽으로 쫙 갈라졌다. 관우는 곧바로 안량에게 달려갔다.

대장기 아래에 서 있던 안량은 관우가 달려오는 것을 보고 누구냐고 물으려 하는데, 관우의 적토마가 어찌나 빠른지 번개같이 코앞에 닥쳐왔다. 관우가 손을 드는가 싶었는데 미처 막을 사이도 없이 칼이 번뜩이면서 안량을 말 아래로 떨어뜨렸다.

옆에 있던 장수들은 너무나 놀라 간과 담이 깨질 듯해 깃발과 북을 버리고 정신없이 도망갔다. 관우가 말에서 훌쩍 뛰어내려 안량의 머리를 베더니 다시 말에 선뜻 뛰어올라 적진을 나오는데 사람 하나 없는 곳을 드나드는 듯했다. 하북 장졸들은 질겁해 싸우지도 못하고 어지러워졌다. 관우의 기세를 타고 조조 군사가 공격해 죽인 자를 헤아릴 수 없고 말과 병기도 수없이 빼앗았다.

관우가 말고삐를 툭 잡아챘다가 놓아주니 적토마는 단숨에 산으로 달려 올라갔다. 장수들의 축하를 받으며 관우는 안량의 머리를 조조 앞에 바쳤다.

"장군은 그야말로 신 같은 사람이오!"

조조가 찬탄하자 관우가 겸손하게 대답했다.

"저야 말할 나위나 있겠습니까? 제 아우 장익덕은 100만 군사 속에서 상장의 머리 베어오기를 주머니에 든 물건 꺼내듯 합니다."

조조는 매우 놀라 좌우에 늘어선 장수들을 돌아보았다.

"이후에 장익덕을 만나면 절대 가볍게 대하지 마라."

말로만은 마음이 놓이지 않아 장비의 이름을 저마다 옷깃에 적으라고 일렀다.

【관우가 아무리 용맹하고 적토마가 더없이 빨라도 원소의 장졸들이 대뜸 길을 내주고 맹장 안량이 손도 놀리지 못하고 죽었다면 믿기 어렵다. 나관중 본에는 이 이야기 뒤에 긴 설명이 붙어있다.

그 전에 안량이 떠날 때 유비가 가만히 부탁했다.

"나에게 관운장이라는 아우가 있는데 키는 아홉 자 다섯 치요, 수염은 한 자 여덟 치에 얼굴은 무르익은 대추 같고 봉황의 눈 위에 누운 누에 같은 눈썹이 붙었소. 푸른 비단 전포를 입고 누런 말을 타면서 청룡대도를 쓰는데 기필코 조조한테 있을 테니 그를 만나면 급히 오라고 이르시오."

그래서 안량은 관우가 오는 것을 보면서도 그가 자기 쪽으로 넘어오는 것으로 알고 맞서 싸울 준비를 하지 않아 갑자기 관우의 칼에 찍혀 말 아래로 떨어진 것이다. 모종강 본에서는 관우의 무용담에 해가 될 이런 말들은 다 빠졌다.

정사에는 관우의 무공이 더욱 놀랍다. 그때 조조는 원소의 주력부대를 다른 쪽으로 유인하고 급작스레 안량의 부대를 습격했다. 조조 군사가 10여 리 밖에 이르러서야 안량이 소식을 듣고 급히 맞서는데 장료와 함께 선봉으로 나선 관우가 대공을 세웠다.

'관우는 안량의 지휘 깃발을 바라보고 말을 달려가 수많은 적군 속에서 안량을 베고 머리를 잘라 왔다. 원소의 여러 장수는 막지 못했다.'

정사 《삼국지》 〈촉지 관우전〉의 기록이다.】

안량의 패한 군사가 도망가 원소에게 보고했다.

"얼굴이 붉고 수염이 기다란 장수가 큰 칼을 들고 홀로 말을 달려 진에 쳐들어와 안 장군을 베고 유유히 돌아가 저희가 참패했습니다."

원소가 깜짝 놀라 물었다.

"그 사람이 누군가?"

"유현덕의 아우 관운장이 틀림없습니다."

저수가 대답하니 원소는 크게 노해 유비를 가리키며 욕했다.

"네 아우가 내가 사랑하는 장수를 죽였으니 너는 반드시 그와 내통했을 것이다. 너를 살려두어 무슨 쓸모가 있겠느냐!"

원소는 무사들을 불러 유비를 끌어내 목을 치라고 명했다.

이야말로

처음에는 자리 위의 손님이더니
오늘은 섬돌 아래 죄수와 같네

유비 목숨은 어찌 될까?

26

부귀 뿌리치고 형님 찾아가는 관우

원본초는 싸움에 져 장수를 잃고
관운장은 인을 걸고 금을 봉하다

원소가 곧바로 죽이려 하는 순간에도 유비는 태연하고 차분했다.

"명공께서는 어이하여 한쪽 말만 듣고 옛정을 끊으려 하십니까? 이 비는 서주에서 뿔뿔이 흩어진 뒤 식솔을 잃고, 아우 운장이 아직 살아 있는지도 모릅니다. 천하에 모습이 비슷한 사람이 적지 않은데 얼굴이 붉고 수염이 길다고 다 관 아무개이겠습니까? 어찌하여 분명히 밝혀보시지 않습니까?"

원소는 원래 주관이 없어 유비 말을 듣자 댓바람에 저수를 나무랐다.

"자네 말을 잘못 듣고 좋은 사람을 죽일 뻔했군."

원소는 유비를 다시 장막 윗자리로 청해 올리고 안량의 원수 갚을 일을 의논했다. 원소가 말을 꺼내기 바쁘게 장막 아래에서 한 사람이 나섰다.

"안량은 저와 형제 같은 사이인데 조조에게 죽었으니 제가 어찌 원수를 갚지 않을 수 있습니까?"

유비가 보니 그 사람은 키가 여덟 자에 얼굴은 해태 같으니 다름 아닌 하북 명장 문추였다. 원소는 크게 기뻐했다.

"자네가 아니면 안량의 원수를 갚을 수 없네. 10만 군사를 줄 테니 얼른 황하를 건너 조조를 죽이게."

원소가 너무 쉽게 이기려 들자 저수가 말렸다.

"아니 됩니다. 지금은 연진에 주둔하면서 군사를 일부 나누어 관도로 보내는 것이 상책입니다. 가볍게 황하를 건넜다가 변고라도 생기면 모두 돌아오지 못합니다."

원소는 버럭 화를 냈다.

"언제 보아도 너희는 군사의 사기를 떨어뜨리고 시간만 질질 끌어 큰일에 훼방을 놓는단 말이다! 군사를 부림에는 신속함을 귀하게 여긴다[兵貴迅速병귀신속]는 말도 듣지 못했느냐?"

저수는 장막에서 물러 나와 탄식했다.

"윗사람은 제 뜻만 고집하고 아랫사람은 제 공로만 내세우려 드니, 유유히 흐르는 황하를 과연 내가 건널 수 있을까!"

저수는 병을 핑계로 다시는 일을 의논하러 나오지 않았다.

유비가 원소에게 청했다.

"이 비가 명공의 큰 은혜를 입으면서도 갚을 길이 없으니 문 장군과 함께 나가서 싸워 은덕에 보답하고, 운장 소식도 알아볼까 합니다."

원소가 기뻐 문추를 불러 유비와 함께 군사를 거느리라고 이르자 내키지 않는 모양이었다.

"유비는 거듭 패한 장수라 승리에 이롭지 못합니다."

"내가 현덕의 재능을 보고 싶으니 함께 가보게."

원소의 권유에 문추가 대답했다.

"주공께서 꼭 보내시겠다면 그에게 3만 군사를 주어 후군으로 삼겠습니다."

유비도 찬성해 문추는 7만 군사를 거느리고 앞서가고, 유비는 3만 군사로 뒤를 따랐다.

이때 조조는 관우가 안량을 벤 것을 보고 한층 우러르고 존경하면서, 조정에 표문을 올려 한수정후(漢壽亭侯)에 봉하고 도장을 만들어 주었다.

조조에게 불현듯 새로운 보고가 들어왔다. 원소가 대장 문추에게 황하를 건너게 하여 연진을 차지했다는 것이다. 연진은 백마 서남쪽에 있는 황하 나루였다. 조조는 백마의 백성을 서하로 옮기게 하고, 친히 군사를 거느리고 나아가면서 명령을 내렸다.

"후군을 전군으로 바꾸고, 전군을 후군으로 삼아라. 군량과 말먹이 풀이 앞서고 군사는 뒤를 따른다!"

이상한 명령이라 여건이 물었다.

"군량과 말먹이 풀을 앞에 세우고 군사를 뒤에 따르게 하시는 것은 무슨 뜻입니까?"

"군량과 말먹이 풀을 뒤에 세웠다가 노략질을 당해 앞세우라고 한 걸세."

조조의 대답에 여건은 의문을 내놓았다.

"적을 만나 빼앗기기라도 하면 어찌합니까?"

"적이 오면 다시 보기로 하지."

여건은 의심을 풀지 못했다. 조조가 황하를 따라 군량과 말먹이 풀, 군수품을 연진까지 수송하라고 명하는데 갑자기 앞에서 군사가 달려왔다.

"하북 대장 문추가 쳐들어와 우리 군사는 군량과 말먹이 풀을 버리고 사방으로 흩어져 도망갑니다. 후군은 아직 멀리 있는데 어찌하시겠습니까?"

조조는 채찍을 들어서 남쪽 언덕을 가리켰다.

"저기서 잠시 피할 수 있다."

말을 탄 장졸들이 우르르 언덕으로 달려 올라가자 조조는 모두 갑옷을 벗고 옷을 헤치고 쉬면서 말도 풀어놓으라고 일렀다. 어느덧 문추의 군사가 땅을 휩쓸 듯 몰려와 여러 장수는 당황했다.

"적이 왔습니다! 얼른 말을 정돈해 백마로 물러가시지요!"

순유가 급히 말렸다.

"바야흐로 지금 향기로운 미끼로 적을 꾀는데 어찌 서꾸로 물러가오?"

조조가 얼른 순유에게 눈짓하며 씩 웃자 순유도 뜻을 알아채고 입을 다물었다. 문추의 군사는 군량과 말먹이 풀을 얻자 다시 말을 빼앗으려 달려들며 약탈에 정신이 팔려 군기가 뒤죽박죽이었다.

때를 기다리던 조조가 일제히 언덕 아래로 달려가 적을 치라고 명하니 문추의 군사는 크게 어지러워졌다. 문추가 홀로 싸우는데 그의 군사는 제 편끼리 마구 짓밟았다. 문추가 호통쳤으나 군졸들이 제멋대로 도망가니 문추도 말을 돌려 달아났다. 조조가 언덕 위에서 문추를 가리키며 물었다.

"문추는 하북의 명장인데 누가 사로잡을 수 있는가?"

장료와 서황이 말을 달려가며 외쳤다.

"문추는 도망가지 마라!"

문추가 돌아보니 두 장수가 바짝 따라와, 철창을 말안장에 걸고 활에 살을 먹여 장료를 겨누었다. 서황이 목청껏 소리쳤다.

"적장은 활을 쏘지 마라!"

그 소리에 장료가 급히 고개를 숙여 피하는데 날아온 화살이 투구에 맞아 수술이 툭 떨어졌다. 성이 난 장료가 힘을 내어 쫓아가자 두 번째 화살이 그가 탄 말의 뺨에 꽂혔다. 말이 앞발굽을 꿇고 쓰러져 장료가 땅에 떨어지니 문추가 말을 돌려 달려들자, 서황이 큰 도끼를 휘둘러 막았다. 두 장수의 싸움이 30합을 넘는 동안 장료는 멀리 피했다.

문추 뒤에서 많은 군사가 몰려와 서황은 말을 돌려 달아났다. 문추가 강변을 따라 쫓아가는데 갑자기 10여 명 기병이 깃발을 휘날리며 나타나니 앞에서 나는 듯이 말을 달려오는 장수는 바로 관우였다.

"적장은 게 섰어라!"

관우가 크게 호통치며 문추와 말을 어울렸다. 칼과 창이 부딪치기를 세 합도 되지 않아 문추는 속이 떨려 말 머리를 돌리고 강을 돌아 도망쳤다. 하지만 천하의 적토마가 한달음에 따라잡으니 관우가 청룡도를 번쩍 들어 뒤통수에 한칼 먹이자 문추는 말 아래로 떨어지고 말았다.

관우가 문추를 베는 것을 조조가 언덕 위에서 보고 대군을 휘몰아 덮쳐드니 하북 군사는 태반이 물에 빠지고 군량과 말먹이 풀, 말들은 고스란히 조조 손으로 되돌아왔다.

관우는 기병 몇을 데리고 동쪽으로 쳐 나가다 서쪽을 무찔렀다. 관우가 한창 싸우는데 문추를 뒤따라오던 유비가 3만 군사를 거느리고 이르러, 정탐을 맡은 군사가 전했다.

"이번에도 얼굴이 붉고 수염이 긴 자가 문 장군을 베었습니다."

유비는 급히 말을 몰아 싸움터로 다가갔다. 강 건너편을 바라보니 한 떼의 사람과 말이 나는 듯이 오가는데 깃발에 '한수정후 관운장'이라는 일곱 글자가 뚜렷이 쓰여 있었다. 유비는 남몰래 하늘과 땅에 감사드렸다.

'내 아우가 과연 조조한테 있었구나!'

유비가 관우를 불러 만나보려 하는데 조조의 대군이 몰려와 하는 수 없이 군사를 거두어 돌아갔다.

이때 원소는 문추와 호응하려고 관도에 와서 영채를 세웠는데 곽도와 심배가 장막 안에 들어와 보고했다.

"이번에도 관 아무개가 문추를 죽였는데, 유비는 또 짐짓 모르는 척합니다."

"귀 큰 도적놈이 어찌 감히 그럴 수 있단 말이냐!"

크게 노해 욕을 퍼붓던 원소는 잠시 후 유비가 들어오자 밖으로 끌어내 목을 치라고 호령했다. 유비가 물었다.

"저에게 무슨 죄가 있습니까?"

"네 아우를 시켜 또 내 대장을 죽였으니 어찌 죄가 없단 말이냐?"

"한마디나 하고 죽게 해주십시오. 소소는 본래 이 비를 꺼려왔는데, 비는 잠시 패하여 무리가 흩어졌으나 반드시 복수할 날이 있습니다. 그는 이 비가 명공한테 있는 것을 알고 명공을 도울까 두려워, 특별히 운장에게 두 장수를 죽이게 한 것입니다. 명공께서 알면 반드시 노하실 것이니 명공의 손을 빌려 이 비를 죽이려는 수작입니다. 명공께서는 깊이 생각해보시기 바랍니다."

【유비의 진정한 능력은 바로 이런 위기를 헤쳐 나갈 때 나타난다. 나관중 본에 작은 글자로 주해를 달았듯이 유비의 '지극히 효웅(梟雄, 사나운 영웅)다운 모습'을 실감있게 보여주는 대목이다.】

"현덕의 말이 옳다."

유비 말에 넘어간 원소는 또 부하들을 원망했다.

"너희 말을 듣다 덕성 높은 유능한 이를 해쳤다는 누명을 쓸 뻔했구나."

원소가 사람들을 꾸짖어 물리치고 윗자리로 청하니 유비는 사례했다.

"명공께서 너그럽게 용서해주시니 크신 은혜에 보답할 길이 없는데, 심복을 시켜 운장에게 밀서를 보낼까 합니다. 이 비의 소식을 알면 운장은 밤을 마다하지 않고 달려올 것이니 그와 함께 명공을 보좌해 조조를 죽이고 안량과 문추의 원수를 갚으면 어떻겠습니까?"

원소는 기뻐 야단이었다.

"내가 운장을 얻으면 안량과 문추보다 열 배는 낫소."

유비는 편지를 썼으나 보낼 사람이 없었다.

원소는 관도 북쪽 양무현으로 군사를 물려 영채를 쌓고 움직이지 않았다. 원소가 물러서자 조조도 하후돈에게 관도의 요충지들을 지키게 하고 허도로 돌아가 문관과 무장들을 모아 큰 잔치를 베풀고 관우의 공로를 치하했다.

술자리에서 조조가 여건에게 설명했다.

"전날 내가 군량과 말먹이 풀을 앞세운 것은 그것을 미끼로 적을 꾀려는 계책이었는데, 유독 순공달(순유)만이 내 마음을 알더군."

사람들은 모두 탄복했다. 흥겹게 술을 마시는데 갑자기 보고가 들어와, 여남의 황건적 잔당 유벽과 공도가 거세게 날뛰어 조홍이 여러 번 싸웠으나 이기지 못했으니 군사를 보내 구해주기를 바란다고 했다. 관우가 나섰다.

"관 아무개가 개와 말의 힘을 다해 여남의 도적 무리를 무찌르고 싶습니다."

"운장이 세운 큰 공로를 갚지도 못했는데 어찌 또 나가 싸워 주기를 바라겠소?"

"관 아무개는 한가하게 보내면 병이 나니 다시 한번 가고 싶습니다."

조조는 뜻을 갸륵하게 여겨 5만 군사를 점검해 내주고 우금과 악진을 부장으로 삼아 이튿날 떠나게 했다. 순욱이 가만히 조조에게 속삭였다.

"운장은 늘 유비한테 돌아가려는 마음을 품고 있습니다. 유비 소식을 알면 반드시 떠날 것이니 자주 출정시키지 말아야 합니다."

"이번에 공을 세우면 다시는 내보내지 않겠소."

관우는 군사를 이끌고 여남 부근에 이르러 영채를 세웠다. 그날 밤 영채 밖에서 정탐꾼 둘이 잡혀 와서 보니 그중 하나가 바로 손건이었다. 관우가 사람들을 물리치고 물었다.

"공은 서주에서 흩어진 뒤 소식이 없더니 어찌 여기에 와 계시오?"

"저는 도망쳐 여남에 와서 떠돌다 다행히 유벽에게 의지했습니다. 장군은 어찌하여 조조에게 가서 계십니까? 감 부인과 미 부인은 무고하십니까?"

관우가 사연을 자세히 이야기하니 손건이 권했다.

"요즈음 유황숙께서 원소에게 가 계신다는 소문을 듣고 찾아가고 싶었으나 기회가 없었습니다. 유벽과 공도는 원소에게 귀순해 함께 조조를 치기로 했습니다. 하늘이 굽어보아 다행히 장군께서 여기 오시니 특별히 저를 보내 소식을 알리게 했지요. 내일 두 사람이 짐짓 못 이기는 척 물러날 테니 상군께서는 빨리 부인들을 모시고 원소에게 가서 유황숙과 만나십시오."

"형님께서 원소에게 가 계신다니 밤길을 달려서라도 찾아가겠소. 다만 내가 원소의 두 장수를 베어 일이 그릇되지나 않았을까 염려되오."

【모종강의 설명에 의하면, 관우는 원소가 자기를 죽일까 두려워하는 것이 아니라, 유비가 원소에게 죽거나 쫓겨나지 않았을까 걱정하는 말이었다.】

"제가 먼저 가서 소식을 알아보고 장군께 알리겠습니다."

"형님을 만날 수 있다면 나는 만 번 죽더라도 마다하지 않을 것이오. 허도로 돌아가면 바로 조조와 작별하겠소."

다짐한 관우는 그날 밤 가만히 손건을 떠나보냈다.

다음날 관우가 군사를 거느리고 나아가자 공도가 갑옷 입고 나왔다.

"너희는 어찌하여 조정을 배반하느냐?"

관우가 꾸짖자 공도가 대꾸했다.

"너야말로 주인을 배반한 자인데 오히려 나를 나무라느냐?"

"내가 어째서 주인을 배반했다는 말이냐?"

"유현덕이 원본초에게 계시는데 너는 도리어 조조를 따르니 무슨 까닭이냐?"

관우가 더 말하지 않고 말을 내달리며 칼을 휘두르자 공도는 도망갔다. 관우가 쫓아가 따라잡자 공도가 몸을 돌렸다.

"옛 주인의 은혜를 잊어서는 안 됩니다. 공은 어서 진군하시오. 내가 여남을 양보하리다."

관우가 뜻을 알아차리고 군사를 휘몰아 나아가니 유벽과 공도는 달아났다. 관우는 여남의 고을과 현들을 빼앗아 백성을 위로해 안정시키고 허도로 돌아갔다. 조조가 성 밖까지 나와 관우를 맞이하고 장졸들에게 상을 내려 수고를 위로한 것은 더 말할 것도 없다.

잔치가 끝나고 관우가 집으로 돌아가 안뜰 문밖에서 두 형수에게 인사를 드리자 감 부인이 물었다.

"아주버님께서 두 번이나 출전하셨으니 황숙 소식을 들으셨겠지요?"

"아직 못 들었습니다."

관우가 천연스레 대답하고 물러 나오니 두 부인은 큰소리로 통곡했다.

"황숙께서 기어이 잘못되신 모양이구나. 아주버님은 우리가 괴로워할까 걱정해 숨기고 말하지 않는 거야."

두 사람이 엉엉 슬피 울자 관우를 따라 싸움터에 나갔던 늙은 군사가 문밖에 와서 사실을 알려주었다.

"부인들께서는 울지 마십시오. 주인님은 지금 하북 원소에게 계십니다."

"어찌 아느냐?"

"관 장군을 따라 출전했다가 진에서 누가 말하는 것을 들었습니다."

감 부인은 관우를 불러 원망했다.

"황숙께서는 아주버님께 미안한 일을 한 적이 없는데, 조조의 은혜를 입어 옛 의리를 잊고 사실을 말하지 않으시니 어찌 그러는 거예요?"

관우가 머리를 조아렸다.

"형님께서는 하북에 계십니다. 말씀드리지 않은 것은 비밀이 샐까 두려워서입니다. 이 일은 조심해 다루어야지 함부로 해서는 아니 됩니다."

"아주버님께서는 어서 서둘러 주세요."

감 부인 말을 듣고 관우는 떠날 방도를 궁리하느라 안절부절못했다. 그런데 관우를 따라갔던 우금이 유비가 하북에 있다는 것을 알고 보고하니 조조는 장료를 보내 관우의 속을 떠보게 했다. 고민에 싸인 관우에게 장료가 찾아와 축하했다.

"형이 싸움터에서 현덕 소식을 들으셨다고 하여 특별히 축하하러 왔습니다."

"옛 주인은 살아 계시지만 얼굴 한 번 뵙지 못했으니 기쁠 게 무어요?"

"공은 《춘추》를 읽으시니 관중(管仲)과 포숙(鮑叔)의 사귐을 들려주실 수 있습니까?"

"관중은 늘 이렇게 이야기했다 하오. '나는 세 번 싸우다 세 번 물러섰으나 포숙은 나를 비겁하다 여기지 않았으니 나에게 늙은 어머니가 계심을 알았음이요. 나는 세 번 벼슬길에 나갔다가 세 번 쫓겨났으나 포숙은 나를 무능하다 보지 않았으니 내가 때를 만나지 못했음을 알았음이라. 나는 포숙과 이야기하면서 늘 궁지에 몰렸으나 포숙은 나를 미련하다 여기지 않았으니 사람이란 불리한 때가 있음을 알았음이요, 나는 포숙과 함께 장사하면서 이윤을 나눌 때 많이 챙겼으나 포숙은 내가 욕심이 많다 하지 않았으니 내가 가난함을 알았음이라. 나를 낳은 이는 부모지만 나를 아는 이는 포숙이니라.' 이것이 바로 관중과 포숙이 서로 마음을 알았다는 사귐이오."

"형과 현덕의 사귐은 어떠합니까?"

"나는 형님과 생사를 같이할 사이요. 살면 같이 살고 죽으면 같이 죽을 것이니 관중과 포숙에 비길 바가 아니오."

"저하고 형 사이는 어떻습니까?"

"우리야 우연히 만난 사이라 흉한 일에 마주치면 서로 구하고 어려운 일을 겪으면 서로 돕지만 구할 수 없으면 그만두니 어찌 나와 형님의 생사를 같이하는 정에 비교할 수 있겠소?"

"현덕이 전날 패했을 때 형은 어찌하여 죽기로 싸우지 않았습니까?"

"그때는 사실을 몰랐기 때문이오. 만약 형님이 돌아가신다면 내가 어찌 홀로 살겠소?"

【이처럼 긴 대화가 모종강 본에서는 단 두 마디로 줄었다.

"형과 현덕의 사귐이 이 아우와 형의 사귐과 비해 어떻습니까?"

"나와 문원은 친구 사이요. 나와 현덕은 친구이자 형제요, 게다가 또한 주인과 신하이니 어찌 더불어 말할 수 있겠소?"】

"지금 현덕이 하북에 계신다는데 형은 찾아가려 하십니까?"

"이전에 한 말을 어찌 어기겠소! 문원은 나를 위해 승상께 내 뜻을 전해주시오."

장료가 돌아가 관우의 말을 전하자 조조가 대답했다.

"나에게 그를 붙잡아둘 계책이 있지."

관우가 이모저모 궁리하는데 옛 친구가 찾아왔다 하여 청해 들이고 보니 전혀 모르는 사람이었다.

"공은 어떤 분이시오?"

"저는 원소 아래에 있는 남양 사람 진진(陳震)입니다."

관우는 깜짝 놀라 급히 좌우를 물리쳤다.

"선생께서는 반드시 무언가 큰일을 하러 오셨겠지요?"

진진이 편지 한 통을 주어 받아보니 유비의 글이었다.

'유비는 그대와 복숭아 뜰에서 결의할 때부터 함께 살고 함께 죽기를 다짐했는데, 어찌 중도에서 맹세를 저버리고 의리를 끊으시나? 그대가 기어이 공을 세우고 이름을 날려 부귀를 꿈꾼다면 내 머리를 바쳐 그 공이 온전히 이루어지게 하겠네. 글로는 말을 다 하지 못하니 오로지 그대 명을 기다릴 뿐일세.'

관우는 편지를 읽고 목 놓아 울었다.

"제가 형님을 찾지 않은 것이 아니라 어디 계신지 몰랐습니다. 어찌 부귀를 바라 옛날 맹세를 저버리겠습니까?"

"현덕께서는 공이 오시기를 간절히 바라고 계십니다. 공이 옛날 맹세를 저버리지 않으셨다니 어서 가 만나보시지요."

"사람이 하늘과 땅 사이에 나서 살면서 시작과 끝을 분명히 하지 않으면 군자가 아니오. 나는 여기로 올 때 당당하게 왔으니 떠날 때도 당당하지 못해서는 아니 되오. 편지를 쓸 테니 수고스럽겠지만 공이 먼저 형님께 전해드리시오. 조공에게 작별인사를 한 다음 두 형수님을 모시고 찾아가겠소."

"만약 조공이 허락하지 않으면 어찌하시겠습니까?"

"죽을지언정 여기 오래 머무를 리 있겠소?"

"유 사군께서 기다리시지 않도록 어서 답장을 써주십시오."

진진이 말해 관우는 회답 편지를 썼다.

'가만히 듣자니 의리를 지키려면 마음을 저버리지 않고, 충성을 다하려면 죽음을 돌보지 않는다[義不負心의불부심 忠不顧死충불고사] 합니다. 관우는 어릴 적부터 책을 읽어 대강 예의를 아는데, 양각애(羊角哀)와 좌백도(左伯桃)의 일을 볼 때마다 세 번 탄식하며 눈물을 흘리지 않은 적이 없습니다. 전에 하비를 지키다 성 안에는 모아둔 식량이 없고 성밖에는 구원병이 없었으나, 죽으려고 보니 귀하신 두 분 형수님께서 계시어 형님 부탁을 저버릴까 염려해 함부로 머리를 내놓아 몸을 바치지 못하고, 잠시 남에게 몸을 붙여 뒷날 다시 만남을 바랐습니다. 근간에 여남에 가서야 형님 소식을 알게 되었으니 바로 조공을 만나 작별하고 형수님들을 모시고 돌아가겠습니다. 전날 한에 항복할 때 미리 말했듯이 이미 작은 공을 세워 보답했으니 제 말에 따르지 않을 수 없습니다. 갑자기 형님 편지를 받아보니 꿈을 꾸는 것만 같습니다. 관우가 만에 하나라도 다른 마음을 품는다면 신과 사람이 함께 죽일 것입니다. 충성을 다하려는 이 마음을 고스란히 털어놓으려 해도 붓끝으로는 다 그려낼 수 없습니다. 만나 뵙고 절을 드릴 날이 오래지 않으니, 그저 엎드려 저를 알아주시기만 빕니다.'

【양각애와 좌백도는 전국시대 연(燕)의 사람들인데, 초의 임금이 유능한 사람을 찾는다고 하여 가보려고 떠났다가 눈보라를 만났다. 옷이 얇고 식량이 부족해 그대로 가다가는 둘 다 얼어 죽을 것 같아서 좌백도는 자기 옷과 식량을 전부 양각애에게 주고 속이 빈 나무 둥치 안에 들어갔다.

끝내 좌백도는 굶주림에 떨다 얼어 죽고, 양각애는 초에 가서 큰 벼슬을 하게 되었다. 양각애가 좌백도의 주검을 찾아 잘 묻어주었더니 뒷날 좌백도가 양각애의 꿈에 나타나, 자기 무덤 곁에 진시황을 죽이려던 자객 형가(荊柯)의 무덤이 있어서 그의 귀신에게 시달려 고생한다고 호소했다. 양각애는 벼슬 따위에 미련을 두지 않고 결연히 자결하여 귀신으로 변해 형가의 귀신을 물리쳤다고 한다. 옛날에 양각애와 좌백도는 의리를 위해서라면 목숨도 기꺼이 버리는 친구의 본보기였으니 두 사람의 교제를 '양좌교(羊左交)'라 했다.】

진진은 글을 받아 돌아갔다. 관우가 안으로 들어가 두 형수에게 사실을 알리고 조조에게 떠나는 인사를 하러 승상부로 찾아가니, 그가 온 뜻을 잘 아는 조조는 만남을 사절한다는 '회피패(回避牌)'를 문에 내걸었다. 관우는 우울한 심정으로 집에 돌아와 이전부터 따르던 사람들에게 언제든지 떠날 수 있게 수레와 말을 갖추라고 명했다. 조조가 준 물건은 전부 그대로 두고 조금도 가져가지 말라고 일렀다.

이튿날 관우가 다시 조조에게 인사하러 승상부로 갔으나 문 앞에 또 회피패가 걸려 있었다. 연이어 몇 번을 갔으나 조조를 만나지 못하자 장료에게 말하려고 집으로 찾아갔다. 그러나 장료도 병을 핑계로 나와 만나주지 않으니 이제 그 속을 알 수 있었다.

'승상이 나를 보내지 않으려고 이러는 것이다. 그러나 내가 이미 떠나려고 마음먹었으니 어찌 더 머무를 수 있으랴!'

관우는 마음을 정하고 조조에게 편지를 썼다.

'한수정후 관 아무개는 특별히 목욕하고 두 번 절하며 한의 대승상 휘하에 글을 올립니다. 제가 듣기로는 하늘이 있어 땅이 생기고, 아버지가 계시어 아들이 있으며, 임금이 임하시어 신하가 나타난다 합니다. 하늘의 기(氣)는 양(陽)에 어울리고 땅의 기는 음(陰)에 어울리니 만물이 순조로워야 여러 생명을 키우면서 삼강오상의 도리가 이루어집니다. 관우는 한나라에 태어나 젊은 시절 황숙을 모시면서 삶과 죽음을 같이 하기로 맹세했으니 황천과 후토께서 분명히 그 말을 들었습니다. 전에 하비가 함락될 때 승상께 세 가지 일을 청하여 은혜롭게 허락을 받은 바 있습니다. 저는 그 때문에 귀순했는데 승상께서 과분하게 승진시켜 주셔서 실로 분에 넘칩니다. 이제 주인 유황숙께서 원소 군중에 계시며 남에게 몸을 붙인 손님이 되었다는 것을 알고 저는 아침저녁으로 불안합니다. 승상님 은혜를 세 번 생각하니 그 깊이가 바다 같고, 옛 주인 의리를 돌이켜 그리니 그 무게가 산 같습니다. 떠나기도 쉽지 않지만 남기는 더욱 어렵습니다. 그러나 일에는 앞뒤가 있는 만큼 옛 주인에게 돌아가야 합니다. 아직 채 갚지 못한 은혜는 뒷날 죽기로써 보답하겠습니다. 삼가 글을 올려 떠나는 인사를 드리니 살펴보시기 바라며 관 아무개가 올립니다.'

【옛날 중국뿐 아니라 한국과 일본을 비롯해 유학(儒學)의 영향권 안에 살던 사람들에게 가장 중요한 관념은 바로 삼강오상(三綱五常)이었다. 삼강은 인간관계의 원칙으로 임금은 신하의 기본이고[君爲臣綱군위신강], 아버지는 아들의 기본이며[父爲子綱부위자강], 남편은 아내의 기본[夫爲婦綱부위부강]이라는 것이다. 신하는 임금에게 복종하고, 아들과 아내도 아버지와 남편 뜻을 거슬러서는 안 된다는 의미다.

이런 논리가 얼마나 철저했던지, 아버지가 도둑질하여 아들이 관가에 고발하면 아버지는 절도죄로 가벼운 형벌을 받지만, 아들은 아버지를 고발한 죄로 사형을 시켜야 한다는 판결이 나올 정도였다. 오상은 도덕적인 인간이 갖추어야 할 다섯 가지 도리, 즉 인(仁), 의(義), 예(禮), 지(智), 신(信)을 말한다. 너그럽고, 의로우며, 예절 바르고, 슬기로우며, 믿음이 있어야 한다는 뜻이다.

명나라 판본에는 전문이 실린 편지나 글들이 청나라 모종강 본에는 많이 삭제 되거나 줄어들어 거의 '글은 대체로 이러했다'로 변했다. 소설 흐름에 방해되는 글 들은 모종강이 잘 잘라 구태여 되살리지 않았으나, 관우의 편지는 고대 중국인의 사고와 예법을 엿볼 수 있어서 고스란히 실었다.】

관우는 글을 단단히 봉해 승상부로 보낸 후, 여러 차례에 걸쳐 받은 금과 은은 일일이 봉해 창고에 넣고, 한수정후 도장은 앞채 대청에 높직이 걸었다. 그런 뒤 두 부인을 모셔서 수레에 오르게 하고, 적토마에 뛰어올라 청룡도를 손에 들었다. 전부터 따르던 부하들만 데리고 수레를 호위해 곧장 북문으로 나가는데 문을 지키는 장졸들이 막았다. 그러나 관우가 칼을 비껴들고 눈을 부릅뜨며 한 소리 크게 호통치니 부랴부랴 몸을 피했다.

성문을 나서자 관우는 부하들에게 분부했다.

"너희는 수레를 호위해 먼저 가거라. 쫓아오는 자가 있으면 내가 막을 테니 두 부인께서 놀라시게 해서는 아니 된다."

부하들은 수레를 호위해 큰길로 나아갔다.

이때 조조는 관우의 일을 의논하며 어찌해야 할지 결정짓지 못하는데 사람 들이 관우의 글을 올리니 소스라쳐 놀랐다.

"운장이 갔구려!"

북문을 지키는 장수가 급히 달려와 보고했다.

關雲長掛印封金　三國演義插圖之三十九　乙酉春日蕭珍畫於滬上

"관공이 문을 박차고 나갔는데, 수레에 앉은 사람에 말 탄 사람까지 20여 명이 북쪽을 향해 갔습니다."

또 관우 집에서 사람들이 와서 아뢰었다.

"관공은 승상께서 내리신 금과 은 따위는 죄다 창고에 봉하고, 미녀 열 명은 따로 안방에 들게 하며, 한수정후 도장은 대청에 높이 걸었습니다. 승상께서 보내신 일꾼들은 다 그대로 두고 원래 따르던 자들만 데리고 몸에 지닐 만한 짐들만 지녀 북문으로 나갔습니다."

모두 놀라는데 한 장수가 선뜻 나섰다.

"제가 철갑기병 3000명을 거느리고 달려가 관 아무개를 사로잡아 승상께 바치겠습니다!"

사람들이 보니 장군 채양이었다.

이야말로

만 길 깊은 용의 굴 벗어나려 했더니
삼천 명 이리 같은 군사들 만나누나

채양이 관우를 쫓아가려 하니 일이 어찌 될까?

◀ 관우, 두 형수 모시고 말에 올라

옛 맹세 지키려는 사나이의 뜨거운 의리

관우가 유비를 찾아 떠나는 대목은 독자들에게 깊은 인상을 준다. 조조에게 붙으면 보장된 인생을 누릴 수 있지만, 부귀영화를 헌신짝처럼 버리고 기어이 옛 맹세를 지키러 떠나는 사나이 의리가 돋보이기 때문이다. 그때 유비는 남에게 얹혀사는 신세였으니 관우가 찾아간다 해서 얻을 것이라고는 전혀 없었다.

관우를 지극히 숭배하는 모종강은 이렇게 평했다.

'사내들 욕심을 살펴보면 재물과 여자를 좋아하지 않는 자가 없다. 재물과 여자를 좋아하지 않더라도 작위와 녹봉을 무겁게 여기지 않는 자는 없다. 작위와 녹봉을 무겁게 여기지 않더라도 남이 마음을 터놓고 자신을 낮추면서 존경하는 행위를 무겁게 알지 않는 자는 없다. 조조가 뛰어난 인재를 다루고 빼어난 영웅들을 거느리게 된 것은 모두 이 몇 가지 방법에 의지해서였다. 그래서 여포를 섬기던 장료, 양봉을 모시던 서황, 장수의 모사 가후, 유표의 부하 문빙, 원소의 신하 장합, 마초의 장수 방덕을 비롯한 사람들이 저마다 옛 주인을 버리고 새 주인을 따라, 기꺼이 조조를 위해 목숨을 바칠 정도가 되었다. 그러나 유독 관공에 이르러서는 옛 주인에게 쏠리는 마음이 쇠나 돌처럼 단단했다. 금은과 미녀를 내려도 그 마음을 바꾸지 못하고, 편장군 벼슬과 한수정후 작위로도 그 마음을 움직이지 못하며, 주인과 손님으로 나누어 앉아 예절을 차리며 즐겁게 술을 마시는 특별한 예우도 그 마음을 빼앗지 못했다.

간사한 영웅의 재주가 바닥이 난 뒤에야 하늘 아래 땅 위에 자기 마음대로 다룰 수 없고 농락할 수 없는 사람이 있음을 알고 놀라게 되었으니 어찌 감탄하고 우러르지 않으랴?'

한수정후는 관우로서는 처음 받는 작위이니 대단한 영광이었다. 정후(亭侯)는 후한 시대에 황실인 유씨가 아닌 사람으로서 얻을 수 있는 최고 작위인 열후 가운데 식읍이 가장 작은데, 인구 몇백 호 정도인 정(亭)에서 나오는 세금을 받았다.

젊어서 손수레를 끌던 관우가 단번에 최고급 작위를 받아 금 도장에 자줏빛 끈을 달고, 평생 벼슬을 살아도 얻을까 말까 한 작위를 얻었다. 안량을 죽인 공로가 큰 것은 사실이지만 조조가 그만큼 관우에게 공을 들인 것이다.

관우의 작위 이름에 오해가 많다. 한수정후의 한수(漢壽)는 지명이고 정후는 작위다. 한수는 후한 때 현 이름으로 지금의 후난성 창더[常德상덕]시 부근에 있었다. 그런데 우연히도 한수정후의 첫 글자가 '한나라 한(漢)'자라 관우의 작위가 수정후로 둔갑하기도 했다. 원나라 시대 잡극에서는 관우가 모두 '한의 수정후'였는데, 청나라 초기에 나온 모종강 본에서 오랫동안 전해지던 오류를 바로잡고 문제를 명쾌하게 밝혔다.

27

다섯 관 지나며 여섯 장수 베다

[五關六斬오관육참]

미염공은 천 리 길 말 한 필로 달리고
한수정후 다섯 관에서 여섯 장수 베다

조조 장수들 가운데 장료 다음으로 관우와 교분이 두터운 사람은 서황이었다. 다른 장수들도 대개 관우를 존경하고 탄복했으나 채양만은 대수로이 보지 않아 쫓아가려 하자 조조가 허락하지 않았다.

"옛 주인을 잊지 않고, 오고 감을 분명히 하니 진짜 장부일세. 자네들도 그를 본받아야 할 걸세."

채양을 꾸짖어 물리치자 정욱이 나섰다.

"승상께서는 관 아무개를 아주 후하게 대접하셨는데, 그가 작별인사도 하지 않고 떠나면서 허튼소리를 적은 글이나 몇 줄 남겨, 높으신 위엄을 모독하니 죄가 큽니다. 곱게 놓아주어 원소에게 가게 하면 호랑이에게 날개를 달아주는 격이니 쫓아가 죽여 뒤탈을 없애는 것이 좋습니다."

"내가 전에 이미 허락했으니 오늘 놓아주는 것이오. 쫓아가 죽이면 천하 사람들이 모두 내가 신의를 지키지 않는다고 할 것이니 어찌 믿음을 잃겠소?

그는 제 주인을 위하는 일이니 뒤쫓지 마오."

【나관중 본에는 이 말에 이어 배송지가 정사 《삼국지》의 〈관우전〉에 덧붙인 평가를 인용했다.

'조공은 관공을 잘 알아 마음속으로 그 뜻을 갸륵하게 여기고, 떠나는 사람을 쫓아가지 못하게 하여 그 도리를 이루게 했으니, 왕패(王覇)의 도량이 없었으면 어찌 이 정도에 이르렀으랴? 이야말로 조씨의 아름다운 소행이다.'

그다음 옛사람이 조조를 찬양하는 시 두 수를 적고 작은 글자로 이렇게 평했다.

'이 시는 조공 평생의 좋은 점을 이야기했으니 현덕을 죽이지 않고 관공을 쫓지 않은 점이다. 이로써 조공에게 너그럽고 인자한 마음이 있음을 알 수 있으니 중원의 주인이 될 만하다.'

모종강 본에는 조조가 절대 악인으로 점 찍혀 이런 말이 전부 빠졌고, 그 후에는 관우를 놓아 보낸 행위도 조조의 교활한 수단으로 치부하는 사람들이 있었다.】

조조가 장료에게 일렀다.

"운장이 금은을 봉하고 도장을 걸었으니 재물로도 그 마음을 움직일 수 없고, 작위와 봉록으로도 그 뜻을 바꿀 수 없네. 나는 이런 사람을 깊이 존경하는 바인데 아직 그가 멀리 가지 못했으니 좀 더 그와 사귀어 인정을 베풀고 싶네. 자네가 먼저 가서 길을 잠시 멈추라고 청하게. 내가 전송하면서 노자도 주고 전포도 선사해 뒷날 기념으로 삼을까 하네."

장료가 명을 받들어 먼저 말에 올라 떠나고, 조조는 말 탄 부하 수십 명을 이끌고 뒤를 따랐다.

관우의 적토마는 하루에 천 리를 달리는 명마라 남들이 따라잡을 수 없으나 수레를 호위하느라 말고삐를 늦추어 마음껏 달리지 못했다. 고삐를 잡아당기며 천천히 가는데 뒤에서 누가 소리 높여 불렀다.

"운장은 잠시 멈추시오!"

관우는 그 말을 듣고 생각했다.

'내 자를 부르는 사람이라면 나를 해치지는 않으리라.'

돌아보니 장료가 말을 급히 몰아 달려왔다. 관우는 수레를 호위하는 부하들에게 큰길만 따라 계속 가게 하고, 고삐를 잡아당겨 적토마를 세우고 청룡도를 안장에 단단히 눌러놓았다.

"문원은 혹시 나를 다시 돌아가게 하려는 거요?"

"아닙니다. 승상께서 형이 먼 길을 떠나는 것을 알고 배웅하시겠답니다."

"승상께서 오시는 데에는 다른 뜻이 있는 게 아니오?"

"아닙니다. 승상께서는 '그가 옛 주인을 바라고 가니 쫓지 말라'고 하셨습니다. 형을 보내드려 의리를 지키게 하시려는 것이지요. 전송을 못 하셔서 가벼운 차림으로 오시는데, 특별히 저를 먼저 보내 형의 발길을 멈추게 하실 뿐이니 다른 뜻은 없습니다."

"승상의 철갑기병이 오더라도 나는 죽기로써 싸우겠소."

관우가 다리 위에 말을 세우고 바라보니 조조가 수십 명 기병을 거느리고 달려왔다. 뒤에는 허저, 서황, 우금, 이전 같은 무리가 따라왔다. 관우가 칼을 가로 들고 다리 위에 말을 세운 것을 보고 조조는 장수들에게 명해 말을 멈추고 좌우로 늘어서게 했다. 관우는 사람들이 병기를 들지 않은 것을 보고서야 마음을 놓았다. 조조가 말을 건넸다.

"운장은 어찌 이처럼 서둘러 떠나시오?"

관우는 말 위에서 몸을 약간 굽히며 대답했다.

"관 아무개는 이미 승상께 말씀드린 바가 있고, 옛 주인께서 하북에 계신다니 급히 떠나지 않을 수 없습니다. 여러 번 승상부로 찾아갔으나 뵙지 못해 글을 올려 떠나는 인사를 대신했습니다. 금은을 봉하고 도장을 걸어 돌려드렸으니, 승상께서는 지난날의 약속을 잊지 마시기 바랍니다."

"나는 천하 사람들의 신의를 얻으려 하는 터에 어찌 이전에 한 말을 어기겠소? 장군이 길에서 노자가 모자랄까 하여 특별히 갖추어 선사하는 것이오."

따르는 장수 하나가 말 위에서 황금 한 쟁반을 들어 건넸으나 관우는 받지 않고 사양했다.

"여러 번 은혜롭게 내려주신 물건이 아직 남았으니 황금은 거두셔서 장졸들에게 상으로 내리십시오."

"특별히 적은 물건으로 크나큰 공로에 만에 하나라도 보답하려는 것인데 사절할 건 뭐요?"

"보잘것없는 수고를 새삼 입에 담을 나위나 있겠습니까?"

관우가 겸손하게 말하자 조조는 허허 웃었다.

"운장은 천하의 의사(義士)요. 안타깝게도 나에게 덕이 부족해 곁에 두지 못하는구려. 비단 전포 한 벌로 약소하나마 내 성의를 나타낼까 하오."

조조는 장수에게 말에서 내려 두 손으로 비단 전포를 받들어 올리게 했다. 관우는 다른 변이라도 있을까 염려해 말에서 내리지 못하고 청룡도 끝으로 전포를 걸어 올려 몸에 걸쳤다. 그리고 고삐를 잡아당기며 머리를 돌려 감사드렸다.

"승상께서 내리신 전포를 받았으니 뒷날 다시 뵙겠습니다."

관우가 북쪽을 향해 달려가자 허저가 몹시 분개했다.

"저자가 저렇게 무례한데 어찌 잡지 않으십니까?"

조조는 관우를 위해 설명했다.

"그는 혼자 말 한 필에 탔을 뿐이고 우리는 수십 명이니 어찌 의심하지 않겠나? 내 말이 입 밖으로 나온 다음이니 쫓아가서는 아니 되네."

조조는 장수들을 데리고 돌아가면서 관우를 생각하며 탄식을 거듭했다.

"여러 장수들도 운장을 배워 만세에 썩지 않을 맑은 이름을 이루어야 할 걸세."

조조가 돌아간 경위는 더 이야기하지 않기로 한다.

관우가 30리를 쫓아갔으나 수레는 그림자도 보이지 않았다. 당황해 사방으로 찾아다니는데 별안간 산꼭대기에서 높이 소리쳤다.

"관 장군께서는 잠깐 멈추십시오!"

관우가 바라보니 머리에 누런 수건을 둘러쓰고 몸에 비단옷을 걸친 소년이 창을 들고 말에 올랐는데, 말의 목에 사람 머리가 하나 매달려 있었다. 소년이 100여 명 보졸을 거느리고 나는 듯이 달려오니 관우가 물었다.

"자네는 누구인가?"

소년은 창을 내던지고 말에서 내리더니 땅에 엎드려 절을 올렸다. 관우는 무슨 속임수나 있지 않나 싶어 칼을 틀어잡으며 물었다.

"장사는 성명을 알려주게."

"저는 형주 양양군 사람으로 성은 요(廖)고 이름은 화(化)인데 자는 원검(元儉)이라 합니다. 세상이 어지러워 강호를 떠돌게 되었는데, 500명 남짓한 무리를 모아 약탈로 살아갑니다. 방금 동료 두원이 산에서 내려갔다가 그만 두 부인을 잘못 잡아 산으로 올라왔습니다. 제가 부인들을 따르는 사람에게 물어보니 유황숙의 부인들이시라 하고, 또 장군께서 호송하신다고 하더군요. 그래서 바로 산 아래로 내려보내려 하는데 두원이 불손한 말을 하기에 제가 죽였습니다. 지금 그 머리를 장군께 바치면서 사죄하는 바입니다."

"두 부인은 어디 계시는가?"

"산에 계십니다."

관우는 급히 모셔서 산에서 내려오라고 일렀다. 얼마 후 100여 명이 수레를 둘러싸고 오니 관우는 말에서 내려서 가슴에 손을 모아 쥐고 공손히 문안을 드렸다.

"두 분 형수님께서는 놀라지 않으셨습니까?"

"요 장군이 보호하지 않았으면 욕을 보았을 거예요."

두 부인이 대답하자 관우는 사람들에게 자세한 이야기를 듣고 요화에게 사례했다. 그러자 요화가 부하들을 시켜 관우를 호송하겠다고 나서니 은근히 꺼림칙했다.

'이 사람은 어찌 되었든 황건 잔당이라 곁에 둘 수 없다.'

관우가 좋은 말로 사절하자 요화가 금과 비단을 바쳤으나 역시 받지 않았다. 요화는 관우에게 절하여 작별하고 산으로 돌아갔다.

관우는 조조가 전포를 선사한 일을 두 형수에게 말하고 수레를 재촉해 길을 다그쳤다. 날이 저물어 하룻밤 쉬어가려고 어느 장원을 찾아가자 주인이 나와 맞이하는데 수염과 머리가 하얗게 세었다.

"장군의 성함은 어찌 쓰시오?"

"저는 유현덕의 아우 관 아무개입니다."

노인이 대뜸 물었다.

"혹시 안량과 문추를 벤 그 관공 아니시오?"

"그렇습니다."

노인이 대단히 기뻐하면서 장원 안으로 들어오기를 청하니 관우가 부탁했다.

"수레 위에 두 부인께서 계십니다."

노인은 아내와 딸을 불러 부인들을 맞이하게 했다. 두 부인이 초당에 들어서자 관우는 가슴에 손을 모아 쥐고 곁에 공손히 섰다. 노인이 앉기를 권하자 관우가 대답했다.

"높으신 형수님들이 계시는데 어찌 감히 앉을 수 있겠습니까?"

"공과는 성도 다른데 어찌 이처럼 공경하시오?"

"저는 유현덕, 장익덕과 결의 형제를 맺으며 생사를 같이하기로 맹세했습니다. 두 형수님께서 병장기와 갑옷 사이로 따라다니실 때도 감히 예절을 어긴 석이 없습니다."

"장군은 참으로 천하의 의사시오."

노인은 두 부인을 안방으로 모셔 들이게 하고, 초당에서 관우를 대접했다. 관우가 성명을 묻자 노인이 대답했다.

"내 성은 호(胡)요 이름은 화(華)인데, 환제 때 의랑으로 있다가 나이가 많아 벼슬을 그만두고 고향으로 돌아왔소이다. 아들아이 반(班)이 형양 태수 왕식의 종사로 있는데 장군이 그곳을 지나신다면 편지 한 통 전해주시지요."

관우는 선선히 응했다.

이튿날 두 형수를 모시고 길을 찾아 낙양으로 가는데 앞에 관이 하나 나타나니 동령관이라 했다. 관을 지키는 장수의 성은 공이고 이름은 수인데 500명 군사를 거느렸다. 관우가 수레를 호위해 고개로 올라가자 보고를 받고 공수가 나와 맞이했다. 관우가 말에서 내려 인사하니 공수가 물었다.

"장군은 어디로 가십니까?"

"이 몸은 승상께 인사하고 하북으로 형님을 찾아가는 길이오."

"하북의 원소는 바로 승상의 적입니다. 장군은 이번 길에 반드시 승상의 증명 문서를 지니셨겠지요?"

"급히 떠나느라 얻지 못했소."

"증명 문서가 없으면 사람을 보내 승상께 여쭈어본 뒤에야 지나가게 할 수 있습니다."

"사람을 보내 여쭌다면 내 길이 지체되오."

"하루 만에 여쭈지 못하면 하루 묵어야 하고, 1년 만에 여쭈지 못하면 1년 묵어야 합니다."

관우는 화를 냈다.

"자네가 나를 놀리는가?"

"법이 있으니 그렇게 하지 않을 수 없습니다. 이 혼란한 세상에서 용과 호랑이가 싸우는 터에 증명 문서 없이는 영웅이라고 우쭐거리지 말아야 합니다."

공수가 비딱하게 나오자 관우는 부아가 치밀었다.

"너, 내가 관을 지나가지 못하게 하겠느냐?"

공수도 말이 곱지 않았다.

"네가 지나가려면 식솔을 볼모로 잡혀라."

관우가 크게 노해 칼을 들어 공수를 찍으려 하자 공수는 물러서서 관문 안으로 들어가 북을 울려 군사를 모았다. 투구 쓰고 갑옷 걸치고 말에 올라 관 아래로 쳐내려온 공수가 목청껏 호통쳤다.

"네가 감히 관을 지나가려느냐?"

관우가 수레를 뒤로 물리게 하고, 칼을 들고 말을 달려 곧장 공수에게 덮쳐들자 공수도 창을 꼬나 들고 마주 나왔으나 관우의 강철 칼이 휙 올라가니 공수는 바로 말 아래에 누운 주검으로 변했다. 군졸들이 '우야!' 도망가자 관우가 소리쳤다.

"군사들은 도망가지 마라. 내가 어쩔 수 없어 공수를 죽였을 뿐이니 너희와는 상관없다. 너희 입을 빌릴 터이니 내 말을 조 승상께 전해다오. 공수가 나를 해치려 하여 죽였노라고 말이다."

군졸들은 모두 관우의 말 앞에 엎드려 절을 올렸다.

관우는 두 부인을 모시고 동령관을 나갔다. 낙양을 향해 가는데 어느덧 낙양 태수 한복(앞의 한복과는 다른 사람)에게 소식이 전해졌다. 한복이 급히 사람들을 모아 상의하니 하급 장수 맹탄이 주장했다.

"승상의 증명 문서가 없다면 사사로이 길을 떠난 것이니 막지 않으면 처벌 받습니다."

"관공은 용맹하여 안량과 문추까지 그에게 죽었네. 힘으로는 맞설 수 없으니 꾀를 써서 잡아야지."

한복의 말에 맹탄이 계책을 올렸다.

"저에게 꾀가 하나 있습니다. 녹각으로 관문을 막고 제가 군사를 이끌고 싸우다 패한 척하고 돌아와 그가 쫓아오면 태수께서 가만히 화살을 날리십시오. 그가 말에서 떨어지면 즉시 사로잡아 허도로 압송하시지요. 반드시 후한 상을 받을 것입니다."

상의를 마치자 관우와 수레가 도착해, 한복은 활을 들고 1000명 군사를 관 앞에 늘여 세웠다.

"거기 오는 사람은 누구요?"

한복이 묻자 관우는 말 위에서 몸을 구부리며 대답했다.

"나는 한수정후 관 아무개요. 잠시 길을 빌려 지나갈까 하오."

"승상의 증명 문서가 있으시오?"

"일이 많아 미처 얻지 못했소."

"나는 승상 명을 받들어 이곳을 지키면서 오로지 오고 가는 첩자들을 조사하는 것이 일이오. 증명 문서가 없다면 곧 도망치는 것이오."

관우가 분노했다.

"동령관의 공수가 이미 내 손에 죽었는데 너도 죽고 싶으냐?"

"누가 저놈을 잡아 오겠느냐?"

한복이 소리치자 맹탄이 쌍칼을 휘두르며 달려와, 관우는 수레를 뒤로 물리고 그를 맞았다. 세 합도 되기 전에 맹탄이 달아나 관우가 쫓아가니 맹탄은 관우를 유인할 생각만 하는데 그의 말이 그처럼 빠를 줄이야. 금방 따라잡은 관우가 단칼에 말에서 떨어트렸다.

관우가 말을 돌려 돌아오는데 한복이 문 앞에 몸을 드러내면서 힘껏 화살을 날려 바로 관우의 왼팔에 꽂혔다. 관우가 입으로 화살을 물어 뽑자 피가 철철 흘렀다. 관우가 나는 듯이 달려가 무서운 기세로 군사를 흩어버리고 칼을 번쩍 들어 내려치니 한복은 머리부터 어깨까지 베어졌다.

비단을 베어 상처를 싸맨 관우는 길에서 누가 해치기라도 할까 두려워 밤길을 재촉해 사수관으로 갔다. 관을 지키는 장수는 병주 사람 변희로 유성추를 곧잘 다루는데, 원래 황건 잔당으로 조조에게 들어가 관을 지키게 되었다.

변희는 관우가 온다는 말을 듣고 계책을 짰다. 관 앞 진국사라는 절에 칼잡이 200여 명을 매복시키고, 관우를 꾀어 절에 들어가게 한 뒤 잔을 던지는 것을 신호로 달려 나와 찍어 죽이는 것이었다.

준비를 마치고 변희가 관을 나와 맞이하자 관우는 인사를 하려고 말에서 내렸다. 장수가 말에서 내리는 것은 싸움을 원치 않는다는 뜻이었다. 변희가 앞질러 인사했다.

"장군은 명성이 천하에 떨치신 분인데 누군들 존경하고 우러르지 않겠습니까? 지금 황숙께 돌아가시니 그 충성과 의리를 충분히 알 수 있습니다."

그 말에 마음이 놓인 관우가 공수와 한복을 죽인 사유를 하소연하자 변희가 답했다.

"장군께서는 어쩔 수 없어 그러셨습니다. 제가 승상을 뵙고 장군의 억울한 사정을 말씀드리겠습니다."

관우는 대단히 기뻐 그와 함께 사수관을 지나 진국사에 이르니 스님들이 종을 치며 나와 맞이했다. 진국사는 후한 두 번째 황제 명제(明帝)가 세운 황실 전용 사찰이었다.

【명제 유장(劉莊, 28~75년)은 불교와 인연이 깊었다. 그가 꿈에 신을 만나고 사자를 천축(天竺, 인도)으로 보내 불경과 불상을 얻어와 낙양에 백마사를 세우니 불교가 처음으로 중국에 들어오게 되었다.】

절에는 스님이 30여 명 있는데, 그중 하나가 관우와 고향이 같은 사람으로 법명을 보정(普淨)이라 했다. 보정은 변희의 속셈을 알고 합장하며 인사했다.

"장군께서는 포동을 떠나신 지 몇 해나 되십니까?"

"근 20년 되는구려."

"아직도 빈승을 알아보시겠습니까?"

"고향을 떠난 지 여러 해 되어 알아보지 못하겠소."

"빈승의 집은 장군 댁과 강을 하나 사이에 두었습니다."

변희는 보정이 몇 마디 사이에 관우와 고향 사람의 정을 나누자 비밀이 샐까 두려워 사납게 꾸짖었다.

"내가 장군을 잔치에 모시는데 중놈이 무슨 잔소리가 그토록 많으냐?"

관우가 말렸다.

"그렇지 않소. 같은 고향 사람이 만났으니 어찌 옛정을 이야기하지 않겠소?"

보정이 차를 대접하려고 주지 방으로 모시자 관우가 부탁했다.

"두 분 부인께서 수레에 계시니 먼저 차를 드리시오."

보정이 다른 스님에게 일러 두 부인에게 차를 드리게 하고 관우를 모셔 가는데, 허리에 찬 계도를 손으로 슬쩍 들어 보이며 관우에게 눈짓했다. 칼을 경계하라는 암시였다. 관우가 얼른 알아차리고 부하에게 칼을 들고 바짝 따라오게 하니, 변희가 와서 잔칫상이 차려진 방으로 모셔갔다. 관우가 한마디 던졌다.

"변 군이 관 아무개를 청하는 것은 좋은 뜻에서요, 나쁜 뜻에서요?"

변희가 미처 대답하기 전에 관우는 어느새 벽을 가리는 큰 휘장 속에 칼잡이들이 숨은 것을 알고 버럭 호통쳤다.

"나는 너를 좋은 사람으로 여겼는데 감히 이런 짓을 하다니!"

변희는 일이 들통 난 것을 알고 소리쳤다.

"좌우는 손을 써라!"

사람들이 손을 놀리려 했으나 모두 관우의 검에 찍히고 말았다. 변희는 복도를 돌아 도망쳤다. 관우가 청룡도를 받아 들고 쫓아가니 변희는 슬며시 유성추를 꺼내 관우에게 던졌다. 관우는 위잉 날아오는 철퇴를 칼등으로 툭 쳐버리고 쫓아가 단칼에 변희를 쓰러트렸다. 돌아서서 두 형수를 찾으니 어느덧 군졸들이 에워쌌는데, 관우가 달려오는 것을 보고 모두 도망쳤다. 관우는 보정에게 감사드렸다.

"스님이 아니었으면 이 도적놈에게 당했을 것이오."

보정은 담담히 대꾸했다.

"빈승은 여기 있기 어렵게 되었으니 가사와 바리때를 챙겨 다른 곳으로 가서 구름처럼 떠돌아다닐까 합니다. 뒷날 다시 만날 때가 있겠지요. 장군께서는 부디 몸조심하십시오."

관우는 감사를 표하고 수레를 호위해 형양으로 갔다. 형양 태수 왕식은 바로 한복의 사돈으로, 관우가 한복을 죽였다는 소식을 듣고 몰래 해칠 준비를 마쳤다. 관우가 도착하자 왕식은 관에서 나와 웃으며 반갑게 맞이했다.

"장군께서는 먼 길을 말을 달려오셨고 부인들께서는 수레를 타면서 지치셨으니, 하룻밤 성안에 들어가 역관에서 쉬시고 내일 길에 오르셔도 늦지 않을 것입니다."

왕식이 친절하게 대해 관우가 두 형수를 모시고 성안으로 들어가니 역관에 자리가 마련되어 있었다. 왕식이 잔치에 청했으나 관우가 사양하고 가지 않자 잔치 음식을 역관으로 보내주었다. 길에서 힘들었으므로 관우는 두 형수에게 식사를 올린 후 편히 쉬게 하고, 따르는 자들도 말을 배불리 먹이고 쉬게 했다. 그리고 갑옷을 벗고 잠깐 휴식했다.

그 사이에 왕식은 가만히 종사 호반을 불렀다.

"관 아무개는 승상을 배신하고 도망가는데 길에서 태수와 관을 지키는 장수들까지 죽였으니 죽을죄를 지었다! 이 사람은 무예와 용맹을 감당하기 어려우니, 너는 오늘 밤 군사 1000명을 점검해 역관을 에워싸되, 사람마다 횃불을 하나씩 들고 밤이 깊거든 일제히 불을 질러 일행을 태워 죽여라. 나도 군사를 이끌고 후원해주겠다."

호반은 명을 받들고 군사를 점검해 가만히 마른 장작 따위를 역관 앞에 옮겨놓고 시간이 되면 일을 벌이기로 했다. 그런데 호기심이 일었다.

'관운장의 이름을 들은 지 오래인데 어찌 생겼는지 모르니 가만히 한번 들여다보자.'

역관에 들어서서 소리 없이 대청 앞으로 다가가 바라보니 관우가 등불 밑에서 왼손으로 수염을 움켜쥐고 나지막한 상에 기대어 책을 읽는데, 저도 모르게 감탄이 튀어나왔다.

"정말 하늘이 낸 사람이로구나!"

그 소리에 관우가 물었다.

"누구요?"

호반은 안으로 들어가 절했다.

"형양 태수 아래 있는 종사 호반입니다."

"그러면 혹시 허도성 밖에 사시는 호화 노인 아드님 아니오?"

"그렇습니다."

관우가 사람을 불러 편지를 찾아 넘겨주자 호반이 읽고 탄식했다.

"하마터면 충성스럽고 의로운 분을 잘못 죽일 뻔했군요!"

그가 가만히 전했다.

"왕식이 악한 마음을 품고 장군을 해치려 합니다. 몰래 역관을 에워싸고 밤 중에 불을 지르기로 했지요. 제가 가서 성문을 열어놓을 테니 장군께서는 어서 정돈하여 성을 나서십시오."

관우는 급히 갑옷 입고 칼을 들고 말에 올랐다. 두 형수를 모시고 역관을 빠져나오니 과연 군졸들이 횃불을 들고 명을 기다리고 있었다. 관우가 급히 성벽으로 가자 문이 열려 있어서 수레를 재촉해 성 밖으로 나가고, 호반은 불을 지르러 되돌아갔다. 관우가 겨우 몇 리를 가자 횃불이 번쩍이며 군사가 쫓아오더니 왕식이 앞장서서 외쳤다.

"관 아무개는 도망가지 마라!"

관우는 말을 당겨 세우고 꾸짖었다.

"나는 너와 원수를 지지 않았는데 어찌 불로 태워 죽이려고 했느냐?"

왕식이 창을 꼬나 들고 달려들자 관우가 가볍게 창을 쳐내고 칼을 날려 베어버렸다. 군졸들은 모두 도망갔다. 수레를 재촉해 길을 다그치면서 호반을 생각하니 고맙기 그지없었다.

일행이 활주 경계에 이르자 이미 보고가 들어가 동군 태수 유연이 수십 명 기병을 이끌고 성 밖으로 마중 나와, 관우는 말 위에서 몸을 구부려 인사했다.

"태수는 헤어진 이후 무고하시오?"

"공은 어디로 가시오?"

"승상께 하직하고 형님을 찾아가는 길이오."

"현덕은 원소에게 있다던데 원소는 승상의 원수요. 어찌 공이 가도록 허락하시겠소?"

"전에 단단히 약속한 바가 있소."

"지금 황하 나루는 하후돈의 장수 진기가 지키는데 강을 건너지 못하게 할 것이오."

"태수께서 눈 한 번 감고 배를 구해주시면 어떻겠소?"

"배는 있으나 감히 슬그머니 내어줄 수는 없소이다."

"내가 전날 안량과 문추를 베었으니 태수를 위해서도 재액을 풀었다 할 수 있겠지요? 그런데 오늘 나룻배 한 척 가지고 어찌 그러시오?"

"하후돈이 알면 나를 벌할 테니 그게 두렵소이다."

유연을 쓸모없는 인간으로 짐작한 관우는 더 말하지 않고 수레를 재촉해 나아갔다. 황하 나루에 이르자 진기가 군사를 거느리고 물었다.

"거기 오는 자는 누군가?"

"한수정후 관 아무개요."

"어디로 가려는 길이오?"

"하북으로 형님 유황숙을 찾아가는데 삼가 배를 빌려 강을 건널까 하오."

"승상의 공문은 있소?"

"나는 승상의 다스림을 받지 않는데 무슨 공문이 있겠소?"

"내가 하후 장군 명을 받들어 험한 곳을 지키니 너는 날개가 돋치더라도 날아 넘지 못할 것이다!"

진기의 거만한 말에 관우가 물었다.

"너는 내가 길에서 막는 자들을 모조리 벤 줄을 모르느냐?"

"네가 이름 없는 조무래기들이나 죽였지 감히 나를 죽일 수 있겠느냐?"

"네가 안량, 문추와 비교하면 어떠하냐?"

진기가 노해 칼을 쳐들고 달려들어 두 말이 어울리자 벌써 관우의 칼이 번쩍하더니 진기의 머리가 털썩 땅에 떨어졌다.

관우가 소리쳤다.

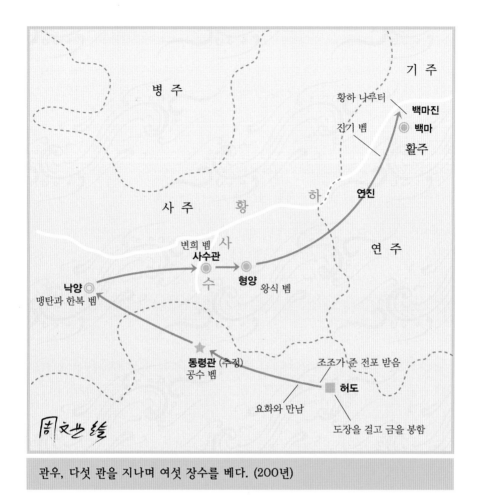

병주

기주

황하 나루터

백마진
진기 벰
백마

활주

사주 황   하

연진

변희 벰

연주

사수관

수

형양
낙양
왕식 벰

맹탄과 한복 벰

동령관 (주점)
조조가 준 전포 받음

공수 벰

허도

요화와 만남

도장을 걸고 금을 봉함

관우, 다섯 관을 지나며 여섯 장수를 베다. (200년)

"나를 막는 자는 죽었다. 군사들은 놀라 도망가지 말고 속히 배를 갖추어
일행을 건너보내라."

나루 군졸들이 급히 노를 저어 배를 대니 관우는 두 형수를 모시고 강을 건
넜다. 황하를 건너면 바로 원소의 땅이었다. 꼽아보면 관우는 다섯 관을 지나
며 여섯 장수를 베었다 [過五關斬六將과오관참육장].

관우는 말 위에서 혼자 탄식했다.

"나는 길에서 사람을 죽이려 하지 않았으나 어쩔 수 없이 그렇게 되었구나. 조공이 알면 반드시 은혜를 모르는 자라 여기겠지."

일행이 한참 길을 가는데 문득 북쪽에서 말 탄 사람이 하나 달려오면서 소리쳤다.

"운장은 잠깐 멈추십시오!"

관우가 말을 세우고 보니 손건이었다.

"여남에서 헤어진 후 지금까지 무슨 소식이 있었소?"

관우가 묻자 손건이 대답했다.

"장군께서 허도로 돌아가신 후 유벽과 공도가 다시 여남을 빼앗았습니다. 그리고 저를 하북으로 보내 원소와 사이를 가깝게 하면서 유황숙을 청해 함께 조조를 깨뜨리려 했지요. 뜻밖에도 하북의 장수와 모사들이 서로 시샘하여 전풍은 아직도 감옥에 갇혀 있고 저수는 쫓겨났습니다. 심배와 곽도가 권력을 다투는데 원소는 의심이 많고 줏대가 없습니다. 저와 황숙은 먼저 몸을 뺄 계책을 구해, 지금 황숙께서는 유벽과 합치려고 여남으로 가셨습니다. 장군이 이런 형편을 모르고 원소에게 갔다가 혹시 해나 입으시지 않을까 걱정되어 특별히 저를 보내 길에서 맞이하게 하셨는데, 다행히 여기서 만났군요. 장군께서는 어서 여남으로 가시어 황숙을 뵈십시오."

관우가 손건을 이끌어 부인들을 뵈었다. 두 부인이 남편의 동정을 묻자 손건은 유비의 일을 자세히 이야기했다.

"원소는 두 번이나 황숙을 죽이려 했으나 다행히 몸을 빼 여남으로 가셨으니 부인들께서는 운장과 함께 가셔서 만나 뵈십시오."

두 부인은 얼굴을 가리고 눈물을 흘렸다.

관우가 여남을 향해 한참 길을 가노라니 뒤에서 먼지가 보얗게 일면서 군사 한 떼가 쫓아왔다.

앞장선 장수 하후돈이 높이 외쳤다.

"관 아무개는 게 섰어라!"

이야말로

여섯 장수 관에서 부질없이 죽더니

한 군사 길을 막아 다시 싸워보잔다

관우는 어떻게 몸을 뺄까?

(1권 끝)

중국 12판본 아우른 세계 최고 원본 | 최종 원색 완성본

본삼국지

제1권 일어서는 영웅들의 꿈

초판 1쇄 발행 / 2005년 7월 20일
초판 8쇄 발행 / 2012년 4월 10일
재판(혁신판) 1쇄 발행 / 2014년 1월 1일
3판(완성판) 발행 / 2019년 12월 2일

지은이 / 나관중 · 모종강
옮긴이 / 리동혁
펴낸이 / 박국용

편집 / 곽　창
교열 / 신인영

펴낸 곳 / 도서출판 금토
주소 / 경기도 용인시 수지구 태봉로 17, 205-302
전화 / 070-4202-6252
팩스 / 031-264-6252
e 메일 / kumtokr@hanmail.net

1996년 3월 6일 출판등록 제 16-1273호

ISBN 979 - 11 - 90061 - 07 - 1 (04820) 〈전4권 세트〉
　　　 979 - 11 - 90064 - 03 - 3 (04820) 〈제1권〉

* 값 / 각권 14,000원 / 세트(전4권) / 56,000원